Peter Heimdall
Herrin der Nordmänner

Buch

Im 9. Jahrhundert nach Christus: Frida und ihre Schwester Dagrun sind Schildmaiden und kämpfen Seite an Seite mit den Kriegern ihres Vaters, dem Jarl Fridleiv Ragnarsson, in Britannien. Doch die Wikingerhorde erleidet eine vernichtende Niederlage. Ragnarsson flieht über den Kanal ins Reich der Franken. Doch dort kommt es zum Verrat. Nach der erfolgreichen Plünderung eines Klosters gibt es Streit um die Beute. Ragnarsson und seine Krieger – unter ihnen seine Töchter – müssen erneut fliehen. Der Seeweg ist ihnen versperrt, und so bleibt ihnen nur, über Land vor ihren Häschern zurück nach Dänemark zu fliehen. Auf der Flucht stirbt Ragnarsson, und für Frida stellt sich nun eine neue Frage: Kann sie nach dem Tod ihres Vaters die Anführerschaft über die Männer beanspruchen und sie alle sicher zurück in die Heimat führen?

Autor

Peter Heimdall, geboren 1949 in der Oberpfalz, veröffentlichte seinen ersten Roman – einen Western – bereits 1974. Seitdem wurden zahlreiche weitere Geschichten von ihm publiziert. Er hat drei Kinder und lebt mit seiner Frau noch immer in seiner Heimat, der Oberpfalz.

Von Peter Heimdall bei Blanvalet:

Schwerter des Nordens
Herrin der Nordmänner

PETER HEIMDALL

HERRIN DER NORDMÄNNER

ROMAN

blanvalet

FSC
www.fsc.org
MIX
Papier aus verantwortungsvollen Quellen
FSC® C014496

Verlagsgruppe Random House FSC® N001967

1. Auflage

in der Verlagsgruppe Random House GmbH,
Neumarkter Str. 28, 81673 München
Redaktion: Peter Thannisch
Umschlaggestaltung: © Johannes Frick unter Verwendung von Motiven von iStock.com/Lorado und Shutterstock.com (© lassedesignen, © SMA Studio, © Marcin Roszkowski, © Bun Mihail, © Bernatskaya Oxana, © STILLFX)
HK · Herstellung: sam
Satz: Vornehm Mediengestaltung GmbH, München
Druck und Bindung: GGP Media GmbH, Pößneck
Printed in Germany
ISBN 978-3-7341-0645-3

www.blanvalet.de

Prolog

Ein regnerischer Tag im Mai des Jahres 878 sollte die Entscheidung über die Zukunft des Königreichs Wessex bringen. Wenn die Truppen König Alfreds unterlagen, würde sich die gesamte britannische Insel in der Gewalt der Normannen befinden. Schon zwölf Jahre zuvor hatten die Eindringlinge aus Skandinavien das angelsächsische Königreich Northumbria erobert, im Jahre 870 dann East Anglia, und nachdem die Normannen ein Jahr danach Verstärkung aus Skandinavien erhalten hatten, unterwarfen sie sich 874 auch das Königreich Mercia.

An diesem stürmischen Tag im Frühjahr des Jahres 878 sollte Wessex als die letzte Bastion der freien Angelsachsen in Britannien endgültig fallen. Vor zwei Jahren hatten die Dänen in der Schlacht von Wareham bereits Alfreds Truppen besiegt, und der König hatte nach Athelney fliehen müssen, um wenigstens sein Leben zu retten. Die Nordmänner waren daraufhin bis ins Herzland von Wessex vorgestoßen, was das Königreich regelrecht an den Rand des Abgrundes geführt hatte.

Doch Alfred war ehrgeizig und wollte sich mit dieser Niederlage nicht abfinden. Also ergriff er die Initiative, sammelte von Athelney aus Truppen, und es gelang ihm, eine große, schlagkräftige Streitmacht auszuheben.

In der Nähe von Eddington, einem kleinen Ort in der späteren Grafschaft Wiltonshire, stand dieses christliche Heer den Normannen unter ihrem König Guthrum gegenüber, dem Herrscher über das Danelag, ein Gebiet, das vom *Großen heidnischen Heer* zwischen 865 und 878 eingenommen worden war. Es lag im Nordosten Britanniens und umfasste Teile der angelsächsischen Königreiche Northumbria, East Anglia sowie Mercia …

Erstes Kapitel

Schon in den frühen Morgenstunden waren dunkle Gewitterwolken aufgezogen, und als sich die Nacht gelichtet hatte, war ein heftiger Sturm losgebrochen. Der Himmel schien sämtliche Schleusen geöffnet zu haben, und ein harter Wind trieb die peitschenden Regenschauer schräg über das Land. Grelle Blitze zerrissen den aufgewühlten Himmel, und die Echos der Donnerschläge, die den Weltuntergang anzukündigen schienen, rollten über die Ebene, auf der die Entscheidung über die Zukunft von Wessex fallen sollte. Der Sturm zerrte an den Büschen, und die Bäume bogen sich ächzend und knarrend im Wüten der Elemente.

Die Normannen hatten sich am frühen Morgen zur Schlacht aufgestellt. Sobald der Angriff begann, sollte das Gros der Krieger in den vorderen Reihen einen Schildwall bilden. Eine einen Keil bildende Truppe, die in das Heer der Feinde stoßen und es aufsplittern sollte, würde der quadratisch formierten Hauptstreitmacht vorangestellt sein. Die hintere Reihe würden die Speerwerfer und Bogenschützen bilden, deren Aufgabe es war, den Gegner schon vor dem Aufeinandertreffen zu dezimieren und zu schwächen, um so bereits eine erste Entscheidung herbeizuführen. Kleine Trupps, die dafür vorgesehen waren, je nach Bedarf, wo es am nötigsten war, in die Schlacht einzugreifen, flankierten die Hauptstreitmacht.

Noch aber stand das Heer der Nordmänner. Die Krieger schlugen mit ihren Äxten krachend gegen die Rundschilder und brüllten unablässig den Namen ihres obersten Gottes Odin. Ihre rauen Stimmen vermischten sich mit dem Heulen des Sturms und wurden von diesem zur Stellung der christlichen Soldaten und Söldner getragen, in deren Ohren das Gebrüll wie ein heidnischer und zugleich unheilvoller Choral klingen musste.

Die treibenden Regenschleier begrenzten das Sichtfeld. Wieder zuckte ein Blitz am Horizont entlang, und der Wind brachte rollenden Donner mit.

Frida Fridleivsdóttir*, die achtzehnjährige Schildmaid, die neben ihrer Zwillingsschwester Dagrun in der vordersten Reihe stand, rief dieser zu: »Die Seherin hat uns einen Sieg prophezeit. Nun schlägt Thor mit seinem Hammer den Amboss! Ein gutes Zeichen. Er ist mit uns, Schwester, und er wird uns helfen, die Angelsachsen zu zerschmettern!«

Der Sturm riss ihr regelrecht die Worte von den Lippen. Dennoch hatte Dagrun sie verstanden und nickte. Ihr hübsches Gesicht, das von langem blondem Haar eingerahmt wurde, verriet Anspannung. Sie trug den grün angestrichenen, mit Eisen beschlagenen Schild am linken Arm, ihre rechte Hand umklammerte den Stiel einer Axt. Wie Frida hatte sie ihr Leben dem Kampf und dem Krieg verschrieben. An ihren Händen klebte das Blut vieler Angelsachsen, und ihr Traum war es, irgendwann mit der Axt in der Hand im Kampf zu sterben, um von den Walküren nach Walhall getragen zu werden, wo sie mit Odin und all den anderen Einher-

---

* Fridleivs Tochter; Söhne des Jarls hätten Fridleivsson geheißen

jern an einem Tisch sitzen und mit ihnen ausgelassen feiern würde.

Die Schwestern waren ebenso gekleidet wie die Männer. Über die Schultern hatten sie sich gegerbte Wolfsfelle gehängt, die vorne vor der Brust mit Fibeln aus Eisen zusammengehalten wurden. Sie unterstanden dem Befehl ihres Vaters, des Jarls Fridleiv Ragnarsson. Dieser war einer der Söhne des legendären Ragnar Lodbrok, eines dänischen Königs, den der northumbrische König Aelle in die Schlangengrube hatte werfen lassen, wo er kläglich umgekommen war.

Am Vortag hatten die Priester den Göttern reichlich Opfer dargebracht und sie um ihren Beistand gebeten. Und da Odin, Thor, Loki und all die anderen Asen in den vergangenen Jahren mit ihnen gewesen waren, würden sie sich auch an diesem Tag nicht von ihnen abwenden.

Späher hatten berichtet, dass die Angelsachsen in der Übermacht waren, dass neben den Fußtruppen mehrere Einheiten leichter Kavallerie eingesetzt werden würden und die Flanken des Heeres von Panzerreitern gesichert wurden.

»Odin! Odin! Odin!« Die Rufe wurden lauter, aggressiver, übertönten das Orgeln und Jaulen des Sturmes und wurden vom trockenen Klang der Äxte begleitet, die rhythmisch gegen die Schilder geschlagen wurden.

Schließlich ertönten die Hörner. Es war das Signal zum Angriff, und in das Heer der Normannen geriet Bewegung. Tief sanken die Füße im aufgeweichten Boden ein. Regen peitschte in die Gesichter der Krieger. Schließlich rannten sie, und ihre geradezu frenetischen Odin-Schreie, die durch Mark und Bein gingen, jagten sicher dem einen oder anderen Angelsachsen einen eiskalten Schauer über den Rücken. Obwohl vom Feind noch nichts zu sehen war, lösten sich auf der gegnerischen Seite erste Pfeile und Lanzen aus dem diesigen Grau, und sich überschlagende Stimmen brüllten den Befehl, den Schildwall zu bilden. Und während die Krieger in den vorderen Reihen ihre Schilde hochrissen und damit über sich ein Dach bildeten, schossen die Bodenschützen ihre Pfeile ab, und die Lanzenwerfer schleuderten ihre Waffen.

Ein weiterer Hagel von angelsächsischen Pfeilen prasselte auf die Schilder der Normannen herunter. Die mit Eisenspitzen versehenen Geschosse bohrten sich mit trockenem Klang in das Holz und blieben mit zitternden Schäften stecken. Andere aber fanden ihr Ziel. Erste Schreie Verwundeter und Sterbender erhoben sich über die anderen Geräusche und verschmolzen mit ihnen zu einer verworrenen Kulisse unterschiedlichster Klänge.

Und dann schälte sich die Front des britannischen Kampfverbandes aus dem Grau in Grau. Die Soldaten und Söldner in den vorderen Reihen waren mit Schwertern und Spießen bewaffnet und trugen rechteckige Schilde. Auf ihren Köpfen saßen Lederhelme, und unter den Wämsern waren ihre Körper mit Kettenhemden geschützt.

Unaufhaltsam schritten die beiden Heere aufeinander zu. Nach wie vor brüllten die Normannen den Namen ihres obersten Gottes. Bei den Angelsachsen betete jeder für sich wahrscheinlich zum einzigen wahren Gott, zu dessen Sohn Jesus Christus oder zur Gottesmutter Maria. Doch dies geschah leise, und es handelte sich mehr um Stoßgebete, geboren aus der Furcht vor dem, was sich anbahnte, als um inbrünstige Monologe.

Die Entschlossenheit war auf beiden Seiten unumstößlich.

Schließlich prallten die Heere aufeinander. Die Keilformation der Normannen, der sogenannte Eberkopf, stieß in die Masse der Angelsachsen, sprengte innerhalb kurzer Zeit den Truppenverbund, und das gegenseitige Abschlachten begann. Wütend und verbissen hackten die Nordmänner mit ihren Äxten auf die Gegner ein, wehrten Schwerthiebe und Lanzenstöße ab, und ihre Schilde zersplitterten mehr und mehr. Das Brüllen der Kämpfenden vermischte sich mit dem Klirren der Waffen, dem Wiehern von Pferden, dem gequälten Geschrei der Verwundeten und dem Röcheln und Stöhnen der Sterbenden.

Köpfe wurden gespalten, Leiber aufgeschlitzt, Arme und Hände abgeschlagen. Das Blut spritzte, besudelte Nordmänner und Angelsachsen gleichermaßen und wurde sogleich vom strömenden Regen wieder abgewaschen.

Auch Frida und Dagrun schwangen die Äxte. Von Kindesbeinen an hatten sie das Kriegshandwerk erlernt. Skrupel kannten sie nicht. Der Tod hatte für sie keinen Schrecken. Töten oder getötet werden, das war das Gesetz, dem sie sich unterwarfen, wenn sie auf Beute- oder Eroberungszug waren. Sie kämpften, wenn es die Umstände zuließen, Rücken an Rücken. Jetzt jedoch agierten sie getrennt voneinander.

Ein Reiter stürmte auf Dagrun zu, die Spitze seiner Lanze war auf ihren Leib gerichtet und sein Mund in der Anspannung verzerrt. Geschickt wich sie dem Stoß aus, schlug zu, und die Schneide ihrer Axt fuhr tief in die Brust des Pferdes. Das Tier brach schrill wiehernd vorne ein und rutschte an der jungen Kriegerin vorbei.

Der Soldat – er trug nicht die schwere Rüstung eines Panzerreiters – sprang behände ab, ehe das Tier zur Seite umkippte und ihn unter sich begraben hätte, wandte sich Dagrun zu und wollte sein Schwert ziehen. Doch ehe er es aus der Scheide hatte, zerschmetterte ihm die Schildmaid mit einem wilden Hieb den Kopf. Als hätte ihn Thors Hammer getroffen, brach er zusammen.

Frida sah, dass ihr Vater von mehreren britannischen Soldaten oder Söldnern bedrängt wurde, und erschlug den Gegner, mit dem sie gerade beschäftigt war und der durch ihren ungestümen Angriff ins Straucheln geriet, kurzerhand mit ihrem schweren Schild. Leichtfüßig sprang sie über einige am Boden liegende, reglose Körper hinweg, um sogleich mit ihrer Axt auf die Angelsachsen, die ihrem Vater zusetzten, einzudreschen. Wieder zertrümmerte sie Köpfe und brach Knochen, schlitzte Leiber auf und verspürte nicht die geringste Gemütsregung, wenn aus den schrecklichen Wunden in Fontänen das Blut schoss oder die Gedärme quollen.

Fridleiv Ragnarsson blutete aus einer Schnittwunde an der Wange; Regenwasser schwemmte das Blut über sein Kinn und seinen Hals.

Auch Dagrun kämpfte mit der Besessenheit einer Fanatikerin, warf sich den gegnerischen Kämpfern entgegen, rammte sie mit ihrem Körper oder dem schweren Schild zu Boden, zerschmetterte ihnen kurzerhand mit dem Schild die Häupter oder den Brustkorb oder hieb wie von Sinnen und jeden Schlag mit barbarischem Geschrei begleitend mit der Axt auf sie ein.

Es gab keine Gnade und kein Erbarmen, es gab aber auch niemand, der darum bat oder nach dem Sinn dieses grausamen Blutvergießens fragte. Die verfeindeten

Parteien steigerten sich regelrecht in einen Blutrausch hinein, und die Gruppe Berserker, die König Guthrum um sich geschart hatte, massakrierte – in der einen Hand die Axt, in der anderen das Schwert – die Gegner ohne Rücksicht auf das eigene Leben und ohne den Schmerz wahrzunehmen, den ihre eigenen Wunden verursachten.

Die Minuten reihten sich aneinander, wurden zur Viertelstunde, zur Stunde. Brutalität und Grausamkeit eskalierten, und der Tod gönnte sich keine Pause. Er war allgegenwärtig und unersättlich. Der Boden war übersät mit den Körpern kreuz und quer liegender toter und sterbender Kämpfer. Ihr Blut vermischte sich mit dem Regenwasser und versickerte. Weder die Nordmänner noch die Angelsachsen hatten noch die Kraft, ihre Attacken mit wildem Geschrei zu begleiten. Mit von der Anstrengung verdunkelten Gesichtern droschen die verfeindeten Krieger verbissen aufeinander ein, bar jeglichen Gedankens, nur noch von Vernichtungswillen und Selbsterhaltungstrieb geleitet.

Bald hatten die Kämpfenden jeglichen Zeitbegriff verloren. Die Arme, die Äxte oder Schwerter schwangen und die schweren Schilde hielten, wurden müde. Jeder Schlag wurde zu einer Überwindung, einer Anstrengung, die den gesamten Willen erforderte. Mit weichen Knien taumelten die Krieger, Soldaten und Söldner zum nächstbesten Gegner, davon beseelt, ihn zu töten, um dann über seine Leiche hinwegzusteigen und sich dem nächsten Feind zuzuwenden.

Dagrun sah einen britannischen Soldaten hinter Frida mit dem Schwert zum Schlag ausholen. Die junge Schildmaid warf kurzentschlossen ihre Axt. Diese wirbelte durch die Luft, bis sie vom Übergewicht des eisernen Blattes in eine waagrechte Flugbahn gerissen wurde. Ehe der Angelsachse Frida enthaupten konnte, zerschnitt ihm das eiserne, rasiermesserscharfe Blatt das Rückgrat. Er bäumte sich auf, drehte sich halb um die eigene Achse und kippte dann um.

Frida schien zu bemerken, dass ihr von hinten Gefahr drohte, und wirbelte herum, nachdem sie ihrem momentanen Widersacher mit der Axt das Schwert aus der Hand geprellt und ihm mit dem nächsten Schlag eine furchtbare Wunde am Hals zugefügt hatte. Sie sah noch den Briten zusammenbrechen, unter dessen Leben Dagruns Axt einen blutigen Schlusspunkt gesetzt hatte, und registrierte, dass ihre Schwester von drei Feinden gleichzeitig angegriffen wurde.

Sie beeilte sich, Dagrun zu Hilfe zu eilen.

Von der Seite sah sie einen Soldaten mit zum Schlag erhobenem Schwert auf sich zutaumeln. Der Arm sauste nach unten, aber Frida warf sich geistesgegenwärtig zur Seite, schlug gleichzeitig mit der Axt zu und spaltete das Gesicht des Angreifers regelrecht. Sie stieg über ihn hinweg, erreichte Dagrun, die sich mit dem Schild der drei Gegner erwehrte, und fackelte nicht lange. Ehe die gegnerischen Soldaten sich versahen, sanken sie tot oder sterbend zu Boden. Frida war wie rasend, sie wurde nur noch vom Willen zum Töten gelenkt, und ihr einziges Bestreben war, so viele Feinde wie möglich niederzumetzeln. Von der Klinge ihrer Axt und von ihrem ziemlich ramponierten Schild rannen Blut und Regenwasser.

Aber Tapferkeit und Todesverachtung reichten nicht aus, um eine Schlacht für sich zu entscheiden. Die Angelsachsen waren den Normannen zahlenmäßig weit überlegen, und der Reiterei sowie den Panzerreitern hatten die barhäuptig und – abgesehen von den Schildern – ohne jede schützende Rüstung kämpfenden Dänen nichts entgegenzusetzen. Sie wurden mehr und mehr zurückgedrängt. Und irgendwann erklangen wieder die Hörner, die den Rückzug befahlen. Guthrum hatte wohl eingesehen, dass diese Schlacht nicht zu gewinnen war.

Die Normannen zogen sich zurück. Doch es gelang ihnen nicht, sich von den britannischen Kämpfern zu lösen und sich freizukämpfen. Die angelsächsischen Soldaten und Söldner waren ebenso dem Blutrausch verfallen wie die Männer aus dem hohen Norden. Das Sterben ging also weiter. Der Wille, so viele Gegner wie möglich für alle Zeiten unschädlich zu machen, war stärker als Erschöpfung und Kraftlosigkeit.

Das Klirren und Krachen wurde zwar weniger, aber es endete nicht. Und der Druck auf die Normannen wurde von Sekunde zu Sekunde bedrohlicher. Ihnen drohte eine vernichtende Niederlage. Die Ersten erkannten es, warfen die schweren, hinderlichen Schilde fort und wandten sich zur Flucht. Weitere folgten, und schließlich floh auch der letzte der Nordmänner, der noch dazu in der Lage war. Die Angst ließ sie noch einmal alles aufbieten, was an Energie und Kraft in ihnen steckte, und keiner empfand die Flucht angesichts der unausbleiblichen Niederlage als Schande. Sie folgten lediglich der Vernunft. Es war eine letzte, verzweifelt anmutende Anstrengung …

Etwa ein Drittel der Normannen, die am Morgen noch voll Vertrauen auf Odin und die Götter zum Kampf angetreten waren, konnten sich in das Feldlager zurückziehen. Die anderen waren tot oder schwer verletzt auf dem Schlachtfeld zurückgeblieben. Die Walküren hatten an diesem unseligen Tag viel zu tun.

Auch Guthrum und einige seiner Berserker hatten sich retten können, ebenso Fridleiv Ragnarsson und seine Töchter Frida und Dagrun.

Da die Angelsachsen nachrückten, gab Guthrum den Befehl aus, das Lager rundherum zu besetzen und die Zugänge zu sichern. Eilig trugen die Krieger alles zusammen, womit sie verhindern wollten, dass die Briten in ihr Lager eindrangen; Steine und dicke Äste als Wurfgeschosse, Lanzen, die sie zurückgelassen hatten, Äxte zum Fällen von Bäumen und sogar Trinkbecher sowie Teller aus schwerem Zinn oder schwerer Bronze.

Frida und Dagrun hatten sich ihrem Vater hinzugesellt. »Die Götter waren uns heute nicht wohlgesinnt«, keuchte Frida und wischte sich Blut und Wasser aus den Augen. »Wessex können wir abschreiben. Wir dürfen froh sein, wenn wir einigermaßen ungeschoren aus diesem verfluchten Land hinauskommen.«

»Hadere nicht mit den Göttern«, wies Ragnarsson seine Tochter zurecht. »Wir haben diesen Kampf nicht verloren, weil uns Odin und die anderen Asen im Stich gelassen hätten. Und auch nicht, weil der Gott der Christen möglicherweise stärker ist als unsere Götter. Die Angelsachsen waren uns dreifach an Zahl überlegen, allein das war der Grund für unsere Niederlage.«

»Vielleicht hätten wir uns nicht auf diese Schlacht einlassen sollen«, sagte Dagrun, und ihre Stimme klang heiser. »Dass unser Heer in der Vergangenheit große Siege errungen hat, war kein Garant dafür, dass wir auch heute siegreich sein würden. Ich denke, wir waren übermütig, als wir uns Alfred und seiner Armee stellten.«

»Das ist Schelte am König, Tochter«, versetzte Ragnarsson grollend. »Den König zu schelten, seine Entscheidungen anzuzweifeln oder seine Anordnungen in Frage zu stellen – das kann als Rebellion ausgelegt werden, und Rebellion ist ein todeswürdiges Verbrechen. Also hüte deine Zunge, Tochter.«

Es war Zurechtweisung und Warnung zugleich.

»Ich wollte …«

Dagrun brach ab, als einige Hörner ertönten; es waren bei Weitem nicht mehr so viele wie am Morgen. Eine ganze Reihe der Hornisten hatte auf dem Schlachtfeld ihr Leben ausgehaucht. Eine Stimme brüllte: »Die Angelsachsen greifen an! Verteidigt euch! Schützt das Leben des Königs! Odin ist mit uns!«

Ragnarsson und seine Töchter eilten zum Rand des Lagers. »Bevor wir in die Gefangenschaft Alfreds geraten, töten wir uns gegenseitig oder selbst«, stieß der Jarl hervor. »Durch eigene Hand zu sterben ist ehrenvoller, als von den Henkersknechten Alfreds schmählich gevierteilt zu werden.«

Es regnete nach wie vor, und der Wind heulte wie ein hungriges Wildtier um die Zelte und anderen notdürftigen Unterkünfte des Normannenlagers. Doch von Westen her hellte sich der Himmel auf, und es war wohl nur noch eine Frage der Zeit, bis sich der Sturm legte. Auch zuckten nur noch vereinzelte Blitze aus den brodelnden Wolken, dementsprechend weniger waren auch die Donnerschläge geworden.

Das Feldlager war mit einem Zaun aus zugespitzten Pfählen befestigt, die schräg in die Erde eingegraben waren, sodass die Spitzen etwaigen Angreifern entgegenragten.

Der graue Vorhang aus Regenwänden schien die angelsächsischen Kämpfer auszuspucken. Von Seiten der

Normannen flog ihnen alles entgegen, was greifbar war und Wirkung erzielen konnte. An den Zugängen zum Lager kam es zu heftigen Kämpfen, aber den Angreifern gelang es nicht, die Reihen der Verteidiger zu durchbrechen oder sie zu vertreiben. Wieder klirrten die Waffen, krachten Schwert- und Axtschläge gegen die Schilder, Männer starben, und in den infernalischen Lärm mischten sich ihre grässlichen Todesschreie.

Da innerhalb des Zauns normannische Krieger das Lager sicherten und der Zaun selbst eine schlecht zu überwindende Hürde war, beschränkten sich die Attacken der britannischen Soldaten auf die Zugänge zum Lager. Wenn die vordere Reihe derer, die diese Öffnungen im Zaun verteidigten, vor Erschöpfung kaum noch die Axt oder das Schwert heben konnte, trat an ihre Stelle eine etwas ausgeruhtere Gruppe Krieger und leistete den Angelsachsen erbittert Widerstand.

Auch Fridleiv Ragnarsson und seine Töchter sprangen immer wieder ein und töteten viele Angreifer, bis diese sich schließlich zurückzogen.

Die Schlacht war zu Ende, die Normannen hatten eine demütigende Niederlage erlitten, und die Überlebenden, die sich in das Feldlager gerettet hatten, ließen sich dort, wo sie standen, erschöpft zu Boden sinken. Der stundenlange Kampf hatte das Letzte von ihnen gefordert. Wenn die angelsächsischen Soldaten und Söldner in den nächsten Stunden zurückgekehrt wären, hätten sie leichtes Spiel gehabt.

Eine geradezu fatale Gleichgültigkeit schien die völlig ausgepumpten normannischen Krieger befallen zu haben. Vielleicht sehnte der eine oder andere von ihnen sogar den Tod herbei …

Der Sturm flaute ab. Er hatte sich nach Osten verzogen, und nur noch vereinzelte, schwere Regentropfen klatschten auf die Erde. Das Heulen des Windes war verstummt, und durch ein großes Loch in der Wolkendecke brach sogar Sonnenlicht.

Schließlich hörte es völlig zu regnen auf, und aus den Wäldern stieg weißer Dampf. Wabernder Nebel hing über dem Schlachtfeld, über dem der penetrante Geruch des Todes wie ein Leichentuch hing, der jedoch ganze Scharen von Raben nicht daran hinderte, wie eine Invasion auf den Schauplatz brutaler Gewalt einzufallen und mit scharfen Schnäbeln auf die Leichen einzuhacken.

Die Angelsachsen hatten einen weitläufigen Belagerungsring um das Feldlager der Normannen gelegt. Von einem weiteren Angriff sahen die Feldherren der Briten jedoch ab, denn sie waren davon überzeugt, dass Hunger, Kälte und Angst die Normannen sehr bald zur Aufgabe zwingen würden. Die Zeit arbeitete für die Angelsachsen, und daher übten sie sich in Geduld.

Tatsächlich herrschte bei den Normannen Bedrücktheit, Aussichtslosigkeit und Resignation.

König Guthrum ließ drei Tage nach der schmählichen Niederlage seine Jarls zu sich kommen. Es waren nur noch eine Handvoll, die überlebt hatten, unter ihnen Fridleiv Ragnarsson.

»Es lässt sich nicht abstreiten«, begann der bärtige König, dessen dunkles Haar weit auf seinen Rücken und über seine Schultern fiel, »dass wir eine vernichtende Niederlage hinnehmen mussten. Die Briten haben meiner Armee den Todesstoß versetzt.« Er schaute von einem seiner Jarls zum anderen und las in den finsteren Mienen nichts als hilflose Ohnmacht und Hoffnungslosigkeit.

Die Jarls schwiegen.

»Uns bleiben nur zwei Möglichkeiten«, fuhr der König fort, »und zwar aufzugeben und sich den Angelsachsen auf Gedeih und Verderb auszuliefern oder Alfred Verhandlungen anzubieten.«

»Er befindet sich in der Rolle des Siegers«, gab ein Jarl namens Godefried Haraldsson zu verstehen. »Daher wird er die Bedingungen diktieren, unter denen er deine Kapitulation annimmt, mein König. Es werden Bedingungen sein, die uns unseres Stolzes und unserer Würde berauben und die für uns, nehmen wir sie an, nichts anderes als Schmähung und Demütigung sein werden.«

Guthrum presste die Lippen zusammen, und die Backenknochen traten hart in seinem Gesicht hervor. Nach kurzer Überlegung antwortete er grollend: »Nehmen wir sie nicht an, werden wir hier am Hunger zugrunde gehen, oder die Angelsachsen erschlagen uns, wenn wir nicht mehr in der Lage sind, vor Schwäche das Lager zu verteidigen.«

»Wir sind mit unseren Schiffen nach Britannien gesegelt, um die Königreiche zu erobern und um Land für uns zu gewinnen, das wir bebauen und von dessen Erträgen wir leben können«, stieß Fridleiv Ragnarsson in einem Anflug von Verbitterung hervor. »Aber nicht, um hier wie räudige Hunde erschlagen zu werden. Noch verfügen wir über eine gewisse Kampfkraft. Alfred kann also nicht ausschließen, dass es uns nicht gelingt, uns freizukämpfen und uns nach Mercia durchzuschlagen. Im Land sind überall Gruppen dänischer Krieger unterwegs, mit denen wir eine neue, große Armee aufstellen können. Das wissen sicher auch Alfred und seine königlichen Berater. Daher bin ich dafür, dass du Unterhändler zu ihm sendest, mein Herr, die dem König von Wessex in deinem Namen Friedensverhandlungen anbieten.«

»Und du glaubst, dass er darauf eingeht?«, fragte der König zweifelnd und fixierte den neununddreißigjährigen Jarl mit dem rötlichen Haar und dem gleichfarbigen Bart skeptisch.

»Ja, denn er muss – wie ich schon sagte – damit rechnen, dass du ein neues, großes Heer auf die Beine stellst und am Ende vielleicht doch noch Wessex eroberst. Fordere von ihm Land und versprich ihm, ab sofort jegliche kriegerische Handlung in seinem Königreich zu unterlassen. Sicher wird er Bedingungen nennen, die zu erfüllen schwer werden, aber man kann sich gewiss einigen, sodass jede Partei am Ende zufrieden sein wird.«

Die Jarls saßen auf grob zusammengezimmerten Hockern in einem Halbkreis um ihren König. Es war die Zeit kurz nach Sonnenuntergang, die grauen Schatten der Dämmerung krochen aus den Senken, und im Osten blinkten fahl die ersten Sterne über dem Meer. Der Himmel war düster, und von Westen her schoben sich dichte, dunkle Wolkenbänke ins Land, die einen weiteren Sturm anzukündigen schienen. Doch noch war die Luft windstill, regte sich in den Bäumen und Büschen kein Zweig. Der wolkenüberzogene Himmel, das düstere Grau ringsum, die Reglosigkeit der Natur, die Stille um das Lager – das alles wirkte unheimlich und bedrückend. Es entsprach der Stimmung der Eingeschlossenen, die schwer an ihrer Niederlage und der Ungewissheit über ihre Zukunft trugen.

Mit einem Ruck erhob sich Godefried Haraldsson. Er war siebenundvierzig Jahre alt, dunkel und hatte die Narben vieler Kämpfe im faltigen Gesicht. »Ich bin für den

Kampf!«, rief er und ließ den flackernden Blick in die Runde schweifen, damit ihm die Reaktion der anderen Jarls nicht entging. »Vielleicht verhandelt Alfred mit uns über einen Frieden. Aber er wird die Voraussetzungen hierfür diktieren. Wir werden Gefangene in seinem Land sein und unter dem Joch der Angelsachsen bis an unser Lebensende zu leiden haben. Unsere Krieger haben sich erholt, sie sind wieder stark und können Schild und Axt führen. Daher bin ich dafür, dass wir einen Ausbruchsversuch unternehmen, und wenn es uns gelingt, den Belagerungsring zu durchbrechen, schlagen wir uns nach Mercia durch, heben ein großes Heer aus und kehren nach Wessex zurück, um dort weiterzumachen, wo wir vor drei Tagen gezwungen wurden aufzuhören. Wir haben uns Northumbria, East Anglia und Mercia unterworfen und werden nicht ruhen, bis auch Wessex zu deinem Reich gehört, König Guthrum.«

Viele der Jarls, die er ansah, senkten den Blick. Es verriet Haraldsson, dass er mit seinem Vorschlag auf keinerlei Zustimmung stieß. Ein Schatten schien über sein Gesicht zu huschen und es noch mehr zu verfinstern, als es sowieso schon war. Er setzte sich wieder.

Ein anderer der Jarls mischte sich ein, indem er sagte: »Ich bin der Meinung, dass wir zunächst einmal abwarten sollten. Vielleicht werden die Briten der Belagerung schneller müde, als wir denken, und ziehen ab. Dann können wir, ohne irgendwelche Zugeständnisse machen zu müssen, nach Mercia ziehen und ein Heer aufstellen, mit dem wir Wessex erobern. Bei einem Ausbruchsversuch würden wir sicherlich weitere unserer Männer verlieren, und jeder Kämpfer, der dabei stirbt, wird uns später fehlen.«

Daraufhin erklang zustimmendes Gemurmel.

Ragnarsson rief: »Das ist ein vernünftiger Vorschlag. Warten wir ab, wie sich die Dinge entwickeln. Denn wären die Briten schlagkräftig genug, hätten sie uns sicher erneut angegriffen. Wir haben ihnen große Verluste zugefügt, und bei einem Angriff muss Alfred mit weiteren Verlusten rechnen. Er ist sich seiner Sache nicht sicher, darum will auch er die Zeit entscheiden lassen.«

Guthrum nickte. »Auch ich bin dafür, dass wir uns ruhig verhalten. Vielleicht tritt Alfred mit einem Angebot an mich heran. Du hast sicher recht, Fridleiv Ragnarsson, wenn du vermutest, dass Alfred den Einfall eines neuen großen Heeres unter meiner Führung befürchtet und deshalb auf Friedensverhandlungen eingehen wird. Aber ihm Unterhändler zu schicken und von uns aus diese Verhandlungen anzubieten, würde er vielleicht als ein Zeichen von Schwäche auslegen und entsprechend seine Bedingungen formulieren. Also warten wir ab.«

Wieder erhob sich Geraune und Geflüster, das Zustimmung signalisierte.

»Wer ist dagegen?«, fragte Guthrum.

Nur Godefried Haraldsson hob die Hand.

Der König heftete den Blick auf ihn und sagte: »Du wirst dich dem Willen der Mehrheit beugen müssen, Jarl Haraldsson.«

Der Angesprochene erhob sich, legte die rechte Hand flach vor den Leib, deutete eine Verneigung an und erwiderte: »Natürlich, mein König.«

»Dann sind wir uns einig«, erklärte Guthrum und gebot den Jarls, zu ihren Leuten zurückzukehren.

Ragnarsson begab sich in das Zelt der Zwillingsschwestern. Sie hatten ein kleines Feuer entfacht, das Holz knisterte und knackte in der Hitze, die Flammen züngelten, und in den Gesichtern der jungen Frauen fand ein Wechselspiel von Licht und Schatten statt. Ehe ihr Vater etwas sagen konnte, platzte es voll Ungeduld aus Frida heraus: »Wie habt ihr euch entschieden?«

»Wir überlassen König Alfred den nächsten Schritt«, antwortete der Jarl und setzte sich zwischen seinen Töchtern auf den Boden. In den Augen der drei spiegelte sich der Feuerschein, und ihre Schatten wurden groß gegen die Zeltwände geworfen.

Enttäuscht starrten ihn die jungen Kämpferinnen an. »Das ... das kann ich ja kaum glauben«, entrang es sich Dagrun. »Wir sollen hier untätig herumsitzen und darauf warten, dass die Angelsachsen über uns kommen wie der Adler über die Feldmaus? Ist König Guthrum des Kämpfens müde? Hat seinen Jarls die Niederlage vor drei Tagen jeglichen Mut genommen?«

»Ein weiterer Kampf würde für uns alle den sicheren Tod bedeuten«, stieß Ragnarsson hervor. »Es wäre der Anfang vom Ende der normannischen Herrschaft über jene Königreiche, die wir uns untertan gemacht haben. Denn wenn Guthrum hier stirbt, sind unsere Leute in Britannien führerlos, und Alfred würde nicht zögern, seinerseits einen Eroberungsfeldzug durchzuführen, um am Ende die gesamte Insel seiner Krone zu unterwerfen.«

»Es ist also Angst, die eure Entscheidung diktiert«, entfuhr es Frida, und sie musterte ihren Vater mit einer Mischung aus Ungläubigkeit und Verachtung. »Und ich habe immer gedacht, König Guthrum und seine Jarls wären ...«

»Schweig!«, herrschte Ragnarsson seine Tochter an. »Es steht dir nicht zu, die Entscheidung des Königs zu kritisieren oder gar in Frage zu stellen. Es steht dir auch nicht zu, dich deinem Vater gegenüber respektlos zu zeigen. Der Beschluss wurde gefasst. Jarl Haraldsson war dagegen, unterwarf sich aber dem Willen der anderen, und es besteht kein Grund, in irgendeiner Weise daran zu rütteln. Haltet euch daran.«

Frida verzog den Mund, Dagrun zeigte keine Reaktion. Beide waren für den Kampf, und so stieß der Befehl stillzuhalten, bei ihnen auf wenig Begeisterung.

Eine Woche verstrich, ohne dass irgendetwas Nennenswertes geschah. Den Normannen gingen die Nahrungsmittel aus. Vor drei Tagen waren die letzten Regenwolken nach Osten gezogen, und von morgens bis abends schien die Sonne. Die Tageshitze ließ das Land trocknen und sorgte auch dafür, dass im Lager das Wasser knapp wurde. Die Nächte hingegen waren kalt, und da die normannischen Krieger unterernährt waren, froren sie erbärmlich.

Der Unmut unter den nordischen Kämpfern wuchs. Der Ruf nach einem Ausbruchsversuch wurde immer lauter, und Godefried Haraldsson nährte mit Hilfe der ihm ergebenen Krieger das Feuer der Unzufriedenheit, indem sie die Angst unter den Männern schürten. Nach und nach gelang es ihnen, auch den einen oder anderen der Jarls von Godefrieds Meinung zu überzeugen, und nachdem fast zwei Wochen der Belagerung verstrichen waren, begab sich eine Abordnung zum König.

»Wir können nicht länger warten, mein König«, erklärte Haraldsson mit Nachdruck. »Unsere Männer haben nichts mehr zu essen, sie müssen das Wasser rationieren, und wenn wir nicht endlich irgendetwas unternehmen, werden sie zu schwach sein, um sich von ihren Lagern zu erheben. Wir werden Alfreds Soldaten nichts mehr entgegenzusetzen haben, und sie erschlagen uns, oder wir gehen in Gefangenschaft. Das ist es, was uns blüht, mein König, wenn wir noch länger untätig sind.«

Guthrum nahm eine unruhige Wanderung vor seinem Zelt auf. Drei Schritte hin, drei Schritte zurück. Seine Hände lagen auf dem Rücken, seine Finger hatten sich ineinander verkrampft. In seinem kantigen Gesicht arbeitete es, er zog die Unterlippe zwischen die Zähne und kaute darauf herum.

Ihm war klar, dass er gefordert war. Die Krieger waren vom Abwarten, vom Hunger und von der Befürchtung, bald vor Schwäche nicht mehr kämpfen zu können und wie Schlachtvieh von den Briten massakriert zu werden, mürbe geworden. Und die Jarls, die im Verein mit Haraldsson zu ihm gekommen waren, ließen keinen Zweifel daran aufkommen, dass sie eine Entscheidung von ihm erwarteten – eine Entscheidung, die sie bereit waren, mit ihm zu tragen.

Guthrum war unschlüssig. Gefühl und Verstand stritten sich in ihm. Das Gefühl sagte ihm, dass er etwas unternehmen musste, um den Unfrieden in seinen eigenen Reihen in Grenzen zu halten. Der Verstand hingegen riet, König Alfred den ersten Schritt zu überlassen, was in ihm aber sogleich die Frage aufwarf, was sein würde, wenn sich Alfred ebenso aufs Abwarten beschränkte. Tatsache war, dass der Angelsachse in der besseren Position war und die Normannen vor Hunger sterben würden, wenn nicht irgendetwas geschah.

Ein Blick in die düsteren Gesichter seiner Jarls sagte ihm, dass sie mit dem, was er vorhatte, nicht einverstanden sein würden. Vor allem hatte Godefried seine

Absicht, den Belagerungsring mit Gewalt zu durchbrechen und sich nach Mercia durchzuschlagen, sicherlich nicht aufgegeben. Und gewiss hatte er die anderen Jarls, die ihn an diesem Tag begleiteten, von seinem Plan überzeugen können.

»Ich werde Unterhändler zu Alfred senden und ihm Verhandlungen über einen Frieden anbieten. Er wird zustimmen, um einem weiteren Einfall skandinavischer Truppen in sein Land vorzubeugen. Und dann werden wir hören, welche Bedingungen er stellt, und wir können darüber beraten, ob wir sie annehmen.«

»Das führt zu nichts!«, blaffte Godefried und schaute verkniffen drein. »Der Seher hat aus den Runen unseren Sieg über die Angelsachsen gelesen. Sicher, es werden Männer sterben, aber sie werden im Kampf fallen und in Walhall zusammen mit Odin und den Einherjern auf Ragnarök warten. Wenn uns die Briten jedoch erschlagen wie räudige Hunde, weil wir vor Hunger zu schwach sind, um uns zu wehren, ist es Hel, die uns holt. Sie bringt uns nach Helheim, wo all diejenigen hinkommen, die auf dem Sterbelager ihr Leben aushauchen. Denn von den Angelsachsen ohne die Möglichkeit der Gegenwehr abgeschlachtet zu werden ist dem Strohtod* gleichzusetzen. So ein Ende strebt keiner von uns an.«

»Ob Walhall oder Helheim«, wandte der König ein, »diejenigen, die dort landen, sind für uns hier, die wir vielleicht noch auf jeden Mann angewiesen sind, wertlos. Darum werde ich Unterhändler zu Alfred schicken, und ich werde seine Antwort auf mein Vorbringen abwarten. Und ihr, meine Jarls, werdet das akzeptieren.«

---

* Tod infolge von Krankheit oder Altersschwäche

Den letzten Satz sprach er im Ton eines Mannes, der es gewohnt war, Befehle zu erteilen, anzuordnen, zu bestimmen, zu loben und zu tadeln, und der keinen Widerspruch duldete.

Godefried zog die Schultern leicht an. Seine Kiefer mahlten, und er vermittelte den Anschein, gegen Guthrums Entscheidung aufbegehren zu wollen. Er kämpfte mit sich, das war deutlich von seinen verkrampften Zügen abzulesen. Plötzlich aber sanken seine Schultern wieder nach unten. »Wie du befiehlst, mein König. Vielleicht belehrt dich die Antwort Alfreds eines Besseren.«

Unwillig runzelte Guthrum die Stirn. Godefrieds Ton gefiel ihm nicht, aber er verkniff sich eine scharfe Zurechtweisung, denn die Stimmung im Lager konnte jederzeit kippen, und er wollte kein Öl ins Feuer gießen. Also sagte er nur: »Lassen wir uns überraschen.«

Als nach zweiwöchiger Belagerung Guthrums Parlamentäre zu König Alfred gebracht wurden, schien sich erfüllt zu haben, was der angelsächsische Herrscher vorausgesagt hatte, nämlich dass Hunger, Verzweiflung und Furcht die Normannen zur Aufgabe zwingen würden. Alfred hörte sich an, was die Unterhändler vorzubringen hatten, dann sagte er: »Bestellt Guthrum von mir, dass ich bereit bin, ihn und seine Krieger am Leben und ziehen zu lassen, unter der Voraussetzung, dass er Christ wird, sich taufen lässt und damit seinen heidnischen Göttern abschwört. Außerdem wird er mir zehn seiner Familienangehörigen als Geiseln überlassen und sich in das Danelag zurückziehen, das er nach seinem eigenen Gutdünken regieren kann. Des Weiteren will ich sein Wort, dass er nie wieder den Versuch unternimmt, Wessex zu erobern.«

»Wollt ihr dem Wort eines Normannen vertrauen, Herr?«, fragte einer der königlichen Berater geradezu entsetzt.

»Wenn er sein Wort nicht hält«, antwortete der König, »werde ich das den Geiseln, die er mir zu stellen hat, vergelten. Und auch bei den Normannen dürfte Blut dicker sein als Wasser.«

Fridleiv Ragnarsson betrat das Zelt seiner Töchter. Sein Gesichtsausdruck war ernst, sein Blick finster. Nur Frida war anwesend. Erwartungsvoll fixierte die junge Schildmaid ihren Vater, dem ins Gesicht geschrieben stand, dass er etwas mit sich herumtrug, das ihm schwer zu schaffen machte.

Frida wusste, dass es mit König Guthrum zusammenhing, denn ihr Vater kam von einer Besprechung mit ihm.

»Wo ist Dagrun?«, fragte er und setzte sich auf eines der Bärenfelle, mit dem der Boden des Zelts ausgelegt war.

»Auf Wache beim Zaun.«

»Der König hat sich entschieden«, sagte Ragnarsson grollend.

»Nimmt er die Bedingungen an, die Alfred stellt?«

»Ja. Er hat sich mit dem angelsächsischen König geeinigt und will sich in drei Wochen mit dreißig unserer wichtigsten Leute nach Aller begeben, wo er getauft und von Alfred adoptiert wird. Er wird den Namen Guthrum ablegen und sich fortan Aethelstan nennen. Danach will er sich aus Wessex zurückziehen, wird aber die Herrschaft über das Danelag beibehalten.«

Fridas Zähne knirschten übereinander, dann brach es über ihre bebenden Lippen: »Er begeht Verrat an seinem Volk, und er verrät die Götter. Das ist frevlerisch.« Die Schildmaid war fassungslos und betroffen; geradezu erschreckt starrte sie ihren Vater an. »Du – du wirst doch nicht als einer der dreißig mit ihm gehen?«, platzte es aus ihr heraus.

»Guthrum hat meinen Namen genannt«, antwortete Ragnarsson. »Ja, er will, dass ich mit ihm ziehe.«

»Und?« Frida stieß das Wort aus und hielt den Atem an. Sie war angespannt bis in die letzte Faser ihres Körpers.

»Godefried hat mich angesprochen, nachdem der König die Versammlung aufgelöst hatte. Auch er ist einer derjenigen, die mit dem König nach Aller gehen sollen. Aber er denkt nicht daran, sich zum christlichen Glauben zu bekehren. Und ich … *ebenso wenig.*«

Die letzten Worte des Jarls waren wie Hammerschläge gefallen.

»Odin sei Dank!«, entfuhr es Frida. »Ich habe schon befürchtet, dass du dich wegen deines Treueids so sehr an Guthrum gebunden fühlst, dass du dich dem schwachen Christengott zuwendest.«

»Lieber soll mich Thor mit seinem Hammer erschlagen«, brummte Ragnarsson. Seine Stimme senkte sich, als er sogleich weitersprach. »Wir können natürlich nicht abwarten, bis der König nach Aller geht. Er ist in dem Glauben, dass Godefried und ich ihn begleiten. Und wenn wir in drei Wochen noch hier sind, müssen wir uns ihm entweder anschließen, oder es gibt einen Kampf, in dem wir sicherlich unterliegen werden, denn die Anhänger des Königs sind weit in der Überzahl und können außerdem mit der Unterstützung der Angelsachsen rechnen. Diejenigen, die in diesem Kampf nicht fallen, wird Guthrum drakonisch bestrafen.«

»Warum töten wir den König nicht und …«

»Auch das würde Kampf und Untergang bedeuten, denn durch seinen gewaltsamen Tod würden wir seine Anhänger erst recht gegen uns aufbringen.« Ragnarsson schüttelte den Kopf. »Wir müssen uns mit unseren Leuten absetzen. Das heißt, wir werden unsere eigenen Wachen ausschalten müssen, denn sie würden den König alarmieren, und wir müssen den Belagerungsring der Angelsachsen durchbrechen und uns dann nach Westen zu der Bucht durchschlagen, in der die Boote des Königs liegen. Ob wir es schaffen, ist fraglich. Aber lieber wollen wir sterben und in die Burg Odins in Asgard einziehen, als mit dem Verräter nach Aller zu gehen.«

»Der Tod wäre ehrenhafter!«, giftete Frida, die nur noch Verachtung für ihren König empfand. »Mit der verlorenen Schlacht hat Guthrum auch seinen Stolz und seine Ehre verloren. Er ist ein Wurm ohne Rückgrat geworden, ein Feigling, der für seinen Verrat nach seinem Tod als Futter für Nidhöggr, den Drachen, nach Nastrand verbannt werden wird.«

»Ich muss mit Godefried noch die Einzelheiten besprechen«, murmelte Ragnarsson. »Wir dürfen keine Fehler begehen, denn die geringste Unbedachtheit kann unser aller Verderben bedeuten.«

»Ich möchte bei diesen Besprechungen dabei sein«, sagte Frida spontan. »Und Dagrun sicher auch.«

Ragnarsson schüttelte den Kopf. »Nein! Ihr werdet in die Einzelheiten eingeweiht, sobald Godefried und ich unser Vergehen bis in die letzte Einzelheit festgelegt haben.« Die Stimme des Jarls sank erneut herab und nahm einen mahnenden Tonfall an. »Du darfst zu niemand darüber sprechen, Frida. Denn Verrat ist niemals auszuschließen. Allenfalls Dagrun kannst du darüber in Kenntnis setzen, was der König beschlossen hat und was wir vorhaben.«

»Ich will auf keinen Fall diejenige sein, die unsere Sache gefährdet, Vater. Wisst ihr denn schon, wohin wir uns wenden wollen, wenn wir die Boote erreichen?«

»Zunächst einmal auf dem schnellsten Weg nach Osten, zur Westküste des Frankenreichs, und von dort aus nach Norden in Richtung Heimat. Ja, wir haben beschlossen, nach Dänemark zurückzukehren. Dort herrscht Göttrik, der zweite seines Namens. Er wird uns willkommen heißen, denn wir werden ihm reiche Beute bringen.«

»Die wir bei den Franken machen, nicht wahr?«, fragte Frida.

»Es soll an der Westküste des Frankenlandes viele Klöster und Gehöfte reicher Bauern geben, und wir werden die eine oder andere Gelegenheit ergreifen.«

»Ich danke dir, Vater, dass du dich gegen Guthrum und seinen Verrat entschieden hast«, sagte Frida. »Auch unsere Götter werden es dir danken, indem sie uns Mut einflößen und unsere Arme stärken, mit denen wir den Schild halten und die Axt führen. Wir werden bald die Heimat wiedersehen, und ich werde meine Mutter, die sicher sehnsüchtig darauf wartet, dass wir nach Hause zurückkehren, in die Arme schließen können. Dagrun wird sich ebenfalls auf das Wiedersehen mit ihr freuen.«

Eine Woche war verstrichen. Da König Alfred von Wessex dem Wort Guthrums vertraute und vom Friedensschluss mit den Normannen fest überzeugt war, zog er viele seiner Soldaten, die das Lager des normannischen Königs einschlossen, zurück, um mit ihnen als Geleit nach Aller zu reisen und alles für die Taufe Guthrums und die Adoption vorzubereiten.

Die Wachsamkeit der angelsächsischen Belagerer hatte stark nachgelassen, nachdem ein Friedensschluss in Sicht war. Dies wollten Fridleiv Ragnarsson und Godefried Haraldsson für sich ausnutzen. Und was ihrem Plan noch entgegenkam, war die Natur. Denn wie am unseligen Tag der Niederlage schoben sich am westlichen Himmel drohende Gewitterwolken zusammen, türmten sich auf zu dunklen Formationen, aus denen Blitze zuckten, die den Horizont in ihr grelles Licht tauchten.

Die Nacht kam, und da sich der Himmel mit Wolken überzogen hatte, leuchtete kein einziger Stern, und der Mond war nur als verschwommener fahler Fleck hinter dem grauen Wolkenvorhang auszumachen. Die Nacht brachte das Unwetter mit Blitz und Donner. Es goss in Strömen, die Finsternis, die alles einhüllte, war dicht und mutete fast stofflich an.

Frida, Dagrun und ein halbes Dutzend Krieger schlichen durch diese mit den Augen nicht zu durchdringende Finsternis. Jeder von ihnen war nur mit einer Axt und einem Dolch bewaffnet. Sie hatten sich freiwillig gemeldet, als die Aufgaben verteilt wurden, die für einen erfolgreichen Ausbruch aus dem Lager zu erledigen waren. Nun waren sie auf dem Weg, um die Wachen König Guthrums und auch die der Angelsachsen auszuschalten.

Insgesamt wollten über hundertfünfzig normannische Krieger mit den Jarls Ragnarsson und Haraldsson fliehen. Sie waren nicht bereit, einem König zu dienen, der den Gott der Christen anbetete und seinen nordischen Namen dafür ablegte. In ihren Augen war dies ein todeswürdiges Verbrechen.

Der Sturm tobte, als sich die Zwillinge von Ragnarsson verabschiedeten. »Du siehst es selbst, Vater«, sagte Dagrun, »die Götter unterstützen unsere Flucht. Warum sonst sollte uns Thor den Gewittersturm schicken. Schon in wenigen Tagen werden wir die Boote erreichen. Und dann kehren wir Britannien den Rücken. Guthrum aber – oder Aethelstan, wie er sich als Speichellecker des christlichen Königs Alfred nennen wird – soll verflucht sein und in der dunklen Welt von Niflheim enden.«

Wenig später nahm die Finsternis Frida, Dagrun und die Handvoll Krieger auf, die mit den beiden jungen Kämpferinnen die Wachposten ausschalten sollten, ohne dass das eigene Lager oder die Soldaten der Angelsachsen alarmiert wurden.

Von ihrem Erfolg würde es abhängen, ob Ragnarsson und Godefried Haraldsson sowie ihren Anhängern die Flucht ohne große Verluste gelang.

Zweites Kapitel

Die kleine Gruppe um Frida und Dagrun trennte sich, ehe sie den südlichen Ausgang im Zaun erreichte. Ihnen war bekannt, dass das Tor von zwei Kriegern bewacht wurde. Frida und Dagrun würden sich um sie kümmern. Während ihre Gefährten zurückblieben, schlichen sie geduckt durch den strömenden Regen, dessen Rauschen und Prasseln die ohnehin kaum wahrnehmbaren Geräusche, die sie verursachten, schluckten.

Sie bewegten sich mit der Geschmeidigkeit von Raubkatzen, die Axt in der Hand und die Entschlossenheit im Herzen, der in sie gesetzten Hoffnung gerecht zu werden.

Kurz, bevor die Schwestern das Tor im Zaun erreichten, trennten auch sie sich. Frida schlich nach rechts davon, Dagrun nach links. Frida erreichte den Zaun und glitt an ihm entlang in Richtung des Durchlasses. Ihre schlanke Gestalt verschmolz mit der Nacht.

Ein Schemen schälte sich aus der Dunkelheit. Es waren die schattenhaften Umrisse eines der Wachposten. Er war mit einer Lanze bewaffnet, Frida wusste aber, dass er eine Axt im Gürtel und einen Dolch in der Scheide stecken hatte. Außerdem trug er einen Schild auf dem Rücken.

Wahrscheinlich verfluchte der Krieger diese Nacht, in der er, dem wütenden Element des Gewittersturms ausgesetzt, Wache schieben musste, und er sehnte den

Zeitpunkt herbei, in dem er abgelöst wurde. Völlig ahnungslos, dass sich ihm Hel, die Göttin der Unterwelt und des Todes, personifiziert in einer achtzehnjährigen Schildmaid namens Frida, näherte, stand er, bis auf die Haut durchnässt und auf seine lange Lanze gestützt, neben dem Tor am Zaun und starrte in die gähnende Finsternis.

Frida schlich näher, setzte vorsichtig einen Fuß vor den anderen, wischte sich mit dem Handrücken ihrer Linken immer wieder das Regenwasser aus den Augen und umklammerte mit der rechten Hand den Stiel ihrer Axt. Mit jedem Schritt, den sie sich dem Wachposten näherte, wurde seine Kontur deutlicher. Er wandte Frida die rechte Seite zu.

Die junge Schildmaid duckte sich noch mehr und atmete nur noch ganz flach, obwohl im Toben des Sturms selbst rasselnde Atemzüge nicht zu hören gewesen wären. Die Lektionen, die ihr trotz ihres jungen, doch sehr bewegten Lebens schon erteilt worden waren, hatten sie vorsichtig werden lassen.

Einen Augenblick lang zögerte sie, denn sie dachte daran, dass es einer von ihnen war, den sie gleich töten würde. Aber schon im nächsten Moment verdrängte sie diese aufkommenden Skrupel in den hintersten Winkel ihres Bewusstseins. Gefühle irgendwelcher Art zu zeigen wäre nicht nur für sie, sondern für alle, die sich entschlossen hatten, sich von König Guthrum zu lösen, verderblich und mit hoher Wahrscheinlichkeit tödlich gewesen.

Noch zwei schnelle Schritte …

Der Wachposten nahm neben sich eine huschende Bewegung wahr, erschrak und reagierte mehr instinktiv als von einem bewussten Willen geleitet. Er warf sich herum und riss den Schild hoch. Doch der Sekundenbruchteil, den seine Überraschung in Anspruch nahm, fehlte ihm. Fridas Axt fuhr von oben herab und spaltete ihm den Schädel. Er starb noch im Stehen und brach leblos zusammen.

In das Geräusch, das der Aufschlag seines Körpers im Matsch verursachte, mischte sich von der anderen Seite des Tors ein kurzer, erstickter Aufschrei, den der Wind mit sich fortriss, und dann gab die Nacht eine schlanke, mittelgroße Gestalt frei. Die Schwestern trafen sich in der Mitte des Durchlasses und lauschten angespannt. Aber außer dem Heulen des Sturms und dem gleichmäßigen Prasseln des Regens war nichts zu vernehmen.

Die Anspannung löste sich ein wenig. Der erste Schritt war getan, und alles lief nach Plan.

Dagrun schob ihre Axt in den Gürtel, der über ihrer Tunika um ihre Hüften lag, hob beide Hände wie einen Trichter vor den Mund und stieß den Ruf eines Kauzes aus, wiederholte ihn zweimal, dann ließ sie die Hände sinken und wartete zusammen mit Frida, bis ihre Gefährten heran waren.

Die Krieger stellten keine Fragen, und es bedurfte auch keiner Erklärungen durch die Zwillinge. Der dreimalige Ruf des Käuzchens war das Zeichen für ihren Erfolg gewesen.

Sie verließen das Lager. Da sie wussten, dass um Mitternacht ein Wachwechsel stattfinden würde, mussten sie sich beeilen.

Um den Belagerungsring der Angelsachsen zu erreichen, musste die kleine Gruppe gut und gern fünfhundert Klafter* zurücklegen. Sie mussten sich auf dieser

---

* ein Klafter = ca. 1,80 Meter

Strecke nicht besonders vorsichtig verhalten, denn es war nicht damit zu rechnen, dass sich ein feindlicher Soldat oder Söldner bei diesem Unwetter in den Bereich zwischen Normannenlager und Belagerungsring verirrte. Dennoch bewegten sie sich geduckt und nutzten geschickt den Schutz der Büsche und Bäume aus, die hier wuchsen.

Immer wieder lichteten Blitze die Nacht, aber die dichten Regenschleier begrenzten das Blickfeld und reduzierten es auf wenige Schritte.

Sie erreichten nach etwa einer Viertelstunde die ersten Stellungen der Angelsachsen. Auch sie hatten zum Schutz gegen Regen, Wind und Sonne Zelte aufgestellt, in die sie sich verkrochen hatten. Nirgends war Lichtschein in einer der Unterkünfte zu sehen.

Frida wandte sich an einen der Krieger und raunte ihm zu: »Lauf zurück und sag den Jarls Bescheid, dass der Weg aus dem Lager frei ist. Wir erledigen das hier.«

Der Krieger bestätigte, dass er verstanden hatte, machte kehrt und huschte davon.

Der kleine Pulk trennte sich wieder. Die Positionen der Wächter wurden erkundet. Es waren drei Wachsoldaten, die es auszuschalten galt. Es geschah lautlos und schnell; bevor die drei Soldaten wussten, wie ihnen geschah, versickerte ihr Blut zusammen mit dem Regenwasser im Boden.

Frida schickte einen weiteren ihrer Gefährten zurück, der ihrem Vater oder Godefried melden sollte, dass auch die gegnerischen Wachen nicht mehr lebten. Die Schwestern und der Rest der Gruppe zogen sich zurück und gingen hinter Strauchwerk in Deckung. Sie mussten warten, bis die Jarls mit ihren Mannen eintrafen.

Der schwierigste Teil der Mission stand noch bevor. Es war kaum anzunehmen, dass mehr als hundertfünfzig Normannen unbemerkt durch die Reihen der Belagerer schleichen konnten. Daher mussten die schlafenden Angelsachsen so schnell und so lautlos wie möglich ausgeschaltet werden, womit die Dänen gewissermaßen eine Bresche schlugen und so durch die feindliche Linie gelangten, ehe Alarm gegeben wurde.

Finsternis und strömender Regen spuckten die Krieger regelrecht aus. Es waren etwa drei Dutzend, und sie sprangen wie Kobolde fast lautlos zu den Zelten der Angelsachsen, rissen die Planen vor den Eingängen zur Seite und droschen mit ihren Äxten auf die Schemen ein, die schlaftrunken von ihren Lagern hochfuhren. Das Töten ging fast lautlos vor sich, das Brechen der Schädelknochen durchdrang nicht die Zeltplanen, und wenn, dann riss es der Sturm mit sich fort. Die bis zum Letzten entschlossenen Normannen huschten von einem Zelt zum nächsten …

Der Belagerungsring war etwa fünfzig Klafter breit, und auf einer Fläche von mehr als zehn Klaftern hinterließen die Nordmänner nur Leichen. Vereinzelte gurgelnde und erstickte Schreie erhoben sich, aber schon wenige Schritte weiter konnte nicht mehr unterschieden werden, ob es sich um menschliche Stimmen handelte oder um das Jaulen des Sturms.

Dann waren sie durch, und der Rest der Horde folgte. Sie rannten in die Nacht und den Regen hinein und verschwanden, als hätte sich hinter ihnen eine Tür geschlossen. Aber kaum, dass sie fünfzig Klafter zurückgelegt hatten, trug der Wind entsetztes und zugleich wütendes Geschrei hinter ihnen her, und jeder, der es vernahm, wusste, dass es sowohl die Briten als auch das Lager Guthrums alarmierte.

»Weiter!«, rief Ragnarsson. »Bis sie begreifen, was geschehen ist, und Maßnahmen treffen, um uns zu folgen, sind wir mindestens tausend Klafter entfernt, und in der Nacht und bei diesem Wetter wird es ihnen kaum möglich sein, uns zu folgen. Bis morgen Früh hat der Regen unsere Spuren ausgelöscht. Vorwärts, Leute, vorwärts! Bringen wir die größtmögliche Entfernung zwischen uns und die Angelsachsen, die Thor vernichten möge.«

Sie hetzten durch die Finsternis. Der Regen peitschte ihre Gesichter, der Sturm zerrte an ihnen, und sie mussten gegen ihn ankämpfen wie gegen einen Feind. Bald rasten die Herzen, pumpten die Lungen, wurden die Füße schwer wie Blei; jeder Schritt wurde zur Tortur und war eine Anstrengung, eine Überwindung, die allen Willen erforderte. Der aufgeweichte Boden, in den sie teilweise bis über die Knöchel einsanken, trug ein Übriges dazu bei, sie sehr schnell an den Rand ihrer Leistungsfähigkeit zu bringen.

Einige der Krieger konnten nicht mehr und blieben zurück, die Hand auf die Lebergegend gepresst, weil sie Seitenstechen quälte, andere brachen einfach zusammen und blieben völlig außer Atem liegen. Niemand kümmerte sich um sie. In dieser Nacht waren Härte, Ausdauer und Zähigkeit gefordert. Wer über diese Eigenschaften nicht verfügte, war verloren.

Hinter den Fliehenden ging das Geschrei, das nach dem ersten Alarm aus zig Kehlen vervielfacht worden war, nach und nach im Heulen, Prasseln und Rauschen der entfesselten Elemente unter. Sie selbst verursachten kaum Geräusche. Unnötigen Ballast wie die schweren Schilde, die sie auf der Flucht nur behindert hätten, hatten sie zurückgelassen. Die meisten hatten nur die Axt und einen Dolch und das, was sie am Leibe trugen, bei sich. Nur wenige besaßen anstelle der Axt ein Schwert.

Bald taumelten sie nur noch dahin. Bis zu den Schiffen, die in der großen Bucht im Südwesten Britanniens* ankerten, war es weit. Sie waren schon völlig ausgelaugt und am Ende. Doch wie es schien, hatte Ragnarsson recht mit seiner Vermutung, dass man sie während der Nacht nicht verfolgen würde.

Wer nicht stark genug war, blieb gnadenlos zurück. Keiner kümmerte sich um den anderen. Der Grundsatz der Nächstenliebe, wie ihn die Bibel der Christen lehrte, war den Normannen unbekannt. Wichtig war die Familie. Alles andere war Nebensache.

Frida und Dagrun wankten nebeneinander durch die Finsternis. Ihr Vater war ein wenig zurückgefallen. Ihre Beine wollten sie kaum noch tragen. Aber ein eiserner Wille – der Wille zum Überleben, frei zu sein und die Heimat, in der die Mutter auf sie wartete, wiederzusehen –, peitschte sie an. Fridleiv Ragnarsson wurde vom Durchhaltewillen und -vermögen seiner Töchter angespornt. Seine Beine bewegten sich fast unabhängig von seinem erschöpften Verstand, ein fast dämonischer Wille beherrschte ihn.

Keiner sprach ein Wort, denn selbst das Sprechen hätte sie Kraft gekostet. Die Füße begannen in den geschnürten Stiefeln mit den festen Sohlen und hohen Schäften zu brennen. Aber diese Schmerzen wurden ignoriert, sie bissen die Zähne zusammen und machten den nächsten Schritt …

---

* dem heutigen Bristolkanal

So stolperten sie völlig entkräftet dahin, strauchelten, stürzten, kämpften sich ächzend, stöhnend und röchelnd wieder auf die Beine, getrieben von der Erkenntnis, dass ihnen der Tod bald auf den Fersen sein würde. Doch um am Ende von den britannischen Soldaten und Söldnern brutal erschlagen zu werden, waren sie nicht aus dem Feldlager geflohen.

Zu den ganzen Strapazen und körperlichen Qualen gesellte sich die Kälte. Klatschnass, wie sie waren, froren die Flüchtenden erbärmlich. Wenn die Tage auch warm waren, so sanken in den Nächten die Temperaturen rapide herab, und nach den Entbehrungen der vergangenen Tage hatten die ausgemergelten Körper der Kälte nichts entgegenzusetzen.

Gegen Morgen ließ der Sturm nach, es nieselte nur noch, und schließlich lichtete sich auch die Nacht.

Die Gruppe der Normannen war auf weniger als hundertzwanzig Mann geschmolzen, der Rest war auf der Strecke geblieben. Einige würden sich sicherlich noch einmal aufraffen und nachfolgen, die meisten von denen aber, die der Anstrengung nicht standgehalten hatten, waren dem sicheren Untergang geweiht.

Sie befanden sich zwischen einigen Hügeln, auf denen Gras und Strauchwerk wuchsen und über deren Kämme nach und nach die trübe Helligkeit dieses düsteren Tages kroch. Es gab keinen sichtbaren Sonnenaufgang, denn der Himmel war hinter einer dicken, tiefhängenden Wolkendecke verschwunden, und im Zwielicht mutete alles trist und farblos an. Das Land war wie in graue Schleier gehüllt.

»Wir rasten!«, keuchte Ragnarsson, und er hatte kaum noch die Kraft, die beiden Worte auszustoßen.

Kaum, dass sie über seine rissigen Lippen gedrungen waren, ließ er sich dort, wo er sich befand, zu Boden sinken. Seine Zähne schlugen wie im Schüttelfrost aufeinander.

Die Horde kam zum Stehen, und die Zwillinge sowie die anderen Krieger folgten dem Beispiel des Jarls. Godefried Haraldsson schleppte sich zu Ragnarsson und ging neben ihm nieder. Niemanden störte die Nässe des Bodens. Nässer, als sie sowieso schon waren, konnten sie gar nicht mehr werden. Und sie spürten auch die Kälte nicht, die aus dem Boden durch ihre Kleidung und in ihre Körper kroch, denn sie waren bereits ausgekühlt bis ins Mark.

Lange Zeit herrschte Schweigen. Ehe sie sprachen, mussten sie wieder Kraft schöpfen und darauf warten, dass Herzschlag und Atmung den normalen Rhythmus annahmen. Und das geschah nicht von einer Minute auf die andere. Schließlich aber stieß Godefried zwischen gepressten Atemzügen hervor: »Dies dürfte die Stunde sein, in der die Briten einen großen Trupp ihrer Reiterei losschicken, der uns einholen und zurückbringen oder niedermachen soll.«

»Sicherlich hat der Regen unsere Spuren weggeschwemmt«, keuchte Fridleiv Ragnarsson. »Aber die Krieger, die zusammengebrochen sind und von denen gewiss einige an Erschöpfung starben, werden den Angelsachsen den Weg weisen.«

»Das heißt«, meldete sich Frida zu Wort, »dass sie uns innerhalb der nächsten Stunden einholen werden. Und das wiederum bedeutet für uns Kampf. Wir werden sie alle erschlagen. Und dann bemächtigen wir uns ihrer Pferde ...«

»Sie werden nicht für uns alle reichen«, murmelte

Godefried Haraldsson. »Aber du hast recht, Frida. Wir kämpfen unsere Verfolger nieder. Da wir aber zu schwach sind, um ihnen offen entgegenzutreten, legen wir ihnen einen Hinterhalt. Hier, zwischen den Hügeln, wäre ein guter Platz. Wir könnten uns zu beiden Seiten verbergen, und wenn sie kommen ...«

»Wir werden auch die Schiffe in der Bucht erobern müssen«, gab Ragnarsson zu bedenken. »Sie gehören Guthrum, und die Krieger, die sie bewachen, werden sie uns nicht freiwillig überlassen.«

»Wir werfen sie ins Meer!«, fauchte Dagrun aggressiv. »Jedenfalls lassen wir uns von ihnen nicht aufhalten.«

Ein Krieger, allenfalls Mitte zwanzig, dunkelbärtig und Godefried sehr ähnlich, kroch näher heran und keuchte: »Niemand wird uns aufhalten können, niemand! Weder die Reiterei der Angelsachsen, noch die Leute des Königs, die die Schiffe bewachen. Entweder sie kommen mit uns, oder wir erschlagen sie.«

»Dein Kampfgeist ist ungebrochen, mein Sohn, wie?«, fragte Godefried.

»Alfarin geht es wie mir«, enthob Dagrun den jungen Krieger einer Antwort. »Ich brenne darauf, Britannien zu verlassen, an der Küste des Westfrankenlandes reiche Beute zu machen und dann mit den erbeuteten Schätzen den Weg nach Hause anzutreten.«

»Du kannst stolz sein auf deine Töchter, Fridleiv«, sagte Godefried voller Überzeugung. »Ebenso, wie ich auf meinen Sohn stolz bin.«

»Ja, wir haben gute Kinder«, pflichtete Ragnarsson ihm bei.

Es waren fünfzig berittene Soldaten der britannischen Armee, die die Normannen verfolgten. Tatsächlich hatten die Angelsachsen den Morgen abgewartet, um die Verfolgung aufzunehmen. In der Nacht, in der weder die Sterne noch der Mond vages Licht gespendet und es wie aus Eimern geschüttet hatte, wäre es unmöglich gewesen, eine Spur aufzunehmen. Auch mussten die Angelsachsen davon ausgehen, dass ihnen die Normannen in der Finsternis eine Falle stellten und sie in ihr Verderben ritten.

Aber dann brach der Tag an. Diesig und grau entsprach er ganz dem Stimmungstief sowohl der normannischen Krieger als auch der angelsächsischen Soldaten und Söldner.

Eine halbe Hundertschaft der leichten Reiterei setzte sich auf die Spur der Flüchtlinge. Diese waren Ziel des Zorns nicht nur der Briten, sondern auch Guthrums, der sich hintergangen und verraten fühlte. Zudem sah er den Friedensschluss mit König Alfred gefährdet. Doch er war zur Untätigkeit verdammt, da die Angelsachsen nicht zugelassen hätten, dass er mit einem Teil seiner Krieger den Verrätern folgte, mussten sie doch fürchten, dass weitere Normannen die Gelegenheit ergriffen, um sich ebenfalls abzusetzen. Außerdem hatten die Normannen keine Pferde, allenfalls Ochsen, die vor die Fuhrwerke, auf denen sie Beute und Gefangene beförderten, gespannt wurden. Und da der Vorsprung der Deserteure zu groß war, wäre es ein nutzloses Unterfangen gewesen, sie zu Fuß einholen zu wollen.

Den angelsächsischen Reitern setzte die Kälte zu. Vornübergekrümmt saßen sie auf ihren Pferden, voller Beklemmung, denn die Gefahr konnte hinter jedem Buschgürtel und Hügel lauern und sich ihnen unvermutet präsentieren.

Die Hufe der Pferde versanken im morastigen Boden,

es schmatzte, wenn die Tiere sie herauszogen, und die Abdrücke füllten sich sofort mit Wasser. Die Gebissketten klirrten, und manchmal krachte es, wenn ein Huf auf steinigen Untergrund schlug. Der vorderste der Reiter hielt die Standarte König Alfreds von Wessex in den Wind. Unter den roten, ärmellosen Wämsern trugen die Soldaten Kettenhemden, die auch ihre Arme schützten. Die kleinen, handlichen Schilde hingen an den Seiten der Pferde an den Sätteln.

Schon nach einer halben Meile stießen sie auf die ersten Normannen, die der Belastung nicht gewachsen gewesen waren. Es waren drei, von denen einer tot war, weil sein Herz einfach zu schlagen aufgehört hatte. Die beiden anderen wurden kurzerhand getötet.

Immer wieder markierten tote oder völlig erschöpfte Normannen den Weg. Wenn die Angelsachsen weiterritten, lebte keiner mehr. Gnade wurde nicht gewährt. Zu groß waren Wut und Hass, nachdem in der Nacht viele der britannischen Soldaten brutal abgeschlachtet worden waren. In diesem Fall war der Gott der christlichen Kämpfer ein Gott der Rache, und sie waren sein Werkzeug.

Sie ritten zwischen die Hügel. Alles mutete still und friedlich an. Die Fährte, die die Normann hinterlassen hatten, war nun deutlich im Gras auszumachen. Sie führte zwischen den Anhöhen hindurch nach Westen.

Die Reiter konnten nicht ahnen, dass diese Fährte nur gelegt worden war, um sie in Sicherheit zu wiegen. Im Schutz der Hügel waren die Dänen zurückgekehrt, und nun warteten sie gut gedeckt auf das Signal zum Angriff.

Es war ein Hornstoß, der das Drama einläutete, das

sich zwischen den Hügeln in den nächsten Minuten abspielen sollte.

Eiskalt fuhr es den Briten in die Gemüter, als sich der getragene Klang des Horns erhob. Sie kannten diesen Laut als Präludium des Schreckens und der Angst, das die gefürchteten Blitzangriffe der Normannen ankündigte.

Und kaum, dass der Hornstoß verhallt war, stürmten schon die Feinde aus dem hohen Norden brüllend und die Äxte und Schwerter schwingend aus ihren Deckungen oder über die Hügelrücken zu beiden Seiten.

Die Angelsachsen zerrten an den Zügeln und versuchten sich so zu formieren, dass sie zwei Fronten bildeten, die gewissermaßen Rücken an Rücken kämpfend dem Ansturm standhalten und den Angriff zurückschlagen sollten. Aber das Heulen und Brüllen der Nordmänner versetzte die Tiere in Panik, ließ sie wiehern, steigen, bocken und auskeilen.

Dann prallten die verfeindeten Parteien aufeinander.

Die angelsächsischen Soldaten hatten trotz des störrischen Verhaltens ihrer Pferde die Schwerter gezogen. Der eine oder andere, dem es nicht gelang, sein nervöses Pferd zu bändigen, sprang ab und warf sich zu Fuß den Angreifern entgegen.

Die Normannen, allen voran Frida und Dagrun, mischten sich kämpfend und tötend zwischen die Soldaten Alfreds, die sich mit dem Mut der Verzweiflung wehrten. Blut spritzte und besudelte die Kämpfenden, rann über ihre Gesichter und tropfte von den Blättern der Äxte und den Klingen der Schwerter. Die Normannen begleiteten jeden Hieb mit geradezu unmenschlichem Gebrüll, die Briten kämpften und starben schweigend, mit verzerrten Gesichtern und mit ihrem letzten Gedanken diejenigen verfluchend, die ihr Leben unerbittlich und mit einer Brutalität sondergleichen auslöschten.

Frida und Dagrun standen den Männern ins nichts nach. Sie kämpften mit derselben Verbissenheit, töteten mit derselben Selbstverständlichkeit, und wenn es Odin so wollte, starben sie mit derselben Ergebenheit, in der Erwartung, den für sie reservierten Platz in Walhall einzunehmen.

Odin wollte aber nicht, dass sie an diesem Tag starben. Das Massaker endete nach einer guten Viertelstunde, und außer der halben Hundertschaft angelsächsischer Soldaten lagen auch an die zwanzig Dänen tot im nassen Gras, aufgeschlitzt, enthauptet, erstochen und erschlagen.

Kaum, dass das Klirren der Waffen und das Brüllen der Normannen verstummt war, zogen am Himmel schon die ersten Scharen von Raben auf.

Einige Pferde hatten den Kampf nicht überlebt. Aber an die vierzig Reittiere standen mit peitschenden Schweifen, rollenden Augen und zuckenden Ohren verstreut herum. Sie schnaubten, prusteten und scharrten unruhig mit den Hufen.

Auch Godefried Haraldsson und Fridleiv Ragnarsson hatten sich am Kampf beteiligt, und in ihren Gesichtern sowie an ihrer Kleidung klebte das Blut getöteter Feinde. Haraldsson bestimmte, dass die Pferde einzufangen seien und dass sie diejenigen von ihnen benutzen durften, die den Marsch bis hierher nur mit letzter Mühe geschafft hatten. Sobald sie sich einigermaßen erholt hatten, sollte gewechselt werden. So würde jeder für einige Zeit von einem Pferd getragen werden, und es war nicht mehr zu befürchten, dass Krieger wegen Entkräftung zurückbleiben mussten.

Dass man ihnen weitere Verfolger hinterherschickte, schlossen sie aus. Es war Fridleiv Ragnarsson, der seiner Überzeugung dahingehend Ausdruck verlieh, indem er sagte: »Bis die Kunde vom Tod dieser Soldaten Alfreds Lager erreicht, sind wir bei den Schiffen angelangt. Das wissen die britischen Heerführer und ihre Hauptleute, und daher werden sie uns keine Verfolger mehr auf den Hals hetzen.«

»Aber sie können aus der Richtung, in die wir gezogen sind, schließen, dass wir uns der Boote bemächtigen wollen«, gab Godefried Haraldsson zu bedenken. »Die Briten verfügen ebenfalls über Schiffe, und die verräterischen Jarls, die nicht mit uns gegangen sind, haben irgendwo an den Küsten und in den Flüssen ihre Boote vor Anker liegen. Wir müssen also damit rechnen, dass sie uns sowohl im Osten als auch westlich der Insel den Weg zu verlegen versuchen.«

»Am besten wird es sein, wenn wir an der Südküste Britanniens entlang nach Osten und in gerader Linie zur Westküste des Frankenreichs segeln«, erklärte Fridleiv Ragnarsson. »Dort regiert Ludwig II. Er rechnet nicht damit, dass dem Küstengebiet seines Reiches von Britannien her Gefahr droht. Wir werden also an der Küste Westfrankens ziemlich sicher sein, können Beute machen und uns dann mit unseren Booten nach Norden in die Heimat absetzen.«

»Lass uns erst einmal in den Besitz der Boote gelangen«, knurrte Haraldsson. »Dann sehen wir weiter.«

Nach einer Pause, in der die Krieger und auch ihre Anführer Gelegenheit hatten, neue Kraft zu schöpfen, zogen sie weiter. Ihre toten Gefährten ließen sie einfach liegen. Für ein Bestattungsritual hatten sie keine Zeit, und sie hatten auch nicht die erforderlichen Werkzeuge dabei, Gräber auszuheben, um die Gefallenen mit ihren Waffen hineinzulegen.

Die Not stellte die Gebote auf, die für das Überleben maßgeblich waren. Die Getöteten würden auch ohne adäquate Bestattung in Walhall Einzug halten, denn die Walküren vergaßen keinen, der sich tapfer geschlagen und mit der Axt in der Faust im Kampf gestorben war.

Die Reiter führten den Zug an, dahinter marschierte der Rest der Truppe. Frida und Dagrun hatten auf Pferde verzichtet und marschierten am Ende des Trupps.

Alfarin Haraldsson, der ein Stück vor ihnen durch den Morast stapfte, drehte sich immer wieder um, und als es schon auf den Abend zuging und sie alle erneut die Grenze des Durchhaltevermögens erreicht hatten, blieb er stehen, wartete, bis die Schwestern bei ihm anlangten, und drängte sich zwischen sie.

»Was willst du, Alfarin?«, fragte Frida missmutig und schaute dabei starr nach vorn. Sie mochte den Sohn Godefried Haraldssons nicht, denn er war überheblich und sonnte sich in der herausgehobenen Stellung seines Vaters.

»Ich habe mit meinem Vater gesprochen«, erwiderte der dunkelhaarige Bursche mit dem bärtigen Gesicht. »Und wir sind uns einig, dass ich Fridleiv Ragnarsson bitten werde, mir eine von euch als Frau zu geben.«

Frida entfuhr ein Laut der Betroffenheit.

Dagrun sah den Burschen von der Seite mit einer Mischung aus Überraschung und Verärgerung an. »Na, wenn du und dein Vater euch einig seid, dann steht ja einer Hochzeit nichts mehr im Wege. Welche von uns willst du denn?« Zuletzt hatte ihre Stimme ziemlich sarkastisch geklungen. Auch ihr war Alfarin nicht sympathisch. Sie und Frida kannten ihn erst, seit sich vor der Schlacht sämtliche Jarls König Guthrums mit ihren Kriegern im Feldlager eingefunden hatten. Vorher wussten sie zwar um seine Existenz, und zwei- oder dreimal war sein Vater mit ihm in ihrer Stadt im Danelag gewesen, doch damit erschöpfte sich auch schon ihre Bekanntschaft.

»Mir egal. Ihr seht beide gleich aus, und ihr seid vom selben Fleisch und Blut. Mein Vater meint, dass es nicht schaden könnte, wenn sich das Blut Ragnar Lodbroks mit dem der Haraldssons vermischt. In den Adern der Kinder, die eines Tages aus der Verbindung hervorgehen, wird nur edles Blut fließen.«

»Meinst du nicht«, brachte sich Frida in das Gespräch ein, »dass im Augenblick andere Dinge wichtiger sind als eine Familiengründung? Wir können nicht mal sicher sein, dass wir Britannien lebend verlassen.«

»Mein Vater hat schon mit dem euren gesprochen«, erklärte Alfarin. »Und Fridleiv Ragnarsson scheint nicht abgeneigt, mir eine von euch zur Frau zu geben.«

»Da haben wir wohl auch noch ein Wort mitzureden!«, erregte sich Dagrun. »Wir sind keine Pferde oder Maultiere, die man so einfach verschachert. Außerdem haben wir unser Leben dem Krieg und dem Kampf geweiht. Wir sind nicht dazu geschaffen, am Herd zu stehen, Rüben zu stecken oder Kühe und Ziegen zu melken, geschweige denn eine Schar Kinder großzuziehen.«

»Euer Einverständnis ist nach unseren Gesetzen nicht erforderlich. Euer Vater hat zu bestimmen, ob, wann und wen ihr heiratet. Und wenn sich unsere Väter einig sind ...«

»Reden wir darüber, wenn wir in Dänemark sind«, schnitt ihm Frida das Wort ab.

»Eine von euch beiden wird meine Frau«, versicherte Alfarin unbeirrt. »Macht es unter euch aus, welche von euch die Ehe mit mir eingeht. Ihr werdet euch der Entscheidung eures Vater beugen müssen.«

Er schien sich seiner Sache ausgesprochen sicher, und in Frida entstand die Vermutung, dass er bereits das Wort ihres Vaters hatte. Sie verzog geringschätzig den Mund.

Dagrun zeigte keinerlei Reaktion mehr.

Alfarin blieb wieder zurück. Er schaute nicht gerade begeistert drein, denn das ablehnende Verhalten der Schwestern kränkte ihn, er fühlte sich in seinem Stolz verletzt. Seiner Meinung nach hätten sie froh sein müssen, dass sich ihnen ein Mann mit so edler Abstammung wie der seinen anbot. Doch dass dies nicht der Fall war, hatten sie ihm eindeutig zu verstehen gegeben.

»Willst du diesen Widerling zum Gemahl?«, fragte Dagrun leise.

»Niemals im Leben«, antwortete Frida.

Der Marsch ging weiter. Als sie am Abend lagerten, traten Frida und Dagrun an ihren Vater heran. Sie baten ihn, mit ihm allein sprechen zu dürfen, und Fridleiv Ragnarsson schickte die Männer weg, die sich um ihn versammelt hatten.

»Was ist so wichtig?«, fragte er leicht gereizt und sah die beiden abwechselnd an.

»Du hast mit Godefried Haraldsson über uns gesprochen«, gab Frida zur Antwort. »Alfarin hat uns heute darüber in Kenntnis gesetzt, dass du damit einverstanden bist, wenn er um eine von uns beiden wirbt.«

Die Brauen des Jarls schoben sich zusammen, und

sein Blick wurde stechend. »Was wäre dagegen einzuwenden?«

»Keine von uns will Alfarin«, erklärte Dagrun mit Nachdruck. »Er ist widerlich, außerdem kann er kein einziges Verdienst aufweisen, außer dass er der Abkömmling eines Jarls ist.«

»Und genau das ist der Grund, weshalb er mir als Schwiegersohn willkommen wäre. Diejenige, die ich bestimmen werde, seine Frau zu werden, muss ihn nicht mögen. Ihn zu respektieren reicht aus. Er ist von edlem Blut, und sein Vater wird ihn reichlich mit Gütern ausstatten, sodass es seiner Frau und den gemeinsamen Kindern an nichts mangeln wird.«

»Aber du weißt, Vater, dass wir als Schildmaide …«

»Niemand wird euch verachten oder euch auch nur geringer schätzen, wenn ihr die Axt und den Schild gegen den Kochlöffel und den Herd eintauscht. Aber jetzt darüber zu sprechen ist nicht der richtige Zeitpunkt. Sobald wir in Sicherheit sind, werden wir uns unterhalten.« Seine Stimme sank herab. »Und ihr werdet – egal, wie ich mich am Ende entscheide – gehorchen.«

Die Zwillinge wechselten einen bedeutungsvollen Blick. Und in den Augen einer jeden zeigten sich Trotz und die Entschlossenheit, Widerstand gegen dieses Ansinnen zu leisten.

Im Weggehen murmelte Frida: »Der Mann, der mich als Frau besitzen möchte, muss mich erst im Kampf besiegen. Und das wird Alfarin niemals gelingen.«

Am Vormittag des darauffolgenden Tages – es war wieder ein kühler, diesiger Tag ohne Sonnenlicht – lag ein Gehöft vor ihnen. Auf einer Koppel stand eine Milchkuh, und in einem Pferch weideten einige Schafe sowie Ziegen.

Die Gruppe der Normannen befand sich in einer Lücke zwischen zwei Hügeln, einigermaßen vom wilden Ginster gedeckt, dessen Strauchwerk über einen Klafter hoch war, und starrten hinüber zu dem Bauernhof. Im Hof pickten Hühner im Staub. Aus dem Schornstein des Wohnhauses stieg dunkler Rauch.

»Die Tiere liefern uns für einige Zeit Milch und Fleisch«, sagte Fridleiv Ragnarsson leise. »Zehn Mann vor! Geht und holt das Viehzeug.«

»Dagrun und ich machen es«, bot Frida an. »Wer kommt mit uns?«

Gemurmel und Geflüster entstand. »Jeder ist bereit, mit euch zu gehen«, sagte einer der Krieger grinsend. »Du musst diejenigen, die du mitnimmst, schon selbst bestimmen, sonst folgt euch die ganze Horde.«

Frida suchte den Blick ihres Vaters, der nickte, dann rief sie acht Namen. Die Männer traten vor.

»Ich komme auch mit!« In der Gruppe der Männer entstand Bewegung, eine Gasse öffnete sich, und Alfarin Haraldsson trat vor.

»Deinen Namen habe ich nicht gerufen«, sagte Frida im kühlen Tonfall. »Wir sind zehn Mann, und das genügt.«

»Du weist mich zurück?«, rief Alfarin, und in seinen Augen flackerte ein zorniges Licht.

»Ich habe die Männer ausgesucht, die Dagrun und mich begleiten«, erwiderte Frida ruhig, fast gelassen. »Und es besteht kein Grund, die Auswahl zu ändern.«

»Dann gehe ich eben als elfter Mann mit euch.«

Fridleiv Ragnarsson schoss Frida einen warnenden Blick zu, den diese auffing und auch verstand. Ihr Vater wollte nicht, dass sie sich während der Flucht aus irgendeinem nichtigen Grund zerstritten, und es konnte sogar zu einer bewaffneten Auseinandersetzung kommen, wenn sich Alfarin und damit Godefried Haraldsson beleidigt oder gar gedemütigt fühlten.

Auch Dagrun, der die Warnung ihres Vaters nicht verborgen geblieben war, wollte keinen Ärger provozieren, darum sagte sie schnell: »Es ist gut, Alfarin, du kannst natürlich mit uns gehen. Das Kommando haben aber meine Schwester und ich, das muss dir klar sein.«

»Ich lasse mir von Frauen keine Befehle erteilen!«, begehrte Alfarin auf und warf sich in die Brust. »Ich bin der Sohn des Jarls von …«

»Und wärst du König Göttriks Sohn«, fiel ihm Frida ins Wort, »du unterstellst dich entweder unserem Befehl, oder du bleibst hier!«

»Bei den Göttern …«

Da erklang eine sonore Stimme; es war die von Godefried Haraldsson. »Schluss jetzt! Wir haben nicht die Zeit, um lange Wortgefechte zu führen und Meinungsverschiedenheiten aus nichtigen Anlässen auszutragen. Darum macht euch jetzt auf den Weg zu dem Gehöft und erledigt eure Aufgabe, und du, mein Sohn, gehst entweder mit und unterstellst dich dem Befehl der Schwestern, oder du bleibst.«

Scharf stieß Alfarin die Luft durch die Nase aus. Der Blick seiner Augen wurde von der Wut, die in ihm hochkroch, regelrecht verdunkelt. Kurze Zeit starrte er noch Frida an, und die Feindseligkeit in seinem Blick war erschreckend. Dann wirbelte er halb herum und schritt davon.

Frida war klar, dass sie in Alfarin von Stunde an einen Feind hatte, der nicht unterschätzt werden durfte. Sie hielt ihn für niederträchtig, gewissenlos und heimtückisch.

»Gehen wir!«, sagte sie und setzte sich in Bewegung. Dagrun und die Krieger, die sie ausgesucht hatte, schlossen sich ihr an.

Die anderen ließen sich nieder. Diejenigen, die die Pferde ritten, banden die Tiere an und setzten sich ebenfalls. Im Magen eines jeden nagte der Hunger, und der Gedanke an gebratenes Fleisch ließ dieses Hungergefühl fast übermächtig und geradezu schmerzhaft werden.

Entschlossen schritten die Schildmaide und ihr Anhang auf das Gehöft zu, und als sie sich auf fünfzig Schritte genähert hatten, zogen sie ihre Äxte.

Auf dem Hof zeigten sich zwei Männer und eine Frau. Einer der Männer rief etwas, dann flohen alle drei in das Haus, und die Tür knallte hinter ihnen zu.

Die kleine Gruppe der Normannen wurde schneller, zuletzt lief sie. Als sie sich im Hof befanden, rief Frida: »Zwei Männer zu mir! Dagrun, du treibst mit den anderen das Vieh zu unseren Leuten!«

Frida marschierte zum Wohnhaus, gefolgt von den beiden Kriegern, die sie zu sich befohlen hatte. »Tritt die Tür ein, Einarr.«

Der Angesprochene, ein schwergewichtiger Mann um die dreißig, dessen Hinterkopf kahlgeschoren war und dem die Haare vorne wild in die Stirn fielen, trat vor die aus dicken, groben Bohlen gefertigte Tür und benutzte das rechte Bein wie einen Rammbock. Die Tür hielt seinem kraftvollen Stoß nicht stand und flog krachend auf.

Frida betrat das Haus. Der Geruch von kochendem Gemüse stieg ihr in die Nase. Zu beiden Seiten war jeweils eine Tür. Frida wollte die rechte öffnen, aber sie war verriegelt. Nachdem sie sich überzeugt hatte, dass der Raum auf der linken Seite verwaist war, schlug sie mit der Axt gegen die verriegelte Tür. »Aufmachen!«, rief sie in der Sprache der Briten, die sie mehr schlecht als recht beherrschte.

In dem Raum rührte sich nichts.

»Einarr!«

Der vierschrötige Bursche wartete, bis Frida zur Seite getreten war, dann brach er auch die Tür zu diesem Raum auf. Es knirschte und splitterte, als die Halterung des Riegels herausgerissen wurde, und es gab ein Poltern, als drinnen etwas auf den Boden fiel. Ein erschreckter Aufschrei verriet, dass die drei Menschen, die sie auf dem Hof gesehen hatten, in diesen Raum geflüchtet waren.

Einarr betrat den Raum, seine Augen funkelten drohend, und in seinen Mundwinkeln hatte sich ein brutaler Zug festgesetzt. Ihm folgte Frida.

Die beiden Männer und die Frau standen an der der Tür gegenüberliegenden Wand. Als die Normannen das Zimmer betraten, fielen sie auf die Knie und hoben flehend die Hände. »Bei der Heiligen Dreifaltigkeit!«, rief die Frau, die um die vierzig sein mochte, deren Gesicht aber schon viele Falten aufwies und deren dünnen Haare schon grau wurden; Zeichen dafür, dass ihr das Leben nichts geschenkt hatte. »Wir sind arme Bauersleute, und wir …«

Einarr trat vor sie hin, und die Frau brach erschreckt ab, als die Faust des Kriegers mit der Axt in die Höhe zuckte. Ehe er aber zuschlagen und die völlig verängstigte Frau töten konnte, gebot ihm Frida einzuhalten, indem sie fauchte: »Lass sie in Ruhe, Einarr!«

Der Krieger erstarrte. Ohne den Arm sinken zu lassen, drehte er den Kopf und fixierte Frida betroffen. »Willst du sie selbst erschlagen?«, knurrte er.

Bei den Männern zu beiden Seiten der zitternden Frau mochte es sich um ihren Gatten und ihren Sohn handeln. Ihre Lippen zuckten, aus ihren Augen brüllte die Todesangst, und der Ältere der beiden würgte mit einer Stimme, die vor Verzweiflung verzerrt war, hervor: »Bitte, ihr guten Leute, lasst Gnade walten. Wir werden euch auch alles geben, was wir besitzen, wenn ihr uns nur am Leben lasst.«

»Was besitzt ihr denn?«, fragte Frida. »Gold, Silber, wertvollen Schmuck?«

»Nichts dergleichen, Mylady. Nur das Vieh, das draußen in den Pferchen steht. Nehmt es, ihr guten Leute, aber lasst uns am Leben.«

»Habt ihr Vorräte? Ich meine geräuchertes oder eingesalzenes Fleisch, Korn oder Rüben?«

»Es ist Frühling, Mylady, das Korn und die Rüben sind erst im Wachsen. In der Kammer haben wir ein kleines Fass mit eingelegtem Ziegenfleisch. Und es gibt einige Laibe Brot ...«

Vom Hof waren das Muhen der Kuh, das Meckern der Ziegen und das Blöken der Schafe zu hören.

»Du kannst die Hand mit der Axt sinken lassen, Einarr«, sagte Frida. »Wir lassen sie am Leben. Ihr Tod hat für uns nicht den geringsten Vorteil.« Sie wartete, bis Einarr ihren Befehl befolgt hatte und zurückgetreten war. »Zeig uns die Kammer, Bauersmann. Unsere Leute sind hungrig.«

Der Mann erhob sich ächzend, ging mit unsicheren Schritten an Frida, Einarr und dem dritten Normannen vorbei in den anderen Raum und von dort aus in einen

Verschlag. In einem Regal stand ein Fass, das etwa eine Elle in der Höhe maß. Auch einige Laibe Brot lagen auf den Regalbrettern.

»Schafft alles hinaus!«, befahl Frida ihren beiden Gefährten, und an den Bauern gewandt, stieß sie hervor: »Wir lassen dir, deinem Weib und deinem Sohn das Leben, und das ist mehr, als du erwarten kannst. Also sei dankbar und demütig. Denn hätte nicht ich diese Gruppe geführt, sondern ein anderer, wärt ihr schon tot.«

Der Bauer ging auf das linke Knie nieder und senkte den Kopf, legte die Hand flach gegen den Leib und sagte mit brüchiger Stimme: »Gott wird es dir eines Tages vergelten, Mylady. Wir werden für dich beten.«

Frida verzog geringschätzig den Mund und verließ das Haus. Dagrun und ihre Leute trieben bereits das Vieh in die Richtung, in der das Gros der Normannen wartete. Soeben zog Einarr eine Karre aus einem Schuppen. Die hatte zwei hohe Scheibenräder aus Holz, mit Eisenbändern umreift und mit eisernen Beschlägen verstärkt, sowie eine Deichsel, sodass man ein Pferd, ein Maultier oder einen Ochsen einspannen konnte. Das hierfür erforderliche Pferd führte der andere Krieger aus dem Stall, einen schweren Kaltblüter mit zottiger Mähne.

Der Bauer musste das Tier vor die Karre spannen und schließlich den Normannen helfen, die Vorräte aus dem Haus zu tragen und aufzuladen. Wenig später verließen auch Frida, Einarr und der dritte Krieger das Gehöft. Einarr führte den Kaltblüter am Kopfgeschirr. Die schweren Hufe des Pferdes stampften, die Achsen des Wagens knarrten und quietschten in den Naben.

Wie ausgehungerte Wölfe fielen die Normannenkrieger über das Essen her, das Frida brachte. Es reichte bei Weitem nicht, um alle satt zu bekommen. Aber ein wenig bekam jeder in den Magen, und schließlich war der ärgste Hunger gestillt.

Godefried Haraldsson versprach, am Abend einige der Lämmer schlachten und braten zu lassen …

Drittes Kapitel

Sie zogen weiter. Einer der Krieger näherte sich Frida. Er gehörte zu jenen, die mit den beiden Schwestern in das Wohnhaus des Bauernhofes eingedrungen waren, und sagte: »Ich weiß nicht, ob es dich interessiert, Schildmaid. Aber ich habe Einarr mit Alfarin Haraldsson flüstern sehen, und dann ist Einarr verschwunden.«

»Ist er schon wieder zurück?«, fragte Frida.

»Nein.«

»In welche Richtung ist er gegangen?« Frida schwante Böses.

»Dorthin, von wo wir gekommen sind. Zu dem Gehöft. Ich nehme an, er will nachholen, was du verhindert hast.«

Mit diesen Worten untermauerte er Fridas düstere Ahnung. Ihr ebenmäßiges Gesicht verdunkelte sich, ein gefährliches Glimmen erschien in ihren blauen Augen, und sie sagte: »Danke. Sag mir deinen Namen, Krieger.«

»Ivarr Otterbjörk.«

»Wer ist dein Jarl?«

»Godefried Haraldsson.«

»Sprich mit niemand darüber, Ivarr«, bat Frida. Dann wartete sie auf ihren Vater, der einige Schritte hinter ihr ging, und sagte: »Ich bin erschöpft. Kannst du einen unserer Krieger veranlassen, mir das Pferd zu überlassen?«

Sofort brüllte Fridleiv Ragnarsson einen Namen. Der

Krieger, der auf einem der erbeuteten Pferde saß, hielt an, wendete das Tier und trieb es vor den Jarl. Dieser sagte: »Du bist lange genug geritten und hast dich ausgeruht, Sverre. Überlass dein Pferd der Schildmaid!« Er wies mit dem Kinn auf Frida.

Der Krieger gehorchte und saß ab. Frida schwang sich auf den Pferderücken, zerrte das Tier etwas zur Seite und ließ den Rest des Zuges an sich vorüberziehen. Alfarin Haraldsson, der sich ziemlich am Anfang der Rotte bewegte, hatte von alledem nichts mitbekommen.

Die marschierenden Normannen entfernten sich langsam von Frida. Schließlich zog sie das Pferd um die rechte Hand und ritt den Weg zurück, den sie gekommen waren. Bald lag das Gehöft vor ihr. Sie umritt es ein Stück und näherte sich ihm von der Rückseite.

Die Hufe des Pferdes pochten zwar dumpf, doch der grasige Untergrund reduzierte das Geräusch der Hufschläge erheblich, und so wagte sich die Schildmaid ziemlich nahe an das Haus heran, ohne befürchteten zu müssen, dass ihre Annäherung im Innern zu vernehmen war.

Schließlich aber saß sie ab, band das Pferd an den Ast eines Strauches, zog mit einem entschlossenen Ruck ihre Axt aus dem Gürtel und umrundete zu Fuß das Gebäude. Sie erreichte die Eingangstür und trat leise in den engen, düsteren Flur.

In jenem Raum, dessen Tür Einarr eingetreten hatte, vernahm sie Einarrs schroffe Stimme sowie leises Wimmern.

Frida trat in die Türöffnung. Am Boden lagen der Bauer und sein Sohn mit eingeschlagenen Schädeln in einer Blutlache. Einarr hatte die Frau mit dem Oberkörper auf den Tisch gedrückt und war dabei, sie zu vergewaltigen. Sie weinte und schluchzte. Der Normanne stand mit dem Rücken zur Tür. »… rühre ich alte, hässliche Weiber nicht an«, keuchte er gerade, »aber in deinem Fall mache ich …«

Er hatte nicht den Hauch einer Ahnung von der Gefahr, die hinter seinem Rücken erwachsen war, bis Frida hervorstieß: »Hatte ich nicht befohlen, diese Leute leben zu lassen, Einarr?«

Er wirbelte herum, stand geduckt, wie sprungbereit, vor dem Tisch und starrte die Schildmaid mit flackernden Augen an wie eine übernatürliche Erscheinung.

Voll Verachtung und zugleich wütend fixierte ihn Frida. »Ich hatte den Befehl über dich und die anderen vom Jarl erhalten«, brachte sie mit nur mühsam gebändigtem Zorn hervor. »Doch du hast ihn missachtet!«

Das Gesicht des Kriegers verzerrte sich und war nur noch eine Maske der jähen, überwältigenden Wut. Mit tückischem Blick belauerte er Frida, während sich seine Hand langsam zum Gürtel stahl, in dem er die blutige Axt stecken hatte. »Du hast mir nichts zu befehlen, Maid!«, giftete Einarr. »Die Einzigen, denen ich gehorche, sind Jarl Haraldsson und Alfarin, der einmal Jarl sein wird. Du bist nur ein Weib, und daran ändert auch nichts, dass du …«

»Genug geredet, Einarr!«, stieß Frida hervor. Sie trat schnell drei Schritte nach vorn und stand direkt vor Einarr, dessen Hand in diesem Moment nach der Axt zuckte.

Doch ehe er sie aus dem Gürtel ziehen konnte, zerschmetterte ihm Fridas Axt den Schädel. Mit lautem Knacken brach der Knochen, Blut spritzte, und Einarr sackte leblos in sich zusammen.

Die Bauersfrau hatte sich aufgerichtet und Frida

zugewandt. Tränen rannen über ihre welken Wangen, jeder Zug in ihrem Gesicht drückte Entsetzen und Verzweiflung aus, sie zitterte am ganzen Körper.

»Ich habe ihn für seinen Ungehorsam bestraft, Frau«, gab Frida ungerührt zu verstehen und schob die Axt mit dem Stiel voraus hinter ihren mit Metallringen und Nieten verzierten Gürtel. Sie zuckte mit den Schultern. »Euer Gott hat euch nicht beschützt. Er ist wirklich ein schwacher Gott.«

Mit dem letzten Wort war Frida herumgeschwungen, verließ das Haus und stieg draußen aufs Pferd. Zwanzig Minuten später etwa hatte sie ihre Leute eingeholt. Sie stellte das Pferd wieder zur Verfügung, gesellte sich ihrer Schwester hinzu und schritt, ohne eine Erklärung abzugeben, neben ihr her. Niemand würde je fragen, was aus Einarr geworden ist, auch Alfarin Haraldsson nicht.

Vier Tage, nachdem sie aus dem Feldlager geflohen waren, gelangten sie in die Nähe der Bucht, in der einige Drachenboote vor Anker lagen. Es war später Nachmittag. Die Jarls schickten Späher in die Bucht. Sie kamen nach einiger Zeit zurück und meldeten, dass fünf Langboote ankerten und die Krieger, die sie zu bewachen hatten, am Ufer lagerten. Es handelte sich um drei Dutzend Männer.

»Wir stellen sie vor die Wahl«, erklärte Godefried Haraldsson. »Entweder sie schließen sich uns an, oder sie sterben.«

»Wenn sie sich uns anschließen«, gab Fridleiv Ragnarsson zu bedenken, »dann nur der Not und dem Verstand gehorchend. Das bedeutet, dass wir ihnen niemals vertrauen können, und wenn sich die Gelegenheit bietet, fallen sie uns möglicherweise in den Rücken.«

»Also müssen sie sterben«, entschied Haraldsson. »Sie sind ahnungslos und werden arglos sein, wenn wir uns ihnen nähern, denn sie werden uns als ihresgleichen erkennen. Wir können sie also ohne eigene Verluste überraschen.«

»Weiß jemand, wer ihr Jarl ist, oder sind es Leute des Königs?«, fragte Dagrun, die dabeistand, als ihr Vater und Godefried Haraldsson das weitere Vorgehen besprachen. Rund um sie herum lagerten die Krieger. Einer hütete vier der erbeuteten Schafe und Ziegen; drei der Tiere waren während des Marsches in den Mägen der Normann gelandet.

»Ich habe mir sagen lassen, dass es Jarl Geirson ist, der den König begleitet und hier seine Schiffe zurückgelassen hat«, antwortete Godefried Haraldsson, wobei er Dagrun mit einem sengenden Blick bedachte, den sie sofort zu deuten wusste. Alfarin hatte sich also schon bei seinem Vater über das Verhalten der Schwestern beklagt.

»Wir wollen vor Einbruch der Dunkelheit auf den Schiffen sein und die Anker lichten«, sagte Ragnarsson. »Also vertrödeln wir keine Zeit.«

Godefried Haraldsson befahl den Weitermarsch. Als die ersten Krieger auf dem Kamm eines Hügels auftauchten, wurde in dem Lager am Ufer der Bucht Alarm ausgerufen. Die Männer nahmen ihre Schilde, zogen die Waffen und nahmen Aufstellung. Hinter ihnen, auf dem Ufersaum, lagen sechs Ruderboote vertäut, mit denen die Wachposten an Land gelangt waren. Etwa hundert Doppelschritte vom Ufer entfernt dümpelten die Drachenboote. Die großen Segel waren eingeholt, und an den schlanken Rümpfen brachen sich die Wellen, die jedoch nicht stark genug waren, um die Schiffe zum Schaukeln zu bringen; sie lagen völlig ruhig im Wasser.

Während die Krieger, von denen immer mehr über den Hügelrücken kamen, unbeirrt weitermarschierten, ritt ihnen ein Bote Haraldssons voraus, der wenig später bei den Bootswachen das Pferd in den Stand zerrte. »König Guthrum wurde geschlagen«, rief der Reiter. »Dort kommen die Jarls Ragnarsson und Haraldsson mit einem kleinen Rest ihrer Krieger. Wir alle sind auf der Flucht. Die meisten unserer Leute wurden von den Angelsachsen getötet. Der König befindet sich in Gefangenschaft.«

»Sind Krieger von Jarl Geirson unter euch?«, fragte einer der Wachleute.

»Nein.«

»Falls ihr im Sinn habt, die Schiffe zu übernehmen, dann sag deinen Herren, dass sie Eigentum von Jarl Geirson sind.«

»Wem immer sie gehören, die Jarls Ragnarsson und Haraldsson haben nicht vor, die Boote zu stehlen, sondern haben sich entschlossen, gemeinsam mit euch abzuwarten, ob noch weitere Krieger auftauchen, denen die Flucht vor den britischen Soldaten gelungen ist. Vielleicht lebt euer Jarl noch, und er konnte wie wir den Angelsachsen entkommen. Dann wird er sich gewiss zu seinen Schiffen durchschlagen und gegebenenfalls bald auftauchen.«

Währenddessen näherte sich der Zug. Misstrauen, Unbehagen und Unruhe prägten die Gesichter der Bootswachen. Keiner der Männer fühlte sich wohl in seiner Haut, als würden sie das Unheil spüren, das von der heranmarschierenden Schar ausging.

Von Seiten der Ankömmlinge wurden Begrüßungsrufe laut. Die Mienen der Wachen hellten sich daraufhin etwas auf, denn jemand, der in böser Absicht kommt, grüßt nicht, ehe er seinen finsteren Plan in die Tat umsetzt. So jedenfalls dachten sie, und ihre Anspannung legte sich ein wenig.

Die Meute verteilte sich und kreiste wie zufällig die Wachposten ein, und ehe diese die Taktik durchschauten, brüllte Godefried Haraldsson schon den Befehl, der den Auftakt zu einer erneuten blutigen Tragödie darstellte.

Haraldssons Leute und die Krieger Fridleiv Ragnarssons rissen die Äxte aus ihren Gürteln und stürzten sich brüllend auf die Männer von Jarl Geirson, die trotz des noch nicht völlig beseitigten Argwohns überrascht wurden. Bevor sie reagieren konnten, stürzten die Ersten von ihnen schon tot oder sterbend zu Boden.

Auch Frida und Dagrun beteiligten sich an dem Angriff. Frida versenkte das Blatt ihrer Axt im Gesicht eines Postens, noch bevor der seine Waffe heben konnte, stemmte dann einen Fuß gegen den Leib des Sterbenden, riss die Axt aus dem zerschmetterten Schädel, schwang herum und trennte dem nächsten Gegner, der sie bedrängen wollte, mit einem einzigen Hieb den rechten Unterarm ab. Brüllend ging der Mann zu Boden.

Auch Dagrun erledigte einen der Posten, indem sie mit einem wütenden Axthieb dessen Brust regelrecht spaltete.

Es war ein kurzes, aber blutiges Gemetzel. Als die Wachen bis auf den letzten Mann erschlagen waren, bemächtigen sich die Sieger ihrer Waffen und Schilde. Frida gewährte dem von ihr Verstümmelten die Gnade des schnellen Todes, indem sie mit der Axt auf seinen Kopf einhieb, bis sich der Mann nicht mehr rührte; zwei kräftige Schläge reichten dafür. Dann wurden die Ruderboote ins Wasser geschoben, und die Ersten setzten über zu den Schiffen.

Während sich Godefried Haraldsson und Alfarin mit der ersten Gruppe zu den Booten begaben, blieben Fridleiv Ragnarsson und seine Töchter an Land, bis auch der letzte der Männer in die Ruderboote gestiegen war.

Während ihre Blicke den Booten folgten, sagte der Jarl zu seinen Töchtern: »Godefried hat sich bei mir über euch beschwert, denn ihr habt seinen Sohn auf das Gröbste gekränkt. Er meinte, dass ihr vielleicht Alfarins gar nicht würdig seid.«

»Alfarin ist anmaßend«, antwortete Frida, die ihre Axt im Gras von Blut und Hirn säuberte. »Er scheint der Meinung zu sein, dass wir seinem Vater zum Gehorsam verpflichtet sind. Außerdem ist er sich überaus sicher, dass er eine von uns beiden ehelichen wird.« Fridas Blick wurde durchdringend, geradezu zwingend, als sie Fridleiv Ragnarsson ansah. »Welche Zugeständnisse hast du seinem Vater gemacht?«

»Ich sagte ihm, dass ich nicht abgeneigt wäre, wenn eine meiner Töchter in die Familie der Haraldssons einheiraten würde. Näheres aber wollten wir erst besprechen, sobald wir Britannien verlassen haben.« Der Jarl starrte versonnen auf einen unbestimmten Punkt in der Ferne, wo das Meer mit dem grauen Horizont verschmolz. »In einem mögt ihr vielleicht recht haben: Godefried versucht unter Umständen, die Führung an sich zu reißen und sich auch über mich zu stellen. Das ist eine Gefahr, die ich selbst längst in Erwägung gezogen habe. Aber da seine Leute in der Überzahl sind, sollten wir ihn nicht unnötig herausfordern. Es wird sich irgendwann zeigen, was genau er vorhat. Und dann müssen wir reagieren – oder sein Spiel mitspielen.«

»Und das hieße, dass eine von uns seinen Sohn ehelichen muss«, entfuhr es Dagrun. »Davor möge uns Freya bewahren.«

Frida nickte beipflichtend.

»Sollte sich Godefried mit unlauteren Absichten tragen«, knurrte Fridleiv Ragnarsson, »dann werden wir dies früh genug bemerken, um rechtzeitig handeln zu können. Allerdings …«

Fridleiv Ragnarsson verstummte.

»Warum sprichst du nicht weiter?«, fragte Frida und musterte aufmerksam ihren Vater, als versuchte sie in seinem Gesicht zu lesen.

»Godefried hat mir einen Pakt der gegenseitigen Treue angeboten, sobald wir das Frankenland erreicht haben. Und darüber hinaus will er mit mir Blutsbrüderschaft schließen.«

Diese Eröffnung überraschte die Schwestern. »Blutsbrüderschaft bedeutet Schwurbruderschaft«, murmelte Frida. »Damit geht die Verpflichtung einher, sich in jeder Lebenslage gegenseitig und bedingungslos beizustehen, während sich jeder auf die Treue und Hilfe des anderen verlassen kann.«

»Wenn er dir anbietet, sein Blut mit dem deinen zu vermischen«, ergänzte Dagrun, »dann meint er es vielleicht ehrlich, und wir verdächtigen ihn zu unrecht. Denn würde er sich mit Hintergedanken tragen und den Gesetzen der Blutsbrüderschaft und der Treue zuwiderhandeln, würde ihn das ächten, und kein einziger Däne würde ihm je wieder Vertrauen schenken.«

»Gehört zu eurem Treuebündnis auch, dass sich eine von uns mit Alfarin vermählt?«, fragte Frida lauernd.

»Vielleicht will Alfarin gar keine mehr von euch«, antwortete der Jarl ausweichend.

Schließlich stiegen die letzten Normannen in die Ruderboote, unter ihnen der Jarl und seine Töchter. Sie langten auf einem der Drachenboote an, ein großes Schiff, das über dreißig Ruderbänke verfügte.

Es waren insgesamt drei Boote, deren Anker gelichtet wurden. Die Krieger besetzten die Ruder, und die Boote glitten in westliche Richtung davon. Bald würde man die Segel setzen, und der Wind würde die Aufgabe der Ruderer übernehmen.

Die Nacht kam, sie wurde finster, und ein eiskalter Wind pfiff über die Boote hinweg. Fast lautlos trieben sie dahin, nur das monotone Schlagen der Ruder war zu vernehmen. Die Segel wurden gesetzt und blähten sich sogleich im stürmischen Nachtwind. Der Seegang war stärker geworden, und die Schiffe schaukelten auf den Wellen. Die Steuermänner hatten alle Hände voll zu tun.

Der Mond schob sich im Südosten über den Horizont; ein gelber Fleck hinter den Wolken, der kein Licht spendete. Und die Bucht schien nicht enden zu wollen. Sie war viele Meilen lang, und es dauerte fast bis zum Morgen, bis sie das offene Meer erreichten. In der Nähe der Küste segelten sie nach Südwesten, und als östlich von ihnen das Festland endete, wandten sie sich in diese Richtung.

Der Tag vertrieb die Nacht, es wurde hell, und erste Möwen kreisten um die Schiffe herum. Unbeirrt behielten sie den Kurs nach Osten bei. Der Wind hatte nachgelassen, und sie konnten ohne Einsatz der Ruder die Geschwindigkeit, die sie in der Nacht erreicht hatten, nicht beibehalten.

Nur noch die graue, kaum bewegte See umgab die Drachenboote. Die Taue knarrten, hin und wieder erklangen Rufe, und hinzu kam das durchdringende Geschrei der Möwen, die über den Booten kreuz und quer durch die Luft schossen, darauf wartend, dass irgendwelche fressbaren Abfälle ins Meer geworfen wurden.

Die Hoffnung, ungeschoren zur Küste Frankens zu gelangen, wurde auf brutale Weise zerstört, als es plötzlich auf dem hintersten Boot, auf dem sich Jarl Fridleiv Ragnarsson und seine Töchter befanden, erklang: »Zwei Schiffe von Norden!«

Weit vor ihnen schwamm das Schiff mit Jarl Haraldsson, dazwischen segelte das dritte Langschiff.

»An die Ruder!«, kommandierte jemand laut. »Wir müssen schneller sein als sie, wenn wir verhindern wollen, dass sie uns den Weg abschneiden!«

Auch auf den anderen Booten schien man die beiden Schiffe entdeckt zu haben. Sogleich wurden die Ruder ausgefahren, und sie begannen ins Wasser zu schlagen. Aber die beiden anderen Schiffe kamen ziemlich schnell näher.

»Das sind Kriegsschiffe der Angelsachsen!«, erklang es. »Sie versuchen uns den Weg nach Osten abzuschneiden, und sie liegen gut im Wind!«

Tatsächlich waren die Segel der britannischen Schiffe, auf denen deutlich das Wappen König Alfreds zu sehen war, stark gebläht. Und auch die Angelsachsen setzten die Ruder ein.

»Das habe ich befürchtet!«, presste Fridleiv Ragnarsson zwischen den Zähnen hervor. »Sie sind nicht dumm, diese Angelsachsen, und haben sich an fünf Fingern ausgerechnet, dass wir nicht die Route nach Norden um die britannische Insel herum nehmen, sondern die nach Süden, weil wir auf diesem Weg Britannien viel schneller hinter uns lassen, als wenn wir die Westküste hinaufgesegelt wären. Darum haben sie sich im Süden des Kanals auf die Lauer gelegt. Wahrscheinlich wimmelt es auf den beiden Booten von Soldaten. Stellt euch auf Kampf ein, Töchter. Wenn wir der Meinung waren, wir hätten das Schlimmste überstanden, als wir aus der Bucht segelten, war das ein Trugschluss.«

Wie auf ein geheimes Kommando hin änderten die beiden voraussegelnden Boote den Kurs und hielten auf die Briten zu. Die Segel wurden eingeholt, und nur noch die Ruder wurden eingesetzt, um die Boote besser manövrieren zu können.

»Godefried sucht die Auseinandersetzung!«, schnappte Frida. »Folgen wir seinem Beispiel und zeigen wir es den Christen. Niördr* wird mit uns sein.«

Auch Ragnarsson gab den Befehl zum Beidrehen, ließ die Ruderbänke besetzen und die Segel einholen.

Pfeilschnell glitten die Drachenboote den britannischen Kriegsschiffen entgegen. Die waren nicht so schlank wie die Langschiffe der Normannen und auch bei Weitem nicht so schnell und schon gar nicht so gut zu manövrieren.

»Macht euch fertig!«, brüllte Fridleiv Ragnarsson. »Wenn wir längsseits sind, greifen wir an!«

Die Hände der Normannen verkrampften sich um die Stiele ihrer Äxte. Nur wenige von ihnen trugen Schilde.

---

* Wanengott des Meeres und des Ozeans

Die Gesichter waren starr, wie aus Stein gemeißelt, die Augen verrieten Anspannung.

Je näher sich die Boote kamen, desto langsamer wurden sie. Auf den britannischen Schiffen standen die Soldaten bereit, um die gegnerischen Krieger abzuwehren.

Schließlich lagen die Schiffe Seite an Seite. Es krachte, knirschte und splitterte, als die Rümpfe gegeneinanderschrammten. Enterbrücken wurden ausgelegt, über die die Normannen auf die Boote der Angelsachsen gelangten. Den Namen ihres Gottes Odin brüllend, stürzten sie sich von den Bordwänden auf ihre Gegner, und ihre Äxte begannen furchtbar zu wüten.

Die englischen Soldaten wehrten sich mit Schwertern und Lanzen, die jedoch auf engstem Raum viel zu sperrig waren, um wirkungsvoll eingesetzt zu werden. Dennoch wurde so mancher normannische Krieger aufgespießt, wenn er an Bord des feindlichen Bootes sprang.

Brutale Zweikämpfe entbrannten – Schwert gegen Axt. Die Devise war töten oder getötet werden. Eine dritte Alternative gab es nicht. Wer kampfunfähig am Boden lag und noch atmete, wurde gnadenlos abgeschlachtet.

Frida und Dagrun waren wieder in ihrem Element. Sie wichen Schwerthieben aus, wehrten sie ab, traten ihre Gegner nieder und erschlugen sie erbarmungslos. Bald rann das Blut ihrer getöteten Feinde über ihre Gesichter, schmeckte süßlich auf ihren Lippen, und sie mussten sich des Öfteren über die Augen wischen, um wieder klar sehen zu können.

Die Schwestern eilten sich gegenseitig zu Hilfe, wenn die eine oder andere durch die britannischen Kämpfer zu sehr in Bedrängnis geriet. Sie befanden sich wie in einem Rausch. Nach all den Unbilden und Widernissen, denen sie auf ihrer Flucht bis zur Bucht begegnet waren und die sie gemeistert hatten, wollten sie unter keinen Umständen so kurz vor dem Ziel der britannischen Rachsucht zum Opfer fallen. Daher kämpften sie wie besessen, begleiteten jeden Axthieb mit fast tierischem Geschrei und töteten, ohne zu zögern.

Todesschreie vermischten sich mit dem barbarischen Gebrüll der normannischen Krieger. Viele der britannischen Soldaten und Söldner sprangen völlig entnervt über Bord und ertranken.

Die Dänen hielten, wenn sie einen Gegner niedergekämpft hatten, mit dem Irrlicht einer tödlichen Gier in den Augen Ausschau nach dem nächsten. Aber nach einiger Zeit gab es keinen britannischen Soldaten mehr, den sie erschlagen konnten. Angelsächsisches Blut bedeckte in großen Lachen die Planken der Schiffe.

Der Befehl wurde erteilt, auf die eigenen Boote zurückzukehren. Nachdem der letzte Lebende die britannischen Schiffe verlassen hatte, wurden die Enterbrücken eingezogen. Und schließlich flogen Brandsätze auf die Kriegsschiffe, die für ihre Besatzung zum Grab geworden waren. Das ausgetrocknete Holz der Ruderbänke, Truhen und Fässer fing schnell Feuer und brannte wie Zunder. Die Flammen fanden immer mehr Nahrung, und bald brannten die beiden Boote lichterloh. Funken sprühten zum Himmel, der Wind wirbelte Asche in die Höhe und trug sie mit sich fort. Dunkler Rauch erhob sich über das Meer, und die Normannen beobachteten von ihren Langbooten aus dieses Schauspiel nicht ohne Genugtuung und mit einem hohen Maß an Triumph. Nach der verlorenen Schlacht bei

Eddington hatten sie den Angelsachsen noch einmal bewiesen, dass sie kämpfen konnten und nichts und niemand auf der Welt fürchten mussten.

Als die brennenden Schiffe versanken, stimmten die Normannen ihren dumpfen Choral an: »Odin! Odin! Odin ...«

»Wir werden den Göttern reiche Opfer darbringen, sobald wir an der Küste des Frankenreichs angekommen sind!«, versprach Godefried Haraldsson. »Damit danken wir ihnen, und wir stimmen sie günstig, sodass sie uns den Weg nach Hause ebnen werden.«

Je näher sie dem Frankenland kamen, desto freundlicher wurde der Tag. Über der Küste war der Himmel, abgesehen von einigen weißen Wolkenbänken, blau, und die Sonne schien warm. Das Düstere, Geheimnisvolle, das der britannischen Insel anhaftete, fehlte hier; das Sonnenlicht verlieh der Natur satte grüne und braune Farbtöne.

Sie gingen hundert Klafter vom Ufer entfernt vor Anker. Jedes der Langboote hatte ein größeres Beiboot im Schlepp. Die wurden mit jeweils einer Handvoll Krieger besetzt und an Land gerudert. Die Männer sollten das Terrain erkunden. Frida befand sich auf einem der Boote. Wenige Schritte vom Ufer entfernt sprangen die Krieger ins knietiefe Wasser und zogen die Boote an den Strand.

Auch Alfarin war aus einem der Boote gestiegen. Frida beachtete ihn nicht, sondern sah sich um. Das Land war hügelig und das Blickfeld dadurch begrenzt.

»Wir begeben uns auf den Hügel vor uns«, entschied sie. »Von dort aus haben wir sicher einen guten Ausblick und können sehen, was uns erwartet.«

»Zwei Mann gehen auf den Hügel!«, kommandierte Alfarin. »Die anderen warten hier!« Er warf Frida einen herausfordernden Blick zu.

»Was soll das?«, fragte die Schildmaid scharf.

»Wer hat dich zur Führerin dieses Erkundungstrupps ernannt, Maid?«, knurrte Alfarin. »Dein Vater vielleicht? Nun, er steht nicht über meinem Vater und mir. Und *du* stehst schon gar nicht über mir. Godefried Haraldsson, mein Vater, ist schon seit langer Zeit Jarl, viel länger als dein Vater, und das stellt ihn über diesen. Und weil das so ist, stehe ich über dir. Also werden die Krieger hier meinen Befehlen gehorchen. Und du ebenfalls.«

Unwillkürlich griff Frida zur Axt, die hinter ihrem Gürtel steckte, und die Kühle in ihrem Blick verwandelte sich in eisige Kälte. »Mein Großvater war König Ragnar Lodbrok!«, fauchte sie. »Und dies erhebt mich über dich *und* deinen Vater. Deine Weisung, zwei Mann auf den Hügel zu schicken, während die anderen hier am Ufer warten, ist unsinnig. Wir gehen alle hinauf. Das bestimme ich, und du wirst dich fügen, Alfarin!«

Alfarins Gesicht hatte sich verkniffen, er trat einen Schritt auf Frida zu, und auch seine Hand tastete nach der Axt.

Sofort bauten sich die Krieger, die mit Frida an Land gekommen waren, zu beiden Seiten der Schildmaid auf, und ihre Haltung ließ keinen Zweifel darüber aufkommen, dass sie sich nicht scheuen würden, im Falle des Falles die Tochter ihres Jarls mit der Waffe in der Faust zu beschützen und zu verteidigen.

Die Männer, die in den beiden anderen Booten gesessen hatten und die zu Jarl Haraldsson gehörten, stellten sich hinter Alfarin, und auch sie vermittelten grimmige Entschlossenheit. Und sie waren in der Überzahl. Während sich Frida fünf Männer hinzugesellt hatten, verfügte Alfarin über elf Krieger, die bereit waren, seinem Willen Geltung zu verschaffen.

Die Atmosphäre war plötzlich angespannt und gefährlich, die Luft schien zu knistern wie vor einem schweren Gewitter.

Plötzlich stieß Alfarin hervor: »Ich weiß jetzt, für welche der Töchter des Jarls Haraldsson ich mich entscheiden werde. Du bist es, Frida, die ich zur Gattin wähle. Denn du bist eine Wildkatze, und es reizt mich, dir die Krallen zu ziehen. Ja, ich werde bei deinem Vater um dich anhalten und freue mich schon darauf, wenn ich dich bändigen darf. Hinterher wirst du mir aus der Hand fressen, du wirst demütig und dankbar sein, mich verwöhnen und meine Söhne großziehen.«

»Eher sterbe ich!«, keuchte Frida.

»Du wirst dich fügen«, prophezeite Alfarin mit grollendem Tonfall. Dann rief er zwei Namen und sagte: »Geht auf den Hügel, haltet Ausschau und meldet mir dann, was ihr gesehen habt.«

Die beiden setzten sich in Bewegung.

Frida knirschte wütend: »Über eure Leute magst du verfügen, Alfarin. Über mich und die Männer meines Vaters jedoch nicht. Darum gehe ich jetzt mit unseren Kriegern auf den Hügel, um mich selbst von dem zu überzeugen, was uns möglicherweise erwartet. Du, Alfarin, wirst uns daran nicht hindern.« Und dann setzte sie noch hinzu: »Die Hoffnung, dass ich dich zum Gatten nehme, solltest du begraben. Ich bin eine Kriegerin. Wollte ich mich vermählen und eine Familie gründen, wäre ich keine Schildmaid geworden. Such dir, wenn wir zu Hause sind, eine Frau, die deine Wünsche erfüllt. Ich bin diese Frau jedenfalls nicht.«

Ein böses Grinsen legte sich auf Alfarins Züge, er zeigte die Zähne und schnappte: »Wir werden sehen. Am Ende wird dein Vater zu entscheiden haben. Und dem ist viel an mir gelegen. Du wirst dich seinem Entschluss beugen, und dann bist du mein. Und sicher werde ich dir einige Dinge vergelten. Man beleidigt und verletzt den Stolz des Sohnes des Jarls von Nordjütland nicht ungestraft. Vielleicht solltest du dein Verhalten mir gegenüber ändern. Dann wird auch meine Einstellung zu dir eine andere sein, wenn du erst einmal mein Weib bist.«

Seine Worte nötigten Frida nur ein verächtliches Kräuseln der Lippen ab. »Gehen wir!«, gebot sie ihren Männern und setzte sich in Bewegung.

Die Krieger stapften hinter ihr her den Abhang hinauf. In der Tat konnte sie vom Kamm der Anhöhe aus weit ins Land hineinblicken. Sie sahen blühende Wiesen und Bäume, deren junge Blätter in einem zarten Grün leuchteten, sowie Buschwerk, das in Gruppen gewachsen war und aus dessen sattem Grün gelbe, rote und weiße Blüten leuchteten.

Ein Ort oder Bauernhöfe waren nicht auszumachen. Abgesehen von der Blütenpracht mutete das Stück des Landes, das sich ihren Blicken darbot, wie ausgestorben an.

»Hier droht uns keine Gefahr«, sagte Frida. »Unsere Leute können also unbesorgt an Land gehen. Kehren wir um und erstatten wir meinem Vater Bericht.«

Sie gingen zum Strand zurück. Als Frida an Alfarin vorüberschritt, würdigte sie ihn keines Blickes. Sein finsterer Gesichtsausdruck war Spiegelbild seiner Empfindungen. Hätte ihn ein Mann mit seinem Verhalten derart herabgewürdigt, Alfarin hätte ihn auf der Stelle getötet.

Er hätte wahrscheinlich im Moment auch keine Skrupel gehabt, Frida mit der Axt den Kopf zu spalten, doch er musste seine Gefühle höheren Interessen unterordnen. Sein Vater, der Jarl, hätte sicher kein Verständnis dafür aufgebracht, wenn er durch seinen Jähzorn und seine Rachsucht dessen Pläne gefährdete.

Denn zunächst hieß es, Beute zu machen und sich dann nach Dänemark abzusetzen. Ihre Gemeinschaft war stark; wenn sie sich aber trennten, waren sie nur zwei geschwächte Normannenbanden, die jeder fränkische Edelmann mit seinen Soldaten niederzukämpfen und zu vernichten in der Lage gewesen wäre.

So hatte jedenfalls Godefried Haraldsson argumentiert, als Alfarin ihm von seiner Wut auf die Schwestern, vor allem Frida, berichtet hatte.

Es dauerte etwa eine Stunde, dann war auch der Letzte der Normannen an Land. Godefried Haraldsson bestimmte fünf Kämpfer, die bei den Beibooten bleiben sollten, die anderen machten sich auf den Weg landeinwärts.

Es war ein wilder, heruntergekommener Haufen, der einen erschreckenden Eindruck von Wucht und Stärke vermittelte. Ehe sie Dänemark verlassen hatten, um sich dem Großen Heer anzuschließen, das einen siegreichen Eroberungsfeldzug durch Britannien führte, waren sie einfache Bauern, Handwerker und Händler gewesen. Auf der Insel hatten sie das Plündern, Brandschatzen und Morden zu ihrem Handwerk erhoben, und es ging ihnen genauso gut von der Hand wie das Führen eines Pfluges oder der Sense.

Ohne jede Formation stapften sie durch die blühenden Wiesen. In der Ferne war die dunkle Front eines Waldes auszumachen.

Abgesehen von einigen Bodenwellen war das Land flach. Der Schweißgeruch, den die Marschierenden verströmten, zog kleine Stechmücken an, die sie zu quälen begannen.

Bald erreichten sie den Wald. Die alten, knorrigen Laubbäume standen dicht an dicht, und ihre Kronen bildeten ein Dach, durch das fast kein Sonnenstrahl gelangte. Unter den Bäumen war es düster, dazwischen wucherten – zumindest am Waldrand – Sträucher und hohes Unkraut. Der Boden war ein brauner Teppich aus verrottenden Blättern, die im Herbst abgefallen waren.

Bevor sie in den Wald eindrangen, sah Godefried Haraldsson nach dem Stand der Sonne und sagte zu Fridleiv Ragnarsson, der neben ihm marschierte: »In zwei Stunden kommt der Abend. Ich schlage vor, wir suchen uns einen Platz, an dem es Wasser gibt, und schlagen dort unser Nachtlager auf.«

»Einverstanden«, erklärte Ragnarsson. »Am Feuer können wir einige Dinge besprechen, die der Regelung bedürfen. Ich meine die Verbindung zwischen dir und mir und die Möglichkeit, diese Verbindung auch zwischen unseren Familien noch enger zu gestalten.«

»Ja, wir müssen miteinander reden. Deine Töchter, vor allem Frida, gebärden sich ausgesprochen widerspenstig. Sie sind respektlos, anmaßend und vorlaut. Du solltest deiner Rolle als Vater gerecht werden und ihnen gegenüber Strenge zeigen.«

Fridleiv Ragnarssons Zügen verschlossen sich. »Reden wir später darüber.« Dann meinte er: »Wir sollten einige Krieger losschicken, um zu jagen. Sonst sitzen wir am Feuer, doch unsere Mägen bleiben leer.«

»Du hast recht. Alles zu seiner Zeit.«

Sie drangen in das Gehölz ein. Unter ihren Schritten knackten trockene Äste und Zweige, unter den Bäumen war es schwül, und die Mücken schienen noch etwas aggressiver zu sein als auf dem freien Feld.

Der Wald endete, und vor den Normannen lag wieder Grasland, auf dem Büsche einzeln und in Gruppen wuchsen. Und es gab einen schmalen Fluss, mehr ein Bach, dessen glasklares Wasser über bis zu kopfgroße Steine plätscherte.

Noch im Wald hatten sie ein halbes Dutzend Krieger mit dem Auftrag losgeschickt, Wild zu jagen, damit sie am Abend ihren Hunger stillen konnten.

Sie beschlossen, an dem Bach zu lagern.

Frida und Dagrun löschten ihren Durst, dann wuschen sie sich den Schweiß aus den Gesichtern. Auf ihrer Haut waren rötliche Flecken von den Stichen der Mücken zurückgeblieben. Die Augen der jungen Frauen lagen in dunklen Höhlen, ihre Gesichter waren hohlwangig geworden und die blonden Haare glanzlos, trocken wie Stroh und strähnig.

Als fühlte Frida körperlich einen sengenden Blick auf sich gerichtet, drehte sie den Kopf nach links. Tatsächlich war dort am Rand des Baches Alfarin abgekniet und starrte zu ihr herüber. Als er sich ertappt fühlte, schaute er schnell weg, schöpfte mit den zusammengelegten Händen Wasser und warf es sich ins Gesicht.

Frida sagte nichts. Irgendwie aber fühlte sie sich unbehaglich.

Die Sonne ging unter, und die Schatten verblassten. Der Himmel über dem westlichen Horizont hatte sich schwefelgelb verfärbt, und einige Wolkenbänke, die den Sonnenuntergang begleitet hatten, schienen in diesem Licht zu erglühen. Ein einsamer Stern schimmerte im Westen – der Abendstern.

Die Normannen hatten in einem weiten Kreis einige Feuer entfacht. Die Jäger waren zurückgekommen. Sie waren erfolgreich gewesen und hatten einen Hirsch erlegt. Man hatte ihm das Fell abgezogen, seinen Körper in Portionen zerlegt, und nun briet das Fleisch, an Stöcken aufgespießt, über den Flammen.

Das intensive Gelb am Westhimmel war einem bleiernen Grau gewichen, von Osten her kroch die Nacht heran, die Natur verlor ihre Farben und wies nur noch Schwarz- und Grautöne auf. Das Zwitschern der Vögel verstummte, denn die Stunde der nachaktiven Jäger brach an.

Licht- und Schattenreflexe geisterten über die Gestalten rund um den Feuerkreis, das Licht spiegelte sich in den Augen, und die Mienen wirkten maskenhaft. Mit Heißhunger verschlangen die Krieger die Portionen Fleisch, die ihnen zugeteilt worden waren.

Als er gegessen hatte, wischte Godefried Haraldsson seine fettigen Hände an der Hose ab, erhob sich und rief laut genug, sodass ihn jeder verstehen konnte:

»Hört her, ihr tapferen Krieger! Wir haben zusammen in Britannien gekämpft, sind zusammen aus Britannien geflohen und wollen uns gemeinsam nach Dänemark, unserer Heimat, durchschlagen. In dieser stürmischen Zeit der Rückschläge und des Kampfes ums Überleben sind Jarl Fridleiv Ragnarsson und ich Brüder geworden – nicht Brüder, die denselben

Vater und dieselbe Mutter haben, sondern Brüder im Geiste.«

Er machte eine kurze Pause und ließ seine Worte wirken.

Die Blicke der Krieger hingen an seinem Mund, und die Männer harrten seiner weiteren Ausführungen. Die ließen nicht lange auf sich warten, denn Haraldsson erhob wieder die Stimme und rief:

»Um diesem Bund Bestand zu verleihen, haben wir beschlossen, uns ewige gegenseitige Treue zu schwören und unser Blut zu vermischen. Und das soll heute, an diesem Tag geschehen, an dem wir zum ersten Mal den Fuß auf das Land der Franken gesetzt haben. Die Götter werden unseren Pakt gutheißen. Und um sie uns weiterhin gnädig zu stimmen, werden wir ihnen, sobald sich die Gelegenheit bietet, Opfer bringen.«

Daraufhin erhob sich Jarl Ragnarsson, hob theatralisch beide Arme zum Himmel und ließ seine Stimme erklingen: »Die Familien Ragnarsson und Haraldsson werden außerdem zusammenwachsen. Denn nicht nur mein und Jarl Haraldssons Blut wird sich vermischen, sondern aus der Verbindung zwischen meiner Tochter Frida und Alfarin, dem Sohn des Jarls, werden Kinder hervorgehen, in denen das Blut eines jeden von uns fließen wird.«

Frida fuhr in die Höhe. Vorgebeugt, mit flammenden Augen, mit halb erhobenen Händen und zu Klauen verkrümmten Fingern stand sie da und vermittelte ganz den Eindruck, sich im nächsten Moment auf ihren Vater stürzen zu wollen. »Niemals!«, schrie sie von der Leidenschaft überwältigt. »Ich habe mein Leben …«

Fridleiv Ragnarsson schien mit dieser Reaktion gerechnet zu haben, denn er gab zwei Kriegern einen

Wink, die beiden sprangen auf, packten Frida, die ihre weiteren Worte verschluckte, und zerrten sie aus dem Feuerkreis. Sie zeterte, schimpfte und verfluchte die beiden, stemmte sich gegen sie und wollte sich losreißen, doch ihrer gemeinsamen Kraft hatte sie nichts entgegenzusetzen.

»Hört«, ergriff Fridleiv Ragnarsson ohne die Spur einer Gemütsregung wieder das Wort, »was euch der Seher zu sagen hat.«

Fridas Gezeter war nur noch aus der Ferne zu vernehmen. Dagrun starrte ihren Vater wütend und verständnislos an, hielt sich aber zurück, denn sie vermutete, dass man sie ebenfalls aus dem Feuerkreis entfernte, wenn sie aufbegehrte.

Ein alter Krieger, dessen Gesicht tiefe Runzeln aufwies und an die Rinde einer alten Eiche erinnerte, trat in die Mitte des Feuerkreises und breitete ein weißes Tuch aus, das er einer Tasche aus Bärenfell, die er vor dem Leib trug, entnommen hatte. Sodann griff er erneut in den Beutel, holte eine Handvoll Runenstäbe von der Länge eines kleinen Fingers heraus und warf sie auf das weiße Tuch.

Kreuz und quer lagen die kleinen Hölzer aus den Zweigen einer fruchttragenden Buche auf dem Tuch. Der Seher neigte den Kopf und versank für kurze Zeit in Andacht, als er zu den Göttern betete. Dann hob er den Kopf, richtete den Blick zum Himmel und nahm, ohne hinzusehen, eines der kleinen Holzstücke mit den eingeritzten Runen. Seine Lippen formten tonlose Worte, schließlich senkte er wieder den Blick, heftete ihn auf das Runenstäbchen und rief nach kurzer Zeit des Studiums dessen, was er den Runen entnahm:

»Die Götter sind erfreut über den Entschluss der

Jarls, eine Blutbrüderschaft zu begründen. Sie begrüßen die Verbindung und erklären den Bund als wertvoll für unser Volk.«

Zustimmendes Gemurmel, Geflüster und Geraune erklang.

»Die Asen sind mächtig!«, rief Godefried Haraldsson, und in der Runde wurde es still. »Wenn sie unsere Brüderschaft segnen, ist das ein gutes Zeichen.« Er nickte eifrig. »Mach weiter, Seher.«

Der Alte legte das Stäbchen weg und holte das nächste aus dem Durcheinander der übrigen Hölzchen. Wieder rief er dabei leise und andächtig die Götter an, las die Zeichen und erhob die Stimme: »Der Treueid geht einher mit der Verbrüderung der Jarls. Er soll auf ewig sein, und derjenige, der ihn bricht, hat den Zorn der Götter zu fürchten. Sie werden den Eidbrüchigen zerschmettern. Denn der Treueid ist heilig, und ihn zu brechen wäre Gotteslästerung.«

Wieder wurde beipflichtendes Geraune und Gemurmel laut. Holz wurde in die herunterbrennenden Feuer gelegt, und sogleich loderten die Flammen wieder höher und sorgten für mehr Helligkeit.

»Das ist der Wille der Asen!«, erklärte Godefried Haraldsson mit lauter Stimme. »Jeder Bruch des Eids wird mit aller Härte und unerbittlich bestraft. Denn der Pakt, den Fridleiv Ragnarsson und ich schließen, ist von den Göttern gewollt.« Er wandte sich an den Alten: »Berichte uns, Seher, was das dritte Holz sagt.«

Das Ritual wiederholte sich ein weiteres Mal, und der Seher verkündete, was er auf dem Runenstab gelesen hatte: »Die Götter heißen es gut, dass sich das Blut Godefried Haraldssons mit dem des Fridleiv Ragnarsson in deren Enkelkindern vermischen soll. Ihr Segen ist einer Verbindung Fridas mit Alfarin, dem Sohn des Godefried, gewiss.«

»Ihr habt es gehört!«, stieß Godefried Haraldsson hervor. »Es soll so geschehen, wie auch die Götter es wollen. Man bereite alles für das Zeremoniell der Verbrüderung zwischen Jarl Fridleiv Ragnarsson und mir vor!«

Er ging zu Ragnarsson hin und umarmte ihn.

»Wir werden Brüder sein«, sagte Fridleiv Ragnarsson. »Und durch die Vermählung unserer Kinder werden unsere Familien ineinander aufgehen. Wenn wir eines Tages die Runen erneut befragen, werden sie unseren Enkeln eine große Zukunft voraussagen.«

Godefried Haraldsson nickte. »Die Reaktion Fridas rechne ich ihrer Jugend und ihrer ungestümen Art zu«, knurrte er.

»Sie wird Vernunft annehmen«, versicherte Ragnarsson im Brustton der Überzeugung.

Einige der Krieger gruben mit Hilfe ihrer Dolche und unter Einsatz ihrer Hände in der Mitte des Feuerkreises ein Loch von etwa Knietiefe. Die beiden Jarls mussten Oberkörper und Füße entblößen und sich in das Loch hineinstellen.

Der Seher, der auch diese Zeremonie – stellvertretend für einen Priester – leitete, rief: »Die Erde ist die Mutter allen Lebens, und dies ist die Stunde der Neugeburt zweier frisch durch ihr Blut vereinten Brüder!«

Nach diesen Worte fügte er jedem der Jarls mit einem scharfen Messer einen Schnitt an der Innenseite des rechten Unterarms zu, ließ zunächst etwas Blut in das Loch tropfen, in dem sie standen, dann hielt er einen

Zinnbecher unter die Wunden, um einige Tropfen des Blutes beider aufzufangen.

Danach gebot er den Männern, die Wunden gegeneinanderzupressen und den erforderlichen Eid zu wiederholen. Er sprach ihn vor: »Wir wollen Brüder sein auf ewig.«

Die beiden sprachen die Worte mit sonorer, fester und weithin hallender Stimme nach.

»Dieser Bund soll jedem von uns all jene Rechte zubilligen und die Pflichten auferlegen, wie es unter Brüdern üblich ist und sein soll.«

Die Jarls wiederholten im Chor das Versprechen.

»Als Brüder sind wir verpflichtet, sowohl im Krieg als auch im Frieden vorbehaltlos für den anderen da zu sein. Ein jeder von uns darf darauf vertrauen, dass ihm der andere in jeder Lage mit unumstößlicher Treue und aufopfernder Hilfe zur Seite steht. Wir sind zu wirklichen Brüdern geworden, und unsere Bruderschaft soll auch die Sorge für die Familie des anderen einschließen.«

Auch dieses Versprechen gaben die Jarls ab.

Der Seher füllte den Becher Blut mit Wasser auf, schüttete ein wenig vom Inhalt auf die Erde und hielt ihn schließlich Haraldsson hin. »Trink, Godefried Haraldsson. Das ist euer Blut. Es wird sich in euren Herzen vermischen, und ihr seid Brüder bis zum Ende eures Lebens und darüber hinaus.«

Nachdem der Jarl getrunken hatte, gab er den Becher Fridleiv Ragnarsson, und auch er nahm einen Schluck. Nachdem er das Gefäß dem Seher zurückgereicht hatte, schüttete dieser den Rest wiederum auf die Erde. »Wie der erste gehört auch der letzte Schluck des Blutes den Göttern«, rief er. »Nun seid ihr Brüder, Godefried Haraldsson und Fridleiv Ragnarsson. Und die Götter teilen mit euch diese Verwandtschaft.«

Die Zeremonie war damit beendet. Die Schnittwunden der Jarls wurden versorgt, und sie nahmen wieder im Feuerkreis Platz.

»Der Pakt soll nicht nur uns und unsere Familien zusammenschmieden, Bruder«, erklärte Godefried Haraldsson, »sondern auch die Menschen unter unserer Herrschaft. Unsere Krieger werden Brüder sein wie wir, und die Frauen sind mit unserer Verbrüderung eine Schwesternschaft eingegangen. Auf dass die Götter ihre schützenden Hände über diese Verbindung halten. Nichts soll unser Bündnis je erschüttern.«

»Odin ist der Hüter unseres Pakts!«, rief Fridleiv Ragnarsson euphorisch.

Als er einen Blick in Dagruns Gesicht warf, las er, wenn er den Ausdruck in ihren Augen richtig deutete, gravierende Zweifel.

Irgendetwas stieg in ihm auf und staute sich in seiner Brust, etwas, das sich seinem Verstand entzog, das aber ein unbestimmtes Gefühl von Beklemmung und Angst in ihm wachrief.

Spürte er, dass die Zukunft nicht dem entsprechen würde, was der Seher aus den Runen gelesen hatte? Hatte die Vorsehung ganz andere Pläne?

Einen Augenblick entstand in ihm sogar der Verdacht, dass der Seher vielleicht von Godefried Haraldsson genötigt worden war, das zu prophezeien, was ihm der Jarl zu weissagen geboten hatte.

Diese Angst lauerte im Hintergrund seines Bewusstseins und ließ sich nicht verdrängen.

Viertes Kapitel

Die beiden Krieger, die auf das Geheiß ihres Vaters Frida aus dem Feuerkreis entfernt hatten, bewachten sie, ein ganzes Stück vom Lager entfernt, bis die Feuer erloschen waren und Ruhe eingekehrt war. Dann ließen sie die junge Frau allein.

Die Schildmaid saß am Rand des Baches und starrte gedankenversunken auf einen unbestimmten Punkt, das Glucksen und Plätschern des Wassers in den Ohren. Obwohl die Nacht ziemlich finster war, konnte sie das Wasser silbrig glitzern sehen. Sie wollte es einfach nicht glauben, dass ihr durch ihren Vater eine Vermählung mit Alfarin aufdiktiert werden sollte.

Es gelang ihr nicht, den Aufruhr tief in ihrem Innersten unter Kontrolle zu bekommen. Sie war hin und her gerissen zwischen Wut und Trotz, Hoffnungslosigkeit und Resignation, Widerstandswillen und fataler Gleichgültigkeit.

Warum nahm sie nicht einfach ihre Axt und durchtrennte die Ader an ihrem Handgelenk? Der Tod hatte für sie keinen Schrecken. Zu oft hatte sie ihm schon gegenübergestanden. Doch ein Selbstmord würde sie nicht nach Walhall bringen. Nicht die Walküren würden sie holen, sondern Hel, die abgrundtief hässliche Göttin der Unterwelt, die mit ihrem dreibeinigen grauen Pferd Helhesten kommen und sie in die dunkle Welt Niflheim bringen würde. Dort ernährte sich Hel von den Körpern der Toten, zerbrach ihre Knochen und saugte das Mark aus ihnen heraus, um sie schließlich ihrem Hahn Fialar hinzuwerfen, der in den Resten nach Maden pickte.

So wollte sie nicht enden. Allein der Gedanke daran ließ sie erschauern.

An Schlaf war in dieser Nacht nicht zu denken. Hin und wieder erschallte in der Ferne der schrille Schrei eines Nachtjägers, gespenstisch und irgendwie unwirklich.

Frida saß am Bach und rührte sich nicht. Einmal kam eine der Wachen in ihre Nähe, doch der Krieger hatte sie wahrscheinlich nicht einmal wahrgenommen, denn er sprach sie nicht an und verschwand wieder in der Finsternis.

Du bist eine Schildmaid!, hämmerte eine Stimme in ihr. Dein Leben ist der Kampf. Du bist nicht auf der Welt, um die Frau eines Mannes zu sein, den du nicht willst, um Kinder zu gebären und am Herd zu stehen.

Es war die Stimme des Gefühls, die zu ihr sprach.

Aber das Wort deines Vaters ist Gesetz!, meldete sich sogleich die Stimme der Vernunft. Seine Ehre steht auf dem Spiel, und du als Tochter hast nicht das Recht, sie in den Schmutz zu treten!

Frida begann die Götter anzurufen …

Irgendwann kroch die erste Helligkeit des Tages über den Horizont im Osten, und die Nacht begann sich zu lichten. Vom Lager her erschallten erste Stimmen. Frida erhob sich und seufzte.

In dem Moment erklang es hinter ihr: »Bist du mit dir ins Reine gekommen, Maid?«

Es war Alfarin.

Frida wirbelte herum und duckte sich leicht. Sie vermittelte ganz den Anschein, im nächsten Moment vor ihm die Flucht ergreifen zu wollen. Doch das hatte Frida ganz und gar nicht im Sinn.

Alfarin stand mit vor der Brust verschränkten Armen vor ihr, und obwohl es noch dunkel und sein Gesicht nur ein heller Fleck war, glaubte sie ihn spöttisch grinsen zu sehen.

»Ja«, antwortete sie ruhig, »ich bin mit mir im Reinen.«

»Schön. Dann wirst du dich also nicht länger dagegen sträuben, meine Gemahlin zu werden?«

»Ich werde meinem Vater gehorchen, wie es als Tochter meine Pflicht ist. Also werden wir heiraten. Aber denke nur nicht, dass ich dir ein williges Weib sein werde, Alfarin. Ich bleibe eine Kriegerin, und das wirst du entweder akzeptieren, oder du gehst zu meinem Vater und erklärst ihm, dass du auf die Ehe mit mir verzichtest.«

»Das werde ich nicht tun!«, knirschte er. »Und denk nur nicht, dass ich dich als meine Gemahlin haben möchte, weil ich dich liebe.« Er lachte giftig auf. »Ich hasse dich, Frida, und wenn man dich mit mir vermählt, so ist das meine Rache für deine Demütigungen und Beleidigungen. Sobald du meine Frau bist, werde ich ...«

»Es ist weder demütigend noch beleidigend, jemandem zu sagen, dass man ihn nicht heiraten möchte«, schnitt sie ihm das Wort ab. »Meine Gründe kennst du.«

»Deine Gründe interessieren mich nicht. Und nun wirst du mich küssen, Frida. Dein Vater hat am Abend ein Eheversprechen abgegeben. Das war ein Verlöbnis, und anlässlich eines solchen küsst die Braut den Bräutigam.«

»Dich küssen? Niemals!«

»Doch, du wirst!« Wütend machte Alfarin einen Schritt auf Frida zu, seine Arme lösten sich aus der Verschränkung, seine Hände griffen nach ihr und berührten sie auch.

Plötzlich aber spürte er etwas Kaltes, Scharfes an seiner Kehle, und Frida zischte: »Wenn du mich noch einmal anfasst, schneide ich dir mit meiner Axt den Hals durch! Nimm also die Hände von mir, und versuch nie wieder, mich zu irgendetwas zu zwingen.«

»Bei Odin …«, keuchte er, und seine Hände sanken nach unten. »Dafür werde ich …«

»Was?«

»Du wirst es bereuen!«, presste er zwischen den Zähnen hervor. »Bitter bereuen.«

Frida ließ die Hand mit der Axt sinken und trat einen Schritt zurück. Alfarin griff sich an den Hals, wo die Axt über dem Kehlkopf eine leichte, aber brennende Schnittwunde verursacht hatte. »Geh zu deinem Vater und weine dich aus«, stieß Frida verächtlich hervor. »Ich gehe zu meinem und gebe ihm zu verstehen, dass ich dich auf sein Geheiß hin zwar heiraten, dir aber nie eine echte Gattin sein werde.«

Sekundenlang starrte er sie durch die Dämmerung an. Mit einem Mal aber wirbelte er herum und eilte davon.

Frida schob die Axt hinter ihren Gürtel und setzte sich in Bewegung. Im Lager traf sie auf Dagrun und ihren Vater. Es war inzwischen heller geworden, und Fridleiv Ragnarsson musterte seine Tochter prüfend, schien regelrecht in ihrem Gesicht zu forschen.

Plötzlich sagte er: »Du hattest kein Recht, das Wort, das ich Godefried gab, in aller Öffentlichkeit infrage zu stellen.«

»Du kennst meine Einstellung zur Ehe, Vater«, versetzte Frida. »Und ich habe dir gegenüber nicht den geringsten Zweifel aufkommen lassen, dass ich nicht gewillt bin, das Eheweib Alfarins zu werden. Dennoch hast du beschlossen, dass die Vermählung stattfindet.«

»Das ist mein mir von den Göttern verliehenes Recht als dein Vater.«

»Das ist richtig. Und weil das so ist, werde ich gehorchen und einer Vermählung mit Alfarin zustimmen.«

Dagrun entrang sich ein verblüffter Laut.

Auch Ragnarsson sah Frida fast ungläubig an. »Du hast dich entschlossen …«

»Ja. Soeben hat mir Alfarin erklärt, dass er mich hasst und mich aus Rache heiraten will, um mich zu demütigen. Ich soll als sein Weib keine Freude mehr am Leben haben. Dennoch werde ich mich als gehorsame Tochter erweisen und ihn zum Gatten nehmen.«

»Das hat er wirklich gesagt?«, fragte Fridleiv Ragnarsson.

»Ja.«

»Ich werde mit seinem Vater darüber sprechen!«, stieß Fridleiv Ragnarsson hervor. »Eine Ehe, die auf dieser Basis begründet wird, kann niemals eine gute Ehe sein. Aber wir werden einen Weg finden …«

Frida teilte seine Zuversicht ganz und gar nicht.

Sie marschierten los, als der Tag die Nacht endgültig vertrieben hatte. Zum Frühstück hatten sie die Reste des Wildes verzehrt, das sie am Abend zuvor gebraten hatten.

Nach einer Stunde etwa sahen sie in der Ferne Rauch zum Himmel steigen. Er kam aus dem Schornstein eines Bauernhauses, das in einer weitläufigen Senke inmitten von Feldern, Äckern und Wiesen lag.

Die Normannen hatten am Rand der Senke angehalten und beobachteten das Anwesen. Auf einer Koppel standen zwei Milchkühe, daneben weideten einige Schafe und Ziegen. Es gab einen Stall, eine Scheune und einen Schuppen. Das Wohnhaus war ein niedriger Bau, dessen Dach mit Grassoden bedeckt war und aus dem der aus Feldsteinen gemauerte Kamin wie ein mahnend erhobener Zeigefinger ragte.

»Gehen wir hin«, rief Godefried. »Dort finden wir sicher etwas Essbares für unsere Mägen, Wein oder Bier und vielleicht sogar einige Schätze. Ich habe gehört, dass die fränkischen Bauern nicht gerade die Ärmsten sein sollen.«

Sofort erhob Alfarin seine Stimme und stieß hervor: »Wir werden sie alle erschlagen und …«

»Nein!«, unterbrach ihn Fridleiv Ragnarsson. »Einen lassen wir auf jeden Fall am Leben. Er wird uns sagen, wo wir uns genau befinden und wo die nächste Ansiedlung oder ein Kloster zu suchen ist. Ich glaube nämlich nicht, dass es auf solchen Höfen allzu viel zu holen gibt. Wenn wir aber Beute machen wollen, müssen wir uns Ziele suchen, die sich lohnen und mit denen wir nicht nur Zeit verschwenden.«

»Mein Bruder Fridleiv hat recht«, stimmte Godefried zu. »Wir sind fremd in diesem Land und brauchen einen, der uns Hinweise gibt und uns vielleicht sogar führt.«

Alfarins Gesicht lief dunkel an, und sein Blick suchte Frida. Als er ihr ironisches Lächeln sah, biss er die Zähne so sehr zusammen, dass es schmerzte, und in seinem Blick zog wieder der Hass ein. Er kam in schnellen, giftigen Schüben, und er galt nicht nur Frida, sondern auch deren Schwester und dem Vater der Zwillinge. Denn dadurch, dass ihm Fridleiv Ragnarsson einfach das Wort abgeschnitten und ihn eines Besseren belehrt hatte, fühlte er sich wieder einmal nicht ausreichend respektiert.

Fridas Lächeln gerann, und der Ausdruck von Nachdenklichkeit trat in ihren Blick.

Der Pulk setzte sich wieder in Bewegung. Zielstrebig schritten die Normannen auf das Anwesen zu; die einen versprachen sich Beute, die anderen Hinweise auf reiche Klöster oder Ansiedlungen, in denen Kaufleute und Handwerker lebten, die in ihren Häusern Gold, Silber und wertvollen Schmuck horteten.

Auf dem Bauernhof ließ sich niemand blicken. Aber der Pulk von mehr als hundert Kriegern konnte gar nicht übersehen werden. Wahrscheinlich hatten sich die Bewohner versteckt, oder sie waren, gedeckt von den Gebäuden, in Richtung Osten geflohen.

Als die Schar auf fünfzig Schritte heran war, nahmen die Krieger ihre Äxte in die Hände. »Verteilt euch rund um das Anwesen!«, befahl Godefried Haraldsson, der einfach das Kommando übernahm. »Wir umstellen den Hof und ziehen den Kreis dann zusammen. Und erschlagt sie nicht alle. Wenigstens einer muss am Leben bleiben.«

Geraune kam auf, Zeichen dafür, dass alle die Weisung verstanden hatten.

Die Gruppe zog sich auseinander, und als alle Krieger ihre Plätze eingenommen hatten, gab Godefried das Zeichen zum Vorrücken. Schließlich war der Ring aus

Leibern um den Bauernhof so eng, dass sich die Krieger gegenseitig regelrecht auf die Füße traten.

Die Haustür des Wohnhauses war geschlossen, ebenso die Läden vor den beiden Fenstern.

Godefried gab Alfarin ein Zeichen. Alfarin rief ein halbes Dutzend Namen, die Männer versammelten sich um ihn, und der Pulk schritt zur Haustür. Sie war von innen verriegelt, doch die Krieger sprengten sie mit wuchtigen Tritten auf, dann drängten sie nacheinander hinein und verschwanden aus dem Blickfeld der anderen.

Kurze Zeit verstrich, dann erhob sich im Haus frenetisches Geschrei; es stieg sowohl aus männlichen als auch aus weiblichen Kehlen, wurde aber sehr schnell leiser und endete schließlich.

Gleich darauf taumelte ein Halbwüchsiger aus der Tür, machte noch drei Schritte und brach dann auf die Knie nieder, lag schließlich auf allen vieren und starrte entsetzt und gleichzeitig mit dem Ausdruck der Verzweiflung auf die Rotte der Normannen, die sich im Hof drängte.

Alfarin trat aus dem Haus, ihm folgten die sechs Krieger, die er dazu auserkoren hatte, mit ihm dort einzudringen. Die Schneiden ihrer Äxte waren rot vom Blut der Erschlagenen, und auch ihre Gesichter und Hände waren mit Blut besudelt.

Frida vermutete, dass von den Bewohnern des Anwesens nur noch der Halbwüchsige lebte, der auf allen vieren im Hof lag und in dessen Augen eine irrsinnige Angst wütete. Sogar die Frauen hatten Alfarin und seine Gehilfen massakriert. Nicht, dass Frida besonders viel empfunden hätte deswegen. Aber ein Mann, der wehrlose Frauen erschlug, konnte nicht viel taugen. Und weil in diesem Fall Alfarin dieser Mann war, empfand sie es als ganz besonders gravierend und abstoßend.

Godefried Haraldsson, der die Sprache der Franken nicht beherrschte, dafür aber die der Angelsachsen, wenn auch nur leidlich, trat vor den Burschen hin und sagte in der Sprache der Briten: »Wir sind fremd in deinem Land. Gibt es hier in Küstennähe Ansiedlungen und Klöster? Sind irgendwo Soldaten eures Königs Ludwig stationiert, und gibt es vielleicht sogar richtige Städte mit Wehren und starken Besatzungen?«

Der Bursche starrte verständnislos zu Godefried in die Höhe. Seine Lippen bebten, seine Nasenflügel vibrierten. Er hatte mit ansehen müssen, wie seine Familie brutal erschlagen worden war, und dieser grauenvolle Anblick hatte sich wie mit glühenden Zangen in seinen Geist eingebrannt.

Seinem flackernden Blick nach hatte er kein Wort von dem verstanden, was Godefried gesprochen hatte. Der Normanne registrierte es und versetzte dem Jungen einen wütenden Tritt gegen die Rippen, der ihn umwarf. Stöhnend lag er im Staub des Hofs, seine Beine zuckten unkontrolliert, seine Finger verkrallten sich im Boden.

»Kann sich einer von euch in seiner Sprache mit ihm verständigen?«, rief Godefried Haraldsson in die Runde.

Es war der Seher, der sich meldete. Er trat vor und antwortete: »Ich war vor vielen, vielen Jahren mit Ragnar Lodbrok, ehe er König wurde, in Paris*. Daher verstehe und spreche ich die Sprache der Franken einigermaßen gut.«

---

* Die Wikinger überfielen in den Jahren 845, 858, 861 und 869 die Stadt.

»Dann stell du ihm die Fragen, die ich ihm eben gestellt habe!«, blaffte Godefried.

Der alte Seher trat vor den Jungen hin, der sich wieder in eine kniende Haltung aufrichtete. Er war bleich wie der Tod, seine Hände zitterten, und sein Herz raste in einem wilden Rhythmus. In ihm war nichts als Panik, die wie ein alles verzehrendes Feuer in ihm loderte, sein Denken verzerrte, ihn keinen klaren Gedanken fassen ließ und seinen ganzen Körper erfasst hatte.

»Ruhig, mein Junge«, sagte der Seher und legte die linke Hand auf das Haupt des Burschen. »Ich werde dir jetzt einige Fragen stellen, und du wirst sie mir beantworten. Du verstehst mich doch, oder etwa nicht?«

»Ja«, hauchte der Junge, »ich – ich kann Euch verstehen, Herr. Was – was wollt Ihr wissen?«

»Gibt es in der Nähe eures Hofs Ansiedlungen und Klöster?«

Der Bursche schluckte würgend, setzte zum Sprechen an, doch seine Stimmbänder versagten ihm den Dienst. Er gab zwar einige Laute von sich, doch sie waren unartikuliert, und der Seher verstand nicht einen Ton. Daher wiederholte er seine Frage, und er legte diesmal Nachdruck in seine Stimme.

»Dieses Land hier«, keuchte der Junge, »gehört der Abtei Saint-Riquier. Mein Vater musste dem Kloster jährlich einen Zehnt* entrichten.«

»Wo liegt das Kloster?«

Der Junge versuchte, dem Seher den Weg zu erklären, doch seine Schilderung war derart verworren, dass sich der Alte an Godefried wandte und sagte: »Es gibt ein Kloster. Aber der Junge kann den Weg dorthin nicht

---

* zehnprozentige Steuer in Form von Geld oder Naturalien

genau beschreiben. Wir sollten uns von ihm hinführen lassen.«

»Einverstanden. Gibt es auch Ortschaften?«

Der Seher stellte dem Burschen die Frage.

»Es gibt in der Nähe einen kleinen Ort namens Abbeville«, erwiderte der Junge mit brüchiger, zitternder Stimme. »Es – es leben nur wenige Menschen in Abbeville. Auch die Stadt gehört dem Kloster.«

»Du wirst uns zu dem Kloster führen, Junge«, erklärte der Seher, und erst da nahm er die Hand vom Kopf des Halbwüchsigen. »Sind in Küstennähe Soldaten eures Königs Ludwig stationiert? Gibt es im näheren Umkreis eine Stadt oder mehrere Städte mit Wehren und Soldaten als Besatzung?«

»Nein. Es gibt nur das Kloster und die Bauern, die die Ländereien der Abtei als Lehen bewirtschaften.« Die Stimme des Burschen hatte etwas an Festigkeit gewonnen, denn der Hinweis, dass er diese barbarische Horde zum Kloster führen sollte, beinhaltete, dass man ihn nicht an Ort und Stelle erschlagen wollte. Und im Stillen rechnete er sich eine Möglichkeit zur Flucht aus. Denn das Kloster war einen ganzen Tagesmarsch entfernt, und während der gesamten Zeit, die der Marsch in Anspruch nahm, würden die Normannen nicht auf ihn achten …

Frida entfernte sich, ohne dass jemand darauf achtete, aus der Rotte der Krieger um ihren Vater und Dagrun und stapfte hinter deren Rücken zu dem Wohnhaus.

Als sie durch die Tür trat, stand sie schon in der Küche. Am Boden lagen drei Frauen, eine ältere und zwei junge, sowie vier Männer, einer um die fünfzig, die anderen unter fünfundzwanzig. Man hatte ihnen die Schädel gespalten oder zertrümmert, und das Blut war gegen die einfach gezimmerten Möbel und die Wände gespritzt. In der Raummitte war sogar die niedrige Decke mit dem Blut der Hingemetzelten besudelt.

Fliegen krochen auf den Leichen herum, deren glasige Augen weit aufgerissen waren und in denen sich noch das letzte Entsetzen ihres Lebens spiegelte.

Es war ein schrecklicher Anblick, doch Frida zeigte nicht die geringste Gemütsregung. Vielleicht unterdrückte sie die aufkommenden Gefühle auch nur. Als Schildmaid, deren Leben Krieg, Kampf, Blut und Tod bedeutete, durfte sie weder Mitleid noch irgendwelche anderen Emotionen zeigen. Sie war zu mitleidloser und kompromissloser Härte sowie vernichtender Skrupellosigkeit erzogen worden. Und diese anerzogenen Charaktereigenschaften hatte sie in Britannien ausgelebt, seit sie fünfzehn Jahre alt geworden war.

Sie kehrte wieder in den Hof zurück und fing einen finsteren Blick Alfarins auf. Ihr entgingen nicht der brutale Zug, der um seinen Mund lag, und die Feindseligkeit in seinem Blick. Die Entschlossenheit, ihn niemals zum Gatten zu nehmen, durchfuhr sie wie ein heißer Wind.

Eher schlag ich ihm den Schädel ein!, zuckte es durch ihren Verstand. Und wenn es mein eigenes Ende sein sollte!

Sie hörte den Bauernjungen sprechen; was er sagte, konnte sie allerdings nicht verstehen. Doch kaum, dass sie neben ihren Vater und Dagrun getreten war, übersetzte der Seher. »Der Bursche meint, dass wir frühestens morgen gegen Mittag das Kloster erreichen können, wobei wir die halbe Nacht durchmarschieren müssen. In der Abtei leben über zwanzig Mönche. Ob dort reiche Beute auf uns wartet, weiß er nicht, er hat mir lediglich sagen können, dass die Kirche sehr kunstvoll ausgestattet ist.«

»Was ist, wenn er uns in eine Falle führt?«, fragte Fridleiv Ragnarsson. »Wenn er uns nicht zu dem Kloster bringt, sondern zu einer Festung, in der eine starke Besatzung fränkischer Soldaten stationiert ist?«

Sekundenlang herrschte Schweigen, dann antwortete der Seher: »Kaum vorstellbar. Der Bursche ist voll Angst, und die Antworten auf meine Fragen sind glatt über seine Lippen gekommen. Er führt uns zu dem Kloster.«

Er hatte es im Brustton der Überzeugung gesprochen.

»Dann plündert jetzt die Speisekammer und das Haus!«, befahl Godefried Haraldsson. »Nehmt die Tiere mit und alles, was für uns von Nutzen sein kann. Und dann zündet alles an!«

»Das würde ich nicht tun«, sagte Frida und erntete dafür von Godefried einen unduldsamen, geradezu finsteren Blick.

»Was hast du dagegen einzuwenden?«, fragte der Jarl mit grollender Stimme.

»Der Qualm würde bis weit ins Land hinein zu sehen sein, und diejenigen, die ihn wahrnehmen, könnten kommen, um nachzuschauen, was hier geschehen ist. Das könnte auch Soldaten auf den Plan rufen, die unserer Spur folgen und uns unter Umständen überraschen.«

Godefried zog seine Unterlippe zwischen die Zähne und kaute darauf herum. Eine ganze Weile war er in Gedanken versunken, schließlich aber stieß er hervor: »Willst du gescheiter sein als ich, Maid? Du sprichst, als würdest du die Erfahrung zweier Leben in dir vereinen, und dabei bist du noch nicht einmal richtig erwachsen. Das gefällt mir nicht.«

»Aber sie hat recht«, ergriff Fridleiv Ragnarsson Partei für seine Tochter. »Wir kennen dieses Land nicht, und schon gar nicht kennen wir die Verhältnisse hier. Kannst du es ausschließen, Bruder, dass Ludwig, nachdem wir fast ganz Britannien erobert und unsere Leute in früherer Zeit schon einige Male Paris überfallen und zerstört haben, mit einem Einfall in sein Land rechnet und die Wachen an der Westküste verstärkt hat?«

»Soviel ich weiß, ist Ludwig ein kranker Mann!«, blaffte Godefried. »Er ist zu schwach, um zu regieren ...«

»Er hat Berater«, gab Ragnarsson zu bedenken. »Und diese Leute verfügen sicherlich über eine Menge Erfahrung.«

»Auszuschließen ist es nicht«, gab Godefried zu, wenn auch widerwillig.

»Dann sollten wir auch Fridas Rat befolgen und den roten Hahn nicht auf die Dächer des Anwesens setzen.«

Godefried sagte nichts mehr dazu, sondern wandte sich ab.

Frida aber schoss Alfarin einen triumphierenden Blick zu. Deutlich konnte sie die kleine Schnittwunde von ihrer Axt an seinem Hals ausmachen. Sie hatte sein Blut vergossen – und das war unverzeihlich.

Alles, was wertvoll erschien oder essbar war, wurde auf eine Karre geladen, vor die die Normannen ein Pferd spannten. Außer dem Herrgottswinkel im Wohnhaus wurde von den Kriegern nichts zerstört. Das Kreuz und die beiden Bilder, die den dornengekrönten Heiland und die Gottesmutter Maria zeigten, hatten sie zerschlagen. Die Trümmer lagen zwischen den Toten in der Küche.

Sie brachen auf. Zwei Krieger trieben die Schafe und Ziegen sowie die beiden Kühe. Das Pferd, das die Karre mit dem Beutegut zog, stampfte mit gesenktem Kopf dahin und wurde von einem Krieger am Kopfgeschirr geführt. Die Achsen des Wagens quietschten, und manchmal rumpelte es, wenn die Räder in Bodenunebenheiten prallten.

Es wurde ein heißer Tag, die Hitze setzte den Marschierenden zu; lästige Mücken quälten sie obendrein, und ihre Füße begannen zu brennen. Aber die Aussicht auf reiche Beute trieb sie an.

Godefried Haraldsson marschierte neben seinem Blutsbruder Fridleiv Ragnarsson. Beide waren ziemlich geschafft, und ihre Füße waren schwer, als hätte jemand Gewichte an ihnen festgebunden. Dennoch schritten sie unermüdlich weiter voran.

Doch nach und nach wurde jeder Schritt zur Tortur.

Als die Sonne fast senkrecht über ihnen stand, keuchte Haraldsson: »Pause! Wir legen eine Rast ein.« Seine Stimme klang heiser und mitgenommen. »Ich habe Hunger, und wir werden etwas von den Vorräten verzehren, die wir erbeutet haben. Außerdem müssen wir reden, Bruder.«

Fridleiv gab den Befehl zum Anhalten, und die Männer ließen sich zu Boden sinken. Proviant wurde ausgegeben.

Flaches Land, das jedoch Bodenwellen und -falten aufwies, umgab sie. Hier wuchsen Gras, Buschwerk und Bäume. Es gab aber auch Äcker, Felder und blühende Wiesen, Zeichen dafür, dass dieser Landesteil nahe der Küste nicht menschenleer war.

Vereinzelte Bauernhöfe, die an ihrem Weg gelegen hatten, hatten sie umgangen, denn im Moment besaßen sie alles, was sie benötigten, und so hatten sie auf weitere Überfälle verzichtet. Sie wollten auch nicht allzu viel Zeit verlieren und so schnell wie möglich zurück zu ihren Schiffen.

»Du sagtest, wir müssen reden«, wandte sich Fridleiv Ragnarsson kauend an Godefried. Sie saßen etwas abseits beisammen, und fragend musterte Fridleiv seinen Blutsbruder.

Godefried erwiderte seinen Blick, nickte und antwortete: »Frida hat Alfarin mit der Axt verletzt. Das Verhalten deiner Tochter mir und meinem Sohn gegenüber gefällt mir ganz und gar nicht. Sie ist aufmüpfig, vorlaut, altklug und aggressiv. Wir haben das Verlöbnis der beiden beschlossen. Er wollte ihr heute in der Früh, ehe wir losmarschierten, den Verlobungskuss geben. Sie aber hat gedroht, ihm mit ihrer Axt den Hals aufzuschlitzen.«

Fridleiv schaute betroffen, geradezu fassungslos drein; seine Lippen bewegten sich, doch seine Stimmbänder gehorchten nicht. Er räusperte sich den Hals frei, setzte noch einmal an, und dann gelang es ihm, seine Betroffenheit in Worte zu fassen, indem er mit belegter Stimme sagte: »Wie kann das sein? Mir hat sie heute Morgen erklärt, dass sie bereit sei, Alfarin zu ehelichen.«

»Sie hat aber auch geschworen, ihm kein gutes Eheweib sein zu wollen und weiterhin ein Leben als Schildmaid zu führen. Mein Sohn ist sehr betrübt, und ich bin es auch.«

»Dein Sohn will Frida aus Rache heiraten, um sie zu demütigen. Sie soll, so seine Drohung ihr gegenüber, als seine Gattin keine Freude mehr am Leben haben. Alfarin hasst Frida, und sein ganzes Bestreben läuft nur noch darauf hinaus, sie zu erniedrigen und ihren Stolz mit Füßen zu treten.«

»Das glaube ich nicht. Mir hat Alfarin gesagt, dass er sie liebt.«

»Liebe kann sehr schnell in Hass umschlagen.«

Godefried winkte ab. »Sei's drum. Sobald wir in der Heimat sind, findet die Vermählung statt. Der Zank zwischen meinem Sohn und deiner Tochter soll kein Grund sein, die eingegangenen Versprechen und Gelöbnisse zu brechen. Diese Ehe wird unsere Familien zusammenschweißen, wir werden zu einer der größten und mächtigsten Sippe in Dänemark, unsere Gesandten werden am Königshof vertreten sein, und dann haben wir ein gewichtiges Wort in der Politik Dänemarks mitzureden.«

»Ja, der König wird nicht umhinkönnen, uns als die mächtigsten Jarls im Land in seine inner- und außenpolitischen Entscheidungen einzubeziehen«, pflichtete Fridleiv Ragnarsson bei.

»Aber du solltest auf deine Tochter einwirken, dass sie ihr Verhalten ändert«, mahnte Godefried. »Mein Sohn verliert allmählich die Geduld, und ich auch. Wir lassen uns nicht von einer beleidigen, die kaum den Kinderschuhen entwachsen ist, und erst recht nicht von ihr bedrohen. Also versuche Frida zu einem gemäßigteren Umgang vor allem mit Alfarin anzuhalten.«

Fridleivs Brauen schoben sich zusammen; es war, als würde sich sein Gesicht überschatten. »Ich will mit ihr reden. Sie muss sich klar darüber werden, welche Vorteile eine Verbindung unserer Familien durch eine Eheschließung mit Alfarin bringt. Sie wird es begreifen.

Vergiss nicht, Bruder, Frida ist noch sehr jung, ihr Blut ist heiß, sie ist wild und davon besessen, zu kämpfen und eines Tages als Einherjer in Walhall auf Ragnarök zu warten.«

»Das ist unser aller Ziel«, versetzte Godefried. »Und so Odin es will, werden wir es auch erreichen. Aber dieses Ziel zu verfolgen kann nicht mit Respektlosigkeit und Anmaßung verbunden sein. Ich denke, wir verstehen uns. Also sorge dafür, dass Frida sich unseren Wünschen und Bestrebungen voll und ganz unterordnet.«

Fridleiv Ragnarsson glaubte aus den letzten Worten Godefrieds eine Warnung, vielleicht sogar eine Drohung herausgehört zu haben, und etwas in ihm mahnte ihn zur Vorsicht. Die Stimmung des Jarls von Nordjütland konnte sehr schnell umschlagen. Und er verfügte im Moment über doppelt so viele Krieger wie er, Ragnarsson.

Irgendwie glaubte Fridleiv Ragnarsson das Unheil, das sich über ihren Köpfen zusammenbraute, geradezu körperlich zu spüren.

Sie hatten sich ausgeruht, gegessen und getrunken, und Godefried befahl wieder den Aufbruch. Die Hitze war quälend, ihre Füße schienen zu brennen, und als der Abend kam, taumelten sie nur noch dahin.

Einige Bauern, die sie aus der Ferne gesehen hatten, waren entsetzt geflohen, ohne genau zu wissen, um wen es sich bei dieser kriegerischen Schar handelte. Der Verdacht allein, dass sie in feindseliger Absicht durch das Land zogen, reichte, um Angst und Schrecken zu erzeugen. Es konnte sich immerhin um marodierende Soldaten handeln, die nach der Schlacht bei Andernach zwischen dem westfränkischen König Karl II., genannt Karl der Kahle, und dem ostfränkischen König Ludwig III., Ludwig dem Jüngeren, vor etwas mehr als anderthalb Jahren jeglichen Halt verloren hatten und als Entwurzelte plündernd und mordend durch die fränkischen Lande zogen.

Sie marschierten, ihre Nöte und die Schmerzen ignorierend, bis die Ersten erschöpft zusammenbrachen. Dann erst gebot Godefried, erneut zu lagern und die Krieger mit Speisen zu versorgen.

Der Bursche, der sie führte und dessen Name Nantwin war, wurde nach dem Essen gefesselt und die Nacht über von zwei Kriegern bewacht. Seine Hoffnung, auf dem Weg zur Abtei entkommen zu können, verflüchtigte sich mehr und mehr und machte erneut nagender Angst Platz, von den Barbaren umgebracht zu werden, sobald er seine Schuldigkeit getan hatte.

Fridleiv Ragnarsson suchte das Gespräch mit Frida. Auch Dagrun war anwesend. Sie befanden sich abseits der Feuer, doch die Dunkelheit wurde vom Mond- und Sternenlicht etwas erhellt. »Du bereitest deinem Vater Schande«, begann Fridleiv. »Denn du stellst mein Wort in Frage, und das kann und will ich nicht dulden.«

Frida seufzte und erwiderte: »Du weißt also, was sich heute Morgen an dem Bach zugetragen hat.« Es war keine Frage, sondern eine Feststellung.

»Ja, und mir gefällt ganz und gar nicht, was ich hören musste.«

»Hat dir Godefried erzählt, was der Grund dafür war, dass ich drohte, Alfarin den Hals aufzuschlitzen?«

»Er wollte dir den Verlobungskuss geben.«

»Er wollte mich dazu zwingen, ihn zu küssen. Und er sagte mir unverblümt, dass er mich hasst. Wieso sollte ich ihm irgendwelche Gefühle entgegenbringen, wie sie eine Frau dem Mann entgegenbringt, mit dem sie die Ehe einzugehen gedenkt?«

»Ich bin dein Vater, Frida, und als dieser gebiete ich dir, Godefried und Alfarin von Stunde an mit Achtung und Respekt gegenüberzutreten. Beleidige sie nicht weiter durch dein Verhalten, denn das fordert sie heraus. Bereite dich stattdessen auf deine Rolle als Alfarins Eheweib vor.«

»Du verlangst, dass ich mich unterwerfe, Vater.«

»Nicht unterwerfen, Frida. Du sollst dich den Wünschen deines Vaters unterordnen.«

»Sich deinen Wünschen unterzuordnen ist gleichbedeutend mit der Unterwerfung unter das Joch einer Ehe, die ich nicht will und die niemals Bestand haben kann«, entgegnete sie voller Trotz. »Auch ich habe Anspruch darauf, geachtet und respektiert zu werden. Ich füge mich, das habe ich erklärt. Ich werde Alfarins Gemahlin und stehe als *Husfreya* seinem Haushalt vor. Ich erziehe seine Kinder und übernehme seine Stellung an Land, wenn er auf See ist, indem ich den Hof verwalte, Handel betreibe und wenn nötig sein Hab und Gut verteidige. Das muss reichen.«

Doch damit gab sich Fridleiv Ragnarsson nicht zufrieden. »Ich habe das Recht, dich zu bestrafen, wenn du ungehorsam bist«, grollte er. »Und von diesem Recht mache ich Gebrauch, solltest du dich Godefried und seinem Sohn gegenüber noch einmal anmaßend und respektlos zeigen. Ich warne dich, Frida. Nimm dir diese Warnung zu Herzen.«

»Warum ist es dir so wichtig, dass sich unsere Familie mit der Godefrieds verbindet, Vater?«, fragte Dagrun, die bisher geschwiegen hatte.

»Weil aus der Verbindung unserer Familien der nächste oder übernächste König Dänemarks hervorgehen könnte. Wir werden Macht und Einfluss haben, und unser Wort wird Gewicht haben in unserem Land. Es sind höhere Interessen und Erwägungen, die mich leiten.«

»Merkst du denn nicht, Vater, dass Godefried mehr und mehr das Kommando übernimmt?«, wandte Dagrun ein. »Und das wird sich nach Fridas Vermählung mit Alfarin kaum ändern. Ich denke, dass er sich über dich zu stellen versucht. Er will nicht im Verein mit dir, sondern nur mit deiner Unterstützung Macht und Einfluss und sicherlich auch Reichtum erwerben. Du sollst seinen Aufstieg mit Rat und Tat fördern und vorantreiben, die gleichen Rechte aber wird er dir nicht zugestehen.«

»Du traust mir nicht viel zu, Dagrun«, sagte Fridleiv Ragnarsson verärgert. »Beweise ich denn nicht seit vielen Jahren Stärke und Durchsetzungsvermögen? Glaubt ihr allen Ernstes, dass ich es zulasse, dass sich Godefried über mich erhebt? Er ist mein Blutsbruder, und wir haben uns gegenseitige Treue geschworen. Diesem Treueid vertraue ich. Sollte ich jedoch bemerken, dass es Godefried nicht so genau damit nimmt, werde ich jedweder Hinterlist entgegenzutreten wissen.«

»Mögen die Götter dafür sorgen, dass du rechtzeitig Falschheit und Heimtücke erkennst, Vater«, stieß Frida hervor.

»Mögen die Götter dafür sorgen, dass du endlich Vernunft annimmst, Tochter«, knurrte Fridleiv Ragnarsson.

Als die Sonne aufging, brachen sie wieder auf. Der Morgendunst versprach erneut einen heißen Tag. Auf den

Gräsern verdampfte der Tau, und aus den Wäldern stieg Nebel auf. Die Vögel zwitscherten.

Die Krieger waren ausgeruht und – abgesehen vom Brennen ihrer Füße – körperlich wieder bei Kräften. Ihre Zuversicht, in dem Kloster reiche Beute zu machen, wuchs mit jedem Schritt, dem sie sich ihm näherten. Und irgendwann in der zweiten Hälfte des Vormittags lag es vor ihnen.

Godefried gebot Halt. Gierige Blicke betrachteten die Gemäuer, die mit ihren kleinen Fenstern und der Mauer, die sie umgab, einen trutzigen Eindruck vermittelten. Ein Kirchturm, auf dessen Spitze ein großes Kreuz prangte, erhob sich über die Dächer. Die Mauern waren von gelbbrauner Farbe, die Dächer mit roten, allerdings schon ziemlich verwitterten Ziegeln bedeckt, und die Fenster konnten mit hölzernen Läden gesichert werden.

Auf den Wiesen, Feldern und Äckern rund um die Abtei hatten die Mönche einige Schuppen und Scheunen, in denen Heu und Stroh für den Winter gelagert wurde, errichtet. Kühe, Schafe und Ziegen weideten auf den Wiesen, die gelb waren vom blühenden Löwenzahn.

»Verlieren wir keine Zeit und nützen wir ihre Überraschung aus!«, sagte Godefried.

»Diese Diener ihres Gottes werden sich kaum wehren«, war Fridleiv überzeugt. »Sagte der Mann, den sie Heiland nennen, nicht, dass man auch die linke Wange hinhalten soll, nachdem man einen Schlag auf die rechte erhalten hat?«

»Eine dumme Lehre«, knurrte Godefried, »mit der ich nichts anfangen kann. Wenn mir einer auf die rechte Wange schlägt, zertrümmere ich ihm mit meiner Axt den Schädel.«

»Vorwärts!«, rief Ragnarsson und setzte sich in Bewegung. Die Krieger, die zu seinem Stamm gehörten, folgten augenblicklich, so auch Frida und Dagrun. Der überwiegende Teil der Männer aber zögerte.

»Worauf wartet ihr?«, stieß Godefried laut hervor, und daraufhin folgten sie Fridleiv Ragnarsson und dessen Leuten.

Ein Mönch zeigte sich vor dem Tor in der Mauer. Er trug eine lange braune Kutte, die um den Leib von einer weißen Kordel zusammengehalten wurde; an der hing ein hölzernes Kreuz.

Sekundenlang schien er wie gelähmt angesichts der Meute, die sich dem Kloster im Laufschritt näherte. Die Krieger hielten die Äxte in den Fäusten, und sie verströmten eine tödliche Entschlossenheit, die ihnen vorauszueilen schien.

Der Mönch konnte seine Erstarrung überwinden, warf sich herum und flüchtete zurück in das Kloster, und im nächsten Moment wurde das Tor zugedrückt. Innerhalb des Mauergürtels erhob sich das Alarmgeschrei des Gottesmanns.

»Brecht das Tor auf!«, brüllte Godefried.

Die vordersten der Angreifer warfen sich dagegen, doch die Riegel, die von innen vorgelegt worden waren, hielten stand. Ihre Äxte waren nicht geeignet, um damit das aus soliden Bohlen und mit eisernen Beschlägen verstärkte Tor einzuschlagen.

Aber die Mauern waren nicht allzu hoch und wohl mehr zur Begrenzung des Klosterhofs und des Gartens und weniger zu Verteidigungszwecken errichtet worden. Godefried befahl einigen Kriegern, sie zu übersteigen und das Tor zu öffnen.

Einige der Männer lehnten sich mit dem Rücken

gegen die Mauer und verschränkten vor ihren Leibern die Hände, in die sich andere Krieger mit einem Fuß stellten, kraftvoll nach oben schnellten und sich auf die Mauerkrone schwangen, um von dort auf die andere Seite zu springen.

Einige Mönche eilten ihnen schreiend und Kruzifixe in die Höhe haltend entgegen. Indes sich drei der Krieger den Heraneilenden zuwandten, liefen zwei zum Tor und hoben die beiden schweren Holzriegel aus ihren Halterungen.

Das Tor schwang auf, und während das Gros der Normannen hindurchstürmte, droschen die drei Krieger schon laut brüllend mit ihren Äxten auf die Mönche ein. Blut spritzte, Todesschreie gellten, die kleinen Kreuze entfielen den kraftlosen Händen und wurden von den normannischen Kriegern in den Schmutz getreten.

Vor dem Tor stand schließlich nur noch Nantwin, der Bursche von dem Bauernhof, der die Rotte hergeführt hatte. Er hörte die schrecklichen Schreie der Sterbenden und das Gebrüll der Barbaren, und das Herz drohte ihm in der Brust zu zerspringen.

Nur weg hier, nichts wie weg!, durchzuckte es ihn.

Er warf sich herum und rannte wie von Furien gehetzt davon.

Doch auf ihn achtete überhaupt niemand mehr.

Während sich die meisten Krieger den verschiedenen Wirtschafts- und Wohngebäuden zuwandten, öffnete Fridleiv Ragnarsson das Tor der Kirche und betrat sie. Frida und Dagrun sowie einige Krieger folgten ihm.

Das Innere des Kirchenschiffs lag in Düsternis. Vor dem Altar hing das ewige Licht, eine Lampe, hinter deren rot gefärbtem Glas eine Kerze ruhig brannte. Die

Kirche war mit Fresken und kunstvollen Malereien, die Szenen aus der Bibel darstellten, ausgestattet. Die Säulen waren aus poliertem Marmor, ebenso der Opfertisch vor dem Altar, der in Gold und Silber glänzte. Schwere Kandelaber aus Silber waren seitlich des Altars und bei den beiden Seitenaltären aufgestellt, und auf kunstvoll geschnitzten Sockeln standen bis zu mannshohe Heiligenfiguren, derart lebensecht, dass man sie auf den ersten Blick für reglos dastehende Menschen aus Fleisch und Blut halten konnte.

Vor dem Altar drängten sich fast ein Dutzend Mönche mit gepflegten Tonsuren und lediglich mit braunen, knöchellangen Kutten sowie Sandalen bekleidet. Ihre Gesichter waren grau, und von ihnen war deutlich abzulesen, wie sehr die Furcht in ihnen wühlte. Sie schwitzten regelrecht vor Angst und starrten die Eindringlinge mit den weit aufgerissenen, verängstigten Augen in die Enge gedrängter Tiere an, die nicht mehr ein noch aus wussten.

Hinter Fridleiv Ragnarsson, den Zwillingen und der Handvoll Krieger, die mit den Äxten in den Händen durch den Mittelgang langsam auf die Mönche zuschritten, ertönte es voller Genugtuung: »Bei den Asen, ich sehe reiche Beute. Ein Fuhrwerk wird nicht reichen, um das alles wegzuschaffen.«

Frida hätte die Stimme zwischen hundert anderen sofort erkannt. Sie gehörte Alfarin.

Er kam, flankiert von einer Gruppe Krieger, hinter ihnen her und ließ dabei den habgierigen Blick in die Runde schweifen.

Fridleiv Ragnarsson und seine Begleiter erreichten die Mönche und starrten sie kalt, ohne irgendeine Gemütsregung, an. Einer der Gottesmänner, er war weißhaarig und sein Gesicht von tiefen Falten zerklüftet, trat einen Schritt vor, ließ sich auf die Knie fallen, faltete die Hände und streckte sie dem Jarl entgegen. »Bitte, mein Herr, um der Heiligen Dreifaltigkeit willen – lasst uns am Leben. Nehmt Euch, was Euch behagt, aber tötet uns nicht.«

Natürlich verstand keiner der Normannen auch nur ein einziges Wort. Lediglich die flehende Geste konnten sie deuten. Aber ihr Herz konnte der Mönch damit nicht rühren.

Ragnarssons linke Hand schoss nach vorn, packte den Mönch über der Brust an der Kutte, zerrte ihn in die Höhe und näher an sich heran. »Du opferst dem falschen Gott, Götzendiener!« Und während das letzte Wort über seine Lippen brach, zerschmetterte er mit seiner Axt den Schädel des alten Gottesmannes.

Der entseelte Körper sank zurück auf die Knie, Ragnarsson ließ ihn los, und er kippte zur Seite.

Es war wie das Kommando für die anderen. Mit zum Schlag erhobenen Äxten drangen sie auf die Mönche vor dem Altar ein. »Heiliger Herr im Himmel …«, rief einer von ihnen, doch das fünfte Wort auszusprechen schaffte er schon nicht mehr. Tödlich getroffen, fielen er und seine Glaubensbrüder auf die kunstvollen Bodenplatten.

Blut verteilte sich und floss zu großen Lachen zusammen, Blut tropfte auch vom Altar und befleckte den Opfertisch.

Alfarin stieg ungerührt über die Leichen hinweg und riss die Tür des Tabernakels auf, griff hinein und nahm den goldenen Hostienkelch heraus. »Sehr wertvoll«, grunzte er. »Sicher gibt es in diesem Kloster mehr davon.«

Einige Krieger, die das Gebäude mit den Klausen der Mönche durchsucht hatten, waren auf den grauhaarigen Abt gestoßen, der in seiner einfachen Zelle laut betend vor einem Bild der Mutter Maria kniete. Nun zerrten sie ihn in den Hof und warfen ihn auf den Boden, der mit groben Kieseln gepflastert war.

Er schrie auf, stemmte den Oberkörper mit den Armen vom Boden auf und rief: »O Du mein Gott und Herr, warum hast Du diesen Kelch nicht an uns vorübergehen lassen?«

Einer der Krieger stellte seinen Fuß auf seinen Rücken, ein harter Ruck, und das Gesicht des Mönchs fiel wieder auf die Steine. Blut sickerte aus seiner Nase und der aufgeplatzten Lippe.

»Holt die Jarls!«, rief einer.

Auch einige weitere Mönche, die sich im Stall, im Gebetsraum oder in ihren Klausen versteckt gehalten hatten, wurden in den Hof getrieben und zu Boden geworfen. Sie mussten noch so manchen Tritt einstecken, wurden angespuckt und angebrüllt, und Furcht wäre wohl ein zu mildes Wort gewesen, um zu beschreiben, was sie empfanden. Es war das blanke Grauen, das ihre Herzen erbeben ließ und ihnen fast den Verstand raubte. Es nahm ihnen jede andere Empfindung.

Wenig später kamen sowohl Godefried Haraldsson als auch Fridleiv Ragnarsson in den Hof. Einer der Krieger wies auf den grauhaarigen Abt, der bäuchlings am Boden lag, dessen Mundwinkel zuckten und dessen Finger sich im Boden verkrallt hatten, und sagte: »Das ist der Klostervorsteher. Er lag in einem kleinen Raum vor dem Bild einer Frau auf den Knien und betete sie an. Ist der Gott der Christen ein Weib?«

»Nein, Dummkopf. Er hat die Mutter eines ihrer

Götter um Beistand angefleht«, erklärte Godefried und schob den Krieger zur Seite. »Ich glaube, es stimmt gar nicht, dass die Christen nur einen Gott und dessen Sohn anbeten«, fügte er hinzu. »Sie verehren viele Götzen und beten sie an. Habt ihr die vielen Holzfiguren in der Kirche gesehen? Die Christen nennen sie Heilige.«

Sein unergründlicher Blick richtete sich auf das Gesicht des Abtes. »Schickt mir den Seher!«, forderte Godefried. »Er soll denen da übersetzen, was ich ihnen zu sagen habe.«

Von dem einen oder anderen der Mönche kam leises Wimmern. Sie zitterten wie Espenlaub und fürchteten, dass ihnen dasselbe Schicksal blühte wie ihren Glaubensbrüdern, die im Hof und in der Kirche erschlagen worden waren und reglos in ihrem Blut lagen.

Der Seher kam, und Godefried begann zu sprechen: »Frage sie, Seher, ob sie bereit wären, ihrem Glauben abzuschwören.«

Der Seher gab die Frage weiter.

Der Abt hob etwas den Kopf und antwortete: »Es gibt nur einen Gott und nur eine Heilige Dreifaltigkeit. Der Herr gibt, und der Herr nimmt, wir alle sind seine Kinder. Ihr könnt uns töten, dann werden wir mit dem letzten Atemzug Hosianna rufen und eingehen in das Reich Gottes. Ihr aber werdet eines Tages der ewigen Finsternis anheimfallen, heulen und mit den Zähnen knirschen, doch euer Flehen wird ungehört verhallen.«

Der Seher übersetzte diese Rede.

Das Gesicht Godefrieds nahm einen maskenhaft verkniffenen Ausdruck an. »Er freut sich auf seinen Gott!«, brach es über seine Lippen. »Und er bezeichnet sich als ein Kind seines Gottes. Hat man nicht ein Kind dieses Gottes vor vielen hundert Jahren ans Kreuz geschlagen? Schlagen wir heute ein weiteres seiner Kinder ans Kreuz. Also fertigt ein großes Kreuz an und schaufelt ein tiefes Loch, in das wir es stellen können, damit es nicht umfällt. Dieser Dummkopf wird sicher auch noch glücklich darüber sein, genauso sterben zu dürfen wie einst dieser Göttersohn.«

»Und was machen wir mit den anderen?«, wollte Fridleiv Ragnarsson wissen.

»Sie dürfen der Kreuzigung ihres Anführers beiwohnen, und dann opfern wir sie unseren Göttern. Ich habe Odin und den anderen Asen versprochen, ihnen reiche Opfer darzubringen. Was könnte sie wohlwollender stimmen als das Blut dieser Götzenpriester?«

»Die Asen werden unser Opfer mit Freuden annehmen und uns wohlgesinnt sein«, knurrte Fridleiv Ragnarsson.

Fünftes Kapitel

Als die Normannen das Kloster zwei Tage später verließen, hing der Abt tot an dem T-förmigen Kreuz, dessen unteres Ende die Barbaren tief in die Erde eingegraben hatten. Die Balken für das Kreuz hatten sie in der Klosterwerkstatt gefunden, ebenso die langen, spitzen und grob geschmiedeten Nägel aus Eisen, die sie dem alten Klostervorsteher durch die Hände und die Füße getrieben hatten. Zusätzlich hatten sie seine Arme am Querbalken festgebunden. Er war einen qualvollen Tod gestorben.

Die noch lebenden Mönche waren in einer Zeremonie, die die Normannen ihren Göttern, allen voran Odin, geweiht hatten, grausam abgeschlachtet worden, indem man sie in der Kirche auf den Opfertisch gelegt und ihnen die Kehlen durchgeschnitten hatte.

Dann hatten sie silbernes und goldenes Messgeschirr, schwere Kerzenleuchter aus Edelmetall, kunstvoll geschnitzte Heiligenfiguren und Ölgemälde und alles, was ihnen wertvoll erschien, auf zwei Fuhrwerke geladen, die in der Klosterremise gestanden hatten, jeweils zwei Ochsen vorgespannt, die ebenfalls Eigentum des Klosters gewesen waren, und waren nun auf dem Weg zur Küste, wo sie sich nordwärts wenden wollten, um zu ihren Booten zurückzukehren.

Fridleiv Ragnarsson und Godefried Haraldsson marschierten vor der Rotte der Krieger her, die keinerlei

Marschordnung einhielten, sondern in kleinen Gruppen ihren Anführern folgten. Zwischen ihnen rollten die Fuhrwerke mit der Beute.

»König Göttrik wird uns in allen Ehren empfangen«, war Ragnarsson überzeugt. »Die vielen Geschenke werden sein Herz erfreuen und uns seine Gunst sichern.«

»Dass dieser Christengott tatenlos zugesehen hat, als wir seine Diener unseren Göttern geopfert haben, verstehe ich nicht«, murmelte Haraldsson, ohne auf Fridleiv Ragnarssons Worte einzugehen. »Er soll allmächtig und unsterblich sein. Wenn er so gut ist, warum hilft er dann denen nicht, die ihm huldigen?«

»Ich kann dir diese Frage nicht beantworten«, entgegnete Ragnarsson. »Vielleicht ist er kein guter Gott, vielleicht waren aber auch seine Diener schlecht. Wer kann das schon sagen?«

Godefried winkte ab. »Es ist auch egal. Noch nie hat einer ihren Gott gesehen. Unsere Götter hingegen machen sich bemerkbar. Wir hören es ganz deutlich, wenn Thor mit seinem Hammer den Amboss schlägt, dass die Funken fliegen. Und ich habe bereits auf dem Schlachtfeld die Raben Odins gesehen, die die Welt für ihn beobachten.« Auf einmal stutzte er. »Habe ich dich eben richtig verstanden, Bruder. Willst du dem König all diese Schätze zum Geschenk machen? Sollen wir leer ausgehen, während seine Schatzkammern zu bersten drohen?«

»Natürlich. Er ist der König, und alles, was wir erobern oder erbeuten, gehört ihm. Das war schon immer so und wird immer so sein.«

Godefried lachte höhnisch auf. »Für alles, was wir erobern, halten wir auch die Köpfe hin. Göttrik aber sitzt zu Hause in Dänemark, und es ist für ihn zu einer

Selbstverständlichkeit geworden, dass wir unser Leben riskieren, um seinen Reichtum zu mehren.«

»Wie redest du?«, erregte sich Fridleiv Haraldsson. »Das klingt nach Verrat. Hast du denn nicht den Treueid geschworen? Hast du nicht dem König deine ewige Verbundenheit …«

Godefried Haraldsson unterbrach ihn, indem er hervorstieß: »Nachdem wir Dänemark verlassen hatten, waren wir nicht mehr daran gebunden. Wir haben König Guthrum gegenüber ewige Verbundenheit geschworen, Guthrum aber hat sich als falsch, feige und treulos erwiesen. Nun bin ich mein eigener Herr, über mir stehen nur noch die Götter. Göttrik gegenüber fühle ich mich in keiner Weise verpflichtet.«

»Das kann ich nicht gutheißen.« Fridleivs Miene hatte sich düster verschlossen. »Und es gibt mir zu denken. Auch wir beide haben uns gegenseitige Treue bis in den Tod geschworen, und wir sind Blutsbrüder geworden. Kann ich dem Treueschwur eines Mannes vertrauen, der derart sorglos mit einem solchen Schwur umgeht?«

Godefried Haraldsson blieb abrupt stehen, und auch Ragnarsson hielt an. Ihre Blicke kreuzten sich wie zu einem stummen Duell. »Du zweifelst an meiner Ehrlichkeit?«, stieß Godefried hervor. »An meinem Anstand und – an meiner Ehre?« Seine Stimme wies einen drohenden Unterton auf.

»Es sind deine Worte, die diesen Zweifel erregen«, versetzte Fridleiv furchtlos und unbeeindruckt. »Ich hoffe aber, du änderst deine Einstellung, Bruder. Wenn nicht, würde unser Bund einen Bruch erleiden, denn ich fühle mich König Göttrik nach wie vor verpflichtet. Dass ich Guthrum den Treueid geschworen habe, ändert daran nichts. Das galt für unsere Interessen in

Britannien, jetzt aber wollen wir zurück in die Heimat, und wenn wir dort ankommen, gelten wieder die Verhältnisse, die bis zu dem Zeitpunkt Gültigkeit hatten, an dem wir nach Britannien gesegelt sind.«

»Für mich gilt das nicht«, beharrte Godefried. »Und darum werde ich kein Stück von dem Schatz, den wir erbeutet haben, dem König geben.«

»Meinen Anteil erhält er. Er wird Fragen stellen, und ich werde sie ihm wohl beantworten müssen. Du wirst in Dänemark alle Stämme, die Göttrik die Treue geschworen haben, gegen dich aufbringen, mein Bru… Godefried. Und der König wird dich bestrafen.«

Godefried lachte klirrend auf. »Vielleicht steht mir der Sinn danach, selber König von Dänemark zu werden«, gab er dann zu verstehen. »Es käme mir sogar ausgesprochen gelegen, würde mich der König in Nordjütland aufsuchen, um Strafgericht über mich zu halten. Denn damit würde er mir den Weg zu sich ersparen.«

Fridleiv verschlug es regelrecht die Sprache ob dieser Aussage, die in ihrer Unmissverständlichkeit für ihn geradezu erschreckend war, und er musste zweimal ansetzen, um die Worte, die ihm durch den Kopf spukten, auszusprechen. »Das ist Aufruhr!«, brach es aus ihm heraus. »Allein etwas Derartiges in Erwägung zu ziehen ist ein todeswürdiges Verbrechen. Bei allen Asen und Wanen, Godefried, ich kann nicht glauben, dass du dich mit derart schändlichen Plänen trägst.«

Godefried setzte sich wieder in Bewegung, und Fridleiv Ragnarsson folgte ihm. Haraldsson schaute starr nach vorn. Er fühlte den entsetzten, fassungslosen Blick Fridleivs von der Seite her auf sich gerichtet, ignorierte ihn aber. »Es wäre für dich ratsam, Fridleiv«, knurrte er, »dich mir anzuschließen. Seit unserer

Flucht aus Britannien sind wir freie Dänen. Du hast eben gesagt, dass Göttrik Fragen stellen würde, die du ihm wahrheitsgemäß beantworten müsstest. Das wäre Verrat, denn du würdest damit den Eid brechen, den wir uns geschworen haben. Mit diesem Schwur hast du dich an mich gebunden, Bruder. Das ist nicht rückgängig zu machen, es sei denn, du willst eidbrüchig werden. Dann aber würde dich jeder Mann und jede Frau in Dänemark verachten, denn du hättest höchstes Gut verletzt. Denk darüber nach.«

»Ich habe nachgedacht«, versetzte Fridleiv Ragnarsson, und als er fortfuhr, schien jede Silbe in seinem Mund tonnenschwer zu wiegen. »Die Worte, mit denen du mir soeben zu erklären versucht hast, ich könnte wegen meiner Königstreue dir gegenüber eidbrüchig werden, empfinde ich als Hohn. Du trägst dich mit unlauteren Absichten, und ich weigere mich, das zu unterstützen.«

»Dann setzt du alles aufs Spiel. Unsere Bruderschaft, den Treueid, unsere Freundschaft und ... die Vermählung unserer Kinder.«

»Das heißt also, dass sich unsere Wege trennen, Godefried Haraldsson.«

»Wer nicht für mich ist, der ist gegen mich«, sagte dieser unmissverständlich.

»Ich verstehe«, stieß Fridleiv Ragnarsson mit einem wölfischen Knurren hervor. »Wenn der Abend kommt, teilen wir die Beute, und ich beziehe mit meinen Leuten ein eigenes Lager. Sobald wir die Küste erreichen und an Bord gegangen sind, nehme ich mit meinem Boot unverzüglich Kurs nach Norden.«

»Willst du das wirklich?«, fragte Godefried Haraldsson, drehte etwas den Kopf und fixierte Fridleiv mit lauerndem Ausdruck.

»Ja.«

Da verwandelte sich der lauernde Ausdruck in Godefrieds Augen in ein tückisches Glitzern, das Fridleiv Ragnarsson sicherlich gewarnt hätte. Aber er hatte sich schon abgewandt und ging seinen Töchtern entgegen, die etwa zehn Schritte hinter ihm und Godefried einherschritten.

Godefried verzog geringschätzig den Mund und gesellte sich zu seinem Sohn Alfarin, der ein Stück weiter rechts inmitten einer kleinen Gruppe von Kriegern marschierte. »Ich glaube, mein Sohn, aus deiner Ehe mit Frida wird nichts«, erklärte der Vater dumpf und erntete dafür von Alfarin einen überraschten Blick. »Wir sprechen darüber, sobald wir das Nachtlager bezogen haben.«

Der Abend kam, und die Nordmänner beschlossen zu lagern. Fridleiv Ragnarsson, Frida und Dagrun traten an Godefried Haraldsson und Alfarin heran.

»Unser Bund hat einen herben Bruch erlitten, Godefried Haraldsson«, sagte Fridleiv. »Unsere Auffassungen von Anstand, Ehre und Redlichkeit unterscheiden sich erheblich, und darum ist es besser, wir gehen getrennte Wege. Eines der Fuhrwerke mit den Schätzen des Klosters beanspruche ich für König Göttrik.«

»Nimm dir, worauf du glaubst, im Namen des Königs Anspruch erheben zu dürfen«, grollte Godefried. »Damit erweist sich der Bund, den wir eingegangen sind, als wertlos. Dein und mein Blut haben sich vermischt, das Blut unserer Kinder aber wird sich nicht in unseren Enkeln vermischen. Gehen wir jeder seinen Weg, Fridleiv Ragnarsson. Einen von uns werden die Götter strafen. Und es wird derjenige sein, den sie des Treue- und Wortbruchs für schuldig befinden.«

»Wenn die Götter gerecht sind, werden sie den richtigen auswählen«, entgegnete Fridleiv Ragnarsson.

»Die Götter sind gerecht.«

Fridleiv Ragnarsson und die ihm ergebenen Krieger – etwa ein Drittel der Schar, mit der sie an der Küste des Frankenreichs gelandet waren – zogen weiter, bis die Finsternis derart dicht geworden war, dass keiner mehr richtig erkennen konnte, wohin er seinen Fuß setzte.

Ragnarsson gebot zu lagern. Feuer wurden angezündet, die Krieger aßen etwas von ihren Vorräten und tranken Wein, den sie in der Abtei erbeutet hatten.

Der Jarl saß mit seinen Töchtern an einem der Feuer und starrte betrübt in die Flammen, denn der Streit mit Godefried Haraldsson belastete ihn. Frida und Dagrun schwiegen, erkannten sie doch deutlich, dass ihr Vater im Moment wenig Lust verspürte, irgendeine Unterhaltung zu führen.

Frida stocherte mit einem Ast in den Flammen herum, Dagrun starrte wie der Jarl ins Feuer. Sie hatte kurze Zeit versucht, ein Gespräch in Gang zu bringen, erhielt aber keine oder nur ausgesprochen einsilbige Antworten, und so hatte sie es aufgegeben.

Plötzlich näherten sich drei Männer. Sie erregten sowohl die Aufmerksamkeit des Jarls, der den Anschein erweckte, aus tiefem Schlaf zu erwachen, als auch der Zwillinge. Als die drei nahe genug waren, identifizierte Frida zwei der Krieger als Getreue ihres Vaters, den dritten hatte sie schon mehrere Male gesehen, dennoch konnte sie ihn nicht zugleich einordnen. Dazu kam, dass die flackenden Flammen ein zuckendes Schattenspiel auf sein Gesicht warfen.

»Er kommt aus dem Lager Godefried Haraldssons,

Herr«, erklärte jedoch dann einer von Ragnarssons Leuten, »und er behauptet, dir etwas sagen zu müssen, das äußerst wichtig sei.«

»Was ist es, das du mir sagen willst, Krieger?«, fragte Fridleiv.

Die Schultern des Burschen strafften sich, und er antwortete: »Ich sehe es als meine Pflicht an, Jarl Ragnarsson, dich zu warnen.«

»Warnen?« Düstere Ahnungen drangen auf Fridleiv Ragnarsson ein.

Da antwortete der junge Krieger auch schon: »Ja, Herr, warnen, und zwar vor meinem Herrn, dem Jarl Haraldsson. Er hat beschlossen, dein Lager zu überfallen, dir das Fuhrwerk mit den Schätzen aus der Abtei wegzunehmen und euch alle zu erschlagen.«

Frida und Dagrun zeigten sich kaum überrascht und wechselten nur einen vielsagenden Blick. Als Godefried am Abend mit seinen Leuten zurückgeblieben war, hatte Frida eine solche Möglichkeit angedeutet, und Dagrun hatte sie nicht ausschließen können.

Fridleiv Ragnarsson war indes völlig verblüfft. Doch als er die Nachricht verarbeitet hatte, stieg Zorn in ihm auf, und er grollte: »Dein Jarl hat unsere Brüderschaft verraten, den Treueid, den wir gegenseitig leisteten, gebrochen, und nun will er auch noch Blutschuld auf sich laden. Bei den Göttern, wieso habe ich seine Niedertracht nicht längst durchschaut?«

In diesem Moment erkannte Frida den jungen Krieger. »Du bist Ivarr Otterbjörk, nicht wahr? Jener Mann, der mir Einarrs Ungehorsam meldete.«

»Das ist richtig, Schildmaid.«

»Warum verrätst du deinen Herrn?«, fragte der Jarl, der noch immer schwer an dem trug, was er eben hatte hören müssen. »Du musst doch einen Grund hierfür haben.«

»Meine Ehre gebietet es mir, dich vor diesem schändlichen Verrat zu warnen.«

»Unsinn!«, donnerte Fridleiv Ragnarsson. »Sag die Wahrheit, sonst prügle ich sie aus dir heraus!«

»Jarl Haraldsson … Er ließ vor über einem Jahr meinen Bruder hinrichten. Wegen Ungehorsams. Seitdem hasse ich ihn.«

»War denn dein Bruder ungehorsam?«, fragte Fridleiv.

»Ein wenig, Herr. Doch war er erst fünfzehn Jahre alt.« Für einen Moment schien Ivarr Otterbjörk die Erinnerung zu überwältigen. Er schluckte krampfhaft, räusperte sich und sagte: »Verzeih mir, aber ich will nicht darüber reden.«

»Dein Jarl ist ein schlechter Mann, Ivarr«, erklärte Frida. »Er trägt sich mit dem Gedanken, König Göttrik zu stürzen, um an dessen Stelle zu treten. Weil mein Vater sich weigerte, seine aufrührerischen Gedanken zu unterstützen, hat Godefried Haraldssons den Treueid gebrochen und die Bruderschaft verraten.«

»Einige unserer Krieger glauben, während wir marschierten, einen Streit zwischen dir, Herr, und meinem Jarl beobachtet zu haben«, bemerkte Otterbjörk.

»Ja, wir haben uns gestritten«, bestätigte Fridleiv. »Und zwar aus dem Grund, den meine Tochter eben genannt hat.«

»Darf ich mich dir anschließen, Herr? Ich möchte Jarl Haraldsson nicht länger dienen. Er ist ungerecht, und wenn du sagst, dass er den Treueid gebrochen und eure Bruderschaft verraten hat, glaube ich dir aufs Wort.«

»Mir wäre es lieber, du würdest zurückkehren und

unter euren Leuten die Wahrheit verbreiten«, erklärte Fridleiv. »Sei aber vorsichtig, Ivarr. Wenn Godefried feststellt, dass du die Krieger gegen ihn aufwiegelst, ergeht es dir wie deinem Bruder.«

»Es ist gut.« Ivarr, der seine Enttäuschung gut zu verbergen wusste, bedachte Frida mit einem intensiven Blick. »Ich werde also in Jarl Haraldssons Lager zurückkehren …« Während er sprach, ließ er Frida nicht aus den Augen. »Doch wenn du nichts dagegen hast, mein Herr, komme ich bei passender Gelegenheit zurück und schließe mich dir an.«

»Dagegen ist sicher nichts einzuwenden«, bemerkte Ragnarsson. »Hab Dank für deine Warnung. Und – sei vorsichtig. Haraldsson dürfte kein Verständnis für dein Tun aufbringen, sollte er davon erfahren. Dein Tod würde ausgesprochen grausam sein.«

Ivarr Otterbjörk deutete eine Verbeugung an, indem er die rechte Hand flach gegen den Leib drückte und den Kopf neigte, dann schwang er herum und entfernte sich eilig.

»Ich will es nicht glauben, aber ich muss es«, stieß Fridleiv Ragnarsson hervor. »Haraldsson ist noch viel verdorbener und verkommener, als ich angenommen habe.«

Der Jarl erhob sich, ging von einem der Feuer zum anderen, ermahnte seine Männer, nüchtern zu bleiben, und sprach zu ihnen folgende Worte:

»Der Bund zwischen Godefried Haraldsson und mir ist zerbrochen. Und da er befürchten muss, dass ich König Göttrik von seinen aufrührerischen Plänen unterrichte, will er verhindern, dass wir Dänemark je erreichen. Außerdem möchte er sich das Fuhrwerk mit den Kirchenschätzen zurückholen. Also seid auf der

Hut, meine tapferen und treuen Krieger. Wenn es Godefried nämlich gelingt, uns für immer zum Schweigen zu bringen, werden in Dänemark bald das Chaos und die Rechtlosigkeit regieren, und auch eure Familien, die ihr dort zurückgelassen habt, als wir nach Britannien aufbrachen, werden darunter zu leiden haben.«

Mit dieser Rede, die an jedem der Feuer denselben Inhalt hatte, stimmte Fridleiv Ragnarsson seine Krieger auf die Nacht ein, in der der Überfall durch Godefried und seine Getreuen stattfinden sollte.

Und während der Jarl seine Krieger auf das, was sich anbahnte, vorbereitete, sagte Frida an ihre Schwester gewandt: »Warum hat mich Ivarr derart intensiv angestarrt? Es war ein Blick, der in meinen Kopf einzudringen schien. Als wollte er meine geheimsten Gedanken ergründen.«

»Es war der Blick eines Mannes, der verliebt ist«, erklärte Dagrun.

»Unsinn. Er weiß wie jeder andere hier, dass ich mein Leben Krieg und Kampf geweiht habe. Kein Krieger verliebt sich in eine Schildmaid.«

»Die erste Frau unseres Großvaters, Lathgertha, war ebenfalls eine Kriegerin«, gab Dagrun zu bedenken. »Dennoch ließ sie zu, dass sich Ragnar Lodbrok in sie verliebte, heiratete ihn und gebar ihm sogar einen Sohn und zwei Töchter.«

»Das mag sein. Doch als er um sie warb und sie im Schloss ihres Vaters aufsuchte, warteten dort zwei wilde, gefährliche Tiere auf ihn, nämlich ein Bär und ein Hund, die er erst besiegen und töten musste, ehe Lathgertha in eine Vermählung mit ihm einwilligte.«

»Noch hat Ivarr nicht um dich geworben, Schwester. Also besteht auch kein Grund, sich deswegen Gedanken zu machen. Konzentrieren wir uns auf unsere wenig erfreuliche Lage.«

Fridleiv Ragnarsson kam zum Feuer zurück. Nachdem er sich wieder zu seinen Töchtern gesetzt hatte, ergriff Frida das Wort, indem sie sagte: »Warum warten wir, bis sie kommen? Drehen wir den Spieß doch einfach um. Wir hätten das Überraschungsmoment auf unserer Seite, was ihre zahlenmäßige Überlegenheit ausgleichen würde.«

»Nein«, lehnte Fridleiv ab. »Ich hoffe immer noch, dass Godefried zu der Einsicht gelangt, dass seine Absichten niederträchtig und verachtenswert sind.«

»Bei allem Respekt, Vater«, widersprach Frida, »aber daran glaubst du doch nicht wirklich.«

»Ich bin innerlich völlig zerrissen«, gab Fridleiv Ragnarsson zu. »Godefried und ich sind, seit wir den Entschluss gefasst haben, aus dem Feldlager auszubrechen und Britannien zu verlassen, durch dick und dünn gegangen. Wir haben uns verbrüdert und einen Pakt der ewigen Treue geschlossen. Das kann er doch nicht einfach alles einer plötzlichen Hab- und Machtgier opfern, die seinen Charakter vergiftet und ihn auf einen unheilvollen Weg führt.«

»Wie es scheint, ist er bereit dazu«, mischte sich Dagrun ein. »Wir haben dich vor ihm gewarnt, Vater. Er wollte dich nur benutzen. Nun bist du zutiefst enttäuscht. Aber es ist so, und sicher wirst du es irgendwann auch mit dem Herzen akzeptieren, was dir verstandesmäßig längst klar ist: Godefried Haraldsson hat dir Sand in die Augen gestreut. Und er wird deine Erwartung, dass er zur Einsicht kommt, ebenfalls enttäuschen. Ich bin für Fridas Vorschlag. Kommen wir ihm zuvor und …«

»Nein. In ihm fließt mein Blut. Soll ich mein eigenes Blut vergießen?«

Er hatte es in einer Art gesprochen, die erkennen ließ, dass er sich festgelegt hatte und nicht gewillt war, von seiner Entscheidung abzuweichen. Darum gaben es die Schwestern auf, auf ihn einwirken zu wollen.

Im Lager Fridleiv Ragnarssons kehrte Ruhe ein, die Feuer brannten herunter, und auf die Glut begann sich Asche zu legen. Der Nachtwind ließ die Blätter der Bäume und Büsche rascheln, und sein leises Säuseln erfüllte die Dunkelheit. Am Südhimmel hing die schmale Sichel des Mondes, und Myriaden von Sternen funkelten.

Frida, die wach auf ihrem provisorischen Lager aus Zweigen lag, starrte zum Himmel empor und dachte daran, dass die Wölfe Skalli und Hati eines Tages den Mond, den sie sah, verschlingen würden. Daraufhin würden die Sterne vom Himmel fallen und die Erde erbeben, sodass die Berge einstürzen und Midgard, die Welt also, in Schutt und Asche lag. Es würde dem Fenriswolf gelingen, sich von seiner Kette loszureißen, und die Midgardschlange würde an Land kommen, um ihr Gift zu versprühen und zusammen mit dem feuerspeienden Fenriswolf die Luft und das Meer zu entzünden …

Die Müdigkeit drohte Frida zu überwältigen, aber sie wusste, dass sie wach bleiben musste. Also hielt sie krampfhaft die Augen offen, und die Gedanken an die Schrecken von Ragnarök halfen ihr, den Schlaf zu überlisten.

Unheil und Tod näherten sich dem Lager bereits auf leisen Sohlen. Schemenhafte Gestalten pirschten durch die Finsternis; in ihren Händen lagen die Äxte, in ihren Gemütern saß die Bereitschaft, zu töten und zu vernichten.

Godefried Haraldsson und Alfarin hatten sie über den Bruch des Treueids durch Fridleiv Ragnarsson aufgeklärt, und ihr Zorn auf den Eidbrüchigen kannte keine Grenzen. Dass ihr Führer ihnen Unwahrheiten erzählt hatte, ahnten sie nicht oder wollten es nicht glauben. In ihren Augen war Fridleiv ehrlos und nichtswürdig geworden und hatte den Tod hundertfach verdient.

Manchmal war leises Schaben zu vernehmen, das Knacken eines verdorrten Zweiges unter einem Tritt, das Knarren von Leder. Der Nachtwind trug es mit sich fort.

Aber die vermeintlich arglosen Schläfer hatten kein Auge zugetan, denn sie erwarteten diesen Überfall. Und ehe sich die Angreifer um das Lager verteilen und es umstellen konnten, erteilte Fridleiv Ragnarsson den Befehl zum Angriff.

Die Krieger sprangen auf und drangen auf die vollkommen perplexen Leute Godefrieds ein. Wüstes Geschrei erhob sich, und die Angreifer waren inmitten dieses Gebrülls einige schreckliche Augenblicke lang wie gelähmt; eine Zeitspanne, die es Fridleiv Ragnarssons Kriegern ermöglichte, ihre Front aufzubrechen und den Pulk zu sprengen.

Äxte wurden geschwungen, zerschnitten Fleisch und zerhackten Knochen. Todesschreie lösten das Kampfgebrüll ab, Krieger brachen mit zerschmetterten Schädeln tot zusammen, Verletzte wimmerten, hielten sich die Stümpfe abgetrennter Gliedmaße, stöhnten und ächzten, und Blut färbte das Gras rot.

Plötzlich stand Frida dem Sohn Godefrieds gegenüber. Sie hatte zwischen den Feinden gewütet wie ein Berserker, und das Blut der Erschlagenen tropfte von ihrem Kinn und dem Blatt ihrer Axt. Sie war nicht aufzuhalten gewesen, mörderischer Zorn hatte sie angetrieben.

Nun stand Alfarin breitbeinig und mit nach vorn geneigtem Oberkörper vor ihr, den leicht angewinkelten Arm mit der Axt in der Faust zur Seite weggestreckt, in der Linken einen Dolch, dessen Klinge im vagen Licht matt funkelte.

»Jetzt erhältst du von mir die Antwort auf deine Demütigungen und Beleidigungen, Schildmaid. Wir beide feiern keine Hochzeit, vielmehr feiere ich deinen Tod. Dich, deine Schwester, deinen Vater und jeden, der euch die Treue hält, wird noch in dieser Nacht Hel nach Niflheim bringen, um …«

Frida wollte es sich nicht mehr länger anhören und griff an. Um sie herum war das Getöse des Kampfes. Auf einen Krieger ihres Vaters kamen zwei von Godefried. Und obwohl sie die Angreifer überrascht hatten, war es fraglich, ob sie diese bezwingen konnten.

Sie hatte also keine Zeit, der triumphierenden Tirade Alfarins bis zum Ende zu lauschen, denn noch viele Gegner sollten unter ihren Axthieben sterben.

Alfarin wehrte ihren Angriff ab, indem er sich unter ihrem Schlag wegduckte, der von der Seite kam und ihm den Hals aufgeschlitzt hätte. Frida sprang instinktiv zurück, und so ging auch der Hieb, der gegen ihren Leib geführt wurde, ins Leere.

Alfarin wurde von der Wucht seines Schlages halb herumgerissen und zeigte sich für einen kurzen Augenblick hilflos. Dies nützte Frida eiskalt aus.

Ihre Axt traf seine Seite, sprengte das Kettenhemd,

das er trug, und grub sich tief in sein Fleisch. Sie riss die Axt wieder hervor, schlug erneut zu, und diesmal durchtrennte sie seinen linken Oberarm zur Hälfte.

Er jaulte auf wie ein Hund, fiel auf die Knie. Sie aber beendete sein Gejaule, indem sie mit einem Schritt direkt vor ihn trat und ihm das Axtblatt genau zwischen die Augen trieb.

Er war tot, ehe sie den scharfen Stahl wieder aus seinem Schädel reißen konnte, und fiel ihr vor die Füße.

»Möge Hel deine Knochen zerbrechen und ausschlürfen«, zischte Frida und stieg über seine Leiche hinweg, um sich einem anderen Gegner zuzuwenden.

Die Schildmaid kämpfte mit der Geschmeidigkeit einer Wildkatze. Behände wich sie den Attacken ihrer Widersacher aus, manchmal geschah es, ohne dass ihre Bewegungen von einem bewussten Willen geleitet wurden, instinktiv und gedankenschnell. Sie tötete blitzartig, kompromisslos und unbarmherzig.

Da erklang eine röhrende Stimme: »Rückzug! Fliehe, wer noch dazu in der Lage ist! Wir können sie nicht besiegen!«

Es war die Stimme Fridleiv Ragnarssons, die dies gebrüllt hatte.

Vor Frida tauchte eine Gestalt auf; sie erschien ihr riesengroß und bedrohlich, und in dem hellen Fleck, der das Gesicht war, ließ das Sternenlicht die Augen glitzern.

Der Krieger riss den Arm mit der Axt hoch – Frida jedoch benutzte das rechte Bein wie einen Rammbock und fegte ihn mit ihrem Tritt zu Boden. Er kam halb hoch, doch ehe er sich vollends aufrichten konnte, bereitete Frida mit einem wilden Hieb seinem Dasein ein Ende.

Sie schaute sich um und sah einige schattenhafte Gestalten in alle Richtungen davonlaufen. Das konnten nur die Leute ihres Vaters sein, die seinem Befehl folgten. Sie rannte hinterher, und als sich ihr ein Gegner in den Weg stellte, rammte sie ihn mit der Schulter, nahm sich die Zeit, ihm den Kopf zu zertrümmern, und ergriff wieder die Flucht.

Um sie herum waren für kurze Zeit nur das Trampeln schneller Schritte und vereinzelte Rufe, und einmal glaubte sie sogar die Stimme Dagruns zu vernehmen, die ihren, Fridas, Namen rief.

Sie warf einen Blick über die Schulter und sah zwei Gestalten hinter ihr herhetzen. Ahnungslos, ob es sich um Freunde oder Feinde handelte, hielt sie an, drehte sich um und wartete.

Es waren Feinde, und, ohne lange zu fackeln, griffen sie an. Frida riss den Arm mit der Axt hoch und fing einen Schlag ab, der ihr den Kopf zerschmettert hätte.

Die Waffen verhakten sich ineinander, aber Frida hatte nicht die Zeit, sich auf ein Gerangel mit dem Gegner einzulassen. Sie zog kurzerhand das Knie hoch und rammte es dem Gegner in seine Männlichkeit, der dies mit einem erstickten Schrei quittierte und sich krümmte.

Frida erschlug ihn und duckte sich unwillkürlich, als der andere Feind herangestürmt kam. Sie unterlief ihn, sein Schlag ging ins Leere, er flog über Frida hinweg, und die Schildmaid wirbelte herum, um sich ihm zuzuwenden.

Da sah sie den großen Schemen, der von der Seite angerannt kam. Sie wollte sich ihm schon entgegenstürzen, als sie im letzten Moment ihren Vater erkannte.

Der Krieger, der sie zuletzt angegriffen hatte, rollte

am Boden herum und stemmte sich hoch, doch da war Fridleiv Ragnarsson schon bei ihm und schlug ihm die Axt in den Nacken.

»Schnell, Frida!«, drängte er keuchend. »Sie erdrücken uns mit ihrer Übermacht!«

Er nahm seine Tochter bei der Hand und zog sie mit sich fort.

Irgendwann versanken hinter ihnen die Geräusche, Dunkelheit umfing sie, und der Nachtwind kühlte ihre erhitzten Gesichter. Ihre Herzen rasten, auf ihren Lippen war der süßliche Geschmack von Blut – des Blutes ihrer erschlagenen Feinde.

»Möge Thor Godefried Haraldsson und seine Brut zerschmettern!«, presste Fridleiv Ragnarsson rasselnd hervor. »So viel Falschheit und Niedertracht müssten die Götter auf der Stelle bestrafen.«

»Während des Kampfes stand ich Alfarin gegenüber«, stieß Frida hervor. »Ich habe ihn für den Verrat seines Vaters büßen lassen.«

»Du hast ihn erschlagen?«

»Ja. Hätte ich gezögert, läge ich jetzt tot dort hinten. Wo mag Dagrun sein?«

»Ich weiß es nicht. Diese Hunde haben unsere Leute in alle Winde zerstreut. Ich hoffe aber, dass jene, die noch dazu in der Lage sind, in Richtung Küste fliehen. Dort werden wir uns sammeln, an Bord gehen und nach Norden segeln.«

»Den Schatz, der für König Göttrik bestimmt war, haben wir verloren«, gab Frida zu bedenken. »Willst du wirklich mit leeren Händen vor dem König erscheinen, Vater?«

Kurze Zeit versank Fridleiv Ragnarsson in nachdenkliches Schweigen, dann antwortete er: »Es werden sich Gelegenheiten ergeben, um Beute zu machen, und wir werden sie nicht ungenutzt lassen. Doch jetzt sollten wir eilen, Tochter, denn Godefried wird uns, irrsinnig vor Hass und Rachedurst, seine Krieger hinterherschicken, sobald man ihm den Leichnam seines Sohnes vor die Füße legt.«

Es klang omenhaft und unheilvoll.

Godefried Haraldsson stand vor seinem toten Sohn. Um sie herum hatten sich die Krieger geschart, die es aufgegeben hatten, die Flüchtenden zu verfolgen, und zurückgekehrt waren. Einige von ihnen hielten brennende Kienspäne in den Händen, die auf dem Boden und in den verkniffenen Gesichtern ein Wechselspiel von Licht und Schatten erzeugten.

Lange Zeit starrte der Jarl auf den grässlich verstümmelten Leichnam. Seine Kiefer mahlten, seine Hände öffneten und schlossen sich. Sein Sohn war tot, der linke Arm halb abgetrennt, eine Axt hatte ihm den Schädel so zerschmettert, dass das blutverschmierte Gesicht schrecklich entstellt war. Godefried versuchte es verstandesmäßig zu verarbeiten, doch es überstieg sein Begriffsvermögen.

Die Krieger rundherum schwiegen betreten.

»Warum, ihr Götter, warum ausgerechnet mein Sohn?«, brach es schließlich aus der Kehle des Jarls. »Weshalb bestraft ihr mich und nicht Fridleiv Ragnarsson, diesen Frevler, der den Treueid gebrochen und das höchste Gut, die Bruderschaft, verraten hat?«

Er riss die Arme in die Höhe und brüllte: »Ich schwöre Rache! Blutige Rache für den Tod meines Sohnes Alfarin!« Seine Stimme trieb hallend in die Dunkelheit, und die Echos vervielfältigten seinen Racheschwur, sanken herab zu einem unheimlichen, geradezu schauerlichen Geflüster und zerflatterten schließlich.

Erneut erhob Godefried die Stimme und schrie seine Anklage in die Finsternis hinein: »Fridleiv Ragnarsson! Du hast meinen Sohn Alfarin auf dem Gewissen. Dafür werde ich dich und deine gesamte Sippe ausrotten! Das schwöre ich. Ich will nicht eher ruhen, bis der Letzte deiner Brut tot vor mir liegt!«

Es war der Schrei nach blutiger Vergeltung, den er in die Nacht hineingebrüllt hatte. Seine Stimme hatte sich angehört wie fernes Donnergrollen. Dass er selbst es gewesen war, der seinen Sohn in den Tod getrieben hatte, spielte für ihn keine Rolle. An Fridleiv Ragnarssons Händen oder an denen eines seiner Getreuen, vielleicht sogar einer seiner Töchter, klebte das Blut seines Sohnes, seines Erben, hervorgegangen aus der Frucht seiner Lenden, sein eigen Fleisch und Blut. Und er, Jarl Haraldsson, war gefordert, diejenigen drakonisch zu bestrafen, die seinen Abkömmling erschlagen hatten.

Das war Gesetz.

Seine Worte waren verhallt. Diejenigen, die sie vernommen hatten, verspürten ein kaltes Gefühl, und der Schauer, der ihnen über den Rücken rieselte, verursachte bei den meisten eine Gänsehaut.

Godefried Haraldsson schwieg wieder eine ganze Weile und ließ den soeben geleisteten Schwur auf seine Krieger wirken. Schließlich hob er wieder zu sprechen an, indem er rief: »Wie konnten Ragnarsson und seine Krieger derart vorbereitet sein? Sie haben uns erwartet. Also muss mein Plan, den Eidbrecher und Verräter zu bestrafen, wie es mir die Götter aufgetragen haben, verraten worden sein.«

Sein irrlichternder Blick schweifte über die Front seiner Krieger. Dann ließ er aufs Neue seine Stimme erklingen. »Seher! Wenn du noch am Leben bist, dann komm zu mir und meinem ermordeten Sohn!«

In der Rotte entstand Bewegung, dann löste sich der Seher aus dem Pulk und trat mit gesenktem Haupt vor seinen Jarl. »Hier bin ich, Herr. Und ich lebe, denn die Götter haben mir heute wieder einmal den Einzug in Walhall verwehrt.«

»Mir scheint, die Runen, aus denen du gelesen hast, haben gelogen«, stieg es mit unheilvollem Unterton aus der Kehle Haraldssons. »Oder sagten die Runen möglicherweise etwas ganz anderes, als du uns verkündet hast?«

»Es war die Stimme Odins, die aus mir gesprochen hat, und das, was ich aus den Runen las, waren seine Worte. Aber selbst unser oberster Gott ist nicht in der Lage, das Handeln einzelner Menschen zu bestimmen und auf sie derart einzuwirken, dass sie bestimmte Dinge unterlassen und die Götter nicht lästern. Nicht die Runen haben gelogen, Herr, es war Fridleiv Ragnarsson, der sich der göttlichen Weisung zuwider verhalten hat.«

»Ja, die Schuld liegt bei Ragnarsson«, sagte Godefried voller Zufriedenheit, geradezu triumphierend. »Und dafür muss er zur Rechenschaft gezogen werden. Sobald der Tag anbricht, halten wir die Totenfeier für Alfarin, und dann folgen wir seinen Mördern. Und demjenigen, der mich verraten hat, garantiere ich einen grausamen Tod. An ihm wird der Blutaar* vollzogen, und er wird sich den Tod als Erlösung herbeiwünschen.«

---

* Blutadler, eine grausame Art der Hinrichtung bei den Wikingern

Zustimmendes Gemurmel erhob sich.

Godefried erhob den Blick zum sternenübersäten Himmel, schien kurze Zeit in Andacht zu versinken, um dann zu rufen: »Ihr Götter, die ihr in Asgard lebt und euch auf Ragnarök vorbereitet, hört meine Worte: Ich werde Fridleiv Ragnarsson für den Tod meines Sohnes und dafür, dass er euch schmäht und lästert, bestrafen. Darum erflehe ich euren Segen. Gebt mir die Kraft und verleiht mir einen unbeirrbaren Willen. Ich verspreche dafür reiche Opfergaben.«

Die Finsternis und das unruhige Licht der Fackeln verliehen dem Szenarium etwas Unheimliches und Düsteres. Die Atmosphäre war erdrückend, Godefrieds Racheschwur hallte durch die Gemüter der Anwesenden wie ein Manifest, und die Stimmung bei den Kriegern entsprach dem erschreckenden Fluidum von Bedrohung und Gewalt, das die Nacht ringsum zu schwängern und die meisten der Männer körperlich zu berühren schien.

Tödlicher Hass war geboren. Er loderte im Herzen Godefrieds und vergiftete sein Denken …

Der Morgen brach an, und die Normannen begannen, einen riesigen Scheiterhaufen aus abgestorbenen Stämmen und vertrocknetem Strauchwerk zu errichten, auf den sie den Leichnam Alfarins legten. Godefried wiederholte noch einmal den Schwur, den er in der unseligen Nacht bereits einmal gegeben hatte; er würde seinen Sohn blutig rächen und die Sippe Fridleiv Ragnarssons auslöschen!

Dann wurde der Scheiterhaufen in Brand gesetzt. Das Gekrächze der Raben, die auf dem Feld des Todes, in das Godefrieds Männer in der Nacht den Lagerplatz

Ragnarssons verwandelt hatten, ihr schauerliches Mahl begonnen hatten, untermalte das Schauspiel wie ein höllischer Choral.

Einer der Raben erhob sich flügelschlagend, drehte einige Kreise über dem Toten, von dem ihn andere Artgenossen vertrieben hatten, dann flog er krächzend davon, und ein zweiter folgte. Diejenigen, die es sahen, waren sich sicher, dass es sich um Hugin und Munin, Odins Raben, handelte.

Auch Godefried beobachtete es und rief mit einer Stimme, die das Knistern und Prasseln der Flammen, die den Leib seines Sohnes verzehrten, übertönte: »Die Boten Odins! Sie fliegen, um dem Göttervater über alles zu berichten, was sich zugetragen hat. Er wird mir helfen, den Verräter und Mörder zu strafen.«

Einige der Krieger, sie bildeten um Ivarr Otterbjörk herum eine kleine Gruppe, hörten seine Worte, und alle möglichen Zweifel prägten ihre Gesichter. Ivarr hatte mit ihnen gesprochen und ihnen eine ganz andere Version der Geschichte erzählt. Nun waren sie zwiegespalten, denn wenn es stimmte, dass nicht Fridleiv den Blutschwur und den Treueid gebrochen hatte, dann war es ihr Jarl, der die Götter lästerte und schwere Schuld auf sich geladen hatte.

Brenzliger Geruch und der von Fleisch, das in der Hitze verschmorte, verbreitete sich. Aus dem Feuer stieg schwarzer Rauch, Funken sprühten, und Aschefetzen wirbelten.

Finster starrte Godefried in die Flammen. Schreckliches spielte sich in ihm ab. Unablässig wiederholte er für sich den Racheschwur, den er in der Nacht, als er vor Alfarins Leichnam stand, hinausgebrüllt hatte. Doch auch etwas anderes begann sich in ihm zu regen, und das war die Frage, wer seinen Plan, Fridleiv und seine Leute im Schlaf zu überraschen und zu erschlagen, verraten haben könnte.

Godefried hatte, nachdem Fridleiv Ragnarsson am Abend mit seinen Getreuen weitergezogen war, eine Hass- und Hetzrede gegen ihn losgelassen, an deren Ende jeder seiner Krieger davon hätte überzeugt sein müssen, dass es Fridleiv war, der die Gesetze der Bruderschaft und des Treueids gebrochen und damit ein todeswürdiges Verbrechen begangen hatte.

»Tod dem Verräter!«, hatten seine Krieger im Chor gerufen. Immer wieder, immer fanatischer und voll der Bereitschaft, Fridleiv seine Verfehlungen zu vergelten.

Einer unter ihnen war jedoch nicht von Fridleivs Schuld überzeugt gewesen. Und den galt es herauszufinden.

Als das Feuer herunterbrannte, befahl Godefried den Aufbruch. Er fieberte dem Moment entgegen, an dem er Fridleiv Ragnarsson Auge in Auge gegenüberstehen und ihm seine bitteren Anklagen ins Gesicht schleudern würde. Und dann sollte Ragnarsson sterben. Er höchstpersönlich wollte ihm die Rippen vom Rückgrat hacken und sie wie die Schwingen eines Adlers nach außen klappen.

Das Feuer würde noch lange brennen, und am Ende würde ein Haufen Asche übrig sein, mit dem sich das, was die Flammen von Alfarin übrig gelassen hatten, vermischte. Der einzige Trost Godefrieds war die Hoffnung, dass sein Sohn von den Wallküren nach Gladsheim, in das Schloss Odins, gebracht worden war und es ihm gestattet sein würde, glanzvoll in Walhall einzuziehen.

Es waren etwa siebzig Krieger, die sich an die Verfolgung Fridleiv Ragnarssons machten. Im Eilmarsch legten sie die Strecke zur Küste zurück und zogen an ihr nach Norden, bis sie vor den Wracks zweier ihrer Boote standen, die sie in Ufernähe im seichten Wasser zurückgelassen hatten und die völlig ausgebrannt waren.

Drei der Krieger, die zur Bewachung zurückgeblieben waren, lagen in ihrem Blut am Ufer. Zwei von ihnen waren tot, einer trieb in der zwielichtigen Welt des nahenden Todes, und er würde den Abend dieses Tages wohl nicht mehr erleben. Das dritte Drachenboot und die beiden anderen Wächter waren verschwunden.

Zwei Krieger kümmerten sich auf Godefrieds Geheiß um den Schwerverletzten. Sie gaben ihm zu trinken und wuschen ihm das Gesicht, säuberten seine Wunde und versorgten sie notdürftig, obwohl ihnen klar war, dass den Mann keine Macht der Welt mehr retten konnte. Aber Godefried hatte einige Fragen an ihn, und die sollte er ihm beantworten, ehe ihm der Tod für immer den Mund verschloss.

»Wann waren sie hier?«, fragte der Jarl. Er war neben dem Sterbenden abgekniet, und sein Blick hatte sich an dessen bleichen, zuckenden Lippen regelrecht verkrallt.

»Heute … am Morgen … die Sonne war schon aufgegangen …« Dem Verwundeten bereitete das Sprechen große Mühe; seine Stimme klang losgelöst und brüchig; immer wieder sanken die geröteten Lider über die glasigen Augen. »Wir … arglos. Ragnarsson … sagt … wir sollen wählen. Ihm die Treue schwören … oder sterben.« Die Stimme wurde immer schwächer. Er verdrehte die Augen, sodass nur noch das Weiße zu sehen war, als ihn eine Woge der Benommenheit hinwegspülte. Die letzten Worte schienen ihn übermenschliche Anstrengung gekostet zu haben.

Rasselnd holte er Luft, seine Brust hob und senkte sich unter den harten Atemzügen. Das Leben entfloh immer schneller seinem Körper.

»Heute Morgen also«, knurrte Godefried und drückte sich hoch, schaute nach dem Stand der Sonne und fügte hinzu: »Dann haben sie nur einen halben Tag Vorsprung. Da Fridleiv nicht mit leeren Händen in Dänemark ankommen möchte, werden sie einige Male ankern, um an Land zu gehen und Höfe sowie Klöster zu überfallen und Beute zu machen.«

Da sprach der Verwundete noch einmal: »Wir ... witterten Verrat und machten kein Hehl daraus. Der ... der Jarl befahl, uns ... zu ... töten. Finnvaror und Ulfr haben ... sich ... auf die Knie ... geworfen. Dann ... dann kam der Schlag ...«

Zuletzt war nur noch ein unzusammenhängendes Gestammel über seine Lippen gedrungen, Speichel rann aus seinem Mundwinkel, Schweiß perlte auf seiner Stirn und lief ihm in die geröteten Augen. Plötzlich bäumte er sich auf, sein Mund klaffte auf, als hätte er unvermittelt Luftnot, dann fiel er zurück, sein Kopf rollte auf die Seite, und er röchelte. »Sie kommen. Die Schildjungfrauen ... Walhall ... Ich werde ...«

Der Blick seiner Augen brach, in seine Züge trat die absolute Leere des Todes.

Godefrieds Zähne knirschten in ohnmächtiger Wut. »Mir schnürt der Hass auf Fridleiv regelrecht die Luft ab!«, presste er hervor. »Sein Schuldenstand bei mir wächst ins Unermessliche, und ihn nur einmal hinzurichten ist längst nicht ausreichend, um zu sühnen, was er verbrochen hat. Leider kann er nur einmal sterben.

Und das weiß er. Darum wird er nicht müde, mir in verbrecherischer Art und Weise zu schaden und die Götter zu schmähen.«

»Wir werden uns zu Fuß nach Norden durchschlagen müssen«, sagte einer der Krieger. »Der Weg ist weit, und früher oder später werden die fränkischen Garnisonen Kenntnis erlangen, dass wir in ihr Land eingedrungen sind. Man wird unserer Spur von der Abtei herauf folgen. Boten auf schnellen Pferden werden die Festungen, Städte und Klöster entlang der Küste warnen. Wir werden kämpfen müssen, um zur Nordküste zu gelangen.«

»Ja, wir werden kämpfen!«, schnappte Godefried. »Und am Ende stehen wir dem Verräter, seinen Töchtern und den Männern gegenüber, die sich schon allein dadurch, dass sie einem Schurken wie Fridleiv die Treue halten, schuldig gemacht haben. Keiner von ihnen wird die Heimat je wiedersehen.«

Sie verloren keine Zeit und machten sich auf den Weg. Fünf Tage lang marschierten sie unbeirrt, dann sahen sie in der Ferne auf einem Hügel eine trutzige Festung.

In der Umgebung lagen weit verstreut einige Bauernhöfe inmitten von Äckern, Feldern und Wiesen.

Da es auf den Abend zuging und sie alle ziemlich erschöpft waren, befahl Godefried, das Nachtlager zwischen einigen Hügeln aufzuschlagen. Als das geschehen war und sie Hunger und Durst gestillt hatten, kommandierte der Jarl den Seher zu sich und sagte: »Du verstehst die Sprache der Franken, Bertil Gudbrandsson. Nimm dir also drei Mann und bring mir jemanden von einem der Höfe, der meine Fragen beantworten kann.«

»Ich werde deinen Befehl unverzüglich ausführen, mein Herr.« Gudbrandsson verneigte und entfernte sich. Wenige Minuten später schritt er zusammen mit drei Gefährten auf einen der nächstgelegenen Höfe zu.

Da sämtliches Getreide ausgesät und die Rüben gesteckt waren, befanden sich die Bauersleute und ihr Gesinde in dem Anwesen.

Als sich die vier Krieger dem Hof bis auf fünfzig Schritte genähert hatten, brüllte jemand: »Rette sich, wer kann! Die Barbaren aus dem Norden sind im Anmarsch! Gott steh uns bei!«

Die wenige Leute, die auf dem Hof zu sehen gewesen waren, rannten in die Gebäude, Türen wurden zugeschlagen, verriegelt und verbarrikadiert, und die Männer nahmen, soweit sie welche besaßen, ihre Schwerter zur Hand; die Knechte mussten sich mit Dreschflegeln und Mistgabeln begnügen.

Die vier Normannen erreichten den Hof, in der Hofmitte blieben sie stehen, und der Seher rief: »Hört her, ihr Leute! Ihr müsst uns nicht fürchten, denn wir haben nicht vor, euch zu schaden. Mein Herr, der Jarl Godefried Haraldsson, hat nur ein paar Fragen an einen von euch!«

»Wir glauben euch nicht!«, kam es zurück. »Sicher gehört ihr zu jenen, die das Kloster Audomarus* überfallen und die Mönche erschlagen haben und die zwei Tage später in Petresse** einfielen wie Wölfe in einen Schafpferch. Sie gebärdeten sich dort wie die Vandalen und ließen die Hälfte der Menschen, die in dem Dorf lebten, tot zurück.«

---

* die spätere Abtei Sankt Bertin

** das heutige Calais, im 9. Jh. ein kleines Fischerdorf

»Nein«, rief Gudbrandsson, »wir gehören nicht zu denen. Im Gegenteil, es sind unsere Feinde, die wir verfolgen und töten werden, sobald sie uns in die Hände fallen. Und nun gebiete ich, dass sich einer von euch meinem Herrn zur Verfügung stellt und ihm seine Fragen beantwortet. Es wäre dumm von euch, unseren Zorn zu erregen.«

»Verschwindet, barbarisches Gesindel! Ganz in der Nähe befindet sich die Feste des Edlen von Ermentiers. Gaylord de Ermentiers hat die Soldaten in seiner Burg in Alarmbereitschaft versetzt. Sie können in kurzer Zeit hier sein, wenn wir ihnen entsprechende Hinweise signalisieren.«

Gudbrandsson wandte sich an einen seiner Begleiter und sagte: »Lauf zum Jarl und bitte ihn um Verstärkung. Und sag ihm, dass die Burg mit Soldaten eines Edlen von Ermentiers besetzt ist und dass aufgrund einiger Überfälle, die Ragnarsson begangen hat, an der Küste Alarmbereitschaft herrscht. Er soll entscheiden, ob wir die dort drin zwingen, mit ihm zu sprechen, oder ob wir weiterziehen.«

Der Bote eilte davon.

Schon zehn Minuten später trafen zwei Dutzend Normannen bei Gudbrandsson ein. »Der Jarl lässt es darauf ankommen«, erklärte einer. »Holen wir die Franken aus ihrem Bau!«

In dem Bauernhaus schien man sich in der Zwischenzeit ebenfalls beraten zu haben, denn von dort erklang es: »Es ist gut, es bedarf keiner Gewalt! Ich werde jetzt nach draußen kommen, um mit eurem Anführer zu sprechen. Krümmt ihr mir jedoch auch nur ein Haar, wird es euch Gaylord de Ermentiers vergelten!«

Es dauerte nicht lange, dann verließ ein grauhaariger

Mann mit einem dichten Bart, zwischen dem der Mund kaum auszumachen war, das Wohnhaus.

Die normannischen Krieger nahmen ihn in Empfang. Er fühlte sich nicht wohl in seiner Haut, seine Augen blickten ängstlich, er bewegte sich mit hängenden Schultern, und tiefe Verunsicherung prägte jeden Zug in seinem bleichen Gesicht.

Gudbrandsson nickte den anderen Kriegern zu, und die schienen darauf nur gewartet zu haben, denn sie rissen die Äxte aus ihren Gürteln und erstürmten schreiend das Haus, in dem sich die meisten der Hofbewohner verbarrikadiert hatten.

Zwei Krieger, die bei dem Seher zurückgeblieben waren, packten den Bauern, einer drehte ihm brutal den rechten Arm auf den Rücken, und Gudbrandsson stieß hervor: »Bringen wir ihn zum Jarl!« An den Bauern gerichtet, knurrte er: »Es war falsch, uns Widerstand zu leisten, uns zu beleidigen und zu drohen. Das«, ungerührt wies der Seher mit der linken Hand auf das Bauernhaus, aus dem wüstes Geschrei, vermischt mit den Todesschreien der Bewohner, erklang, »habt ihr damit erreicht, mehr nicht!«

Sie stießen und zerrten den entsetzten, vom Grauen geschüttelten Mann in die Richtung, in der Godefried mit dem Gros seiner Krieger zurückgeblieben war. Schließlich stießen sie den Bauern vor dem Jarl zu Boden. »Du kannst ihm deine Fragen stellen, Herr«, sagte Gudbrandsson und versetzte dem wimmernden Mann am Boden einen brutalen Tritt, der diesen aufschreien und sich zusammenkrümmen ließ.

Sechstes Kapitel

Der Bauer beantwortete die Fragen des Jarls. Godefried erfuhr, dass Fridleiv Ragnarsson zuletzt das kleine Fischerdorf Petresse überfallen und nahezu zerstört hatte, und da der Überfall am Mittag des vergangenen Tages stattgefunden hatte, war Ragnarssons Vorsprung kaum gewachsen und betrug allenfalls einen knappen Tag.

Die Gruppe der Krieger, die auf dem Hof keinen einzigen Lebenden zurückgelassen hatten und deren Äxte rot vom Blut waren, kehrte zurück. Beute, so erklärten sie, hatten sie nicht gemacht, denn es habe in dem Haus nichts gegeben, was sich mitzunehmen gelohnt hätte.

»Allerdings«, rückte schließlich einer der Krieger heraus, »ist uns ein Halbwüchsiger entkommen.«

Jarl Haraldssons Brauen schoben sich unheilvoll zusammen, und sein Blick wurde drohend. »Ihr habt einen von denen entkommen lassen?«

»Er sprang durch ein Fenster auf der rückwärtigen Seite des Hauses und verschwand in dem Wald, der hundert Schritte hinter dem Hof beginnt.«

»Ich schätze, er läuft zu der Festung, um die Soldaten zu alarmieren«, brummte der Jarl. »Frag ihn, Seher, wie viele Soldaten dieser Edelmann von Ermentiers auf der Burg stationiert hat.«

Gudbrandsson stellte dem Bauern die Frage und erhielt zur Antwort: »Etwas mehr als eine halbe Hundertschaft. Sie unterstehen Hauptmann Klothar, der in der

Festung und im Land rundherum die Interessen des Edelmanns vertritt.«

»Wir ziehen uns auf den Hügel dort zurück«, Godefried wies mit dem Daumen über seine Schulter, »und warten ab, wie sich die Dinge entwickeln. Um die Burg zu erstürmen, haben wir nicht die nötige Ausrüstung. Also warten wir, dass die Soldaten zu uns kommen. Und dann sehen wir weiter.«

Die Normannen begaben sich auf die Anhöhe. Das Warten begann. Godefried Haraldsson triumphierte, weil er seinem Todfeind Ragnarsson ziemlich nahe war. Er war sich sicher, dass Fridleiv Ragnarsson immer wieder an Land gehen würde, um zu plündern. Das würde ihn Zeit kosten, und er, Godefried, würde ihm näher und näher kommen.

Die Sonne näherte sich ihrem höchsten Stand. Vor dem blauen Himmel trieben weiße Wolken. Schnaken und Bremsen attackierten die Krieger und quälten sie.

Plötzlich rief einer der Späher, die, gedeckt von Strauchwerk, vom Rand des Hügelrückens aus das Terrain in Richtung der Festung beobachteten: »Es kommen Reiter, Bewaffnete, und zwar mehr als ein Dutzend!«

»Empfangen wir sie«, knurrte der Jarl und erhob sich. »Verteilt euch, Krieger. Wir sehen zu, dass wir sie zwischen uns kriegen. Ich werde dann mit ihnen sprechen. Wenn es notwendig wird, fackelt nicht. Seher, du bleibst bei mir.«

In die Rotte geriet Bewegung. Der zitternde Bauer wurde hinter einen Busch geschleift und festgehalten.

Die Berittenen trieben ihre Pferde den Abhang empor. Einer von ihnen trug eine Standarte mit einem Wappen, sicherlich das des Edlen von Ermentiers. Auch die

Wämser, die die Soldaten über ihren Kettenhemden trugen, waren mit diesem Wappen bestickt. Sie waren mit langen Schwertern und Spießen bewaffnet, und an den Seiten ihrer Pferde hingen kleine, handliche Schilde. Lederhelme sollten ihre Köpfe im Kampf schützen. Den Äxten der Barbaren aber würden sie nicht standhalten.

Godefried und Gudbrandsson, der Seher, gingen dem Trupp entgegen, verließen aber nicht den Kreis, den die Krieger, die sich noch verborgen hielten, auf dem Kamm des Hügels gebildet hatten. Denn in diesen Kreis wollte der Jarl die Reiter locken.

Tatsächlich trieben die ihre Pferde auf den Hügelrücken und zügelten sie dicht vor dem Jarl. Die Tiere prusteten, schnaubten und stampften, und leises Klirren mischte sich in diese Geräusche. Die Soldaten taxierten die beiden Normannen und versuchten sich ein Bild zu machen.

Godefried und der Seher ließen ihrerseits die Franken ebenso wenig aus den Augen. Es war ein gegenseitiges Erforschen und Einschätzen, und schließlich rief der vorderste Reiter der fränkischen Abordnung: »Versteht ihr unsere Sprache?«

»Ich kann mich mit euch verständigen«, antwortete der Seher. »Mein Name ist Gudbrandsson.«

»Dein Name interessiert mich nicht. Mein Hauptmann lässt euch bestellen, dass ihr eure Waffen abzulegen und euch zu ergeben habt. Weigert ihr euch, werdet ihr es bereuen.«

Godefried Haraldsson stemmte, nachdem der Seher übersetzt hatte, die Arme in die Seiten, legte den Kopf ein wenig in den Nacken, zeigte ein höhnisches Grinsen und erwiderte: »Wir machen uns gleich in die Hosen vor Angst.«

»Dir wird das Lachen sehr schnell vergehen, Barbar!«, schnarrte der Franke. »Du kannst dir sicher vorstellen, dass wir wenig Gnade werden walten lassen, da eure Spießgesellen unsere Dörfer und Klöster überfallen, ausrauben, die Dorfbewohner und Mönche brutal massakrieren und unser Land verwüsten.«

Der Seher übersetzte es, und Godefried entgegnete: »Du irrst dich, Soldat. Das sind nicht unsere Verbündeten, es sind unsere Feinde, und ich verfolge sie, weil ich geschworen habe, sie zu töten. Der Mann, der sie anführt, ist mein Todfeind. Er hat den Tod meines Sohnes auf dem Gewissen.«

»Was wollt ihr überhaupt im fränkischen Reich?«, wurde er gefragt. »Ihr habt hier nie Fuß fassen können, so wie es euch in Britannien gelungen ist. Tragt eure Meinungsverschiedenheiten in Skandinavien aus, wo ihr herkommt, und verschont uns damit. Für uns seid ihr alle Barbaren, und wir werden euch gleichermaßen behandeln. Und nun fordere ich dich …«

»Du verkennst die Situation, Soldat!«, rief Godefried, ehe der Seher zu Ende gedolmetscht hatte. Und mit dem letzten Wort vollführte er eine Handbewegung, woraufhin sich seine Krieger den fränkischen Reitern zeigten.

Die wilden, bärtigen Gestalten mit der seltsamen Haartracht – die meisten von ihnen hatten kahlgeschorene Hinterköpfe, über der Stirn jedoch waren die Haare lang, fielen ihnen in Strähnen in die Gesichter und verstärkten den Ausdruck von verwegener Wildheit – wuchsen hinter den Büschen in die Höhe, und der Eindruck von Wucht und Stärke, den sie vermittelten, erschreckte die fränkischen Soldaten.

»Bei der Heiligen Dreifaltigkeit!«, entrang es sich dem Sprecher der Gruppe. Er griff unwillkürlich nach dem Schwert und riss es aus der Scheide. »Zurück, oder wir zermalmen …«

Godefried Haraldsson hatte die Axt aus dem Gürtel gezogen und warf sie. Sie überschlug sich einige Male in der Luft, bis das Gewicht des eisernen Blattes überwog, und dann schnitt sie sich krachend durch das Kettenhemd und das Brustbein in das Herz des Soldaten. Als hätte ihn die Faust Odins getroffen, stürzte er vom Pferd.

Daraufhin griffen seine Gefährten nach den Schwertern oder senkten die Spieße zum Stoß, aber da stürmten die Normannen schon brüllend auf sie zu und stürzten sich auf sie, rissen sie von den Pferden und metzelten sie nieder. Äxte gruben sich in Schädel und Gesichter, zerschnitten Muskeln, durchtrennten Glieder, gruben sich in zuckende Leiber oder schlitzten Kehlen auf, aus denen der rote Lebenssaft fontänenartig spritzte. Einer der Soldaten wurde sogar mit bloßer Faust erschlagen, ein anderer erwürgt, weil es seinem Mörder gefiel, ihm kein leichtes Ende zu bereiten.

Ihre Art zu kämpfen und zu töten war einfach grausam und barbarisch, geradezu viehisch.

Die Pferde gerieten ob des Gebrülls in Panik, stiegen auf die Hinterhand oder bockten hinten hoch. Einige der Tiere flohen, andere beruhigten sich wieder, als Stille einkehrte. Lediglich ihr unruhiges Prusten und Scharren verriet, dass sie der Blutgeruch nervös machte.

Keinen der Soldaten hatten die Normannen am Leben gelassen. Sie selbst hatten keinen einzigen Mann verloren. Die Reiter des Edlen von Ermentiers waren gar nicht richtig zum Denken gekommen.

»Seher, zu mir!«, schrie Haraldsson. »Bringt mir den Bauern! Und ihr anderen, sammelt die Waffen der Toten ein. Wir können sie sicher gebrauchen.«

Bertil Gudbrandsson kam gelaufen, zwei Krieger schleppten den grauhaarigen Bauern herbei, dem das Bild mit den erschlagenen Soldaten erschreckend klar und scharf in die Augen sprang und den das Grauen mit unsichtbarer Faust würgte. Seine Lippen bebten, die Muskulatur in seinem Gesicht zuckte. Und in seinem Bewusstsein tobte die Todesangst. Wahrscheinlich fürchtete er, dass ihm diese Barbaren nun auch den Garaus machen würden.

Haraldsson sagte: »Sag dem Alten, Seher, dass er zur Burg reiten und dem Hauptmann von mir bestellen soll, dass ich mit ihm sprechen möchte. Weigert er sich, werden wir die Burg belagern und die Höfe ringsum zerstören.«

Der Seher nickte, und bald darauf sprengte der Bauer auf einem der blutbesudelten Pferde davon.

Haraldsson wandte sich an seine Männer und rief: »Wenn wir mit unserer Jagd auf Fridleiv Ragnarsson und seine Anhänger erfolgreich sein wollen, brauchen wir Schiffe, um sie auf See abzufangen. Außerdem brauchen wir Verbündete, die uns gegebenenfalls helfen, sie zu stellen, wenn sie die Boote verlassen, um an Land zu plündern.«

Die meisten der Männer starrten ihn verständnislos an.

»Ihr habt richtig gehört, Krieger!«, rief Haraldsson. »Ich habe vor, dem Edlen von Ermentiers ein Bündnis anzubieten. Für das Versprechen, im Westfrankenreich nicht zu plündern, zu brandschatzen und die Menschen zu erschlagen, fordere ich seine Unterstützung in meinem Kampf gegen den Verräter und Eidbrecher Fridleiv Ragnarsson!«

Einer der Krieger rief: »Die Franken sind unsere

Feinde. Als sich Guthrum mit den Angelsachsen verbündet hat, warst du derjenige, Jarl, der kein Verständnis dafür hatte! Wir haben sogar unsere eigenen Leute niedergemetzelt, um dieses Bündnis nicht mittragen zu müssen!«

»Das Bündnis, das der König von Wessex Guthrum angeboten hat, wäre einer Demütigung gleichgekommen; wir hätten unseren Stolz und unsere Ehre verkauft. Wenn ich dem Edlen von Ermentiers ein Bündnis anbiete, geschieht dies auf Gegenseitigkeit und aus rein nüchternen Erwägungen, jedoch nicht der Not gehorchend.« Er konnte nicht die Spur von Begeisterung in den Gesichtern seiner Männer wahrnehmen. Also fügte er hinzu: »Dazu kommt, dass wir uns frei und ungehindert auf dem Grund und Boden des Edelmannes bewegen können, sollte es uns gelingen, Ragnarsson zu stellen.«

Er konnte es seinen Kriegern nicht schmackhaft machen, das war deutlich zu erkennen.

»Ich sehe, es gefällt euch nicht«, rief der Jarl. »Aber ihr werdet es akzeptieren müssen, denn ich bin euer Herr, und jede Auflehnung gegen meine Entscheidung käme einem Aufruhr gleich, und darauf steht der Tod. Ihr wollt doch mit mir nach Dänemark zurückkehren, nicht wahr?«

»Wir haben dir die Treue geschworen, Jarl«, rief einer. »Und wir wollen nicht wie Fridleiv Ragnarsson eidbrüchig werden. Darum akzeptieren wir dein Vorgehen. Ich glaube, ich spreche im Sinne aller Krieger, die hier versammelt sind. Ob uns eine Verbindung mit den Franken gefällt, spielt keine Rolle.«

»Eines Tages werde ich jeden Einzelnen von euch für eure Ergebenheit und Treue fürstlich belohnen«, versprach Godefried.

Der Hauptmann der Festung sandte drei Reiter als Parlamentäre. Sie führten eine weiße Fahne mit sich und waren unbewaffnet.

Godefried schickte ihnen ein halbes Dutzend Krieger entgegen, die sie in Empfang nahmen und zu ihm geleiteten. Die Unterhändler stiegen jedoch nicht von den Pferden. Einer sagte: »Du willst mit dem Hauptmann verhandeln. Wir wissen, dass du Normanne bist und den Namen Godefried Haraldsson trägst. Was ist dein Begehr?«

»Ich will ihm für die Zeit, in der ich mich mit meinen Kriegern auf seinem Land bewege, ein Bündnis anbieten.«

Der Sprecher der Parlamentäre vollführte eine umfassende Armbewegung über den Platz, an dem seine Kameraden tot in ihrem Blut lagen, und fragte: »Ist das der Preis für ein Bündnis mit einem karolingischen Edelmann?« Die Stimme des Soldaten sank herab. »Einen Pakt musst du mit dem Edlen von Ermentiers schließen.«

»Dann bring ihn mir!«, schnappte Godefried Haraldsson.

»Er residiert einen halben Tagesritt von hier. Und da Hauptmann Klothar die Interessen des Edelmannes in diesem Gebiet bis hinauf zur Insel Testerep* wahrnimmt, musst du entweder mit ihm vorliebnehmen, oder es gibt kein Bündnis. Wobei sich dem Hauptmann die Frage stellt, welche Art von Bündnis du ihm anzubieten gedenkst.«

»Gut. Ich werde mit ihm verhandeln«, stimmte Godefried Haraldsson grimmig zu. »Ich will über einen

---

* Die Insel ist heute völlig im Festland aufgegangen. An ihrem ehemaligen östlichen Ende liegt die Stadt Ostende.

Frieden mit ihm sprechen, der gelten soll, bis wir im Norden des Frankenlandes angelangt sind. Wenn ich ihm versichere, dass ich seine Klöster und Bauern verschone, muss er mir entgegenkommen und mir zwei Schiffe zur Verfügung stellen. Er erhält sie zurück. Und ich erwarte Unterstützung von ihm, sollte ich meinen Feind, den Jarl Fridleiv Ragnarsson, auf dem Land stellen, das der Hauptmann zu verwalten hat.«

»Dann lass uns Ort und Zeit der Verhandlung festlegen«, sagte der Parlamentär.

Sie einigten sich auf den Sonnenuntergang, und Verhandlungsort sollte eine Wiese in der Nähe des Bauernhofes sein, deren Bewohner der Mordlust einer Gruppe von Nordmännern zum Opfer gefallen waren.

Die Krieger ließen sich gruppenweise nieder, unterhielten sich leise oder dösten vor sich hin. Der Gewaltmarsch über fünf Tage hatte jedem so ziemlich alles an Kraft abverlangt, ihre Füße brannten, die Erschöpfung hatte ihre Gesichter gezeichnet und tiefe Linien hineingegraben.

Das Vorhaben ihres Jarls behagte den wenigsten von ihnen, zumal unter ihnen jenes Gerücht die Runde machte, dass nicht Fridleiv Ragnarsson eidbrüchig geworden war und die Bruderschaft mit Godefried verraten hatte, sondern Godefried. So gesellte sich zu dem Unbehagen, vielleicht sogar der Unzufriedenheit der Männer auch noch Misstrauen.

Lustlos kauten einige von ihnen auf dem Essen herum, das ausgegeben worden war. Langsam gingen die erbeuteten Vorräte zur Neige. Und das, was sie noch besaßen, war tagelang der Hitze ausgesetzt gewesen und zum Teil verdorben.

Der eine oder andere begann sich zu fragen, ob es nicht besser gewesen wäre, in Britannien zu bleiben und sich zusammen mit Guthrum König Alfred zu unterwerfen.

Die Stunden verrannen nur zäh. Aber irgendwann stand die Sonne dicht über dem Meer, und ihr Schein vergoldete in breiter Bahn das Wasser. Als das Gestirn hinter dem Horizont halb versunken war, kam die Abordnung von der Festung. Es waren dreizehn Reiter, und einer von ihnen war Hauptmann Klothar.

Godefried Haraldsson war bereits, begleitet vom Seher und einer Handvoll Krieger, zu dem Platz auf der Wiese gegangen, der als Verhandlungsort vereinbart worden war. Der Rest der Normannen war auf dem Hügel geblieben.

Der Hauptmann, ein Mann um die dreißig mit dunklen Haaren und einem kantigen, vernarbten Gesicht, das Härte und eisernen Willen verriet, saß ebenso wie seine Soldaten ab. Die Normannen, die im Gras gesessen hatten, erhoben sich.

Der Seher sagte, indem er auf den Jarl wies: »Das ist Jarl Godefried Haraldsson, der Herr von Nordjütland und tapferer Gefolgsmann König Guthrums, des Herrschers über das Danelag.«

»Und ich bin Hauptmann Klothar, Gefolgsmann des Edlen von Ermentiers und König Ludwig treu ergeben.« Er schien seine nächsten Worte im Kopf zu formulieren, ehe er sie aussprach. Offenbar wog er sorgfältig ab, was er sagte. »Es ist vermessen von Euch, Jarl, in das Reich der Franken einzufallen, die Untertanen des Königs zu berauben und zu ermorden und dann noch Forderungen geltend zu machen. Bedingungen könntet Ihr vielleicht stellen, wenn Ihr das Frankenreich erobert hättet. Aber das habt Ihr nicht, und mit dieser lächerlichen

Armee, die Ihr um Euch geschart habt, wird Euch das auch nicht gelingen.«

»Das ist auch nicht meine Absicht, Hauptmann«, erklärte Godefried, nachdem der Seher die Worte übersetzt hatte.

»Was ist Eure Absicht, Jarl?«

Der Seher erzählte von der Schlacht bei Eddington, von Guthrums Niederlage und von seiner Kapitulation. Er berichtete von ihrer Flucht aus Britannien, vom Pakt und der Verbrüderung der beiden Jarls und schließlich von ihrem blutigen Streit, bei dem Alfarin, der Sohn Godefrieds, ums Leben gekommen war. Er endete mit den Worten: »Wir, die Ihr hier seht, Hauptmann, haben nur ein einziges Ziel, nämlich in die Heimat zurückzukehren und in Dänemark unsere Felder und Äcker zu bestellen, in Frieden zu leben und mit unseren Kindern und Enkeln alt zu werden.«

Er hatte den Hauptmann, was den Streit mit Fridleiv Ragnarsson betraf, mit Halbwahrheiten und Lügen bedient. Hauptmann Klothar hatte schweigend zugehört. Doch als der Seher das letzte Wort gesprochen hatte, sagte er: »Man hat mir berichtet, was der Jarl anbietet, und gleichermaßen hat man mir berichtet, was er fordert. Warum sollte ich darauf eingehen?«

Der Seher gab die Frage an den Jarl weiter. Der erwiderte: »Frag ihn, ob ihm der Friede mit mir nicht zwei Kriegsschiffe wert ist, die ich nur geliehen haben möchte. Des Weiteren benötigen wir seine Unterstützung zu Lande nur für den Fall des Falles. Es muss doch auch im Interesse des Edlen von Ermentiers und damit im Interesse des Hauptmanns liegen, Fridleiv Ragnarsson das blutige Handwerk zu legen, ehe er eine Blutspur bis hinauf zur norwegischen Grenze zieht.«

Der Seher wandte sich an Klothar …

Der Hauptmann sagte schließlich: »Dieser Fridleiv Ragnarsson und sein Anhang gebärden sich in unserem Land wie wilde, reißende Tiere. Sie haben viel Frankenblut vergossen, und sie werden wohl noch viel mehr vergießen, wenn ihnen nicht Einhalt geboten wird. Aber auch ihr seid Normannen, und auch ihr habt fränkisches Blut vergossen. Welche Sicherheit habe ich, dass ihr kein falsches Spiel treibt?«

»Ihr habt das Wort eines Jarl, das ebenso viel gilt wie das eines fränkischen Edelmannes oder seines Vertreters«, erklärte der Seher, ohne dass er es für nötig befand, den Einwand des Hauptmanns Godefried vorzutragen. Es gelang ihm sogar, ein wenig entrüstet zu klingen.

Einer der Soldaten, die mit dem Hauptmann gekommen waren, stieß hervor: »Ich habe mir sagen lassen, dass das Wort eines Normannen nichts wert ist. Sie sind verschlagen und hinterhältig, ihre Heimtücke kennt keine Grenzen, und das Bündnis, das er Euch anbietet, Hauptmann, ist ausschließlich Mittel zum Zweck.«

»Und wie könnte dieser Zweck deiner Meinung nach aussehen?«, fragte der Hauptmann den Soldaten.

»Ich denke, er fürchtet uns und will unsere Schiffe, um sich mit ihnen davonzumachen.«

Bertil Gudbrandsson, der Seher, schoss dem Sprecher einen vernichtenden Blick zu und entgegnete zornig: »Nein, euch brauchen wir nicht zu fürchten. Wir wissen, dass in der Burg lediglich eine halbe Hundertschaft von Soldaten stationiert war, und wenn man diejenigen davon abzieht, die dort in ihrem Blut liegen, dann sind wir euch jetzt überlegen.«

»Lass mich teilhaben an dem Gespräch, Seher!«, blaffte Godefried.

Gudbrandsson sagte ihm, was gesprochen worden war, und der Jarl stieß hervor: »Sie sollten meine hehren Absichten eigentlich schon daran erkennen, dass wir verhandeln und den Hauptmann sowie sein Gefolge ungeschoren zur Burg zurückkehren lassen. Denn wären wir so hinterlistig, wie dieses fränkische Schandmaul behauptet, wären der Hauptmann und seine Mannen längst tot.«

Der Hauptmann schaute nachdenklich drein, nachdem der Seher die Worte des Jarls weitergegeben hatte. Dann sagte er: »Ich lade den Jarl und ein Gefolge, deren Zahl seinem Gutdünken entspricht, für morgen Mittag in die Burg ein. Dort schließen wir den Vertrag und leisten den Eid, das Bündnis nicht zu brechen, solange sich der Jarl und seine Krieger auf fränkischem Boden befinden. Frag deinen Herrn, ob er damit einverstanden ist.«

Godefried war es nicht. Er beharrte darauf, das Bündnis an Ort und Stelle zu schließen, und meinte, dass das gegenseitige Wort, Frieden zu halten und die Bedingungen dafür zu erfüllen, genügen müsse.

Er wollte keine Zeit verlieren. In ihm brannte das Feuer der Ungeduld, so schnell wie möglich seinen Sohn zu rächen.

Hauptmann Klothar konnte sich nicht entschließen. Er fragte, ob er sich mit seinen Männern beraten könne, aber der Jarl zeigte sich unduldsam und forderte ihn auf, sich unverzüglich zu entscheiden.

Klothar bemerkte, dass er einen Fehler begangen hatte, als er, ehe er seine Burg verließ, keine Sicherheiten gefordert hatte. Er war sich seiner Sache zu sicher gewesen, denn auch er hatte angenommen, dass die Normannen ihm aus Furcht vor seinen Soldaten den Pakt anboten.

Dass sie nicht eingeschüchtert waren, begriff er spätestens, als ihm der Jarl durch den Seher sagen ließ: »Wir können den Hauptmann und sein Gefolge als Geiseln nehmen und die Übergabe der Festung erpressen. Auch könnten wir mit ihnen als Geiseln die Herausgabe zweier Kriegsschiffe fordern. Aber mein Jarl will sich nicht mit irgendwelchen Scharmützeln hier im Frankenland aufhalten. Sein ganzes Bestreben gilt nur der Vernichtung Ragnarssons und der schnellstmöglichen Rückkehr nach Dänemark.«

Damit schien Godefried den Hauptmann überzeugt zu haben, denn er nickte und erwiderte: »Also lasst uns den Pakt an Ort und Stelle festigen. Der Jarl möge mir sein Wort geben, er erhält meines, und wir wollen unsere gegenseitigen Zusagen mit einem Händedruck besiegeln.«

Und so geschah es.

Die beiden Kriegsschiffe sollten Godefried Haraldsson auf der Insel Testerep zur Verfügung gestellt werden. Dort gab es einen Hafen und eine Garnison, in der sowohl die Besatzungen der Boote als auch eine Kompanie schwerer Reiterei sowie zwei Kompanien Fußvolk* stationiert waren. Außerdem verpflichtete sich Hauptmann Klothar, berittene Boten nach Norden zu schicken und bis hinauf zur dänischen Grenze die Garnisonen in Alarmbereitschaft zu versetzen.

Der Hauptmann und sein Gefolge kehrten auf die Burg zurück. Die Pferde der getöteten Soldaten nahmen sie mit unter Berufung darauf, dass sie Eigentum des Edlen von Ermentiers waren und die Normannen sich verpflichtet hätten, dessen Besitztümer unberührt zu lassen.

---

* mit der Infanterie heutiger Armeen vergleichbar

Am folgenden Morgen brachte ein Bote Jarl Haraldsson ein mit dem Siegel des Edelmannes versehenes Dokument, das die einzelnen Garnisonen an der Küste bis hinauf nach Testerep verpflichtete, dem Normannen ein gewisses Kontingent an Soldaten zur Verfügung zu stellen. Darüber hinaus beinhaltete das Schreiben den Befehl, dem Jarl in Testerep zwei Kriegsschiffe mit den dazugehörigen Besatzungen zu überantworten, deren Rückgabe an der dänischen Grenze von Jarl Haraldsson zugesichert worden sei.

Mit diesem Dokument in den Händen machte sich Jarl Godefried Haraldsson zusammen mit seinen Kriegern auf den Weg nach Norden.

Ein halbes Dutzend Reiter des Hauptmanns Klothar zog mit ihnen, um gegebenenfalls den mit dem Dokument erteilten Befehlen bei den verschiedenen Hauptleuten Nachdruck zu verleihen.

Als sie nach einem halben Tag pausenlosen Eilmarsches lagerten, um etwas zu essen, ließ sich Ivarr Otterbjörk, der junge Krieger, der Jarl Ragnarsson vor dem Überfall durch Godefried gewarnt hatte, etwas abseits nieder. Bei ihm befanden sich zwei Freunde, und alle drei gehörten zu jenen Männern, die ganz und gar nicht damit einverstanden waren, dass ihr Jarl mit den Franken einen Pakt eingegangen war. Ivarr hatte sie darüber hinaus davon überzeugen können, dass Godefried es war, der den Treueid mit Ragnarsson gebrochen und die Bruderschaft verraten hatte.

Sie aßen geräuchertes Fleisch und hartes Brot, dazu tranken sie Wasser.

»In der kommenden Nacht«, flüsterte Ivarr, »verschwinden wir. Ich will keinen Tag länger einem Jarl dienen, der schnöden Verrat begeht und der sich, um seine Schandtat zu verschleiern, sogar mit den Christen verbrüdert.«

»Wir sind uns einig, Ivarr«, knurrte einer seiner Freunde. »Sobald in der Nacht im Lager Ruhe herrscht, setzen wir uns ab und versuchen, uns zu Jarl Ragnarsson durchzuschlagen.«

Der andere Krieger schluckte den Bissen hinunter, an dem er gekaut hatte, und raunte: »Wir waren immer die besten Freunde, schon von Kindesbeinen an. Darum hoffe ich, Ivarr, dass du uns nicht nur einfach vor deinen Karren spannst. Du verfolgst mit der Flucht hauptsächlich eigene Interessen, du hast es uns selbst gesagt.«

»Wie kannst du so etwas von mir denken, Gunnar?«

»Nun, du hast uns gestanden, dass du dich in Frida, die Tochter Ragnarssons, unsterblich verliebt hast. Darum willst du dich Ragnarsson anschließen. Du möchtest in Fridas Nähe sein und bei passender Gelegenheit den Jarl bitten, dir Frida zur Gattin zu geben.«

»Es ist richtig«, gab Ivarr zu, »ich liebe Frida. Aber die Liebe würde nicht ausreichend sein, um Jarl Haraldsson zu verraten. Es sind seine Verbrechen, die mich veranlassen, ihm die Treue aufzukündigen.«

»Wir sind nicht die Einzigen, die unzufrieden sind«, murmelte Gunnar. »Viele denken an Flucht.«

»Uns muss aber klar sein, dass unser Leben verwirkt ist, wenn man uns erwischt«, gab der andere der beiden Freunde Ivarrs zu verstehen, dessen Name Thorve war. »Und es ist sicherlich kein schneller Tod, den wir erleiden müssen, wenn die Flucht missglückt.«

»Das müssen wir riskieren, wenn wir nicht selbst zu Verrätern werden wollen«, erklärte Ivarr mit leiser Stimme.

Nicht einmal seine beiden besten Freunde wussten davon, dass er am Abend, nachdem die Jarls getrennte Lager bezogen hatten, zu Ragnarsson gegangen war, um ihn vor Godefried zu warnen.

Godefried Haraldsson ahnte nichts von den Strömungen, die sich in seiner Truppe entwickelt hatten, ausgelöst durch Ivarr Otterbjörk. Bei den Normannen war die Blutsbruderschaft zwischen zwei Männern ein Bund für die Ewigkeit, das Wertvollste, das sie hüteten; es war eine Bindung, wie sie enger kaum sein konnte, denn sie wurde der leiblichen Bruderschaft gleichgesetzt.

Ivarr hatte Zweifel und Misstrauen in die Herzen und Gemüter der Männer Godefried Haraldssons gesät, und bei vielen war die Saat auf fruchtbaren Boden gefallen. Sie hatte zu keimen begonnen, und viele der Krieger dachten wie Ivarr, Thorve und Gunnar an Flucht.

Als Godefried Haraldsson der Meinung war, dass die Krieger genug geruht hatten, befahl er den Weitermarsch. Verdrossen, mit mürrischen Mienen, erhoben sich die Männer und folgten dem Jarl und seinem Vertrauten, dem Seher, die sie in greifbarer Nähe des Strandes nach Norden führten.

Am späten Nachmittag dieses Tages sahen sie im Nordosten dunkle Rauchschwaden zum Himmel steigen.

Die fränkischen Reiter hatten die Pferde pariert und beobachteten sie mit zusammengekniffenen Augen. Der Jarl gesellte sich zu ihnen, begleitet von Bertil Gudbrandsson, und sagte: »Ich vermute, dass der Rauch von einem brennenden Dorf oder Kloster stammt.«

Nachdem der Seher die Vermutung des Jarls übersetzt hatte, erwiderte einer der Soldaten: »Wir sehen nach. Marschiert weiter. Es ist uns mit den Pferden ein Leichtes, euch wieder einzuholen.«

Sie trieben die Pferde an und lenkten sie in die Richtung, in der sich der Rauch erhob. Er ballte sich am Himmel zu Wolken, die träge nach Osten trieben.

»Ich glaube zu ahnen, was sich dort abgespielt hat«, knurrte Haraldsson.

»Du denkst an Fridleiv Ragnarsson, nicht wahr?«, fragte der Seher.

Godefried nickte nur, dann befahl er weiterzumarschieren.

Ivarr Otterbjörk, der am Ende des Zuges zwischen seinen beiden engen Freunden dahinstapfte, murmelte: »Ich denke, Fridleiv Ragnarsson und seine Leute befinden sich ganz in der Nähe. In der Nacht werden wir fliehen. Wir stehlen drei der Pferde der Franken. Mit denen können wir Ragnarsson selbst dann einholen, wenn er sich wieder auf seinem Boot befindet und nach Norden segelt. Es ist nämlich nicht anzunehmen, dass er sich auf seinem Weg nach Dänemark allzu weit vom Festland entfernt, denn er scheint des Plünderns noch immer nicht müde geworden zu sein.«

Währenddessen ließen die Soldaten des Edlen von Ermentiers ihre Pferde galoppieren. Es ging durch eine weitläufige Senke und an deren Ende eine sachte Anhöhe hinauf. Dann konnten sie die Ursache des dichten Rauchs erkennen.

Es handelte sich um einen Weiler, der aus vier Höfen bestand – bestanden hatte. Häuser und Wirtschaftsgebäude waren nur noch Haufen qualmender und kreuz und quer liegender Balken und verrußter Feldsteine. Hier und da schlugen noch Flammen aus diesen Brandschutthaufen, wenn der Wind hineinfuhr. Und zwischen den glimmenden Überresten der Gebäude lagen reglose Körper.

Die Soldaten zügelten ihre Pferde am Rand des Hofs, zwischen zwei niedergebrannten Ställen oder Scheunen. Entsetzen wühlte in ihren Gesichtern. Dort, wo die Leichen lagen, war der Sand mit Blut getränkt. Fast zwei Dutzend Männer, Frauen und selbst Kinder waren denjenigen, die hier gewütet hatten, zum Opfer gefallen.

»O mein Herr und Gott«, flüsterte einer der Soldaten ergriffen. »Warum lässt du Derartiges zu? Warum wirfst du nicht Feuer und Schwefel auf diese Barbaren herunter und vertilgst sie vom Angesicht der Erde?«

»Diese elenden Schweine«, entrang es sich einem andern mit einer Stimme, die jeden Moment zu brechen drohte. »Nicht einmal Kindern gegenüber zeigen sie Gnade. Und dieser Haraldsson ist wahrscheinlich nicht besser. Der Hauptmann hätte die Besatzung der Burg gegen ihn und seine Schar schicken und alle bis auf den letzten Mann niedermachen sollen.«

»Es hätte auch viele von uns das Leben gekostet«, gab der andere zu bedenken. »Vielleicht sogar deines. Aber das hier …« Seine Stimme versagte. Sekundenlang wurde er von seinen Gefühlen überwältigt. »Gebe Gott, dass es uns gelingt, diese blutrünstigen Barbaren zu stellen. Man muss diese Heiden vierteilen, dann werden ihre Seelen, wenn Gott gerecht ist, der ewigen Verdammnis anheimfallen.«

Die Soldaten trieben ihre Pferde um den Weiler und fanden die Fährte, die die Normannen nach dem Überfall gezogen hatten. Sie führte nach Westen, also zur Küste. Zwischen den Fußspuren waren auch die Abdrücke von Rädern auszumachen. Einer der Soldaten äußerte die Vermutung, dass die Normannen mit einem Fuhrwerk die Beute befördert hatten.

Sie kehrten um und hatten Godefried und seine Truppe bald wieder eingeholt. Nachdem der Führer der kleinen Gruppe Soldaten dem Jarl Bericht erstattet hatte, sagte Godefried: »Ihr Vorsprung ist nur noch gering, und sicher werden sie bald wieder an Land gehen, um zu plündern. Dann, hoffe ich, sind wir in der Nähe. Wir schneiden ihnen den Weg zu ihren Booten ab und vernichten sie. Den Jarl und seine Töchter jedoch will ich lebend …«

Er sprach nicht weiter, aber gerade sein vielsagendes Schweigen war beredter und unmissverständlicher als jedes Wort. Und der Hass, der in seinen Augen glomm, unterstrich dies in erschreckender Weise.

Während sie marschierten, suchten die Augen des Jarls immer wieder das Meer ab, das sich, soweit das Auge reichte, linker Hand von ihm nach Westen, Norden und Süden erstreckte. Die Küste war nur einen Steinwurf entfernt. Doch nirgends war das riesige, rot und weiß gestreifte Segel des Drachenboots auszumachen, mit dem Fridleiv Ragnarsson den Weg in die Heimat nehmen wollte.

Godefried aber gab die Hoffnung nicht auf, seinen Todfeind zu stellen, noch ehe dieser Dänemark erreichte.

Der Tag neigte sich seinem Ende zu, schließlich versank die Sonne im Meer, und ihr Widerschein färbte den Himmel purpurn. Von Osten kam die Nacht, und sie vertrieb schließlich den Tag endgültig über den Atlantik.

Godefrieds Truppe fand einen Lagerplatz, und die Krieger richteten sich für die Nacht. Godefried teilte Wachen ein, und bald herrschte Ruhe in dem Lager. Todmüde vom anstrengenden Marsch waren die Normannen in tiefen, traumlosen Schlaf gefallen.

Drei der Männer jedoch hielten sich krampfhaft wach. Manchmal hörten sie einen der Wachposten in der Nähe ihres Lagers vorüberschreiten. Der Mond und die Sterne lichteten die Nacht kaum nennenswert, denn immer wieder wurden sie von Wolken verdunkelt. Gespenstisch lautlos glitten Wolkenschatten über das Land. Ringsum ertönte Schnarchen.

Mitternacht war vorbei, als sich Ivarr Otterbjörk vorsichtig aufrichtete. Er drehte den Kopf nach links und rechts, lauschte angespannt und nahm wahr, dass sich seine Freunde ebenfalls aufsetzten. »Seid ihr bereit?«, flüsterte er.

»Ja.«

Sie erhoben sich und schlichen geduckt davon, vorsichtig einen Fuß vor den anderen setzend, mit jagendem Puls und voll Sorge, dass einer der Krieger vielleicht doch nicht in allzu tiefem Schlaf lag und Alarm schlug. Sie waren angespannt bis in die letzte Faser ihrer Körper, ihre Nerven vibrierten.

Aber sie erreichten unangefochten den Rand des Lagerplatzes und schlugen sich zwischen die Büsche. Die Pferde der fränkischen Soldaten waren an Sträuchern angebunden, lagen am Boden und schliefen. Man hatte ihnen die Sättel nicht abgenommen, lediglich die Bauchgurte waren gelockert worden.

Die Anspannung wuchs bei den drei jungen Kriegern, als eines der Tiere den Kopf hob, prustete und schließlich ruckartig aufstand. Sofort sprang Ivarr hinzu und legte dem Tier die Hand flach auf die Nüstern. Da aber kam ein zweites Pferd prustend hoch, ein drittes und viertes …

»Verlieren wir keine Zeit!«, zischte Ivarr, zog den Bauchgurt straff, band das Tier los und warf sich in den Sattel. Eines der Pferde wieherte hell, geradezu trompetend. Da aber saßen auch Thorve und Gunnar in den Sätteln.

In dem Moment, als sie die Tiere herumzerrten, kam eine der Wachen gerannt. »Was ist hier los? Bei Odin, was …«

Ivarr ritt ihn einfach über den Haufen. Sein Pferd stampfte über ihn hinweg, und der Wächter stöhnte nur noch. Die drei jungen Krieger hämmerten den Tieren die Fersen in die Flanken und sprengten in die Nacht hinein.

Hinter ihnen wurde Alarmgeschrei laut, was sie bewog, die gestohlenen Pferde noch rücksichtsloser anzutreiben. Mit rasender Schnelligkeit entfernten sich die trommelnden Hufschläge, und hinter den Flüchtlingen schlug die Finsternis zusammen …

»Der Name des einen ist Ivarr Otterbjörk«, meldete einer der normannischen Krieger Jarl Haraldsson. »Ich kenne ihn. Seine beiden Freunde heißen Thorve und Gunnar und sind mit ihm verschwunden. Die Rippen des Kriegers, den sie niedergeritten haben, sind wahrscheinlich gebrochen.«

»Den Fluch der Götter auf ihre Häupter!«, knirschte Godefried. »Wohin mögen sie sich gewandt haben? Vor allen Dingen frage ich mich nach dem Grund ihrer Flucht.«

»Ich denke, sie haben vor, zu Ragnarsson überzulaufen«, vermutete Gudbrandsson, der Seher.

Godefried, der ihm die Seite zugewandt hatte, riss es regelrecht herum. »Aber sie haben mir die Treue …« Er brach ab. Seit seinem Eidbruch wusste er, wie wenig Wert ein Schwur sein konnte. »Diese elenden Verräter!«, tobte er, als ihn die Wut erneut übermannte. »Was meinst du? Macht es Sinn zu versuchen, sie einzufangen?«

»Wohl kaum«, antwortete der Seher. »Sie sind viel zu schnell mit den gestohlenen Pferden, und wenn wir ihnen auf den anderen drei Tieren, die zurückgeblieben sind, die Franken hinterherschicken, töten sie diese vielleicht.«

»Sollten sie mir je in die Hände fallen, zerquetsche ich sie wie Würmer!«, versprach der Jarl, und seine Stimme zitterte vor Zorn. »Ruf die Krieger zusammen, Gudbrandsson. Ich will eine Ansprache halten. Lass große Feuer entfachen, damit es hell ist wie am Tag. Vorwärts!«

Der Seher beeilte sich, denn die Stimmung seines Herrn war nahezu vernichtend und bereitete ihm Angst. Er wollte nicht zum Opfer der Launen des Jarls werden, wenn der seine Wut nicht mehr zu zügeln vermochte.

Schließlich prasselten die Feuer, machten die Nacht zum Tage, und die Kriegerschar hatte sich zusammengerottet, um zu hören, was ihnen Jarl Haraldsson zu sagen hatte. Er würde wohl wieder einmal seiner Leidenschaft frönen, üble Drohungen auszustoßen, den Zorn der Götter auf die Verräter herabwünschen und möglicherweise neue Schwüre der Rache in die Nacht brüllen.

Er trat vor seine Truppe. Die fränkischen Soldaten hielten sich abseits. Sie unterstanden nicht dem Befehl des Normannen, und das wollten sie deutlich zeigen. Doch auch sie fühlten sich alles andere als wohl in ihrer Haut, denn man hatte ihnen viel erzählt über die normannische Unzuverlässigkeit, über deren Heimtücke und Niedertracht, und sie trauten keinem von ihnen über den Weg, am allerwenigsten dem Jarl selbst.

Godefried Haraldsson hob die Arme. Die flackernden Feuer warfen seinen Schatten groß und verzerrt auf den Boden. Sein Gesichtsausdruck verriet das Stimmungstief, in dem er sich befand, während er seine bebende Stimme erklingen ließ: »Hört her, ihr Männer, die ihr mir die Treue geschworen habt! Nachdem Jarl Ragnarsson, den die Götter zerschmettern mögen, schmählichen Verrat an unserer Bruderschaft begangen und den Treueid gebrochen hat, haben sich in dieser Nacht drei eurer Gefährten entschlossen, sich dem gemeinen Verräter anzuschließen! Ihre Namen sind Ivarr, Thorve und Gunnar!«

Er machte eine kurze Pause, um seine Worte wirken zu lassen und den Kriegern Gelegenheit zu geben, sich die Namen der Ungetreuen einzuprägen.

»Es sind Verbrecher, und ich erkläre die drei hiermit für vogelfrei!«, fuhr Godefried fort. »Jeder von euch darf sie, sollten sie ihm – wo auch immer – über den Weg laufen, ohne jede Vorwarnung erschlagen. Wenn sie mir irgendwann in den nächsten Tagen, sobald wir den Verräter und Eidbrüchigen einholen und stellen, in die Hände fallen, lasse ich ihnen die Rippen vom Rückgrat hacken und wie Adlerschwingen nach außen klappen!«

Wieder verstummte er für einige Augenblicke. Sein Blick huschte über die Front der Krieger, auf der Licht und Schatten wechselten. Von den finsteren, maskenhaften Gesichtern war nicht abzulesen, was in den Köpfen vorging. Irgendwie aber hatte er das Gefühl, dass er diese Männer, die dereinst geschworen hatten, notfalls für ihn zu sterben, nicht auf seinen Hass einstimmen konnte. Es war, als prallten seine Worte an dieser Mauer des Schweigens, die aus Widerwillen und Ablehnung errichtet war, ab.

Der Jarl ahnte, woher dies rührte. Er erhob wieder die Stimme und rief: »Es war kein Verrat meinerseits, als ich mit Hauptmann Klothar das Bündnis einging. Aufgrund der Vereinbarung werden wir nämlich nicht gezwungen sein, uns den Scharen fränkischer Soldaten zum Kampf zu stellen. Viele von euch würden tot im Frankenreich zurückbleiben, hätte ich den Pakt nicht geschlossen. Und wir würden viel Zeit verlieren. Das Bündnis sichert uns darüber hinaus Boote, die uns in die Heimat bringen. Also war meine Entscheidung nicht verräterisch, sondern zweckmäßig. Ich weiß um eure unverbrüchliche Treue und um eure eiserne Loyalität. Aber hört dennoch meine Warnung: Sollte sich jemand von euch mit der Idee tragen, dem Beispiel der Verräter zu folgen, werde ich ihn aufs Härteste bestrafen. Er wird sich wünschen, nie geboren worden zu sein, und seine Mutter dafür verfluchen, dass sie ihn nicht gleich nach der Geburt in die Wälder getragen und den Wölfen überlassen hat.«

Gemurmel erhob sich.

Godefried rief: »Hat jemand von euch mit einem der drei Verräter am Tag vor ihrer Flucht gesprochen?«

Einer der Krieger meldete sich und erwiderte: »Ich habe zwar nicht mit ihnen gesprochen, Herr, aber ich marschierte in ihrer Nähe und konnte beobachten, dass sie sich abgesondert hatten und oftmals heftig aufeinander einredeten. Da haben sie wohl ihren Fluchtplan besprochen. Und als wir lagerten, hielten sie sich ebenfalls etwas abseits.«

Ein anderer rief: »In den Tagen, nachdem wir Ragnarssons Lager heimgesucht hatten, um ihn für seinen Verrat zu strafen, ließ Ivarr immer wieder Bemerkungen fallen, die mich eigentlich stutzig hätten machen müssen. Er meinte, dass Ragnarsson ein besserer Mann sei, als wir alle annehmen würden, und dass er niemals eine Bruderschaft verraten und einen Treueid brechen würde.«

»Damit wollte er zum Ausdruck bringen, dass ich es war, der sich dieser Verbrechen schuldig gemacht hat, wie?«, erregte sich der Jarl. »Jetzt weiß ich, was in jener Nacht geschah, Männer. Als wir Ragnarssons Lager stürmten, wurden wir erwartet. Offenbar wurden wir verraten. Nun glaube ich auch zu wissen, wer der Treulose war, der Ragnarsson gewarnt hat. So viele von euch mussten in jener Nacht sterben, und jetzt kennen wir den Schuldigen – Ivarr Otterbjörk! Möge Odin ihn in meine Hände treiben, damit ich ihn zerquetschen kann!«

»Ivarr hat mir vor einiger Zeit schon, als wir noch in Britannien und auf dem Marsch zu den Booten waren, angedeutet, dass er sich in Frida, die Tochter Fridleiv Ragnarssons, verliebt habe und er bei ihrem Vater, sobald wir in der Heimat wären, um sie werben wolle«, gab ein anderer mit lauter Stimme zu verstehen.

Dass sich verschiedene Krieger zu Ungunsten Ivarr Otterbjörks äußerten, verriet Godefried, dass er noch einen Teil der Männer auf seiner Seite hatte. Und das gab ihm einen großen Teil seiner Sicherheit und seines Selbstvertrauens zurück.

»Seher!«

»Herr?«

»Hol deinen Sack mit den Runenstäben und lies uns die Zukunft. Ich will hören, was mir die Götter durch dich weissagen.«

Wenig später breitete Bertil Gudbrandsson sein weißes Tuch am Boden aus und warf die Runenstäbe, sodass sie kreuz und quer auf dem Tuch zu liegen kamen.

Es folgte das vorgeschriebene Zeremoniell, die Anrufung der Götter, die kurze Andacht, dann zog der Seher eines der Hölzchen aus dem Haufen und heftete den Blick darauf. Nach kurzer Zeit rief er mit weithin hallender Stimme: »Die Runen verheißen einen glänzenden Sieg über unsere Feinde und weissagen deren völlige Vernichtung. Die Götter lassen dich auch wissen, Herr, dass sie den Weg eines jeden hier behüten, der dir die Treue hält, auf dass er in die Heimat zurückkehren und seine Gemahlin und die Kinder oder seine Eltern und Geschwister in die Arme schließen wird.«

»Ihr hört es!«, rief der Jarl. »Ich bin ein Liebling der Götter, und sie helfen mir, meine Feinde zu zerschmettern. Was sagen die Runen noch, Seher?«

Gudbrandsson ergriff ein weiteres der Stäbchen, und nachdem er die eingeschnittenen Zeichen gedeutet hatte, erhob er wieder die Stimme und sagte laut: »In der Heimat bahnen sich Veränderungen an. Das innere Gefüge, wie es besteht, gerät ins Wanken. Ich sehe einen schwachen König Göttrik, und ich sehe einen großen, dunklen Schatten, der auf ihn fällt. Bei den Göttern«, die Stimme des Sehers wurde schrill, geradezu hysterisch, »der König wird von dem Schatten aufgesogen und verschwindet ... Bei Odin, er ist weg, fort, es ist, als hätte er sich in nichts aufgelöst. Der – der Schatten hat ihn verschlungen.«

»Was mag das zu bedeuten haben?«, fragte Godefried. »Geben die Runen über die Bedeutung dieser Weissagung denn keine Auskunft?«

Der Seher starrte auf das Stäbchen. Schließlich hob er die linke Hand und stieß hervor: »Es ist der Schatten eines Großen, eines Mächtigen, der dazu auserkoren ist, künftig die Geschicke Dänemarks zu bestimmen. Er erhebt sich über König Göttrik und wird dem Land Wohlstand und Frieden bringen. Und alle, die ihm helfen, die Zustände in unserem Land in seinem Sinne herzustellen, wird er fürstlich belohnen. Seine Feinde aber vernichtet er unerbittlich und erbarmungslos.«

In der Runde herrschte Stille, abgesehen vom Knacken des Holzes im Feuer und dem Prasseln der Flammen.

»Die Götter werden wissen, wovon sie sprechen«, erklärte Godefried mit klarer Stimme. »Man muss ihrem Wort vertrauen, muss jedoch ihres Zorns gewärtig sein, tut man es nicht.«

»Die Götter sind mächtig!«, rief der Seher. »Und wehe dem, der ihren Zorn herausfordert. Sie werden ihn zerschmettern, und er wird dem Drachen vorgeworfen, der ihn verschlingen wird!«

Erneut wurde Gemurmel und Geraune laut. Das Wort der Götter hatte viele der Krieger wieder mit dem Jarl ausgesöhnt, der es auf ein Neues verstanden hatte, im Einvernehmen mit seinem Vertrauten, dem Seher, den Männern Sand in die Augen zu streuen.

Siebtes Kapitel

Ivarr Otterbjörk und seine beiden Begleiter jagten auf den erbeuteten Pferden am Strand entlang, bis über dem östlichen Horizont ein schwefelgelber Streifen den Tagesanbruch ankündigte. Die Sterne begannen zu verblassen, und die Nacht lichtete sich. Das Donnern der Brandung in den Ohren, rasteten sie zwischen einer Gruppe von Sträuchern, keine hundert Schritte vom Strand entfernt.

»Der Wind weht kaum, und sie müssen, wenn sie vorwärtskommen wollen, rudern«, sagte Ivarr. »Wir haben mit den Pferden eine große Strecke zurückgelegt. Und der niedergebrannte Weiler gestern sagt mir, dass Jarl Ragnarsson noch nicht allzu weit nach Norden vorgedrungen ist, sodass er hier mit seinem Boot vorbeikommen müsste.«

»Wir müssen vorsichtig sein«, mahnte Gunnar Eriksson. »Die Überfälle auf das Fischerdorf und das Kloster im Süden und der niedergebrannte Weiler haben sicher die Franken die ganze Küste entlang in Alarmbereitschaft gesetzt.«

»Es ist auch nicht auszuschließen, dass wir verfolgt werden«, fügte Thorve hinzu.

Ivarr schürzte verächtlich die Lippen. »Sie haben nur drei Pferde. Sollten uns drei der fränkischen Soldaten folgen, ist das das Letzte, was sie im Leben tun.« Nach kurzer Überlegung fügte er hinzu: »Viele der Krieger, die noch mit Haraldsson ziehen, sind nicht mehr überzeugt von seiner Unschuld im Umgang mit Fridleiv Ragnarsson und empfinden die Verbrüderung mit dem fränkischen Hauptmann als Verrat. Ich schließe daher nicht aus, dass ihm noch weitere Männer davonlaufen, um sich Ragnarsson anzuschließen.«

Das Gespräch schlief ein. Die Männer waren erschöpft. Einer von ihnen aber musste auf jeden Fall wach bleiben. Zum einen, um gegebenenfalls die Annäherung von Verfolgern rechtzeitig zu melden, zum anderen, damit sie nicht das Drachenboot verpassten, das Jarl Ragnarsson und seine kleine Mannschaft nach Norden bringen würde und auf dem auch sie Sicherheit suchen wollten.

Sie saßen im Gras, standen aber immer wieder auf, um hin und her zu laufen, um die Verspannungen ihrer Beine und der Rückenmuskulatur loszuwerden. Und immer richteten sie den Blick nach Südwesten, über die schiere Grenzenlosigkeit des Ozeans, weil sie hofften, dass irgendwann das rot-weiße Segel am Horizont auftauchte. Die See war ruhig, dennoch peitschten schäumende Wellen den Strand, und es krachte, als würden Äxte gegen Schilde geschlagen.

Ihre Geduld wurde auf die Probe gestellt. Und sie waren schon nahe daran zu resignieren, als Thorve aufsprang und mit dem ausgestreckten Arm nach Westen wies: »Dort, ein rot und weiß gestreiftes Segel.«

Ivarr und Gunnar erhoben sich schnell und starrten in die angegebene Richtung. »In der Tat«, murmelte Ivarr nach einiger Zeit. »Wenn es Ragnarsson mit seinem Boot ist, muss ihn etwas von der Küste vertrieben und gezwungen haben, nach Westen zu segeln.«

»Warten wir ab, ob sie wieder nach Norden auf Kurs gehen«, sagte Gunnar.

Nach einer ganzen Weile stieß Ivarr hervor: »Ja, sie

wenden sich nach Nordosten. Dieses Boot kommt nicht von Britannien herüber. Das ist Ragnarsson, davon bin ich überzeugt.«

»Wie kannst du so sicher sein?«, fragte Thorve.

»Haraldsson besitzt kein Boot. Es kann nur Ragnarsson sein. Reiten wir nach Norden und zünden wir ein Signalfeuer an, Freunde.«

Sie liefen zu den grasenden Pferden, saßen auf und trieben die Tiere an. Dicht beim Strand stoben sie nach Norden.

Nach etwa einer Stunde scharfen Ritts zügelten sie und schwangen sich von den Pferden. Die Tiere röchelten und röhrten, und von ihren geblähten Nüstern tropften weiße Schaumflocken.

Das Drachenboot war längst aus ihrem Blickfeld verschwunden. Aber sie waren sich sicher, dass es Kurs auf die Küste genommen hatte und an ihr entlang weiter nach Norden segeln würde, um hier und dort Siedlungen oder Klöster zu überfallen.

Die drei Gefährten trugen trockenes Holz und Reisig zusammen, das leicht zu entzünden war, legten aber auch Grünzeug parat, das sie auf die Flammen werfen wollten, damit sich dichter, dunkler Rauch entwickelte.

Wieder wurde ihre Geduld auf eine harte Probe gestellt. Aber dann erschien das Segel südlich von ihnen und näherte sich. Es war kaum gebläht, denn es war ziemlich windstill, und das Boot musste zusätzlich, wie Ivarr es vorausgesagt hatte, mit Hilfe der Ruder bewegt werden.

Ivarr holte seine Feuersteine und etwas Zunder aus der Tasche seines Obergewands, schlug Funken und brachte den Zunder zum Glimmen. Nachdem er einige Male gegen die glimmende Stelle geblasen hatte, züngelten Flammen aus dem trockenen Material, und er konnte das Reisig in Brand setzen. Schnell schlugen die Flammen hoch, es knisterte und knackte, und als das trockene Holz lichterloh brannte, warfen sie das Grünzeug in die Flammen. Dichter, dunkler Rauch entwickelte sich, stieg kerzengerade zum Himmel und zerflatterte hoch oben.

Mit einem Mal driftete das Boot ab und schwamm auf das offene Meer hinaus, behielt letztendlich aber den Nordkurs bei. Es hatte das verhältnismäßig seichte Wasser an der Küste verlassen, durch das gegebenenfalls Fußtruppen waten und das Boot angreifen konnten. Einzelheiten waren an Bord nicht auszumachen, aber die drei jungen Krieger am Ufer konnten deutlich eine Reihe von Männern an der dem Land zugewandten Bordwand des Schiffes erkennen. Ivarr riss die Arme in die Höhe und fing an zu winken. Gunnar und Thorve folgten seinem Beispiel.

Bald darauf näherte sich das größere Beiboot des Schiffes. Es knirschte, als es den Strand erreichte und sich sein Bug in den Ufersand bohrte.

Wenig später kletterten die drei jungen Krieger an Bord des Drachenschiffs.

»Ivarr Otterbjörk!«, rief Frida erstaunt. »Was hat dich hierher verschlagen?«

Sie war hoch erfreut, den jungen Krieger wiederzusehen. Immerhin hatte er sein Leben riskiert, als er aus dem Lager Godefried Haraldssons geschlichen war, um ihren Vater vor dem niederträchtigen Mordplan zu warnen. Damit hatte er nicht nur das Leben von Fridleiv Ragnarsson gerettet, sondern auch ihres und das ihrer Schwester sowie das der gesamten Mannschaft.

Schon zuvor hatte er ihr seine Loyalität erwiesen, ohne dass er dazu verpflichtet gewesen wäre, als er sie darauf aufmerksam gemacht hatte, dass Einarr nach Rücksprache mit Alfarin zu dem Bauernhof zurückgekehrt war, um dort die Bewohner zu massakrieren. Sie hatte daraufhin Einarr wegen seines Ungehorsams mit dem Tod bestraft.

Ivarr war ihr sympathisch, doch sie sah ihn nicht mit den Augen einer Frau, sondern mit denen der Kriegerin. Sie war überzeugt, dass er ein wertvoller Begleiter auf ihrem gewiss noch sehr gefahrvollen Weg in die Heimat sein würde. Sie sah in ihm einen Freund und Kampfgefährten und beschloss, ihrerseits ihm ein guter Kamerad und Wegbegleiter zu sein.

Einer jähen Eingebung folgend umarmte sie ihn. Er spürte die Wärme ihres Körpers, und sein Herz schlug einige Takte schneller. Allein ihre Berührung erregte ihn, und er hielt sie länger fest, als es für eine Begrüßung unter Freunden üblich war. Frida dachte sich nichts dabei, machte sich aber mit sanfter Gewalt von ihm frei und trat einen Schritt zurück.

Fridleiv Ragnarsson reichte Ivarr die Hand. »Du hast deinen Vorsatz, dich mir anzuschließen, also in die Tat umgesetzt, Ivarr, und du hast zwei Kämpfer mitgebracht. Konntest du nicht mehr von meiner Unschuld und der Schuld Godefrieds überzeugen?«

Gunnar und Thorve schossen Ivarr überraschte und gleichzeitig fragende Blicke zu, denn sie wurden aus den Worten des Jarls nicht schlau.

»Ich weiß es nicht«, antwortete Ivarr. »Sicherlich habe ich eine Menge Zweifel in die Gemüter gepflanzt, ob allerdings weitere Krieger zu dir überlaufen, kann ich nicht sagen. Doch es gibt einiges zu berichten, Jarl

Ragnarsson. Man hat vor, dir oben im Norden eine Falle zu stellen. Godefried hat mit Hauptmann Klothar, einem Burgverweser des Edlen von Ermentiers, einen Pakt geschlossen. Gegen das Versprechen, nicht zu brandschatzen und zu plündern, erhält er zwei Kriegsschiffe, die in einem Hafen auf der Insel Testerep vor Anker liegen; außerdem werden ihm die Garnisonen, die zwischen dem von dir zerstörten Fischerdorf Petresse und der Insel an der Küste entlang eingerichtet wurden, Soldaten zur Verfügung stellen, die dich für den Fall, dass du von deinem Schiff fliehen solltest, an Land erwarten.«

»Dann sollten wir uns sputen und zusehen, so schnell wie möglich nach Norden zu gelangen«, stieß Frida hervor.

»Leider ist nicht auszuschließen, dass ihr bereits weiter nördlich erwartet werdet«, ließ sich nun Gunnar vernehmen. »Hauptmann Klothar hat berittene Boten zu den Garnisonen bis hinauf zu der Insel geschickt, die sie warnen und in Alarmbereitschaft versetzen sollen. Womöglich wird man also auch ohne Haraldssons Anwesenheit Kriegsschiffe ausschicken, die euer Boot abfangen sollen.«

Dann wollte Ivarr wissen: »Wieso seid ihr über das offene Meer gekommen? Was hat euch von der Küste vertrieben?«

»Zwei Schiffe der Franken. Sie waren nach Süden unterwegs und haben uns einige Zeit verfolgt, aber wir sind ihnen entkommen.« Fridleiv Ragnarsson schaute versonnen auf einen unbestimmten Punkt auf dem Meer. »Ich verfüge nicht einmal mehr über dreißig Krieger. Auf Kämpfe mit den Franken kann ich mich kaum noch einlassen. Nach allem, was ich von euch erfahren habe, wage ich auch gar nicht mehr, meine Leute zum Plündern an Land zu schicken. Man könnte uns von unserem Boot abschneiden.«

»Dann sollten wir alles daransetzen, so schnell wie möglich nach Dänemark zu gelangen«, warf Dagrun ein.

Ivarr nickte, schaute Frida an und fügte hinzu: »Tatsächlich werden wir ihnen nur noch dann entkommen können, wenn wir schneller sind als sie. Sie sind uns deutlich überlegen, und käme es zum Kampf, würden sie uns zermalmen.«

Der Anker wurde gelichtet, die Ruder stießen ins Wasser, und dann glitt das Schiff wieder durch die Wellen.

Die drei Freunde hatten sich im Heck auf den Boden gesetzt. Thorve heftete den Blick auf Ivarr und murmelte: »Ich bin nicht ganz klug geworden aus der Äußerung des Jarls, als er bemerkte, dass du deinen Vorsatz, dich ihm anzuschließen, in die Tat umgesetzt hast. Und ich frage mich, was er meinte, als er dich fragte, ob du nicht mehr der Krieger Haraldssons von seiner Unschuld überzeugen konntest.«

Ivarr nagte an seiner Unterlippe, dann bekannte er: »Ich war es, der Jarl Ragnarsson vor dem Überfall durch Godefried Haraldsson gewarnt hat.«

Gunnar und Thorve starrten ihren Freund betroffen, geradezu fassungslos an. »Du bist zu Ragnarsson gegangen und …« Gunnars Stimme brach.

Ivarr wand sich ein wenig, er fühlte sich unbehaglich, doch schließlich knurrte er: »Ja. Ich habe euch gegenüber niemals ein Hehl daraus gemacht, dass ich Haraldsson hasse, weil er meinen kleinen Bruder ermorden ließ!«

»Bei den Göttern!«, knirschte Thorve. »Es hätte unser aller Ende sein können. Und wenn du sagst, es war wegen deines Bruders, dann ist das nur die halbe Wahrheit, wenn überhaupt. Du bist in Frida vernarrt, und das hat dich geleitet. Es war die Angst um sie.«

»Es stimmt, Fridas Leben zu retten war mir sehr wichtig«, gab Ivarr mit leiser Stimme zu.

»Dein Bruder wurde hingerichtet, weil er bei der Wache nachlässig war und durch seine Schuld die Angelsachsen in unser Lager einfallen konnten«, hielt ihm Thorve vor. »Er hatte den Tod verdient.«

»Dufnall hat das bestritten«, begehrte Ivarr auf, »aber er bekam nicht einmal die Gelegenheit, sich zu verteidigen. Er war fast noch ein Kind. Godefried Ragnarsson hat ihn abschlachten lassen wie ein Stück Vieh.«

Thorve schüttelte missbilligend den Kopf. »Einige unserer Freunde sind bei dem Überfall auf Ragnarssons Lager ums Leben gekommen, und du trägst die Schuld daran. Dafür gibt es keine Rechtfertigung. Und du hast den Tod vieler anderer, auch meinen und den Gunnars, billigend in Kauf genommen. Frida war der vorrangige Grund, der dich zu deinem Verrat getrieben hat. Du musstest zu diesem Zeitpunkt ja selber noch davon ausgehen, dass Jarl Ragnarsson den Treueid gebrochen und die Bruderschaft mit unserem Jarl verraten hat.«

Darauf blieb ihm Ivarr eine Antwort schuldig. Er spürte die große Enttäuschung seiner Freunde, und er konnte sie sogar verstehen. Denn es war nicht zu leugnen: Er hatte ihr Leben in die Waagschale geworfen, um das Leben der Frau, in die er sich verliebt hatte, zu retten.

Vor allem Thorve fühlte sich von Ivarr betrogen. Der junge Krieger musterte ihn voller Verachtung. »Leider kann ich meinen Verrat an Jarl Haraldsson nicht mehr rückgängig machen«, murmelte er. »Aber unsere Freundschaft ist hiermit beendet, Ivarr. Ich kann dir diesen Verrat nicht verzeihen.«

Gunnar senkte den Blick, als ihn Thorve fragend anschaute. Er konnte Ivarr verstehen. Denn auch er trug etwas mit sich herum, das ihn belastete. Er hatte sich ebenfalls verliebt, und zwar in Dagrun. Bisher hatte er seine Gefühle ihr gegenüber noch für sich behalten und sie mit keiner Geste, keinem Blick verraten. Aber als er sich entschieden hatte, sich Ivarr anzuschließen, war dies hauptsächlich seiner Verliebtheit wegen geschehen.

Thorve erhob sich abrupt und ließ die beiden Freunde allein. Der Aufruhr seiner Empfindungen trieb ihn zum Bug des Bootes. Er konnte die Nähe Ivarrs nicht mehr ertragen. Der Gedanke, dass Ivarr nicht nur Jarl Haraldsson, sondern auch ihre Freundschaft verraten hatte und sogar bereit gewesen war, seine Freunde in den Tod zu schicken, war geradezu unerträglich, und die Wut wühlte in seinen Eingeweiden wie eine heiße Glut.

Ivarr, der mit Gunnar zurückgeblieben war, sagte leise: »Ich werde in den nächsten Tagen den Jarl fragen, ob er mir Frida zur Gemahlin gibt.« Er sprach es, um die Betretenheit, die sich zwischen ihm und Gunnar wie eine unsichtbare Wand aufgebaut hatte, zu vertreiben. Dann hob er an: »Du musst mir glauben, Gunnar, ich …«

Der Freund schnitt ihm das Wort ab, indem er abwinkte und sagte: »Thorve wird es überwinden. Und ich kann dich nicht verurteilen. Denn auch ich habe mich verliebt und würde für die Frau, der meine Gefühle gehören, jeden Verrat begehen, vielleicht sogar morden.«

Ivarr hob überrascht die Brauen. »Willst du mir sagen, wer die Frau ist?«

»Dagrun.«

Ivarr blieb nicht die Zeit, auf diese Eröffnung in irgendeiner Weise zu reagieren, denn der Jarl kam zu ihnen, musterte sie durchdringend und fragte: »Was ist los? Habt ihr euch gestritten? Wenn ja, aus welchem Grund?«

»Nur eine kleine Meinungsverschiedenheit, Herr«, log Ivarr.

Doch Fridleiv Ragnarsson glaubte ihm nicht. »Sag mir die Wahrheit, Ivarr Otterbjörk«, forderte er. »Was war der Grund eurer Meinungsverschiedenheit?«

»Thorve und Gunnar wussten nichts davon, dass ich dich vor Godefrieds Überfall gewarnt hatte. Ich habe sie eben aufgeklärt, und Thorve ist der Meinung, dass ich leichtfertig mit seinem Leben umgegangen sei.«

»Du hast ein schweres Verbrechen verhindert, Ivarr«, meinte der Jarl.

»Aber der Verrat geschah aus vollkommen eigennützigen Gründen, Herr«, gestand Ivarr und wich dem Blick des Jarls aus. »Mir ging es einzig und allein darum, Frida zu retten. Grundlage war natürlich mein Hass auf Haraldsson wegen meines Bruders.«

Der wohlwollende Ausdruck in den Augen Fridleiv Ragnarssons wich dem der Verständnislosigkeit. »Es ging um mehr als dreißig Leben«, stieß er hervor. »Ohne dich wären wir alle tot. Wir wären wahrscheinlich nicht einmal richtig zum Denken gekommen.«

»Als wir in Britannien aus dem von den Angelsachsen eingeschlossenen Feldlager flohen«, sagte Ivarr, »marschierten wir mehrere Tage lang zu der Bucht, wo die Schiffe des Königs lagen. Während dieses Marsches habe ich mich in deine Tochter verliebt, Herr.« Ivarr erhob sich und sah Ragnarsson mit festem Blick an. »Jetzt weißt du es, Herr, und die Gelegenheit ist günstig, um mein Geständnis gleich mit der Bitte zu verbinden, mir deine Tochter Frida zur Gemahlin zu geben.«

Der Jarl war ziemlich erstaunt. Und als er seine Überraschung überwunden hatte, knurrte er: »Glaubst du denn, der Tochter eines Jarls würdig zu sein?«

»Ich habe mich als mutig erwiesen, dir und deinen Töchtern das Leben gerettet und mich unter Einsatz meines Lebens in deinen Dienst gestellt, Herr. Und ich maße mir an, darauf hinzuweisen, dass dein Vater, Herr, der legendäre Ragnar Lodbrok, ebenfalls ein einfacher Krieger war, als er um Lathgertha warb. Er wurde Jarl und später sogar König.«

»Mein Vater war ein außergewöhnlicher Mann, Ivarr. Es gibt nicht viele, die so sind wie er.«

»Ich weiß. Aber ich kann die Stimme meines Herzens nicht zum Schweigen bringen, Herr. Und dass meine Liebe ehrlich ist, müsste dir der Umstand beweisen, dass ich mein Leben für dich, für Frida und Dagrun und für all deine Getreuen aufs Spiel gesetzt habe.«

»Vielleicht wärst du ein guter Schwiegersohn für mich, Ivarr«, murmelte der Jarl. »Ja, ich denke, das wärst du. Es ist Sitte bei uns, dass der Vater den Mann für die Tochter aussucht. Die Tochter muss aber die Wahl ihres Vaters nicht unbedingt gutheißen, wenn sie berechtigte Einwände vorbringen kann. Vergiss nicht, dass Frida eine Schildmaid ist, die ihr Leben dem Kampf und dem Krieg geweiht hat. Als ich ihre Verlobung mit Alfarin bekannt gab, lehnte sie vehement ab. Nun, im Nachhinein muss ich ihr sogar beipflichten, als sie ihre Vorbehalte gegen Alfarin äußerte. Ich weiß nicht, was sie von deinem Werben halten wird.«

»Sprich mit ihr, Herr.«

»Du hast dich als treuer und aufrechter Krieger erwiesen, Ivarr«, sagte der Jarl. »Darum will ich dein Werben unterstützen und mit Frida sprechen.«

Es ging auf den Morgen zu. Abgesehen von den Wachen schliefen die Krieger Godefried Haraldssons tief und fest. Nebel wallten, das Blickfeld war begrenzt, und in der Ferne war das Donnern der Brandung zu vernehmen.

Plötzlich aber entstand am Rand des Lagerplatzes Geschrei. Die Schläfer fuhren erschreckt in die Höhe, griffen nach ihren Äxten und beeilten sich, die Schlaftrunkenheit abzuschütteln, denn jeder war davon überzeugt, dass das Lager angegriffen wurde.

Auch der Jarl war aufgewacht und hatte sich erhoben. Seine Faust umschloss den Stiel der Axt, mit wildem Blick hielt er nach heranstürmenden Feinden Ausschau, denn auch er vermutete einen Überfall.

Die Schreie waren versiegt. Einige Schemen näherten sich, Stimmen erklangen, die schattenhaften Gestalten wurden deutlicher, und dann rief ein Krieger: »Wir haben diese beiden erwischt, als sie zu den Pferden der Franken schlichen. Sie wollten weglaufen, als wir sie anriefen, worauf wir sie überwältigten.«

Zwei Gestalten wurden vor dem Jarl zu Boden gestoßen. Einer von ihnen stöhnte laut auf.

In Haraldsson kochte die Wut, und er versetzte einem der Krieger am Boden einen derben Tritt: »Wohin wolltet ihr, elende Hunde? Hattet ihr vor, dem Beispiel Ivarr Otterbjörks und seiner Komplizen zu folgen?«

Der Mann, den er getreten hatte, hüllte sich in Schweigen, der andere aber keuchte: »Es ist nicht so, Herr, wie es möglicherweise den Anschein erweckt hat. Wir beiden wollten nur zwischen die Büsche, um eine Notdurft …«

»Lügner!«, peitschte die Stimme des Jarls. »Wer lediglich eine Notdurft verrichten will, läuft nicht weg, wenn ihn die Wache anruft. Lüg mich nicht mehr an, Hund, sonst lass ich dir die Zunge aus dem Hals reißen!«

»Bitte, Herr, wir flohen aus Furcht davor, dass die Wachen falsche Schlüsse ziehen und uns …«

»Reißt dem Hund die Zunge aus dem Maul!«, brüllte Haraldsson. »Und dann bindet ihn an einen Baum. Morgen, sobald es hell ist, werden ihm die Rippen vom Rückgrat gehackt. Das ist die Strafe für Lüge und schmählichen Verrat!«

In der Zwischenzeit hatten sich sämtliche Krieger um ihren Jarl und die beiden unglücklichen Männer am Boden versammelt. Feuer wurden entfacht, der Lichtschein kroch auseinander und tauchte die Szene in ein gespenstisches Licht. Gemurmel, Geraune und Geflüster erhoben sich. Einige Hände griffen nach dem Mann, dem der Jarl ein grausames Schicksal zugedacht hatte, zerrten ihn auf die Beine und hielten ihn fest.

»Bei den Göttern, hab Gnade, Herr!«, keuchte er. »Ich will dir erzählen, was uns bewogen hat, die Flucht zu riskieren.«

»Wie ist dein Name?«, fragte Godefried.

»Glaedir, Herr. Mein Gefährte heißt Vemundr.«

»Sprich. Warum wolltet ihr fliehen? Halte dich kurz, Hund. Und versuche nicht, euer Verhalten zu beschönigen oder gar zu rechtfertigen. Eine Entschuldigung gibt es nämlich nicht.«

Der Krieger suchte nach Worten. Er ahnte, dass sein

Leben und das seines Kameraden verwirkt war. Dennoch wollte er das, was er zu sagen hatte, so formulieren, dass er den Zorn des Jarls damit nicht noch steigerte. Den Tod fürchtete er nicht so sehr wie die Qualen, die sein Sterben begleiten sollten. Und ein schneller Tod würde von der Gnade des Jarls abhängig sein.

Vorsichtig begann er: »Nachdem wir in jener Nacht, in der sich die Gruppe Ragnarssons von unserer getrennt hatte, deren Lager überfielen und wir beinahe in eine Falle gegangen wären, kam unter deinen Kriegern das Gerücht in Umlauf, dass nicht Ragnarsson es war, der den Treueid gebrochen und die Bruderschaft verraten hat.«

»Sondern?« In der Stimme Haraldssons schwang ein unheilvoller Unterton.

»Es wurde gemunkelt, dass du den Eid gebrochen und die Bruderschaft verraten hast.«

»So, es wurde also gemunkelt«, kam es grollend aus dem Mund des Jarls. »Ein schwerwiegender Verdacht. Wer hat das Gerücht ausgestreut? Von irgendwoher muss es doch gekommen sein.«

»Ivarr Otterbjörk hat immer wieder versteckte Hinweise dieser Art fallen lassen. Er hat Misstrauen in unsere Herzen gesät, und als du den Bund mit diesem fränkischen Hauptmann eingegangen bist …« Glaedir brach ab.

»Was war, nachdem ich mich mit dem Franken einigte?«, blaffte der Jarl ungeduldig.

»Viele sehen es als nicht rechtens an, manche sind sogar der Meinung, dass du dich aus Feigheit mit dem Franken verbündet hast. Nach diesem …« Der Krieger stockte.

»Verrat!«, keifte Haraldsson. »Sprich das Wort ruhig aus, Hund. Also, was war nach diesem … Verrat?«

»Einige der Krieger trauen dir nunmehr auch den Bruch des Treueids zu.«

»Und diejenigen versuchen jetzt, nach und nach zu verschwinden«, resümierte der Jarl, und es klang wie im Selbstgespräch. Sogleich aber hob er seine Stimme und rief: »Einige von euch zweifeln an mir, sie argwöhnen, dass ich eidbrüchig und ein Verräter bin. Sie unterstellen mir sogar Feigheit, und Narren wie Glaedir und Vemundr riskieren ihr Leben, weil sie der Meinung sind, einem Herrn wie mir nicht länger dienen zu können.« Haraldsson räusperte sich, dann sprach er weiter: »Ich versichere euch, dass der Verdacht unbegründet ist. All die Verbrechen, derer einige von euch mich verdächtigen, hat Fridleiv Ragnarsson begangen.« Er richtete den Blick wieder auf die beiden Gefangenen. »Ich frage dich jetzt, Glaedir: Wolltet ihr zu ihm überlaufen?«

»Wir wollten zumindest versuchen, ihn einzuholen, Herr. Ob es uns gelungen wäre, weiß ich nicht.«

»Wolltet ihr die Pferde der fränkischen Soldaten stehlen?«

»Ja, Herr. Aber … Wir waren verblendet, Herr. Mir ist jetzt klar, wie dumm und unüberlegt wir gehandelt haben. Darum bitte ich dich, lass Gnade walten und mich den Treueid dir gegenüber neu ablegen.«

»Dir und Vemundr Gnade zu gewähren wäre ein Zeichen von Schwäche«, versetzte der Jarl. »Die Reue, die du zeigst, ist nicht echt. Wäre dir und deinem Gefährten nämlich die Flucht gelungen, wäre euch niemals eingefallen, dass euer Handeln falsch sein könnte. Ihr wolltet mich verraten und Ragnarsson über meine Absichten unterrichten, soweit sie euch bekannt sind.«

»Sie müssen als abschreckendes Beispiel sterben!«, rief Gudbrandsson, der Seher, mit schriller, durchdringender Stimme. »Habt ihr gehört, ihr Krieger? Tut eure Meinung kund!«

»Tod den Verrätern!«, ertönte es vielstimmig. Lediglich eine Handvoll der Männer schwiegen. »Tot den Verrätern!«

Es war ein schrecklicher Choral, der das Blut der beiden Unglücklichen forderte.

»Damit ist ihr Schicksal besiegelt«, rief der Jarl. »Fesselt sie. Und morgen, nach Sonnenaufgang, werden sie für ihren Verrat büßen. Es soll denen, die sich ebenfalls mit verräterischen Gedanken tragen, als abschreckendes Beispiel dienen.«

Es geschah, wie es Haraldsson befohlen hatte. Ohne die Spur einer Gemütsregung beobachtete der Jarl, wie die beiden Krieger gefesselt und weggeschleppt wurden. Sie schrien nicht, sie baten nicht mehr um Gnade oder Erbarmen, denn sie wussten, dass jedes Wort in den Wind gesprochen gewesen wäre.

Ihr Tod war beschlossen. Nun konnten sie nur hoffen, dass es ein schneller Tod sein würde.

»Seher!«

Bertil Gudbrandsson wandte sich Godefried zu. »Herr?«

»Ich habe mit dir etwas zu besprechen.« Der Jarl ließ sich auf seinem Lager nieder. »Setz dich zu mir.«

Und als der Seher im Schneidersitz neben ihm hockte, begann Godefried zu sprechen …

Das Boot Fridleiv Ragnarssons wurde mit Hilfe der Ruder bewegt, denn es war nahezu windstill. Die Sonne war aufgegangen, aber die vielen Wolken am Himmel versprachen einen düsteren Tag.

Thorve trug sich mit finsteren Gedanken. Er war der

Meinung, dass Ivarr ihn lediglich und in absolut niederträchtiger Weise vor seinen Karren gespannt hatte. Und da Gunnars Verhältnis zu Ivarr trotz allem ungetrübt zu sein schien, hasste Thorve auch Gunnar Eriksson.

Gunnar kam vom Heck des Bootes nach vorn, den Blick auf Thorve gerichtet und ein angedeutetes Lächeln um die Lippen. Thorve, der auf den Planken saß, den Rücken an die Bordwand gelehnt, und die Beine angezogen hatte, schaute trotzig zu ihm auf. »Was willst du? Schickt dich Ivarr?«

Gunnar kauerte nieder, legte die Unterarme auf seine Oberschenkel und ließ die Hände zwischen den Knien baumeln. Sein Lächeln war verwischt, und ernst sagte er: »Ivarr möchte, dass du den Groll, den du gegen ihn hegst, ablegst. Er ist sich seines Fehlers bewusst, ist sich zugleich aber auch sicher, dass es notwendig war, Jarl Ragnarsson zu warnen, denn Godefried war im Begriff, großes Unrecht zu tun. Wir – du, ich, Ivarr und all die anderen – wären das Werkzeug gewesen, dessen er sich bedient hätte. Er hat den Eid gebrochen, die Bruderschaft verraten, uns belogen, sich mit den Franken verbündet und – er will nach der Krone Dänemarks greifen, indem er König Göttrik vom Thron stürzt und dessen Platz einnimmt.«

Der Trotz in Thorves Blick wich Fassungslosigkeit. »Was sagst du da? Er will sich auf den Thron setzen?« Der Krieger holte tief Luft. »Das – das wäre ja …« Ihm schienen die Worte zu fehlen.

»Usurpation«, half ihm Gunnar.

Es dauerte kurze Zeit, bis Thorve die Tragweite dessen, was er vernommen hatte, verarbeitet hatte. »Woher weißt du das? Behauptest du das nur, um mich umzustimmen?«

»Jarl Haraldsson hat es Jarl Ragnarsson selbst gesagt. Das war auch der Grund, weshalb sich Ragnarsson von ihm lossagte. Godefried wollte Fridleiv Ragnarsson und seine Leute nicht ermorden, weil der Jarl ein Eidbrecher und Verräter ist, sondern weil er befürchten muss, dass er den König vor ihm, Haraldsson, warnt und Göttrik den Spieß umdreht. Haraldsson könnte nie wieder nach Dänemark zurückkehren. Täte er es doch, müsste er mit seiner Hinrichtung rechnen. Es sind also niedrigste Beweggründe, die ihn bewogen haben, uns zu Fridleiv Ragnarssons Lager zu führen und alle zu erschlagen.«

»Es ändert nichts daran, dass Ivarr ein falsches Spiel mit mir getrieben hat. Einen solchen Freund brauche ich nicht. Du kannst es ihm sagen, Gunnar. Unsere Freundschaft ist zerbrochen. Für dich gilt dasselbe, es sei denn, du entscheidest dich, Ivarr ebenfalls die Freundschaft aufzukündigen.«

»Was hast du vor, Thorve? Was für Gedanken sind es, mit denen du dich trägst?«

»Was geht es dich an? Du musst dich entscheiden. Entscheidest du dich für Ivarr, dann verschwinde und belästige mich nicht mehr.«

Gunnars Miene hatte sich düster verschlossen. »Du wälzt unheilvolle Gedanken, Thorve. Besinne dich! Falls du zu fliehen gedenkst, um zu Godefried Haraldsson zurückzukehren, dann rate ich dir, solche Pläne ganz schnell fallen zu lassen. Es wäre dein Verderben.«

Thorve erhob sich, drehte sich um und legte die verschränkten Arme auf den Rand der Bordwand. Auf diese Weise machte er deutlich, dass für ihn das Gespräch beendet war.

Gunnar starrte finster auf seinen Rücken. Plötzlich

schwang er herum und kehrte zum Heck des Bootes zurück, wo ihm Ivarr erwartungsvoll entgegenblickte. Als Gunnar nur den Kopf schüttelte, trat der Ausdruck einer grenzenlosen Enttäuschung in Ivarrs Züge.

Der Schatten Fridleiv Ragnarssons fiel über Frida, die vorn am Bug an der Bordwand des Bootes saß und gedankenverloren vor sich auf die Planken starrte. Neben ihr kauerte Dagrun, die ihren Vater hatte kommen sehen und ihn erwartungsvoll musterte. Es war ihm deutlich anzumerken, dass ihn etwas beschäftigte, dass ihm etwas Kopfzerbrechen bereitete. Seine Miene war dementsprechend ernst.

»Etwas bedrückt dich, Vater, nicht wahr?«, fragte Dagrun.

Der Jarl nickte. »Es betrifft Frida.«

Die hatte bereits das Gesicht gehoben, als ihr Vater bei ihnen stehen geblieben war, und nun wurde ihr Blick fragend. »Mich?«, fragte sie verblüfft, denn sie konnte sich nicht vorstellen, irgendetwas getan zu haben, das ihren Vater verärgert haben könnte oder ihn auch nur bekümmerte.

»Ja, dich, Tochter. Alles in mir sträubt sich, es auszusprechen, denn ich glaube zu wissen, wie du antworten wirst. Doch diese Antwort werde ich überbringen müssen. Das bin ich dem Mann schuldig, der unser aller Leben gerettet hat.«

Fridas Brauen schoben sich zusammen. »Ich schließe aus deinen Worten, dass du von Ivarr Otterbjörk sprichst. Sag es, Vater. Worauf musst du Ivarr eine Antwort überbringen?«

»Er hat mich gebeten, dich ihm zur Gemahlin zu geben.«

»Bei Odin!«, entfuhr es der jungen Normannin. Fassungslosigkeit prägte ihr Gesicht, sie wirkte geradezu erschrocken. »Ivarr und ich – wir sind Freunde, Gefährten, wir – wir ...«

Sie fand keine Worte, brach ab und räusperte sich. Tief in sich verspürte sie Enttäuschung, denn dadurch, dass er sie als sein Weib begehrte, verriet er ihre Freundschaft. War er etwa schon mit Hintergedanken zu ihnen gekommen? War sein Verrat an Jarl Haraldsson darauf begründet gewesen? Ihr Götter!, dachte sie. Hat er dies alles nur getan, um mich zu seinem Weib zu machen und an seinen Herd zu stellen?

Mit einem Ruck erhob sie sich. »Du hast ihm doch hoffentlich gesagt, Vater, dass ich mein Leben Odin geweiht, dass ich mich dem Kampf und dem Krieg verschrieben habe. Ich werde niemals das Weib eines Mannes. Meine Welt ist der Kampf.« Ihr scharfer Tonfall machte ihre Empörung deutlich, als sie nach einer kurzen Pause weitersprach: »Ich habe Ivarr scheinbar falsch eingeschätzt, denn ich sah in ihm einen Freund und Kampfgefährten. Vielleicht wäre ich ihm sogar so etwas wie eine Schwester geworden, wenn er sich weiterhin als treu und tapfer erwiesen hätte. Er aber war nur darauf aus, Dankbarkeit zu erzeugen, um bei seinem Werben um mich leichtes Spiel zu haben.« Vor Zorn ballte sie die Hände zu Fäusten. »Ich gehe zu ihm und mache ihm ein für alle Mal klar, dass er den Gedanken, mich zu seiner Gemahlin zu machen, besser fallen lässt. Er kann mein Freund bleiben, will er aber mehr, setzt er diese Freundschaft aufs Spiel.«

»Warte, Tochter!«, stieß der Jarl hastig hervor, als sie Anstalten machte, sich in Bewegung zu setzen.

»Ach ja«, sagte sie. »Du selbst siehst dich verpflichtet, ihm meine Antwort zu überbringen, Vater. Doch das ist nicht nötig. Er soll es aus meinem Mund hören, und ich werde ihm nicht verheimlichen, dass ich sein Werben als Vertrauensbruch werte.«

»Sei nicht ungerecht, Schwester«, mischte sich Dagrun ein, die sich ebenfalls erhoben hatte. »Es ist nun einmal so: Du und ich – wir sind Frauen, auch wenn wir den Kampf zu unserem Lebensinhalt gemacht haben. Und Ivarr ist ein Mann. Die Liebe haben die Götter in unsere Herzen gepflanzt. Keiner ist vor ihr gefeit. Warum also sollte sich Ivarr nicht in dich verlieben?«

»Er hat sich in mein Vertrauen geschlichen. Er wollte nicht Freundschaft, er wollte etwas, das ich ihm nicht zu geben vermag.«

»Aber ihm haben wir es zu verdanken, dass wir noch leben«, wandte Dagrun ein. »Er hat sich in unser Lager geschlichen und uns vor Haraldsson gewarnt. Hätte er es nicht getan, wären wir alle längst kalt und steif. Gib ihm zumindest die Möglichkeit, dass er sich dir als würdig erweist.«

Fragend starrte Frida ihre Schwester an. »Was meinst du damit?«

»Hast du nicht gesagt, dass dich der Mann, der dich zum Weib haben will, im Kampf besiegen muss?«, erinnerte Dagrun sie.

»Das … das ist richtig«, gestand Frida ein. »Aber …«

»Gewähre ihm den Kampf, statt sein Werben brüsk abzuweisen«, riet ihr Dagrun. »Als unser Lebensretter hat er zumindest dies verdient.«

Frida dachte eine Weile nach, dann heftete sie den Blick auf ihren Vater und sagte: »Nun gut, bestell Ivarr, dass ich seine Gemahlin werde, wenn er mich im Kampf besiegt. Lass aber keinen Zweifel daran aufkommen, dass er niemals mehr um mich werben darf, wenn er unterliegt.«

Der Jarl schaute nicht gerade glücklich drein, nickte aber und murmelte: »Ich werde es ihm ausrichten. Es wird dann an ihm selbst liegen, ob er sich dem Kampf stellt oder sein Ansinnen fallen lässt.«

Fridleiv Ragnarsson wollte Ivarr nicht länger als nötig auf Fridas Antwort waren lassen. Also nahm er sich ein Herz und machte sich auf den Weg zu ihm.

Ivarr befand sich nach wie vor mit Gunnar am Heck. Das Boot war zwar groß, dennoch hatten er und sein Freund beobachten können, dass es am Bug einen heftigen Disput zwischen Frida und ihrem Vater gab, in den sich auch Dagrun eingemischt hatte. Das Herz war Ivarr schwer geworden, denn er erwartete keine freudige Nachricht vom Jarl, als dieser zu ihm zurückkam.

Einen Schritt vor dem Krieger, der sich schnell erhoben hatte, blieb Ragnarsson stehen und sagte: »Ich habe Frida von deinem Werben um ihre Hand berichtet, Ivarr Otterbjörk.«

»Und? Wie steht sie dazu?«

»Du weißt, sie ist eine Schildmaid«, kam die ausweichende Antwort.

Ivarr nickte. »Das ist mir bekannt. Aber auch Lathgertha war eine Kriegerin, und dennoch hat sie das Werben Ragnar Lodbroks erhört.«

»Er musste sich den Weg zu ihr freikämpfen«, wandte Fridleiv ein. »Lathgertha schickte meinem Vater einen Bären und einen Hund entgegen, die er besiegen und töten musste. Erst dann erhörte sie ihn.«

»Frida ist nicht Lathgertha«, erklärte Ivarr. »Sie hat weder einen Bären noch einen Hund zur Hand, die sie auf mich hetzen könnte, damit ich gegen sie kämpfe und ihr meinen Mut beweise. Es bedarf nur deines Wortes, Herr. Und du hast selbst gesagt, dass ich deiner Vorstellung von einem Schwiegersohn entspreche.«

»Ich habe einmal versucht, Frida zu zwingen, einen bestimmten Mann zu heiraten«, versetzte der Jarl. »Ein weiteres Mal tue ich es nicht. Aber höre, mein junger Freund Ivarr: Frida hat keinen Bären und keinen Hund, wie du gerade sagtest. Darum fordert sie, dass der Mann, dessen Gemahlin sie wird, sie im Kampf besiegt.«

Ivarr war zunächst völlig perplex, dann stammelte er: »Und – und wenn er unterliegt?«

»Dann wird er nicht ihr Gemahl. Und es ist ihm verboten, je wieder mit dem Ansinnen, sie zu heiraten, an sie heranzutreten.«

Ivarr starrte betreten zu Boden.

»Begrabe die Idee, sie zu ehelichen«, mahnte Gunnar, der alles vernommen hatte.

Ein Ruck durchfuhr Ivarr, seine Schultern strafften sich, er schaute dem Jarl ins Gesicht und stieß hervor: »Nein! Ich wähle den Kampf. Sag es deiner Tochter, Herr. Sie soll Zeitpunkt und Ort bestimmen.«

»Ich ahnte es«, murmelte der Jarl. »Und du bist dir völlig sicher?«

»Absolut, Herr.«

»Dann soll es so sein«, knurrte Fridleiv Ragnarsson und wechselte abrupt das Thema, indem er Gunnar ansprach. »Du hast vorhin mit Thorve gesprochen. Er gefällt mir nicht, denn ich kann ihm von der Stirn ablesen, dass er sich mit Rachegedanken trägt.«

»Er hat mir nicht verraten, was in seinem Kopf vorgeht«, antwortete Gunnar. »Aber er hat mich vor die

Wahl gestellt, mich zu entscheiden, auf wessen Seite ich mich stelle. Auf seine oder auf die Ivarrs.«

»Er bereitet mir Sorge« murmelte der Jarl. »Wir werden bis zur dänischen Grenze noch viele Tage unterwegs sein. Unsere Vorräte reichen vielleicht noch bis morgen, und das heißt, dass wir uns an Land neue beschaffen müssen. Die Boten des Hauptmanns, mit dem Haraldsson ein Bündnis eingegangen ist, werden sämtliche Garnisonen in Küstennähe alarmieren, und man wird uns den Weg nach Norden verlegen. Auf dem Landweg aber folgt uns Godefried mit seiner Schar. Und wenn sich Thorve in den Sinn gesetzt hat, unseren Feinden den Weg zu uns zu weisen, könnte er eine Möglichkeit finden, diesen Plan in die Tat umzusetzen.«

»Wie sollen wir es verhindern?«, fragte Ivarr, der den Gedanken an den Zweikampf mit Frida mit Gewalt verdrängen musste. »Es ist nur ein Verdacht, und wenn Thorve mir auch die Freundschaft gekündigt hat, ich hege nach wie vor freundschaftliche Gefühle für ihn.«

»Ich wüsste, wie wir es verhindern können«, murmelte der Jarl düster. »Aber … du hast sicher recht, Ivarr. Es ist nur ein Verdacht, der sich irgendwann vielleicht als ungerechtfertigt erweist. Dennoch sollten wir ihn im Auge behalten.«

»Ja, das sollten wir auf jeden Fall«, murmelte Ivarr.

Am darauffolgenden Morgen erklärte der Jarl seinen Kriegern, dass die Vorräte endgültig zur Neige gegangen waren und dass man sich an Land begeben müsse, um neue zu beschaffen. »Wir werden also hier vor Anker gehen und ins Landesinnere marschieren. Zehn Mann bleiben zur Bewachung des Boots zurück. Sobald wir genug Vorräte beschafft haben, kehren wir zurück und setzen unsere Fahrt nach Norden fort.«

Fridleiv Ragnarsson atmete einige Male durch, dann ergriff er wieder das Wort, indem er rief: »Wir müssen auf der Hut sein, Krieger. Godefried Haraldsson verfolgte uns mit seinen Leuten, denen sich inzwischen fränkische Soldaten hinzugesellt haben. Außerdem sind die Bauern und Fischer in den Weilern und Dörfern sicherlich gewarnt und die in Küstennähe stationierten fränkischen Soldaten alarmiert. Wir müssen also jederzeit damit rechnen, auf gut bewaffnete und im Kampf erfahrene Truppen zu stoßen, die uns zwingen, unser Leben zu verteidigen.«

Wieder wartete der Jarl kurze Zeit, ehe er fortfuhr. Die Krieger starrten ihn an, denn jeder ahnte, dass noch etwas kam. Und es ließ nicht lange auf sich warten. »Sobald wir wieder beim Schiff anlangen, wird, ehe wir an Bord gehen, ein Zweikampf zwischen meiner Tochter Frida und dem Krieger Ivarr Otterbjörk stattfinden.«

Diese Eröffnung verwirrte die Männer, Gemurmel und Geraune erhob sich, denn sie kannten den Grund für den Zweikampf nicht. Die Aussicht, von den Gegnern eingeholt zu werden und möglicherweise im Kampf zu fallen, hatte sie weniger beunruhigt als das soeben Vernommene. Alle dachten an einen Holmgang, bei dem es darum ging, irgendein Recht durchzusetzen oder ein Unrecht zu ahnden.

Der Jarl klärte die Männer auf, indem er ihnen von Ivarrs Werben um Frida berichtete und von Fridas Bedingung, die erfüllt werden musste, ehe sie das Ansinnen erhörte – oder den Werbenden besiegte.

Erneut wurde es laut, denn diese Art der Brautwerbung stieß bei vielen der Krieger auf Unverständnis.

Andererseits aber war es Fridas Wille, der Jarl und Ivarr waren damit einverstanden, und es stand keinem anderen zu, an dieser Entscheidung zu rütteln. Doch jede Stunde, die sie eher nach Norden kamen, war für sie von großem Wert. Zeit war angesichts der feindseligen Strömungen, die ihr Eindringen im Frankenreich ausgelöst hatten, zu einem ganz besonders wichtigen Faktor geworden. Sie konnte über Leben oder Tod entscheiden.

Ivarr stand in der Gruppe der Krieger. Sein Mund war verkniffen. Er fühlte Betretenheit, vielleicht auch Scham, denn sein Werben war grundsätzlich abgewiesen worden. Dass er mit der Frau, die er liebte, kämpfen musste, entweder um sie auf diese Weise zu zwingen, sein Weib zu werden, oder um sich eine schmachvolle Niederlage und damit eine Abfuhr einzuhandeln, war für ihn geradezu demütigend; es verletzte seinen Stolz und kränkte ihn.

Sein Blick suchte Frida. Im selben Moment schaute sie zu ihm herüber. Und während sich Ivarr um sein Ansehen sorgte, drehten sich Fridas Gedanken nur darum, dass er sie durch seinen Verrat an Jarl Haraldsson gewissermaßen hatte einkaufen wollen. Er hatte sich anscheinend ausgerechnet, dass sie sein Werben aus reiner Dankbarkeit erhören würde.

Einen Moment lang glaubte Frida, Hass gegen ihn zu empfinden. Für sie war sein Vorgehen geradezu hinterhältig, und sie sagte sich, dass man einen Menschen mit derart niedriger Gesinnung weder achten noch respektieren könne. Der Blick, den sie ihm zuschoss, brachte ihre Stimmung zum Ausdruck. Es war ein fast feindseliger Blick, in den sich ein hohes Maß an Verachtung mischte.

»Ivarr Otterbjörk!«, rief der Jarl.

Der Gerufene zuckte zusammen, schaute wie ein Erwachender und trat dann einen Schritt nach vorn. »Ich bin hier, Herr.«

»Du hast Befehl über die Gruppe, die beim Boot zurückbleibt. Such dir neun Männer aus. Solltet ihr angegriffen werden, flieht ihr aufs offene Meer. Ihr seid mit unserem Schiff schneller als jedes fränkische Boot. Lasst euch auf keinen Kampf ein, denn ihr würdet besiegt werden, und unser Schiff wäre verloren. Für diejenigen, die mit mir an Land gehen, gilt: Keiner legt einen Brand! Der Rauch könnte Feinden den Weg zu uns weisen. Des Weiteren darf uns niemand entkommen, der zur nächsten Garnison fliehen und dafür sorgen könnte, dass wir schneller, als uns lieb sein kann, einen Trupp fränkischer Soldaten auf den Fersen haben.«

»Ihr habt es gehört, Krieger!«, rief Frida. »Ich denke, mein Vater hat alles gesagt, was es zu sagen gab. Also holt das Segel ein und setzt den Anker!«

Während sie dies sagte, brachen jedoch Zweifel in ihr auf. Die Anweisung ihres Vater war eindeutig: keine Überlebenden! Das hieß, dass auch Frauen und Kinder sterben sollten. Bei Odin, ihr widerstrebte ein derartiges Abschlachten von Menschen. Es war eine Sache, im Kampf dem Feind gegenüberzustehen, aber eine ganz andere, friedliche Dörfer und Bauernhöfe oder Klöster zu überfallen und deren ahnungslose Bewohner zu massakrieren.

Sie war eine Kriegerin, und sie hatte kein Problem damit, einem fränkischen Soldaten den Schädel zu spalten, so wie sie auch schon Angelsachsen zu Dutzenden erschlagen hatte …

Bei diesem Gedanken kam ihr plötzlich ein Ereignis

in den Sinn, das sie seinerzeit an sich hatte zweifeln lassen. Sie hatten im Königreich Wessex ein Dorf überfallen. Die Einwohner hatten sich ihnen mit Mistgabeln und Knüppeln entgegengestellt. Es war zu einem kurzen Kampf gekommen, den – wie es den Anschein gehabt hatte – keiner der Verteidiger des Dorfes überlebt hatte. Dann war Frida zusammen mit Dagrun in ein Haus eingedrungen, um dort nach Dingen zu suchen, die für sie von Wert sein könnten. Dort waren sie auf einen jungen Burschen gestoßen, der sich, aus einer Kopfwunde blutend und offenbar mit gebrochenem Arm, in das Haus geflüchtet hatte. Er hatte in einer Ecke gekauert und Frida und Dagrun mit dem Ausdruck der Verzweiflung und des Entsetzens angestarrt.

Frida war vor ihn hingetreten, hatte die Axt zum Schlag erhoben, doch alles in ihr hatte sich dagegen gesträubt, den unbewaffneten Jungen zu erschlagen. Es wäre alles andere als heldenhaft gewesen, und ehrenhaft war es ihr schon gar nicht erschienen.

Plötzlich war Dagrun neben sie getreten. »Er ist ein Feind!«, hatte die Schwester hervorgestoßen. »Wärst du an seiner Stelle, er würde nicht zögern.«

Mit ihrem letzten Wort hatte Dagrun zugeschlagen. Das Blut des Burschen hatte sowohl ihre Schwester als auch sie besudelt. Frida hatte den gespaltenen Schädel gesehen und Übelkeit verspürt. Und sie hatte plötzlich kein Verlangen mehr danach gehabt, zu töten und zu plündern. Sie hatte nur noch hinaus und frische Luft atmen wollen, nicht mehr den Geruch des Todes wahrnehmen, kein Blut mehr sehen wollen.

Aber als sie das Haus verlassen hatte, waren überall in den Häusern die fürchterlichen Schreie Sterbender zu hören gewesen. Kinder hatten geweint, Frauen gekreischt, Männer um Gnade gefleht. Nach und nach waren das Weinen, das Kreischen und die verzweifelten Stimmen verstummt – normannische Äxte hatten die Münder für immer verschlossen.

Sie hatte sich nach dem Sinn all dieses Sterbens gefragt. Wem hätten diese Frauen und Kinder gefährlich werden können? Warum hatte man sie wahllos abgeschlachtet?

Sie erinnerte sich an Einarr, den sie getötet hatte, weil er entgegen ihrer Anweisung die Bauersleute erschlagen hatte, als sie sich auf der Flucht vor den Angelsachsen zur Küste durchgeschlagen hatten. Auch ihr Tod war sinnlos gewesen. Töten um des Töten Willens! Warum?

Sie musste sich die Antwort auf diese Frage schuldig bleiben …

Gewaltsam versuchte Frida, diese Gedanken zu verdrängen, denn sie erschreckten sie. Sie verspürte Skrupel, ihr Gewissen meldete sich. War das ein Zeichen von Schwäche? War sie gar nicht die gnadenlose, unerbittliche Schildmaid, die sie gern gewesen wäre? Dann hätte sie die Konsequenzen ziehen, die Axt weglegen, einen Mann heiraten, Kinder gebären und einem Haushalt vorstehen sollen.

Die Zweifel quälten sie. Etwas, das sie nicht bestimmen konnte, meldete sich im Hintergrund ihres Bewusstseins. Plötzlich fürchtete sie sich davor, wieder vor irgendeinem Wehrlosen zu stehen und sich entscheiden zu müssen, ob sie ihrer Berufung in kompromissloser Weise gerecht werden oder Menschlichkeit zeigen sollte.

Du wirst es dir selber beweisen!, spornte sie sich an. Keine Gefangenen! Es sind Franken, sie glauben an den falschen Gott. Die Götter wollen ihren Tod. Also töte, Frida, erschlage sie, wo immer sie dir begegnen!

Kaum, dass sie diesen Beschluss für sich gefasst hatte, spürte sie, wie er schon wieder ins Wanken geriet …

Zu den neun Kriegern, die unter Ivarrs Befehl als Bootswache zurückblieben, befand sich auch Thorve, dessen Familienname Lovgren lautete.

Immer wieder schoss er Ivarr gehässige, tückische Blicke zu. Es entging Ivarr nicht und beunruhigte ihn. Er war sich sicher, dass Thorve irgendetwas vorhatte.

Abgesehen von den Fischerdörfern unmittelbar an der Küste, die allerdings ausgesprochen dünn gesät waren, befanden sich die Höfe, Weiler und Dörfer der Bevölkerung, die Land- und Viehwirtschaft betrieb, weiter im Landesinnern. Gleiches galt für die Klöster.

Ragnarsson und seine Krieger zogen im Schutz der Wälder und Hügel in nordöstliche Richtung. Die Sonne verschwand immer wieder hinter den Wolken, und die Schatten lösten sich für kurze Zeit auf, bis schließlich das grelle Licht wieder durch ein Loch in der Wolkendecke brach und die Augen blendete.

Sie marschierten geradewegs drauflos, denn sie hatten keine Ahnung, ob in der Gegend überhaupt Menschen siedelten. Sie benötigten Fisch oder Fleisch und Getreide, außerdem Mehl und vor allem Salz, um Fisch oder Fleisch haltbar zu machen.

Zwei Stunden verstrichen, und nichts deutete darauf hin, dass es in der Nähe eine Siedlung oder einen Hof gab. Fridleiv Ragnarsson schlug den Weg nach Osten ein, sodass sie sich noch weiter von der Küste entfernten.

Gegen Mittag endlich lag vor ihnen ein Weiler mit drei Höfen. Sie hatten angehalten und beobachteten die kleine Ansiedlung. Menschen waren zu sehen, auf den Koppeln standen einige Kühe und Pferde, in verschiedenen Pferchen weideten Ziegen und Schafe, und es gab einen schlammigen Koben, in dem sich vier Schweine suhlten. Aus den Schornsteinen der Wohnhäuser stieg Rauch. Rundherum waren Äcker und Felder angelegt, dazwischen befanden sich blühende Wiesen, die im Sommer frisches Futter für die Tiere und für den Winter die Heuvorräte lieferten.

»Na endlich«, murmelte der Jarl. »Wir treiben die Bewohner zusammen und machen sie nieder. Dann holen wir aus den Häusern und von den Weiden, was wir brauchen und auch befördern können, und kehren unverzüglich zum Boot zurück. Sollte es einem der Bewohner gelingen zu fliehen, wird er verfolgt und getötet. Wir müssen auf jeden Fall verhindern, dass uns möglicherweise Soldaten den Weg zum Schiff verlegen.«

Die Krieger signalisierten mit Gebrumme, dass sie verstanden hatten.

»Vorwärts!«, kommandierte der Jarl und riss seine Axt aus dem Gürtel. »Odin und die Götter sind mit uns.«

»Odin!« Mit diesem Schrei auf den Lippen stürmten sie los.

In dem Weiler wurden sie bemerkt. Die Erwachsenen schnappten sich die Kinder und retteten sich mit ihnen in die Häuser. Türen wurden zugeschlagen, verriegelt und zusätzlich verbarrikadiert. Soweit Waffen verfügbar waren, nahmen sie die Männer zur Hand. Die Frauen lagen auf den Knien und begannen laut zu beten.

Die Normannen verteilten sich um die Höfe und zogen ihren Kreis immer enger. Der Platz zwischen den Anwesen mit den drei alten Eichen war wie leergefegt, wie ausgestorben, doch die schrillen, geradezu hysterischen Stimmen der Frauen, die ihre verzweifelten Bitten zum Himmel schickten, das Meckern der Ziegen und das Blöken der Schafe verrieten, dass der Weiler voller Leben war.

»Brecht die Türen auf!«, brüllte der Jarl. »Ihr wisst, was zu tun ist.«

Die Normannen rannten zu den Türen, andere wachten hinter den Häusern, dass keiner der Bewohner durch eines der Fenster entfloh. Es krachte, knirschte und splitterte, als sie die Türen eintraten. Brüllend stürmten sie in die Häuser.

Einige der Bauern warfen sich ihnen mit Knüppeln, Mistgabeln und Äxten entgegen, aber die Nordmänner brachen umgehend jeden Widerstand, und das auf blutige und unerbittliche Weise.

Frida hielt sich zurück. Sie verspürte plötzlich wieder jene Hemmschwelle, die ihr Angst machte und sie an ihrer Berufung als Schildmaid zweifeln ließ. Diese Bauern, über deren Köpfen ihr Vater schon den Stab gebrochen hatte, als sie sich noch auf dem Boot befanden, waren wehrlos. Sie versuchten zwar, ihr Hab und Gut zu verteidigen, aber es war allein der Mut der Verzweiflung, der sie zu Mistgabeln, Dreschflegeln und Äxten greifen ließ.

Dagrun wollte an ihr vorbeieilen, um sich ins Kampfgetümmel zu stürzen, doch Frida packte sie am Arm und hielt sie zurück. »Es wäre so, als würdest du hilflose Hunde erschlagen!«, sagte sie und ignorierte den befremdeten Blick ihrer Schwester. »Wir sind Kriegerinnen und keine Schlächter. Lass diese blutige Arbeit jene machen, die Gefallen daran finden.«

»Was redest du da für einen Unsinn?«, rief ihre Schwester geradezu erbost.

»Mir widerstrebt es einfach nur, Frauen und Kinder zu töten. Und du …«

Sie brach ab, denn in diesem Moment wankte ein junger Franke aus einem Haus, das Gesicht vom Entsetzen und vom Schmerz verzerrt. Ein Axthieb hatte ihm den Leib aufgeschlitzt, und er versuchte verzweifelt, die herausquellenden Gedärme zurückzuschieben. Dann verließ ihn die Kraft, und er brach auf die Knie nieder. Er stöhnte.

Frida atmete tief durch, warf Dagrun einen geradezu hilfesuchenden Blick zu, und die nickte ihr zu, ging zu dem röchelnden jungen Bauern und schlug ihm die Axt in den Nacken, um ihn von seinen fürchterlichen Qualen zu erlösen.

Aus einem der Ställe rannte schreiend und vom Grauen getrieben eine junge Frau, fast noch ein Mädchen, verfolgt von einem brüllenden, über und über mit Blut besudelten Krieger. Die Aufmerksamkeit Fridas und auch Dagruns richtete sich auf ihn und die verzweifelte Frau. Der Krieger holte sie ein, riss sie zu Boden. Die Schreie verstummten, das Mädchen konnte nur noch wimmern. Der Normanne beugte sich über sie, zerrte ihr den Rock hoch, warf sich auf die junge Frau, die halb besinnungslos war vor Angst, zwang ihr die Oberschenkel auseinander und begann, an seinem Beinkleid zu nesteln …

Frida sah das Gesicht des Mädchens, doch es begann vor ihrem Blick zu verschwimmen, und ein anderes Gesicht schälte sich aus dem Nebel, der plötzlich ihren

Blick zu verschleiern schien. Es war ein Gesicht, das sie kannte, dessen Anblick sie erschreckte und ihren Herzschlag beschleunigte. Es war – ihr Gesicht. Vor ihrem inneren Auge sah sie anstelle der jungen Bäuerin sich selbst, ihre Verzweiflung, ihr Entsetzen, das Grauen.

Überwältigt von dem Gedanken, dass ihr vielleicht irgendwann ein ähnliches Schicksal widerfuhr und keiner da sein würde, der ihr half, rannte sie zu dem Krieger, der nur von der Idee berauscht schien, diese Halbwüchsige brutal zu vergewaltigen. Sie packte ihn mit der linken Hand am Hemd und riss ihn von dem Mädchen herunter. »Schwein!«, brüllte sie, sah den Krieger zurückwanken, stolpern und zu Boden gehen und sprang auf ihn zu, um ihn zu erschlagen.

Plötzlich aber wurde sie gepackt und herumgewirbelt. Sie erhielt einen derben Stoß und taumelte zwei Schritte zur Seite, warf sich aber sofort herum, um demjenigen, der sie angegriffen hatte, mit der Axt zu antworten – als sie ihren Vater erkannte!

In seinen Augen sah sie die heiße Flamme des Zorns, seine Lippen waren zusammengepresst, und jeder Zug seines Gesichts drückte Verständnislosigkeit aus. »Bist du verrückt geworden?«, fuhr er sie an. »Willst du unsere eigenen Leute erschlagen? Das ist Verrat! Bei Odin und den Asen! Was ist bloß los mit dir, Tochter? Sollen unsere Krieger sagen, dass die Tochter des Jarls ihre eigenen Gefährten hinterrücks erschlägt?«

»Aber …« Frida atmete tief durch, ihre Schultern reckten sich, sie überwand das Entsetzen, das sie noch immer im Griff hatte, und stieß hervor: »Sie ist fast noch ein Kind. Schänden die Normannen jetzt schon Kinder, um ihnen hinterher die Kehlen aufzuschlitzen? Soll ein Krieger, der Kinder umbringt, irgendwann als

Einherjer an der Tafel Odins sitzen? Nein! Er gehört an den Nastrand verbannt, damit sich der Drache seiner annimmt.«

»Diese Männer sind seit vielen Monaten, manchmal ein ganzes Jahr und noch länger, von ihren Frauen getrennt«, knurrte der Jarl, doch der zornige Ausdruck in seinem Blick milderte sich ein wenig, als er fortfuhr: »Du musst sie verstehen. Sie haben Bedürfnisse, die dir fremd sind, weil du sie nie kennengelernt hast. Es ist der Druck in ihren Lenden, von dem sie sich befreien wollen. Also lass sie tun, was ihnen ihr Körper zu tun gebietet. Im Übrigen musst du dir immer vor Augen führen, dass kein fränkischer Soldat mit dir Mitleid hätte, würde er deiner habhaft werden. Er würde dir ohne Gnade die Kehle durchschneiden und vielleicht sogar noch deinen leblosen Körper schänden.«

Frida wandte sich ab. Es ekelte sie an, aber das durfte sie nicht länger zeigen. Grundsätzlich hatte ihr Vater recht. Sie konnte nicht mit Schonung rechnen, wenn sie den Franken in die Hände fiel.

Dagrun legte den Arm um ihre Schultern. »Es ist so, wie Vater sagt, Schwester. Keiner von uns könnte Gnade und Erbarmen erwarten. Also tun wir, wozu wir uns verpflichtet haben, als wir uns entschlossen, als Schildmaide in den Krieg zu ziehen. Kämpfen und töten wir.«

Dagrun zog Frida mit sich fort, sie drangen in eines der Häuser ein, und als Frida von einem der Bauern angegriffen wurde, setzte sie sich zur Wehr. Keine Gnade!, zuckte es durch ihr Bewusstsein. Töte!

Als der Gegner mit zerschmettertem Gesicht zusammenbrach, hielt sie nach dem nächsten Ausschau.

Töte!

Bald waren es nur noch die schrecklichen Schreie der Sterbenden, die aus den Häusern trieben, denn die Barbaren hatten, sobald sie mit dem Töten begonnen hatten, ihr heidnisches Gebrüll eingestellt. Die Bewohner des Weilers wurden bis auf den letzten Mann niedergemacht.

Die mit Frankenblut von oben bis unten besudelten Normannen luden alles, was ihnen wertvoll erschien, auf ein Fuhrwerk, vor das sie eines der schweren Pferde spannten, dann trieben sie einige Schafe und Ziegen aus dem Pferch und machten sich mit ihrer Beute auf den Rückweg.

Es war später Nachmittag, als sie dort ankamen, wo sie das Drachenboot und die zehn Mann Besatzung zurückgelassen hatten. Ein Stück vom Ufer entfernt stand ein gesatteltes Pferd und graste.

Ivarr und die Wachleute kamen an Land, und Fridleiv Ragnarsson staunte nicht schlecht, als er einen elften Mann bei ihnen sah.

Es war kein anderer als Bertil Gudbrandsson, der Seher, der neben Ivarr Otterbjörk an Land watete!

Achtes Kapitel

»Bertil Gudbrandsson!«, entfuhr es dem Jarl voller Überraschung. »Wo kommst du her? Du siehst recht mitgenommen aus.«

»Ich bin Jarl Haraldsson entflohen. Er ist ein schlimmerer Verräter als Guthrum und scheint allmählich den Verstand zu verlieren. Er ist vollkommen unberechenbar und zu einer Bedrohung für jeden geworden, der mit ihm zieht.«

»Inwiefern?«, fragte Frida und fixierte den Seher durchdringend. Misstrauen war ihr zur zweiten Natur geworden.

»Er lässt Männer wahllos und auf grausame Art und Weise hinrichten, nur weil er sie verdächtigt, dass sie ihm die Treue aufkündigen könnten. Heute Morgen hat er an zwei armen Hunden den Blutadler vollzogen. Ja, du hörst richtig, Fridleiv. Godefried selbst hat ihnen mit seiner Axt die Rippen vom Rückgrat geschlagen.«

»Und dennoch hast du es gewagt, ein Pferd zu stehlen und zu fliehen?«, fragte Dagrun misstrauisch.

»Ich musste ihm heute Morgen weissagen. Doch was ich aus den Runen las, gefiel ihm nicht. Also befahl er mir, wenn die Sonne im Zenit steht, erneut die Runen zu befragen. Von ihm ging etwas aus, das mir Angst machte. Seine Launen sind wechselhaft. Er war ziemlich wütend, und ich befürchtete, dass er seine Wut an mir auslassen würde, sollten auch am Mittag die Runen

Ungutes prophezeien. Also stahl ich ein Pferd und jagte es, bis es nur noch dahintaumelte. Und ich bin nach Norden geritten, in der Hoffnung, dich einzuholen. Meine Hoffnung hat sich erfüllt. Die Götter haben mir beigestanden. Ich werde ihnen Opfer darbringen müssen.«

Bertil Gudbrandsson berichtete, dass Godefried Haraldsson mit seinen Kriegern einen Tagesmarsch hinter ihm, Jarl Ragnarsson, auf dem Landweg in Richtung Norden unterwegs sei und seine Truppe in der Zwischenzeit schon um etwa fünfzig fränkische Soldaten verstärkt habe.

»Dieser Hauptmann Klothar soll Jarl Haraldsson zwei Kriegsschiffe zugesagt haben«, sagte Fridleiv Ragnarsson. »Sie sollen ihm in dem Hafen der Insel Testerep übergeben werden.«

»Das ist richtig.«

»Und er soll Boten bis hinauf zur Mündung des Rheins in die Nordsee geschickt haben, damit sie die Garnisonen in Alarmbereitschaft versetzen.«

»Auch das ist richtig«, bestätigte der Seher. »Ich habe, nachdem ich euch eingeholt habe, mit Ivarr Otterbjörk gesprochen. Die Schiffe, die im Hafen auf Testerep vor Anker liegen, können dir gefährlich werden, denn man wird versuchen, dir mit ihnen den Weg nach Norden zu verlegen. Darum rate ich dir, Testerep in einem weiten Bogen zu umsegeln. Bist du mit deinem Boot erst einmal an ihnen vorbei, hast du gewonnen, denn sie können dich nicht einholen, sind die fränkischen Schiffe doch ebenso schwerfällig wie die britannischen. Voraussetzung ist natürlich, dass du nicht mehr anhalten lässt, um zu plündern, bis ihr in Dänemark seid. Die

Boote dienen dann nur noch dazu, Godefried Haraldsson und seine Krieger in die Heimat zu bringen.«

»Was ist mit den Soldaten, die die Küste sichern?«

»Du musst sie nur fürchten, wenn du an Land gehst.«

»Wir haben heute genügend Vorräte erbeutet«, meinte der Jarl, »sodass wir, sobald das Vieh geschlachtet und das Fleisch haltbar gemacht ist, ohne anzuhalten durchsegeln können, bis wir die Heimat erreicht haben. Das ist unser Bestreben. Nicht nur, weil wir damals dort unsere Frauen, Eltern und Geschwister zurückgelassen haben, um uns Britannien zu unterwerfen. Für mich gilt es vor allem, König Göttrik zu warnen. Godefried Haraldsson will ihn vom Thron stürzen, um sich selbst die Krone aufs Haupt zu setzen. Das zu verhindern ist zu meiner vornehmlichsten Aufgabe geworden.« Er hatte auch zu seinen Töchtern und den Umstehenden gesprochen, nun heftete er den Blick wieder auf Bertil Gudbrandsson. »Aus deiner Rede schließe ich, dass wir, sobald wir an Testerep vorbei sind, nicht mehr befürchten müssen, von anderen Schiffen der Franken behelligt zu werden?«

»Das ist richtig. Wenn es dir gelingt, an Testerep vorbeizusegeln, dürfte für dich und deine Leute der Seeweg bis nach Dänemark frei sein.«

»Eine Frage habe ich, Seher«, mischte sich Frida ein. »Bist du zu uns geflohen, weil du deines Lebens bei Godefried Haraldsson nicht mehr sicher warst oder weil du mittlerweile von der Unschuld meines Vaters überzeugt bist?«

Er sah sie an, überrascht darüber, dass sie für den Jarl das Wort ergriffen hatte, doch als ihm Fridleiv Ragnarsson dann zunickte, gab er Antwort: »Beide Gründe waren für mich ausschlaggebend. Nachdem ich euch eingeholt hatte, habe ich mit Ivarr Otterbjörk über dich gesprochen,

Jarl. Nun gibt es für mich keinen Zweifel mehr, dass nicht du die Bruderschaft verraten und den Treueid gebrochen hast, sondern dass es Haraldsson war.«

Fridleiv Ragnarsson nickte erneut und ignorierte den zweifelnden Blick seiner Tochter Frida. »Wir werden jetzt das Vieh schlachten, das wir erbeutet haben, und mit Salz das Fleisch haltbar machen«, bestimmte er. »Eines der Tiere wird geopfert. Es ist gut, dass du gekommen bist, Seher, denn du wirst an Stelle eines Priesters das Opferzeremoniell durchführen. Anschließend werden meine Tochter Frida und Ivarr Otterbjörk gegeneinander kämpfen. Ivarr hat dir sicher davon erzählt.«

Gudbrandsson nickte. »Musst du nach deinem heutigen Überfall nicht fürchten, dass dich Soldaten der Franken verfolgen und hier am Strand stellen?«, fragte der Seher.

»In dem Weiler gab es, als wir ihn verließen, keinen mehr, der sie alarmieren könnte«, ergriff wieder Frida das Wort. »Unabhängig davon sind wir meilenweit herumgezogen, bis wir zu dem Weiler kamen. Es gibt weit und breit keinen Stützpunkt mit Soldaten.«

»Nichtsdestotrotz«, erklärte ihr Vater, »werde ich Wachen aufstellen, die uns jede Annäherung vom Land her melden.«

Erneut nickte der Seher. »Gut, denn die Götter müssen gnädig gestimmt werden. Wehe dem, der nicht zur rechten Zeit opfert. Die Strafe der Götter wird schwer auf ihm lasten, und seine Feinde werden ihn zerschmettern, weil sich die Götter von ihm abwenden. Sie wollen, dass wir ihre Hilfe erbitten, und erwarten, wenn sie diese gewähren, den gebührenden Dank. So ist es, und daran müssen wir Menschen uns halten.«

Die Schafe und Ziegen waren geschlachtet, das Fleisch war gesalzen und in den Fässern eingelagert, die vom Boot geholt worden waren. Ein Schaf war dazu ausersehen, geopfert zu werden. Am Strand brannten Feuer. Auf den Anhöhen ringsum hatte Ragnarsson Wachposten aufgestellt.

Für die Opferung war ein Platz etwa hundert Klafter vom Strand entfernt ausgesucht worden. Die Krieger hatten um ihn herum einen hüfthohen Zaun aus Flechtwerk gezogen. Es sollte das Heiligtum sein, jene Stätte, auf der die Zeremonie erfolgte. Ein armdicker Pfosten war innerhalb der Einfriedung in den Boden gerammt worden, auf den der Kopf eines der geschlachteten Schafe gespießt worden war. Im Zentrum des Heiligtums hatten einige Krieger unter der Anleitung des Sehers aus Zweiggeflecht einen rechteckigen Altar errichtet, der in der Höhe etwa einen halben Klafter maß. Auf ihm lag ebenfalls der Kopf eines der geschlachteten Schafe.

Die Krieger hatten sich vor dem Heiligtum versammelt, harrten der Dinge, die sich anbahnten, und schwiegen.

Über das ganze Szenarium huschten Licht- und Schattenreflexe von den Feuern. Alles spielte sich fast lautlos ab. Jeder glaubte, die Anwesenheit des Gottes spüren zu können, dem geopfert werden sollte; er war gekommen und befand sich nun mitten unter ihnen, um das Opfer anzunehmen.

Es war Odin selbst, dem das Opfer dargebracht werden sollte.

Das Schaf, das für die Opferung ausgewählt worden war, wurde getränkt und mit Meereswasser gewaschen, dann führten es zwei Opferdiener, die der Seher, der die Stelle des Priesters einnahm, bestimmt hatte, dreimal um das Heiligtum herum.

Sodann übernahm der Seher, der sich eine weiße Tunika angezogen hatte, das blökende Tier und führte es durch eine Öffnung im Zaun zum Altar, nahm einen von der Rinde befreiten Stock als Zeichen seiner momentanen Macht und Würde und hielt ihn über den Kopf des Opfertieres.

Voll Ehrfurcht beobachteten die Zuschauer, wie der Seher mit dem Stab die Verbindung zwischen dem Opfertier und dem Gott herstellte.

Die eigentliche Opferhandlung stand unmittelbar bevor.

Der Seher legte den Stab auf den Altar zurück, nahm einen frisch geschnittenen Zweig und berührte damit das Tier. Dann gab er einem der Krieger, der beim Eingang in das Heiligtum stand, einen Wink.

Der Krieger trat an das Tier heran, zog ein Messer aus dem Gürtel und rammte es in den Hals des Schafs. Als er es wieder herauszog, sprudelte dick das Blut aus der Wunde. Die Beine des Schafs zuckten unkontrolliert, während es verblutete. Das Blut versickerte in der Erde.

In der Runde wurden Odin-Rufe laut. Es war ein dumpfer Chor aus vielen Kehlen, der schauerlich und geheimnisvoll in die Nacht trieb und in der Stille versank.

Doch das alles erreichte lediglich den Rand von Fridas Bewusstsein. Mit seinem Tod für Odin war das Schaf zum heiligen Tier geworden. Frida fragte sich, wie das Opfer wohl den Gott erreichte. Verließ der Geist des Schafes Midgard, um über die Regenbogenbrücke nach Asgard und letztlich nach Gladsheim zu gelangen, wo Odin residierte? Würde sich das Schaf dort dem Vater aller Götter als das zu seinen Ehren geopferte Tier zu erkennen geben? Oder kam Odin nach Midgard, um das Opfer persönlich entgegenzunehmen? Das hieße, dass er in diesen Augenblicken zwischen ihnen war, dass er vielleicht sogar unsichtbar neben ihr stand und überlegte, wie er den Ausgang des Kampfes zwischen ihr und Ivarr bestimmen sollte. Wollte der oberste Gott diese Verbindung, dann würde er Ivarr siegen lassen.

Der Gedanke erschreckte Frida, und sie spürte auch die Anspannung, die sie bis in die letzte Faser ihres Körpers erfasst hatte. Odin, du kannst das nicht wollen!, durchzuckte es sie. Ich bin dein, ich kann keinem Mann gehören. Dir ist mein Leben geweiht, und Ivarr ... Er ist ein niederträchtiger Lügner, der es nicht wert ist, mich mit dir zu teilen. Gewähre mir den Sieg, Odin, auf dass ich dein sein kann auf immer und ewig!

Fridas Blick verkrallte sich an Ivarr. Sie sah die Inbrunst, mit der er das Ritual verfolgte, und sagte sich, dass alles Heuchelei war. Sie glaubte nicht mehr daran, dass er auch nur eine einzige ehrliche Absicht verfolgte. Ihr Zorn auf ihn kannte keine Zugeständnisse und kein Entgegenkommen.

Lass mich über ihn triumphieren, Odin, bat Frida in Gedanken. Sie sehnte die Entscheidung mit einer geradezu fiebrigen Ungeduld herbei und musste sich zwingen, sich wieder auf das Zeremoniell zu konzentrieren.

Das tote Schaf wurde gedreht, sodass sein Kopf nach Westen wies, dann verließ der Mann, der es getötet hatte, den eingezäunten Bereich, und der Seher warf beide Arme in die Höhe. Sofort kehrte Ruhe ein. »Ich habe euch den Tod des Opfertieres zu verkünden«, rief der Seher. »Lasst uns nun daran gehen, den toten Leib zu zerlegen, damit wir seinen Kopf und einen Teil seines Körpers auf dem Altar opfern und sodann das Opfermahl begehen können.«

Daraufhin näherten sich wieder zwei Krieger, die dazu ausersehen waren, den Kadaver in einem vorgeschriebenen Ritual zu zerlegen. Zunächst benutzten sie ein Beil, mit dem der Tierleib grob zerhackt wurde, dann nahmen sie Messer zur Hand, um das Herz, die Zunge sowie das Bruststück herauszulösen. Diese Teile sollten zusammen mit dem Kopf dem Gott geopfert werden. Der Rest des Tieres war für das Opfermahl bestimmt, an dem die Krieger außerhalb der Umzäunung teilnahmen.

Das Fleisch wurde über den Feuern gebraten und anschließend verzehrt. Die Krieger waren davon überzeugt, die göttliche Kraft, die dem Tier nach der Annahme des Opfers durch den obersten Gott innewohnte, damit auf sich zu übertragen und gleichzeitig Odin mit dem Mahl zu stärken. Denn auch er bedurfte ständig neuer Nahrung, um seine eigene Kraft zu erhalten und zu steigern.

Schließlich war das Schaf verzehrt, die Knochen wurden eingesammelt und zu dem Kopf auf den Altar gelegt. Sie gehörten wie der Kopf, das Herz, die Zunge und die Brust Odin, ihrem obersten Gott.

Der Seher stellte sich vor die versammelte Mannschaft, hob die Arme und wandte den Blick zum Himmel. »Sobald der Altar mit den Opfergaben gebrannt hat, wird Odin zu entscheiden haben, ob er eine Ehe zwischen Ivarr Otterbjörk und Frida Fridleivsdóttir, der Enkelin des Königs Ragnar Lodbrok, gutheißt. Man bereite den Kampfplatz vor.«

Der Opfertisch wurde in Brand gesteckt, und während er knisternd und prasselnd verbrannte und mit ihm die Opfergaben, die dem Gott dargebracht worden waren, steckten einige ausgesuchte Krieger den Platz ab, an dem der Zweikampf zwischen Frida und Ivarr stattfinden sollte.

Er maß fünf Ellen in der Länge und fünf Ellen in der Breite. Da sie keinen Teppich mit sich führten, auf dem gekämpft werden konnte, sahen sie es als ausreichend an, den Platz mit Pfählen, den sogenannten *Tjösnur,* an den vier Ecken zu kennzeichnen.

Sodann trat der Seher zu einem der Pflöcke, bückte sich so weit nach vorn, dass er zwischen seinen Beinen hindurchblicken und den Himmel sehen konnte, fasste sich ans Ohrläppchen und murmelte ein Gebet.

Frida, die während der Opferung ein Zeichen von Odin erwartet hatte, verspürte Enttäuschung, weil dieses Zeichen ausblieb. Hatte sich der Gott, dem sie ihr Leben geweiht hatte, von ihr abgewandt? Sie hatte sich immer wieder dabei ertappen müssen, dass sie Skrupel gezeigt, sich innerlich gegen das Abschlachten Hilfloser aufgelehnt und sogar Feinde vor dem Tod zu bewahren versucht hatte, und sie fragte sich, ob Odin dies als Schwäche wertete und es vielleicht besser für sie wäre, dem Krieg und dem Kampf abzuschwören und sich einer anderen Berufung zu widmen.

Einen Moment lang erfasste sie so etwas wie Schwermut, vielleicht sogar Resignation. Ist der Kampf mit Ivarr nicht sinnlos?, sickerte es durch ihren Verstand. Wäre es nicht besser, die Axt erst gar nicht in die Hand zu nehmen? Erkläre den Anwesenden einfach, dass du bereit bist, Ivarrs Werben zu erhören.

Doch sogleich brach der Trotz in ihr durch: Selbst wenn du mich von meinem Treueid entbindest, Odin – ich werde nie das Weib eines Mannes, der falsch ist wie eine Schlange und der sich mit List und Heimtücke in das Vertrauen meines Vaters geschlichen hat. Eher sterbe ich!

Der Seher wiederholte das Ritual auch bei den anderen drei Pflöcken, dann trat er vor das Geviert und rief: »Frida Fridleivsdóttir, bist du bereit, dich zum Kampf zu stellen?«

Frida trat vor. Die Axt steckte in ihrem Gürtel, am linken Arm hielt sie einen runden Schild mit eisernen Beschlägen und einem Schildbuckel ebenfalls aus Eisen. Ihre Augen spiegelten den Feuerschein wider, ihr Gesicht war wie aus Stein gemeißelt. »Ja, bei Odin, ich bin bereit.« Ihre Stimme klang fest und klar, sie verriet nicht die Spur von Unsicherheit.

»Bist du bereit, die Entscheidung der Götter zu akzeptieren und zu respektieren?«, fragte der Seher.

»Ja, ich bin bereit!«

Der Seher rief Ivarrs Namen, und der Gerufene trat vor, blieb breitbeinig stehen und beantwortete die Fragen des Sehers in gleicher Weise wie Frida.

»Das bedeutet, dass der Verlierer auch keine Rachegedanken hegen wird«, gab der Seher zu verstehen.

»Keine Rachegedanken!«, echoten Frida und Ivarr.

»Dann nehmt Aufstellung!«, gebot der Seher. »Und ihr«, so wandte er sich an die Krieger, die dem Kampf als Zuschauer beiwohnen mussten, »bildet einen Kreis um den Kampfplatz. Jeder Kämpfer, der mit einem Fuß den Kampfplatz verlässt, muss sich den Vorwurf gefallen lassen, gewichen zu sein. Begibt sich einer mit beiden Füßen außerhalb des Kampfgevierts, ist das wie eine Flucht und ein Zeichen von Feigheit. Wird der Schild eines Kämpfers zerhauen, dann hat er wieder in das Geviert zu treten, falls er es vorher verlassen hat, und sich nur noch mit der Axt zu verteidigen. Ist einer der Kämpfer so sehr verwundet, dass er blutet, wird der Kampf beendet, und Verlierer ist der, dessen Verwundung Anlass für den Abbruch war. Der Kampf ist ebenfalls entschieden, wenn einer der Kämpfer zur Aufgabe gezwungen wird.«

Er schaute auf Ivarr, dann auf Frida, und dann schloss er mit der Frage: »Seid ihr mit diesen Regeln einverstanden, Frida Fridleivsdóttir und Ivarr Otterbjörk?«

»Wir erklären unser Einverständnis«, erklang es aus beider Kehlen.

»Dann nehmt Aufstellung!«

Die beiden traten in das Geviert und standen sich schließlich gegenüber.

»Odin wird uns zeigen, was sein Wille ist«, stieß Frida hervor.

Ivarr nickte. »Ragnar Lodbrok, dein Großvater, hat den Bären und den Hund besiegt, den ihm Lathgertha in den Weg stellte, als er um sie warb«, erklärte er lächelnd. »Die Liebe kann einem Mann gewaltige Kräfte verleihen.«

»Ich bin Bär und Hund zugleich, Krieger. Wenn du mich besiegst, hast du wie mein Großvater den Bären und den Hund überwältigt. Ich werde dann die Brautkrone auf mein Haupt setzen und sie irgendwann an unsere Tochter weitergeben, und ich werde das Schwert der Ahnen von dir entgegennehmen, um es in vielen Jahren unserem erstgeborenen Sohn zu übergeben. Das schwöre ich.«

»Dann lass uns den Kampf beginnen.«

»Kämpft!«, rief auch der Seher. »Und bittet Odin um seinen Beistand.«

Sie traten aufeinander zu, und als sie nur noch ein Schritt trennte, begannen sie sich zu umrunden. Ihre

Blicke kreuzten sich wie Schwertklingen, jedes verräterische Aufblitzen in den Augen des anderen wurde registriert und gewertet, jeder war vom Willen beseelt, diesen Kampf für sich zu entscheiden.

Es war kein Holmgang, bei dem es darum ging, einen Streit zu lösen. Und dennoch lief es auf ein Gottesurteil hinaus.

Beide Kämpfer hatten den Oberkörper leicht nach vorne gebeugt, beide hielten mit dem einen Arm den Schild vor ihren Körper, während der andere Arm schräg von der Schulter abstand und der Oberarm zum Unterarm, an dessen Ende die Faust eines jeden um den Stiel der Axt verkrampft war, einen Fünfundvierzig-Grad-Winkel bildete.

Sie belauerten sich, ihre Lippen waren in der Anspannung zusammengepresst, ihre Gesichter verkniffen.

Die Umstehenden schwiegen. Fridleiv Ragnarsson stand inmitten seiner Krieger, bei ihm befand sich Dagrun, die wie gebannt das Geschehen in dem Kampfgeviert verfolgte.

Ivarr unternahm einen Ausfallschritt und schlug mit der Axt zu, doch Frida riss den Schild hoch, und so krachte das Blatt der Axt, ohne Schaden anzurichten, dagegen. Sogleich führte die Schildmaid einen Streich, der aber von Ivarr geschickt abgewehrt wurde.

Beide sprangen zurück, Frida duckte sich, während Ivarr begann, sie langsam zu umrunden. Sich auf der Stelle drehend, ließ sie ihn nicht für den Bruchteil einer Sekunde aus den Augen. Sie wollte nicht verheiratet werden, und darum würde sie alles daransetzen, diesen Kampf zu gewinnen.

Ansatzlos und vollkommen überraschend schnellte sie auf ihn zu, ihr Arm mit der Axt zuckte hoch, Ivarr riss den Schild über seinen Kopf – und merkte zu spät, dass es nur eine Finte war. Ihr Arm mit der Axt fiel wieder nach unten, sie stieß sich ab, unterlief seinen Schild und rammte Ivarr die rechte Schulter in den Leib.

Darauf war der junge Krieger nicht vorbereitet. Aus seinem Mund platzte ein verblüffter Laut, er verlor den Boden unter den Füßen und wurde regelrecht aus dem Geviert katapultiert, konnte sich nicht auf den Beinen halten und ging zu Boden. Der Anprall hatte ihm die Luft aus der Lunge gepresst, er japste erstickend, und die Augen quollen ihm weit aus den Höhlen.

Frida, die das Geviert nicht verlassen durfte, kehrte zu ihrem Platz zurück und wechselte mit ihrer Schwester einen triumphierenden Blick.

Es dauerte seine Zeit, bis Ivarr wieder richtig durchatmen konnte. Entschlossen kämpfte er sich auf die Beine. »Ein weiteres Mal wirst du mich nicht mehr überraschen, Frida«, versicherte er keuchend, dann trat er wieder auf den Kampfplatz – und wurde sogleich angegriffen.

Ivarr hatte Mühe, die Hiebe abzuwehren. Holzsplitter und ganze Späne lösten sich von seinem Schild, und Funken sprühten, wenn die Axt auf die Eisenbeschläge oder den Schildbuckel traf. Mehr und mehr wurde der junge Krieger in die Defensive gedrängt und hatte seine liebe Not, nicht vom Kampflatz getrieben zu werden. Er wich zurück, bewegte sich rückwärtsgehend im Kreis, und wenn er selbst einmal einen Schlag anbrachte, dann prallte er wirkungslos an Fridas Schild ab.

Frida kämpfte wie besessen, als ginge es um ihr Leben. Ihr Arm, der die Axt führte, schien nicht müde zu werden.

Als Ivarr wieder einen Hieb von oben herab führte,

fing ihn Frida nicht mit dem Schild, sondern mit ihrer Axt ab.

Sie standen sich ganz dicht gegenüber, der keuchende Atem des einen streifte das Gesicht des anderen. Die Anspannung verkrampfte ihre Gesichter und ließen sie im zuckenden Licht grimassenhaft, geradezu verzerrt wirken.

Ivarr erhielt etwas Zeit, um durchzuatmen und seine vibrierenden Nerven zu beruhigen. Er zwang sich zur Ruhe, denn Blindwütigkeit ermüdete ihn nur und verschaffte Frida Vorteile. Wenn er gewinnen wollte, musste er den Verstand einsetzen.

»Du kannst nicht gewinnen«, flüsterte er zwischen rasselnden Atemzügen. »Ich verspreche dir, Schildmaid, dass ich dein Gatte werde. Odin will es, dein Vater will es, und vor allem ich will es.«

»Aber ich will es nicht«, knirschte Frida, versetzte ihm einen Stoß und sprang zurück. Sein mit dem flachen Blatt der Axt geführter Schlag wischte dicht vor ihrem Gesicht vorbei, und sie konnte den Luftzug spüren, der dadurch verursacht wurde.

Jetzt begannen sie sich wieder gegenseitig zu belauern, versuchten die Aktionen des Gegners einzuschätzen, stellten sich auf Abwehr oder Angriff ein, tasteten sich mit wachsamen Blicken ab und suchten nach einer Lücke in der Deckung des Widersachers, dabei sorgfältig darauf bedacht, dem anderen nicht die geringste Blöße zu bieten.

Und dann war es Ivarr, der einen Angriff führte. Ihre Schatten verschmolzen auf dem Boden ineinander, als sie aufeinanderprallten. Die Schilde krachten trocken, ein Klirren übertönte alles, als Ivarrs Axt gegen den Schildbuckel Fridas prallte.

Ihr Arm mit dem Schild fuhr mit einer ausholenden Bewegung im Halbkreis herum, und der Rand des Schildes traf Ivarrs rechten Oberarm. Er schrie gequält auf, als sich der Muskel schmerzhaft zusammenzog, aus seinem Arm wich jegliche Kraft, und die Axt entglitt seiner Hand.

Frida gönnte ihm keinen Augenblick, um sich zu fangen und irgendeine Überlegung anzustellen, wie er die drohende Niederlage verhindern konnte. Lediglich eine Art Panik durchfuhr sein Bewusstsein, dann fegte ihn auch schon ein wilder Tritt Fridas in den Leib von den Beinen.

Er lag, erstickend nach Luft schnappend, am Rand des Gevierts, seine Beine zuckten unkontrolliert, Übelkeit kroch von seinen Eingeweiden in die Höhe und stieg ihm in die Kehle. Verzweifelt stemmte er sich gegen die Nebel der Benommenheit, die auf ihn zuzukriechen schienen.

Frida schüttelte ihren Schild ab, packte Ivarr mit der linken Hand am Gürtel und zog ihn in die Mitte des abgesteckten Kampfplatzes. Dort richtete sie seinen Oberkörper auf, ihr linker Arm legte sich von hinten um seine Augen, sie drückte die Schneide ihrer Axt leicht gegen seine Kehle und stieß hervor: »Gib auf, Ivarr und erkläre den Kampf für verloren! Ich will nicht dein Blut vergießen müssen, damit mir der Seher den Sieg zuspricht.«

Ringsherum war es still. Die Krieger schienen den Atem anzuhalten. Nur das Knacken des Holzes im Feuer durchbrach dann und wann diese fast erdrückende Stille.

»Ich – ich gebe auf«, entrang es sich Ivarr, und die Worte drohten ihm in der Kehle stecken zu bleiben.

»Du hast gesiegt, Frida Fridleivsdóttir. Ich – ich ziehe mein Ansinnen zurück und erkläre, dass ich dich nicht mehr als Eheweib begehre und das Urteil Odins akzeptieren will.«

Frida nahm ihren Arm von seinem Gesicht, zog die Axt zurück und richtete sich auf. »Ihr habt es alle gehört!«, rief sie. »Odin hat entschieden. Jeder, der Zeuge dessen wurde, sollte es sich gut überlegen, ob er bei meinem Vater um mich werben will. Er muss sich mein Jawort erkämpfen. Und es wird ihm ergehen wie Ivarr. Mein Leben ist Odin geweiht, der unser oberster Gott und Kriegsgott ist. Er wird niemals dulden, dass es ein Mann mit ihm teilt!«

Fridleiv Ragnarsson trat in den Kreis und rief: »Der Kampf ist entschieden. Die Zeremonien finden damit ein Ende. Wir haben einen ganzen Tag und fast eine ganze Nacht verloren. Also begeben wir uns noch in dieser Stunde auf unser Boot und setzen wir das Segel. Wir wollen erst wieder an Land gehen, wenn wir die Grenze Dänemarks überquert haben.«

In die Krieger kam Leben. Zwei eilten zu Ivarr und halfen ihm auf die Beine. Er holte seine Axt und ging mit gesenktem Kopf zum Strand.

Frida hatte ihn vor allen Kriegern im Kampf besiegt, und er empfand es als Demütigung. Er setzte sich auf einen kniehohen Stein und starrte blicklos aufs Meer hinaus.

Ivarr Otterbjörk befand sich in der schrecklichsten Stimmung seines Lebens.

Ruhig glitt das Boot auf der kaum bewegten See dahin. Fridleiv Ragnarsson stand vorn am Bug und hatte den suchenden Blick nach Norden gerichtet. Da der Wind nicht ausreichte, um das Drachenboot anzutreiben, mussten die Ruderer ihre Muskeln einsetzen.

Seit drei Stunden war es hell, die Nebel hatten sich aufgelöst, die Sonne schien warm, und nur einige weiße Wolken trübten das endlose Blau des Himmels.

Ivarr saß zusammen mit Gunnar Eriksson im Heck des Schiffs und brütete mit finsterem Blick vor sich hin. Thorve, der nach wie vor an seinem Zorn auf Ivarr trug, beobachtete ihn mit gehässigen Blicken. Frida und Dagrun hockten am Mast und schwiegen. Jeder hing seinen Gedanken nach.

Der Seher trat neben den Jarl und sagte: »Ich habe die Runen befragt. Sie weissagen, dass uns, sobald wir die Insel Testerep passiert haben, keine Gefahr mehr droht. Jarl Haraldsson wird erst lange, nachdem wir die Insel in einem weiten Bogen umsegelt haben, die beiden Schiffe erreichen, die ihn nach Dänemark bringen sollen. Er kann uns nicht mehr einholen.«

»Wann hast du die Runen befragt?«

»Heute Morgen, als du noch geschlafen hast, Herr. Die Götter sind dir und damit auch uns freundlich gesinnt. Wir haben also keine Zeit vergeudet, als wir ihnen am Abend Opfer darbrachten. Wir sollten ihnen erneut Opfer darbringen, sobald wir in Sicherheit sind.«

»Natürlich werden wir den Göttern huldigen und sie mit weiteren Opfergaben gnädig stimmen«, versicherte der Jarl. »Sobald wir dänischen Boden unter den Füßen haben, feiern wir ein Fest zu Ehren Odins und der Asen.«

Der Seher zog sich zurück und setzte sich zu Thorve. Niemand achtete auf die beiden. Sie flüsterten ziemlich angeregt miteinander.

Fridleiv Ragnarsson gab den Befehl, nordwestlichen

Kurs einzuschlagen, um aufs offene Meer hinauszugelangen. Weitab von der Insel Testerep mit den dort vor Anker liegenden Kriegsschiffen, die ihnen gefährlich werden konnten, würde das Drachenboot wieder auf Nordkurs gehen, um weit nördlich der Insel wieder in die Nähe der Küste zurückzukehren.

Die Küste des Frankenreichs rückte in immer weitere Ferne, schließlich hatten sie sie völlig aus den Augen verloren. Der Jarl hatte das Segel einziehen lassen, denn es wäre an diesem klaren Tag über eine weite Entfernung zu sehen gewesen, und die fränkischen Truppenführer hätten die richtigen Schlüsse ziehen und entsprechende Maßnahmen ergreifen können.

Sie segelten so weit nach Nordwesten, dass sie in dunstiger Ferne die britannische Küste sehen konnten, wandten sich dann nordwärts, und gegen Abend, als die Sonne auf der Schnittstelle zwischen Himmel und Meer zu stehen schien, wandten sie sich nach Nordosten, um wieder in die Nähe der fränkischen Küste zu gelangen.

Fridleiv Ragnarsson vertraute auf die Runen, durch die die Götter zu ihm gesprochen hatten. Ihr Sprachrohr war Bertil Gudbrandsson, der Seher, der sein Leben riskiert hatte, um vor Godefried Haraldssons wechselnden Stimmungen zu fliehen und sich ihm, Fridleiv Ragnarsson, anzuschließen.

Die Nacht verging, und ein neuer Tag brach an. Stunde um Stunde verstrich, die Sonne überschritt den Zenit und schien senkrecht über dem Boot zu stehen. Der Schatten, den das Boot auf die Wasseroberfläche warf, war kurz.

Schließlich tauchte in der Ferne wieder die fränkische Küste auf, und sie segelten, keine zweihundert Klafter von ihr entfernt, in Richtung Heimat.

Rechter Hand erschien die Bucht, in die der Rhein mündete. Sein Wasser mutete heller an als das tiefblaue der Nordsee, und die Strömung des Süßwassers war deutlich auszumachen, bis es sich schließlich mit dem Meerwasser vermischte.

Nördlich der Rheinmündung tauchten Schiffe auf.

Fridleiv Ragnarsson sah sie, und ihm war schlagartig klar, dass es sich um Boote der Franken handelte, die hier postiert worden waren, um ihnen – ihm und seinen Kriegern – den Weg nach Dänemark zu verlegen.

Fridleiv Ragnarsson gebot das Rudern einzustellen.

»Seher!« Die Stimme des Jarls übertönte die betroffenen, erregten Rufe der Männer an Bord.

Bertil Gudbrandsson eilte heran. »Herr?«

»Sprachen die Runen nicht von zwei Kriegsschiffen, die vor der Insel Testerep vor Anker liegen sollen? Das sind ein halbes Dutzend Boote, und auf jedem befinden sich wahrscheinlich dreißig Kämpfer. Wer hat sich nun getäuscht? Die Runen, oder verstehst du es nicht, sie richtig zu deuten?«

Plötzlich erklang die aufgeregte Stimme Fridas: »Von Westen her nähern sich vier Boote, Vater. Damit haben uns die Franken den Weg sowohl nach Norden als auch nach Westen verlegt. Und zurück können wir auch nicht mehr, denn ich nehme an, dass von Süden herauf Godefried Haraldsson mit den ihm zugesagten Schiffen kommt.«

»Ich habe die Runen richtig …«

»Hast du nicht!«, schnitt der Jarl dem Seher wütend das Wort ab. »Seit wir an der Küste des Westfrankenlandes gelandet sind, ist nichts von dem, was du geweissagt hast, eingetroffen. Die Brüderschaft mit Godefried ist in die Brüche gegangen, sein Blut und meines wird sich niemals in unseren Enkeln vermischen, und nun bin ich im blinden Vertrauen auf deine Prophezeiung in die Falle gesegelt, die mir Godefried im Verein mit den Franken gestellt hat.«

Das Gesicht des Jarls zuckte zu Gudbrandsson herum, sein Blick wurde durchdringend und stechend, und er bewegte die Lippen kaum, als er knirschte: »Oder hast du aus den Runen etwas völlig anderes gelesen, als sie prophezeiten, um mich zu täuschen?«

Der Seher prallte zurück. »Bei Odin, mein Herr, ich habe die Runen so gedeutet, wie sie sich mir zeigten. Vielleicht ist es der Wille der Götter ...«

Erneut schnitt ihm Fridleiv Ragnarsson das Wort ab. »Sollte ich feststellen, Seher, dass du mich in diese Falle geführt hast, schicke ich dich auf den Schwingen des Blutadlers nach Niflheim, wo Hel deine Knochen zerbrechen wird.«

Der Tonfall in der Stimme des Jarls ließ keinen Zweifel darüber aufkommen, dass dieses Versprechen absolut ernst gemeint war.

»Aber, Herr ...«

Fridleiv Ragnarsson wandte sich ab. Sein Gesicht hatte sich düster überschattet.

Frida und Dagrun waren herangetreten und hatten die letzten Worte der Drohung ihres Vaters noch vernommen.

»Willst du den Durchbruch wagen, Vater?«, erkundigte sich Dagrun.

»Es wäre unser aller Untergang«, antwortete der Jarl.

»Uns bleibt nur die Flucht nach Osten«, stieß Frida hervor und wies mit dem Kinn auf die Bucht, in die sich der Rhein ergoss und die sich zur See hin öffnete.

Die Zähne des Jarls mahlten übereinander, dass es knirschte. »Jetzt wird mir langsam auch klar, weshalb wir dermaßen ungeschoren so weit nach Norden segeln konnten«, stieß er schließlich hervor. »Die Boten dieses Hauptmanns des Edlen von Ermentiers müssen schnell wie der Wind geritten sein. Sie haben alles, was an Schiffen und Soldaten die Küste hinauf stationiert war, zusammengezogen, um jedwedes Risiko auszuschließen und uns den Weg nach Norwegen zu verlegen. Ja, Tochter, die Flucht nach Osten ist unser einziger Ausweg. Sie haben uns zwischen sich, und sie sind uns mindestens um ein zehnfaches, vielleicht sogar fünfzehnfaches überlegen. Wenn wir nicht fliehen, landen wir auf dem Grund des Meeres als Futter für die Fische.«

Er schoss dem Seher noch einen finsteren Blick zu, der diesen die Schultern nach oben ziehen ließ, als würde es ihn frösteln. Dann gab Fridleiv Ragnarsson den Befehl, in die Bucht zu steuern.

Die Ruderer traten wieder in Aktion.

Der Seher unternahm noch einen Versuch, sich zu rechtfertigen, und rief fast beschwörend: »Die Runen können sich einmal irren, Herr. Denn auch die Götter sind nicht frei von Fehlern und …«

»Wenn ich merke«, fiel ihm Fridleiv abermals ins Wort, »dass du mich verraten hast, bist du des Todes, Seher. Und dein Tod wird grausam sein.«

Die Bucht endete, und der Fluss lag vor den Blicken der Normannen. Er war breit und tief, und da das Drachenboot nur geringen Tiefengang hatte, mussten sie nicht befürchten, auf Grund zu laufen.

Die mit Büschen und Bäumen gesäumten Ufer glitten vorüber. Einmal sahen sie linker Hand ein Fischerdorf. Als die Menschen das Drachenboot entdeckten, flohen sie entsetzt in den Wald, der hinter dem Dorf seinen Anfang nahm. Sie hatten ja keine Ahnung, dass die Normannen nicht zum Plündern den Fluss hinunterfuhren, sondern ihn als den einzigen Fluchtweg, der ihnen geblieben war, nutzten, um ihr Leben zu retten.

Der Seher hatte sich wieder zu Thorve Lovgren gesetzt. Die Krieger standen, soweit sie nicht auf den Ruderbänken saßen, an den Bordwänden und beobachteten die Gegend, die regelrecht vorbeizuhuschen schien. Auch Gunnar Eriksson war aufgestanden und verinnerlichte die Eindrücke, die sich seinem Auge boten.

Nur Ivarr rührte sich nicht und starrte blicklos auf die Planken, auf denen er im Schneidersitz hockte. Es gelang ihm nicht, verstandesmäßig zu verarbeiten, dass er den Kampf gegen Frida verloren hatte.

Sie hatten keine Ahnung, wie weit sie sich schon von der Mündung des Rheins in die Nordsee entfernt hatten, als sie tief im Süden die beiden Schiffe sahen, die mitten auf dem Fluss zu stehen schienen. An Bord der beiden Schiffe wimmelte es von Bewaffneten. Erregtes Geschrei erhob sich.

Frida ergriff sofort ihre Axt und starrte zu den Schiffen hinüber. Neben ihr tauchte Dagrun auf. Auch sie hielt die Axt bereits in der Hand. Ein Blick zu ihr bewies Frida, dass auch ihre Schwester kampfentschlossen war, obwohl es bei der sich anbahnenden Schlacht kaum eine Aussicht auf einen Sieg gab. Doch der Kampfeswille vertrieb die in Fridas Herzen aufkeimende Angst.

Fridleiv wies die Ruderer an, ihre Arbeit einzustellen. Das Boot wurde langsamer und verlor schließlich endgültig an Fahrt. »Sie haben uns in diesen Fluss gelockt!«, knirschte Fridleiv und ballte die Hände zu Fäusten. Ohnmächtige Wut, aber auch Hilflosigkeit und Unschlüssigkeit beherrschten ihn.

»Bei Odin!«, brüllte jemand beim Heck des Bootes. »Sie folgen uns vom Meer her!«

Tatsächlich erschienen hoch oben im Norden die Masten dreier Boote.

»Seher!« Die Stimme Fridleiv Ragnarssons überschlug sich regelrecht. Sein Gesicht hatte sich dunkel verfärbt, seine Augen flackerten drohend, und an seinem Hals trat die Schlagader dick unter der Haut hervor.

Gudbrandsson eilte dienstbeflissen herbei, verbeugte sich leicht und beteuerte: »Du irrst dich, Herr, wenn du annimmst, dass ich dich in eine Falle gelockt habe.« Er sprach hastig, ein Wort hetzte regelrecht das nächste. »Mag es auch den Anschein haben, ich ...«

»Dann waren es also die Götter, die mir durch dich den falschen Weg gewiesen haben!«, fauchte der Jarl. »Aber sind es wirklich die Götter, die uns alle ins Verderben zu führen gedenken? Oder warst du es in deiner Falschheit und Niedertracht, der mir Sand in die Augen streute?«

Frida trat zu ihrem Vater, die Axt in der Faust und mit grimmiger Wut im Gesicht. Bevor der Seher noch das Wort ergreifen und weitere Ausflüchte vorbringen konnte, herrschte sie ihn an: »Was hat dir Godefried für deinen Verrat geboten, Seher? Will er dich zu seinem Berater ernennen, wenn er Göttrik vom Thron gestürzt und sich die Krone aufs Haupt gesetzt hat? Oder was sonst? Gold und Silber? Land? Das Amt eines Jarls?«

Sie hob bereits drohend die Axt. Fridleiv Ragnarsson machte einen Schritt zur Seite und stellte sich zwischen Frida und Bertil Gudbrandsson, um zu verhindern, dass sie den Seher gleich erschlug. Er wollte noch Antworten von ihm.

»Herr, ich bitte dich«, flehte dieser, »nimm eine derartige Schlechtigkeit nicht an von mir! Ich bin kein Verräter, allenfalls habe ich Godefried verraten, als ich vor ihm geflohen bin. Meine Weissagungen …«

»… waren falsch. Und wenn ich herausfinde, dass Absicht dahintersteckt, stirbst du.« Der Jarl wandte sich an seine Tochter. »Ich vertraue ihn dir an, und du haftest dafür, dass er nicht entkommen kann. Wir gehen von Bord und versuchen uns auf dem Landweg nach Norden durchzuschlagen. Das ist die einzige Möglichkeit, den Franken und der Rache Godefrieds fürs Erste zu entkommen.«

Fridleiv Ragnarsson gab den Befehl, nahe ans Ufer heranzurudern. Dann sprangen die Krieger von Bord und schwammen. Wer ein Kettenhemd trug, hatte sich dessen entledigt. Auch ließen viele der Krieger ihre Schilde zurück; es war schon schwierig genug, sich mit den schweren Waffen im Gürtel über Wasser zu halten.

Frida hatte es noch ungleich schwerer, denn Bertil Gudbrandsson erwies sich als schlechter Schwimmer. Sie hatte ihre liebe Not, den prustenden und japsenden Mann über Wasser zu halten und selbst nicht unterzugehen. Am liebsten hätte sie ihn wie eine Ratte ersaufen lassen, doch ihr Vater hatte ihr die Verantwortung über diesen Kerl gegeben, von dessen verräterischem Charakter sie überzeugt war.

Schließlich spürten sie Boden unter den Füßen, sodass sie die letzten Schritte bis zum Ufersaum durch das Wasser waten konnten.

Fridleiv war der Letzte, der das Drachenboot verließ. Ehe er ins Wasser sprang, zündete er eine Fackel an und warf sie neben eine hölzerne Truhe auf die Planken. Die Flammen leckten an dem ausgetrockneten Holz in die Höhe, schließlich brannte die Truhe, und bald würde das Feuer das ganze Boot verzehren.

Der Jarl sprang ins Wasser, und wenig später kletterte er triefend vor Nässe die Uferböschung hinauf, wo ihn seine Männer und die beiden Töchter erwarteten. Er wies nach Osten und rief: »Diese Richtung! Es ist nur eine Frage der Zeit, bis sie auch an Land gehen und uns folgen. Also lauft, Leute. Wer zurückbleibt, ist verloren, denn die anderen haben keine Zeit, ihn mit sich zu schleppen. Haltet euch das vor Augen, und es wird euch beflügeln!«

Die Zeit seiner Ansprache nutzte Frida, um Bertil Gudbrandsson die Hände vor den Leib zu fesseln. Im Laufschritt wandten sie sich in die vom Jarl angegebene Richtung. Frida trieb den Seher vor sich her. Hinter ihnen stand das Boot bereits in hellen Flammen. Nun waren Fridleiv Ragnarsson und seine Krieger auf ihre Kraft und Ausdauer angewiesen. Vor ihnen lagen mindestens zwölf Tagesmärsche, und in dieser Zeit schafften sie es nur dann, wenn sie nicht aufgehalten wurden.

Keiner von ihnen gab sich irgendwelchen falschen Hoffnungen hin, auch Frida nicht. Sie waren von Feinden umgeben, und bald würden die fränkischen Garnisonen bis hinauf zur dänischen Grenze in Alarmbereitschaft versetzt sein.

Hel, die hässliche Göttin, lag auf der Lauer, und Odin schien das Schaf, das sie ihm geopfert hatten, als unzureichend empfunden zu haben.

Die Zuversicht, die Heimat je wiederzusehen, schmolz

rapide. Doch gerade diese Aussichtslosigkeit war es, die in den Gemütern den Willen weckte, alles aufzubieten, was sie zu geben in der Lage waren, um das angestrebte Ziel dennoch zu erreichen.

Auch Frida war fest entschlossen, dem Schicksal, das ihnen allen zugedacht schien, zu trotzen.

Sie marschierten, bis die Nacht endgültig hereingebrochen war und sie nur noch kraftlos dahinwankten. Ihre Beine waren taub und schwer, und jede noch so kleine Anhöhe, die sie erklimmen mussten, weil kein Weg um sie herumführte, wurde zum geradezu unüberwindlichen Hindernis.

Der Jarl befahl endlich die Rast. Dort, wo sie sich befanden, wuchs Strauchwerk, der Boden war mit kniehohem Gras bedeckt, hier und dort erhob sich ein Baum, und rundum buckelten niedrige Hügel. Total erschöpft sanken die Krieger zu Boden.

Frida hockte vor dem Seher. Für den musste der Gewaltmarsch noch viel härter gewesen sein, denn er hatte die Arme nicht bewegen können, die weiterhin vor seinem Leib zusammengebunden waren, und der dünne Strick, der mehrere Male um seine Handgelenke geschlungen war, schnitt sich tief in seine Haut ein. Das Blut konnte nicht mehr ungehindert in seine Hände zirkulieren, und seine Finger waren taub.

Lange Zeit saß er nur da, der Kopf baumelte vor seiner Brust, seine Lungen pumpten, und seine Bronchien rasselten. Während ihn Frida im Eiltempo vor sich her getrieben hatte, war er nicht dazu gekommen, mit ihr zu sprechen. Doch nun entrang es sich ihm abgehackt und heiser: »Glaub wenigstens du mir, Schildmaid, und wirke auf deinen Vater, den Jarl, ein, dass er sich von dem Verdacht löst, ich hätte ihn in eine Falle geführt. Das entspricht nämlich nicht der Wahrheit. Alles, was ich prophezeit habe, habe ich den Runen entnommen.«

»Aber keine einzige deiner Weissagungen hat sich erfüllt«, fuhr Frida den Seher ungnädig an. »Als du von der Bruderschaft und der ewiglichen Treue zwischen meinem Vater und Jarl Haraldsson gesprochen hast und davon, dass die Götter einer Verbindung zwischen Alfarin und mir ihren Segen erteilen, hast du lediglich das von dir gegeben, was dir Godefried vorher eingetrichtert hat.«

»Wieso sollte ich?«, ächzte der Seher. »Traust du mir wirklich zu, dass ich meine Weissagungen nach Menschenwort und nicht nach dem Willen der Götter …«

»Ach, schweig, Seher! Du hast meinen Vater und damit uns alle mit deinen Weissagungen in Sicherheit gewogen. Aufgrund deiner Behauptungen waren wir fest davon überzeugt, dass der Weg in die Heimat frei wäre, doch wir segelten geradewegs in die Falle. Du bist nicht vor Jarl Haraldsson geflohen, sondern er hat dich mit einem klaren Auftrag zu uns geschickt. Ich habe dich durchschaut, Seher, und mein Vater ebenfalls. Du wirst für deinen Verrat einen grässlichen Tod sterben.«

»Was muss ich tun, damit du mir glaubst?«

»Gar nichts. Dein Gejammer geht mir auf die Nerven. Aber es ist wohl so, dass Verräter feige und obendrein verlogen sind. Ich bin müde und habe von meinem Vater die Aufgabe erhalten, dich zu bewachen. Muss ich dir die Axt gegen den Kopf schlagen, damit du schweigst und ich mir deiner sicher sein kann?«

»Was habe ich alles auf mich genommen, um euch …«

Frida zog die Axt aus dem Gürtel. Der Seher nahm es wahr und verschluckte erschreckt seine weiteren Worte.

Ein Laut, der sich anhörte wie trockenes Schluchzen, entrang sich ihm.

Frida nahm dem Seher seinen Gürtel ab und fesselte damit seine Beine. Mit ihrem Gürtel band sie seine gefesselten Hände an einem unterarmdicken Ast des Strauches fest, neben dem sie sich niedergelassen hatten.

Sie hörte ihren Vater mit lahmer Stimme einige Namen rufen. Die Krieger meldeten sich, und der Jarl befahl ihnen, sich auf den Anhöhen rundum zu postieren und Wache zu halten. Die Männer wagten keine Widerrede und bezogen, wenn auch verdrossen, ihre Posten.

Im Lager herrschte Ruhe. Erste Schnarchlaute erklangen. Manchmal erklang eine nuschelnde Stimme, wenn einer der Schläfer im Traum sprach. Das leise Flüstern des Winds und das Zirpen der Grillen im Gras waren die einzigen anderen Geräusche.

Frida hielt sich krampfhaft wach, denn sie wollte, dass der Seher vor ihr einschlief. Er war zwar gefesselt, aber die Gürtel boten keine ausreichende Sicherheit, sodass Frida nicht ausschloss, dass es ihm gelang, sich zu befreien. Wenn er erst einmal schlief, würde er so leicht nicht wieder aufwachen, denn er war ebenso erschöpft wie alle anderen, und er war sicherlich mehr als doppelt so alt wie sie; der Gewaltmarsch hatte ihm deshalb mehr zugesetzt und forderte von seinem Körper einen weitaus höheren Tribut als von ihrem.

Bertil Gudbrandsson schlief tatsächlich bald ein. Er war in der Tat völlig am Ende, und es gab keinen Muskel und keinen Knochen, der ihm nicht schmerzte. Es war eine Erschöpfung, die tief aus seinem Innersten kam.

Er schlief allerdings unruhig, denn sein Unterbewusstsein signalisierte nach wie vor, dass er sich in tödlicher Gefahr befand. Er stöhnte und röchelte ein um das andere Mal, schrie auf und wand sich am Boden. Immer wieder wurde Frida davon aufgeschreckt.

Als sie wieder einmal eingedöst war und der Seher einen gurgelnden Laut von sich gab, der sie aus dem Halbschlaf riss, vernahm sie hinter sich ein Geräusch. Wie eine Warnung vor unmittelbarer Bedrohung zuckte es durch ihren Verstand, doch die kurze Zeitspanne zwischen Registrieren und Reagieren war schon zu lang, und als ihr Gesicht herumzuckte, weil sie in diesem Moment die Gefahr begriff, in der sie schwebte, krachte bereits etwas von der Seite her gegen ihren Kopf.

Vor ihren Augen zuckte ein greller Blitz, dann riss ihr Denken, und alles versank in absoluter Schwärze.

Die Gestalt, die leise herangerobbt war und Frida ausgeschaltet hatte, kroch an ihr vorbei zu Gudbrandsson hin und begann, dessen Fesseln zu lösen. Der Seher erwachte, wollte etwas sagen, doch schon nach dem ersten Laut legte sich ihm eine schwielige Hand auf den Mund und verschloss ihn.

»Keinen Laut«, wisperte der Mann. »Wenn sie uns erwischen, hacken sie uns beiden die Rippen vom Rückgrat.«

Der Seher begriff. Seine Fesseln fielen, sein Befreier und er krochen schlangengleich davon. Ihre Körper verschmolzen mit dem hohen Gras und der Nacht.

Die Krieger, die auf den Anhöhen Wache hielten und vor Erschöpfung kaum noch aus den Augen schauen konnten, bemerkten die Flucht der beiden nicht.

Neuntes Kapitel

Frida kam zu sich. In ihrem Kopf hämmerte dumpfer Schmerz, in ihren Ohren rauschte das Blut. Sie war wie gelähmt und starrte verständnislos in die Finsternis. Hatte sie geschlafen? Warum dröhnte es in ihrem Schädel derart? Woher kam der klopfende Schmerz?

Ihre Hand tastete zur Schläfe, und sie fühlte eine klebrige Feuchtigkeit über ihrem Ohr. Es war Blut!

Jäh, wie ein Blitzschlag, stellte sich die Erinnerung ein.

Bertil Gudbrandsson! Der Seher!

Es riss sie hoch. Ein Stöhnen entrang sich ihr, eine Woge der Benommenheit spülte sie hinweg, und die Schatten der Bewusstlosigkeit glitten heran, doch sie rissen die Schildmaid nicht mit sich. Lediglich ein milchiger Schleier legte sich über ihre Augen.

Sie saß da wie betäubt. Nur langsam ebbte die Schwäche ab, dann kämpfte sie sich ächzend hoch, stand schwankend wie ein Schilfrohr im Wind und rief: »Alarm! Jemand hat Gudbrandsson befreit! Wacht auf! Dem Seher ist die Flucht gelungen!«

Sie hatte das Gefühl zu brüllen, in Wirklichkeit drangen die Worte nur krächzend über ihre Lippen. Dennoch wurde sie gehört. Ganz in ihrer Nähe fragte eine schlaftrunkene Stimme: »Was ist denn los? Ist die Nacht schon zu Ende? Es ist noch finster ...«

»Der Seher ist geflohen«, keuchte Frida und hatte

das Gefühl, der Schädel müsste ihr platzen. Eine erneute Welle der Benommenheit brandete gegen ihr Bewusstsein an.

Sie taumelte durch die Finsternis, stolperte und schlug lang hin. Benommen blieb sie liegen, ihre Finger verkrallten sich im Boden, und wie aus weiter Ferne vernahm sie Geschrei.

Jemand rüttelte sie an der Schulter. Sie hob den Kopf und sah den hellen Fleck eines Gesichts vor sich. »Was ist geschehen?« Es war die Stimme ihres Vaters, die Frida aus ihrer Betäubung holte.

»Jemand hat mich niedergeschlagen«, murmelte sie. »Gudbrandsson … Er ist fort.«

»Wann war das?«

»Ich weiß es nicht.«

»Dagrun!«, rief Fridleiv Ragnarsson, und als die Gerufene aus dem Kreis der Krieger trat, der sich gebildet hatte, sagte er: »Kümmere dich um deine Schwester.« Dann gebot er: »Stellt fest, wer fehlt.«

Sehr schnell war klar, dass es Thorve Lovgren gewesen war, der Frida niedergeschlagen und den Seher befreit hatte.

»Dieser elende Hund!«, wütete der Jarl. »Thor möge ihn zerschmettern und Hel seinen Kadaver zu Nidhöggr bringen.« Er wandte Frida das Gesicht zu, doch zu ihrer Erleichterung blitzte keine zornige Anklage in seinen Augen. »Ich habe keine Ahnung, wie nahe uns Godefried und die Franken sind. Aber ich kann nicht ausschließen, dass die beiden Verräter sehr schnell auf sie stoßen und sie hierherführen. Sie zu verfolgen und zu versuchen, sie zu stellen, dürfte sinnlos sein.« Sein Blick richtete sich wieder auf die Kriegerschar. »Wir müssen weiter, Männer!«

Murren erhob sich. Keiner der Krieger fühlte sich stark genug, einen erneuten stundenlangen Gewaltmarsch zu bewältigen. Bald würde auch der Hunger in ihren Eingeweiden toben und den Zustand der Kraftlosigkeit steigern.

»Wir *müssen* marschieren!«, beschwor sie der Jarl. »Andernfalls erdrücken uns unsere Feinde mit ihrer Übermacht!«

Die Furcht vor den Franken, vor allem vor der Rache Godefrieds, half ihnen, ihre Erschöpfung zu überwinden. Wenig später waren sie auf dem Marsch.

Frida stützte sich schwer auf ihre Schwester. Der Gürtel, mit dem sie Gudbrandsson an den Strauch gebunden hatte, lag wieder um ihre Hüften, und in ihm steckte die Axt. Dagrun hatte ihn ihr gebracht und umgelegt.

Immer wieder drohten ihre Knie nachzugeben, und sie war nahe daran zusammenzubrechen. Stöhnen und Ächzen entrangen sich ihr. Aber ihr Kampfgeist überwand Schmerz und Schwäche. Aufzugeben kam für sie nicht in Frage.

Als der Morgen graute, ordnete der Jarl bei einem Bach eine Rast an. Durstig tranken sie, und Frida wusch sich das Blut aus dem Gesicht und den Haaren. Vollkommen am Ende lag sie schließlich mit geschlossenen Augen neben ihrer Schwester im Gras und ließ sich in dem Gefühl treiben, versagt zu haben. Sie gab sich die Schuld daran, dass dem Seher die Flucht gelungen war. Es nagte und fraß in ihr, denn sie warf sich vor, ihren Vater, Dagrun, die ganze Truppe und sich selbst in erneute Gefahr gebracht zu haben.

Die Stimme ihres Vaters ließ sie diese trüben Gedanken unterbrechen, ihre Lider zuckten hoch, und sie sah den Jarl neben sich in einer kauernden Haltung verharren. »Erzähle, Schildmaid. Wie konnte das geschehen?«

»Ich weiß es nicht«, murmelte Frida. »Als ich hinter mir ein verräterisches Geräusch vernahm, war es zu spät. Ich wurde am Kopf getroffen und verlor sofort die Besinnung. Mehr kann ich dazu nicht sagen. Der Seher versuchte vorher noch einige Zeit, mir einzureden, dass er unschuldig sei, und ich gebot ihm zu schweigen. Schließlich schlief er, und ich hatte Mühe, wach zu bleiben.«

»Schon gut«, sagte der Jarl. »Gegen Verrat und Hinterlist ist der Stärkste nicht gefeit. Mach dir keine Vorwürfe. Wie geht es dir?«

»Mir brummt der Schädel. Jeder Schritt ist eine Qual.«

»Danken wir den Göttern, dass Thorve dich nicht erschlagen hat«, knurrte Fridleiv und drückte sich hoch. »Wir müssen uns Nahrung besorgen. Mögen uns die Götter zu einem Hof oder Weiler führen.«

Der Jarl entfernte sich.

»Es ist nicht deine Schuld, Schwester«, sagte auch Dagrun. »Selbst wenn unser Vater höchstpersönlich den Seher bewacht hätte, Thorve hätte auch ihn überwältigt. Es wäre besser gewesen, Vater hätte ihn erschlagen, nachdem er Ivarr und Gunnar die Freundschaft aufgekündigt hatte.«

Der Jarl gönnte seinen Leuten eine Stunde Pause, dann trieb er sie wieder hoch, und die Tortur ging weiter. Bald schleppten sie sich nur noch dahin.

Vor ihnen lag eine Anhöhe, nicht besonders steil und

mehr eine Bodenwelle denn ein Hügel. Dennoch mussten viele von ihnen auf allen vieren hinaufkriechen.

Vom Kamm aus war der Blick nach Norden auf weite Entfernung frei, und sie konnten mitten auf der Ebene, die sich an den sachte abfallenden Abhang anschloss, ein Dorf ausmachen. Es lag an einem schmalen Fluss, der nach Westen verlief und dessen Ufer von dichten Büschen und hohen Pappeln gesäumt waren.

Aus den Kaminen stieg Rauch, zwischen den Häusern waren Menschen zu sehen, auf Koppeln und in Pferchen weideten Kühe, Pferde, Schafe und Ziegen.

Der Anblick motivierte die vor Schwäche taumelnden Normannen. Die Angst, in die Hände Godefrieds und der Franken zu fallen, und der nagende Hunger ließen sie noch einmal alle Kraft und Energie aufbieten, die noch in ihren ausgemergelten Körpern steckten. Ohne anzuhalten, stapften sie den Abhang hinunter und hinein in die Ebene, fest entschlossen, sich zu holen, was sie benötigten, um sich am Leben zu halten.

Sie hatten sich dem Dorf, das aus etwa einem Dutzend Höfen bestand, auf gut zweihundert Schritte genähert, als zwischen den Häusern wohl an die dreißig Männer mit Mistgabeln und Dreschflegeln in den Fäusten hervorrannten und sich ihnen in einer breiten Front näherten.

Die Männer des Dorfes hatten sich entschlossen, ihren Besitz und das Leben ihrer Familien zu verteidigen. In ihren Herzen saß zwar die Angst vor den Barbaren, doch es ging um ihre Liebsten, um ihr Hab und Gut, und es war der Mut der Verzweiflung, der sie zu den primitiven Waffen greifen ließ.

»Macht sie nieder!«, brüllte Fridleiv Ragnarsson und riss die Axt aus seinem Gürtel.

Wenig später prallten die Gegner aufeinander, und diesmal kämpften auch Frida und ihre Schwester gegen die Dörfler. Doch schon nach wenigen Minuten zeichnete sich ab, dass die Normannen unterliegen würden. Ein halbes Dutzend von ihnen lag schon tot oder sterbend am Boden, den Leib von den Zinken einer Mistgabel durchbohrt oder den Schädel von einem Dreschflegel zertrümmert.

Frida taumelte auf einen der Bauern zu, die Axt zum Schlag erhoben, einen Schrei auf den Lippen, der jedoch nur zu einem misstönenden Krächzen wurde. Einen Augenblick lang schaute sie in die Augen des Mannes, las darin die Angst und die Verzweiflung, aber auch den Willen zu leben.

Ihr Schlag kam lahm, und der Bauer hatte keine Mühe, ihm auszuweichen. Im nächsten Moment aber krachte sein Dreschflegel gegen Fridas Seite, und die Wucht des Hiebs riss sie von den Beinen.

Sie hörte nicht, wie ihr Vater den Rückzug anordnete, und sie sah nicht, wie er und die Krieger, die dazu noch fähig waren, die Flucht ergriffen.

Die Bauern, froh, den Angriff abgewehrt und das Unglück von ihrem Dorf abgewendet zu haben, verfolgten die Fliehenden nicht.

Sie untersuchten die reglos am Boden liegenden Normannen und stellten fest, dass Frida und zwei weitere der Krieger lebten.

»Am besten, wir erschlagen sie«, rief ein älterer Mann. »Wenn wir sie lebend festhalten, ist nicht auszuschließen, dass die anderen zurückkehren, um sie zu befreien.«

»Wir sind Christen, Gunther«, rief ein anderer. »Hast

du denn die Gebote unseres Herrn und Gottes vergessen? Du sollst nicht töten, lautet eins davon. Willst du dich an diesen hilflosen Menschen versündigen?«

»Es sind Heiden, sie haben geraubt und gemordet, und sie haben den Tod verdient!«

»Dann nimm deine Mistgabel und erstich sie.«

»Warum ich? Sie hätten auch euch …«

»Wer erklärt sich bereit, sie zu töten?«, fragte der Mann, der sich auf die Bibel berufen hatte.

Niemand meldete sich.

Der Mann ergriff wieder das Wort und sagte: »Wir bringen sie ins Dorf und schicken einen Boten nach Dorstad*, der den Burghauptmann informiert. Der soll sich um die Gefangenen kümmern.«

Als Frida zu sich kam, waren das Erste, was sie sah, die Wände aus grob behauenen Granitsteinen, die sie umgaben. Ein heller Streifen Sonnenlicht fiel durch eine kleine, vergitterte Öffnung in der Decke des Verlieses.

Das war auf keinen Fall Walhall. Es war aber auch nicht Helheim und schon gar nicht Niflheim, das eisige, finstere Gebiet hoch im Norden Midgards, über das sich eine der Wurzeln des Weltenbaums Yggdrasill, der den gesamten Kosmos verkörperte, erstreckte.

Frida lag am Boden. Ihre Gedanken verloren sich in einer Woge von Benommenheit, die sie für kurze Zeit wie eine graue, alles verschlingende Flut mit sich fortriss, dann klärte sich ihr Blick wieder, und ihr Denken ordnete sich.

Ihre Rippen schmerzten, in ihrem Kopf schien ein

* bedeutendste fränkische Handelssiedlung des 7. bis 9. Jahrhunderts in Friesland (Niederlande)

Hammerschmied seine Arbeit zu verrichten, sie fühlte sich schwach und elend, und es kostete all ihren Willen, den Oberkörper hochzustemmen und sich zu setzen. Ketten rasselten, und sie bemerkte, dass eiserne Schellen um ihre Handgelenke lagen. Von diesen führten rostige Ketten zu der Wand hinter ihr, wo sie in Hüfthöhe fest mit dem Mauerwerk verbunden waren.

Sie verzog das Gesicht und merkte, dass ihre Haut über der rechten Wange mit irgendetwas verklebt war und spannte. Sie tastete darüber hinweg und spürte Verkrustungen. Sogleich wurde ihr klar, dass die Wunde an ihrer Schläfe wieder aufgeplatzt und das Blut auf ihrer rechten Gesichtshälfte eingetrocknet war.

Siedend heiß kam bei Frida das Begreifen. Sie war Gefangene der Franken. Und ebenso siedend heiß drängte die Frage auf sie ein, was aus ihrem Vater, ihrer Schwester und den Kriegern geworden war.

Aus dem Steinboden kroch die Kälte durch ihre Kleidung. In einer Ecke des Verlieses lag ein Haufen faulenden Strohs. Die Wände und der Boden schimmerten feucht, es gab große Stellen mit Schimmelpilz, und der Gefangenen stieg modriger Geruch in die Nase.

An der gegenüberliegenden Wand, gleich neben der Tür, lag ein viereckig zugeschlagener Stein, der etwa eine Elle sowohl in der Höhe als auch in der Breite maß und auf der Oberseite, ziemlich am Rand, ein Loch aufwies, das etwa den Durchmesser eines Fingers hatte. Frida hatte keine Ahnung, dass es sich um den Amboss handelte, auf dem die Stahlspangen um ihre Handgelenke mit einem Eisensplint geschlossen worden waren und dass das Loch dafür vorgesehen war, den Splint wieder herauszuschlagen, wenn der Gefangene die Zelle verlassen musste – aus welchen Gründen auch immer.

Wo befand sie sich?

In dem Dorf, das ihnen zum Verhängnis geworden war, gab es sicher keinen derartigen Kerker. Ein Gefühl von Einsamkeit und Verlorenheit beschlich Frida. Das war wohl das Ende. Die Heimat würde sie niemals mehr wiedersehen, ebenso wenig ihre Mutter und die beiden kleinen Brüder.

Und nun spürte sie auch den Hunger, der ihren Leib blähte und Übelkeit in ihr erzeugte.

Sie wünschte sich, tot zu sein.

Ahnungslos, wie lange sie sich schon an diesem Ort befand, versuchte sie, sich mit ihrem Schicksal abzufinden. Wenn sie sich auch nur ein wenig bewegte, durchfuhr sie stechender Schmerz. Wahrscheinlich hatte ihr der Bauer mit seinem Dreschflegel einige Rippen gebrochen.

Frida fröstelte es. Sie erhob sich, stand vor der Wand und war bemüht, sich auf den Beinen zu halten. Unbeholfen setzte sie sich in Bewegung. Sie wollte zu dem Haufen Stroh. Aber die Ketten reichten nicht so weit. Resignation wollte sie befallen. Sie kehrte zur Wand zurück, kauerte nieder und lehnte sich mit dem Rücken dagegen. Doch schon bald verkrampfte sich die Muskulatur ihrer Beine, und sie legte sich auf den feuchten, kalten Boden.

Die Schwäche ließ sie in eine Art Dämmerzustand versinken. Albträume quälten sie und ließen sie hin und wieder aufschreien. Sie vernahm ein Knarren wie aus weiter Ferne, dann ein Quietschen und sah wie durch Nebelschleier ein Stiefelpaar auf sich zukommen. Nein, es waren zwei, drei – vier Stiefelpaare.

Eine hohnvolle Stimme erklang: »He, Schildmaid, die Augen auf! Du bist nicht hier, um dich auszuruhen!«

Die Worte waren in ihrer Sprache ausgestoßen worden. Sie klangen in Frida nach, und allmählich begriff sie, dass dies kein Traum war, sondern dass jemand das Verlies betreten und zu ihr gesprochen hatte.

Ihre Lider zuckten, hoben sich, sie drehte den Kopf ein wenig und konnte die Gestalt des Sprechers über ihr sehen. »Godefried«, röchelte sie.

»Sehr wohl, Maid, ich bin es – Jarl Godefried Haraldsson, der Mann, dessen einzigen Sohn ihr erschlagen habt.«

»Wo bin ich?«

»Auf der Festung Dorstad. Hier wirst du sterben, und dein Tod wird furchtbar sein.«

»Wo sind mein Vater, meine Schwester, all unsere Krieger?«

»Fridleiv Ragnarsson und Dagrun Fridleivsdóttir kriege ich auch noch. Ebenso die wenigen Krieger, die der Verräter noch um sich schart. Ihr seid alle des Todes. Und mit dir mache ich den Anfang.«

»Ich … ich habe Hunger.«

»Du bekommst zu essen. Natürlich, denn du musst im Vollbesitz deiner körperlichen Kräfte sein, wenn ich dir die Rippen von der Wirbelsäule hacke.«

»Du bist der Verräter, Godefried. Nicht mein Vater – *du* hast die Bruderschaft verraten und den Eid gebrochen. Thor wird dich zerschmettern!«

Haraldsson versetzte Frida einen brutalen Tritt, der sie aufschreien ließ. Aber aus der Formulierung Haraldssons, dass er ihren Vater und Dagrun auch noch kriegen werde, schloss sie, dass sich die beiden nicht in der Gewalt Godefrieds und der Franken befanden. Darüber verspürte sie eine immense Erleichterung. Der Stein allerdings, der auf ihrem Herzen lag, war nur ein wenig verrutscht, aber nicht heruntergefallen. Denn ihre eigene Zukunft stellte sich ihr nicht gerade rosig dar.

Sie kannte Festungen dieser Art aus ihrer Zeit in Britannien. Aus ihren Kerkern zu entkommen war geradezu unmöglich. Ihr Schicksal war damit besiegelt. Ihr blieben nur noch, die Folter und ihre Hinrichtung ohne einen Laut der Klage und des Schmerzes zu ertragen.

Eine fast fatale Gleichgültigkeit ergriff von ihr Besitz.

Aber Godefried hörte nicht auf, sich an ihrer Hilflosigkeit zu weiden. Offenbar wollte er seinen Triumph voll und ganz auskosten. »Eigentlich muss ich den Göttern dankbar sein, dass sie mir rechtzeitig die Augen geöffnet haben. Hätte sich mein Blut mit dem Fridleiv Ragnarssons in unseren Enkeln vermischt … Ich möchte gar nicht daran denken, was sich daraus ergeben hätte. Aber eine solche Mischung kann nicht mehr zustande kommen. Denn mein Sohn ist tot, und ich habe geschworen, ihn zu rächen …«

»Dein Blut und das Blut meines Vaters *haben* sich vermischt«, ächzte Frida und unterbrach damit die gehässige Tirade des Jarls. »Aber du hast die Bruderschaft schmählich verraten, und dein Sohn ist durch deine Schuld gestorben. Ja, bei Odin und den Asen, schlechtes Erbgut hat sich mit gutem vermischt. Mögen die Götter verhindern, dass mein Vater das mit seinem Blut vermischte schlechte Erbe weitergibt.«

Wieder versetzte ihr der zornentbrannte Jarl Frida einen Fußtritt. Dann stieß er hervor: »Seher, sag ihr, was du den Runen entnommen hast!«

Bertil Gudbrandsson trat vor und richtete den mitleidlosen Blick auf Frida. »Ich habe dich, deine Schwester und deinen Vater auf den Schwingen des Blutadlers nach Helheim reisen sehen«, stieß der Seher hervor. »Die Tore von Gladsheim bleiben euch verschlossen. An der Regenbogenbrücke wird euch Heimdall* zurückjagen.«

»Und du niederträchtiger Verräter wirst am Nastrand verrotten!«, schrie Frida, fassungslos, den Seher an der Seite von Godefried Haraldsson wiederzusehen. »Niemals mehr siehst du dann das Sonnenlicht, und du atmest giftige Dämpfe ein!«

»Die Schildmaid, die ihr Leben dem Kampf widmete und nach ihrem Tod heldenhaft und in Begleitung der Walküren in Walhall einziehen wollte«, kam es zynisch von Gudbrandsson, »sie wird ein schändliches Ende in Helheim erfahren. Jetzt reißt du noch das Maul auf. Ich bin neugierig, wie du dich gibst, wenn sie dich an den Holzblock binden und dir die Tunika vom Leib reißen.«

»Wenn sich mir die Gelegenheit bietet, werde ich dich anspucken, Verräter.«

Als der Seher Frida ebenfalls einen Fußtritt verpassen wollte, zerrte ihn Godefried Haraldsson zurück. »Genug. Sie soll gesund sein an Leib und Geist, wenn wir sie zur Hinrichtung führen. Sorgt dafür, dass sie ausreichend zu essen und zu trinken erhält, und haltet mich bezüglich ihrer körperlichen Verfassung auf dem Laufenden.«

Godefried, der Seher und die Wachen, die die beiden begleitet hatten, drehten sich um und gingen hinaus. Die Tür knarrte und quietschte wieder in den Angeln, dann hörte Frida das metallische Knirschen, als sie verriegelt wurde.

---

* Heimdall bewacht die Brücke, genannt Bifröst, die Midgard mit Asgard verbindet

Einen Moment glomm die Hoffnung in ihr auf, dass ihr Vater und Dagrun sie befreien würden. Aber diesen Gedanken verwarf sie schnell wieder. Es würde ihnen unmöglich sein, in die Burg zu gelangen und ihre Gefängnistür zu öffnen.

Sie hatte verloren. Doch der Gedanke verursachte keine Furcht in ihr, sondern ein Gefühl müder Resignation. Die innere Kraft, die noch vor nicht allzu langer Zeit aus jedem Zug ihres Gesichts gesprochen hatte, war verschwunden.

Wieder verging einige Zeit, dann wurde die Tür erneut geöffnet. Frida lag noch genauso auf der Seite, wie sie gelegen hatte, als Godefried, der Seher und die Wachposten gegangen waren. Ihr ganzer Körper schmerzte, ihr Atem ging rasselnd, die Kälte der Steine unter ihr spürte sie schon nicht mehr.

Odin, lass mich sterben, dachte sie. Gewähre mir einen schnellen Tod. Selbst der Strohtod wäre eine Erlösung.

Sie lag in einer Art Dämmerzustand. Was um sie herum geschah, registrierte sie zwar, doch es erreichte nur den Rand ihres Bewusstseins.

Kräftige Hände hoben ihren Oberkörper vom Boden. Eine Welle des Schmerzes durchfuhr sie. Sie wurde an die Wand gesetzt, eine dunkle Stimme sagte etwas, das sie nicht verstand, aber sie klang irgendwie warm und bekümmert, und Frida riss fast gewaltsam die Augen auf, um zu sehen, wer gesprochen hatte.

Wie durch Nebelschleier sah sie das gebräunte Gesicht eines jungen Franken, der wieder auf sie einsprach. Und immer wieder – zwischen dem, was er in seiner Sprache von sich gab – fiel ein Wort in ihrer Sprache. Es lautete: Essen.

Fridas Blick klärte sich ein wenig. Sie wollte etwas erwidern, doch es wurde nur ein unverständliches Krächzen, das aus ihrer trockenen Kehle stieg. Sie sah das Gesicht vor sich etwas deutlicher. Der Franke hatte schulterlange blonde Haare und blaue Augen, ein männlich-kantiges Gesicht mit einem breiten Kinn, und wirkte auf Frida in keiner Weise feindselig, sondern eher besorgt und teilnahmsvoll.

Er hielt ihr eine tönerne Schüssel vor das Gesicht, in der sich ein Gemisch aus Gemüse und Fleisch befand. In der grünlichen Pampe steckte ein hölzerner Löffel.

Essen!

Frida überwand ihre Kraftlosigkeit und nahm die Schüssel. Fast gierig stopfte sie den Inhalt Löffel für Löffel in sich hinein.

Der junge Soldat schaute ihr zu. Ja, er war Soldat; das erkannte sie an seinem Wams, auf das das Wappen seines Herrn gestickt war. Als sich ihre Blicke begegneten, lächelte er. Dann sagte er wieder etwas, das sie wiederum nicht verstand.

Mit jedem Löffel von der Speise, der ihren Magen erreichte, hatte sie das Gefühl, an Kraft zu gewinnen, und auch die Übelkeit wurde erträglicher. Es war, als füllten augenblicklich neue Energien ihren Körper.

Schließlich hatte sie den letzten Rest aus der Schüssel gekratzt und hielt sie samt Löffel, den sie hineingelegt hatte, dem Franken hin. Der nahm sie und wies mit der linken Hand auf den Boden zur Linken von Frida. Sie drehte etwas den Kopf und sah den Krug, der da abgestellt worden war, nahm ihn sogleich und trank durstig.

Nachdem sie das Gefäß wieder abgesetzt hatte, sagte der junge Soldat: »Ich bin Roland.«

Frida schaute ihn fragend an, denn sie war seiner Sprache nicht mächtig.

Er registrierte es, lächelte und tippte sich mit dem Daumen gegen die Brust. »Roland.«

Nun begriff Frida. Da sie die Sprache der Angelsachsen recht gut beherrschte, fragte sie ihn, ob er sich in dieser Sprache mit ihr unterhalten könnte.

»Hier auf der Burg lebten einige Zeit Gesandte des Königs von Wessex«, antwortete Roland. »Die Leibwächter, die diese edlen Herren begleiteten, haben mich ihre Sprache ein wenig gelehrt.«

»Dann können wir uns also verständigen. Dein Name ist also Roland«, murmelte Frida. »Du bist sehr freundlich.«

»Es gefällt mir nicht, wie diese Barbaren, die seit gestern Gastrecht auf der Burg genießen, mit dir umgehen. Für mich bist du fast noch ein Kind.«

»Ich bin kein Kind!«, begehrte sie auf. »Ich bin eine Schildmaid, eine Kämpferin, und mein Leben ist Odin, dem Kriegsgott, geweiht.«

»Dein Gott hat dich, wie es scheint, schmählich im Stich gelassen«, meinte Roland. »Du bist eine Frau, eine junge Frau, und du solltest nicht die Axt oder das Schwert führen, sondern den Kochlöffel. In unserem Land stehen Frauen wie du am Herd und ziehen die Kinder groß.«

»Wo bin ich überhaupt?«

»Auf der Burg des Edlen von Dorstad.«

»Ist er dein Herr?«

»Ja.«

»Er hat sich mit Jarl Haraldsson verbündet?«

»Richtig. Die Soldaten des Edlen von Ermentiers haben das Bündnis vermittelt. Unsere Soldaten und die

Krieger des Jarls sind im Land unterwegs. Ihr Auftrag lautet, Fridleiv Ragnarsson und den Rest seiner Schar zu stellen und ebenfalls auf die Festung zu schaffen, wo sie hingerichtet werden sollen.«

»Godefried, dem dein Herr hilft, ist ein Verräter und Eidbrecher. Dein Herr ist schlecht beraten, wenn er ihm vertraut.«

»Das behauptet man von allen Barbaren, die immer wieder von Norden her ins Frankenreich einfallen. Sie sollen tückisch und gewissenlos, grausam und gnadenlos sein.«

»Habt ihr Franken mit euren Feinden Gnade? Ließ nicht euer König Karl vor etwa hundert Jahren viereinhalbtausend Sachsen grausam abschlachten?«

Roland zuckte mit den Schultern. »Es war Krieg, und es waren Feinde des Königs. Wir Franken führen keinen Krieg mit den Dänen. Und trotzdem kommen die Krieger Göttriks in unser Land und erschlagen unsere Leute.«

»Wir sind von Britannien herübergekommen und wollten nur noch nach Hause«, erklärte Frida. »Wenn wir eure Bauern überfallen haben, dann der Not gehorchend.«

»Nein. Ihr habt gemordet, geplündert und gebrandschatzt. Das war nicht nötig. Aber was rede ich? Ich glaube nicht, dass du einsichtig bist, denn deine Erziehung lässt das gar nicht zu. Ich werde dir dreimal am Tag Essen bringen. Es ist meine Aufgabe, dafür zu sorgen, dass du wieder zu Kräften kommst, und wenn du körperlich wieder stark genug bist, werden du und deine Gefährten Jarl Godefried Haraldsson übergeben, und der lässt euch hinrichten. Das ist ein Teil der Abmachung zwischen meinem Herrn und dem Jarl.«

»Ihr? Du sprichst in der Mehrzahl. Sind noch weitere unserer Leute auf der Burg gefangen?«

»Ja, zwei eurer Krieger. Sie befinden sich in einem anderen Verlies. Für den Jarl allerdings sind sie von nicht allzu großer Bedeutung. Dich sterben zu sehen liegt ihm allerdings sehr am Herzen.«

»Das kann ich mir denken. Du kannst ihm bestellen, dass ich es war, die seinen Sohn erschlagen hat. Und sag ihm darüber hinaus, dass ich ihm liebend gern ebenfalls mit meiner Axt den Schädel spalten würde.«

»Willst du seine Wut unnötig herausfordern?«

»Spielt das eine Rolle? Er wird mich töten. Öfter als einmal kann ich nicht sterben. Und da er sowieso den Blutadler an mir vollziehen will, kann sich zwar sein Hass steigern, die Qualen, die er für mich vorgesehen hat, lassen aber keine Steigerung mehr zu.«

»Ich frage mich«, Roland tippte sich mit dem Zeigefinger gegen die Stirn, »was in Köpfen wie dem deinen vorgeht. Hast du denn keine Angst vor dem Tod? Du hast gemordet und geplündert, und dafür wirst du in der Hölle brennen. Ja, du wirst heulen und mit den Zähnen knirschen und auf ewig der Verdammnis anheimfallen. Macht dir diese Aussicht nicht Angst?«

»Das erzählen euch Christen eure Priester und Mönche. Mich können sie damit nicht einschüchtern.«

»Ich weiß, du träumst von Walhall.« Er zuckte mit den Schultern. »Ich muss jetzt wieder gehen. Aber ich komme wieder.«

Sein Blick schien noch für kurze Zeit in Fridas eingefallenem, schmutzigem Gesicht zu forschen, dann wandte er sich ab und verließ die Zelle. Die Tür fiel hinter ihm zu, die Riegel schepperten.

Frida starrte noch eine ganze Weile auf die aus Eichenbohlen gefertigte Tür mit den eisernen Beschlägen. Und nach einiger Zeit ertappte sie sich dabei, dass sich ihr Denken nur um den Jüngling drehte, der ihr überhaupt nicht feindselig entgegengetreten war. Seine blauen Augen hatten sie mit aller Offenheit angeschaut, sie hatte sogar so etwas wie Wärme in seinem Blick feststellen können, und sie musste sich eingestehen, dass sie gegen Roland, obwohl er ein Feind war, nicht den geringsten Groll hegte.

Warum das so war, konnte sie nicht analysieren. Es entzog sich ihrem Verstand. Es gelang ihr nicht, die Gedanken an den jungen Soldaten zu verdrängen.

Fridleiv Ragnarsson, Dagrun und gut zwei Dutzend Krieger hatten nach ihrer Flucht wieder zueinanderfinden können. Sie hatten sich in einen dichten Wald zurückgezogen und einen ganzen Tag lang nur ihre Wunden geleckt.

Zwei der Krieger hatten beobachtet, dass bald nach dem Kampf berittene Soldaten erschienen waren und Frida sowie zwei weitere Krieger, die von den Bauern nicht getötet worden waren, fortgebracht hatten.

Ragnarssons Männer und seine verbliebene Tochter ernährten sich von Würmern und Käfern, und am zweiten Tag, den sie sich in dem Wald versteckt hielten, boten sich Ivarr und Gunnar an, auf die Jagd zu gehen, um Wild zu erlegen.

Der Jarl gestattete es.

Die beiden Krieger stapften tiefer in den Wald hinein, und schon bald verloren die Zurückgebliebenen sie aus den Augen. Um den Weg wieder zurückzufinden, kennzeichneten sie mit ihren Äxten etwa alle fünf Schritte einen Baum.

Es war um die Mitte des Nachmittags. In dem Wald war es düster, denn die ineinander verschlungenen Äste und Zweige der Baumkronen bildeten ein dichtes Blätterdach, das fast kein Licht durchließ. An diesem Tag kam noch dazu, dass dicke, dunkle Wolken aufgezogen waren, die die Sonne erst gar nicht zum Vorschein kommen ließen. Es roch nach Regen.

Fast lautlos schritten sie über den dicken Teppich aus abgestorbenen, verrottenden Blättern, die Augen unablässig in Bewegung auf der Suche nach Wild.

Sie mochten etwa zwei Stunden unterwegs gewesen sein, als ihnen der Geruch von Rauch in die Nasen stieg. Sie hielten an und witterten, schließlich gab Ivarr seinem Gefährten ein Zeichen und wies mit dem Kinn in eine bestimmte Richtung, worauf sie sich wieder in Bewegung setzten.

Weit vor ihnen sickerte Helligkeit in das Dämmerlicht zwischen den Bäumen. Als sie näher kamen, entpuppte sich diese Lichtquelle als eine Lichtung. An ihrem Rand, im Schutz der Büsche, die hier wuchsen, verharrten sie geduckt und nahmen auf, was sich ihren Blicken bot.

Es war eine Köhlerei. Der Kohlenmeiler, ein hoher, mit Erde bedeckter Wall aus verglühenden Holzscheiten, befand sich inmitten der Lichtung. Um den halbkugelförmig angelegten Meiler war eine Art Damm aufgeworfen, um bei starkem Regenfall zu verhindern, dass Regenwasser von unten her in den Meiler eindringen konnte. Er hatte etwa Kniehöhe.

Die Hütte des Köhlers war nahe am Waldrand errichtet. Ein etwa drei Schritte breiter Bach floss hinter der Hütte vorbei, aus deren gemauertem Schornstein dunkler Rauch stieg. Auf der anderen Seite der Lichtung war ein großer Berg von fertiger Holzkohle aufgehäuft worden.

Von dem Köhler war nichts zu sehen.

Die beiden normannischen Krieger schlichen im Schutz der Bäume und Sträucher zu der Hütte hin, lauschten und konnten im Innern die Stimmen eines Mannes und einer Frau unterscheiden. Ivarr zog seine Axt aus dem Gürtel und stieß die Tür auf, trat ein, gefolgt von Gunnar, und sah am Tisch einen bärtigen Mann und eine grauhaarige Frau sitzen.

Die beiden sprangen auf, starrten mit dem Ausdruck des namenlosen Schreckens die Eindringlinge an, schließlich bekreuzigte sich die Frau und stammelte: »Gott im Himmel, steh uns bei!«

Auf dem gemauerten Herd stand eine Pfanne, in der drei Fische brieten. Mit wilden Blicken schauten sich Ivarr und Gunnar um.

Der Köhler warf sich plötzlich auf die Knie, streckte den beiden die Hände entgegen und flehte: »Lass uns am Leben, ihr guten Männer. Wir sind arme Leute und essen unser Brot im Schweiße unseres Angesichts ...«

Keiner der beiden Eindringlinge verstand, was er sagte.

Ivarr redete den Köhler in seiner Sprache an. Doch der Mann schaute nur verständnislos. Ivarr versuchte es auch im angelsächsischen Dialekt – vergebens. Er wandte sich an Gunnar und sagte: »Hol den Jarl und die anderen her. Wie es aussieht, gibt es in dem Bach Fische. Auch werden wir hier Brot, Mehl und Salz und vielleicht sogar gesalzenes Fleisch oder eingelegten Fisch finden.«

Gunnar verließ die Hütte. Ivarr fasste mit der linken Hand in die Haare des Köhlers. Der Mann schrie gellend auf und hob abwehrend die Hände, denn er war sich sicher, dass ihm der Normanne mit seiner Axt den Kopf abhacken wollte.

Doch Ivarr zerrte ihn lediglich auf die Beine und drückte ihn auf einen der Stühle bei dem grob aus dünnen Stämmen zusammengenagelten Tisch. Dann bedeutete er der Frau, in deren welken Zügen die Todesangst wütete, sich zu ihrem Mann zu setzen. Sodann schob der Krieger mit seiner Axt die Pfanne mit den Fischen vom Feuer, steckte die Waffe weg und begann, mit den Fingern eine der Forellen zu zerlegen. Stück für Stück stopfte er sich die Bröckchen in den Mund und schlang sie hinunter.

Der Köhler und seine Frau saßen zitternd am Tisch und schauten ihm zu. Sie wagten kaum zu atmen.

Mit Heißhunger verschlang Ivarr die drei Fische. Dann wartete er auf den Jarl und die kleine Schar.

Sie kamen irgendwann im Laufe des Nachmittags. Fridleiv Ragnarsson stellte dem Köhler und der Frau eine Reihe von Fragen, doch die Antworten bestanden nur in angstvollen Blicken und Gesten, die ausdrücken sollten, dass die beiden kein Wort verstanden.

Schließlich zog der Jarl sein Messer. Ihm entging nicht das Entsetzen des schmutzigen Mannes und seiner Frau, und er bedeutete ihnen mit einer beruhigenden Geste seiner linken Hand, dass er nicht vorhatte, sie zu erstechen. Er ging auf das linke Knie nieder und ritzte mit der Messerspitze die Umrisse einer Burg in den festgestampften Fußboden, außerdem die mehrerer Häuser rund um die Burg. Dann sah er den Köhler fragend an.

Der schien endlich zu verstehen, denn er nickte und stieß hervor: »Dorstad.«

Auch der Jarl nickte, deutete auf die mit wenigen Strichen primitiv dargestellte Burg, dann auf sich und schließlich auf den Köhler, danach ging er einige Schritte auf der Stelle.

Auch diesmal begriff der Köhler schnell. »Ich soll euch zu der Festung führen.« Er nickte mehrere Male, dann deutete er mit dem Mittelfinger auf sich, wies danach mit dem Zeigefinger auf den Jarl und streckte den Arm in westliche Richtung aus. »Dorstad«, sagte er.

»Dorstad«, echote Fridleiv und nickte zufrieden.

»In dem Bach draußen gibt es Fische«, sagte Ivarr. »Lass die Männer so viele wie möglich fangen, Herr. Wir können sie hier auch braten, ohne befürchten zu müssen, dass uns der Rauch verrät. Denn von der Köhlerei steigt immerzu Rauch auf und steht über dem Wald.«

»Wir marschieren morgen Früh los«, erklärte der Jarl, dann befahl er, Fische zu fangen und so viele wie möglich zu braten, damit sich jeder von ihnen an diesem Abend einmal so richtig sättigen konnte.

Der wandernde und schwächer werdende Lichtschein, der durch die vergitterte Öffnung fiel, verriet Frida, dass sich der Tag dem Ende zuneigte. In ihrem Verlies war es schon ziemlich düster.

Sie verspürte schon wieder nagenden Hunger. Den Krug mit dem Wasser hatte sie längst geleert. Sie kauerte an der Wand und harrte darauf, dass endlich wieder Roland erschien.

Er kam, als die Zelle schon in ziemlicher Dunkelheit lag. In der linken Hand hielt er eine Fackel, in der rechten den Napf mit ihrem Essen, unter den Arm hatte er sich einen halben Laib Brot geklemmt.

Er steckte die Fackel in eine Halterung an der Wand und reichte Frida die Schüssel. Es war das gleiche Essen, wie sie es an diesem Tag schon einmal erhalten hatte, diese grünliche Pampe aus Gemüse und Fleisch. Wieder stopfte sie die Mahlzeit hungrig in sich hinein. Roland verließ noch einmal die Zelle und kam gleich darauf mit einem Krug voll Wasser zurück. Ehe er die Zelle erneut betrat, wechselte er mit dem Wachsoldaten vor der Tür ein paar Worte.

Er kauerte Frida gegenüber nieder und schaute ihr zu, wie sie aß. Plötzlich sagte er: »Unsere Leute haben vier eurer Krieger einfangen können und auf die Burg gebracht.«

Frida hörte zu essen auf und schaute erschreckt in Rolands Gesicht. »Haben sie etwas über meinen Vater oder meine Schwester berichtet?«

»Eure Rotte wurde in alle Winde zerstreut. Nein, sie wissen nicht, was aus deinem Vater und deiner Schwester wurde. Der Jarl Godefried Haraldsson hat nachfragen lassen, wie weit du in der Zwischenzeit genesen bist. Mir scheint, er kann es nicht erwarten, dich sterben zu sehen.«

»Hat du ihm bestellt, dass ich es war, die Alfarin den Schädel eingeschlagen hat?«

»Nein. Er würde sich sicherlich etwas einfallen lassen, um dich noch mehr zu quälen. Das will ich nicht. Hat dir eigentlich schon einmal jemand gesagt, dass du eine sehr schöne, begehrenswerte Frau bist, Frida?«

Ihre Stirn legte sich in Falten. »Ich bin schmutzig, meine Haare haben keinen Glanz und sind strähnig, ich bin nur noch ein Schatten meiner selbst. Nein, ich bin nicht schön. Aber schön zu sein wird auch gar nicht von mir erwartet. Mut und Stärke, das erwartet der von mir, dem mein Leben geweiht ist und den ich beeindrucken möchte.«

»Du sprichst von Odin, nicht wahr? Warum vermeidest du es, seinen Namen in den Mund zu nehmen?«

Frida kaute wieder, schluckte und erwiderte: »Da täuschst du dich. Hat man die vier auch auf die Burg gebracht?«

»Ja. Sie sollen ebenfalls hingerichtet werden.«

Frida schob sich einen Löffel voll von dem Pampf in den Mund. Das Essen schmeckte nicht, aber es kräftige Frida, und ihr Körper begann sich zu erholen. Irgendwie erschien es ihr dennoch makaber, dass sie dieses Essen genoss, denn es war eine Art Henkersmahlzeit.

Die Mahlzeiten sollten sie stark machen, und wenn sie wieder einigermaßen bei Kräften war, würde man an ihr den Blutadler vollziehen. Sie aß also, um sich für das Sterben zu kräftigen.

»Hast du eigentlich schon einmal einen Mann geliebt, Frida?«, fragte Roland und beobachtete sie. Nicht die geringste Reaktion in ihren Zügen wollte er sich entgehen lassen.

»Ja, meinen Vater.«

»Das meine ich nicht. Ich spreche von der Liebe, wie es sie unter Verlobten und Eheleuten gibt.«

»Ich habe es dir doch gesagt«, stieß sie hervor. »Mein Leben ist …«

»Ja, ja, schön und gut. Weihe hin, Weihe her: Es ist dir doch nicht untersagt, einen Mann zu lieben, ihn zu heiraten und Kinder mit ihm zu haben.«

»Nein, ist es nicht. Die erste Frau meines Großvaters war wie ich eine Schildmaid; sie bekam mehrere Kinder. Aber ich will keinen Mann heiraten.«

»Es gibt sicher viele Männer, die sich schon in dich verliebt haben«, sagte Roland.

»Warum sprichst du von Liebe?«, fragte Frida und musterte ihn argwöhnisch. »Reden wir lieber vom Tod, Roland. In einigen Tagen werde ich mit ihm Bekanntschaft machen. Also sprechen wir von ihm. Wie steht ihr Christen dazu?«

»Uns erwartet, wenn wir gut waren im Leben, das Paradies.«

»Wo ist das?«

Roland zuckte mit den Achseln. »Irgendwo weit oben, hinter den Wolken, wo die Sterne sind. Den Eingang bewacht Petrus, der erste Apostel unseres Herrn Jesus Christus.«

»Er lässt also nicht jeden hinein?«

»Diejenigen, die viele lässliche Sünden auf sich geladen haben, schickt er ins Fegefeuer. Die Bösen aber, die mit den Todsünden, müssen in die Hölle und sind ewiger Pein ausgeliefert.«

»Unser Paradies ist Walhall«, sagte Frida, nachdem sie wieder einen Löffel voll von der Mahlzeit zu sich genommen hatte. »Nach Walhall kommen die Krieger, die heldenhaft gestorben sind. Sie warten dort zusammen mit Odin auf Ragnarök, um als Einherjer an der Seite der Gottheiten gegen die Riesen zu kämpfen und zusammen mit den Göttern zu sterben. Die Welt wird in Flammen stehen und dichter Rauch alles verdunkeln. Aber Odin wird auferstehen und aus dem Chaos eine neue Welt schaffen, in der das Gute überwiegen wird.«

»Und wo enden jene, die nicht als Helden in Walhall aufgenommen werden?«, fragte Roland, zerbrach das Brot und reichte Frida ein Stück.

Sie wischte damit die Schüssel sauber, aß es und erwiderte: »Sie kommen nach Helheim. In dem Zaun, der das Totenreich begrenzt*, gibt es eine Tür, und diese wird von Garm** bewacht. Er empfängt die Verstorbenen mit lautem Gebell. Durch diese Öffnung fließt auch der Fluss Gjöll, über den eine Brücke führt***, die die Jungfrauen-Riesin Modgudr bewacht.«

»Helheim«, murmelte Roland. »Das hört sich fast wie Hölle an. Kann man das miteinander vergleichen? Kommen nach deinem Glauben alle, die keinen Heldentod sterben, in die Hölle?«

»In Helheim herrscht Hel. Loki hat sie mit der Riesin Angrboda gezeugt. Sie holt jene zu sich, die an Altersschwäche oder Krankheit gestorben sind. Die Räuber, Mörder und Vergewaltiger verbannt sie nach Nastrand, wo sie der Drache Nidhöggr frisst. Nastrand liegt in Niflheim, und das ist vielleicht der Ort, den ihr Christen Hölle nennt.«

Roland nahm die geleerte Schüssel. »Ich muss gehen, Frida. Vielleicht hast du wirklich nur noch wenige Tage zu leben. Nütze die Zeit und denke über Dinge nach, die außerhalb deiner Welt von Kampf, Heldentum und Tod liegen. Es wird dir vielleicht helfen.«

»Ich habe keine Angst vor dem Tod. Zu oft ist er mir schon begegnet, auf den Schlachtfeldern, drüben, bei den Angelsachsen. Er hat für mich längst seinen Schrecken verloren. Worüber soll ich denn nachdenken? Über die Liebe vielleicht?«

»Du bist aus der Liebe deines Vaters zu deiner Mutter und umgekehrt aus der Liebe deiner Mutter zu deinem

---

* er trägt in der nordischen Mythologie den Namen Helgrind

** der Höllenhund

*** sie wird Gjallarbrú genannt

Vater entstanden. Was soll daran verkehrt sein? Würde jeder so denken wie du, wäre das der Untergang der Menschheit; sie würde aussterben.«

»Warum sprichst du mit mir über die Liebe, Roland?«

Da errötete der junge Soldat. »Weil – weil ... Nun ja, sie macht das Leben erst lebenswert. Du wirst es sehen.«

Frida fixierte ihn verständnislos. »Nicht die Liebe werde ich erleben, sondern den Tod. Warum also sollte ich über die Liebe nachdenken?«

Roland erwiderte nichts, verließ das Gefängnis und schloss hinter sich die Tür.

Zurück blieb eine junge Frau, die von seinen Worten ziemlich verstört war und sich keinen Reim auf sie machen konnte.

Zehntes Kapitel

Der Köhler hatte Fridleiv Ragnarsson, Dagrun und die Krieger zu dem Handelsposten in unmittelbarer Nähe der Burg geführt.

Dorstad lag an der Gabelung von Niederrhein und Lek in der Nähe von Utrecht. Der Ort war wirtschaftlicher Dreh- und Angelpunkt im fränkischen Reich; von dort aus führten die Handelswege in den Norden des Frankenreichs, nach Britannien und Haithabu, ins Baltikum, nach Norwegen und Schweden.

Ragnarsson und seine kleine Schar versteckten sich in einem Wald in der Nähe der Burg und beobachteten sie. Auf dem Burgfried mit den hohen Zinnen stand ein Mast, von dem schlaff die Fahne mit dem Wappen des Edlen von Dorstad hing. Dort oben waren zwei Wächter postiert, deren Blicke unablässig in die Weite des Landes schweiften. Auch das Burgtor war bewacht, und auf dem Wehrgang über dem Tor standen ebenfalls zwei Wachposten mit Lanzen.

An diesem Morgen beobachteten die Normannen die Rückkehr eines Reitertrupps; es handelte sich um ein Dutzend Soldaten, die gelbe Wämser über den Kettenhemden trugen, auf deren Köpfen eiserne Helme saßen und die mit Schwertern und Spießen bewaffnet waren.

Die Zugbrücke war heruntergelassen. Die kleine Kavalkade ritt mit viel Gepolter über sie hinweg und verschwand sogleich durch das Burgtor.

»Ich bin mir nicht sicher, ob Frida in diesem Gemäuer festgehalten wird«, sagte Fridleiv Ragnarsson, »aber wenn sie von Soldaten abgeholt und weggebracht wurde und dies die einzige Feste weit und breit ist, muss ich davon ausgehen.«

»In die Festung kommen wir nicht hinein«, murmelte Dagrun. »Was denkst du, was sie mit Frida vorhaben, Vater? Werden sie sie hinrichten?«

»Diese Frage kann ich dir nicht beantworten. Aber ich denke es.« Auf einmal stöhnte er auf. »Bei den Göttern, sieh dir das an!« Betroffenheit und Fassungslosigkeit standen dem Jarl ins Gesicht geschrieben. »Das ist doch Thorve Lovgren, der elende Verräter.«

Ein Laut der Überraschung, der Bestürzung, brach über Dagruns Lippen. »Er ist es, in der Tat!«

Tatsächlich ritt Thorve Lovgren an der Spitze eines Reiterpulks – es handelte sich ausnahmslos um normannische Krieger – aus der Burg. Der Trupp wandte sich in nördliche Richtung.

»Das sind die Leute Haraldssons«, entfuhr es dem Jarl, und ein Wust von Gedanken stürmte auf ihn ein – bohrende, geradezu quälende Gedanken, die nur einen einzigen Schluss zuließen, dem Ragnarsson auch sofort Ausdruck verlieh: »Dann befindet sich Godefried gewiss auch auf der Burg. Bei Odin und den Asen! Frida ist also in seiner Gewalt!«

»Ja, und die Gruppen wechseln sich auf der Suche nach uns ab«, fügte Dagrun hinzu. »Haraldsson macht also weiterhin mit den Franken gemeinsame Sache. Er scheint sich nicht nur mit dem Edlen von Ermentiers verbündet zu haben, sondern auch mit dem Edelmann, dem der Frankenkönig dieses Gebiet als Lehen übertragen hat.«

»Wir werden Genaues erfahren, wenn wir Thorve Lovgren in den Händen haben.«

Ivarr Otterbjörk war herangeglitten und hatte die letzten Worte des Jarls vernehmen können. »Das wollte ich eben vorschlagen, Herr. Bitte übertrage mir die Aufgabe, Thorve zu schnappen und ihn dir zu bringen.«

»Du weißt, Ivarr, dass du mein volles Vertrauen genießt. Ja, bring mir den Verräter. Nimm dir die Männer, die du brauchst. Wir hingegen ziehen uns tiefer in den Wald zurück, um vor Entdeckung sicher zu sein.«

»Ich gehe mit ihm«, erklärte Dagrun.

Fragend schaute der Jarl Ivarr an, und der junge Krieger sagte: »Du hast eben mich damit betraut, Herr. Dagrun kann sich mir anschließen, doch ich werde derjenige sein, der die Befehle gibt.«

»Bist du bereit, Tochter, dich seinem Befehl unterzuordnen?«, fragte der Jarl.

Dagrun zögerte ein wenig, doch dann tauchte Gunnar Eriksson neben Ivarr auf und nickte ihr zu. »Ja, ich bin bereit«, gab sie zu verstehen. »Kommst du auch mit, Gunnar?«

»Wenn Ivarr will, dass ich mich seinem Trupp anschließe – ja.«

»Du bist dabei, Gunnar, und auch du, Dagrun«, sagte Ivarr. »Sucht acht Männer aus, und dann machen wir uns auf den Weg. Thorve ist mit seiner Schar nach Norden geritten, also werden sie von Norden auch wieder zur Burg zurückkehren.« Seine Stimme sank herab und nahm einen drohenden Unterton an. »Doch wir werden verhindern, dass sie die Festung erreichen.«

Es klang wie ein unheilvolles Versprechen.

Eine Viertelstunde später verließen Ivarr Otterbjörk und die Krieger, die Gunnar und Dagrun bestimmt hatten, den Rest der Truppe, die Jarl Ragnarsson noch befehligte. Die Zahl der Zurückgebliebenen war kaum größer als die derjenigen, die sich aufgemacht hatten, um Thorve Lovgren und seine Begleiter zu überwältigen.

Es war nur noch ein kläglicher Rest der Kriegerschar, mit der sie aus dem Feldlager in der Nähe von Eddington geflohen waren. Der Jarl selbst war schon längst zu der Überzeugung gekommen, dass sie ein verlorener Haufen mitten in einem Land voller Feinde waren. Aber die Hoffnung, trotz aller Widernisse die Heimat zu erreichen, lebte nach wie vor in seinem Herzen und würde wohl erst dann sterben, wenn er selbst sein Leben verlor.

Er bestimmte zwei Männer, die am Waldrand bleiben und die Burg beobachten sollten. Mit den anderen zog er sich tief in den Wald zurück. Den Köhler nahmen sie mit, denn wenn sie ihn gehen ließen, mussten sie damit rechnen, dass er sie verriet.

Ivarr Otterbjörk und seine Begleiter pirschten indessen durch den Wald, umgingen in einem weiten Bogen die Feste und wandten sich nach Norden. Auch dort gab es Wälder und große Buschgruppen, die ihnen Schutz und Deckung gaben.

Ihre Geduld wurde auf eine harte Probe gestellt. Viele Stunden harrten sie aus, und der Tag neigte sich schon seinem Ende entgegen, als sich aus nördlicher Richtung der Reitertrupp näherte, von dem sie vermuteten, dass es sich um Thorve Lovgren und seine kleine Kriegerschar handelte.

Die Reiter kamen näher und schwenkten auf den Weg ein, der zur Burg führte. Er war staubig, unzählige

Hufe hatten ihn aufgewühlt und Wagenräder ihn zerfurcht. Die Hufe der Pferde rissen kleine Staubwolken in die warme Luft.

Ivarr konnte schließlich Einzelheiten erkennen. Der vorderste der Reiter war Thorve. Hinter dem Zorn, den Ivarr verspürte, lag ein schmerzliches Gefühl. Thorve war einmal einer seiner besten Freunde gewesen.

Er war hin und her gerissen von seinen Gefühlen, schließlich aber rief er halblaut: »Überlasst Thorve mir. Ihn brauchen wir lebend – nur ihn.«

Seine Leute verstanden und zogen die Äxte aus ihren Gürteln. Wilde Entschlossenheit prägte die Mienen, die Augen blickten hart.

Als Thorve an Ivarr vorüberritt, sprang Letzterer aus seiner Deckung und packte Thorve mit beiden Händen. Die Krieger, die zu Ivarr gehörten, stürzten sich mit frenetischem Gebrüll auf die Männer, die Thorve Lovgren folgten.

Ein heftiger Ruck, und Thorve wurde vom Pferd gerissen und mit Wucht auf den Boden geschleudert. Der Aufprall nahm ihm die Luft, und er ächzte erstickend.

Hinter ihm machten Ivarrs Leute mit den Männern Haraldssons kurzen Prozess. Sie waren zwar von einem Volk, aber während die einen ums Überleben kämpften, waren in ihren Augen die anderen Getreue eines niederträchtigen Verräters und Eidbrüchigen, und das machte sie zu ihren Feinden. Und ein Feind konnte nur dann nicht mehr gefährlich werden, wenn er vernichtet war.

Köpfe barsten unter wuchtigen Axtschlägen, Hälse wurden durchtrennt, Leiber aufgeschlitzt. Blut spritzte und floss in Strömen und rann über die Gesichter sowohl der Erschlagenen als auch derer, die wie von Sinnen wüteten.

Auch Dagrun zeigte keine Gnade. Die Angst um die Schwester ließ sie zur Berserkerin werden. Sie war auf einen der Berittenen zugelaufen, und noch ehe der hatte reagieren können, hatte sie ihn mit einem Axthieb, der die Rippen unter seinem Kettenhemd bersten ließ, vom Pferd geholt.

Ein anderer Reiter wollte Dagrun mit der Axt den Schädel zertrümmern, doch sie wirbelte bereits herum, riss die eigene Waffe hoch, die beiden Axtblätter verhakten sich ineinander, und sie zerrte den Mann mit einem entschlossenen Ruck aus dem Sattel. Noch während er hart auf den Boden schlug, ließ sie ihre Axt auf seinen Rücken niedergehen und zerhackte ihm das Rückgrat.

Einer der Reiter wollte die Flucht ergreifen, riss sein Pferd am Zügel herum – da warf sich Dagrun gegen den Gaul, und das mit einer Wucht, dass das Tier zur Seite kippte und umfiel. Der Reiter bekam den Fuß nicht rechtzeitig aus dem Steigbügel, sein Bein wurde unter dem Pferdeleib zerquetscht, und bevor sich das Tier wieder aufrichten konnte, war Dagrun heran und schlug auf den Wehrlosen ein.

Sie hatte nur das Bild ihrer Schwester vor Augen und in Gedanken das grausame Schicksal, das Frida wegen dieser Verräter erwartete, während sie das Axtblatt immer wieder niedergehen ließ.

Dann schaute sie sich mit wildem Blick um und sah, dass von den Feinden nur noch Thorve am Leben war.

Ivarr hatte ihm die Axt aus dem Gürtel gerissen und sie weit von sich geschleudert. Nun hielt er dem Verräter die Schneide seiner Axt vor die Augen.

Thorve hatte noch immer gegen die Atemnot anzukämpfen. Sein Gesicht war dunkel angelaufen, seine

Augen waren blutunterlaufen, und sein Kehlkopf zuckte, als er sich krampfhaft bemühte, Luft zu holen.

»Eigentlich müsste ich dich auf der Stelle töten!«, presste Ivarr zwischen den Zähnen hervor. »Ich müsste dich erschlagen wie einen räudigen Hund, elender Verräter.«

»Um unserer Freundschaft Willen, Ivarr, tu es nicht. Ich …«

»Unsere Freundschaft hast du für beendet erklärt, also beruf dich nicht auf sie. Außerdem bin ich niemals der Freund eines gemeinen Verräters. Steh auf!«

Als Thorve nicht sogleich reagierte, packte Ivarr ihn mit der linken Hand am Hemd und zerrte ihn auf die Beine.

Die Krieger Ivarrs, deren Gesichter, Hände und Kleidung vom Blut der Getöteten besudelt waren, bildeten einen engen Kreis um Ivarr und Thorve Lovgren. Ein Blick in die Augen dieser Männer sagte Letzterem, dass er kein Entgegenkommen, keine Zugeständnisse, keine Versöhnung und – kein Mitleid erwarten durfte. Es gab auch keine Rechtfertigung für seinen Verrat, und nach einer Begründung würde sowieso niemand fragen.

Er ließ den flackernden Blick über die Krieger gleiten, mit denen er losgeritten war, um die Suchtrupps der Franken zu unterstützen und die nun reglos in großen Lachen ihres Blutes lagen. Für einen Moment hatte er das Empfinden, in Eiswasser getaucht zu sein.

»Du wirst für deinen Verrat zahlen, Thorve!«, versicherte Ivarr, dann wandte er sich an seine Leute: »Fesselt ihn. Wir nehmen die Pferde mit. Beeilt euch, denn es kann jeden Moment eine Patrouille der Franken auftauchen. Ich habe nämlich das Gefühl, dass sie im Einvernehmen mit dem Verräter Haraldsson noch immer das Land nach uns durchsuchen.«

Es war finster, als sie das Lager ihrer Gefährten erreichten. Die Grillen zirpten, und Glühwürmchen tanzten durch die Dunkelheit. Einer der beiden Wächter am Waldrand hatte die Ankommenden zu Fridleiv Ragnarsson und dessen kleiner Schar geführt, die auf einer Lichtung lagerten. Dort erhellten Mond und Sterne die Finsternis ein wenig. Die Geräusche, die sie verursachten, versanken zwischen den Bäumen und erreichten nicht einmal den Waldrand.

»Ich bringe dir Thorve, den Verräter«, sagte Ivarr und stieß seinen Gefangenen vor dem Jarl zu Boden. Thorve wollte den Oberkörper aufrichten, doch Ivarr stellte ihm den Fuß zwischen die Schulterblätter. »Er wird dir die Auskünfte erteilen, die für dich wichtig sind, Herr.«

»Ihr habt Pferde mitgebracht«, stellte Ragnarsson fest. »Sieben an der Zahl.«

»So können die Schwächeren von uns reiten, Herr, wie wir es während unserer Flucht in Britannien schon gemacht haben.«

»Gute Arbeit«, lobte der Jarl und versetzte Thorve Lovgren einen leichten Tritt. »Dein Verbrechen hat dich eingeholt, Verräter.«

»Ich habe den Seher befreit, weil ich ihn für unschuldig hielt«, ächzte Thorve.

»Aus welchem Grund auch immer«, knurrte Ragnarsson, »du hast mich verraten, indem du dies getan hast, und du hast dich mit Gudbrandsson auf die Seite meines Todfeindes geschlagen. Du kannst dir sicher denken, wie das Urteil lautet, das deiner Tat angemessen ist.«

»Bitte, Jarl, ich war wütend, und ich wollte Gudbrandsson helfen, weil ich ihn für unschuldig hielt. Hätte ich Jarl Haraldsson einen Gefallen erweisen wollen, hätte ich Frida, die den Gefangenen bewachte, mit meiner Axt erschlagen.«

»Der Mord an der Tochter eines Jarls hätte für dich zu Hause in Dänemark den sicheren Tod bedeutet. Das hast du dir vor Augen gehalten, als du den Seher befreit hast.« Ragnarsson winkte ab. »Allein dein Verrat ist ein todeswürdiges Verbrechen. Aber wenn du schon den Namen meiner Tochter in den Mund nimmst: Befindet sie sich in dieser Feste, und was für ein Schicksal hat ihr Haraldsson zugedacht?«

»Ja, sie ist in der Burg eingekerkert. Sobald sie im Vollbesitz ihrer körperlichen Kräfte ist, darf Godefried sie mit Erlaubnis des Edlen von Dorstad hinrichten. Er will an ihr den Blutadler vollziehen.«

»Gibt es die Möglichkeit, sie zu befreien?«

»Nein. Die Burg ist mit einer Hundertschaft Soldaten besetzt. Es besteht Alarmbereitschaft. Frida ist so gut wie tot.«

»Ein Tag, an dem sie hingerichtet werden soll, ist noch nicht bestimmt?«

»Nein, aber es wird nicht mehr allzu lange dauern. Deine Krieger, die sich ebenfalls auf der Burg befinden, werden mit ihr sterben. Sie werden enthauptet. Frida aber soll für deinen Verrat …«

»Ich habe Haraldsson nicht verraten!«, peitschte die Stimme Ragnarssons.

»Der behauptet es, und Frida will er dafür furchtbar büßen lassen.«

»Vielleicht tötet er meine Tochter«, knirschte Ragnarsson. »Aber eines Tages muss er die Festung verlassen. Dann bekomme ich ihn in meine Gewalt und vergelte ihm alles, was er an Schuld gegen mich und meine Sippe auf sich geladen hat. Doch eine Frage habe ich noch, Thorve: Du hast, als du damals mit Ivarr und Gunnar aus Haraldssons Lager geflohen bist, Verrat an ihm begangen. Warum hat dich der Jarl am Leben gelassen, als du mit dem Seher wieder zu ihm zurückgekehrt bist?«

»Weil ich Reue gezeigt habe, erneut den Treueschwur ablegte und der Seher um mein Leben gebeten hat.«

»Was wird aus ihm, Herr?«, fragte Ivarr.

»Er stirbt morgen Früh. Fesselt ihn an einen Baum und schiebt ihm einen Knebel in den Mund, damit er mit seinem Geschrei niemand anlockt. Sobald die Sonne aufgeht, töten wir ihn.«

Am folgenden Morgen betraten Godefried Haraldsson, der Seher und zwei fränkische Wachsoldaten das Verlies, in dem Frida angekettet war. Godefried stellte sich breitbeinig vor sie hin, hakte die Daumen in seinen Gürtel, legte den Kopf etwas in den Nacken und sagte grollend: »Wir haben sechs meiner Krieger eine halbe Reitstunde von hier erschlagen aufgefunden. Thorve Lovgren, der den Suchtrupp befehligte, ist spurlos verschwunden. Alles deutet darauf hin, dass dein Vater und die Handvoll Getreuer, die sich noch um ihn scharen, in der Nähe sind.«

Frida schwieg.

Der Jarl knurrte: »Aber mach dir keine Hoffnungen, Maid. Dein Vater wird nicht verhindern, dass ich dir die Rippen vom Rückgrat trenne. Deinen Kadaver, den kann er haben, denn ich werde ihn auf die Burgmauer bringen und in die Tiefe werfen lassen.« Er grinste böse.

»Du kannst ja mal versuchen zu fliegen, denn du wirst über Adlerschwingen verfügen.«

Seine letzten Worte waren vor boshafter Ironie kaum zu überbieten.

Doch auch darauf schwieg Frida. Lediglich ein Blick voll Verachtung traf Haraldsson.

Er biss die Zähne zusammen und versetzte Frida einen derben Tritt. »Morgen, nach Sonnenaufgang, wirst du sterben, Maid. Dein letzter Tag ist angebrochen. Bereite dich darauf vor. Morgen beginne ich damit, Ragnarssonblut zu vergießen.«

»Thor wird dich eines Tages zerschmettern!«, fauchte Frida, die sich in der Zeit, in der sie auf Burg Dorstad als Gefangene weilte, gut erholt hatte. »Denkst du denn, die Götter lassen deinen Verrat ungestraft? Ihre Vergeltung wird furchtbar sein. Ist dir denn nicht klar, dass die Bestrafung bereits begonnen hat? Die Götter haben mir deinen Sohn in den Weg geführt, damit ich ihn mit der Axt zerhacke. Er war dein Fleisch und Blut, und es wurde dir genommen. Das ist für dich schmerzlicher, als es dein eigener Tod sein könnte.«

Godefried schaute auf die Gefangene hinunter, sein Gesicht hatte sich zu einer Grimasse der tödlichen Leidenschaft verzerrt, und das dämonische Glitzern in seinen Augen war Ausdruck des Hasses, der in ihm wütete.

Seine Lippen klafften auseinander, seine Empfindungen lähmten seine Stimmbänder, aber nach dem zweiten Ansatz entrang es sich ihm mit einer Stimme, die vom Hass getränkt war: »Du hast also die Axt geführt, die das Leben meines Sohnes auslöschte. Bei Odin, dafür werde ich …«

»Du kannst mich nur einmal töten, Verräter!«, unterbrach ihn Frida. »Und da du mir sowieso schon die schlimmsten Qualen zugedacht hast, ist es dir nicht mehr möglich, mein Leiden zu steigern. Ich werde sterben, Verräter. Aber du musst mit dem Wissen leben, dass du deinen Sohn in den Tod getrieben hast. Dein schmählicher Verrat war die Ursache. Ich war nur das Werkzeug der Götter.«

Godefried beugte sich über Frida und packte sie mit beiden Fäusten am zerschlissenen, total verschmutzten Hemd. Sein Gesicht mit den dämonischen Irrlichtern in den Augen war dicht vor ihrem, und sein schaler Atem schlug ihr ins Gesicht, als er keuchte: »Doch, es gibt noch eine Steigerung, und du wirst sie erfahren, Maid. Du wirst mir helfen, deinem Vater und deiner Schwester eine Falle zu stellen. Und ehe du stirbst, wirst du zusehen, wie ich ihnen die Rippen zu Flügeln ausklappe. Und du wirst in dem Bewusstsein sterben, sie in die tödliche Falle gelockt zu haben.«

Frida spuckte ihm ins Gesicht. »Alfarin war ein Widerling. Aber du übertriffst ihn in jeder Beziehung!«

Godefried richtete sich auf, wischte sich mit dem Handrücken den Speichel aus dem Gesicht – und völlig überraschend schlug er zu.

Sein Handrücken landete bretterhart auf Fridas Mund. Sie schrie erschreckt auf, aus ihren aufgeplatzten Lippen sickerte Blut, rann über ihr Kinn und tropfte auf ihre Brust.

»Ich werde eure ganze Brut auslöschen«, quoll es gehässig aus Godefrieds Mund. »Mit deinem Vater, deiner Schwester und dir mache ich den Anfang.«

Er schwang herum und ging zur Tür. Gudbrandsson trat Frida gegen den Oberschenkel, dann folgte er wie ein folgsamer Hund seinem Herrn. Die beiden Wachsoldaten, die keine Miene verzogen hatten, bildeten den Schluss. Hinter ihnen schlug die Tür zu, die Riegel knirschten, und Frida war allein.

Dreimal kam an diesem Tag Roland zu Frida in die Zelle und brachte ihr jeweils Brot und eine Schüssel voll mit warmem Essen. Am Abend, als er ihr die letzte Mahlzeit brachte, sagte er: »Der Jarl hat Anweisung erteilt, alles für deine Hinrichtung vorzubereiten. Sie soll morgen Vormittag auf dem freien Platz vor der Burg stattfinden. Ein Scheiterhaufen soll geschichtet werden, über dem ein Podium errichtet wird, auf dem er persönlich an dir den Blutadler vollziehen will. Anschließend sollst du bei lebendigem Leib verbrannt werden.«

»Erst hat er gedroht, mich nach dem Blutadler von der Burgmauer werfen zu lassen«, sagte Frida. »Dass er jetzt vor die Burg gehen will, hat den Zweck, meinen Vater und Dagrun, meine Schwester, in die Falle zu locken. Gebe Odin, dass sie nicht darauf hereinfallen.«

»Eure Methoden sind grausam«, murmelte Roland. »Bei uns werden die Verurteilten gehängt oder geköpft, wenn es ganz schlimm kommt, gevierteilt. Aber einem Menschen die Rippen von der Wirbelsäule zu hacken …«

»Wir sind eben anders als ihr«, erklärte Frida und begann zu essen.

»Hast du nachgedacht?«, fragte Roland, nachdem er ihr eine Weile schweigend zugeschaut hatte.

»Worüber?«

»Über die Liebe.«

Sie lachte gallig auf. »Zu spät.«

Roland schürzte die Lippen. »Es ist niemals zu spät. Ich habe sehr viel nachgedacht. Und ich bin mir jetzt sicher, dass ich mich verliebt habe.«

Frida schluckte und schaute zu ihm in die Höhe. »Die Frau deiner Wahl kann sich sehr glücklich schätzen, denn ich glaube, du bist ein guter Mann. Du bist auch ein schöner Mann. Und du bist ein Kämpfer. Das kann ich ganz deutlich erkennen. Wenn es auch nicht die erstrebenswerte Aufgabe für einen Kämpfer sein kann, einer Gefangenen dreimal am Tag das Essen ins Verlies zu bringen. Das machen bei uns die Sklaven.«

»Ich gehöre zur Burgwache, und ich habe mich freiwillig für diesen Dienst gemeldet.«

»Sollte ich mich in dir getäuscht haben?«

»Du hast dich nicht getäuscht.«

Das Gespräch schlief ein. Frida lehrte den Napf, wischte ihn mit Brot sauber und reichte ihn samt dem Löffel Roland. »Wir werden uns noch einmal sehen«, gab der junge Soldat zu verstehen.

»Wenn du mir die Henkersmahlzeit bringst, wie?«

Darauf erhielt sie keine Antwort. Roland ließ sie mit ihren bohrenden und nagenden Gedanken allein.

Die Abenddämmerung schlich ins Land, und in dem Verlies war es schon ziemlich finster. Sollte dieser Sonnenuntergang tatsächlich ihr letzter sein? Ihre Mutter kam Frida in den Sinn, und Trauer senkte sich in ihr Gemüt. Sie hatte sie und Dagrun unter Schmerzen geboren und beide großgezogen, bis sie sich entschlossen hatten, Kriegerinnen zu werden. Nun sollte sie, Frida, eine ihrer geliebten Töchter, sterben. Und mit ihr, wenn die Götter dem Willen des verräterischen Jarls folgten, Dagrun und ihrer beider Vater.

Den Tod fürchtete Frida nicht, doch das Sterben, das ihr Godefried zugedacht hatte, machte ihr Angst. Ob sie die Schmerzen zu ertragen in der Lage sein würde?

Sollte sie schreien und kreischen und womöglich sogar um Gnade winseln, würde sie Walhall niemals sehen. Denn dann war ihr Sterben nicht heldenhaft, und es gab keinen Platz für sie an der Tafel Odins.

Das bereitete Frida Sorgen.

Auf einmal waren Geräusche an der Tür zu vernehmen. Die Riegel schepperten, dann quietschte und knarrte es, als das schwere Türblatt aufschwang, und ein Mann in einer langen braunen Kutte, die um seinen Leib von einem Strick zusammengehalten wurde, an dem ein handtellergroßes hölzernes Kreuz baumelte, trat ein. Seine Füße steckten in einfachen Sandalen, seine Schädeldecke war kahl geschoren, und ein grauer Haarkranz zog sich um seinen Hinterkopf von einer Schläfe zur anderen.

»Ich bin Pater Ignatius«, stellte er vor.

»Du sprichst die Sprache der Dänen«, entfuhr es Frida überrascht.

»Ja. Ich war lange Jahre in Dänemark und habe dort den Glauben an Gott, seinen eingeborenen Sohn und den Heiligen Geist gepredigt. Du bist Frida, die Tochter Fridleiv Ragnarssons und Enkelin von König Ragnar Lodbrok.«

»Und du bist ein Götzendiener, der Holzfiguren anbetet. Was willst du?«

»Ich will dir Trost spenden in dieser schweren Stunde.«

»Auf Trost kann ich verzichten, Priester. Löse die Stahlbänder von meinen Armen und gib mir meine Axt. Dann sei in meiner Zelle willkommen. Mir dein Geschwätz anzuhören fehlt mir der Sinn.«

»Ich schreibe deine Aufgebrachtheit deiner Angst zu, Normannin«, sagte der Pater. Hinter ihm bauten sich die beiden Wachsoldaten auf. »Mich schickt der Edle von Dorstad. Da er dich Haraldsson überlassen muss, kann er nicht mehr für dich tun, als dich durch mich zu trösten und dir die Angst vor morgen zu nehmen.«

»Ich habe keine Angst.«

»Jedes Wesen auf dieser Welt hat Angst vor dem Sterben.«

»Nur diejenigen Wesen, für die der Tod dunkel und voller Geheimnisse ist. Ich werde über die Regenbogenbrücke nach Asgard gehen, die Walküren werden mich nach Gladsheim geleiten, und dort werde ich einen Platz an der Tafel Odins in Walhall zugeteilt erhalten. Ich werde mit all den Einherjern trinken, essen und lachen und mir die Zeit mit Kämpfen vertreiben. Sag mir, Priester, aus welchem Grund sollte ich mich davor fürchten?«

»Heidnisches Geschwätz!«, ereiferte sich der Mönch und fuhr sogleich mit gemäßigtem Tonfall fort: »Wenn du von Walhall sprichst, dann ist möglicherweise der Himmel gemeint. Aber nicht die Mutigen werden dort aufgenommen, sondern die Guten. Doch jene, an deren Händen das Blut Unschuldiger klebt, werden verstoßen und der ewigen Verdammnis preisgegeben. Du wirst morgen vor deinen Schöpfer treten, mein Kind. Nur wer an ihn glaubt, wird leben, auch wenn er stirbt. Du glaubst nicht an ihn, und darum …«

»Mein Gott ist Odin!«, fiel Frida dem Mönch ins Wort. »Mit Odin habe ich gelebt, ihm habe ich mich geweiht, mit ihm sterbe ich. Dein Gott ist schwach. Darum will ich ihn nicht kennenlernen.«

»Wenn du leben willst in Ewigkeit, musst du dich der Heiligen Dreifaltigkeit zuwenden und deinen Göttern abschwören. Ich kann dich heute noch taufen und Gott um die Vergebung deiner Sünden anflehen.«

Mit einem Ruck erhob sich Frida. Die Ketten, die von ihren Armen hingen, rasselten und schepperten. Sie machte einen schnellen Schritt auf den Mönch zu, und der wich erschreckt zurück. »Verschwinde!«, zischte Frida. »Geh von mir aus zu dem, den ihr Christen Satan nennt. Ich werde Odin bitten, mir Kraft zu geben.«

»Du wirst es bereuen, Kind«, sagte der Mönch eindringlich. »Noch kann ich dir helfen, im Glauben an den Allmächtigen, seinen Sohn und den Heiligen Geist zu sterben. Morgen ist es zu spät.«

Frida starrte den Mönch an; ihre Augen funkelten kriegerisch.

Der Geistliche hob abwehrend die Hände, als wollte er sein Gesicht vor diesem Blick schützen. »Gott bewahre!«, keuchte er entsetzt, warf sich herum und floh regelrecht aus dem Verlies. »Sie verfügt über den bösen Blick!«, stieß er draußen hervor. »Vermeidet es, ihr in die Augen zu sehen. Und sorgt dafür, dass ihr morgen, wenn sie zur Hinrichtung geführt wird, die Augen verbunden werden, damit wir alle, die anwesend sein werden, vor ihrem bösen Blick geschützt sind.«

Die Tür wurde geschlossen und verriegelt. Bald war die Finsternis in der Zelle so dicht, dass sie mit Blicken nicht mehr zu durchdringen war. Müdigkeit befiel Frida. Sie hatte sich wieder an die Wand gesetzt, ihr Kinn war auf die Brust gesunken, ihre Augen waren geschlossen, und sie versuchte all die Gedanken, die auf sie einstürmten, zu verdrängen.

Sie döste ein, schreckte wieder hoch, um wenig später wieder in einen unruhigen Halbschlaf zu verfallen.

Und wieder erschrak sie …

Es waren Alpträume, die aus ihrem Unterbewusstsein stiegen, sobald sie das Stadium des Wachseins verließ und ihr bewusstes Denken abschaltete.

Und immer sah sie sich auf der hölzernen Plattform über dem Scheiterhaufen knien, die Hände an einen Pfahl gefesselt, den Oberkörper nackt. Und hinter ihr stand Godefried, das Gesicht zu einer dämonischen Fratze verzerrt, den Arm mit der Axt erhoben …

Frida hatte keine Ahnung, dass Rettung nahte.

Roland, der in Liebe zu der jungen Schildmaid entbrannt war, hatte alle Bedenken über Bord geworfen und sich vorgenommen, die junge Frau vor dem sicheren Tod zu retten.

Es war lange nach Mitternacht, und in der Burg schliefen außer den Wachen sämtliche Bewohner und Gäste. Roland schlich in den Keller, in dem die Verliese lagen. Es ging eine steile Treppe hinunter, durch verwinkelte Gänge und dann in einen mit Gittern abgesicherten Flur, vor dem zwei Soldaten Wache hielten. Hinter der Gitterwand, durch die eine Tür führte, lagen die Zellen.

Die beiden Wachleute hockten an dem Tisch, der in der Ecke stand. In der Halterung über ihnen an der Wand steckte eine Fackel, deren Flamme ruhig brannte, denn bis in diesen abgelegenen Winkel gelangte kein einziger Luftzug.

Plötzlich aber kroch Lichtschein um die Ecke, dort, wo der Flur in einen breiten Korridor mündete, von dem verschiedene Gänge abzweigen. Es gab geheime Fluchtwege und viele Räume, in denen Vorräte, Waffen und Schilde, Harnische, Helme und Kettenhemden sowie allerlei andere Dinge gelagert wurden.

Die beiden Wachsoldaten erhoben sich und griffen nach ihren Spießen, die an der Wand lehnten.

Als sie Roland um die Ecke biegen sahen, entspannten sie sich. »Was willst du denn hier um diese Zeit?«, fragte einer der Wachposten und lehnte den Spieß wieder gegen die Wand. »Du kommst doch nicht etwa auch, um diese Wildkatze da drin zum Glauben an Gott und die Heilige Dreifaltigkeit zu bekehren. Pater Ignatius hat sie eine ziemlich herbe Abfuhr erteilt.«

»Nein.« Roland registrierte, dass keiner der beiden Kameraden auch nur den geringsten Argwohn hegte. »Ich kann nicht schlafen und wollte euch daher ein wenig Gesellschaft leisten. Dagegen ist doch nichts einzuwenden.«

»Nein. Setz dich.«

Auch der andere der beiden Wächter stellte den Spieß weg und ließ sich auf seinen Stuhl nieder.

Roland steckte die Fackel, die er trug, in eine leere Halterung und ging zur Tür der Gitterwand, rüttelte mit der linken Hand an ihr, als wollte er prüfen, ob sie verschlossen war. Es war jedoch nur ein Ablenkungsmanöver. Denn als er seinen beiden Kameraden den Rücken zuwandte, zog er mit der rechten Hand einen Dolch mit einer langen, spitzen Klinge unter seinem Wams hervor, wirbelte herum, zwei schnelle Schritte, die Faust mit dem Messer zuckte nach vorn, und die Klinge bohrte sich in den Hals eines der Wachsoldaten.

Der Mann gurgelte mit seinem eigenen Blut, das ihm über die Unterlippe spritze.

Roland riss das Messer heraus und griff den anderen Wächter an, der die kurze Zeitspanne zwischen Erkennen und Reagieren benötigte, um seine Überraschung abzuschütteln. Und genau diese Sekundenbruchteile genügten Roland, um auch ihn mit einem gezielten Stich zu töten.

Die beiden brachen fast gleichzeitig zusammen. Roland verstaute den Dolch, angelte sich den Ring von dem Haken, der über dem Tisch in eine Fuge zwischen den grob behauenen Quadern eingelassen war und an dem ein Schlüssel sowie einige Eisenstifte befestigt waren. Aus dem Schub des Tisches nahm er einen Hammer, dann schloss er die Gittertür auf, ging zur Tür des Verlieses, in dem er Frida wusste, entriegelte sie und betrat schließlich den Raum.

Das Licht, das die beiden Fackeln spendeten, sickerte hinein und fiel auf Frida, die sofort aus dem Halbschlaf schreckte.

»Keinen Laut!«, stieß Roland hervor.

»Was …« Schlagartig begriff Frida.

Roland stemmte den steinernen Amboss hoch und schleppte ihn vor Frida hin. Er bedeutete ihr, eine Hand so auf den Quader zu legen, dass der Splint in das Loch rutschen musste, sobald er ihn herausschlug. Zwei Hammerschläge, die allenfalls die Gefangenen in den anderen Zellen vernahmen, dann war ihre linke Hand frei, und die Kette mit der eisernen Spange fiel scheppernd zu Boden. Gleich darauf befreite Roland auch ihre rechte Hand.

»Komm!«, hetzte es über Rolands Lippen. »Ich weiß einen Geheimgang …« Er nahm sie bei der Hand und zog sie aus dem Verlies. Ein Griff, und er hatte die Fackel aus der Halterung gezogen. »Vertrau mir!«, stieß er hervor und zerrte sie mit sich.

»Was ist mit meinen Leuten, die hier festgehalten werden?«

»Wir müssen sie ihrem Schicksal überlassen. Um sie zu befreien, haben wir nicht die Zeit.«

Sie verließen den Flur und stiegen vor der Gitterwand über die getöteten Wachsoldaten hinweg.

»Einen Augenblick«, sagte Frida, befreite sich von seiner Hand, bückte sich und zog einem der Toten das Schwert aus der Scheide, um es hinter ihren Gürtel zu schieben.

»Schnell!«, drängte Roland, lief ein Stück den breiten Korridor entlang und wandte sich schließlich in einen engen Gang. An dessen Ende befand sich eine Luke im Boden, die mit einem hölzernen, eisenbeschlagenen Deckel abgesichert war. Frida folgte ihm wie ein Schatten. Ihre Schritte hallten von den feuchten Wänden der Gänge wider, die irgendwo in geheimnisvoller Finsternis endeten.

»Hilf mir!«, bat Roland. Gemeinsam wuchteten sie den schweren Deckel von der Luke, und im Licht der Fackel wurde eine steinerne Treppe sichtbar, die steil in die Tiefe führte.

»Wo endet dieser Gang?«, fragte Frida.

»Weit außerhalb der Burg am Fluss.«

»Warum machst du das? Wenn sie uns erwischen, schlagen sie dir den Kopf ab.«

»Ich erkläre es dir vielleicht später. Folge mir.«

Er trat auf die Treppe und stieg sie, gefolgt von Frida, hinunter.

Je tiefer sie kamen, desto kühler wurde es. Das Glucksen von Wasser drang an Fridas Gehör, und dann sah sie unten im vagen Lichtschein sogar das Wasser glitzern.

»Was ist das? Ein unterirdischer Fluss?«, fragte sie.

»Ein Kanal aus römischer Zeit«, erklärte Roland. »Dort, wo heute die Burg steht, gab es vor vielen hundert Jahren ein römisches Kastell. Die Römer hatten ein großes Badehaus, und die Abwässer ließen sie in diesen Kanal ab, in den sie Wasser vom Lek geleitet hatten, sodass ein ständiger Durchfluss sichergestellt war. Er führt zum Rhein. Das Wasser ist nicht tief.«

Sie erreichten das Ende der Treppe und standen schließlich bis zu den Knien im kalten Wasser. Roland nahm die junge Normannin wieder bei der Hand und zog sie mit sich. Der Gang, durch den der Kanal floss, wurde immer enger und niedriger, sie konnten sich bald nur noch gebückt und hintereinandergehend fortbewegen, und Frida hatte das Gefühl, dass dieser Schacht überhaupt nicht mehr enden wollte.

Aber irgendwann war er zu Ende, sie standen am Rand einer Böschung, über die das Wasser plätscherte und in den Rhein floss, der seine Fluten an ihnen vorbei in Richtung Nordsee wälzte.

»Du musst mich zu meinen Leuten bringen«, sagte Frida.

»Ich habe keine Ahnung, wo die sich befinden«, antwortete Roland. »Um sie zu suchen, haben wir aber nicht die Zeit. Sobald es hell wird, werden sie in der Festung merken, dass du geflohen bist, und sie finden auch sehr schnell heraus, dass ich dir geholfen habe. Haraldsson wird toben, und der Edle von Dorstad wird ihm Suchtrupps zur Verfügung stellen, die jeden Stein auf der Suche nach uns umdrehen werden.«

Roland warf die Fackel ins Wasser, dann orientierte er sich kurz und deutete schließlich nach Norden. »Wir verschwinden in diese Richtung. Irgendwann wird dein Vater feststellen, dass dir die Flucht aus der Feste gelungen ist, und Norden ist auch sein Ziel. Vielleicht stoßen wir auf ihn.«

»Und wenn nicht?«

»Dann müssen wir uns allein nach Dänemark durchschlagen.« Roland sprach es und stapfte los.

Frida stand noch sekundenlang unschlüssig am Ufer des Rheins, dann aber gab sie sich einen Ruck und folgte ihm.

Godefried war in der Tat außer sich vor Wut. Sogar die Körper der beiden getöteten Wachsoldaten traktierte er mit unbeherrschten Fußtritten. Er schäumte regelrecht.

Sehr schnell fand man auf der Burg heraus, dass mit der jungen Normannin auch Roland, der Wachsoldat, verschwunden war. Und man konnte ihren Fluchtweg rekonstruieren, denn sie hatten die Klappe nicht mehr geschlossen, durch die sie in den Kanal hinuntergestiegen waren. Aber als ein Trupp Soldaten, bei dem sich auch einige von Haraldssons Kriegern befanden, den Ausgang des engen Tunnels erreichten und am Ufer des Rheins standen, waren Frida und Roland längst über alle Berge.

Berittene Suchtrupps schwärmten nach allen Himmelsrichtungen aus.

Godefried Haraldsson befand sich im Gemach des Edlen von Dorstad. »Es war ein Fehler, die Schildmaid nicht sofort hinzurichten, nachdem sie in die Burg gebracht worden war!«, tobte der Jarl.

»Zum einen wart Ihr zu dem Zeitpunkt noch gar nicht mein Gast«, versetzte der Edelmann, »zum anderen lasse ich keine Kranken und noch dazu halben Kinder einfach so hinrichten. Auch nicht, wenn es sich um Normannen handelt.«

»Sie hat viele Eurer Bauern erschlagen!«, keifte Haraldsson. »Als Eure Männer sie fanden, lag sie inmitten der von ihr Getöteten.«

»Es ist unsinnig, darüber zu debattieren, denn es führt zu nichts. Die Normannin ist fort, und wir können nur noch versuchen, sie wieder einzufangen. Das Gleiche gilt für den Wachsoldaten, der sie befreit und zwei meiner Soldaten ermordet hat. Erwischen wir ihn, wird er gehängt.«

»Lasst die anderen Gefangenen vor die Burg schaffen, Herr von Dorstad«, forderte Haraldsson. »Irgendwo dort draußen in den Wäldern steckt Fridleiv Ragnarsson mit seinen Leuten. Ich bin mir sicher, dass sie die Festung beobachten. Wenn wir seine Krieger zur Hinrichtung führen, locken wir ihn vielleicht aus seinem Versteck, und wir können ihn und Dagrun, die Schwester der Geflohenen, überwältigen.«

Der fränkische Edelmann ging zum Fenster und schaute hinunter in den Burghof. »Es könnte einigen meiner Männer das Leben kosten«, meldete er schließlich seine Bedenken an. »Ihr könnt sie meinetwegen hinrichten. Mit der Unterstützung meiner Soldaten allerdings nur innerhalb der Burgmauern. Wenn Ihr es außerhalb der Festung machen wollt – müsst Ihr auf meine Unterstützung verzichten!«

Im Gesicht Haraldssons spiegelte sich wider, welche Gefühle in ihm tobten. »Wir haben ein Bündnis geschlossen!«, schnarrte er erbost.

»Ja, zum Schutz meiner Dörfer, Weiler und Bauern, Jarl. Teil unseres Pakts ist auch, dass ich Euch die gefangenen Normannen überlasse. Ihr könnt sie haben. Ich habe Euch aber nie Unterstützung zugesagt, wenn Ihr sie abzuschlachten gedenkt. Das überlasse ich schon

Euch selbst. Ihr müsst nun entscheiden: Wollt Ihr die Gefangenen vor der Burg hinrichten oder innerhalb der Mauern? Wenn Ihr hinausgeht, seid Ihr mit Euren Kriegern allein auf Euch gestellt, denn wir werden hinter euch die Zugbrücke hochziehen.«

»Ich will Ragnarsson«, presste Godefried zwischen den Zähnen hervor. »Ja, ich gehe vor die Burg. Fridleiv Ragnarsson lässt nicht zu, dass ich seine Krieger vor seinen Augen wie Vieh abschlachte. Davon bin ich überzeugt.«

»In Ordnung. Ich lasse die Gefangenen in den Burghof bringen, wo Ihr sie mit Euren Männern übernehmen könnt. Sobald Ihr jenseits des Burggrabens seid, wird die Zugbrücke hochgezogen. Ihr seid dann Euch selbst überlassen.«

»Ich gehe kaum ein Risiko ein«, knurrte Godefried. »Denn die Zahl meiner Krieger übersteigt die derjenigen, die Ragnarsson noch aufbieten kann, um fast ein Dreifaches.«

»Dann tut, was Euch Euer Verstand gebietet, Jarl.«

»Erteilt Euren Wachen die entsprechenden Befehle, Herr von Dorstad. Ich werde mit meinen Kriegern die Gefangenen im Burghof übernehmen.«

Fridleiv Ragnarsson wurde von einem der Krieger, die vom Waldrand aus die Burg beobachteten, informiert, dass sich etwas tat. Am Nachmittag zuvor war ein riesiger Scheiterhaufen mit einer hölzernen Plattform darüber errichtet worden, auf die ein etwa zwei Ellen hoher, mannsdicker Holzblock gestellt worden war. An dessen beiden Seiten waren eiserne Manschetten befestigt, in denen die Hände des Delinquenten arretiert werden sollten. Zu der Plattform führte eine Leiter hinauf.

Fridleiv Ragnarsson musste niemand sagen, dass dies die Bühne war, auf der seine Tochter Frida ihr Leben aushauchen sollte. Und er würde es wohl kaum verhindern können, denn jeder Versuch dahingehend würde auch ihm, Dagrun und seinen Männern das Leben kosten. Damit aber wäre Frida nicht gedient gewesen.

Der Gedanke, tatenlos zusehen zu müssen, zerriss ihm regelrecht das Herz.

Dagrun, die neben ihm hinter dem Gebüsch lag und ihren Blick kaum von der Richtbühne abzuwenden vermochte, litt ebenso wie der Jarl. Und auch Ivarr, dessen Liebe zu Frida auch der verlorene Zweikampf nicht zum Erlöschen gebracht hatte, trug schwer an der hilflosen Ohnmacht, der sie alle ausgesetzt waren.

Gefühl und Verstand fochten in den Gemütern einen heftigen Kampf. Das Gefühl sagte jedem von ihnen, dass sie alles unternehmen mussten, um Frida zu retten, selbst auf die Gefahr hin, das eigene Leben zu verlieren. Der Verstand aber riet mit Vehemenz davon ab. Keiner von ihnen würde überleben. Und nicht nur, dass Godefried Haraldsson über sie triumphieren würde. Es gäbe dann niemand mehr, der König Göttrik vor seinen usurpatorischen Plänen warnen könnte, und so war es nicht auszuschließen, dass er den arglosen Herrscher von seinem Thron stürzte.

Bei den Männern, die wenig später über die Zugbrücke aus der Burg marschierten, handelte es sich ausschließlich um normannische Krieger. Zwischen ihnen gingen die Gefangenen, deren Hände auf den Rücken gefesselt waren. Sie mussten sich seitlich von dem Scheiterhaufen niederknien und eine vorgebeugte Haltung einnehmen.

»Das sind meine Krieger«, entrang es sich Fridleiv. »Sieht aus, als sollten sie enthauptet werden.«

»Warum bringen sie Frida nicht heraus?«, murmelte Dagrun.

Der Jarl blieb ihr darauf die Antwort schuldig. Plötzlich knirschte er: »Da kommt der Verräter, und Gudbrandsson, der mich ebenfalls verraten hat, begleitet ihn.« Unwillkürlich griff Fridleiv Ragnarsson zum Gürtel, in dem die Axt steckte. Der Hass raubte ihm fast den Verstand.

Godefried und der Seher hatten die Brücke überschritten, und schon wurde diese hochgezogen. Verständnislos beobachteten es die Normannen am Waldrand.

»Haben sie Frida etwa schon in der Burg …«, flüsterte Dagrun, und die Ungeheuerlichkeit des Gedankens ließ ihre Stimmbänder versagen.

»Nein«, stieß ihr Vater hervor. »Der Scheiterhaufen und die Richtbühne sind für sie bestimmt. Ich kann dir nicht sagen, was geschehen ist, Tochter. Aber es sieht ganz und gar nicht danach aus, als würden sie Frida noch aus der Burg schaffen, um sie über dem Scheiterhaufen zu quälen und anschließend zu verbrennen.«

»Der Verräter spricht zu seinen Leuten«, entfuhr es Dagrun.

»Sieh«, stieß Fridleiv hervor. »Auf den Wehren der Burg …«

Dagrun sah, wie fränkische Soldaten die Wehrgänge der Burgmauer und des Burgtors besetzten. Sie fragte sich, ob die Männer dort oben nur das Schauspiel beobachten wollten, das sich gleich auf dem Platz jenseits des Burggrabens ereignen würde, oder ob sie sich zur Verteidigung der Festung auf den Wehren eingefunden hatten.

Unten traten sechs Krieger vor und stellten sich neben die Todgeweihten. Jeder von ihnen hielt seine Axt in der Hand. Sie sollten auf Haraldssons Geheiß als Scharfrichter fungieren.

»Wollen wir nicht …«

»Nein!« Mit barscher Stimme hatte Fridleiv Ragnarsson seine Tochter unterbrochen. »Es würde nicht nur zum Tod der sechs führen, wir würden alle hier sterben.«

»Möge Odin unseren Kriegern Kraft geben«, flüsterte Dagrun.

Auf einen Befehl Haraldssons zuckten die Hände, die die Äxte hielten, in die Höhe …

Elftes Kapitel

Das blutige Schauspiel war vorbei. Die blutigen Leiber der Enthaupteten wurden einfach liegen gelassen, und Godefried Haraldssons Rotte marschierte ohne jede Ordnung in Richtung Norden davon.

Fridleiv Ragnarsson war endgültig klar, dass Fridas Hinrichtung aus irgendeinem Grund ausfiel. Zum einen atmeten der Jarl und Dagrun auf, zum anderen aber bedrückte sie die Sorge, dass die Tochter beziehungsweise Schwester nicht mehr am Leben war, und diese Ungewissheit war für beide zermürbend.

Als Godefried mit seinen Kriegern im Norden verschwunden war, gab auch Ragnarsson den Befehl zum Aufbruch. In einem weiten Bogen umgingen sie die Festung. Die Pferde, die Ivarr erbeutet hatte, als er den von Thorve Lovgren angeführten Suchtrupp überfiel, führten sie mit sich. Mit Hilfe der Tiere wollten sie schneller vorankommen, denn diejenigen unter ihnen, die von der Erschöpfung übermannt zu werden drohten, konnten reiten, bis sie sich wieder einigermaßen erholt hatten, um dann sieben anderen erschöpften Kameraden die Pferde zu überlassen.

Thorve Lovgren nahmen sie mit. Er sollte sterben, und sein Tod sollte furchtbar sein. Denn seinem Verrat schrieb es Fridleiv Ragnarsson zu, dass Frida in die Gefangenschaft des Feindes geraten war und er nicht wusste, welches Schicksal seine Tochter ereilt hatte, und er gab ihm auch die Schuld am Tod der sechs Krieger.

Thorves Hände waren auf den Rücken gefesselt. Zwei Krieger bugsierten ihn vor sich her, und sie gingen nicht gerade zimperlich mit ihm um. So mancher Stoß, den sie dem Gefangenen versetzten, ließ diesen straucheln und zu Boden gehen. Brutal zerrten sie ihn jedes Mal wieder hoch, um ihn weiterzutreiben.

Ivarr, der alles beobachtete, wandte sich an den Jarl und sagte: »Thorve fühlte sich durch mich verraten, Herr. Er war voller Wut auf mich, und das hat ihn veranlasst, den Seher zu befreien und mit ihm zu Haraldsson zu fliehen.«

»Willst du seinen Verrat etwa entschuldigen, Ivarr?«, knurrte Ragnarsson missbilligend.

»Nicht entschuldigen, Herr. Aber rechne sein Vergehen seiner Jugend, seinem Hitzkopf und seinem Zorn auf mich an und gewähre ihm Gnade. Lass ihn von mir aus peitschen oder mit Stöcken schlagen, aber schenke ihm das Leben.«

»Das Leben, das ich ihm deiner Meinung nach schenken soll, haben all die Krieger, die mit uns ziehen, heute Morgen gefordert. Ich habe ihnen versprochen, ihnen den Verräter zu überlassen, sobald wir weit genug von Dorstad weg sind und die Franken aus der Festung nicht mehr fürchten müssen.«

»Ich weiß, Herr, sie wollen ihn auf den Schwingen des Blutadlers nach Helheim schicken.«

»Das ist die Strafe, die er verdient!«, versetzte der Jarl unbeugsam.

»Gewähre ihm wenigstens die Gnade eines schnellen Todes«, versuchte es Ivarr noch einmal; er dachte an seine alte Freundschaft zu Thorve und sah sich verpflichtet, das grausame Schicksal, das die Krieger für ihn vorgesehen hatten, von ihm abzuwenden. Seine Worte hatten geradezu flehend geklungen.

»Ich würde dir gern diese Bitte erfüllen«, sagte Ragnarsson leise, ja, seine Stimme klang sogar betrübt. »Aber die Krieger würden es nicht verstehen …«

»Du hast die Macht, es dennoch durchzusetzen, Herr.«

Nach einigem Zögern stimmte der Jarl zu. »Gut. Er soll einen schnellen Tod bekommen. Ich überlasse ihn also nicht den Kriegern, und es wird mir auch gelingen, ihnen gegenüber meine Entscheidung zu rechtfertigen. Allerdings wirst du es sein, der ihn richten wird, Ivarr. Du wirst das Urteil vollstrecken, das ich verhängt habe, das ich aber bereit bin abzumildern.«

Ivarr schluckte. »Thorve und ich … Wir waren die besten Freunde, Herr. Er ist mir gefolgt, als ich Jarl Haraldsson verraten und dir sowie deinen Töchtern und all deinen Männern das Leben gerettet habe. Und nun forderst du, dass ich sein Leben mit diesen Händen«, er hielt seine Hände in die Höhe, »auslösche?«

»Entweder du oder die Krieger«, versetzte der Jarl mit harter Stimme. »Das sind die beiden Möglichkeiten. Du kannst dich entscheiden.«

Fridleiv Ragnarsson hatte es abschließend und mit Endgültigkeit im Tonfall gesagt. Jedes weitere Wort – das erkannte Ivarr ganz deutlich – wäre in den Wind gesprochen gewesen. »Ich mache es«, entrang es sich ihm, und er dachte: Es wird das Blut eines Freundes sein, das an meinen Händen klebt. Auch wenn er mir diese Freundschaft gekündigt hat und zum Verräter geworden ist. Die Freundschaft, die uns verbunden hat, kann ich nicht so einfach vergessen …

Ivarr blieb wieder zurück und schritt schließlich neben Thorve her, dem das schnelle Marschieren mit den gefesselten Händen offensichtlich schwerfiel. Der Schweiß rann ihm über das verschmutzte Gesicht, seine Augen waren entzündet, seine Lippen trocken und krustig.

»Was willst du?«, keuchte der Gefangene. »Dich an meiner Not weiden? Bereitet es dir Freude, mich so elend zu sehen? Du, nur du hast all das ausgelöst, was an Unglück und Verderben über mich hereingebrochen ist und was noch über mich kommen wird. Sie wollen den Blutadler. Weißt du, was das bedeutet? Dir habe ich das zu verdanken. Deine Liebe zu Frida hat dich blind gemacht, du hast, um sie vor Haraldssons Rache zu retten, Gunnar und mich belogen und benutzt, um nicht zu sagen, für deine niederen Zwecke missbraucht. Was ist denn geworden aus deinem Werben? Du hast unsere Freundschaft einer sinnlosen Leidenschaft geopfert. Mögen dich die Götter dafür bestrafen.«

»Sie werden nicht den Blutadler an dir vollziehen«, eröffnete ihm Ivarr.

Thorves Gesicht zuckte zu ihm herum. »Was soll das heißen?«

»Dass dir der Jarl die Gnade eines schnellen Todes gewähren wird.«

Thorve schaute wieder nach vorn.

»Allerdings …« Ivarr brach ab, und auch sein Blick war starr nach vorn gerichtet.

»Er hat bestimmt, dass du es sein wirst, der mir den Tod gibt, nicht wahr?«

»Ja.«

»Ich weiß nicht, ob ich dir dankbar sein soll«, murmelte Thorve.

»Du sollst wissen, dass ich keinen Groll mehr gegen dich hege. Wenn ich das Urteil des Jarls vollziehe, dann nicht aus Hass oder Rachsucht, sondern um dir den grausamen Blutadler zu ersparen.«

Sie zogen nicht auf der Spur von Godefrieds Haufen, denn sie wollten vor ihm die dänische Grenze erreichen. Fridleiv Ragnarsson gönnte seinen Männern kaum Pausen. Er selbst und auch Dagrun zeigten sich unermüdlich und unbeirrbar.

Nach mehreren Stunden Marsch aber waren die Krieger dermaßen erschöpft, dass der Jarl notgedrungen eine längere Rast anordnete. Ehe er es den Männern aber gestattete, sich zu setzen oder sich einfach nur zu Boden fallen zu lassen, rief er: »Wir sind weit genug von Dorstad entfernt und müssen nicht mehr mit Verfolgung rechnen. Es ist an der Zeit, das Urteil, das ich über den Verräter Thorve Lovgren verhängt habe, zu vollziehen. Es soll aber nicht der Blutadler sein, der ihm den Tod bringt. Denn wenn er ihn, ohne einen Laut der Klage von sich zu geben, erträgt, erwirbt er das Recht, in Walhall einzuziehen. Eine solche Ehre aber verdient er nicht. Darum werden wir ihn hinrichten wie einen gemeinen Verbrecher. Bindet ihn an den Baum dort.«

Er wies auf eine Birke, deren Stamm nicht dicker als der Oberschenkel eines ausgewachsenen Mannes war.

Die Krieger begannen zu murren. Aber sie waren viel zu müde, um noch die nötige Energie aufzubringen, ihr Begehren nach dem Blutadler durchsetzen zu wollen. Ausschlaggebend aber war der Hinweis, dass Thorve der Einzug in Walhall gestattet sein würde, wenn er den Blutadler heldenmütig ertrug. Also nahmen sie es ohne größeren Widerstand hin, dass Thorve schnell sterben sollte.

Er wurde an die Birke gefesselt.

»Ich habe Ivarr Otterbjörk dazu ausersehen, das Urteil zu vollstrecken!«, gab der Jarl kund. »Ivarr, erfülle deine Pflicht!«

Ivarr gab sich einen Ruck und trat vor Thorve hin, der ihn mit einem unergründlichen Blick anstarrte. Ivarr fühlte auch den Blick Gunnars auf sich gerichtet, der ebenfalls ein guter Freund Thorves gewesen war. Was mag in Gunnars Kopf vor sich gehen?, fragte sich Ivarr. Wird Thorves Tod einen Schatten auf unsere Freundschaft werfen? Er presste die Lippen zusammen und zog die Axt aus dem Gürtel.

»Verzeih mir, mein Freund«, murmelte er so leise, dass ihn allenfalls Thorve verstehen konnte, dann zog er die Schneide der Axt quer über die Kehle des Todgeweihten.

Aus der grässlichen Wunde, die von einem Ohr zum anderen zu reichen schien, spritzte Ivarr Blut ins Gesicht. Er nahm es nur unterbewusst wahr. Mit hängenden Schultern stand er vor dem zuckenden Leib des Sterbenden, dessen Gurgeln im Blut ertrank und aus dessen Mund ein Schwall davon brach.

Ivarr hatte den Schnitt derart geführt, dass er die Halsschlagadern durchtrennt hatte. Die Blutzufuhr zum Gehirn war unterbrochen, und schnell traten zuerst die Bewusstlosigkeit und dann der Tod ein.

Der Blick der weit aufgerissenen Augen erlosch. Thorves Kinn sank auf die Brust, und seine Beine knickten ein, aber er konnte wegen der Fesseln nicht zu Boden stürzen.

Mit einem gallenbitteren Geschmack im Mund wandte

sich Ivarr ab, schob die Axt wieder hinter den Gürtel und sagte mit heiserer Stimme an den Jarl gewandt: »Das Urteil ist vollstreckt, Herr. Thorve hat seine verdiente Strafe erhalten.«

Er sprach die Worte, doch sie schienen tonnenschwer zu wiegen. Ivarr fühlte sich elend.

Während die beiden verfeindeten Jarls mit ihren Kriegern auf getrennten Wegen in Richtung Friesland marschierten, stapften Roland und Frida im Schutz der Wälder ebenfalls nach Nordosten, bemüht, keine Spur zu hinterlassen, der eventuelle Häscher folgen könnten.

Sie sprachen nicht viel miteinander. Die Mittagszeit war längst vorüber, und bei beiden machten sich die Strapazen und der Hunger bemerkbar. Wenigstens mussten sie keinen Durst leiden, denn sie konnten sich an Bächen und schmalen Flüssen die Mägen mit Wasser füllen, was auch den Hunger ein wenig besänftigte.

Doch irgendwann wurde das Brennen ihrer Füße derart vehement, dass sie an einem kleinen Fluss, der von dichtem Strauchwerk gesäumt war, eine Rast einlegten. Sie waren außerdem schmutzig und verschwitzt, Fridas Gesicht war noch mit eingetrocknetem Blut besudelt, und die Hoffnung, dass das kühle Wasser die Erschöpfung aus ihnen vertrieb, veranlasste sie, ein Bad zu nehmen. Sie zogen sich aus; Frida hatte kein Problem damit, sich dem jungen Franken nackt zu präsentieren. Noch bevor sie körperlich zu einer Frau hatte heranreifen können, hatte man ihr eingeimpft, zu denken wie ein Krieger. So war es für sie selbstverständlich, sich dem Mann trotz des geschlechtlichen Unterschiedes nackt zu zeigen. Während Roland große Augen bekam, gönnte Frida seinem nackten Körper nicht einen einzigen Blick.

Das Wasser war in der Tat sehr frisch. Es reichte ihnen bis zu den Oberschenkeln. Beide bekamen Gänsehaut, und Frida zog die Schultern an. Aber dann staute sie die Luft und ging so weit in die Hocke, bis nur noch ihr Kopf aus dem Wasser schaute.

»Das tut gut«, murmelte sie und begann, sich das Gesicht zu waschen. Das eingetrocknete Blut, das ihre Poren verstopfte, weichte auf, und nachdem sie eine Weile gerieben hatte, war ihr Gesicht davon gesäubert. Sie tauchte unter, blieb kurze Zeit unter Wasser, kam prustend wieder hoch und lachte mit glockenheller Stimme. »Es ist wie in meiner Kindheit zu Hause, in Dänemark, am Kattegat.«

Im nächsten Moment aber wurde ihre Miene wieder ernst, denn ihr kam Dagrun in den Sinn, die immer dabei gewesen war, wenn sie im Kattegat gebadet hatten, und deren Schicksal jetzt ungewiss war.

Das Wasser wusch ihnen nicht nur Blut, Schweiß und Schmutz ab, es linderte auch das Brennen ihrer wundgelaufenen Füße und vertrieb die Erschöpfung aus ihren Körpern.

Sie gingen schließlich ans Ufer und lagen dann nebeneinander im Gras. Roland riss einen Halm ab, steckte ihn sich zwischen die Zähne und kaute darauf herum.

»Aus deiner Hinrichtung heute Morgen ist nichts geworden«, sagte er. »Das Leben hat dich wieder und …«

»Wie lange noch?«, unterbrach sie ihn. »Bald bin ich verhungert, und mein Tod hat sich nur ein wenig hinausgezögert.«

»Wir versuchen, uns Essen zu beschaffen. Irgendwo hier in der Umgebung stoßen wir sicherlich auf einen Bauernhof. Keine Sorge, Maid, ich habe dich nicht unter Einsatz meines Lebens befreit, um dich anschließend kläglich sterben zu lassen.«

»Ich weiß nicht, wie ich dir für meine Rettung danken soll, Roland. Ich habe mich nicht in dir geirrt. Du bist ein Kämpfer. Was wird die Frau sagen, die du liebst? Du wirst kaum zu ihr zurückkehren können.«

»Das ist auch gar nicht nötig.«

»Ich denke, du liebst sie.«

»Ja, mehr als mein Leben. Und darum habe ich sie mitgenommen auf die Flucht nach Norden.«

Frida wandte den Kopf und schaute ihn von der Seite an. »Ich glaube, jetzt geht mir ein Licht auf«, sagte sie. »Diese Frau … bin ich. Du hast dich in mich …«

Ihre Stimme versagte.

Roland drehte sich halb herum, stemmte mit dem Ellenbogen seines linken Arms den Oberkörper in die Höhe und beugte sich über sie. Sein Gesicht war nur zwei Handbreit über ihrem, ihre Blicke versanken ineinander.

»So ist es«, murmelte er. »Du bist diejenige, in die ich mich verliebt habe.«

»Aber …«

Er küsste sie und verschloss ihr auf diese Weise den Mund.

Im ersten Moment lag Frida steif wie ein Brett, plötzlich aber begann sie, seine Küsse zu erwidern. Und die Leidenschaft bei beiden wuchs …

An diesem Tag, an dem sie eigentlich einen grausamen Tod erleiden sollte, lernte Frida zum ersten Mal die körperliche Liebe zwischen Mann und Frau kennen.

Als Schildmaid, die dem Tod mutig ins Auge blicken wollte, hatte sie dem Morgen entgegengesehen, jetzt blickte sie als glückliche junge Frau, deren Sinne gar nicht mehr auf Kämpfen und Sterben ausgerichtet waren, dem Abend entgegen.

»Es war schön«, murmelte sie in ihrer einfachen Art. »Schöner, als ich es jemals für möglich gehalten hätte.«

»Die Liebe ist das Wertvollste unter den Menschen«, raunte er ihr zu.

Sie waren wieder auf dem Weg. Das Brennen ihrer Füße wurde erneut unerträglich, dennoch hielten sie nicht an. Beide spürten die Schwäche, die der Hunger mit sich brachte. Sie schleppten sich regelrecht dahin.

Endlich, als es schon dunkel zu werden begann, sahen sie weit vor sich die Gebäude eines Gehöfts. Es handelte sich um ein Langhaus, in dem der Bauer samt Gesinde wohnte, sowie eine Reihe von Wirtschaftsgebäuden: ein Stall, eine Scheune und einige Schuppen.

Im Schutz von Büschen und Bäumen schlichen sie sich an. Im Stall hörten sie Ziegen meckern und Schafe blöken. Hinter einem Zaun aus fingerdicken, oben zugespitzten Haselsnussstöcken badeten einige Hühner im Staub. Aus dem Langhaus erschallten Stimmen, einmal auch schallendes Gelächter. Schwacher Lichtschein fiel aus zweien der Fenster; wahrscheinlich brannte dahinter auf einem Tisch in einem Napf ein Talglicht, möglicherweise war es auch der Widerschein des Feuers einer Kochstelle oder der Glut in einem Kohlebecken.

Roland bedeutete Frida zurückzubleiben. Er verschwand um die Scheune, war kurze Zeit nicht zu sehen, tauchte dann aber an der Ecke des Wohnhauses auf und schlich geduckt zu einem der Fenster. Vorsichtig lugte er ins Haus, und als er genug gesehen zu haben schien, zog er sich wieder zurück.

Wenig später erreichte er Frida und flüsterte ihr zu: »In dem Haus halten sich an die fünfzehn Menschen auf. Wir warten, bis sie schlafen, dann schleiche ich noch einmal hin und hole eines der Hühner.«

»Sollen wir es roh essen?«

»Nein. Wir rupfen und braten das Huhn. Feuersteine und Zunder habe ich bei mir. Und wenn ich es geschickt anstelle, werden sie nicht merken, wie ich ihnen das Huhn stehle, sodass sie uns auch nicht verfolgen werden. Sollten sie morgen den Verlust feststellen, denken sie gewiss, dass sich ein Fuchs das Federvieh geholt hat.«

»Das Feuer kann anderen, die uns nicht freundlich gesinnt sind, den Weg weisen.«

»Dieses Risiko müssen wir eingehen. Denn sicher würden sie mich erwischen, wenn ich versuche, in ihre Speisekammer einzudringen.«

Das sah Frida ein.

Sie warteten ein ganzes Stück entfernt von dem Gehöft die Nacht ab, dann schlich Roland davon. Es dauerte einige Zeit, in der Frida nur das Säuseln des Nachtwinds und das Rascheln der Blätter in den Bäumen und Büschen vernahm, dann kehrte er zurück und warf ein totes Huhn vor Frida auf den Boden. »Ich habe es an Ort und Stelle mit dem Schwert abgestochen«, erklärte er. »Die anderen Hühner sind nicht einmal aufgewacht. Sieh her, was ich noch habe.« Er zog zwei Eier aus der Tasche seines Wamses. »Trinken wir sie aus, sie werden unseren ärgsten Hunger stillen, und dann verschwinden wir. Es ist vielleicht doch besser, erst dann ein Feuer anzumachen, wenn es wieder Tag ist. Man kann nie wissen, wen der Feuerschein anzieht.«

Sie schlugen die Eier auf und tranken sie aus. Dann

machten sie sich wieder auf den Weg. Roland trug das Huhn, das er gestohlen hatte und das sie vor dem Verhungern bewahren sollte.

Gegen Morgen rasteten sie. Sie befanden sich an einem Waldrand, wo dichtes Unterholz und Buschwerk wuchsen. Im Schutz dieser Büsche legten sie sich auf den Boden und schliefen sofort ein.

Roland erwachte irgendwann. Es war heller Tag, er richtete den Oberkörper auf und – erschrak bis in seinen Kern!

Um sie herum standen Männer, Kerle mit wuchernden Bärten und langen Haaren, um deren Schultern Wolfsfelle hingen, in deren Gürteln Äxte steckten und die ihn belauerten wie Wölfe, die ein Opfer gestellt hatten.

Roland setzte sich, sein Blick sprang in die Runde, er zählte mehr als ein Dutzend. Der Eindruck von Wildheit und Stärke, den die Kerle vermittelten, lähmte ihn und ließ sein Herz rasen. Sollte sie Jarl Haraldsson eingeholt haben? Die Angst sprang ihn an wie ein wildes Tier, stieg in ihm hoch und breitete sich in ihm aus. Seine Kehle war wie zugeschnürt.

Schließlich überwand er seine Erstarrung, griff nach Frida und rüttelte sie leicht an der Schulter.

Die junge Dänin schlug die Augen auf. »Müssen wir denn schon wieder …«

»Ich glaube, sie haben uns eingeholt!«, stieß Roland leise hervor.

Frida hob den Kopf und erblickte ebenfalls die Männer, die um sie und Roland herumstanden und sie mit stechenden Blicken taxierten. Mit einem Schlag war sie hellwach, ruckte hoch und kam auf die Knie. Sie sah in die Runde, dann riss sie sich zusammen und fragte: »Gehört ihr zu Jarl Haraldsson?«

»Nein«, antwortete einer. »Wir sind Krieger des Jarls Sigurdsson, aber unser Jarl lebt nicht mehr. Wer seid ihr? Du bist eine von uns, das haben wir sofort erkannt. Aber warum befindest du dich in Begleitung eines fränkischen Soldaten? Du hast mich gefragt, ob wir zu Jarl Haraldsson gehören. Von dem Jarl haben wir gehört. Er ist zusammen mit Jarl Ragnarsson aus Britannien geflohen. Gehörst du etwa zu ihm?«

»Wie ist dein Name?«, fragte Frida, die zunächst einmal Erleichterung empfand, weil diese Krieger nicht zu Godefried Haraldsson gehörten.

»Hakon. Wir sind ebenfalls aus Britannien geflohen, aber unser Boot geriet vor der westfränkischen Küste in eine Blockade fränkischer Schiffe, die uns sofort angriffen. Uns, die du hier siehst, ist es gelungen, schwimmend das Festland zu erreichen. Unser Jarl und der Rest unserer Leute sind mit unserem Boot untergegangen. Die Franken haben uns verfolgt und immer tiefer ins Landesinnere getrieben. Aber wir haben uns Pferde verschafft, und so ist es uns gelungen, ihnen zu entkommen.« Er beugte sich etwas vor, sein Blick war direkt auf ihr Gesicht gerichtet, und er sagte: »Jetzt würde ich gerne von *dir* eine Erklärung erhalten. Wer bist du, wieso begleitet dich ein Franke, und was ist euer Ziel?«

»Ich bin Frida Fridleivsdóttir, die Enkelin von Ragnar Lodbrok. Mein Vater ist Fridleiv Ragnarsson. Der Name des fränkischen Kriegers, der mich begleitet, ist Roland. Er hat mir das Leben gerettet.«

»Erzähl uns deine Geschichte«, forderte Hakon, der ziemlich neugierig geworden war.

»Es begann damit, dass mein Vater und Jarl Godefried Haraldsson gleich nach der Landung an der westfränkischen Küste Blutsbrüderschaft schlossen und sich gegenseitig den Treueid leisteten«, sagte Frida und erzählte dann die Geschichte vom Bruch der Brüderschaft bis zu ihrer Befreiung aus dem Kerker durch Roland.

Hakon und die Krieger, die sich zwischenzeitlich niedergelassen hatten und lauschten, gaben, während sie sprach, immer wieder Kommentare von sich, die ihren Missmut zum Ausdruck brachten, und nachdem Frida geendet hatte, sagte Hakon voller Grimm: »Das ist eine Geschichte von Verrat, Hinterhältigkeit und Niedertracht. Keine schöne Geschichte. Aber … ist sie auch wahr?«

Hakon verströmte Misstrauen; es sprach aus seinem Blick und jedem Zug seines bärtigen Gesichts.

»Ich schwöre es bei Odin, Balder* und allen Asen!«, stieß Frida hervor. »In mir fließt das Blut Ragnar Lodbroks, vergiss das nicht, Hakon. Keiner von euch sollte es vergessen. Ich, meine Schwester Dagrun und jeder Mann, der meinem Vater, dem Jarl Fridleiv Ragnarsson, nicht abgeschworen hat – wir alle stehen zu dem Treueid, den mein Vater einst König Göttrik gegenüber leistete. Und der verpflichtet jeden Einzelnen von uns, den König vor den verbrecherischen Plänen und Absichten Haraldssons zu warnen und ihn vor Unglück und Niedergang zu bewahren.«

»Auch unser Jarl hat Göttrik die Treue geschworen«, gab Hakon zu verstehen. »Und wir, die wir nicht zusammen mit unserem Jarl gestorben sind, fühlen uns diesem Treueid verpflichtet.«

---

* nordischer Gott der Wahrheit und des Lichts

»Dann seid ihr meine Brüder, und es ist die Pflicht eines jeden von euch, Haraldssons verräterischen Plan zu verhindern.«

»Wir sind auf dem Weg nach Norden und wollen die dänische Grenze so schnell wie möglich erreichen«, sagte Hakon. »Du kannst dich uns anschließen, und auch der Franke kann mit uns kommen. Er hat dänisches Blut gerettet und fränkisches vergossen, und dafür wird sein Volk kaum Verständnis aufbringen.«

»Ich will, dass ihr mir helft, meinen Vater zu finden«, sagte Frida. »Er wird euch, sobald wir Dänemark erreichen, fürstlich dafür entlohnen.«

»Das hält uns auf«, knurrte Hakon. »Unser Ziel ist es, so schnell wie möglich das Frankenland zu verlassen. Denn hier droht uns Folter und Tod. Wie es scheint, befindet sich das Land von der Westküste bis zum Rhein und vielleicht sogar darüber hinaus in Alarmbereitschaft. Nachdem unser Heer drüben in Britannien zerschlagen wurde und König Guthrum mit Alfred von Wessex Frieden geschlossen hat, befürchten die Franken wohl eine Invasion unserer Leute von der britannischen Insel her in ihr Land.«

»Das ist möglich«, meinte Frida. »Haraldsson hat Bündnisse mit fränkischen Edelmännern geschlossen. Sie stellten ihm sogar Soldaten zur Verfügung, um meinen Vater und unsere Leute zu jagen. Bis hinauf zur Rheinmündung wussten die Franken von uns. Dann hat uns ein Verräter in eine Falle gelockt. Zuletzt war es der Edle von Dorstad, der Haraldssons Pläne unterstützte. Bis zu dessen Lehen begleiteten die Soldaten des Edlen von Ermentiers Haraldsson und seine Männer. Und wenn das Land des Herrn von Dorstad endet, wird er mit jenem Lehensmann des fränkischen Königs einen Pakt schließen, auf dessen Grund und Boden er sich dann befinden wird.«

»Wie groß ist die Schar, die Haraldsson begleitet?«, fragte Hakon.

»Sechzig, siebzig, vielleicht sogar achtzig Krieger«, antwortete Frida.

»Und wie viele Krieger stehen deinem Vater zur Verfügung?«

»Etwa der dritte Teil davon. Zwei Dutzend ungefähr.«

»Was meint ihr?«, wandte sich Hakon an seine Gefährten.

Sie flüsterten miteinander, steckten die Köpfe zusammen, berieten sich, dann rief einer: »Es geht um Dänemark. Dem König droht Gefahr. Wir alle haben uns entschlossen, unseren Treueid ihm gegenüber zu erneuern, sobald wir dänischen Boden unter den Füßen haben. Darum sollten wir der Schildmaid helfen, ihren Vater zu finden, und zusammen mit ihm, dem Sohn des Ragnar Lodbrok, den wir alle verehren, zum König gehen und an seiner Seite den verräterischen Absichten Godefried Haraldsson entgegentreten.«

»Ich hoffe, Frida Fridleivsdóttir, dass du uns die Wahrheit erzählt hast. Wenn nicht, hat dein Vater vierzehn weitere Feinde, und dich werden wir zusammen mit ihm vernichten.«

»Odin ist mein Zeuge: Jedes Wort, das ihr aus meinem Mund vernommen habt, entspricht den Tatsachen und ist wahr. Ich schwöre es bei Balder, und die Götter sollen mich vernichten, wenn auch nur ein einziges Wort gelogen sein sollte.«

»Dann werde ich jetzt einige unserer Krieger losschicken, damit sie deinen Vater finden. Nach allem, was ich von dir erfahren habe, marschiert er von Süden herauf. Und wenn ich mich in seine Lage versetze, komme ich zu dem Schluss, dass er sich wieder der Küste zuwendet, um an ihr entlang zur dänischen Grenze zu gelangen.«

»Ich schließe es nicht aus«, sagte Frida. »Habt ihr etwas zu essen für uns? Wir sind am Verhungern.«

Sie bekamen geräucherten Fisch und Brot und aßen es mit Heißhunger. Die Arbeit mit dem Huhn konnten sie sich sparen. Und während sie speisten, rief Hakon ein halbes Dutzend Namen und erteilte den Kriegern den Auftrag, sich an der Küste zu verteilen und gegebenenfalls Fridleiv Ragnarsson und seine Männer abzufangen. Einem normannischen Truppenverband, der mehr als etwa zwei Dutzend Krieger umfasste, sollten sie jedoch tunlichst aus dem Weg gehen, denn dabei konnte es sich nur um Godefried Haraldsson und seine Getreuen handeln.

Die Krieger rannten in den Wald. Kurz darauf konnte man ein Pferd wiehern hören, und dann erklang dumpfes Hufepochen, das sich jedoch schnell entfernte.

Frida sagte an Roland gewandt: »Hakon und seine Männer hat uns Odin geschickt. Ich werde ihm, sobald sich die Gelegenheit bietet, ein Tier opfern.«

»Ich denke, dass Gott, der Allmächtige, meine Bitten erhört hat«, murmelte der junge Franke. »Er hat diese Männer zu uns geführt. Ich werde erneut zu ihm beten und ihm für seine große Güte danken.«

Frida verzog verächtlich den Mund. »Ich glaube nicht, dass dein Gott – so es ihn überhaupt gibt – mir Hilfe angedeihen lässt.«

»Mein Gott ist allmächtig, er ist gütig und kennt Verzeihung. Und jene, die sich ihm zuwenden, können sich seiner Gnade sicher sein.«

Die Späher, die Hakon ausgesandt hatte, trennten sich und suchten jeder für sich einen Platz, von dem aus man das Terrain nach Süden weit überblicken konnte.

Es wurde ein trüber Tag ohne Sonnenschein, und vom Meer zogen dunkle Wolken heran, die Regen versprachen. Stunde um Stunde verstrich, aber es schien, als habe Fridleiv Ragnarsson nicht den Weg gewählt, den Hakon anstelle des Jarls genommen hätte. Gegen Mittag fing es tatsächlich zu regnen an. Bald schüttete es wie aus Eimern, und die Krieger waren innerhalb kürzester Zeit nass bis auf die Haut.

Aber sie harrten aus. Und ihre Geduld wurde belohnt, denn aus den grauen Regenwänden lösten sich plötzlich einige Pferde, die Reiter trugen. Ihnen folgten Männer, die sich müde und mit hängenden Köpfen dahinschleppten und an denen die Hemden klebten wie eine zweite Haut.

Der Krieger, der sie sah, begann sie zu zählen. Es waren insgesamt fünfundzwanzig Normannen, und unter ihnen befand sich eine junge Frau, die selbst bei dieser schlechten Sicht und auf die Entfernung an jene Schildmaid erinnerte, die sich ihnen als Frida Fridleivsdóttir vorgestellt und von ihrer Schwester gesprochen hatte.

Fridleiv Ragnarsson war tatsächlich, nachdem sie die Feste Dorstad umgangen hatten, nach Nordwesten abgebogen, um wieder in die Nähe der Küste zu gelangen und an ihr entlang zur dänischen Grenze hinaufzuziehen. Die Küstenregion war zum einen dünner besiedelt als das Landesinnere, und die Kriegsschiffe, die nördlich der Rheinmündung den Seeweg nach Dänemark versperrt hatten, waren seiner Meinung nach in die Häfen zurückbeordert worden, war die Blockade doch nach seiner, Fridleivs, Flucht ins Landesinnere nicht mehr notwendig.

Dass die Franken gegen eine mögliche Invasion der Normannen von Britannien her rüsteten, dachte Fridleiv Ragnarsson nicht einmal im Traum.

Der Späher war sich sicher, den Jarl und seine Mannschaft, auf den er gewartet hatte, zu sehen. Er lief zu seinem Pferd, schwang sich in den Sattel und ritt dem Haufen erschöpfter Männer entgegen.

Als sie ihn aus dem Grau in Grau der Regenwände auftauchen sahen, erschallten einige Befehle, die Krieger schienen noch einmal ihre letzten Reserven zu mobilisieren, zogen die Äxte aus den Gürteln und nahmen Kampfhaltung an.

Der Späher zügelte zwei Pferdelängen vor ihnen seinen Vierbeiner, hob die rechte Hand und rief: »Ich soll euch zu Frida Fridleivsdóttir führen. Wer von euch ist Jarl Fridleiv Ragnarsson?«

Der Jarl trat vor. Regenwasser lief ihm aus den Haaren, rann über sein Gesicht und tropfte aus seinem Bart. »Ich kenne dich nicht, Krieger. Wer bist du, und woher kennst du meine Tochter?«

»Ich kämpfte mit meinem Jarl Kori Sigurdsson in Eddington für König Guthrum. Vor einigen Tagen haben wir uns entschlossen, Britannien zu verlassen und an der Küste des Westfrankenreichs in Richtung Dänemark zu segeln. Aber wir gerieten zwischen fränkische Kriegsschiffe, und nur wenige von uns entkamen den Schwertern und Spießen der Franken. Unser Jarl starb. Wir, es handelt sich um vierzehn Krieger, sind ins Landesinnere geflohen, wo wir heute Morgen deine Tochter zusammen mit einem fränkischen Soldaten schlafend an einem Waldrand entdeckten.«

»Mit einem fränkischen Soldaten?« Ragnarsson schaute den Sprecher befremdet und zugleich betroffen an.

»Ja. Er hat sie aus dem Kerker der Burg des Edlen von Dorstad befreit und ist mit ihr geflohen.«

»Sie lebt also. Odin sei Dank«, rief Fridleiv Ragnarsson. »Hast du gehört, Dagrun? Frida lebt und scheint wohlauf.«

Dagrun trat neben ihren Vater. »Ein Zeichen dafür, dass Odin seine schützenden Hände über uns hält!«

»Sie hat euch sicher auch von meinem Feind erzählt«, stieg es aus der Kehle des Jarls.

»Ja, von dem Verräter Godefried Haraldsson, der den Plan hegt, König von Dänemark zu werden. Allein ein solcher Gedanke ist ein todeswürdiges Verbrechen.«

»Er ist fast zur selben Zeit wie wir von Dorstad aus nach Norden aufgebrochen. Seine Schar umfasst etwa dreimal so viele Krieger wie meine. Habt ihr sie gesehen?«

»Nein. Es ist nicht zwangsläufig, dass er auch an der Küste entlangzieht.«

»Bring uns zu Frida, meiner Tochter, Krieger. Und sobald sich eine Gelegenheit bietet, werden wir Odin ein Opfer darbringen, mit dem ich ihm meinen Dank für die Errettung meiner Tochter ausdrücke.«

»Folgt mir«, sagte der Späher und zog sein Pferd um die linke Hand, trieb es an und ritt vor Fridleiv Ragnarsson und dessen Mannschaft her nach Osten.

Jene Späher, die sahen, dass ihr Auftrag von Erfolg gekrönt war, verließen ihre Beobachtungsposten und schlossen sich dem Pulk an.

Irgendwann ließ der Regen nach, und schließlich endete er völlig. Sie stapften durch das nasse Gras und über aufgeweichten Boden und erreichten nach zwei Stunden die Gruppe der Krieger, bei der sich Frida und Roland befanden.

Frida sah den Jarl und Dagrun, sprang auf und lief ihnen entgegen. »Mein Vater, meine Schwester! Odin und den Asen sei Dank. Ihr lebt, und wie ich sehe, seid ihr unversehrt. Ich habe mir große Sorgen gemacht.«

Sie umarmte Fridleiv, dann Dagrun und hörte ihre Schwester sagen: »Was denkst du wohl, wie uns zumute war, als wir den Scheiterhaufen und den Richtblock auf der Plattform darüber vor Augen hatten? Wir hätten keine Möglichkeit gehabt, dich vor dem schrecklichen Tod zu bewahren, den dir der Verräter zugedacht hatte.«

»Gerettet hat mich Roland.« Frida drehte den Kopf und sah den jungen Franken ein Stück abseits stehen und zu ihnen herüberblicken. Ein Ausdruck von Wärme schlich sich in ihren Blick. Sie winkte ihm, und Roland setzte sich in Bewegung.

Als er heran war, trat Frida neben ihn und nahm ihn bei der Hand. »Das ist mein Retter, Vater. Sein Name ist – ich sagte es bereits – Roland. Er hat sich entschlossen, bei uns zu bleiben. Ich denke, dass es dagegen nichts einzuwenden gibt.«

Fridleiv Ragnarssons Blick richtete sich auf den jungen fränkischen Soldaten. »Wir stehen tief in deiner Schuld, Franke. Sei versichert, dass du mir willkommen bist.«

Auch Hakon trat neben Frida, legte die rechte Hand flach gegen den Leib, deutete eine Verbeugung an und sagte: »Wir sind Krieger des Jarls Sigurdsson. Mein Name ist Hakon. Man hat mich zum Anführer dieser kleinen Schar auserkoren. Nun frage ich dich, Jarl, ob du etwas dagegen hast, wenn wir uns dir und deinen Getreuen anschließen.«

Ragnarsson reichte Hakon die Hand. »Warum sollte ich? Frida hat dich und deine Kameraden sicher aufgeklärt, dass wir verfolgt werden. Es kann Kampf geben, und keiner kann sich sicher sein, Dänemark je zu erreichen. Willst du dennoch bei mir bleiben?«

»Ja, Herr. Es gibt keinen Grund, der Geschichte, die uns deine Tochter erzählt hat, zu misstrauen.«

»Dann sei uns mit deinen Leuten willkommen, Hakon.«

»Wir sollten uns nicht länger aufhalten, Herr. Wenn Haraldsson von Süden kommt und wir zu viel Zeit verlieren, holt er uns womöglich ein, und er ist uns mit seiner Streitmacht um ein Vielfaches überlegen.«

»Du hast recht. Wir brechen sofort auf.«

Sie setzten ihren Weg nach Norden fort. Frida marschierte neben ihrem Vater und Dagrun. Hinter den dreien ging Roland. Er trug noch immer das gelbe Wams mit dem Wappen des Edlen von Dorstad.

Das Land schien zu dampfen, Nebel wallte. Manchmal brach die Wolkendecke auf, und dann zeigte sich hin und wieder sogar die Sonne.

»Woher habt ihr die sieben Pferde?«, fragte Frida, nachdem sie lange Zeit in Schweigen versunken marschiert waren. »Die Schabracken tragen dasselbe Wappen wie Rolands Wams. Es sind also Pferde des Edlen von Dorstad.«

»Ivarr hat einen Suchtrupp von Haraldsson gestellt«, antwortete Dagrun. »Thorve, der Verräter, hat die kleine Gruppe angeführt.«

»Thorve, der mir fast den Schädel eingeschlagen hat, als er den Seher befreite?«, entfuhr es Frida.

»Ja. Er war mit sechs Kriegern unterwegs, und sie haben uns gesucht. Jetzt lebt keiner mehr von ihnen. Aus Thorves Mund haben wir endgültig die Bestätigung erhalten, dass du dich auf der Festung befindest und auf deine Hinrichtung wartest. Wir hielten uns ganz in der Nähe der Feste versteckt und mussten mit ansehen, wie sie alles für deine Hinrichtung vorbereitet haben.«

»Wie konntet ihr ahnen, dass ich mich auf der Burg im Kerker befand?«

»Nachdem wir von den Bauern geschlagen worden waren, rannten diejenigen, die noch dazu in der Lage waren, in alle Richtungen davon. Doch wir fanden – bis auf einige wenige – wieder zusammen und beobachteten den Kampfplatz. Schließlich haben dich und zwei andere von uns die Soldaten abgeholt. Und da Dorstad die einzige Garnison weit und breit war, vermuteten wir, dass man euch dorthin geschafft hat. Ein Köhler hat uns zu der Burg geführt.«

»Vier weitere unserer Krieger haben die Leute des Edlen von Dorstad später noch aufgegriffen und auf die Burg gebracht«, murmelte Frida. »Habt ihr den Köhler getötet?«

»Wir haben ihn laufen lassen, als wir an jenem Morgen, an dem du sterben solltest, die Gegend von Dorstad verlassen haben und weit genug von der Burg entfernt waren.«

»Godefried hat mir davon erzählt, dass sechs seiner Krieger erschlagen aufgefunden worden sind. Thorve war aber nicht unter ihnen. Der Verräter war sich sicher, dass ihr in der Nähe seid, und wollte euch in eine Falle locken. Er sagte sich, dass ihr nicht tatenlos zusehen würdet, wie er mich auf der Richtbühne über dem Scheiterhaufen massakriert. Was ist mit Thorve geschehen?«

»Er ist tot. Wir haben ihn an dem Tag hingerichtet, an dem auch unsere sechs Krieger, die mit dir auf der Burg eingekerkert waren, ihr Leben verloren.«

»Mussten sie leiden?«, fragte Frida.

»Nein. Sie wurden enthauptet. Thorve haben wir die Kehle durchgeschnitten. Der Verräter hatte diesen schmählichen Tod verdient.«

Das Gespräch schlief wieder ein.

Sie marschierten bis zum Abend. In einer mit Büschen bewachsenen Senke, die von einem Bach zerschnitten wurde, lagerten sie. Einige Bauernhöfe und Weiler, auf die sie während des Marsches gestoßen waren, hatten sie umgangen, bemüht, so wenig Spuren wie möglich zu hinterlassen.

Die Dunkelheit kam, sie wagten aber keine Feuer anzumachen, um keine unliebsamen Gäste anzulocken. Zudem hatte der Jarl von Hakon erfahren, dass die fränkischen Edelleute ihre Garnisonen an der Küste entlang möglicherweise in Alarmbereitschaft versetzt hatten, da sie weitere Normanneneinfälle von Britannien her fürchteten. Also war nicht auszuschließen, dass Patrouillen durchs Land zogen.

Der Jarl, seine Töchter und Roland saßen zusammen. Frida hatte ausführlich von ihrem Aufenthalt im Kerker auf der Feste Dorstad und ihrer Befreiung durch Roland berichtet. »Haraldsson weiß jetzt, dass ich es war, die Alfarin erschlagen hat. Ich konnte nicht anders, ich musste es ihm einfach ins Gesicht schleudern. Er sollte an seinem Hass ersticken.«

Fridleiv Ragnarsson wandte sich an Roland und fragte in der Sprache der Briten: »Was hat dich veranlasst, dein eigenes Leben zu riskieren und zwei deiner Kameraden zu töten, um meine Tochter vor dem sicheren Tod zu retten, Franke?«

Roland hatte diese Frage nicht erwartet und spürte Betretenheit. »Ich – ich wollte einfach nicht, dass sie diesen grässlichen Tod stirbt, den ihr Godefried Haraldsson zugedacht hatte«, erklärte er mit unsicherer Stimme, nachdem er eine ganze Weile nach Worten gesucht hatte. Die Wahrheit wollte einfach nicht über seine Lippen, denn er fürchtete, damit den Zorn des Jarls herauszufordern. Die Mentalität dieser Barbaren – das waren sie für ihn nach wie vor – war ihm unbekannt, und so hatte er auch keine wirkliche Ahnung bezüglich ihrer Gebräuche und Weltanschauungen. Er war Christ, und sich als solcher in die Tochter eines Jarls zu verlieben und sie darüber hinaus berührt zu haben, hätte Folgen haben können, die er nicht einzuschätzen vermochte, vor denen er sich aber fürchtete.

»Er wollte nicht, dass ich von Haraldsson zu Tode gefoltert werde«, sprang Frida ihm bei, und auch sie benutzte die Sprache der Angelsachsen, damit auch Roland verstand, was sie sprach, »weil er sich in mich verliebt hat.«

Ihre Aussage ließ Rolands Herz einen Schlag überspringen, und er verspürte ein jähes Schwindelgefühl. Wie aus der Ferne vernahm er ihre weiteren Worte, als sie sagte:

»Und dies beruht auf Gegenseitigkeit, Vater. Ich habe mich meinerseits in Roland verliebt.«

Das Schwindelgefühl verging, die Worte hallten in dem jungen Franken nach, und als er sie verarbeitet hatte, hätte er laut jubeln mögen vor Glück. Sie liebt dich!, brüllte es durch seinen Verstand. Es – es war also nicht nur Dankbarkeit …

»Ich bitte dich daher, Vater, mir Roland zum Mann zu geben. Er ist mutig, er ist ein Kämpfer, und ich stehe tief in seiner Schuld.«

»Aber … er ist Christ«, stöhnte Fridleiv Ragnarsson und griff sich an den Kopf. Er sprach wieder altnordisch*. »Seine Gesinnung unterscheidet sich grundlegend von der deinen. Ihr werdet Kinder haben, und er wird nicht dulden, dass du sie in unserem Glauben erziehst. Du aber willst sicher nicht, dass sie an den Christengott glauben. Ihr würdet euch bald hassen.«

»Nein, Vater. Roland wird seinem Gott abschwören und sich Odin und den Asen zuwenden.«

»Ich habe damals irrigerweise eine Verbindung mit Alfarin gutgeheißen, und ich hätte dir Ivarr zum Mann gegeben. Du wolltest keinen, und Ivarr musste sogar mit dir kämpfen. Und nun …«

»Ich liebe Roland, Vater.«

»Was ist zwischen euch vorgefallen?«, fragte Fridleiv Ragnarsson voller Misstrauen. »Hat man dir nicht schon von Kindesbeinen an Keuschheit vor und Treue während der Ehe gepredigt? Hast du dieses Gebot der jungfräulichen Reinheit ignoriert? Mit dem Franken knüpfst du weder eine Verbindung zwischen unserer Familie und einer der wichtigen Sippen in unserem Land, noch erhalte ich durch ihn als meinem Schwiegersohn bei den Verhandlungen anlässlich eines

---

* nordgermanischer Dialekt, der von etwa 800 bis ca. 1350 in Dänemark, Norwegen, Schweden und an der Südwestküste Finnlands gesprochen wurde

Things* in irgendeiner Weise Unterstützung. Er hat keine Stimme bei den Versammlungen, und hinter ihm steht auch keine große Familie, deren Stimmen für meine Anliegen vielleicht wichtig sein können.«

»Das alles ist nicht ausschlaggebend für mich, Vater. Roland wird einer von uns werden. Er wird unsere Sprache erlernen, Odin und die Asen verehren, ihnen Opfer bringen, mir ein guter Mann und dir ein guter Schwiegersohn sein. Ich bitte dich um deinen Segen, Vater.«

»Sprechen wir darüber, wenn wir zu Hause sind«, sagte Fridleiv ausweichend, dann wechselte er wieder in die Sprache der Angelsachsen: »Ich frage dich, Franke: Würdest du einer von uns werden, um Frida zum Weib zu erhalten? Würdest du unsere Sprache lernen, unsere Sitten und Gebräuche annehmen und deinen gekreuzigten Göttersohn gegen den mächtigen Odin eintauschen? Würdest du das alles auf dich nehmen für die Liebe meiner Tochter?«

»Ja, Herr«, sagte Roland ohne Umschweife und mit erstaunenswerter Entschlossenheit.

»Auch ich habe mich in einen Mann verliebt«, eröffnete Dagrun plötzlich, als betretenes Schweigen den Worten Rolands folgte.

»Es ist Gunnar Eriksson, nicht wahr?«, sagte der Jarl, ohne die Spur einer Überraschung zu zeigen. »Es ist mir nicht entgangen, dass ihr euch gegenseitig schöne Augen macht. Gegen Gunnar ist nichts einzuwenden. Er ist einer von uns, und ich kann ihn einschätzen.« Dann richtete er den Blick wieder auf Frida. »Du wirst den Mann, der um dich geworben hat, verärgern, Frida.

---

* Volks- oder Gerichtsversammlung

Er hat akzeptiert, dass er den Zweikampf gegen dich verloren hat, er wird aber nicht akzeptieren, dass du einem Franken das gibst, was du ihm verweigerst. Es wird ihn zutiefst verletzen.«

»Ich werde ihn nicht fragen!«, stieß Frida hervor, stand abrupt auf und ging davon. Nach wenigen Schritten war sie zwischen den haushohen Büschen verschwunden, und die Finsternis schlug über ihr zusammen.

Sie verspürte wühlenden Zorn. Statt dass sich ihr Vater dankbar erwies, weil Roland das Leben seiner Tochter gerettet hatte, wartete er mit Vorurteilen und schnöder Voreingenommenheit auf.

Du bist der Herr deiner Gefühle, Frida!, durchfuhr es sie. Du musst nicht den Mann nehmen, den dir dein Vater aussucht, zumal er schon einmal die falsche Wahl getroffen hat. Dein Herz hat entschieden, und es spricht für Roland. Er wird dein Gemahl!

Sie erschrak, weil hinter ihr eine warme Stimme erklang: »Ab dem Zeitpunkt, an dem du deinem Vater gebeichtet hast, dass wir uns lieben, habe ich zwar nichts mehr von eurer Unterhaltung verstanden, Frida. Aber aus dem Tonfall deines Vater konnte ich schließen, dass er wenig begeistert war.«

Es war Roland, der Frida leise gefolgt war. Sie hatte sich, während er sprach, zu ihm herumgedreht. »Bei uns ist es Sitte, dass der Vater den Mann für seine Tochter aussucht. Das hat einen Grund. Eine unverheiratete Frau ist nach der Weltanschauung unserer Väter nichts anderes als eine Ware, die feilgeboten wird und einen möglichst hohen Preis erzielen soll. Sie kann ihrer Familie durch ihren Brautpreis Reichtum bescheren und zu engen Beziehungen mit anderen, unter Umständen einflussreichen Familien führen. Doch ich bin eine Schildmaid und entscheide allein über mein Leben!«

»Du hast mir von diesem Ivarr erzählt, der um dich geworben hat«, sagte Roland. »Hätte er einen hohen Brautpreis bezahlt? Und hat seine Familie in eurer Heimat den Einfluss, den sich dein Vater vielleicht wünscht?«

»Nein.« Sie schüttelte den Kopf und fügte hinzu: »Möglicherweise geht es meinem Vater auch gar nicht darum. Er befürchtet wahrscheinlich, dass Ivarr, nachdem er mit seinem Werben erfolglos blieb, eine Verbindung zwischen uns nicht akzeptieren könnte und dann seine Unzufriedenheit an unsere Krieger weitergibt. Die werden einer Eheschließung zwischen der Tochter ihres Jarls und einem Franken ohnehin skeptisch, wenn nicht gar ablehnend gegenüberstehen.«

»Aber ... die Liebe fragt doch nicht nach der Herkunft«, murmelte Roland. »Es ist auch keine Sache des Glaubens ...«

Frida trat ganz dicht an ihn heran. Er verstummte, sah den hellen Fleck ihres Gesichts in der Dunkelheit und hatte unvermittelt das Bedürfnis, sie zu küssen. Als er seinen Mund auf ihre Lippen presste, ließ sie es geschehen. Er spürte die Wärme ihres Körpers, der gegen den seinen drängte.

»Mein Wille zählt«, sagte Frida atemlos, nachdem sie sich getrennt hatten. »Nicht der Wille meines Vaters.«

Am folgenden Morgen – es war kühl, und die Wolkendecke hatte sich wieder geschlossen – zogen sie weiter. Der Jarl schritt in einer Gruppe von Kriegern voraus. Frida und Dagrun hatten sich etwas abgesondert, ebenso Roland, der allerdings allein marschierte.

Jene Krieger, die an diesem Morgen die Pferde benutzten, bildeten den Schluss. Denn das Tempo mussten diejenigen angeben, die liefen.

»Es ist nur die Dankbarkeit, die Vater hindert, den Franken wegzuschicken«, sagte Dagrun nach einiger Zeit des bedrückenden Schweigens.

»Wirst du Gunnar heiraten?«, fragte Frida, ohne auf die Worte ihrer Schwester einzugehen.

»Ja. Vater ist mit ihm einverstanden.«

»Du liebst ihn?«

»Ja, und er liebt mich.«

»Dann ist es so wie zwischen Roland und mir«, erklärte Frida.

»Er ist Franke. Und das macht einen großen Unterschied.«

»Du wärst also auch gegen eine Verbindung zwischen ihm und mir.« Es war keine Frage, die Frida gestellt hatte, sondern eine Feststellung.

»Es kann niemals gut gehen«, stieß Dagrun hervor.

»Die Liebe ist imstande, so manches Hindernis zu überwinden«, gab Frida zu verstehen.

»Ich kann dir nur raten, lass die Finger davon. Du wirst nicht glücklich mit dem Franken, und du wirst bei unseren Kriegern und auch bei den Angehörigen unserer Sippe sehr viel Ansehen und womöglich sogar jeden Respekt verlieren.«

»Aber ich …«

»Was du für Liebe hältst, ist nichts anderes als Dankbarkeit, die du für ihn empfindest«, unterbrach Dagrun die Schwester. »Womöglich ist es auch nur ein Strohfeuer, das schnell aufflackert und hoch lodert, das aber ebenso schnell wieder in sich zusammenfällt. Du hast dein Leben Odin geweiht. Meinst du nicht, dass er es als Verrat empfindet, wenn du dich einem Christen hingibst? Willst du denn wirklich als *Husfreya* eines Franken enden? Du würdest Walhall niemals sehen und in Helheim landen. Willst du das?«

»Roland hat mir in der Zeit, in der wir nach unserer Flucht nach Norden marschierten, von seinem Gott erzählt«, murmelte Frida. »Er sprach von einer Heiligen Dreifaltigkeit, vom Gottvater, dem Sohn und dem Heiligen Geist. Keiner der drei fordert, dass wir heldenhaft sterben, um nach dem Tod mit einem schönen Leben belohnt zu werden. Sie haben Walhall den Namen Paradies oder auch Himmel gegeben. Und Ragnarök nennen sie den Jüngsten Tag. Es wird keinen Kampf geben, der die Welt ins Chaos stürzt, sondern ein Strafgericht. Die Guten …«

»Schweig! Ich will das nicht hören. Du beleidigst Odin und die Asen. Hat dir der Franke etwa schon die Saat seines Irrglaubens ins Gemüt gepflanzt? Und hat die Saat schon zu keimen begonnen? Bei Odin, Frida, ich kenne dich nicht mehr. Die Franken haben dich an Godefried ausgeliefert und hätten zugeschaut, wenn er dich abgeschlachtet und verbrannt hätte. Es kann keine Liebe sein, die dich mit einem Franken verbindet. Geh in dich, Schwester. Denk über alles gründlich nach und besinne dich auf deine Herkunft. Du bist eine Normannin, und du bist eine Schildmaid. Du hast dein Leben dem Kampf und dem Krieg verschrieben, und das bedeutet, dass man seine Feinde tötet. Man heiratet sie nicht.«

»Gerade von dir hätte ich mehr Verständnis erwartet, Schwester«, entrang es sich Frida. Sie war enttäuscht, zugleich aber verspürte sie Trotz in sich, und sie war entschlossen, sich gegen die Vorurteile und die ablehnende Haltung derer, die ihr nahestanden, durchzusetzen.

Sie gesellte sich zu Roland, der sie fragend ansah.

»Auch Dagrun ist gegen dich«, sagte Frida. »Aber ich denke, dass sie ihre Meinung ändern, sowohl sie als auch mein Vater. Der Tag wird kommen, an dem sie dir die Hand reichen und dich als Schwiegersohn beziehungsweise Schwager in unserer Familie willkommen heißen.«

Roland schaute skeptisch. Er fühlte sich nicht wohl in seiner Haut. Die normannischen Krieger ließen es ihn merken, dass er keiner von ihnen war. Vor allen Dingen Ivarr beobachtete ihn immer wieder verstohlen, das war Roland nicht verborgen geblieben. Und die finsteren Blicke des Kriegers waren nicht dazu angetan, seine Stimmung zu heben.

Frida hatte ihm von Ivarrs Werben und dem Zweikampf erzählt. Und nun wütete in dem Krieger die Eifersucht. Wahrscheinlich fühlte er sich auch zutiefst in seinem Stolz verletzt und in seiner Ehre gekränkt, weil Frida einen anderen Mann ihm vorzog, noch dazu einen, der eigentlich ihr Feind war und den der Jarl niemals in seine Familie aufnehmen würde.

Roland begann darüber nachzudenken, ob es nicht besser war, sich abzusetzen. Zurück konnte er nicht mehr, denn sein Leben war verwirkt, wenn er den Soldaten des Edlen von Dorstad in die Hände fiel. Aber bei den Normannen ein Leben als Außenseiter zu führen war ebenso wenig erstrebenswert.

Doch seine Liebe zu Frida war unendlich, und er konnte sich ein Leben ohne sie nicht mehr vorstellen. Und so entschied er sich, Missbilligung, Ablehnung und Misstrauen in Kauf zu nehmen, nur um Frida nicht mehr missen zu müssen.

Und sie ließ ihn spüren, dass sie sich für ihn entschieden hatte. Untertags marschierte sie neben ihm, nachts teilte sie mit ihm das Lager, sehr zum Missfallen ihres Vaters und ihrer Schwester. Sie konnten zwar nicht der körperlichen Liebe frönen, doch danach stand ihnen inmitten der Kriegerschar auch nicht der Sinn. Ihnen reichte die Verbindung, die nicht zu sehen, doch aber zu spüren war. Es war eine tief empfundene Einigkeit, ein unsichtbares Band des gegenseitigen Verständnisses, eine enge geistige Allianz.

Beide spürten nicht, wie sich aus der Eifersucht nagende Wut und aus der Wut tödlicher Hass entwickelte.

Zwölftes Kapitel

Sie waren nun seit vier Tagen unterwegs, und der Hunger wurde wieder nagend. Es war früher Morgen, über dem Meer hing Dunst, und der Tag versprach heiß zu werden.

»Wir brauchen Nahrung, Herr«, wandte sich Hakon an Jarl Ragnarsson. »Unsere Männer hatten gestern den ganzen Tag kaum etwas zu essen, und einen zweiten Tag ohne Nahrung halten sie nicht durch. Wir müssen zusehen, dass wir zu einem Gehöft, einem Weiler oder Fischerdorf gelangen, wo wir uns etwas zu essen beschaffen können.«

Fridleiv Ragnarsson winkte Roland zu sich, und als der junge Franke vor ihm stand, fragte er: »Kannst du mir sagen, ob es hier in der Nähe eine Möglichkeit gibt, Nahrung zu besorgen?«

»Nein, Herr. So weit im Norden war ich noch nie.«

»Weißt du, wem dieses Land gehört?«

»Nein, Herr, ich habe keine Ahnung.«

Fridleiv schoss dem Franken einen verächtlichen Blick zu und rief seinen Mannen zu: »Er weiß nichts! Also müssen wir aufs Geratewohl weitermarschieren und können nur hoffen, auf ein Fischerdorf zu stoßen!«

»Vielleicht sollten wir uns landeinwärts halten, Herr«, meinte Hakon, der neben Ivarr Otterbjörk mehr und mehr zu einem engen Berater des Jarls geworden war. »Sicher gibt es Bauernhöfe, vielleicht sogar ein Kloster.«

»Nein, wir bleiben an der Küste.«

»Aber es ist ein Umweg, Herr.«

Der Jarl dachte kurz nach, nickte und sagte: »Hakon hat recht. Wir marschieren nach Nordosten. Wenn wir an der Küste bleiben, verlieren wir Zeit.«

Also verließen sie die Küste.

Und tatsächlich sahen sie gegen Mittag von einer Anhöhe aus ein Kloster. Es war von Äckern, Wiesen und Feldern umgeben, auf denen Mönche arbeiteten. Das Kloster war groß und mutete an wie eine Festung, denn es war von einer wohl an die drei Klafter hohen Mauer umgeben. Durch die führte ein Tor, das breit genug für ein Fuhrwerk war. Die beiden Flügel standen offen.

»Hast du eine Ahnung, wie das Kloster heißt?«, fragte Fridleiv Ragnarsson an Hakon gewandt.

»Nein, Herr. Aber ich weiß, dass die Mönche volle Speisekammern haben. Sie brauen Bier, und in ihren Kellern lagern die besten Weine. Wir sollten nicht lange überlegen.«

»In Ordnung. Wir gehen hinunter.« Die Stimme des Jarls hob sich. »Nehmt eure Äxte, Krieger. Die Tafel ist für uns dort unten gedeckt. Sicher werden wir auf nicht allzu großen Widerstand stoßen. Wenn doch, denkt daran, dass wir Hunger haben.«

Sie marschierten los. Die Schar bestand, nachdem Hakon mit seinen Leuten zu ihr gestoßen war, aus etwa vierzig Kriegern; eine beachtliche Truppe, die eine wilde Entschlossenheit verströmte und deren Anblick denjenigen, gegen die sie marschierten, grenzenlosen Schrecken einjagen musste.

Die Mönche, die auf den Feldern und Äckern oder Wiesen ihr Tagwerk verrichteten, wurden ihrer gewahr und riefen sich Warnungen zu. Sie rannten in den

Schutz der Mauern, und als der Letzte von ihnen durch das Tor war, wurde dieses geschlossen.

Zwanzig Schritte vor dem Tor gebot Fridleiv Ragnarsson seinen Männern anzuhalten. Er schob die Axt in den Gürtel, legte beide Hände wie einen Trichter vor den Mund und rief: »Öffnet das Tor! Tut ihr es nicht, brechen wir es auf. Ergebt ihr euch, könnt ihr mit Gnade rechnen. Andernfalls töten wir euch alle!«

Das Tor blieb geschlossen.

»Roland!«

Der Franke beeilte sich, neben den Jarl zu gelangen. »Herr?«

»Fordere du sie auf, sich zu ergeben und das Tor zu öffnen. Vielleicht haben sie mich nicht verstanden. Verschweige ihnen nicht, dass sie alle sterben, wenn wir das Kloster stürmen müssen.«

Roland rief die entsprechende Aufforderung.

Nach kurzer Zeit zeigte sich auf der Mauer ein Mönch. Lediglich sein Kopf und seine Schultern überragten die Mauerkrone. Entweder gab es einen Wehrgang, oder der Geistliche benutzte eine Leiter.

»Man hat uns die Annäherung einer Normannenschar von Süden her gemeldet!«, rief der Mönch. »Sämtliche Bauern aus der Umgebung sind deshalb zu uns geflohen und befinden sich nun samt ihrem Gesinde im Kloster. Und viele von ihnen sind bewaffnet. Zieht also weiter! Solltet ihr versuchen, das Kloster zu stürmen, wird euch das schlecht bekommen!«

Frida war neben ihren Vater getreten. »Eine Normannenschar von Süden? Dabei kann es sich nur um Haraldsson und seine Krieger handeln. Möglicherweise sind sie uns schon ganz nah. Wir sollten …«

»Nein!«, kam es kategorisch vom Jarl. »Wir brauchen

Nahrung«, fügte er grollend hinzu, »sonst brechen die ersten von uns bald vor Schwäche zusammen. Roland, frag ihn, wie weit die Schar, von der er gesprochen hat, noch entfernt ist.«

Der fränkische Soldat stellte die Frage, und der Mönch antwortete: »Einen halben Tagesmarsch. Seid ihr etwa nicht die, die man uns gemeldet hat?«

Roland übersetzte, und der Jarl schaute einen Moment lang unschlüssig drein, dann knurrte er: »Sag ihm, dass das unsere Feinde sind. Wenn sie uns ins Kloster lassen und mit Nahrung versorgen, helfen wir ihnen, sich gegen Haraldsson zu verteidigen.«

Roland unterbreitete dem Mönch das Angebot. Der verschwand von der Leiter oder dem Wehrgang, um schon wenige Minuten später wieder zu erscheinen und zu rufen: »Zieht weiter. Wir werden euch das Tor nicht öffnen. Solltest ihr gewaltsam eindringen, stehen wir bereit, uns zu verteidigen.«

Nachdem Roland dem Jarl die Entscheidung der Mönche übersetzt hatte, stieß Fridleiv Ragnarsson wütend hervor: »Stürmt das Tor, Männer! Sie wollen es nicht anders. Brecht es auf und macht jeden nieder, der sich euch in den Weg stellt! Odin gibt uns die Kraft!«

Die normannischen Krieger rissen die Arme mit den Äxten in die Höhe und brüllten im Chor: »Odin! Odin! Odin!«

Der Mönch, der mit ihnen verhandelt hatte, verschwand.

Die Normannen begannen gegen das Tor vorzurücken. Plötzlich zeigten sich auf der Mauer Mönche und Bauern. Sie schleuderten Steine und Holzstümpfe auf die Angreifer und jagten sogar einige Pfeile und Speere in ihre Masse. Die Getroffenen gingen zu Boden, andere stolperten über sie, und im Handumdrehen wälzte sich ein Knäuel ineinander verschlungener Leiber brüllend am Boden.

Die Krieger hatten mit dieser heftigen Gegenwehr nicht gerechnet und mussten erkennen, dass sie die Verteidiger unterschätzt hatten. Ragnarsson ordnete den Rückzug an, und sie liefen aus dem Gefahrenbereich. Über ein halbes Dutzend Krieger blieben tot oder sterbend zurück. Steine oder schwere Holztrümmer hatten ihre Schädel zertrümmert, oder ihre Herzen waren von Pfeilen oder Speeren durchbohrt worden.

Noch ziemlich konfus sammelten sich die Normannen.

»Wir sollten weiterziehen«, meinte Hakon. »Hier setzen wir nur das Leben unserer Männer aufs Spiel und vergeuden Zeit. Du hast es selbst gehört, Herr. Dein Todfeind ist nur einen halben Tagesmarsch hinter uns.«

In diesem Moment schwangen die Torflügel auf, und ein großer Trupp aus Bauern und Mönchen stürmte heraus. Sie waren mit Mistgabeln, Dreschflegeln und Knüppeln bewaffnet, einige von ihnen hatten sogar Äxte, Beile und Spieße.

Es waren an die fünfzig Männer, die eine lange Belagerung vermeiden und sich der Angreifer so schnell wie möglich entledigen wollten. Sie fächerten auseinander, nachdem sie das Tor passiert hatten, und griffen brüllend an. Der Eindruck von Wucht und Stärke, den sie vermittelten, war erschreckend. Jeder der Normannen spürte den Strom des Vernichtungswillens, der von der näher brandenden Schar ausging, und es kostete Nerven, ihren Anblick zu ertragen

Fridleiv, der zuerst nicht glauben wollte, was sich seinem Blick bot, befahl den Gegenangriff. Seine Männer überwanden sich, schüttelten ihre Erstarrung ab und rannten den Verteidigern des Klosters entgegen.

Die kurze Distanz, die die beiden Gruppen trennten, war schnell überwunden. Die Gegner prallten aufeinander, und bald war der Kampf Mann gegen Mann voll entbrannt.

Selbst Roland kämpfte wie besessen. Dass er gegen Christen antrat, sogar gegen Mönche, Männer jenes Gottes, zu dem er so lange gebetet hatte, musste er gewaltsam verdrängen. Er wollte Fridleiv Ragnarsson beweisen, dass er bereit war, Normanne zu werden. Brüllend schwang er das Schwert und schlug oder stach nieder, was ihm in die Quere kam. Als Fridleiv von mehreren Mönchen und Bauern gleichzeitig bedrängt wurde, befreite er ihn mit wilden Schwertstreichen aus seiner misslichen Lage.

Frida kämpfte in seiner Nähe. Sie schwang das in der Burg erbeutete Schwert und war wieder die Schildmaid, die sie war, seit sie den Kinderschuhen entwachsen war und an der Seite ihres Vaters in Britannien an Raubzügen und Schlachten teilgenommen hatte. Sie schlug und trat, jeder Streich wurde von einem fast tierischen Laut begleitet, ihre Gegner sanken blutüberströmt zu Boden, und jene, die versuchten, sich noch einmal zu erheben, erschlug sie ohne irgendeine Gemütsregung. Es waren Feinde, und sie kannten ebenso wenig Gnade und Erbarmen.

Das Blut spritzte, Gedärme quollen aus aufgeschlitzten Leibern, abgeschlagene Köpfe rollten über den Boden. Brach ein Gegner tot oder sterbend zusammen, wandte man sich sogleich dem nächsten zu, um auch ihn zu massakrieren oder – so die Götter es wollten – von ihm erschlagen zu werden.

Die Normannen wüteten, bis keiner der Mönche und Bauern mehr am Leben war. Auch ein gutes Dutzend der normannischen Krieger war gefallen, aber das wurde von Fridleiv und allen anderen als gegeben hingenommen.

Eine erste Schar krächzender Raben näherte sich hoch oben dem Schauplatz des Todes und der brutalen Vernichtung.

Frida schaute sich um. Das Blut ihrer erschlagenen Gegner vermischte sich mit dem Schweiß in ihrem Gesicht und rann über ihre Wangen hinunter. Sie konnte Roland nirgends sehen. Ihr flackernder Blick tastete sich über die reglosen, zum Teil seltsam verrenkt daliegenden Leichen, und dann entdeckte sie sein gelbes Wams, halb verdeckt von einem Mönch, der quer über der Brust des Franken lag.

Aus Fridas Gesicht wich das Blut. Schwindelgefühl erfasste sie, sie warf das Schwert fort, und jeglichen Gedankens beraubt, nur von der Angst um Roland getrieben, taumelte sie auf die wie tot daliegende Gestalt des geliebten Mannes zu, stieg über reglose Körper hinweg, erreichte ihn, zerrte den Mönch von ihm herunter und fiel neben ihm auf die Knie.

»Roland«, keuchte sie, und die zitternde Anspannung ihrer Nerven entlud sich in einem stöhnenden Laut, der ohne ihr Zutun aus ihrer trockenen Kehle brach.

Sein Kopf lag in einer Lache dunklen Blutes. Seine Augen waren weit aufgerissen, der Mund wie zu einem stummen Schrei geöffnet.

»Roland, Geliebter«, entrang es sich ihr erstickend. Sie griff nach ihm, rüttelte ihn wie von Sinnen, und erneut stieß sie voller Verzweiflung und innerer Not seinen Namen aus. »Roland …« Sie warf sich auf ihn.

Zwei Hände griffen nach ihr und zerrten sie hoch. »Wir gehen hinein, Frida!«, sagte ihr Vater mit harter Stimme. »Es ist nicht die Zeit, sich in Trauer zu ergehen. Die Männer haben Hunger …«

»Lass mich!«, schrie Frida und riss sich los, warf sich wieder über den toten Körper und weinte hemmungslos. Ihre Hand strich durch sein Haar, und sie ertastete die schreckliche Wunde an seinem Hinterkopf, wie sie nur eine Axt hervorrufen konnte. Ihre Finger waren klebrig von seinem Blut.

Sie beugte sich über sein Gesicht und küsste ihn auf die verzerrten Lippen, starrte in seine gebrochenen Augen, und nur nach und nach hämmerte ihr der Verstand ein, dass er unwiederbringlich von ihr gegangen war.

Es war Dagrun, die an Frida herantrat und ihr die Hand auf die Schulter legte. Mit belegter Stimme sagte sie: »Er hat mit uns gekämpft, und er ist im Kampf gestorben. Das ist das Schicksal eines Kriegers, und du musst es sowohl mit dem Verstand als auch mit dem Herzen akzeptieren. Doch nun komm, Schwester, wir wollen das Kloster plündern und uns die Mägen mit all dem vollschlagen, die die Mönche in ihrer Speisekammer horten.«

Mit sanfter Gewalt zerrte sie Frida auf die Beine und mit sich fort. Frida ließ es willenlos mit sich geschehen. Es wollte ihr einfach nicht in den Sinn, dass der Mann, der sie die Liebe gelehrt und den sie mehr geliebt hatte als ihr Leben, tot sein sollte. Er würde sie nie wieder küssen, nie wieder berühren, niemals mehr mit ihr sprechen – sie nie mehr lieben.

O ihr Götter! Warum? Warum ausgerechnet Roland? Er hat mich, die ich dir, Odin, mein Leben geweiht habe, vor dem schrecklichen Tod bewahrt, den mir der Verräter Haraldsson zugedacht hatte. Er war bereit, einer von uns zu werden, seinem Gott abzuschwören und dich als seinen Gott anzunehmen. Nun hast du ihn mir genommen. Ich begreife den Sinn nicht. Habe ich diese Strafe verdient?

Odin antwortete ihr nicht. Die ganze Welt der Asen schwieg.

Frida fühlte sich von den Göttern im Stich gelassen und begann ihrer zu hadern.

Frida nahm an der Plünderung des Klosters nicht teil, sondern saß apathisch auf der Treppe zum Eingang in die Kirche und hörte drin die Krieger ihres Vaters randalieren. Sie zerschlugen die Altäre und Bänke, das Chorgestühl und die Kanzel und warfen Kelche und Opfergeschirr sowie Kerzenleuchter und alles, was ihnen wertvoll erschien, vor dem Altar auf einen Haufen, um es später abzutransportieren.

Andere waren in die Klosterküche eingedrungen, von der aus eine Tür in den Speisesaal und eine andere in den Vorratsraum führte. Auch das Rumoren, das sie produzierten, trieb über den Klosterhof, dazu kam das verworrene Durcheinander ihrer Stimmen.

Drei Krieger zogen aus einem Unterstand eine zweirädrige Karre, schoben sie vor die Kirchentür, stellten sie ab und rannten an Frida vorbei in das Kirchenschiff.

Das alles nahm Frida nicht bewusst war, es erreichte nur den Rand ihres Bewusstseins und berührte sie nicht im Geringsten. Ihr Blick war starr auf einen unbestimmten Punkt in der Ferne gerichtet. Es war, als wäre mit Rolands Tod auch in ihr etwas abgestorben.

Jemand setzte sich neben sie. Es war Hakon, der Krieger, der sie zusammen mit Roland vor einigen Tagen aufgegriffen und wenig später spontan ihrem Vater die Treue geschworen hatte. Frida bewegte nicht einmal die Augen. Als er aber zu sprechen begann, sickerten die Worte wie Gift in ihren Verstand. Er sagte halblaut:

»Es war nicht die Waffe eines der fränkischen Bauern, die dem Leben deines Geliebten ein Ende setzte.«

Frida hatte den Kopf gedreht, und nun starrte sie Hakon an, als wäre sie aus tiefem Schlaf erwacht. In ihrem leeren Blick schien das Leben zurückzukehren.

Hakon hob wieder zu sprechen an und knurrte: »Es war eine normannische Axt, und der Grund für den Meuchelmord war wohl Eifersucht; vielleicht waren es auch verletzter Stolz oder gekränkte Ehre.«

Eine Ahnung, die sie jäh befiel, verfinsterte Fridas Gesicht. »Du sprichst von Ivarr?«

Hakon nickte. »Ich habe es gesehen. Er kam von hinten, und Roland war vollkommen ahnungslos. Er kämpfte mit einem Bauern, als ihn der hinterhältige Hieb traf. Als er tot zu Boden gefallen war, sprang Ivarr über ihn hinweg und erschlug auch den Bauern.«

In Fridas angespannten Zügen arbeitete es krampfhaft. »Ivarr!«, flüsterte sie, und es klang regelrecht besessen. »Du also …« Der Hass kam in rasenden, giftigen Wogen und brach regelrecht aus ihren Augen.

»Man hat mir von deinem Kampf mit ihm erzählt«, vernahm sie Hakons Stimme wie aus weiter Ferne. »Er hat ihn verloren. Du hast sein Werben abgewiesen, und er empfand es als Schmähung, vielleicht sogar als Beleidigung. Dass du plötzlich dem Franken dein Herz geschenkt haben solltest – das hat er nicht verwunden. Er will dich, weiß aber, dass er dich nicht kriegt, und so soll dich auch kein anderer haben.«

Frida biss die Zähne zusammen, dass es schmerzte. Hart traten die Kieferknochen in ihrem Gesicht hervor. »Dafür wird er mit seinem Blut bezahlen«, knirschte sie. »Bei Odin und den Asen, dafür bezahlt er teuer.«

Es war ein unheilvoller Schwur, den Frida in dieser Minute leistete. Sie hatte soeben das Todesurteil über Ivarr Otterbjörk gesprochen.

Hakon erhob sich und ging schnell davon.

Der Krieger, über dessen Haupt soeben Frida den Stab gebrochen hatte, trat indes an Jarl Fridleiv Ragnarsson heran und sagte: »Die Speisekammer war voll, Herr. Der Speiseraum bietet Platz für uns alle. Wir sollten Wachen auf die Wehren stellen, damit uns der Verräter nicht überraschen kann, und dann feiern wir ein Fest. Wir haben Wein, Bier, Brot, Schinken und eingelegten Fisch gefunden. Es mangelt uns an nichts. Nach dem Mahl sollten wir jedoch zusehen, dass wir verschwinden. Den Mönchen war die Annäherung Haraldssons schon gemeldet worden, und wie es aussieht, beeilt er sich ebenso wie wir, nach Dänemark zu gelangen. Und es ist nicht auszuschließen, dass dieses Kloster an seinem Weg liegt.«

»Wir haben den Vorteil, ihn überholt zu haben und von seinem Kommen zu wissen, Ivarr«, erklärte der Jarl. »Die Gelegenheit, ihm eine Falle zu stellen, ist günstig. Ich werde ihm einige der Männer, die mit Hakon zu uns gestoßen sind, entgegenschicken, damit sie ihn hierherführen. Und hier entledigen wir uns seiner sowie seiner Kriegerschar.«

»Er wird misstrauisch reagieren, wenn plötzlich normannische Krieger auftauchen, die er nicht kennt«, gab Ivarr zu bedenken.

»Sie werden ihm von den Schätzen erzählen, die hier im Kloster nur darauf warten, von ihm abgeholt zu werden. Seine Habgier ist größer als sein Misstrauen.«

»Frida scheint den Tod des Franken nicht zu verkraften«, wechselte Ivarr das Thema.

»Die Götter haben entschieden. Eine Verbindung zwischen meiner Tochter, meinem Fleisch und Blut also, mit dem Christen konnten sie nicht gutheißen. Darum haben sie den Arm eines unserer Gegner geführt, als ihm die Götter den Franken für den tödlichen Schlag darboten. Es ist gut so. Frida ist eine Kriegerin, sie wird darüber hinwegkommen.«

»Die Anwesenheit des Franken und dass Frida zu ihm in Liebe entbrannt war, hat viele unserer Krieger verärgert«, knurrte Ivarr. »Er wäre niemals als einer der unsrigen anerkannt worden.«

»Nein, nie«, pflichtete der Jarl bei. »Stell Wachen auf die Wehren, Ivarr, schicke einige berittene Späher nach Süden, die gegebenenfalls die Ankunft Godefrieds melden, und dann komm mir nach in den Speisesaal. Wir wollen uns an all den Köstlichkeiten laben, die die Vorratskammer der Mönche zu bieten hat. Und dann rede ich mit Hakon.«

Ivarr eilte davon, und der Jarl beschloss, mit Frida zu sprechen. Sie saß nach wie vor auf der Treppe vor dem Portal der Kirche.

Er setzte sich neben sie. »Du musst es mit Fassung tragen«, begann er. »Jeder von uns hat schon einen Menschen verloren, vielleicht auch schon mehrere, was ihn traurig gestimmt hat, weil ein Teil seiner Welt unwiederbringlich von ihm gegangen ist. Aber das Leben geht weiter. Man muss sich mit solchen Verlusten abfinden.

Denn wir alle sind sterblich – nicht einmal den Göttern ist ein ewiges Leben beschieden.«

»Es ist ein Unterschied, ob ein Freund, ein Bruder oder der Mann, den man liebt, im Kampf gefallen ist«, entgegnete Frida, »oder ob er aus niedriger Gesinnung hinterrücks erschlagen wurde!«

Geradezu fassungslos starrte Fridleiv seine Tochter an. »Was willst du damit zum Ausdruck bringen, Frida?«, fragte er schließlich, und seine Stimme grollte unheilvoll. »Denkst du, der Franke wurde von einem der unseren ermordet? Du verdächtigst einen von uns, ihn in hinterhältiger Art und Weise getötet zu haben?« Mit einem Ruck stand der Jarl. »Ich war gegen deine enge Freundschaft mit dem Franken. Du hast doch nicht etwa mich im Verdacht?«

»Es ist kein Verdacht, Vater, ich weiß es. Roland wurde von einem unserer Krieger während des Kampfgetümmels erschlagen, als er ihm den Rücken zuwandte. Ich kann dir auch den Namen des Mörders nennen. Es war Ivarr Otterbjörk, der Mann, dessen Werben ich zurückgewiesen und den ich im Zweikampf besiegt habe.«

»Hast du es gesehen?«

»Es gibt einen Zeugen, dessen Name ich dir aber nicht nenne.«

Düster fixierte Fridleiv Ragnarsson seine Tochter, die jetzt das Gesicht hob und deren Blick sich mit seinem kreuzte. »Ich befehle dir als dein Jarl, mir den Namen zu nennen.«

»Und ich verweigere es dir als meinem Vater, denn ich kann nicht ausschließen, dass du den Mord sogar angeordnet hast, nachdem du vehement gegen meine Liebe zu Roland warst. Du hast ihn gehasst, weil ich ihn geliebt habe.«

»Auf diese Beleidigung hin müsste ich dich in meiner Eigenschaft als Jarl bestrafen!«, fauchte Fridleiv Ragnarsson. »Als dein Vater aber kann ich dir nur versichern, dass du mir Unrecht tust und dass ich nichts mit dem Mord an deinem geliebten Franken zu tun habe.«

Frida musterte ihn argwöhnisch. Dann stieß sie hervor: »Sei es, wie es ist, Vater: Ich will, dass du Ivarr bestrafst. Er muss für den niederträchtigen Mord büßen. Es ist deine Pflicht, ihn dafür zum Tode zu verurteilen.«

Erst waren es Fassungslosigkeit und Betroffenheit gewesen, die das Gemüt des Jarls beherrscht hatten, dann war es der Zorn, jetzt aber reagierte er geradezu entsetzt, als er blaffte: »Er ist einer meiner besten Männer – nein, er ist der beste Mann, den ich habe. Und ich hätte mir nichts Besseres vorstellen können, als ihn zum Schwiegersohn zu bekommen. Diese Freude hast du mir genommen. Bei den Göttern, Tochter, verwirrt der Tod des Franken deine Sinne so sehr, dass du deswegen den Tod eines hervorragenden Kriegers und meines persönlichen Vertrauten forderst? Wir haben wieder viele Krieger verloren und sind auf jeden Mann angewiesen. Uns sitzt Jarl Haraldsson dicht auf den Fersen, und du forderst, dass ich meine Truppe schwäche, indem ich einen wertvollen Krieger hinrichten lasse. Das schlag dir aus dem Kopf.«

»Dann werde ich ihn eigenhändig töten«, begehrte Frida auf.

»Das verbiete ich dir. Du würdest mich zwingen, mein eigen Fleisch und Blut dem Henker zu überantworten.«

»Dann soll der Mord an Roland also ungesühnt bleiben?«

»Ja. Denn die Götter wollten seinen Tod. Ivarr war

nur ihr Werkzeug«, sagte Fridleiv Ragnarsson. »Ich beende hiermit das Gespräch zwischen Vater und Tochter und frage dich, ob ich nun mit dir als Kriegerin, als Schildmaid sprechen kann?«

»Was hast du mir in dieser Eigenschaft zu sagen?«

»Ich habe vor, Haraldsson hier im Kloster in eine Falle zu locken.«

Frida runzelte die Stirn, schwieg aber.

Fridleiv Ragnarsson fuhr fort: »Ich will, dass Hakon ihn zu diesem Kloster führt. Und sobald er sich mit seinen Kriegern im Hof befindet, fallen wir über sie her. Bis sie reagieren, haben wir die Hälfte von ihnen erschlagen.«

»Ich bin der Meinung, dass wir dieses Risiko nicht eingehen sollten«, sagte Frida. »Lass uns lieber so schnell wie möglich weiterziehen. Wir sollten uns auch nicht damit abgeben, die Schätze dieses Klosters mit uns zu schleppen. Beladen wir die Karre lieber mit Nahrungsmitteln aus der Speisekammer der Mönche.«

»Und warum würdest du das Risiko nicht eingehen? Wir wären unseren Verfolger los und könnten uns voll und ganz auf den Marsch nach Norden konzentrieren. Wir müssten auch nicht befürchten, dass Godefried vor uns in Dänemark ankommt und König Göttrik vom Thron stürzt.«

»Ich glaube nicht, dass Godefried in eine derart plumpe Falle geht. Außerdem dürfte er über viermal so viele Krieger verfügen wie wir. Der Überfall auf dieses Kloster hat von uns einen hohen Tribut an Kriegern gefordert. Daher lass uns essen und trinken, so viele Vorräte wie möglich auf den Wagen laden und dann unseren Weg fortsetzen. Am Ende ist es nicht Godefrieds Verderben, das wir heraufbeschwören, sondern unser eigenes.«

»Ich werde noch einmal mit Ivarr darüber sprechen«, murmelte Fridleiv Ragnarsson.

Bei Nennung des Namens stieg in Frida der Hass auf und mit ihm der Schrei nach Vergeltung.

Den höchsten Tribut für den Überfall hatte sie zu entrichten gehabt …

Die Krüge waren mit Bier gefüllt, jeder der Krieger bekam Brot, Fleisch, Fisch und eingesalzenes Kraut, so viel er wollte.

Ivarr hatte an der rechten Seite des Jarls an der riesigen Tafel Platz genommen, an Fridleivs linker Seite saßen Frida und neben ihr Dagrun. Ein Durcheinander von Stimmen erfüllte den Speisesaal, an dessen Stirnwand ein riesiges Kreuz hing, das bisher noch keine Beachtung gefunden hatte.

Die Normannen schnitten sich große Stücke von dem gebratenen Fleisch ab und aßen es mit den Händen, die Brote zerrissen sie einfach, auch das Kraut stopften sie sich mit den Fingern in den Mund.

Plötzlich warf einer der Krieger eine Handvoll Kraut in Richtung des Kreuzes und traf den Oberkörper des Gekreuzigten. Der größte Teil des Krauts blieb kleben. Diejenigen, die es gesehen hatten, bogen sich vor Lachen, und dann warf ein Zweiter einen Klumpen Kraut und traf das Gesicht des Heilands, erntete Beifall, und dann begann ein reges Zielwerfen mit dem Kraut.

Innerhalb kürzester Zeit tropfte es von dem Kreuz und der Wand zu beiden Seiten. Selbst der Jarl wurde von dem Schauspiel mitgerissen, und jedes Mal, wenn ein Klumpen Kraut das Kreuz traf, brüllte er vor Vergnügen.

Die Krieger benahmen sich wie Kinder, die sich eine

Schneeballschlacht lieferten. Ihr Schnee war das Sauerkraut, ihr Ziel die Figur des Gekreuzigten, das wichtigste Symbol des christlichen Glaubens. Sie kleisterten den hölzernen Körper und die Wand daneben voll, sodass die Figur und das Mauerwerk bald hinter einer Schicht aus Kraut nur noch zu vermuten war.

»Lasst mich auch mal!«, schrie der Jarl, erhob sich und ging zu dem Pulk jener, die sich wenige Schritte vor der Wand mit dem Kreuz zusammengerottet hatten, griff in das Fass mit Sauerkraut und schleuderte eine Handvoll gegen das Kreuz. Er traf und schlug sich vor Lachen auf den Oberschenkel. »Warum wehrt der Gott der Christen das Kraut nicht von seinem Sohn ab?«, schrie er voller Schadenfreude und Hohn. »Ich kann es euch sagen, Krieger. Er ist zu schwach dazu. Darum nennen ihn die Christen den Gott der Liebe, der Gnade und des Erbarmens. Er kann sich nicht wehren, weil er ein schwächlicher Gott ist. Seine Liebe ist Feigheit und Heuchelei, Gnade und Erbarmen aber sind ein Zeichen von Schwäche.«

Er kehrte zu seinem Platz zurück, griff nach dem Krug und setzte ihn an seine Lippen, nahm einen gewaltigen Zug und setzte das Gefäß hart auf den Tisch. »Schluss jetzt damit, Krieger. Ich habe mich noch einmal mit meinem Vertrauten besprochen und bin zu dem Ergebnis gekommen, dass – dass …«

Plötzlich brach seine Stimme, sein Mund bewegte sich, aber kein Laut drang über sie. Er griff sich mit beiden Händen an den Hals, wankte, seine Augen weiteten sich, und ein Gurgeln brach aus seiner Kehle.

»Herr, was ist?«, schrie Ivarr und sprang auf.

Auch Frida und Dagrun erhoben sich. Stimmendurcheinander und Gelächter versickerten, fassungslos starrten alle auf den Jarl, der sich im Todeskampf aufbäumte, sich halb um die eigene Achse drehte und mit dem Oberkörper auf den Tisch krachte. Sein Bierkrug kippte um, und das Bier ergoss sich über die Tischplatte, tropfte über ihren Rand und bildete am Boden eine Lache.

Der Jarl röchelte, seine Arme und Beine zuckten einige Male unkontrolliert, und plötzlich erschlaffte der Körper.

Im Speisesaal war es still. Jeder der Anwesenden hielt den Atem an.

Ivarr war der Erste, der seine Lähmung abschüttelte und bei der reglosen Gestalt auf das Knie niederging. Er rüttelte sie, fühlte den Puls und horchte an der Brust.

Dann hob er den Kopf, sah die Schwestern an und sagte: »Euer Vater ist tot.« Er erhob sich und schwenkte den Blick in die Runde. »Euer Jarl ist soeben gestorben. Und da er kerngesund und die Art, wie er sein Leben aushauchte, sehr qualvoll war, denke ich, dass es nicht der Strohtod war, dem er erlag, sondern dass er mit seinem Bier Gift zu sich genommen hat – Gift, das ihm jemand ins Bier gemischt haben muss.«

Er ließ seine Worte wirken. Zaghaftes Murmeln und Raunen kam auf, intensivierte sich, und schließlich brüllten und schrien alle vor Fassungslosigkeit und Betroffenheit wild durcheinander.

Frida fühlte Hakons Blick auf sich gerichtet; es war ein durchdringender, forschender Blick, der ihr Unbehaglichkeit bereitete. »Still!«, schrie sie. »Seid still!«

Das Stimmengewirr versiegte, und gleich darauf kehrte bedrückende Ruhe ein.

»Es sieht in der Tat so aus, als wäre mein Vater, euer

Jarl, einem hinterhältigen Anschlag zum Opfer gefallen«, sagte Frida. »Es gibt ein absolut tödliches Gift, das jemand in sein Getränk gemischt haben muss und das er nicht spürte, als er trank. Jemand könnte das Pulver des Blauen Eisenhuts* benutzt haben. Aber wer und weshalb? Es muss unter uns einen Verräter geben, einen, den möglicherweise wieder Godefried Haraldsson bei uns eingeschleust hat, so wie er vor einiger Zeit den Seher einschleuste.«

Die Aufmerksamkeit aller richtete sich plötzlich auf Hakon.

Ivarr Otterbjörk rief: »Der Einzige, der hierfür in Frage kommt, bist du, Hakon. Du und deine Männer – ihr seid gar nicht aus Britannien geflohen. Ihr gehört zu Haraldsson, und er hat euch mit einem Mordauftrag losgeschickt. Ist es so?«

»Meine Männer und ich waren keinem von euch bekannt«, verteidigte sich Hakon. »Ihr hättet uns aber kennen müssen, wenn wir mit euch von Britannien herübergekommen und hier im Frankenreich einige Zeit an eurer Seite gezogen wären. Dein Verdacht kränkt und beleidigt mich, Ivarr. Ich fordere dich auf, die Anschuldigung auf der Stelle zurückzunehmen oder dich mir zum Kampf zu stellen. Sei aber versichert, dass ich dir nicht den Rücken zuwenden werde, denn ich …«

Bevor Hakon weitersprechen konnte, riss Ivarr die Axt aus dem Gürtel und warf sie. Die Waffe überschlug sich einige Male, wurde vom Übergewicht des eisernen Blattes in eine waagrechte Flugbahn gerissen und drang

---

* Aconit; das Gift wurde schon in der Antike von Griechen und Römern benutzt

mit einem hässlichen Knirschen tief in die Brust Hakons ein.

Der Krieger brach wie vom Blitz getroffen zusammen.

Ein Aufschrei ging durch den Speiseraum. Und die Krieger, die mit Hakon von Britannien herübergekommen waren – es waren noch acht an der Zahl –, griffen nach den Äxten, um den Mörder ihres Gefährten auf der Stelle zur Rechenschaft zu ziehen.

Da aber rissen auch jene Normannen, die zu Jarl Ragnarsson gehörten, ihre Äxte heraus und nahmen Kampfhaltung ein.

Die gegnerischen Parteien belauerten sich, die Atmosphäre war angespannt und gefährlich, Tod und Untergang lagen in der Luft.

»Schluss!«, schrie Frida mit sich überschlagender Stimme. Ihr war klar, dass der geringste Anlass genügte, um ein Blutbad auszulösen. »Der Jarl ist tot. Draußen liegen mehr Tote, als ich Finger an beiden Händen habe. Unsere Schar ist geschrumpft, wir sind weniger Krieger als vor der Zeit, als Hakon mit seinen Leuten zu uns gestoßen ist, und der Feind, der uns alle vernichten will, sitzt uns dicht auf den Fersen. Sollen wir angesichts dessen beginnen, uns gegenseitig abzuschlachten?«

Einer der Männer, die zu Hakon gehörten, ergriff das Wort, indem er rief: »Ivarr hat Hakon zu Unrecht verdächtigt, und wenn er nicht bereit gewesen wäre, seinen Verdacht zu widerrufen, hätte ein Holmgang entscheiden müssen. So weit hat Ivarr es erst gar nicht kommen lassen, er hat der Entscheidung durch die Götter vorgegriffen. Es war meuchlerisch, als er Hakon umbrachte.«

»Der plötzliche Tod des Jarls hat Ivarr fassungslos und betroffen gemacht«, rief Frida. »Vielleicht war er wirklich davon überzeugt, dass Hakon von Haraldsson geschickt worden ist. Es ist geschehen und kann nicht mehr rückgängig gemacht werden. Ebenso wenig, wie mein Vater wieder zum Leben erweckt werden kann ...«

Ein Hund, der zum Kloster gehörte, ein Tier, das fast wie ein Wolf aussah, strich heran, schnupperte am Gesicht des toten Jarls, winselte leise, leckte über das starre Gesicht, wandte sich der Bierlache am Boden zu, beschnüffelte auch sie und begann dann, das Bier aufzulecken.

Aller Augen waren wie gebannt auf den Hund gerichtet. Nervige Hände umklammerten nach wie vor die Äxte, aber die Krieger vermittelten nun keine feindselige Haltung mehr, sondern nur noch angespannte Erwartung.

Der Hund hatte die Pfütze schließlich aufgeleckt und wandte sich ab. Ein Aufatmen schien durch die Reihen der Krieger zu gehen, als das Tier plötzlich gequält aufjaulte, auf den Hinterläufen einknickte, seitlich zu Boden fiel und unkontrolliert mit den Beinen zuckte. Noch einmal winselte es von wühlenden Schmerzen gepeinigt auf, dann fiel sein Kopf auf den Boden, und der Blick seiner Augen brach. Ein letzter, röchelnder Atemzug, dann war der Hund tot.

»Damit ist der Beweis erbracht«, rief Ivarr. »Der Jarl wurde vergiftet.«

»Wer konnte Interesse an seinem Tod haben?«, fragte Frida, und nicht Trauer um den Tod ihres Vaters lag in ihrer Stimme, sondern unbarmherzige Härte. »Doch niemand außer Godefried Haraldsson. Tatsache ist aber auch, dass Hakon und die Männer, die mit ihm zu uns gestoßen sind, vorher nicht mit uns gezogen sind und daher auch nicht zu Jarl Haraldsson gehören können.«

In den verkrampften Gesichtern der Krieger arbeitete

es. Die Möglichkeit, einen Verräter in ihren Reihen zu haben, versetzte sie in Unruhe.

Frida warf ihrer Schwester einen Blick zu. Die kämpfte tapfer gegen die Tränen an. Trotzdem war ihr deutlich anzusehen, wie sehr der Verlust des Vaters sie traf.

»Ich werde herausfinden, wer den Jarl – meinen Vater! – ermordet hat«, fuhr Frida fort. »Der Mörder wird auf den Schwingen des Blutadlers nach Helheim reisen und von Hel an den Nastrand verbannt werden. Aber jetzt haben wir nicht die Zeit, um Ermittlungen anzustellen. Der Feind ist möglicherweise schon ganz nah. Und wir sind nicht einmal mehr dreißig Krieger.« Für einen Moment schien auch in ihrem Blick die Trauer aufzublitzen, doch sofort straffte sie sich und gab ihrer Stimme neue Kraft, als sie rief: »Ich, Frida Fridleivsdóttir, erkläre hiermit, dass ich ab sofort euer Jarl sein werde. Dieses Amt zu bekleiden steht mir als der Erbin Fridleiv Ragnarssons zu. Wer dagegen einen Einwand vorzubringen hat, der möge sich melden und ihn vortragen.«

Es war Dagrun, die sich meldete und rief: »Auch ich bin die Erbin Fridleiv Ragnarssons – ich, Dagrun Fridleivsdóttir.« Nicht mehr Trauer und Schmerz zeichneten ihre Miene, sondern kriegerische Entschlossenheit. »Es steht mir ebenso zu wie dir, Schwester, an die Stelle unseres Vaters zu treten.«

Frida starrte die Schwester an. In Dagruns noch feuchten Augen lag eine solch gnadenlose Härte, wie Frida sie nie zuvor an ihr bemerkt hatte. Es war fast, als würde Dagrun in ihr eine Feindin sehen.

»Ihr könnt euch das Amt teilen«, erklärte Gunnar Eriksson, der neben Dagrun stand.

»Nein!«, lehnte Frida ab. »Ich bin die Stärkere von uns beiden, und es soll nur einer die Befehlsgewalt ausüben. Dann kann es keine Missstimmungen geben. Vater würde wollen, dass ich sein Nachfolger bin. Und so sei es.«

Ein anderer Krieger erhob die Stimme, indem er laut hervorstieß: »Aber Dagrun hat recht. Sie hat dasselbe Recht wie du. Außerdem hat sie mit Gunnar, den sie zu ihrem künftigen Gemahl erkoren hat, eine starke Hand, die ihr hilft, das Amt seiner Bedeutung und Wichtigkeit entsprechend auszuüben.«

Die Blicke der beiden Schwestern kreuzten sich über dem toten Leib ihres Vaters wie Axtblätter, die funkenschlagend aufeinandertrafen. Mit dem Tod des Jarls schien alle Geschwisterliebe mit einem Mal zu Asche verbrannt.

»Ich werde diese starke Hand ebenfalls an meiner Seite haben!«, konterte Frida. »Denn ich habe mich soeben entschlossen, das Werben Ivarr Otterbjörks zu erhören und seine Gemahlin zu werden.«

Von Ivarr kam ein Laut, der grenzenlose Verblüffung zum Ausdruck brachte. Ungläubig starrte er Frida an, seine Lippen formten tonlose Worte, doch seine Stimmbänder versagten.

Und nicht nur Ivarr war völlig verdutzt. Alle starrten Frida an, als hätte sie soeben den Anwesenden eröffnet, dass im nächsten Moment ihr Vater von den Toten auferstehen würde.

Frida fuhr fort; ihre Augen blitzten, ihre Worte fielen scharf wie Schwertstreiche. »Ich bin die legitime Erbin meines Vaters, denn ich bin einige Minuten älter als Dagrun. Mein ist das Recht der Erstgeborenen. Darum erkläre ich mich zum neuen Jarl von Sjöland.«

»Es lebe der neue Jarl von Sjöland!«, rief Ivarr.

Einige der Krieger stimmten ein, aber die Rufe kamen nur halbherzig und ohne die Spur von Begeisterung.

»Ich erhebe Einspruch!«, erklärte Dagrun mit Nachdruck und präziser, glasklarer Stimme. »Und da du nicht bereit bist, dir mit mir das Amt zu teilen, Frida, erkläre ich mich zum neuen Jarl von Sjöland.«

Es war Gunnar, der nahezu dieselben Worte gebrauchte wie eben Ivarr, doch ließ er Dagrun, die Frau, die er liebte, hochleben.

»Ich sehe es schon«, stieß Frida hervor. »Wir können uns nicht einigen. Du willst mir die Rechte als Erstgeborene streitig machen, Schwester, und du verweigerst mir die Anerkennung und den Treueid. Also kämpfen wir um das Amt!«

Sofort griffen jene, die auf Seiten Dagruns standen, wieder zu den Äxten. Zwangsläufig packten auch die Hände der anderen die Waffen. Die Situation spitzte sich wieder zu, und eine falsche Bemerkung hätte wahrscheinlich eine Katastrophe ausgelöst.

Auf beiden Seiten bestand die Bereitschaft, das letzte Wort den Kampfbeilen zu überlassen.

»Dann lass alles vorbereiten für den Holmgang, Frida Fridleivsdóttir!«, schnarrte Dagrun. »Ich bin bereit …«

In diesem Moment stürmte ein Krieger in den Speisesaal und schrie: »Einer unserer Späher hat eine Gruppe von etwa dreißig Kriegern gesehen, die von Süden her direkt auf das Kloster zumarschieren!«

Frida wandte sich dem Mann zu, ihre Augen waren eng geworden, ihr Blick war stechend. »Ist Godefried Haraldsson unter ihnen?«

»Der Späher hat ihn nicht gesehen«, erwiderte der Bote. »Es ist aber nicht auszuschließen, dass sich seine

Schar getrennt hat, um irgendwo wieder aufeinanderzutreffen.«

»Wo ist der Bote?«, fragte Dagrun. Der Streit zwischen den Schwestern schien für den Moment vergessen.

»Draußen, beim Brunnen.«

»Ich will mit ihm sprechen!«, stieß Dagrun hervor und setzte sich in Richtung Ausgang in Bewegung.

Frida folgte ihr nach kurzer Überlegung.

Der Späher hatte einen Ledereimer voll Wasser nach oben gehievt und wusch sich das verschwitzte und verstaubte Gesicht. Das Pferd stand mit hängendem Kopf neben ihm. Von seinen geblähten Nüstern tropfte weißer Schaum, das Fell des Tieres war dunkel vom Schweiß.

»Späher!«, erklang Dagruns Stimme. Der Mann richtete sich auf. Wasser tropfte von seinem Gesicht. Seine Augen waren entzündet, die Lider gerötet. »Berichte«, forderte ihn Dagrun auf. »Was hast du gesehen?«

»Etwa dreißig Krieger, Schildmaid …«

»Jarl Dagrun! Ich bin Jarl Dagrun. Jarl Fridleiv Ragnarsson ist tot, er wurde vergiftet. Ich bin seine legitime Nachfolgerin.«

Sie sprach es und ließ dabei Frida nicht aus den Augen.

Fridas Miene war verschlossen und düster. Aber es war nicht die Zeit, mit Dagrun zu streiten. In dieser Situation musste die Eintracht gewahrt bleiben, denn es war nicht auszuschließen, dass man aufeinander angewiesen war.

Der Späher schaute verstört von Dagrun zu Frida, sein Blick heftete sich wieder auf Dagrun, und er fragte: »Wer hat den Jarl vergiftet?«

»Das werde ich herausfinden«, erwiderte Dagrun.

»Der Mörder meines Vaters wird einen furchtbaren Tod sterben, und Walhall wird ihm für immer und ewig verschlossen bleiben.«

Der Krieger schluckte würgend, dann sagte er: »Es sind etwa dreißig Krieger, und sie gehören zu Godefried Haraldsson.«

»War der Jarl bei ihnen?«

»Weder der Jarl noch der verräterische Seher. Ich weiß nicht, was davon zu halten ist.«

»Und von der anderen Gruppe hast du nichts gesehen?«, fragte nun Frida.

»Nein, ich bin sofort losgeritten, um meine Beobachtung zu melden.«

»Du hast gut daran getan«, lobte Dagrun. »Wie weit ist die Horde noch entfernt?«

»Sie kann in einer Stunde hier sein.«

Dagrun wandte sich Gunnar zu, der an der Spitze der Krieger den Speisesaal verlassen hatte und abwartend stehen geblieben war. »Wir müssen beraten, was zu tun ist. Eine Stunde Vorsprung ist zu wenig. Darum sollten wir die Schar hier erwarten. Sie ist zwar in der Überzahl, aber wir werden das Überraschungsmoment auf unserer Seite haben.«

»Wir müssen Vater ordentlich bestatten«, wandte Frida ein.

»Wir übergeben seinen Leichnam dem Feuer«, antwortete Dagrun. »Aber erst müssen wir uns die Kriegerhorde vom Hals schaffen, die innerhalb der nächsten Stunde hier eintreffen wird. Gunnar, du sorgst dafür, dass sich unsere Männer gut verbergen. Ich werde das Kommando geben, auf das hin sie sich zu zeigen haben. Haraldsson hat einen schwerwiegenden Fehler begangen, als er seine Schar aufteilte. Um es mit seiner gesamten Streitmacht aufzunehmen, wären wir zu schwach. Die Gruppe aber, die jetzt kommt, werden wir besiegen und vernichten.«

»Ihr habt es gehört, Normannen!«, rief Gunnar. »Verteilt euch rund um den Klosterhof in den Gebäuden. Diejenigen, die wir besiegen wollen, dürfen keinen Verdacht schöpfen. Hier, im Hof, haben wir sie in der Falle. Wir machen sie nieder, bevor sie richtig zum Denken kommen.«

Die Krieger rannten auseinander und verschwanden in der Kirche und in den Wirtschaftsgebäuden, die rund um den Hof errichtet waren.

Dagrun winkte Gunnar, und beide schritten zurück in den Speisesaal.

Ivarr, der an Frida herangetreten war, knirschte: »Warum sagst du nichts? Du bist der rechtmäßige Jarl.«

»Im Moment gibt es Wichtigeres«, antwortete Frida. »Und solange Dagrun Entscheidungen in meinem Sinn trifft, soll mir das recht sein. Bei passender Gelegenheit werde ich ihr allerdings erklären, dass ich legitimer Erbe des Amtes bin, das unser Vater innehatte.«

Ivarr schaute skeptisch drein. »Wenn die Männer ihren Befehlen gehorchen, kann das richtungweisend sein, und es kann schwer werden, sie danach auf dich einzustimmen.«

»Sobald mein Vater bestattet ist, reden wir endgültig über seine Nachfolge.«

»Woher rührt dein plötzlicher Gesinnungswandel, Frida?« Ivarr starrte sie an, als versuchte er die Antwort von ihrem Gesicht abzulesen. »Du wolltest mich nicht als Gatten und hast sogar mit mir gekämpft, um der Ehe mit mir zu entgehen. Ist es, weil du dich meiner Loyalität versichern willst?«

»Mit dem überraschenden Tod meines Vaters hat sich alles verändert. Es sind mehrere Gründe, die mich veranlassen, seinen Wunsch zu erfüllen. Wir heiraten, sobald wir in Sicherheit sind und in derselben Stunde, in der ich mich zum Jarl von Sjöland ausrufe. Unsere Hochzeit soll keiner von denen, die ihr beiwohnen werden, je in seinem Leben vergessen.«

Frida bedachte Ivarr mit einem Blick, den dieser nicht zu deuten vermochte und der ihm Rätsel aufgab.

Dreizehntes Kapitel

Sie warteten darauf, dass die Rotte der Krieger in den Klosterhof kam, aber sie warteten vergebens. Die Stunde war längst vorbei, eine weitere Stunde war verstrichen, und als eine dritte Stunde vergangen war, trat Dagrun, begleitet von Gunnar Eriksson, hinaus in den Klosterhof. Sie gingen zum Tor, stiegen auf den Wehrgang und richteten die Blicke nach Süden, von wo die Schar hätte kommen müssen.

Außer den getöteten Mönchen und Bauern und einigen ihrer Krieger, die gefallen waren, war nichts zu sehen. Raben hatten sich auf die Leichen gestürzt und ihr schreckliches Mahl begonnen. Eine riesige Schar der Vögel zog krächzend über dem Kampfplatz ihre Kreise. Manche ließen sich nieder, um sich mit den Raben, die bereits gelandet waren, um die besten Bissen zu streiten.

»Die Raben«, murmelte Gunnar. »Bei Odin, dass ich nicht gleich darauf gekommen bin.«

Dagrun begriff. »Ja, sie sind der Grund. Die Horde wusste die Anwesenheit der vielen Raben richtig zu deuten und ist am Kloster vorbeigezogen. Jetzt haben wir sie vor uns, und wenn wir Pech haben, stellen sie uns eine Falle. Weißt du, was ich mich frage, Gunnar?«

»Wie sollte ich?«

»Wo sind die Angehörigen der Bauern und ihrer Knechte, die in das Kloster geflohen sind? Die Frauen, die Mägde und die Kinder?«

Verblüfft schaute Gunnar die Schildmaid an. »Du hast recht, Dagrun. Der Mönch sagte doch, dass ihnen die Annäherung einer Horde Normannen von Süden her gemeldet wurde. Ich denke, dass man die männliche Bevölkerung der Umgebung ins Kloster holte, damit sie es verteidigten, die Familien der Bauern und ihres Gesindes hat man irgendwo in den Wäldern versteckt.«

»Das wird so sein. Sie werden vergeblich auf ihre Ehemänner, Väter, Söhne und Brüder warten. Stell Wachen auf die Mauern, Gunnar. Ich will mit meiner Schwester«, Dagruns Gesicht überschattete sich, »wegen der Bestattung unseres Vaters sprechen. Wir dürfen nicht allzu viel Zeit verlieren.«

Sie verließen den Wehrgang. In dem Moment, als sie wieder im Hof ankamen, traten Frida und Ivarr Otterbjörk aus dem Küchengebäude.

»Weit und breit nichts von der angekündigten Gruppe zu sehen«, rief Dagrun. »Die Raben über dem Feld mit den Toten haben uns verraten. Die Krieger haben geahnt, dass wir ihnen eine Falle stellen, und sind in sicherer Entfernung am Kloster vorbeigezogen.«

»Auch wir sollten noch versuchen, einige Meilen zurückzulegen«, meinte Frida.

»Die Krieger, die nicht zur Wache eingeteilt sind, mögen Holz sammeln und einen Scheiterhaufen errichten«, kommandierte Dagrun. »Wir müssen Vater dem Feuer übergeben. Die Nacht wird sicherlich sternenklar, sodass wir auch in der Finsternis marschieren können.«

»Ich möchte auch Roland angemessen bestatten«, erklärte Frida.

»Er war ein Christ«, versetzte Dagrun verächtlich.

»Für einen Christen gibt es keine angemessene Bestattung. Lass ihn liegen für die Raben, Wölfe und diejenigen, die kommen werden, um auch die Mönche und Bauern zu begraben. Wir übergeben Vaters Leichnam dem Feuer, und dann ziehen wir weiter.«

Da ergriff Gunnar das Wort, indem er hinzufügte: »Allerdings sollten wir die direkte Richtung nach Norden meiden, weil Haraldssons Schar möglicherweise nun uns eine Falle stellen will.«

»Wenn sie dem Kloster ausgewichen ist, weil sie uns hier vermutet hat, dann werden wir beobachtet«, äußerte auch Ivarr eine Vermutung. »Wir könnten dann in jede beliebige Richtung marschieren, die Späher würden es dem Anführer der Horde melden, und seine Krieger könnten uns überall erwarten.«

Dagrun und Gunnar wechselten einen unschlüssigen, fast hilflosen Blick.

In der Zwischenzeit hatten auch die übrigen Krieger ihre Verstecke verlassen. Gunnar rief einige Namen und gebot den Männern, auf den Wehrgängen Posten zu beziehen. Den anderen rief er zu: »Sammelt Holz, Krieger, und errichtet einen Scheiterhaufen, damit wir unseren Jarl, der durch meuchlerische Hand sein Leben verlor, seiner Würde entsprechend bestatten. Nehmt das Mobiliar des Klosters. Er ist trocken und brennt wie Zunder.«

Frida und Ivarr waren näher gekommen und standen Dagrun und Gunnar direkt gegenüber. Die Krieger eilten davon, um die Befehle auszuführen. Dagrun sagte an ihre Schwester gewandt: »Wir sollten die Sache zwischen uns aufschieben. Bis geklärt ist, wer Vaters Nachfolge antritt, sollten wir uns bei unseren Entscheidungen absprechen.«

Frida nickte. »Ein guter Vorschlag, den ich akzeptiere.«

»Gunnar und ich haben uns gefragt, wo die Familien der Bauern und ihrer Knechte sind, die ins Kloster flüchteten, um es zu verteidigen.«

»Diese Frage habe ich mir schon gestellt, als wir ins Kloster eindrangen und sie hier nicht vorfanden«, erwiderte Frida. »Ich bin überzeugt davon, dass die Bauern und ihre Knechte ihre Familien anderswo in Sicherheit gebracht haben. Und wie es aussieht, haben sie recht getan. Es ist nämlich das eingetreten, was sie befürchtet haben: Wir haben das Kloster erobert, und die Frauen und Kinder befänden sich jetzt in unserer Gewalt, wenn sie sie hergebracht hätten.«

»Sie sind für uns uninteressant«, mischte sich Ivarr ein. »Zum einen können sie uns nicht gefährlich werden, zum anderen könnten wir sie aber auch nicht mitnehmen, um sie als Sklaven in unsere Dörfer in Dänemark zu bringen oder sie dort zu verkaufen. Bringen wir das Zeremoniell hinter uns und sehen wir dann zu, dass wir im Schutze der Nacht noch eine gute Strecke schaffen.«

Die Krieger schleppten zerschlagene Tische, Stühle und Bettgestelle aus den umliegenden Gebäuden und errichteten einen hohen, aber auch stabilen Scheiterhaufen, der das Gewicht des Leichnams und der Gaben, die er mit ins Jenseits nehmen sollte, tragen würde.

Nachdem Frida den Scheiterhaufen begutachtet und für in Ordnung befunden hatte, wurde der Leichnam Fridleiv Ragnarssons daraufgelegt. Man gab ihm seine Axt in die Hände und legte einige Speisen und goldenes Messgeschirr, das aus der Kirche stammte, um ihn herum, stellte einen Krug voll Bier neben ihn, und dann rief Dagrun, die vor den Scheiterhaufen getreten war und die Arme gehoben hatte: »Odin, Hönir und Loki* haben dir Leben, Verstand und Bewegung, Sprache und Gehör sowie Sehkraft gegeben. Sie versahen dich mit Atem, Geist, Lebenswärme, Aussehen und Gesundheit. Meuchlerische Hand hat dir dies alles genommen. Eine frevlerische Tat, die die Götter nicht hinnehmen werden. Wir übergeben dich nunmehr dem Feuer, Jarl Fridleiv Ragnarsson, auf dass dein *Hugr*** von den Walküren nach Walhall getragen werde, wo du an der Tafel Odins sitzt, um wieder der zu werden, der du warst, und als Einherjer neben deinem Vater, König Ragnar Lodbrok, das Fleisch des Ebers Sährimnir zu essen, die Milch der Ziege Heidrun zu trinken und auf Ragnarök zu warten.«

Frida trat neben ihre Schwester. »Wir dürfen nicht vergessen, den Schwur zu leisten, jenen Schwur, den niederträchtigen Mord an unserem Vater blutig zu rächen.«

Dagrun nickte. »Höre, Vater! Bei Odin, Thor und den Asen, ich, Dagrun Fridleivsdóttir, schwöre, dass ich als deine Nachfolgerin im Amt des Jarls von Sjöland alles daransetzen werde, deinen Mörder zu überführen und ihn auf den Schwingen des Blutadlers nach Niflheim an den Nastrand zu schicken, wo er als Futter für den Drachen dienen wird!«

Ivarr starrte Frida an, als erwartete er von ihr irgendeine Erwiderung, einen vehementen Einwand, ein Veto.

---

* Sie schufen die ersten Menschen namens Ask und Embla; von Odin kam der beseelende Atem, von Hönir der Geist, von Loki das Blut und das gute Aussehen.

** in der germanischen Weltanschauung der Geist, die Gedanken, Wünsche oder Sehnsüchte des Individuums

Aber Frida hatte nur die Mundwinkel geringschätzig nach unten gezogen und schaute starr geradeaus, auf irgendeinen unbestimmten Punkt an der Klostermauer. Was hinter ihrer Stirn vorging, verriet sie mit keinem Wimpernschlag.

»Steckt den Scheiterhaufen an!«, gebot Dagrun.

Als zwei der Krieger, die brennende Fackeln hielten, vortraten, erhob Frida ihre Stimme und rief: »Halt! Die Ehre, den Scheiterhaufen in Brand zu setzen, gebührt einzig und allein den Abkömmlingen des Jarls. Also übergebt uns die Fackeln, Krieger, auf dass wir unsere Pflicht als Töchter des Toten erfüllen.«

Dagrun übernahm eine der Fackeln mit verschlossenem Gesicht, ihr düsterer Blick hatte sich am Gesicht ihrer Schwester verkrallt. »Wenn du schon von Ehre und Pflicht sprichst, Frida Fridleivsdóttir, dann solltest du wissen, dass es den Kindern eine Ehre sein mag, den Scheiterhaufen in Brand zu setzen, die Pflicht aber obliegt dem Nachfolger. Du kannst die Ehre für dich in Anspruch nehmen, ich nehme ebenfalls die Ehre für mich in Anspruch und erfülle zugleich die mir obliegende Pflicht.«

Es sollte eine Demütigung sein. Dagrun wollte vor der gesamten Mannschaft klarstellen, wer an die Stelle des Toten treten würde. Sie, die bisher immer in enger geschwisterlicher Beziehung zu Frida gestanden hatte, zeigte sich seit dem Tod des Jarls von einer Seite, die niemand an ihr kannte. Es war schon beinahe als Feindseligkeit zu bezeichnen, wie sie sich Frida gegenüber für das Amt des Jarls starkmachte. Kam bei ihr jener Charakterzug zum Vorschein, den schon ihr Großvater Ragnar Lodbrok aufgewiesen hatte und der in kompromissloser Unduldsamkeit und unerschütterlichem Selbstbewusstsein bestand? Auch Lodbrok war vor nichts zurückgeschreckt, um an die Macht zu kommen und sie auszuüben.

»Ich will mich mit der Ehre begnügen«, sagte Frida. »Zünden wir den Scheiterhaufen an. Tu also deine Pflicht, Dagrun Fridleivsdóttir.«

Frida hatte mit einer Ruhe gesprochen, die geradezu unheimlich anmutete. Hatte sie nicht signalisiert, dass ihrer Meinung nach sie die rechtmäßige Erbin des Amtes war? Und nun wollte sie kampflos den ihr nach eigener Aussage zustehenden Platz räumen?

Das wollte keiner der Anwesenden so recht glauben.

Frida ging mit der Fackel zu dem Scheiterhaufen und hielt die Flamme an das trockene Reisig, das unter den Trümmern der Möbel angehäuft worden war. Sofort fing es Feuer, es knisterte, die Flammen leckten über die Reste von Stühlen, Tischen und Bettgestellen und brannten schnell höher.

Auf der anderen Seite hatte Dagrun das Holz in Brand gesetzt. Als die Flammen auf allen Seiten aus dem Scheiterhaufen loderten, warfen sowohl Frida als auch Dagrun die Fackeln in die Flammen und traten zurück, denn die Hitze wurde unerträglich.

In dem ausgetrockneten Holz fanden die Flammen reichlich Nahrung, und schon bald brannte der Scheiterhaufen lichterloh. Dunkler Rauch quoll zum Himmel empor, Funken sprühten, Asche wurde in die Luft gewirbelt. Das Feuer fauchte und prasselte, und der Leichnam war hinter einer Wand aus Flammen verschwunden. Sie würden ihn verzehren, und seine Asche würde sich mit der des Holzes vermischen.

Als es dunkel wurde, war der Holzhaufen heruntergebrannt. Hier und dort flackerten die Flammen noch einmal auf, wenn der laue Wind in den Brandschutthaufen fuhr, aber das Holz war verbrannt und mit ihm der Leichnam.

Mit der Karre, die einige der Krieger aus einer Remise gezogen hatten, um mit ihr die Schätze aus der Kirche zu transportieren, wurde Erdreich herangeschafft, das über die Asche gehäuft wurde. Fridleiv Ragnarsson fand inmitten eines Horts christlicher Weltanschauung und Gesinnung seine letzte Ruhestätte. Die goldenen Kelche und all die anderen Wertgegenstände, die mit ihm auf dem Scheiterhaufen gelegen hatten, verschwanden mit der Asche unter dem Haufen Erde.

»Wir ziehen ab!«, kommandierte Dagrun, als der Grabhügel fertig war. »Zündet hier alles an. Dieser Ort, der meinem Vater und unserem Jarl zum Verhängnis wurde, darf nicht verschont werden!«

»Man wird die Flammen in der Dunkelheit meilenweit sehen«, gab Ivarr zu bedenken.

»Man hat auch den Rauch gesehen, der von dem Scheiterhaufen aufgestiegen ist«, konterte Dagrun. »Es spielt also keine Rolle.«

Als sie losmarschierten, stand das Kloster in Flammen, die hoch zum Himmel loderten und in einem Umkreis von fünfzig Schritten die Nacht vertrieben.

Frida hatte sich auf dem Schlachtfeld eine Axt geholt und gegen das Schwert, das sie bei ihrer Flucht mit Roland erbeutet hatte, eingetauscht. Sie hatte auch lange Zeit vor dem Leichnam des Geliebten gestanden und ihn um Verzeihung gebeten, weil es ihr nicht vergönnt war, ihn ordentlich zu bestatten. Sie tröstete sich damit, dass ihn Christenmenschen finden und in ihrem Sinne beerdigen würden.

Da sah sie sein Schwert, das zwei Schritte neben ihm lag und von dem nur der Griff unter dem reglosen Körper eines der getöteten Bauern hervorschaute. Frida bückte sich und zog es unter dem Leichnam hervor, starrte kurze Zeit auf die mit Blut besudelte Klinge, dann schob sie es hinter ihren Gürtel.

Frida marschierte neben Dagrun an der Spitze der Kriegerhorde. Einige der Männer zogen und schoben die Karre, mit der zunächst die Schätze hatten transportiert werden sollen, auf die sie letztendlich aber nur Nahrungsmittel geladen hatten. Und auch Rolands Schwert wurde mit dem leichten Fuhrwerk befördert.

Die Dunkelheit wurde vom Mond und den unzähligen Sternen am nächtlichen Firmament gelichtet. Hinter den beiden Schildmaiden schritten Ivarr und Gunnar.

»Hast du nicht gesagt, wir wollen bis zur Klärung, wer Vaters Nachfolge antritt, gemeinsam entscheiden?«, begann Frida nach einiger Zeit ein Gespräch.

»Ja, das sagte ich«, gab Dagrun zu, doch es klang ziemlich reserviert.

»Du hast dich nicht daran gehalten, Schwester.«

»Nun ja …«

»Du hast sogar versucht, mich vor all unseren Kriegern zu demütigen. Warum? Haben wir uns nicht immer gut verstanden? Wir waren neun Monate zusammen im Schoß unserer Mutter. In uns fließt dasselbe Blut, wir sehen gleich aus, wir denken gleich, und wir haben das gleiche Wesen. Wieso bist du plötzlich so besessen, dich über mich zu stellen?«

»Es kann nur eine Jarl sein.«

»Richtig. Aber du machst mir das Recht der Erstgeborenen streitig.«

»Mag sein, dass ich wenige Minuten jünger bin. Ich aber bin für das Amt besser geeignet als du.«

»Woher willst du das wissen?«

»Ich weiß es einfach. Aber lassen wir es die Götter entscheiden.«

»Ja, lassen wir es die Götter entscheiden. Doch halte dir bis dahin vor Augen, Dagrun, dass du nicht mein Jarl bist. Versuch also nicht, mir Befehle zu erteilen.«

»Morgen Mittag werden wir es wissen«, entgegnete Dagrun.

»Du willst also morgen schon eine Entscheidung herbeiführen?«, fragte Frida.

»Ja, das will ich.«

»Willst du mit mir auf Leben und Tod kämpfen?«

»Wenn es sein muss, ja.«

»Ich erkenne dich nicht wieder, Dagrun.« Enttäuschung schwang in Fridas Tonfall. »Bist du so sehr von dem Gedanken besessen, Macht zu besitzen? Bedeutet es dir denn gar nichts mehr, dass wir beide Schwestern sind?«

»Ich werde Gunnar Eriksson heiraten und eine eigene Familie gründen. Daran denke ich. Als Schildmaid habe ich mein Leben Krieg und Kampf verschrieben. Jetzt aber gilt es, Führer eines Stammes zu sein. Einer meiner Söhne soll irgendwann meine Nachfolge antreten. Du wirst auch irgendwann Söhne haben, und wenn wir beide gleichrangig sind, wirst du die Nachfolge einem deiner Söhne anvertrauen wollen. Und so würde das weitergehen, bis irgendwann einer den anderen erschlägt, weil er nicht teilen will. Eine solche Entwicklung ersticke ich im Keim, wenn ich allein das Amt des Jarls bekleide und niemand die Erbfolge anfechten kann.«

»Vielleicht erschlage ich dich morgen«, wandte Frida ein.

»Wir werden es sehen.«

Das Gespräch war damit beendet.

Sie mochten seit etwa anderthalb Stunden unterwegs sein und marschierten durch unübersichtliches Gebiet, weil niedrige Anhöhen vor ihnen, Wald im Osten und Buschreihen im Westen das Blickfeld begrenzten.

Und plötzlich wurde zu ihren beiden Seiten und vor ihnen die Nacht lebendig. Einige alarmierende Schreie erklangen, und die beiden Schwestern sowie die Krieger, die hinter ihnen marschierten, griffen zu den Waffen.

Eine Stimme, die den verworrenen Lärm, der entstanden war, übertönte, rief: »Ich bin Halldor Ogurrson, und wir sind euch überlegen! Also nehmt die Hände von den Äxten und Schwertern. Ich will mit Jarl Fridleiv Ragnarsson sprechen!«

»Jarl Ragnarsson lebt nicht mehr!«, rief Dagrun. »Gehört ihr zu Jarl Haraldsson? Seid ihr der Trupp, der in Richtung des Klosters marschierte?«

»Wir gehörten zu Jarl Haraldsson.«

»Gehörten? Lebt der Verräter und Eidbrecher nicht mehr?«

»Wir haben uns von ihm losgesagt und wollen uns Jarl Ragnarsson anschließen. Meine Späher haben die toten Mönche, Bauern und auch eine Handvoll Nordmänner vor dem Kloster gesehen, und ich war mir sicher, dass man uns eine Falle gestellt hat. Daher sind wir an dem Kloster vorbeigezogen und haben hier gewartet.«

»Warum habt ihr euch von Godefried losgesagt?«, rief nun Frida.

»Weil ich zufällig ein Gespräch zwischen ihm und

dem Seher belauschte. Sie sprachen über den Sturz König Göttriks. Nachdem ich eine Weile zugehört hatte, wurde mir klar, dass nicht Jarl Ragnarsson der Verräter und Eidbrüchige ist, sondern Jarl Haraldsson. Die Gerüchte, die damals kursierten, entsprachen also der Wahrheit. Meine Enttäuschung war groß, weil auch ich einer von denen gewesen war, die Jarl Ragnarsson verdammt hatten. Ich setzte unsere Krieger in Kenntnis, und diejenigen, die jetzt bei mir sind, haben sich zusammen mit mir von Haraldsson losgesagt, und wir gingen schließlich unseren eigenen Weg.«

»Ich kann nicht glauben, dass er euch einfach so hat gehen lassen«, rief Dagrun.

»Ihm war klar, dass wir viele von denen, die ihm trotz seiner verbrecherischen Absichten noch die Treue halten, erschlagen hätten, und sicher fürchtete er vor allem um sein eigenes Leben. Also ließ er es nicht auf eine offene Auseinandersetzung ankommen.«

»Wenn ihr euch uns anschließen wollt, hättet ihr auch zum Kloster kommen können und …«

»Ihr hättet euch sicher nicht mit langen Reden aufgehalten, hättet ihr uns zwischen euch gehabt.«

»Vielleicht wollt ihr uns nur in Sicherheit wiegen!«, rief Ivarr, in dem die Flamme des Misstrauens heiß loderte.

»Dass wir keine unlauteren Absichten haben, könnt ihr daran erkennen, dass wir nicht über euch hergefallen sind, obwohl ihr uns in die Falle gegangen seid«, entgegnete Halldor Ogurrson. »Wer ist an die Stelle Jarl Ragnarssons getreten?«

»Ich«, rief Dagrun, »Jarl Dagrun Fridleivsdóttir!«

Frida schwieg, sie stieß lediglich die Luft scharf durch die Nase aus und biss die Zähne zusammen.

»Gut«, rief Halldor Ogurrson. »Dann gesellen wir uns jetzt zu euch, und sobald wir lagern, werden wir reden. Seid versichert, dass uns nur der Sinn danach steht, uns mit euch zu verbünden und zu verhindern, dass Haraldsson mit seinen Umsturzplänen Erfolg hat.«

Sie marschierten, bis der Morgen graute. Dann lagerten sie, und Halldor Ogurrson trat an Dagrun und Gunnar heran, der ihr nicht von der Seite wich.

»Können wir jetzt reden?«, fragte Halldor.

»Setzen wir uns«, lud ihn Dagrun ein.

Um sie herum hatten sich die meisten der Krieger schon zu Boden fallen lassen. Sie waren erschöpft und wollten nur noch schlafen.

Als sie am Boden hockten, sagte Dagrun: »Eines muss ich gleich von Vorneherein klarstellen, Halldor. Ich führe diese Schar, denn ich bin Dagrun Fridleivsdóttir und Nachfolger meines Vaters im Amt des Jarls. Du musst es akzeptieren, wenn du bleiben willst. Tust du es nicht, müsst ihr wieder gehen.«

»Wir haben Godefried verlassen, um uns euch anzuschließen. Wer es ist, der uns führt, ist mir letztendlich egal. Würde Jarl Ragnarsson noch leben, wäre er es. Aber er ist tot, und du bist seine Nachfolgerin. Wenn du es möchtest, leisten wir dir den Treueid, natürlich nur unter der Voraussetzung, dass du dich, sobald wir in Dänemark sind, zu König Göttrik begibst und deinerseits ihm den Treueid schwörst.«

»Darauf gebe ich dir mein Wort«, erklärte Dagrun mit fester Stimme.

Da aber traten Frida und Ivarr heran. »Worauf gibt meine Schwester dir ihr Wort, Halldor Ogurrson?«, fragte Frida und lächelte hintergründig.

»Darauf, dass sie als der neue Jarl von Sjöland König Göttrik gegenüber den Treueid leistet.«

»Das kann sie nicht«, gab Frida ruhig und gelassen zu verstehen. »Denn sie ist nicht der neue Jarl von Sjöland. Meine Schwester und ich werden heute Mittag um das Amt kämpfen. Und diejenige, die den Kampf gewinnt, wird der Nachfolger Fridleiv Ragnarssons im Amt des Jarls sein.«

Halldor Ogurrson schaute irritierte von Frida zu Dagrun, in deren Gesicht es zuckte und die schließlich hervorstieß: »Ich werde dich besiegen, Frida Fridleivsdóttir, und mein Sieg über dich wird die Angelegenheit ein für alle Mal klären. Wir sollten es nicht länger hinauszögern, sondern an Ort und Stelle die Entscheidung herbeiführen.«

»Dann sollten wir erfahrene Krieger aussuchen, die alles vorbereiten«, meinte Frida. »Vielleicht übernehmen es Ivarr und Gunnar, den Kampfplatz abzustecken.« Als wäre die Angelegenheit damit erledigt, wandte sie sich an Halldor Ogurrson: »Hat wieder irgendein fränkischer Edelmann dem verräterischen Jarl seine Soldaten zur Verfügung gestellt?«

»Ja, Maid, der Edle von Almelo. Und der hat Brieftauben in die friesischen Lande geschickt, damit man euch dort oben den Weg verlegt.«

Gunnar schaute Dagrun an, und sein Blick beinhaltete die Frage, ob er mit Ivarr Otterbjörk die Vorbereitungen für den Holmgang der beiden Schwestern treffen sollte.

»Ja«, sagte Dagrun, die den Blick richtig deutete, »bereitet alles vor. Wir kämpfen mit den Äxten und ohne Schild. Die Stärkere von uns soll der neue Jarl von Sjöland sein. Anders lässt sich keine Regelung herbeiführen.«

Gunnar erhob sich und nickte Ivarr zu.

Die beiden Krieger entfernten sich.

»Auch wir sollten ein wenig ruhen«, sagte Frida zu ihrer Schwester. »Wir sollten wach und einigermaßen ausgeruht in den Kampf gehen.«

»Was denkst du, Halldor?«, fragte Dagrun. »Ist uns Godefried nahe, oder haben wir die Zeit, um auszuruhen, zu kämpfen und einen neuen Jarl zu küren?«

»Ich denke schon«, antwortete Halldor. »Es ist auch gar nicht anzunehmen, dass er auf demselben Weg kommt, den wir genommen haben.«

»Es geht darum, zu verhindern, dass er vor uns Dänemark erreicht«, erklärte Frida.

»Vielleicht sollte man einen berittenen Boten vorausschicken, der König Göttrik warnt«, schlug Halldor vor. »Dann könnten wir sogar hier im Frankenreich noch den Kampf mit Godefried Haraldsson suchen und ihn vernichten.«

»Ich werde entsprechende Befehle erteilen, wenn ich mir das Amt des Jarls erkämpft habe.« Dagrun erhob sich und schritt hocherhobenen Hauptes davon.

In der Runde war schon das Schnarchen der schlafenden Krieger zu hören.

»Sie ist sich ihrer Sache sehr sicher«, bemerkte Halldor.

»Ich denke, dass Gunnar sie aufgehetzt hat«, meinte Frida. »Anders ist die plötzliche Veränderung ihrer gesamten Persönlichkeit nicht zu erklären. Diese Machtbesessenheit entspricht nicht ihrem Naturell. Ebenso wenig die Feindschaft, die sie mir gegenüber an den Tag legt. Nun, ich fürchte die Auseinandersetzung mit ihr nicht.« Sie sah Halldor Ogurrson an. »Wirst du mir den Treueid schwören, wenn ich den Kampf gewinne?«

»Du hast erklärt, Ivarrs Gattin sein zu wollen. Behältst du den Vorsatz bei, auch wenn du Jarl sein solltest?«

»Ivarr und ich werden Hochzeit feiern«, antwortete Frida. »Er und du, ihr dientet beide Godefried Haraldsson. Seid ihr Freunde?«

»Nein. Wir kennen uns, das ist alles.« Dann nickte Halldor Ogurrson bestätigend. »Ja, ich werde dir gegenüber den Treueid leisten, wenn du den Zweikampf gewinnst, Frida.«

»Dann danke ich Odin, einen derart klugen Mann in meinen Reihen zu wissen.«

»Auch du scheinst von deinem Sieg überzeugt«, sagte Halldor.

»Ich lege die Entscheidung in die Hände der Götter. Man hat dir sicher erzählt, dass ich mich in den fränkischen Soldaten verliebt hatte, der mich in der Nacht, an deren Ende für mich der Blutadler stehen sollte, aus Godefrieds Gewalt befreit hat.«

Halldor Ogurrson nickte erneut. »Er wurde getötet, als ihr mit den Mönchen und Bauern gekämpft habt.«

»Ja, er kam während des Kampfes zu Tode. Kurz darauf starb mein Vater durch meuchlerische Hand.«

»Wer mag Interesse am Tod des Jarls gehabt haben?«, fragte Halldor. »Den Mord kann doch nur jemand begangen haben, der durch seinen Tod einen Vorteil erringt.«

»Es könnte Dagrun gewesen sein«, murmelte Frida. »Ebenso aber kann ich der Mörder sein. Eine von uns wird Jarl, und ihr wird viel Macht und Ansehen zuteil.«

»Warst du es, Frida Fridleivsdóttir?« Halldor starrte sie an, als versuchte er mit seinem Blick in ihr Hirn einzudringen und darin die Antwort auf seine Frage zu finden.

»Nein. Auch Gunnar Eriksson könnte der Mörder sein.«

»Wieso er?«

»Meine Schwester will ihn zu ihrem Gemahl. Wenn er ihr angetraut ist, und ihr stößt etwas zu, kann er an ihre Stelle treten und Jarl sein. Wäre das nicht ein Grund, um einen Mord zu begehen?«

»Dann kommt auch Ivarr als Mörder in Betracht«, sagte Halldor. »Denn ihn willst du zu deinem Gemahl, also gilt für ihn dasselbe wie für Gunnar.«

»Das wusste Ivarr zu dem Zeitpunkt, als mein Vater starb, noch nicht. Er scheidet also aus.«

Halldor starrte versonnen zu Boden. »Also kommen nur drei Leute infrage: Dagrun, Gunnar … und du.«

»Es kommen nur Dagrun oder Gunnar in Frage«, behauptete Frida.

»Dann werden die Götter am heutigen Tage die richtige Wahl treffen«, knurrte Halldor. »Ganz sicher werden sie nicht dulden, dass dem Mörder des Jarls auch noch die Ehre zuteilwird, sein Amt zu übernehmen. Das Gesetz lässt es im Übrigen nicht zu, dass der Mörder denjenigen beerbt, den er ermordet hat.«

»Ich bin davon überzeugt«, sagte Frida. »Gut, auch ich werde versuchen, bis zum Kampf zu schlafen. Die Götter haben dich gut beraten, als du Godefried Haraldsson abgeschworen und dich uns Sjöländern angeschlossen hast. Es wird dir eines Tages viel Anerkennung einbringen. König Göttrik wird dich für deine Treue belohnen.«

Halldor erhob sich. »Ruh dich aus, Frida. Wenn du den Kampf gewinnst, werde ich bei passender Gelegenheit den Göttern ein Opfer darbringen.«

Frida lächelte. Der Krieger deutete eine Verneigung an und stapfte zu seinen Leuten, die bereits tief und fest schliefen.

Frida legte sich zurück, schob die Hände flach hinter den Kopf und schloss die Augen. Die Müdigkeit überwältigte sie. Sie hatte das Empfinden, soeben erst eingeschlafen zu sein, als sie jemand rüttelte. Sie schlug die Augen auf und schaute in das Gesicht über sich. Es war das von Ivarrs.

»Die Vorbereitungen sind abgeschlossen, Frida. Gunnar Eriksson teilt es in diesem Moment auch Dagrun mit. Wenn ihr bereit seid, steht eurem Zweikampf nichts mehr im Wege.«

Frida richtete etwas schlaftrunken und ächzend den Oberkörper auf, fuhr sich fahrig über die Augen und murmelte: »Die Götter haben im Traum zu mir gesprochen: Hinter allem steckt Gunnar. Er hat den Jarl vergiftet und Dagrun gegen mich aufgehetzt. Der Grund ist ein ganz einfacher: Wenn Dagrun Jarl wird und er Dagruns Gemahl, steht er in der Erbfolge an Platz eins, falls Dagrun etwas zustoßen sollte. Und ihr wird etwas zustoßen. Dafür wird Gunnar sorgen.«

»Soll ich ihn …?« Ivarr griff nach der Axt, die in seinem Gürtel steckte.

»Du bist schnell mit der Axt bei der Hand, wenn es darum geht, einen unliebsamen Zeitgenossen aus dem Weg zu räumen, Ivarr«, kam es düster von Frida.

»Was meinst du damit?«, fragte der Krieger und musterte Frida verunsichert.

»Ich spreche von … Hakon.«

»Ich war in dem Moment, als ich die Axt warf, fest von seiner Schuld überzeugt.«

»Bist du jetzt von Gunnars Schuld ebenso fest überzeugt?«

»Die Götter haben es dir verraten.«

»Du brauchst ihn nicht zu töten«, sagte Frida. »Warten wir ab, wie der Kampf ausgeht. Sollte ich siegen, haltet euch bereit, denn ich schließe nicht aus, dass Gunnar und möglicherweise die Krieger, die Hakon einige Zeit geführt hat, den Ausgang des Kampfes nicht akzeptieren werden.«

»Hakons Krieger?«, fragte Ivarr verständnislos.

»Sie werden die Frau, die dich zu heiraten gedenkt, nicht als Jarl anerkennen wollen, nachdem du Hakon getötet hast.«

»Du hast dich ziemlich angeregt mit Halldor Ogurrson unterhalten«, kam es lauernd von Ivarr.

»Er ist klug«, meinte Frida. »Das hat er bewiesen, als er uns eine Falle stellte, und sein Vorschlag, einen berittenen Boten zu König Göttrik zu schicken, zeugt ebenfalls von Weitblick. Es ist gut, einen Mann wie ihn als Verbündeten zu haben.« Dann sagte sie: »Da kommt Gunnar. Hören wir uns an, was er zu sagen hat.«

Ivarr fixierte sie einen Moment lang misstrauisch, dann konzentrierte er sich auf Gunnar Eriksson, der mit langen Schritten herantrat und dann verkündete: »Dagrun ist bereit für den Kampf. Wenn du es auch bist, können wir das Zeremoniell beginnen.«

»Die *Tjösnur** sind eingeschlagen«, bestätigte Ivarr. »Die Sicht in die Welt der Götter wurde uns gewährt, und die Götter werden über den Kampf wachen.«

»Dann weckt die Krieger, damit sie alle Zeuge des Sieges desjenigen werden, den die Götter als den Nach-

* Pfähle, mit denen der Kampfplatz abgesteckt wurde

folger Jarl Fridleiv Ragnarssons bestimmt haben«, befahl Frida, und im nächsten Moment verkrallte sich ihr Blick an Gunnar, und sie fragte lauernd: »Wenn ich siege, Gunnar Eriksson, wirst du mir dann den Treueid leisten?«

»Wohl nicht, Schildmaid. Meine Treue gehört Dagrun. Du hast Gebote verletzt, du hast schwerwiegende Verfehlungen begangen. Darum könnte ich dir niemals dienen.«

Fridas Augen waren zu schmalen Schlitzen geworden, und sie starrte Gunnar durchdringend an. »Wovon sprichst du?«

»Du hast deine Jungfräulichkeit einem Christenhund geopfert. Es wäre besser gewesen, du hättest den Gang zur Richtbühne angetreten, die Godefried für dich hat errichten lassen.«

»Was nimmst du dir heraus, Gunnar?«, rief sie erbost.

»Ich liebe Dagrun, ich werde ihr Gemahl, und ebenso wenig wie ich könnte Dagrun einem Jarl dienen, der freiwillig mit einem Christen das Lager geteilt hat.«

»Nein, das ist nicht dein Beweggrund. Ich denke, du hast große Pläne, doch nach dem Kampf wirst du die meisten davon vergessen können. Weckt die Krieger und lasst uns beginnen.«

Als die Sonne aufging und ihre ersten wärmenden Strahlen ins Land schickte, betraten Dagrun und Frida den Kampfplatz. Jede war mit einer Axt bewaffnet, keine trug einen Schild, denn diese waren entweder in Britannien zurückgeblieben oder mit dem Boot auf dem Rhein verbrannt.

Rings um den Kampfplatz hatten sich die Krieger

versammelt. Kaum ein Laut war zu hören. Die beiden Kontrahentinnen standen sich gegenüber.

Ivarr und Gunnar traten vor, und Ivarr verkündete laut die Regeln des Kampfes. Unter anderem tat er kund, dass lediglich bis zum »ersten Blut« gekämpft werden sollte, dass also kein Kampf auf Leben und Tod* stattfinden würde.

In der Runde entstand Gemurmel.

Gunnar gab schließlich das Zeichen, dass der Zweikampf beginnen könne.

Beide Kämpferinnen hoben den Arm mit der Axt an, sodass er seitlich vom Körper wegstand. Beide nahmen die Beine ein wenig auseinander, um festen Stand zu haben, und beugten den Oberkörper leicht nach vorn. Ihre Mienen waren angespannt, die Lippen fest aufeinandergepresst, ihre Blicke kreuzten sich.

Sie begannen sich zu umrunden, dabei belauerten sie sich wie Raubtiere, die einen Kampf um ein Revier austragen wollten. In gewisser Weise war das auch so: Sie kämpften um die Herrschaft über Sjöland. Und keine von beiden ließ auch nur den geringsten Zweifel aufkommen, dass sie entschlossen war, der anderen keine Handbreit zu weichen.

Dagrun unternahm einen Ausfallschritt und stieß mit der Axt nach Frida, die aber behände auswich und ihrerseits nach Dagrun schlug, jedoch so, dass das Blatt der Axt nicht mit der Schneide, sondern seitlich den Körper der Schwester treffen musste. Aber auch Dagrun wich geschickt aus, und der Schlag ging ins Leere.

Das gegenseitige Abtasten und Belauern begann aufs Neue. Dagrun fintierte, und als Frida den vermeint-

---

* im germanischen Kulturkreis »Einvigi« genannt

lichen Schlag mit der Axt abwehren wolle, trat Dagrun nach ihr. Doch Frida glitt geschmeidig zur Seite, und der Tritt streifte sie lediglich an der Hüfte.

Dagrun jedoch kam dadurch, dass ihr Bein ins Leere stieß, kurz aus dem Gleichgewicht und taumelte. Einen Moment lang konzentrierte sie sich nicht auf den Kampf, sondern darauf, nicht zu stürzen und ihren Stand zurückzufinden, und diese kurze Zeitspanne nutzte Frida, um ihr das Blatt der Axt seitlich gegen den Oberarm zu schlagen.

Es war ein mit Wucht geführter Schlag, der Dagrun noch mehr ins Wanken brachte und ihr sogar einen betroffenen Aufschrei entlockte.

Sie sprang zurück, und Fridas nächster Schlag ging ins Leere. Aber er war derart kraftvoll geführt, dass ihr eigener Schwung sie halb herumriss und sie für einige Augenblicke ihre Seite ungeschützt der Gegnerin darbot. Und Dagrun nutzte dies eiskalt aus, stieß sich ab und rammte Frida mit der Schulter.

Der entrang sich ein Ächzen, sie flog wie von einem Katapult geschleudert über den Kampfplatz und schlug seitlich auf den Boden.

Mit einem schrillen Schrei auf den Lippen stürzte sich Dagrun auf sie, aber Frida wälzte sich gedankenschnell auf den Rücken, und als sich Dagrun auf sie warf, stieß sie ihr beide Beine in den Leib, und Dagruns Ansturm ausnutzend schleuderte sie die Schwester über sich hinweg. Einen Augenblick lang war das verzerrte Gesicht der Schwester über ihr, dann aber prallte Dagrun am Boden auf und überschlug sich.

Erstickend japste Dagrun nach Luft. Die Axt war ihr entfallen, sie war benommen, und vor ihren Augen schien sich alles zu drehen.

Frida kam hoch. Die Axt halb erhoben, ging sie auf die Schwester zu, die mit ihrer großen Not zu kämpfen hatte und deren Gesicht dunkel angelaufen war. Der Aufprall hatte ihr die Luft aus den Lungen gepresst, und die Atemnot ließ ihr die Augen weit aus den Höhlen quellen.

Fridas Schatten fiel über Dagrun. Das Blatt der Axt, die Frida in der Hand hielt, blitzte im Sonnenlicht. Und die Angst, dass sie diesen Kampf verlieren könnte, stieg wie ein Schrei in Dagrun auf.

Es gelang ihr, all ihren Willen aufzubieten, sie überwand sich und riss das rechte Bein hoch, traf ihre Schwester an der Seite, und der Tritt ließ Frida in der Taille einknicken.

Dagrun gelang es, durchzuatmen und sich blitzschnell zu erheben. Ebenso schnell bückte sie sich, raffte ihr Beil an sich und sprang zurück.

Noch war kein Blut geflossen, was den Kampf beendet hätte.

Sie schenkten sich gegenseitig nichts. Jede wollte siegen. In den Augen beider Frauen flackerte erschreckende Wildheit, und keine von ihnen dachte mehr daran, dass in ihren Adern dasselbe Blut floss wie in der anderen.

Dagrun begann ihre Schwester zu umkreisen. Weder sie noch Frida ließen auch nur einen Sekundenbruchteil lang in der Wachsamkeit nach. Der kleinste Fehler konnte den Kampf entscheiden. Zu viel hing von einem Sieg ab …

Dagrun stieß ihre Axt nach vorn, ihr Ziel war Fridas Kopf. Frida wich aus, unterlief die Axt und rammte ihre Schulter in den Leib der Schwester. Diese quittierte diesen harten Stoß mit einem dumpfen Laut, taumelte rückwärts und riss instinktiv die Axt hoch.

Fridas Schlag, den sie gegen die Schwester führte,

wurde abgewehrt. Aber die Beile verhakten sich ineinander, und die Schwestern umklammerten sich mit den freien Armen, versuchten sich gegenseitig aus dem Gleichgewicht zu bringen, und der keuchende Atem der einen schlug der anderen ins verzerrte Gesicht.

Es war ein stummes, aber erbittertes Ringen.

Plötzlich aber versetzte Frida der Gegnerin einen Stoß, der Dagrun einen Schritt zurücktrieb. Sie lösten sich voneinander, und nun war es Frida, die ihre Schwester umrundete.

Ihre Lippen waren in der Anspannung verzogen, sie hatte die Zähne fest aufeinandergebissen; hart traten die Backenknochen in ihrem Gesicht hervor.

Unvermittelt trat Frida einen Schritt nach vorn, sie hob den Arm mit der Axt, und als Dagrun ihrerseits den Arm hochriss, um den Hieb abzuwehren, trat Frida sie in den Leib.

Dagrun vollführte eine unfreiwillige Verbeugung, und Frida schlug ihr die Breitseite des Axtblatts auf den Hinterkopf.

Augenblicklich wurde Dagrun schwarz vor den Augen, und sie stürzte aufs Gesicht. Frida drückte ihr sofort das rechte Knie zwischen die Schulterblätter, griff ihr in die Haare und bog ihren Kopf in den Nacken.

Dann ritzte sie Dagrun mit der Schneide der Axt die rechte Wange. Sofort lief Blut aus dem harmlosen Schnitt.

»Das erste Blut!«, rief Frida. »Der Kampf ist entschieden!«

Ein Raunen ging durch die Schar der Krieger.

Ivarr und Gunnar starrten sich an, und in Ivarrs Augen loderte die Flamme eines unsäglichen Triumphes. Unwillkürlich griff Gunnar zu seiner Axt, die in seinem Gürtel steckte.

Da aber rief Halldor Ogurrson: »Es war ein ehrlicher Kampf, und Frida Fridleivsdóttir hat ihn gewonnen. Es lebe der neue Jarl von Sjöland!«

Der Ruf wurde aus zig Kehlen vervielfacht und erhob sich wie ein unerschütterliches Manifest.

Frida nahm die Hand aus den Haaren ihrer Schwester und drückte sich hoch, riss die Hand mit der Axt, an deren Schneide sich ein wenig von Dagruns Blut befand, in die Höhe und rief: »Die Götter haben entschieden. Ihre Wahl ist auf mich gefallen, und es wird nur für den von den Göttern Auserkorenen Platz auf Sjöland geben!«

Frida trat zurück, und ihre Hand mit dem Beil sank nach unten.

»Ja, Dagrun Fridleivsdóttir, für dich gibt es diesen Platz auf Sjöland nicht mehr. Und es gibt für dich auch keinen Platz mehr an meiner Seite. Darum fordere ich dich auf, in dieser Stunde noch dieses Lager zu verlassen, und ich ermahne dich, nie wieder meinen Weg zu kreuzen. Dein Name wird in Sjöland keine Beachtung mehr finden und aus der Erinnerung gelöscht werden!«

Mit versteinert anmutenden Zügen ging Gunnar Eriksson zu Dagrun, die noch immer bäuchlings am Boden lag und deren Finger sich in der Erde verkrallt hatten. Blut rann über ihre Wange und tropfte von ihrem Kinn auf den Boden.

Gunnar beugte sich über Dagrun und murmelte: »Die Götter sind nicht gerecht. Aber die Entscheidung ist gefallen. Der neue Jarl ist Frida Fridleivsdóttir. Ich, Gunnar Eriksson, gehe mit dir in die Verbannung. Steh auf, Geliebte, ich helfe dir.«

»Einen Moment noch, Gunnar!«, stieg es schroff aus Fridas Kehle.

Gunnar richtete sich auf und schaute Frida an. »Was willst du mir sagen?«

»Die Götter haben mir im Traum den Namen des Mörders meines Vaters genannt. Er lautet Gunnar Eriksson. Du hast Jarl Fridleiv Ragnarsson vergiftet!«

Die Worte waren wie Hammerschläge gefallen. Die Blicke aller hefteten sich auf Gunnar, der im ersten Moment die Tragweite dieses Vorwurfs gar nicht zu begreifen schien. Dann aber war seine Kehle wie zugeschnürt, und die Ungeheuerlichkeit der Anklage lähmte seine Stimmbänder.

»Das Gift, das du dem Jarl ins Bier getan hast, hat ihm sein Leben genommen«, fuhr Frida fort. »Das Gift, das du in Dagruns Verstand geträufelt hast, hat deren Persönlichkeit verändert. Und du wirst weiterhin ihr Bewusstsein vergiften, denn deine Pläne lassen es nicht zu, dass sich Dagrun mit der Niederlage abfindet.«

»Welche … Pläne?«, ächzte Gunnar und sah fast hilflos in die Runde. »Was redest du, Frida? Ich …«

Er machte einen Schritt auf Frida zu.

Doch da wirbelte schon Ivarrs Axt durch die Luft. Ein harter Ruck durchfuhr sie, als das Übergewicht des eisernen Blattes die Flugbahn bestimmte. Mit einem dumpfen Schlag drang sie tief in Gunnars Rücken ein und zerschnitt sein Rückgrat.

Als hätte ihn die Faust Odins getroffen, brach er nieder auf die Knie, dann kippte er vornüber und fiel aufs Gesicht.

Ein Aufschrei ging durch die Rotte der Krieger. Einige griffen nach den Äxten. Es waren jene Männer, die noch von dem Trupp übrig waren, die mit Hakon zu

Fridleiv Ragnarsson gestoßen waren. Doch ihr Verstand holte den Reflex ein, denn die Übermacht jener, die für Frida waren, hätte sie in Sekundenschnelle massakriert.

Auch Dagrun rührte sich nicht. Sie hockte da, halb erhoben, auf allen vieren, und starrte auf den leblosen Leib Gunnars, als könnte sie nicht fassen, nicht begreifen, was sich soeben vor ihren Augen ereignet hatte.

»Er hat den Tod verdient!«, rief Frida. »Sein Bestreben war es, als Dagruns Gatte diese so schnell wie möglich zu beerben. Wahrscheinlich hätte er auch meiner Schwester nach der Eheschließung das Pulver des Blauen Eisenhuts ins Essen gemischt oder ins Getränk geschüttet, um selbst Jarl zu werden, was allerdings nur der Tod unseres Vater möglich machen konnte. Das steht zu meiner Überzeugung fest.«

Dagrun wandte den Kopf und starrte in hockender Haltung zu ihrer Schwester – ihrer ehemaligen Schwester – hoch. Ihre Augen waren weit aufgerissen, ihre Lippen formten Worte des Hasses, aber sie war nicht in der Lage, sie laut zu artikulieren.

»Er ist bereits auf dem Weg zum Nastrand!«, stieß Ivarr hervor. »Das ist das Schicksal aller Mörder, Ehebrecher und Eidbrüchiger.« Er trat an den Leichnam heran, stellte seinen linken Fuß auf dessen Rücken, bückte sich und riss seine Axt aus dem reglosen Körper. »Es lebe Frida Fridleivsdóttir, der Jarl von Sjöland!« Er hob die blutverschmierte Waffe in die Höhe. »Schwört, ihr tapferen Krieger, dass ihr sie anerkennt und ihr die Treue haltet gegen jeden, der sich gegen ihren Status oder ihre Person richtet. Hebt eure Äxte und sprecht den Schwur nach …«

Ein Krieger trat aus der Rotte, ging ein paar Schritte

und blieb abseits stehen, sieben, acht, neun weitere folgten ihm.

»Was ist mit euch?«, rief Ivarr.

»Wir verweigern Frida den Treueid!«, versetzte einer furchtlos. »Der Grund bist du, Ivarr Otterbjörk. Du hast unseren Freund Hakon ermordet – grundlos ermordet! Zumindest ist ein Grund für uns nicht zu ersehen. Und solange du der engste Vertraute des neuen Jarls bist, kann er nicht damit rechnen, dass wir ihm den Treueid leisten.«

»Ich kann und ich will euch nicht zwingen«, rief Frida. »Ihr werdet aber noch in dieser Stunde zusammen mit Dagrun das Lager verlassen. Und lasst ihr euch in Sjöland blicken, seid ihr des Todes.«

Die Handvoll Krieger gingen zu Dagrun, halfen ihr auf die Beine, einer hob ihre Axt auf, dann nahmen sie sie in die Mitte und schritten mit ihr davon.

»Nun schwört, ihr tapferen Krieger!«, schrie Ivarr.

»Wir schwören dir die Treue, Jarl Frida Fridleivsdóttir!«, erklang es vielstimmig, und es holte die Davonziehenden ein wie ein dumpfer Choral. »Odin und die Asen sind unsere Zeugen! Für immer und ewig …«

Die Worte sickerten auch in Dagruns Bewusstsein, und finstere Gedanken an Rache begannen auf sie einzudringen.

Vierzehntes Kapitel

Das Versprechen, das Frida abgegeben hatte, Ivarr noch in der Stunde zu heiraten, in der sie sich zum Jarl von Sjöland ausrufen würde, konnte nicht eingehalten werden. Die Gefahr, die von Godefried ausging, veranlasste sie, erst einmal eine gehörige Strecke des Weges nach Norden zurückzulegen, und Ivarr akzeptierte es.

Sie marschierten zwei Tage lang. Ivarr wich nicht von Fridas Seite und wachte eifersüchtig darüber, dass ihr Halldor Ogurrson nicht zu nahe kam. Ihm war nicht entgangen, dass Halldor die Schildmaid mit den Augen eines verliebten Mannes anschaute.

Gleich nach ihrer Berufung zum Jarl hatte Frida einen Boten mit zwei Pferden zum Wechseln losgeschickt und ihm aufgetragen, schnell wie der Wind nach Dänemark zu König Göttrik zu reiten und ihn vor den usurpatorischen Plänen Godefried Haraldssons zu warnen, damit dieser entsprechende Gegenmaßnahmen ergreifen konnte.

Wieder brach eine Nacht an, und sie lagerten wenige Meilen südlich von Bremun* an einem schmalen Nebenfluss der Weser. Sie hatten Feuer angezündet und Wachen aufgestellt. Frida saß zusammen mit Ivarr an einem der Feuer. Die lodernden Flammen ließen Licht- und Schattenreflexe über sie hinweggeistern und spiegelten sich in ihren Augen wider.

---

* Bremen

»Dagrun wird dich hassen«, sagte Frida plötzlich. »Du hast Gunnar getötet, den Mann, den sie liebte und den sie heiraten wollte.«

»Hatte er nicht den Tod verdient?«, stieß Ivarr hervor. »Haben dir nicht die Götter im Schlaf seinen Namen als den des Mörders deines Vaters verraten? Und hast nicht du selbst den Grund genannt, der ihn zu dieser meuchlerischen Tat veranlasst hat?«

Frida lächelte. »Du hast recht. Er hat den Tod verdient, und du warst das Werkzeug, das die Götter benutzt haben, um ihn für seinen Frevel zu bestrafen.«

»Ich habe es auch aus Liebe zu dir getan, Frida.«

»Ich weiß. Du bist mir treu ergeben, und ich habe dich dazu auserkoren, mit mir Vermählung zu feiern.«

»Und wann soll sie stattfinden?«, fragte Ivarr. »Ich kann es kaum erwarten, dein Gemahl zu werden.«

Ein scharfer, prüfender Blick traf ihn. Ohne auf seine Frage einzugehen, sagte Frida: »Selbst wenn du der Gemahl des Jarls bist, wird das Dagrun nicht davon abhalten, sich an dir rächen zu wollen.«

»Sie ist mit einer kleinen Schar Krieger in feindlichen Landen unterwegs«, erklärte Ivarr schulterzuckend. »Ihre Chancen, nach Dänemark zu gelangen, sind nicht sehr groß. Außerdem musst auch du ihre Rache fürchten, denn du hast sie zu dem gemacht, was sie jetzt ist: eine Ausgestoßene, eine, die sich in Dänemark einen neuen Platz suchen muss und sicherlich in der Bedeutungslosigkeit versinken wird.«

»Was würdest du mit einem anstellen, der den Menschen erschlagen hat, den du liebst wie sonst nichts auf der Welt?« Während sie diese Frage stellte, schaute Frida den Krieger durchdringend an, als suchte sie nach einer verräterischen Regung in seinen Zügen.

Ivarr wich ihrem forschenden Blick nicht aus. »Wäre derjenige mein eigen Fleisch und Blut, würde ich mir zunächst die Frage nach dem Grund für sein Handeln stellen.«

»Ich glaube nicht, dass jemand, dem man einen geliebten Menschen genommen hat, danach fragt«, versetzte Frida.

Ivarr fühlte sich sichtlich nicht mehr wohl in seiner Haut. Sein Blick irrte ab, und er begann, seine Hände zu kneten. »Willst du mir Angst machen?«, fragte er. »Soll ich mich vor Dagruns Rache fürchten? Warum machst du das? Willst du mich quälen?«

»Nein. Sprechen wir nicht mehr über Dagrun und Gunnar. Besprechen wir unsere Vermählung. Es bedarf einiger Vorbereitungen.«

»Wollen wir nicht warten damit, bis wir zu Hause in Sjöland sind?« Er fuhr sich mit Daumen und Zeigefinger über das Kinn. Ja, er fühlte sich unbehaglich. Fridas seltsame Fragen beunruhigten ihn. Er streifte ihr Gesicht mit einem schnellen Blick, doch keine einzige Linie in ihren Zügen ließ einen Schluss darauf zu, was hinter ihrer Stirn vor sich ging.

Etwas regte sich in der Tiefe seines Bewusstsein. Es waren quälende Ahnungen, an deren Ende etwas Dunkles, Schreckliches stand. Und ihm kam der Gedanke, dass Frida womöglich wusste, dass er es gewesen war, der im Kampfgetümmel vor dem Kloster den Franken erschlagen hatte. Die Frage war nicht zu verdrängen und wurde derart bohrend, dass sie keinen anderen Gedanken mehr zuließ.

Ivarr zuckte regelrecht zusammen, als Frida wieder das Wort ergriff: »Wir feiern die Vermählung noch im Frankenland. Irgendwelcher Verhandlungen zwischen deiner Familie und meiner bedarf es nicht, weil unsere Angehörigen entweder tot sind oder weit entfernt in Dänemark leben. Ein geeigneter Platz für die Vermählung wird sich finden; weihen kann ihn ein Krieger, den ich in meiner Eigenschaft als Jarl zum Priester und Ritualmeister ernenne.«

Ivar befeuchtete unruhig mit der Zungenspitze die spröden Lippen. »Wen würdest du für das Priesteramt als geeignet erachten?«

»Halldor Ogurrson.«

»Warum gerade ihn?«

»Weil er klug und umsichtig ist und Weitblick bewiesen hat. Ich habe vor, ihn zu meinem ersten Berater zu ernennen.«

Ivarrs Gesicht schien sich zu überschatten. »Er ist ein Verräter. Daran ändert auch die Tatsache nichts, dass er sich von Jarl Haraldsson abgekehrt hat, der ebenfalls ein Verräter und Eidbrecher ist. Du willst einem, der seinen Herrn hintergeht, derart vorbehaltlos vertrauen?«

»Ja. Ich werde ihn morgen Früh zum Priester ernennen und ihn mit den Hochzeitsvorbereitungen beauftragen. Wir werden eines der Pferde opfern und anschließend das Fleisch des Tieres als Brautschmaus verzehren.« Frida lächelte hintergründig. »Das ist es doch, was du wolltest. Und ich erfülle damit zudem den Wunsch meines Vaters, wenn ich mit dir vor den Priester trete.«

Ivarr erhob sich. »Ich schaue mal nach den Wachen. Die Gefahr, die von Godefried ausgeht, besteht mehr denn je, denn er wird in der Zwischenzeit von dem Blutbad bei dem Kloster erfahren haben und weiß ungefähr, wo wir uns befinden. Außerdem sind die fränkischen Garnisonen in Alarmbereitschaft. Wir sind also rundherum von Feinden umgeben und dürfen in unserer Wachsamkeit nicht nachlassen.«

»Ja, kontrollier die Wachen, Ivarr. Dieses Recht steht dir als meinem Verlobten zu.«

Ivar nickte, schwang herum und stapfte aus dem Lichtkreis des Feuers. Frida starrte in die Flammen und registrierte das Murmeln und Raunen um sie herum nur unterbewusst.

Eine fast fiebrige Unruhe trieb Ivarr durch das Lager. Als er während des Gemetzels Roland mit seiner Axt erschlagen hatte, war das eher im Reflex geschehen, als ihm der Franke den Rücken und den Kopf ungeschützt dargeboten hatte. Der Schlag war durch einen jähen, spontanen Entschluss geführt worden, und er hatte triumphiert, als er den Franken mit gespaltenem Schädel hatte zu Boden stürzen sehen.

Nach dem Kampf war eine kurze Zeit der Verunsicherung und Angst für ihn angebrochen. Als es aber nicht das geringste Anzeichen dafür zu geben schien, dass jemand seinen hinterhältig geführten Schlag beobachtet hatte, hatte er sehr schnell zu unerschütterlicher Sicherheit zurückgefunden, und als Frida auch noch angekündigt hatte, ihn trotz allem ehelichen zu wollen, war sein Selbstbewusstsein unumstößlich geworden.

Nun aber geriet es wieder ins Wanken. Er holte sich einige Aussagen Fridas in die Erinnerung: *Unsere Hochzeit soll keiner von denen, die ihr beiwohnen werden, je in seinem Leben vergessen ... Du bist mir treu ergeben, und ich habe dich dazu auserkoren, mit mir die Vermählung zu feiern ... Was würdest du mit einem anstellen, der den Menschen erschlagen hat, den du liebst wie sonst nichts auf der Welt? ... Und ich erfülle damit zudem den Wunsch meines Vaters, wenn ich mit dir vor den Priester trete …*

Ivarr wälzte trübsinnige Gedanken.

Warum sollte keiner von denen, die der Hochzeit bewohnten, sie je im Leben vergessen? Was konnte an der Vermählung so außergewöhnlich sein?

Weshalb sagte sie, *ich habe dich dazu auserkoren, mit mir Vermählung zu feiern*? Eine völlig harmlose Formulierung, die eigentlich keine Hintergedanken zuließ. Doch er fragte sich, warum sie nur von Vermählung und nicht von »unserer« Vermählung gesprochen hatte.

Was hatte die Frage gesollt, was er mit demjenigen anstellen würde, der ihm den liebsten Menschen erschlagen hatte? Wusste sie, dass es seine Axt gewesen war, die Rolands Schädel zertrümmert hatte, und dass sein Arm sie geführt hatte?

Warum sprach sie davon, mit ihm vor den Priester zu treten? Dies geschah zwangsläufig beim Ritual der Eheschließung. Sollte es zu einer Vermählung gar nicht kommen?

Bei den Göttern! Was führte sie im Schilde? Die Frage stieg wie ein Schrei in ihm auf und schürte seine Ängste und Zweifel noch mehr.

Oder bildete er sich das alles nur ein, und es war die reine Angst, die diese fast schmerzliche Unsicherheit in ihm erzeugte?

Er erreichte den Rand des Lagers und traf auf einen der Wachposten. Da die Nacht mond- und sternenklar war, konnte man das Terrain ringsum auf fast zweihundert Schritte gut überblicken. Die Bäume und Büsche waren schwarze Kleckse in der Dunkelheit. Auf den sacht abfallenden Hügelflanken lag kaltes, silbriges

Licht. Nur das feine Säuseln des Windes und das Rascheln der Blätter waren zu vernehmen.

»Alles in Ordnung?«, fragte Ivarr mit belegter, fast heiserer Stimme.

»Ja. Soweit das Auge reicht, ist alles ruhig. Das Land nach Süden mutet an wie ausgestorben.«

»Trotzdem dürfen wir in unserer Wachsamkeit nicht nachlassen«, schärfte Ivarr dem Posten ein. »Wir haben im Frankenreich keinen einzigen Freund.«

»Ich weiß«, pflichtete der Krieger bei. »Zu unseren Feinden gehören nun auch Dagrun und die Handvoll Krieger, die mit ihr gegangen sind.«

»Die Einzigen, die uns gefährlich werden können, sind Godefried und die Franken.«

»Vielleicht hat sich Dagrun an den Jarl gewandt …«

»Er würde sie auf der Stelle töten. Nein, Dagrun müssen wir nicht fürchten. Sorge bereitet uns lediglich Godefried mit seiner Schar und den Franken, die ihn begleiten.«

Ivarr ging weiter, wechselte auch mit den anderen Wachposten einige belanglose Worte, dann kehrte er zum Feuer zurück.

Es war heruntergebrannt, die Glut begann sich in weiße Asche zu verwandeln. Frida lag am Boden und schlief. Ihre tiefen, gleichmäßigen Atemzüge verrieten es. Im letzten Schein der Glut wirkte ihr Gesicht gelöst und friedlich.

Dieses Gesicht hatte er geliebt. Vielleicht liebte er Frida immer noch. Aber da war auch die Angst vor ihr, und sie begann die Liebe zu überwiegen. Sie wühlte in ihm und ließ ihn kaum Schlaf finden in dieser Nacht.

Der Morgen brach an. Sie aßen etwas von den Vorräten, die sie in dem Kloster geraubt hatten, tranken dazu Wasser, und dann sagte Frida an Ivarr gewandt: »Die Männer sollen sich alle um unser Feuer versammeln. Ich möchte zu ihnen sprechen.«

»Es wäre vielleicht doch besser zu warten, bis wir zu Hause sind«, gab Ivarr zu bedenken.

»Nein, es ist an der Zeit«, beharrte Frida. »Also ruf sie zusammen.«

Widerwillig erhob sich Ivarr und entfernte sich.

Nach und nach rotteten sich die Krieger um das Feuer ihres Jarls. Ivarr blieb im Verbund der Mannschaft stehen und harrte voll Sorge dessen, was sich anbahnte.

Die Sonne war noch nicht aufgegangen, und die Gesichter wirkten im Zwielicht farblos und verkniffen. Mehr als drei Dutzend Augenpaare waren auf Frida gerichtet. Keiner hatte eine Ahnung, weshalb sie zu ihnen sprechen wollte. Ivarr hatte keine der Fragen, die sie ihm gestellt hatten, beantwortet.

Frida hatte sich erhoben. Sie befand sich inmitten des Kreises, den die Krieger bildeten. »Hört, Krieger, was ich, euer Jarl, euch zu vermelden habe!«, begann sie. »Ihr erinnert euch sicher, dass ich erklärt habe, mich mit Ivarr Otterbjörk zu vermählen.«

Zustimmendes Gemurmel erklang.

»Nun, so scheint mir, ist die Zeit gekommen, zu der die Feier stattfinden soll. Hat jemand einen Einwand vorzubringen?«

Sie schwiegen.

»Halldor Ogurrson, tritt vor!«, befahl Frida.

Kurzes Gedränge entstand, als sich der Gerufene eine Gasse durch die Traube der Schulter an Schulter Stehenden bahnte und vor den Kriegern, also am inneren

Rand des Kreises, stehen blieb. »Was ist dein Begehr, Jarl?«, fragte er.

»Ich ernenne dich zu dem Mann, der das Vermählungszeremoniell leitet. Such einen geeigneten Platz aus und bereite alles für die Opferung eines Pferdes vor. Es soll eine einfache Zeremonie sein. Da weder ich noch Ivarr Otterbjörk über eine Mitgift verfügen, kann diese auch nicht ausgetauscht werden, und niemand muss den Austausch bezeugen. Fühlst du dich in der Lage, dieser Aufgabe gerecht zu werden, Halldor Ogurrson?«

»Ja, meine Herrin. Ich danke dir für dein Vertrauen und hoffe, es nicht zu enttäuschen.«

»Dann mach schnell. Wir wollen keine Zeit vergeuden. Unsere Feinde ruhen nicht. Ich werde dir unter vier Augen noch ein paar Hinweise geben, und dann kannst du mit den Vorbereitungen beginnen. Ihr, meine Krieger, habt somit noch Gelegenheit, euch auszuruhen. Nützt die Zeit, denn vor uns liegt noch ein weiter, gefährlicher Weg bis nach Dänemark, den hoffentlich jeder von euch mit mir geht, bis wir schließlich zu Hause ankommen.«

»Der Treueid, den wir dir geleistet haben, Jarl Frida Fridleivsdóttir, gilt bis in den Tod und darüber hinaus!«, rief Halldor Ogurrson.

»... bis in den Tod und darüber hinaus!«, wiederholten die Krieger wie aus einem Munde mit dumpfen Stimmen.

»Odin und die Asen sind unsere Zeugen!«, rief Ogurrson.

»Odin! Odin! Odin!«, riefen die Krieger im Chor.

Frida lächelte. »Mein Vater, Fridleiv Ragnarsson, und mein Großvater, der berühmte Ragnar Lodbrok, wären stolz auf euch, ihr treuen Männer. Jeder Einzelne von euch wird, solange ich Jarl bin, auf Sjöland eine Sonderstellung einnehmen.«

Die Rotte ging auseinander. Halldor Ogurrson gesellte sich zu Frida und Ivarr, und Frida bedeutete Ivarr, sie und Halldor allein zu lassen. Als Ivarr aufbegehren wollte, bedachte sie ihn mit einem ermahnenden Blick. Er schwieg, wandte sich ab und schritt mit gesenktem Kopf davon. Und die Verunsicherung, die ihn im Klammergriff hielt, wurde fast überwältigend.

Er setzte sich ein ganzes Stück von Frida und Halldor entfernt zu Boden und beobachtete unter zusammengeschobenen Brauen hervor die beiden. Frida sprach auf Halldor ein, der nickte wiederholt, dann entfernte er sich.

Irgendetwas wurde vorbereitet, etwas, das sich gegen ihn, Ivarr, richtete, und seine düsteren Ahnungen wurden mehr und mehr zur Gewissheit. Frida wusste, dass er Roland erschlagen hatte. Aber was hatte sie vor? Keiner der Krieger würde es akzeptieren, würde sie ihn wegen des Todes des Christen bestrafen – egal, wie die Strafe ausfiel.

Sie würde es nicht wagen, Hand an ihn zu legen, sinnierte er. Die Krieger hätten sofort ihren Treueid widerrufen. Er hatte den Christenhund erschlagen, na und? Warum hatte dessen Gott Ivarrs Hieb nicht abgewehrt? War er, Ivarr, vielleicht sogar stärker als der Gott der Christen?

Nein, es war Odin, der meinem Arm die Stärke verlieh, dachte er, und er hat auch meinen Geist beeinflusst. Odin wird mich auch jetzt schützen und mich stark machen.

Aus übereinandergeschlichteten großen Steinen wurde ein Altar errichtet und mit Wiesenblumen geschmückt. Auf ihn wurde eine Schale gestellt, in welcher der Priester das Blut des Opfertieres auffangen sollte. Daneben legte ein Krieger ein Messer mit langer Klinge, ein anderer einen Bund aus Fichtenzweigen, ein dritter das Band, das dem Brautpaar um die Hände gelegt werden sollte, um sie symbolisch aneinander zu binden. Ein weiterer Krieger flocht einen Blumenkranz, und Halldor bestimmte zwei ältere Krieger, die die mit diesem Blumenkranz geschmückte Braut zu dem von ihm in seiner Eigenschaft als Priester geweihten Platz begleiten sollten. Voraus sollte ein junger Krieger schreiten, der als Hochzeitsgeschenk für den zukünftigen Ehemann ein Schwert tragen würde.

Bevor jedoch die eigentliche Eheschließung stattfinden sollte, musste die Aufmerksamkeit der Götter durch Beschwörung und durch ein Opfer auf das Ritual gelenkt werden, denn eine Heirat ohne den göttlichen Segen konnte den Vermählten nur Unglück bescheren.

Ein Pferd wurde als Opfertier ausgesucht, und das Opfer sollte Freyr gewidmet sein, dem Fruchtbarkeitsgott aus dem Geschlecht der Wanen*.

Das Pferd wurde vor den Altar geführt, um den sich die Krieger in gebührendem Abstand in einem Halbkreis versammelt hatten. Halldor, nur mit einer knöchellangen Tunika bekleidet, trat hinter dem Altar hervor. »Im Namen Odins und der Asen wollen wir an diesem Tag Zeugen der Vermählung der Maid Frida Fridleivsdóttir mit dem Jüngling Ivarr Otterbjörk sein. Möge dieser

---

* neben den Asen das ältere der beiden Göttergeschlechter in der nordischen Mythologie

Bund von den Göttern gesegnet werden. Um die Gunst der Götter für diese Ehe zu erflehen, wollen wir ihrer huldigen und sie gnädig stimmen. Möge Freyr dem Paar gesunde Söhne und Töchter schenken, denen sie eines Tages, wenn die Zeit gekommen ist, das Schwert, die Axt und den Brautkranz übergeben können.«

»Möge ihnen Freyr gesunde Söhne und Töchter schenken«, wiederholten die Krieger.

»Wir beginnen die Feierlichkeit mit dem Opfer«, rief Halldor. »Ich als der von Jarl Frida Fridleivsdóttir ernannte *Godhi** werde nun das Pferd töten und mit seinem Blut das Brautpaar und die Anwesenden besprengen, um so den Segen der Götter auf sie herabzurufen.«

Halldor nahm das Messer vom Altar, trat vor das Pferd hin, das unruhig schnaubte, mit geblähten Nüstern prustete und mit dem Huf scharrte, das aber ein Krieger am Kopfgeschirr festhielt und zwang, auf der Stelle stehen zu bleiben.

»Nehmt dieses Opfer an, ihr Götter!«, rief Halldor beschwörend, den Blick zum Himmel gerichtet, die Arme waagrecht zur Seite ausgestreckt. »Schenkt dem Paar Glück, schenkt ihm Zufriedenheit und Reichtum, lasst es fruchtbar sein und gemeinsam seine Kinder in eurem Sinne erziehen.«

Er rammte dem Pferd die Dolchklinge in den Hals und schlitzte ihn auf. Das Tier wieherte und wollte steigen, doch der Krieger, der sich ans Zaumzeug klammerte, verhinderte es. Blut sprudelte aus der schrecklichen Wunde, und Halldor beeilte sich, es mit der Opferschale aufzufangen.

Das Pferd brach zusammen, seine Beine zuckten

---

* Priester

noch einige Male unkontrolliert, dann lag es still. Der Blutfluss endete.

Halldor stellte die Schale mit dem Blut auf den Altar, legte das Messer daneben, nahm den Bund aus Zweigen und sagte: »Die Braut mag vortreten!«

Frida, begleitet von den beiden älteren Kriegern und mit dem Blumenkranz geschmückt, stand schließlich vor dem Altar. Der junge Krieger übergab ihr das Schwert – das Schwert Rolands, das sie an sich genommen hatte, als sie sich von dem toten Geliebten verabschiedet hatte.

Die beiden Krieger, die sie an Stelle ihrer Familie zum Altar geführt hatten, entfernten sich gemessenen Schrittes. Ihr Auftritt war beendet.

»Der Bräutigam möge sich zu seiner Braut gesellen!«, gebot Halldor.

Ivarr, dessen Gesicht von Unbehagen und Anspannung geprägt war, trat vor. Er hielt eine Axt in den Händen, die er der Braut übergeben sollte; sie war daraufhin verpflichtet, die Axt für ihren ersten Sohn aufzubewahren.

Ivarr stellte sich neben Frida, die das Schwert mit der Spitze auf den Boden stellte und mit beiden Händen den Griff umklammerte.

Halldor nahm das Zweigbündel und tauchte es in das Blut des Opfertiers. Dann hob er mit beiden Händen das bluttriefende Bündel, bewegte es schnell nach unten, dann nach links und im nächsten Moment nach rechts. Jeder, der vor dem Priester stand, wurde mit dem Blut besprenkelt.

»Es ist an der Zeit, das Ehegelöbnis und das Gelöbnis der ewigen Treue abzugeben«, rief Halldor und nickte Frida zu.

Frida trat einen Schritt vor, drehte sich blitzschnell um und nahm das Schwert hoch, drückte die Spitze gegen Ivarrs Leib und rief: »Dies soll nicht die Hochzeit eines liebendes Paares sein, sondern die Vermählung des Mörders und Verräters Ivarr Otterbjörk mit Hel, der Göttin des Totenreichs!«

Ivarr erbleichte, und seine Augen begannen in einem unruhigen Licht zu flackern. Er hatte es erwartet und war dennoch überrascht worden.

Ein Raunen erhob sich bei den Umstehenden, Unverständnis zeichnete die Gesichter, Ahnungslosigkeit beherrschte die irritierten Blicke. Aber niemand stellte eine Frage. Jeder war gespannt, was geschehen würde.

»Hel wird sich dir von ihrer hässlichen, ihrer toten Seite zeigen, Mörder, du wirst mit ihr in *Eljudnir** hausen, an ihrem Tisch *Hungr*** sitzen und mit ihr das Bett *Kor**** teilen«, rief Frida. »Und wenn sie dich eines Tages satt hat, soll sie deine Knochen zerbrechen, das Mark aus ihnen saugen und die Reste *Garm* zum Fraß vorwerfen.«

Mit dem letzten Wort rammte Frida dem Mann das Schwert mit solcher Wucht in den Leib, dass es am Rücken eine halbe Elle weit austrat.

Ivarrs Mund sprang auf, doch der Schrei, der in ihm hochstieg, blieb in der Kehle stecken. Seine Augen weiteten sich mit dem Ausdruck einer fürchterlichen Qual, dann brach sein Blick.

Er sackte zusammen, wobei das Schwert, von Fridas

---

* Wohnsitz der Hel, bedeutet Elend

** Hunger

*** Sarg

Händen umklammert, aus seinem Leib fuhr und diesen dabei noch weiter aufschlitzte. Sein Blut pulsierte auf die Erde und bildete eine Lache, die nach und nach versickern würde.

Die Zuschauer überwanden ihre Erstarrung, und ein Wirrwarr aus Stimmen erhob sich. Fragen, aber auch bedrohliche Rufe wurden laut. Einige der Krieger rissen sogar die Äxte aus den Gürteln, als erwarteten sie eine blutige Auseinandersetzung.

Frida hielt das blutverschmierte Schwert in die Höhe und rief mit lauter, klarer Stimme: »Er war es, der den Mann hinterrücks erschlug, dem ich Dankbarkeit schuldete, weil er mich vor dem Blutadler bewahrt hat! Er tötete ihn nicht, weil Roland ein Christ war! Er tötete ihn auch nicht, weil fränkisches Blut in seinen Adern floss! Er ermordete ihn aus Eifersucht! Ja, es war ein feiger Mord, niederträchtig und aus niederer Gesinnung!«

Wieder stieg bedrohliches Gemurmel aus der Rotte der Krieger. Diese Erklärung konnte sie nicht besänftigen. Ivarr hatte einen Christen getötet. In ihren Augen war es das Gleiche, als hätte er einen räudigen Hund erschlagen. Kein Grund, an ihm einen Blutschwur zu vollziehen. Allein dass Frida ihr Jarl war und sie ihr absolute Treue geschworen hatten, hielt sie davon ab, sich auf sie zu stürzen und sie Ivarr hinterherzuschicken nach Helheim.

»Bevor ihr urteilt, lasst mich weitersprechen!«, rief Frida. »Hakon, der treue Normanne, der Roland und mir zu essen gab, nachdem wir aus der Festung Dorstad geflohen waren, hat den Mord beobachtet und mir den Namen des Mörders verraten. Gleich nachdem mein Vater an dem Gift starb, das ihm wahrscheinlich Gunnar ins Bier schüttete, beschuldigte Ivarr Hakon dieses Mordes. Erinnert ihr euch auch an die Worte von Hakon? ›Ich fordere dich auf, die Anschuldigung auf der Stelle zurückzunehmen‹, sagte er, ›oder dich mir zum Kampf zu stellen. Sei aber versichert, dass ich dir nicht den Rücken zuwenden werde …‹«

»Was hat es mit dem Mord von eben zu tun?«, rief ein Krieger.

»Um sein Verbrechen zu vertuschen, warf Ivarr seine Axt, und damit hat er, als Hakon starb, den zweiten gemeinen Mord an diesem Tag begangen. Aber mit Hakon hat er einen von euch ermordet, einen, der an eurer Seite gekämpft hat und der sein Leben für jeden von euch gegeben hätte.«

Wieder redeten die Krieger wild durcheinander. Aber die Hände der meisten lösten sich von den Äxten, und einer überstimmte alle anderen, indem er rief: »Es stimmt! Er hat Hakon beschuldigt, und Hakon hat ihn zum Kampf herausgefordert. Als er seine Axt warf, tat er es entweder, um Hakon am Weitersprechen zu hindern, oder aus Feigheit, weil er den Holmgang mit Hakon fürchtete!«

Zustimmende Rufe erschallten. Jemand brüllte: »Und wir dachten, er hätte Hakon im Jähzorn getötet, weil er ihn für den Mörder des Jarls hielt. Aber jetzt, da die Hintergründe bekannt sind, stellt sich der Mord in einem völlig anderen Licht dar.«

»Dann hat er den Tod verdient!«, rief ein anderer. »Mit dem Mord an Hakon hat er eine Schuld auf sich geladen, die nur mit Blut gesühnt werden konnte!«

Da aber trat ein älterer Krieger aus der Reihe, hob den rechten Arm, und das verworrene Stimmendurcheinander erstarb.

Frida musterte ihn und stieß hervor: »Was hast du uns zu sagen, Halfdan?«

Der Krieger ließ die Hand sinken und rief: »Sie sind zu dritt zu uns gekommen und haben um Aufnahme bei Jarl Fridleiv Ragnarsson nachgesucht. Dadurch haben sie Verrat an ihrem eigenen Jarl begangen. Die Rede ist von Ivarr Otterbjörk, Gunnar Eriksson und Thorve Lovgren. Alle drei sind nunmehr tot, und jeder von ihnen starb durch die Hand eines Normannen. Nun frage ich mich, ob dies die Strafe ist, die die Götter für ihren Verrat über sie verhängt haben – die Strafe dafür, dass sie ihrem Jarl, Godefried Haraldsson, in den Rücken gefallen sind.«

Den Worten folgte kurze Zeit eine drückende und zugleich erwartungsvolle, angespannte Stille. Dann aber schwirrten die rauen Stimmen der normannischen Krieger wieder durcheinander, und die Stimmung schaukelte sich von einer Sekunde auf die andere bedrohlich in die Höhe. Jemand brüllte: »Vielleicht hat man uns Sand in die Augen gestreut, und nicht Haraldsson, sondern doch Ragnarsson war der Verräter und jener, der den Treueid gebrochen hat!«

Der Lärm nahm tumultartige Ausmaße an.

Frida schrie etwas, aber ihre Stimme ging in dem Brüllen der Männer unter. Das Lager war plötzlich zwiegespalten. Der Krieger namens Halfdan hatte mit wenigen Worten tiefschürfende Zweifel in die Gemüter gestreut, und eine dramatische Entwicklung drohte einzusetzen. Jeden Moment konnte die Situation in nackte Gewalt eskalieren.

Frida wandte sich dem Altar zu, nahm das Schwert Rolands mit beiden Händen, hob es hoch über ihren Kopf und ließ die Klinge auf den Opfertisch herniedersausen. Die Klinge aus stark gehärtetem Eisen zersprang klirrend in drei Trümmer, die durch die Luft wirbelten und schließlich auf den Boden prallten.

Den Griff mit dem handlangen Rest der Klinge hob sie in die Höhe, und daraufhin wurde es tatsächlich wieder still. Frida rief: »Soll eure Treue so leicht zerbrechen wie dieses Schwert, das aus fränkischem Stahl geschmiedet wurde? Halfdan mag mit seinen Worten die Wahrheit ergründet haben. Ja, Ivarr Otterbjörk, Gunnar Eriksson und Thorve Lovgren wurden von den Göttern bestraft. Aber nicht, weil sie Jarl Haraldsson verlassen und bei meinem Vater um Aufnahme gebeten haben, sondern weil Verrat in ihren Herzen und Gemütern lebte. Sie verrieten Haraldsson, sie verrieten meinen Vater, sie verrieten mich, und sie hätten auch euch verraten, hätte es ihnen zum Vorteil gereicht. Jeder von ihnen hat die Strafe erhalten, die die Götter für gerecht erachteten.«

»Zweifelst du immer noch, Halfdan?«, rief nun Halldor Ogurrson drohend.

Wortlos trat der Krieger in den Kreis der anderen zurück.

»Dann lasst uns das Pferd zerlegen, braten und essen!«, rief Frida. »Der Verräter und Mörder hat bekommen, was er verdient hat. Modgud, die die goldene Brücke *Gjallarbrú* bewacht, hat ihm Einlass gewährt, und er hat den Todesfluss *Gjöll* schon überquert. Eine Rückkehr aus der finsteren Welt ist ihm unmöglich.«

»Es war die Entscheidung der Götter!«, rief Halldor. »Sie vernichten die Verräter und sind den Aufrechten und Treuen wohlgesinnt.«

»Nachdem sich jeder an dem Pferd gesättigt hat, ziehen wir weiter!«, rief Frida. »Also wollen wir das Pferd zerlegen, und jeder soll von dem Fleisch essen, so viel er kann. Und dann lasst uns unseren Weg nach Dänemark fortsetzen.«

Wenig später brannten die Feuer, die Krieger hatten Stücke des Fleisches, das sie aus dem Leib des Pferdes geschnitten hatten, auf Stöcke gespießt und hielten sie über die Flammen. Der Geruch von bratendem Fleisch zog durch das Lager. Lediglich Halfdan und fünf weitere Krieger, die sich etwas abseits von den anderen niedergelassen hatten, rührten das Fleisch nicht an.

Frida blieb es nicht verborgen. Sie wandte sich an Halldor und murmelte: »Halfdan und die fünf, die bei ihm sitzen, zweifeln. Krieger, deren Bewusstsein von Skepsis gespalten ist und die mit dem Herzen nicht voll und ganz hinter ihrem Jarl stehen, sind gefährlich.«

»Nachdem Dagrun mit den Männern Hakons fortgegangen ist, können wir es uns kaum leisten, noch einmal ein halbes Dutzend Krieger zu verlieren«, versetzte Halldor leise. »Daher werde ich mit Halfdan sprechen, und sollte es notwendig sein, werde ich ihn töten. Diejenigen, die jetzt bei ihm sitzen, werden es als Zeichen der Götter verstehen und ihre Zweifel begraben.«

Versonnen betrachtete Frida Halldors Gesicht, dann sagte sie: »Ich glaube, Halldor, du bist der Mann, der meine Stellung als Jarl von Sjöland festigen kann. Wenn ich dir vorschlagen würde, mein erster Berater zu sein, würdest du das Amt annehmen und es in absoluter Treue zu mir bekleiden?«

»Es ist mein oberstes Bestreben, Jarl«, erklärte Halldor, legte die rechte Hand flach gegen den Leib und deutete eine Verbeugung an.

Frida zog mit ihren Kriegern an Bremun vorbei. Die Stadt war vor knapp hundert Jahren von Karl I. zum Bischofssitz erhoben worden und seit dem Jahr 845 Erzbistum. In ihr lag ein Heer von Soldaten und Söldner, die dem Befehl des Bischofs unterstanden und dem die kleine Gruppe Normannen nichts entgegenzusetzen gehabt hätte.

An der Weser wandten sie sich nach Norden. Die Vorräte, die sie in dem Kloster geraubt hatten, in dem Jarl Ragnarsson gestorben war, gingen zur Neige. Die Krieger wurden unzufrieden. Frida, unterstützt von Halldor, gestattete es ihnen nicht, Bauernhöfe oder Weiler zu überfallen und zu plündern, sie aber wollten nicht mit leeren Händen zu ihren Familien zurückkehren, denen sie damals, als sie diese verlassen hatten, um Britannien zu erobern, Wohlstand und Reichtum versprochen hatten.

Zwei Tage waren verstrichen, seit Ivarr den Tod gefunden hatte und sie nun wieder unterwegs waren. Es war Abend, die Sonne war untergegangen, und der Himmel im Westen hatte eine schwefelgelbe Färbung angenommen. Die Wolkenbänke, die sich dort zeigten, schienen an ihren Rändern zu glühen. Krächzend flogen etwa ein Dutzend Krähen über die Schar der Krieger hinweg, die parallel zum Fluss in nördliche Richtung marschierten. Die Karre hatten sie am Mittag zurückgelassen, als die letzten Vorräte verzehrt worden waren.

Die Dunkelheit kam, und Frida ordnete an, das Nachtlager aufzuschlagen. Feuer wagten sie nicht anzumachen, denn der Feuerschein hätte Feinde auf sie aufmerksam machen können. Sie saßen im Dunkeln, und der Hunger machte sich wieder einmal bei ihnen bemerkbar.

»Hast du schon mit Halfdan gesprochen?«, fragte Frida an Halldor gewandt, der neben ihr bei einem Busch saß und wortlos in die Dunkelheit starrte.

Der Krieger zuckte zusammen, hob den Kopf und schaute Frida an, als hätte sie ihn aus seinen tiefsten Gedanken gerissen. »Was? Ich habe nicht zugehört, Herrin. Was hast du gesagt?«

»Ich habe dich gefragt, ob du schon mit Halfdan gesprochen hast. Er hält sich mit denen, die wie er voller Zweifel scheinen, nach wie vor von den anderen fern. Vielleicht schmieden sie finstere Pläne.«

»Nein, ich habe noch nicht mit ihm gesprochen. Hast du heute die Krähen gesehen, die über uns hinweggeflogen sind?«

»Ja. Krähen sind alltäglich.«

»Es waren Kolkraben, und es waren genau dreizehn an der Zahl.«

»Na und?«

»In Asgard haben die Götter zwölf Paläste errichtet. In Gladsheim regiert Odin, und auf seinen Schultern sitzen die Raben Hugin und Munin. Wenn uns die Götter aus den anderen elf Palästen mit jeweils einem Raben ein Zeichen übermitteln wollen, dann sind es mit den Raben Odins genau dreizehn an der Zahl, die möglicherweise als Götterboten nach Midgard gekommen sind.«

»Und welche Botschaft wollen uns die Götter auf diese Weise zukommen lassen?«

Schulterzuckend antwortete Halldor: »Ich weiß es nicht. Aber das zerbrochene Schwert und die dreizehn Raben haben sicher eine Bedeutung.«

»Das Schwert habe ich zerschlagen«, erklärte Frida. »Es war nicht der Wille der Götter.«

»Vielleicht ist es auf den Steinen aufgrund göttlichen Willens zerbrochen. Ein zerbrochenes Schwert kann vielerlei Bedeutung haben. Es kann Verzweiflung, Unglück und Not verheißen. Es kann bedeuten, dass sich ein Freund zum Feind wandelte, und es kann Schande über dich bringen.«

Frida griff sich an den Hals, als spürte sie dort eine würgende Hand. »Und was bedeuten die dreizehn Raben?«

»Sie sind die Vögel der Götter, auf ihr Verhalten kann man Rückschlüsse ziehen, ob es uns gelingt, die Heimat zu erreichen, oder ob wir hier im Frankenland zugrunde gehen. Sie können die Vorboten des Unheils sein, können aber auch eine segenreiche Zeit voraussagen.«

»Der Freund, der sich zum Feind wandelt, könnte Halfdan sein«, murmelte Frida bestürzt.

»Gut möglich. Es sind die *Nornen**, die unser Schicksal bestimmen. *Skuld*** entscheidet über die Zukunft, aber die kann sie nicht ohne Ereignisse aus der Vergangenheit und der Gegenwart lenken. Wobei die Gegenwart mit dem nächsten Wimpernschlag schon wieder Vergangenheit ist. Die Gegenwart ist eigentlich nur der Augenblick und kann gar nicht bestimmend sein. Ich werde mit Halfdan sprechen. Und wenn ich merke, dass er der Freund ist, der sich zum Feind gewandelt hat oder noch wandelt, werde ich dem entgegentreten.«

»Ich zähle auf dich und deine Treue, Halldor.«

»Meiner Treue liegt eine tiefe, aufrichtige Liebe zugrunde, Frida«, murmelte Halldor und schlug die Augen nieder.

---

* die drei Schicksalsgöttinnen in der germanischen Mythologie

** eine der drei Nornen

»Liebe?«, sagte Frida erstaunt. »Zu mir?«

Halldor wagte es nicht, sie anzusehen, als er leise antwortete: »Ja, es ist die Liebe zu dir. Es entspringt nicht dem Bestreben, Gatte eines Jarls zu sein und auf diese Weise Macht und Ansehen zu erlangen, wenn ich dich eines Tages bitte, meine Gemahlin zu werden. Es ist auch nicht, weil du die Enkeltochter des berühmten Königs Ragnar Lodbrok bist, was dir ein hohes Maß an Respekt verschafft und auch deinem Gemahl Achtung einbringen würde. Du allein bist es, die Schildmaid Frida, die mein Herz erobert hat.«

Frida zog die Unterlippe zwischen die Zähne und begann darauf herumzukauen. »Du weißt aber sicher, dass ich mein Leben dem Kampf und dem Krieg verschrieben habe«, sagte sie. »Ich habe mit Ivarr gekämpft, um sein Werben um mich zu beenden. Ich habe Alfarin, dem Sohn Godefrieds, die Hand verweigert, und als sich seine Liebe zu mir in Hass verwandelte, habe ich ihn erschlagen. Auch Ivarr, der in Liebe zu mir entbrannt war, ist tot. Und der Mann, dem ich meine Jungfräulichkeit geopfert habe und dessen Liebe ich erwiderte, ist ebenfalls tot. Die Liebe zu mir bringt Unglück. Vielleicht bist sogar du derjenige, dessen Freundschaft sich in Feindschaft verwandelt. Und dann müsste ich auch dich töten oder töten lassen, Halldor. Das will ich nicht.«

»Ich werde nicht um deine Gunst mit dir kämpfen, Frida. Ich will auch nicht gegen den Franken reden, der dein Herz erobert hatte. Doch ich kenne die Geschichte, und mein Verstand sagt mir, dass es nicht Liebe, sondern Dankbarkeit war, die dich so eng an ihn gebunden hat. Du weißt jetzt um meine Gefühle, die ich für dich hege, und ich werde auch nicht der Freund sein, der zum Feind wird, wenn du meine Gefühle nicht erwiderst.«

»Ich achte dich sehr, Halldor, ich schätze deinen scharfen Verstand, deine Umsichtigkeit, deinen Mut und deine Treue. Und du wirst zur gegebenen Zeit von mir den gerechten Lohn dafür erhalten. Jeder wird für sein Verhalten die gebührende Belohnung bekommen. Sei es im Guten oder im Bösen. Bei dir wird es im Guten geschehen.«

»Ich danke dir, Herrin.«

In diesem Moment erklang ein gellender Schrei: »Es nähern sich Soldaten! Nehmt eure Äxte zur Hand, Normannen. Erwehren wir uns der Christen, und erschlagen wir sie!«

Der Alarm riss die Krieger regelrecht in die Höhe. Auch Frida und Halldor waren aufgesprungen.

Im Süden war die Nacht lebendig geworden. Dort waren vor dem Hintergrund haushohen Strauchwerks heranhastende Gestalten auszumachen, die möglicherweise nicht mit vorzeitiger Entdeckung gerechnet hatten, die nun aber in den offenen Angriff übergingen und mit gezückten Schwertern das Lager der Normannen stürmten.

Es waren Schergen des Bischofs von Bremun, die den Dänen gefolgt waren und sie überraschen wollten.

Den Spähern des Bischofs war der Durchzug der Normannen nicht entgangen. Und sogleich hatte man in Bremun den Entschluss gefasst, die mordenden und plündernden Heiden zu verfolgen und zu vernichten. Die Generäle des Bischofs waren der Meinung, dass eine halbe Hundertschaft ausreichend war.

Die Überraschung aber war misslungen, die Normannen stellten sich von einem Augenblick auf den anderen auf den Kampf ein.

»Odin!« Der Schrei aus mehr als drei Dutzend Kehlen trieb den christlichen Soldaten entgegen wie ein Ruf aus der Hölle.

Die Krieger, mit ihnen Frida und Halldor, stürmten mit der Axt in der Faust den Soldaten entgegen. Deren Gesichter waren mit Ruß geschwärzt und in der Dunkelheit kaum auszumachen. Auch trugen sie dunkelblaue Wämser über den Kettenhemden.

Schwerter und Äxte begannen zu klirren. Geschrei kam auf, das sich sehr schnell steigerte und frenetische Ausmaße annahm. Die normannischen Krieger kämpften ähnlich entfesselten Berserkern, jenen ekstatisch brüllenden, mit Wolfsfellen gekleideten Kriegern, die ihr Leben Odin geweiht hatten, sich im Kampf in unbändige Raserei versetzten und deren Kräften ein Normalsterblicher kaum etwas entgegenzusetzen hatte.

Das zerbrochene Schwert!, durchfuhr es Frida. Die dreizehn Raben! Es waren Zeichen, die uns die Götter sandten. Was steht am Ende? Unheil oder Segen?

Sie warf sich einem der Franken entgegen. Er war nur ein Schemen, in dessen Faust das Schwert im vagen Licht der Sterne matt blinkte. Frida wich instinktiv seinem mörderischen Hieb aus, schrie schrill und prallte gegen den Soldaten, wurde zur Seite geschleudert und warf sich brüllend herum.

Der Gegner kam schon wieder mit erhobenem Schwert auf sie zu, sie aber wich dem Streich aus und drosch dem Angreifer die Axt durch das Kettenhemd in die Gedärme. Er knickte in der Mitte ein und stürzte. Frida widmete sich sogleich dem nächsten Franken, und im Herumwirbeln durchschnitt das Blatt ihrer Axt dessen Kehle, noch bevor er sich auf den Angriff einstellen konnte.

Ehe er auf die Knie sank, um an seinem eigenen Blut zu ertrinken, hackte Frida bereits auf einen weiteren Gegner ein, durchbrach mit wuchtigen Schlägen seine Deckung und spaltete ihm das Gesicht.

Der Lärm war ohrenbetäubend. Die Normannen begleiteten jeden ihrer Axtschläge mit geradezu tierischen Lauten, die mit den Todesschreien der Sterbenden verschmolzen und den Schmerzensschreien jener, die mit schrecklichen Wunden oder verstümmelt zu Boden gingen. Blut, Schweiß und Tränen vermischten sich auf den Gesichtern, tropften auf den Boden und färbten das Gras rot.

Frida kämpfte wie besessen. In jeden Schlag legte sie all den Frust, all den Zorn und all die Enttäuschungen der vergangenen Wochen, all jene Gefühle eben, die sich seit der Flucht aus dem Feldlager in Britannien in ihr angestaut hatten und sich nun entluden. Sie befand sich in einem wahren Rausch, der jeglichen Gedanken ausschaltete und ihren Arm mit der Axt ohne bewussten Willen agieren ließ.

Der Lärm sank nach und nach herab, die Schreie und das Klirren wurden weniger, und dann war außer dem Wimmern, Stöhnen, Röcheln und Gurgeln der Verwundeten und Sterbenden nur noch das rasselnde Atmen derjenigen zu hören, die den Kampf für sich entschieden hatten. Es waren die Normannen, deren entfesselten Wildheit und kompromisslosen Todesverachtung die fränkischen Soldaten nicht gewachsen gewesen waren.

Frida holte tief Luft und rief: »Holt unsere Verwundeten heraus und steht ihnen bei! Versorgt auch die verwundeten Franken. Fesselt und bewacht sie, denn wir werden sie morgen bei Sonnenaufgang opfern. Das Schwert, das ich gegen den Altar schlug, ist zwar zerbrochen, und das war kein gutes Zeichen. Aber die dreizehn Raben, die über uns hinweggeflogen sind, brachten uns den Segen der Götter, der darin bestand, dass wir die Annäherung der Feinde rechtzeitig bemerkten und sie vernichten konnten!«

»Danken wir Odin und den elf Asen, die ihre Raben als Glücksboten zu uns nach Midgard schickten!«, rief Halldor Ogurrson. »Wir werden unsere Dankbarkeit bezeugen, indem wir ihnen die Christen als Opfer darbringen, auf dass sie uns auch weiterhin wohlgesinnt sind.«

Es waren drei fränkische Kämpfer, die die Nacht überlebten. Von den elf Soldaten, die nach dem Kampf noch atmeten, starben acht im Laufe der Nacht an den fürchterlichen Wunden, die ihnen die Normannen mit ihren Äxten zugefügt hatten.

Aber auch Fridas Mannschaft hatte Verluste zu verzeichnen. Ihre Schar war auf einunddreißig Krieger reduziert, und unter den Toten befand sich auch Halfdan, jener ältere Krieger, der Zweifel an Frida geäußert hatte und möglicherweise auf dem besten Weg gewesen war, sich vom Freund zum Feind zu wandeln.

Hatten die Götter dies verhindert, indem sie ihn sterben ließen? Hatten sie ihre Raben geschickt, um das schlechte Omen nach dem Bruch des Schwerts in ein gutes umzukehren?

Die Sonne ging auf, und mit ihren ersten Strahlen kamen die Mücken und Fliegen, die sich, vom Blutgeruch angezogen, auf die Leichen stürzten. Und dann kamen die Krähen in Scharen, denn der tödliche Hass und die unmenschliche Brutalität hatten ihnen eine Tafel gedeckt, die an Reichhaltigkeit kaum zu überbieten war.

Frida wandte sich an Halldor. »Ob unter ihnen auch Hugin und Munin und die Raben aus den anderen elf Palästen sind?«

»Hugin und Munin auf keinen Fall«, antwortete Halldor. »Sie sind nach Gladsheim geflogen, um Odin von den Geschehnissen jenseits der Regenbogenbrücke zu berichten.«

Die drei Franken hatte man bis auf die Beinkleider ausgezogen und an nebeneinanderstehende Bäume gefesselt. Ihre Gesichter waren blutverschmiert, in ihren Augen loderte die verzehrende Angst, ihre Lippen zuckten im stummen Gebet.

Fridas Aufmerksamkeit wurde von einem der Soldaten gefesselt.

Er hatte schulterlanges blondes Haar, blaue Augen, ein schmales Gesicht, war etwa einen Klafter groß und hager, und er war nicht älter als fünfundzwanzig Jahre.

»Roland«, entrang es sich ihr, als sie auf den Gefangenen zuschritt und vor ihm stehen blieb. »Du – du bist auferstanden«, stammelte sie fassungslos. »Du – du bist zu mir zurückgekehrt. Bei Odin! Du bist es.« Ihre Stimme sank herab und klang geradezu kläglich, als sie fortfuhr: »Aber – warum bist du als mein Feind zu mir gekommen?«

Der Franke starrte sie an. Die würgende Angst in seinem Blick wich mehr und mehr dem Ausdruck der völligen Verständnislosigkeit.

Frida durchfuhr ein Ruck, ihre Schultern strafften sich, und sie stieß hervor: »Schneidet diesen Mann vom Baum los. Versorgt seine Wunden ordentlich, wascht ihm das Blut ab und gebt mir Bescheid, wenn ihr fertig seid. Ich muss mit ihm sprechen.«

Fünfzehntes Kapitel

»Wie heißt du?«, fragte Frida.

Der blonde Soldat saß ihr gegenüber am Boden und schaute sie mit einer Mischung aus Verständnislosigkeit und Angst an, denn er hatte kein Wort verstanden, aber er ging davon aus, dass die Normannin nichts Gutes mit ihm im Sinn hatte.

Frida seufzte und drehte das Gesicht zu Halldor herum. »Gibt es unter unseren Leuten einen, der wenigstens ein wenig die Sprache der Franken spricht?«

»Ich weiß es nicht. Aber ich frage die Krieger. Einen Moment.« Halldor erhob sich und ging davon. Auch er fragte sich, warum Frida so viel Aufhebens um diesen Franken machte. Er, Halldor, hätte mit den dreien kurzen Prozess gemacht und wäre weitergezogen.

Frida schwieg und studierte jeden Zug im Gesicht des Franken. Der fühlte sich offensichtlich nicht wohl in seiner Haut, und die taxierenden Blicke bereiteten ihm fast schmerzliches Unbehagen. Er vermied es, die Frau anzusehen, und doch zog sie seinen Blick immer wieder wie magisch an. Eine unsichtbare Hand schien ihn zu würgen, und um seine Brust schien sich ein eiserner Reif gelegt zu haben, der sie gnadenlos zusammendrückte und ihm das Atmen erschwerte.

Schließlich kam Halldor in Begleitung eines bärtigen Kriegers zurück, der eine Verneigung andeutete und sagte: »Ich war schon bei Raubzügen im Frankenreich dabei, Jarl, und kann mich leidlich in der Sprache dieses Landes verständigen.«

Frida nahm den Blick von dem Franken, und der Soldat fühlte sich regelrecht erlöst.

»Setz dich«, sagte Frida zu dem Krieger. »Wie ist dein Name?«

»Arik, Herrin.« Er ließ sich in den Schneidersitz nieder und schaute Frida erwartungsvoll an.

Die Maid forderte ihn auf, den Franken nach seinem Namen zu fragen. Nachdem Arik die Frage gestellt hatte, antwortete der Soldat: »Ich heiße Gerulf.«

»Frag ihn, ob er einen Vater und eine Mutter hat«, gebot Frida. »Wann und wo wurde er geboren, seit wann dient er dem Bischof von Bremun?«

Arik gab die Fragen weiter.

»Natürlich habe ich Eltern.« Der Soldat sah irritiert von Frida zu Arik und von diesem zu Halldor, der mit verschlossenem Gesicht dabeisaß und ebenso wenig schlau aus diesen Fragen wurde wie der Franke. »Ich bin in der Nähe von Bremun auf einem Bauernhof zur Welt gekommen und habe dort gelebt, bis ich vor fünf Jahren in den Dienst des ehrwürdigen Bischofs trat.«

»Hat er einen Bruder, der Roland heißt?«, fragte Frida, und Arik übersetzte, so gut es ihm möglich war.

Aber Gerulf verstand ihn und schüttelte den Kopf. »Nein. Ich habe fünf Schwestern. Sie alle sind älter als ich.«

»Frag ihn, warum er mich belügt!«, stieß Frida zornig hervor, nachdem Arik übersetzt hatte. »Sein Name ist Roland, und er stand im Dienste des Edlen von Dorstad, aus dessen Verlies er mich befreit und vor einem schrecklichen Tod bewahrt hat.«

»Er ist nicht Roland!«, blaffte Halldor ärgerlich. »Sein

Name ist Gerulf, und du bist ihm heute zum allerersten Mal in deinem Leben begegnet. In was verrennst du dich, Jarl? Bei den Göttern, haben die Ereignisse deinen Verstand verwirrt? Wenn ja, dann lass mich dir helfen, in die Wirklichkeit zurückzufinden.«

Frida schoss Halldor einen vernichtenden Blick zu. »Vergiss nicht, ich bin dein Jarl. Du bist mir Respekt und Achtung schuldig.«

»Und ich bin dein erster Vertrauter, Jarl. Ich bin auf dein Bestes bedacht und würde mein Leben für deine Sicherheit geben. Das weißt du. Aber du bist dabei, die Augen vor der Wahrheit zu verschließen. Roland ist tot. Und dieser Mann hier ist Gerulf, mag seine Ähnlichkeit mit Roland auch verblüffend sein. Ich kann es nicht beurteilen, denn ich habe Roland nie kennengelernt. Er«, Halldors Zeigefinger stach auf Gerulf zu, »ist auf jeden Fall nicht Roland.«

Frida gelang es nicht, den Blick vom Gesicht des Franken zu lösen. »Vielleicht weiß er es nicht«, murmelte sie. »Vielleicht ist seine Hülle der Körper Gerulfs, in ihm aber wohnt der *Hugr** Rolands. Er kann mit seinem letzten Atemzug seinen *Hugr* ausgesandt haben und zeigt sich mir nun als *Hamr*** in der Gestalt dieses fränkischen Soldaten. Es sind Rolands Gesichtszüge, seine Augen, seine Zähne … Er hat Rolands Stimme … Er ist Roland. Es war die Liebe zu mir, die ihm die Rückkehr aus dem Totenreich möglich machte.«

»Roland hatte keinen letzten Gedanken«, widersprach Halldor. »Ivarrs Axt hat ihm den Schädel gespalten,

---

* In der germanischen Mythologie der Mensch in der Gesamtheit von Seele, Geist, Herz, Gefühl, Begehren. Der Hugr kann sich vom Körper lösen und eine andere Form annehmen.

** Hamr ist die sichtbare Gestalt, in die der Hugr eingeht.

und er war auf der Stelle tot. Er konnte seinen *Hugr* nicht mehr aussenden, um sich dir als sein *Hamr* zu zeigen. Sieh der Tatsache ins Auge, Jarl: Roland ist tot, sein *Hugr* ist in einer anderen Welt, und der hier ist Gerulf, ein Franke, ein Christ, den wir zusammen mit den beiden anderen den Göttern opfern müssen, damit sie uns weiterhin ihren Segen gewähren.«

»Du bist es, der die Wahrheit erkennen sollte, Halldor«, widersprach sie heftig. »Denn sicher weißt du genauso gut wie ich, dass sich der *Hugr* auch vom Körper lösen und in anderer Form in Erscheinung treten kann. Hat nicht Odin seinen *Hugr,* während er dalag wie tot, ausgesandt, damit er sich in ein Tier verwandelte? Begab er sich nicht in dieser Gestalt in ferne Länder und regelte alle möglichen eigenen und fremden Angelegenheiten?«

»Ja, das behauptet man, und das haben uns unsere Väter und Mütter gelehrt. Aber Odin war nicht tot, als er seinen *Hugr* aussandte. Er schlief lediglich. Roland aber ist tot, und er wurde von seinem Tod vollkommen überrascht.« Halldor verlieh seiner Stimme Nachdruck, als er erneut erklärte: »Es war ihm nicht mehr möglich, seinen *Hugr* auszusenden.«

Frida erhob sich und stieß hervor: »Du kannst sagen, was du willst, Halldor: Ich habe meine eigene Überzeugung. Es ist Roland, zumindest ist es sein *Hamr,* der hier vor mir sitzt. Vielleicht hat ihn der Schlag mit der Axt derart verwirrt, sodass er nicht weiß, wer er wirklich ist.«

»Das redest du dir ein, Jarl, weil du willst, dass es so ist«, verlieh Halldor seinen Zweifeln Ausdruck.

»Nein, es ist so. Die Götter haben ihn mir zurückgegeben. Roland geht mit uns, und er wird wieder die

Stellung bei mir einnehmen, die er eingenommen hat, ehe er von meuchlerischer Hand ermordet wurde. Bei ihm wird sich die Erinnerung einstellen, und alles wird wieder so sein, wie es war.«

Halldor verzog den Mund. Er begriff, dass Frida nicht umzustimmen war, sah deshalb keinen Sinn in weiteren Debatten. »Was machen wir mit den anderen?«, wollte er wissen.

»Wir opfern sie den Göttern zum Dank dafür, dass sie uns die Kraft gegeben haben, unsere Feinde, obwohl sie in der Überzahl waren, zu besiegen.«

»Ich lasse alles vorbereiten.« Halldor erhob sich. Er war verärgert und machte kein Hehl daraus.

Frida heftete den Blick auf Arik. »Frag ihn, ob er sich daran erinnert, als wir in dem Fluss badeten und uns am Ufer küssten, als wir das Nachtlager teilten und er mich zur Frau machte.«

Arik radebrechte die Frage, gestikulierte dazu mit den Händen, um sich verständlicher zu machen, und Gerulf versuchte, aus seinen Worten und Gebärden schlau zu werden. Was er verstand, steigerte seine Verstörtheit. »Ich weiß nicht«, sagte er schließlich vorsichtig, um sein Leben zu retten. »Vielleicht bin ich Roland. Mein Verstand ist verwirrt. Ich kann keinen klaren Gedanken fassen.«

Von all dem, was um ihn herum geschah, hatte er nur begriffen, dass dieser Roland, für den ihn die Normannin hielt, möglicherweise sein Lebensretter war. Und wie der Ertrinkende nach dem Strohhalm griff er nach der Gelegenheit, die sich ihm eröffnete, um einem wahrscheinlich grässlichen Tod zu entgehen.

Arik übersetzte, und ein seltsamer Glanz trat in Fridas Augen. Sie erhob sich, trat vor Gerulf hin, beugte sich über ihn und küsste ihn auf die Stirn. »Du wirst dich wieder erinnern, mein Geliebter. Die Götter haben dich mir zurückgegeben. Unsere Liebe war stärker als der Tod. Nun soll uns nichts mehr trennen.«

Die beiden anderen gefangenen Franken wurden nackt vor Frida hingeführt. Man hatte ihre Wunden versorgt, ihre Körper gewaschen und vom Blut gereinigt sowie ihnen die Fesseln abgenommen.

Die normannischen Krieger hatten das Grab für jene Gefährten ausgehoben, die von den Franken getötet worden waren. Es war lediglich eine große, flache Grube, in die alle nebeneinander gelegt werden sollten, denn um richtig tiefe Gräber zu graben, fehlten ihnen die nötigen Werkzeuge.

Halldors Gesichtsausdruck verriet, dass ihm das alles nicht sehr behagte. Wäre es nach ihm gegangen, hätte man die drei Franken kurzerhand erschlagen und wäre weitergezogen. Er befürchtete, dass ihnen Godefried Haraldsson zu nahe kommen und sie in einen Kampf verwickeln könnte, den sie zwangsläufig verlieren mussten, da Godefried von den fränkischen Edelleuten unterstützt wurde, indem sie ihm ihre Soldaten oder Söldner zur Verfügung stellten.

Halldor hatte in der Zeit, in der einige ausgesuchte Krieger die Opferstätte vorbereiteten, einen seiner Männer befragt, dem man seherische Fähigkeiten nachsagte, und die Auskünfte, die er erhalten hatte, waren nicht dazu angetan, seine Stimmung zu heben.

Gerulf, den Frida für Rolands personifizierten Geist hielt, hatte seine fränkische Soldatenkleidung gegen die tauschen müssen, die man einigen der getöteten normannischen Krieger ausgezogen hatte. Er stand neben Frida und beobachtete alles mit gemischten Gefühlen. Deutlich sah er die namenlose Angst, die in den Gesichtern seiner Kameraden wühlte, die Panik und das Grauen in ihren flackernden Augen, und er glaubte, ihr Zittern regelrecht spüren zu können. Wenn ihre flehenden Blicke ihn trafen, wich er ihnen aus, denn er kam sich vor wie ein Verräter und konnte ihnen einfach nicht mehr in die Augen schauen.

Er hielt Frida für verrückt. Aber dieser Verrücktheit hatte er es zu verdanken, dass er nicht den heidnischen Göttern geopfert werden sollte. Der junge Franke hatte daher beschlossen, mitzuspielen und sie in dem Glauben zu lassen, dass er Roland wäre, der ihr auf rätselhafte Weise von den Göttern zurückgegeben worden war.

Die getöteten Normannen wurden in das Massengrab gelegt. Jeder bekam seine Axt in die Hände gedrückt, außerdem gab man ihnen einige Waffen der erschlagenen Franken mit in die Gräber.

Halldor, den Frida dazu berufen hatte, das Begräbnisritual durchzuführen, trug wieder nur eine knöchellange Tunika. Er hatte seine Waffen abgelegt, trat vor die versammelte Mannschaft, hob die Arme und richtete den Blick zum Himmel: »Odin, Göttervater, wir übergeben nun die Leiber deiner im Kampf gegen die Christen gefallenen Helden der Erde. Es sind nur die Hüllen. Den Geist eines jeden haben die Wallküren bereits heimgeholt zu dir, und sie sitzen an deiner Tafel in Walhall, wo sie mit dir auf den letzten, entscheidenden Kampf warten. Lass sie jeden Tag aufs Neue mit den Göttern und all den Einherjern sowie deinen Wölfen *Geri* und *Freki* das Fleisch des Ebers *Sährimnir* essen, damit sie stark sind für den Endkampf.«

Die Krieger in der Runde wiederholten den letzten Satz. Dann gab Halldor das Zeichen, die Leichen mit Erde und Steinen zu bedecken. Er hielt sich nicht allzu lange mit dem Zeremoniell auf, denn ihm brannte die Zeit unter den Nägeln. Niemand brauchte ihm zu sagen, dass er einen grausamen Tod sterben würde, wenn er Haraldsson, den er verraten hatte, in die Hände fiel.

Als nur noch ein großer, flacher Hügel davon zeugte, dass einige tote Normannen ihre letzte Ruhe an diesem Ort gefunden hatten, rief Halldor: »Schreiten wir nun zur Opferung der Christen. Möge Odin das Opfer annehmen und uns allen, die wir hier mitten im Feindesland versammelt sind, auf all den Wegen, die zu gehen wir bis zu unserer Heimkehr gezwungen sein werden, freundlich gesinnt sein.«

Er deutete nach diesen Worten auf den Grabhügel und rief: »Legt die Christen auf das Grab. Ihr Blut soll die Erde tränken, die die Leiber unserer toten Helden bedeckt.«

Die beiden Franken wurden gepackt und zu dem Grabhügel gezerrt, dort drückte man sie nieder und hielt sie fest. Die beiden schrien, riefen Gott und die Heilige Dreifaltigkeit an, weinten und versuchten sich loszureißen, doch die Hände der normannischen Krieger hielten sie fest, und sie konnten nur noch den Kopf bewegen, den sie in Panik hin und her warfen, während sie nur noch wimmerten und winselten.

Gerulf, der dies aus einiger Entfernung beobachtete, wandte sich ab, als Halldor ein Messer mit langer Klinge zog, die auf beiden Seiten geschärft war. Er trat vor den Grabhügel hin, hob wieder beide Arme und schaute zum Himmel, seine Lippen bewegten sich, als formulierten sie lautlose Worte, und tatsächlich beschwor er im stillen Gebet die Götter, das Opfer anzunehmen.

Schließlich rief er: »Wir opfern dir nun die beiden Christen, Odin. Es soll ein Dank-, zugleich aber auch ein Bittopfer sein. Dank dafür, dass du uns allen Widernissen zum Trotz bis hierher geleitet hast, und eine Bitte, uns den Weg nach Hause zu weisen und es uns zu ermöglichen, unsere Familien wiederzusehen. Odin, sei mit uns! Ihr Götter, seid mit uns! Ist es allerdings euer Wille, dass wir die Heimat nicht erreichen sollen, so gewährt uns die Ehre eines heldenhaften Todes, auf dass uns die Wallküren nach Gladsheim begleiten und wir in Walhall einziehen.«

»Odin, steh uns bei!«, riefen die Krieger mit dumpfen Stimmen. »Ihr Götter, steht uns bei und helft uns, die Heimat zu erreichen!«

»Nehmt unser Opfer wohlwollend an!«, rief Halldor.

»Ihr Götter, nehmt das Opfer an!«, echoten die Krieger brüllend, und es musste in den Ohren der beiden jungen Franken klingen wie ein höllischer Choral.

»Ja, mögen die Götter das Opfer annehmen!«, rief Frida. »Töte die Christen, hängt ihre toten Leiber an Bäumen auf, und dann lasst uns weiterziehen. Priester«, sie meinte Halldor, den sie mit dem Vollzug auch dieser kultischen Handlung betraut hatte, »beginne mit der Opferung!«

Halldor deutete eine Verneigung an. »Im Namen Odins, im Namen der Götter!«, rief er und wandte sich dem Grabhügel zu.

Gerulf, der dem Geschehen den Rücken zugekehrt hatte, zuckte bei den Worten zusammen, auch wenn er sie nicht verstand. Er war völlig aufgewühlt, in ihm tobte eine wahre Hölle der schrecklichsten Empfindungen,

Schuldgefühle und sogar Selbsthass wühlten in ihm und nagten an seiner gepeinigten Seele, obwohl er wusste, dass er den Kameraden nicht helfen konnte. Wäre er eingeschritten, hätte dies nur auch sein Leben gekostet.

Aber wäre es nicht besser gewesen, das Schicksal der Gefährten zu teilen, statt als Feigling weiterzuleben? Gebot ihm nicht die Christenpflicht, zumindest zu versuchen, dieses heidnische Spektakel zu unterbinden, mit dem das Blut gläubiger Menschen dämonischen Götzen geopfert werden sollte? Verspielte er mit seiner feigen Tatenlosigkeit nicht sein Seelenheil?

Die beiden Franken auf dem Grabhügel sahen Halldor kommen, bäumten sich auf, und einer schrie verzweifelt: »Herr im Himmel, lass diesen Kelch an uns vorübergehen!« Der andere flehte die Heilige Jungfrau Maria an, ihnen Hilfe zu schicken und sie vor diesem grässlichen Schicksal zu bewahren.

In dem Moment, als Halldor das Messer an der Kehle des einen ansetzte, wirbelte Gerulf herum und schrie: »Halt, einhalten!«

Halldor richtete sich aus seiner gebeugten Haltung auf und maß den jungen Franken mit einem finsteren Blick. »Was hat er geschrien?«, grollte seine Stimme.

Aller Augen waren auf Gerulf gerichtet. Er hatte die heilige Handlung gestört, ein Frevel, der die Götter erzürnen musste. Die Gesichter der Krieger zeigten Fassungslosigkeit und Zorn, und sie warteten darauf, dass Thor einen Blitz schickte, der den Franken auf der Stelle erschlug. Drohendes Gemurmel erhob sich.

»Arik!«, rief Frida. »Was hat Roland gerufen? Was hat ihn veranlasst hat, die Opferung zu stören?«

Arik trat vor den fränkischen Soldaten hin. »Warum soll der Priester einhalten?«

»Euer Gott kann nicht wollen, dass ihm die beiden Männer geopfert werden«, antwortete Gerulf mit einer Stimme, die jeden Moment zu brechen drohte. »Ich bitte daher Frida, davon abzusehen, die beiden zu töten. Sag ihr, dass sich bei mir die Erinnerung regt. Sag ihr, ich sehe hinter einer Wand aus Nebeln zwei Menschen, einen Mann und eine Frau, die in einem Fluss baden. Beide sind nackt, der Mann hat blondes Haar und trägt sie genauso wie ich …«

Arik wandte sich an Frida, und als er die Worte des Franken übersetzte, wurde ihr Gesicht nachdenklich. Schließlich stieß sie hervor: »Er beginnt sich zu erinnern. Dann wird auch bald seine Liebe zu mir wieder erwachen. Frag ihn, Arik, warum er um das Leben der beiden Franken bittet. Er selbst hat fränkisches Leben ausgelöscht. Frag ihn, aus welchem Grund wir Odin und den Göttern das Opfer, das ihnen zusteht, verweigern sollen.«

Arik radebrechte die Frage, und Gerulf sagte: »Die beiden sind meine Freunde. Sag Frida, dass ich sie heiraten will und dass die beiden unsere Diener sein sollen. Ich will ihr die Franken zum Geschenk machen.«

»Ich kann das Geschenk nicht annehmen«, entgegnete Frida, nachdem Arik gedolmetscht hatte. »Denn es wäre frevlerisch, es den Göttern vorzuenthalten, um es selbst in Anspruch zu nehmen. Sag ihm, dass ich die Götter nicht erzürnen darf, denn sie würden es nicht billigen und mich mit ihrem Zorn verfolgen.«

Gerulf sagte, nachdem ihm Fridas Entscheidung mitgeteilt worden war: »Dann möge Gott ihren Seelen gnädig sein. Nimm sie auf in dein Reich, Herr, und lass sie bei dir ihren Frieden finden.«

Halldor stand unschlüssig bei dem Franken, der zuerst getötet werden sollte.

»Fahre fort, Priester!«, gebot Frida.

Ein schneller Schnitt, und aus dem Hals des fränkischen Soldaten sprudelte das Blut. Sein Wimmern ging in ein verlöschendes Gurgeln über, und seine Beine zuckten unkontrolliert.

Halldor beugte sich über den anderen und fügte auch ihm den tödlichen Schnitt zu.

Gerulf war es, als würde das Messer jedes Mal ihn treffen, tief in seinen Leib und in seine Seele schneiden und Letztere dem Teufel weihen.

Das Blut der beiden Geopferten versickerte schnell in der frisch aufgeworfenen Erde. Als die Körper ausgeblutet waren, hoben sie die Krieger von dem Grabhügel, trugen sie zu den Bäumen, die etwas abseits standen, und hängten sie daran auf.

»Möge Odin unser Opfer annehmen!«, rief Halldor mit erhobenen Armen. »Möge er uns günstig gesinnt sein. Ruft ihn an, Krieger, ruft seinen Namen und huldigt seiner!«

»Odin! Odin! Odin!«, erklang es monoton, und der Morgenwind, der vom Meer her wehte, nahm die Rufe mit sich und trug den heidnischen Choral in die christlichen Lande der Ostfranken hinein.

Gerulf stand dabei, sein Gesicht war wie aus Granit gemeißelt. Als sein Blick Frida streifte, war darin nur grenzenloser Hass, und er schwor in diesen Augenblicken, in denen er das Bild seiner beiden brutal ermordeten Kameraden nicht aus seinem Bewusstsein verdrängen konnte und ihm das Grauen die Kehle zuschnürte, alles zu tun, um diese Barbaren zu vernichten.

Er sah sich dazu von Gott persönlich berufen. Warum

sonst hatte der ihn vor diesem grausamen Ritual des Menschenopfers bewahrt.

Er begann, einen Plan zu schmieden.

Sie marschierten an der Weser entlang nach Norden. Jeder der Krieger trug nun einen Schild. Es waren die Schilde mit dem Wappen des Bischofs von Bremun. Fränkische Schilde sollten die normannischen Krieger vor fränkischen Pfeilen, Speeren und Schwertern schützen.

Frida, die es nicht mehr eilig hatte, nach Dänemark zu gelangen, um König Göttrik vor den usurpatorischen Plänen Godefried Haraldssons zu warnen, hatte beschlossen, Beute zu machen. Sie wollte nicht mit leeren Händen vor den König treten müssen, wenn sie ihm ihre Aufwartung machte, um sich ihm als der neue Jarl von Sjöland vorzustellen.

Sie wich den ganzen Tag über nicht von Gerulfs Seite. Dass er sich nicht in der Sprache der Angelsachsen mit ihr verständigen konnte, verwunderte sie zwar, denn Roland hatte die Sprache leidlich beherrscht, aber sie schrieb es dem Umstand zu, dass er seinen *Hugr* mit dem Verlöschen seines Bewusstseins ausgesandt hatte, wodurch ihm große Teile seines Gedächtnisses fehlten. Mit diesen Erinnerungslücken war Rolands nichtkörperliches Ich aus dem Totenreich zurückkehrt und lebte nun als Rolands *Hamr* in der Gestalt Gerulfs. Er würde all das, was er vor seinem Tod beherrscht hatte, erst wieder erlernen beziehungsweise aus den Nebeln der Vergangenheit in seine Erinnerung holen müssen.

Arik musste mit den beiden marschieren, damit sich Frida mit seiner Hilfe dem Franken gegenüber verständlich machen konnte.

Gerulf ließ sie in dem Glauben, dass er der reinkarnierte Roland war. Und als sie ihn fragen ließ, ob er mit ihr das Nachtlager teilen würde, sagte er notgedrungen zu, obwohl es ihn Überwindung kostete, dieser heidnischen Mörderin beizuliegen.

Ungeschoren marschierte die wilde Rotte nach Norden. Niemand stellte sich ihnen in den Weg. Einigen Fischerdörfern wichen sie aus, weil es dort keine reiche Beute zu holen gab und sie außerdem kein Risiko eingehen wollten. Der Abend kam, und Frida gebot zu lagern.

Halldor Ogurrson setzte sich zu Frida und Gerulf. Um sie herum waren das Knacken und Prasseln der Feuer und die murmelnden Stimmen der Krieger.

Halldors finsterer Blick streifte Gerulf und saugte sich dann an Fridas Gesicht fest. Grollend sagte der Krieger: »Die Männer fürchten den Franken. Diejenigen, die Roland kennengelernt haben, sagen, dass er«, er wies mit dem Kinn auf Gerulf, »nicht Roland ist. Sie sind fest davon überzeugt, dass dir die Götter den klaren Blick genommen haben. Nun fürchten sie, dass mit diesem Franken das Unglück gekommen ist, das sich schon angedeutet hat, als das Schwert zerbrach, mit dem du Ivarr getötet hast.«

»Hast du ihnen gesagt, dass die dreizehn Raben Glück bedeuten?«

»Sie können Glück bedeuten, aber auch Unglück, Jarl«, sagte Halldor. »Es wäre nicht gut, den Kriegern etwas vorzumachen.«

Gerulf, der dabeisaß, verstand kein Wort. Er spürte aber, dass es um ihn ging, und so lauschte er, um vielleicht doch ein Wort zu erhaschen, das er kannte und das ihm einen Hinweis geben konnte, worum es bei dem Gespräch ging.

Er fühlte sich relativ sicher. Solange Frida ihn für Roland hielt, würde sie nicht zulassen, dass ihm einer dieser bärtigen Barbaren auch nur ein Haar krümmte.

»Von Roland geht kein Unglück aus«, behauptete Frida mit Entschiedenheit im Tonfall. »Ich liebe ihn, und seine Liebe zu mir wird wieder erwachen. Er wird sich an alles erinnern, und wenn wir zu Hause auf Sjöland sind, heiraten wir. Er wird dann auch bereit sein, Odin als seinen Gott anzuerkennen, und er wird mit uns auf Raubzug gehen, wenn die Zeit dazu gekommen ist.«

»Einer der Krieger, der schon einmal in diesem Land und auch in dieser Gegend war, hat mir berichtet, dass wir morgen oder vielleicht auch erst übermorgen eine Stadt namens Blexen* erreichen«, sagte Halldor und schnitt damit ein anderes Thema an. »Ein Fluss, über den jedoch eine Brücke führt, trennt den Ort vom Festland**, denn die kleine Stadt liegt auf einer Insel. Es gibt dort eine Klosterkirche mit vielen Schätzen. Wir könnten sie plündern und dann weiterziehen.«

»Eine gute Idee«, lobte Frida.

»Von der Mündung der Weser aus, meint der Krieger, sind es noch sechs oder sieben Tagesmärsche bis zur dänischen Grenze.« Halldor wandte sich an Arik und sagte: »Frag den Franken, ob sich in Blexen Soldaten befinden.«

Arik stellte Gerulf die Frage. Der Franke zog sofort die richtigen Schlüsse, und ohne lange zu überlegen, antwortete er: »Nein. Es ist nur eine kleine Stadt ohne

* heute ein Stadtteil von Nordenham; erstmals im Jahre 789 urkundlich als *Pleccateshem* erwähnt

** der Fluss Heete

irgendwelche Wehren oder Befestigungen. Es gibt dort ein Kloster, in dem Äbte leben, und drum herum einige Häuser. Die Menschen, die in ihnen wohnen, arbeiten für die Äbte.«

»Reichen unsere Krieger aus, um die Ansiedlung zu überfallen?«

»Auf jeden Fall«, antwortete Gerulf.

Arik setzte Halldor und Frida über Gerulfs Antworten in Kenntnis.

»Wir überfallen den Ort«, entschied Frida.

Die Nacht kam, und die Feuer erloschen. Frida und Gerulf hatten zwischen einigen Sträuchern, ein ganzes Stück vom Rest der Truppe entfernt, ihr Lager bereitet, und Frida erfuhr ein weiteres Mal das befriedigende Gefühl der körperlichen Liebe zwischen Mann und Frau. Danach war sie mehr denn je davon überzeugt, dass Roland in der Gestalt Gerulfs von den Göttern aus der Unterwelt nach Midgard zurückgeschickt worden war, um sie, Frida Fridleivsdóttir, glücklich zu machen.

Mit dieser angenehmen Gewissheit und körperlich befriedigt, schlief sie in Gerulfs Armen ein, er aber blieb wach.

Zwei Doppelwachen schritten in entgegengesetzter Richtung um das Lager herum. Manchmal vernahm Gerulf ihre Schritte. Er war fest entschlossen, in dieser Nacht zu fliehen. Und nicht nur das. Es ging ihm nicht nur darum, sich selbst in Sicherheit zu bringen und sein Leben zu retten; irgendwann würde auch Frida aus ihrer Verblendung erwachen und erkennen, dass er nicht Roland war, und das wäre sicherlich seine Sterbestunde. Nein, Gerulf wollte, dass Frida und ihre Krieger für ihre Grausamkeit bestraft wurden. Wenn deren Götter darauf bestanden, dass ihnen diese Barbaren Menschen opferten, die sie abschlachteten wie Tiere, dann waren diese Götter keinen Deut besser als ihre Handlanger auf Erden.

Aber auch Gerulfs Gott war kein Gott der Liebe und des Verzeihens. Im Falle dieser menschlichen Bestien war er ein Gott der Rache. Auge um Auge, Zahn um Zahn!

Herr im Himmel, betete er lautlos. Hilf mir, diesen Unmenschen zu entkommen und sie in eine Falle zu locken. Sie haben ihr Leben verwirkt, Herr, denn dieses Leben, das du ihnen in deiner Güte gegeben hast, missbrauchen sie in schändlicher Weise. Sie freveln deiner und erschlagen jene, die dir huldigen. Sodom und Gomorrha hast du unter einem Regen aus Feuer und Schwefel begraben, Herr, weil ihre Einwohner der Sünde und der Lasterhaftigkeit gefrönt haben. Ich verlange nicht Feuer und Schwefel, Herr, um die Barbaren aus dem Norden zu vernichten. Ich bitte lediglich um deinen Schutz, wenn ich von hier fliehe.

Im Lager war Ruhe eingekehrt. Die Feuer waren nur noch rote Glutpunkte in der Finsternis. Der schauerliche Schrei eines Kauzes trieb durch die Nacht.

Frida schlief tief und fest. Ihr Nacken lag auf Gerulfs linkem Oberarm. Vorsichtig zog er ihn hervor. Fridas Kopf fiel ins Gras, doch sie wurde nicht wach, sondern murmelte im Schlaf irgendetwas, das er nicht verstand, drehte sich auf die linke Seite, und sogleich waren wieder ihre tiefen, regelmäßigen Atemzüge zu vernehmen.

Gerulf wartete noch einige Minuten, in denen er überlegte, ob er Fridas Axt nehmen und ihr den Schädel einschlagen sollte. Er war nahe daran, denn seit ihrem Befehl, seine beiden Kameraden ihren heidnischen Göttern zu opfern, hasste er sie wie sonst nichts auf der Welt. So schön und begehrenswert sie sein mochte, sie war auch unmenschlich und grausam, und ihr wohlgeformter, anmutiger Leib war nicht mehr als eine teuflische Verführung fleischlicher Lust.

Doch der junge Franke fürchtete, dass Frida mit ihrem letzten Atemzug einen Laut von sich geben konnte, den vielleicht die Wachposten vernahmen, falls sie in der Nähe waren. Es kostete ihn Überwindung, sie nicht zu töten. Gefühl und Verstand fochten einen heftigen Kampf in ihm aus. Der Verstand sagte ihm schließlich, dass – wenn seine Rechnung aufging – diese ganze verkommene und gottlose Rotte ihre gerechte Strafe erhalten würde, und so sah er davon ab, Frida zu erschlagen.

Er wälzte er sich auf den Bauch und kroch vorsichtig davon. Als er einmal die Wachposten näher kommen hörte, blieb er regungslos liegen, atmete ganz flach und wartete, bis sich die Schritte wieder entfernten. Seine Nerven waren zum Zerreißen gespannt. Er fürchtete die Konsequenzen, wenn seine Flucht misslang. Die Bilder, wie der Barbar, der das Priesteramt ausübte, Gerulfs Kameraden die Kehlen durchgeschnitten hatte, wie sie ausgeblutet waren und schließlich nackt und tot an den Bäumen gehangen hatten, hatte sich unauslöschlich in seine Seele gebrannt, und er selbst wollte ein solches Ende nicht erleiden.

Er kroch weiter. Die wenigen Pferde, über die die Normannen verfügten, standen abseits und waren lediglich an Sträuchern festgebunden. Sie trugen noch unter den Sätteln, die man ihnen nicht abgenommen hatte, die Schabracken mit dem Wappen des Edlen von Dorstad.

Der Weg zu den Pferden erschien Gerulf unendlich

weit. Als er ihn hinter sich gebracht hatte, schmerzten ihm die Schultern von der Anstrengung des Kriechens, und er war ziemlich außer Atem.

Die Pferde lagen am Boden und schliefen. Als sich Gerulfs Herzschlag und seine Atmung wieder reguliert hatten, richtete er sich auf, band eines der Pferde los und stellte sich so über das Tier, dass er auf seinen Rücken zu sitzen kam, sobald es sich erhob. Ein leichter Schlag gegen den Hals ließ das Pferd erschreckt hochrucken. Gerulf saß im Sattel, zog sich in sicheren Sitz und hämmerte dem Tier sogleich die Fersen in die Seiten.

Das Pferd bäumte sich auf und drehte sich auf der Stelle. Gerulf aber nahm es hart in die Kandare, hielt sich auf dem Pferderücken, die Vorderhufe krachten auf den Boden, und im nächsten Moment stob das Tier los.

Als die Wachposten reagierten, war Gerulf schon in der Finsternis verschwunden. Das Hufgetrappel entfernte sich mit rasender Schnelligkeit.

Die Wachen alarmierten das Lager, soweit dies überhaupt noch nötig war, denn der brandende Hufschlag hatte fast jeden der Krieger und auch Frida aus dem Schlaf gerissen.

Als Frida registrierte, dass der Platz neben ihr leer war, ahnte sie, dass der Franke, dem sie ihre Liebe geschenkt hatte, weil sie fest davon überzeugt war, dass er Roland war, die Flucht ergriffen hatte.

Im Lager herrschte eine Zeitlang Kopflosigkeit. Verworrenes Stimmendurcheinander erklang, Fragen wurden laut, und dann näherte sich Frida ein Schemen, der schließlich Gestalt annahm, und als die Stimme des Mannes erklang, erkannte Frida ihren Berater Halldor.

»Es war der Franke, nicht wahr?«, stieß er hervor.

»Er hat ein Pferd gestohlen und ist geflohen.« Das war keine Frage, sondern eine Feststellung.

»Warum hat er das getan?«, entrang es sich Frida fassungslos, geradezu verzweifelt. »Er – er sagte doch, dass er mich liebt.«

»Du warst blind, Herrin«, blaffte Halldor. »Wenn mich mein Gehör nicht getäuscht hat, dann ist er nach Süden geflohen. Er will sicher zurück nach Bremun, um dort den Weg zu verraten, den wir genommen haben. Wahrscheinlich hat man längst bemerkt, dass die Kadaver der Soldaten, die man uns hinterhergeschickt hat, irgendwo auf einer Wiese einige Meilen hinter Bremun verrotten. Aber wir haben einen guten Vorsprung. Und wenn wir unser Tempo beibehalten …«

»Wir haben noch ein paar Pferde«, unterbrach ihn Frida. »Unsere besten Reiter sollen sie nehmen und Roland …« Sie schluckte und verbesserte sich: »… und den hinterhältigen Franken verfolgen. Ich will ihn unter allen Umständen lebend. Sag das den Kriegern, Halldor.«

»In der Dunkelheit ist es unmöglich, seine Spur aufzunehmen, Jarl«, erklärte Halldor. »Wie gesagt, ich hörte ihn nach Süden reiten, und da er sicherlich nach Bremun will, behält er diese Richtung bei.«

»Wir ziehen bei Sonnenaufgang weiter«, entschied Frida, »und zwar im Eilmarsch. Sobald wir das Kloster überfallen und geplündert haben, verlassen wir den Fluss und marschieren in gerader Linie nach Norden.«

»In Ordnung, Herrin. Zwei Tage später können wir an der Elbe sein. Das ist der letzte große Fluss, den wir auf unserem Weg nach Hause überqueren müssen.«

»Dieser Franke hat meine Gefühle auf schändliche Art und Weise missbraucht!«, platzte es aus Frida heraus. »Es ist wohl tatsächlich so, dass das zerbrochene Schwert von nahendem Unglück kündete, und die Raben vermochten dieses Unglück nicht von mir abzuwenden. Vielleicht aber …«

Frida brach ab.

»Was wolltest du sagen, Jarl?«

»Vielleicht war es wirklich Roland, dessen Gesinnung sich geändert hat, nachdem er von einem Mann meines Volkes hinterhältig ermordet wurde. Er wollte sich rächen und …«

»Mach endlich die Augen auf, Jarl!«, fuhr Halldor die Maid an. »Du kannst dich nicht länger der Wahrheit verschließen. Dieser Franke hat dich hereingelegt. Er hat dich benutzt, und du hast es ihm sehr, sehr leicht gemacht in deiner Verblendung. Er ist nicht Roland. Sein Name ist Gerulf, und er steht seit Jahren im Dienst des Bischofs von Bremun!«

»Wenn es so ist, dann soll Thor ihn zerschmettern!«, keuchte Frida.

»Du hättest meinen Rat befolgen und ihn zusammen mit seinen Gefährten hinrichten lassen sollen«, hielt Halldor ihr vor. »Wenn er die in Bremun stationierten Soldaten alarmiert, werden sie Boten nach Norden schicken, die die Garnisonen bis zur Grenze in Bereitschaft versetzen. Die Truppen dort oben werden alles unternehmen, um uns den Weg zu verlegen und uns vielleicht sogar festzunageln, während von Süden ein Heer aus Bremun nach Norden rückt. Irgendwann befinden wir uns zwischen ihnen wie zwischen zwei Mühlsteinen, die uns letztendlich zermalmen werden. Darum bin ich dafür, dass wir nicht weiter entlang der Weser marschieren, sondern nach Nordosten ziehen und so den Truppen der Franken im Norden ausweichen.«

»Bremun liegt drei Tagesmärsche hinter uns«, hielt Frida dagegen. »Es dauert also seine Zeit, bis der verräterische Franke dort ankommt. Selbst mit einem Pferd schafft er es nicht vor morgen Abend. Und wenn dann Boten von Bremun aus nach Norden reiten, um die Garnisonen zu alarmieren, benötigen sie auch mehrere Tage. Bis dahin sind wir jenseits der Elbe und können ihnen ausweichen.«

»Zur Küste können wir nicht«, knurrte Halldor. »Denn die Friesen wurden durch die Brieftauben des Edlen von Almelo alarmiert und warten sicher nur darauf, dass wir kommen. Außerdem darfst du Haraldsson nicht vergessen, Jarl. Er marschiert gewiss auf unserer Spur. Und sollte uns der Weg nach Norden verlegt sein, holt er uns möglicherweise ein. Wir dürfen ihn nicht auf die leichte Schulter nehmen. Er ist für uns mindestens ebenso gefährlich wie die Franken. Haraldsson wird sich nicht scheuen, erneut Bündnisse mit den hiesigen Edelleuten oder vielleicht sogar Bischöfen einzugehen, um uns mit fränkischer Hilfe zu vernichten.«

»Wir gehen nach Blexen«, bestimmte Frida, und sie sprach es mit Nachdruck. »Die Schätze, die dort lagern, lassen wir nicht liegen.«

»Wenn das dein Befehl ist, Jarl, dann soll es so sein.« Es gefiel Halldor nicht, doch er musste die Anordnung akzeptieren. Frida war der Jarl, und seine Bestimmung war es, ihr zu gehorchen. Er nahm sich aber vor, bei passender Gelegenheit noch einmal an ihren Verstand zu appellieren.

Das zerbrochene Schwert und die dreizehn Raben gingen ihm nicht mehr aus dem Sinn. Mit den Raben hatten ihnen die Götter ein Zeichen gegeben. Und da sie nicht wussten, ob es Gutes oder Schlechtes bedeutete, war Halldor der Meinung, dass man der eigenen Sicherheit zuliebe das Zeichen als ein negatives Omen auslegen sollte.

»Verstärke die Wachen«, gebot Frida, »und dann sollen sich die Männer wieder zur Ruhe begeben. Ehe wir morgen weitermarschieren, schickst du einige Krieger los, die sich aufs Fährtenlesen verstehen. Sie sollen herausfinden, ob Roland …«

»Du meinst Gerulf, Jarl!«

Frida knirschte mit den Zähnen; hart traten die Backenknochen unter ihrer Haut hervor. »Natürlich. Sie sollen herausfinden, ob der elende Verräter tatsächlich in Richtung Bremun geflohen ist.«

Der Rest der Nacht verlief ohne jeden Zwischenfall. Als der Tag anbrach, verließen drei Krieger auf Pferden das Lager in Richtung Süden. Frida, Halldor und der Rest der Truppe marschierten die Weser hinauf. Nach über zwei Stunden holten die drei Berittenen sie ein, meldeten Halldor, was sie festgestellt hatten, und Halldor gesellte sich zu Frida.

»Meine Vermutung hat sich bestätigt«, berichtete er. »Der Franke ist in Richtung Bremun unterwegs. Sie konnten seiner Spur weit nach Süden folgen.«

»Gut. Dann bleibt es dabei«, sagte Frida, »nachdem wir Blexen überfallen und Beute gemacht haben, überschreiten wir die Weser und wenden uns nach Nordosten. Wir entfernen uns also von der Küste, wo möglicherweise die Friesen ihre Truppen postieren haben, weil sie vermuten, dass wir an ihr entlang nach Norden ziehen. Sobald wir über der Elbe sind, marschieren wir kerzengerade nach Norden, und sechs Tage später erreichen wir Dänemark.«

»Ich möchte dich noch einmal warnen, Jarl«, entgegnete Halldor. »Das zerbrochene Schwert und die dreizehn Raben können Unglück bedeuten. Wir wissen nicht, was uns erwartet, wenn wir Blexen angreifen. Ich bin nach wie vor der felsenfesten Meinung, dass wir gut daran täten, schon hier die Weser zu überschreiten und nach Nordosten zu ziehen.«

»Wir haben vor langer Zeit die Heimat verlassen, um nach Britannien zu segeln, dort zu plündern und reich zu werden, Land zu erobern und es für uns zu beanspruchen. Bei den Angelsachsen sind wir kläglich gescheitert. König Guthrum hat sich sogar zum Christentum bekehren lassen, und wir mussten als Geschlagene aus dem Land fliehen, um hier, im Reich der Franken, zu stranden. Würde ich deinen Rat befolgen, kämen wir mit leeren Händen in Dänemark an. Man würde über uns lachen und mit dem Finger auf uns zeigen. ›Seht ihr die dort‹, werden die Bauern und Händler sagen, ›das sind die, die vor vielen Monaten ausgezogen sind, um reiche Schätze und Land zu erobern. Sie haben jämmerlich versagt. Denn sie haben kein Land erobert und sind ohne Beute nach Dänemark zurückgekehrt. In der Zeit, die sie vergeudet haben, hätten sie in der Heimat die Felder und Äcker bestellen können, was nutzbringender gewesen wäre.‹ Man wird uns verachten und verhöhnen, und wir werden denen, die sich über uns lustig machen, vor Scham nicht in die Augen sehen können.«

»Du lässt dich also nicht umstimmen«, stellte Halldor fest. »Dann mögen die Götter mit uns sein.«

Am Abend dieses Tages meldeten die Späher, dass sie nur noch etwa tausend Klafter von Blexen entfernt waren.

»Wir marschieren noch, bis die Sonne untergeht«, bestimmte Frida, »dann lagern wir, und morgen, ehe es hell wird, fallen wir in die Stadt ein. Die meisten Bewohner werden zu dieser Zeit noch im Schlaf liegen, und wir haben leichtes Spiel. Halldor, du übernimmst mit zwei mal zehn Männern die Dorfbewohner. Erschlagt sie und zündet ihre Häuser an. Der Rest der Mannschaft geht mit mir in das Kloster. Ich denke, wir können um die Mitte des Vormittags weiterziehen. Die Schätze, die wir erbeuten, laden wir auf Fuhrwerke, vor die wir Pferde spannen. Holt überhaupt sämtliche Pferde, die ihr findet, aus den Ställen. Vielleicht sind es genug für uns alle, sodass wir den Rest des Weges bis zur Grenze reiten können; dann werden wir sie doppelt so schnell erreichen.«

Als sie lagerten, konnten sie die Stadt schon in der Ferne sehen. Der Kirchturm erhob sich wie ein mahnend erhobener Zeigefinger über die Häuser. Frida versprach sich in dem Ort reiche Beute.

Sie schlief schlecht in dieser Nacht. Die Gedanken, die sie wälzte, ließen sie nicht zur Ruhe kommen. Sie kamen und gingen, und so mancher erschreckte sie bis in ihren Kern. Dann spürte sie jedes Mal, wie ihr Herz raste und sich ihre Atmung beschleunigte. Vor allem der Gedanke an den Mann, den sie für Roland, zumindest für sein *Hamr* gehalten hatte, brachte ihr Blut in Wallung.

Hatten ihr die Götter diesen Franken geschickt, um sie zu blenden? Doch welchen Grund konnten sie dafür haben? Sollte es eine Bestrafung sein? Frida gestand sich ein, dass sie sehr viel und sehr große Schuld auf sich geladen hatte. Die Last der Schuld, die sich in dieser Nacht wie mit tonnenschweren Gewichten auf sie legte, drohte sie zu erdrücken.

Alles hatte damit begonnen, dass ihr Vater sich geweigert hatte, Ivarr für den Mord an Roland zur Rechenschaft zu ziehen. Andernfalls würde Fridleiv Ragnarsson noch leben, und ihr, Frida, wäre es erspart geblieben, gegen Dagrun zu kämpfen, Ivarr eigenhändig zu töten und – das Schwert Rolands zu zerschlagen. Der Gedanke daran ließ sie erschauern.

Sie hatte den Zorn der Götter herausgefordert!

Die dreizehn Raben waren die Botschaft der Götter an sie, dass sie ihren Frevel nicht ungestraft lassen würden. Sie sollten ihr nicht Glück, sondern Unglück und vielleicht sogar Schmach bringen.

Ja, die Götter selbst hatten eingegriffen.

Sie hatte ihre Jungfräulichkeit einem Christen geopfert, obwohl ihr Leben Odin geweiht gewesen war!

Sie hatte Gunnar des Mordes an Jarl Fridleiv Ragnarsson beschuldigt und Ivarr dazu verleitet, ihn zu töten!

Sie hatte mit Dagrun um das Amt des Jarls gekämpft, das ihr gar nicht zustand, weil sie ihren Vater der Gesetze ihres Volkes entsprechend niemals hätte beerben dürfen!

Denn sie selbst war es gewesen, die ihm das Gift in das Bier gemischt hatte!

Warum auch hatte er sich geweigert, Ivarr wegen des Mordes an Roland hinrichten zu lassen? Sie hatte Rache gewollt! Rache für den heimtückischen Mord an dem einzigen Mann, den sie je im Leben geliebt hatte! Und um diese Rache zu bekommen, hatte sie über die Leiche des eigenen Vaters gehen müssen!

Sie hatte Gunnar wider besseres Wissen des Mordes beschuldigt. Sie hatte mit ihrer Schwester um den Thron von Sjöland gekämpft, der ihr als Mörderin des Jarls jedoch niemals zustehen konnte.

Sie hatte gelogen, intrigiert und – gemordet!

Mörder landeten nach ihrem Tod am Nastrand als Futter für den Drachen Nidhöggr. Das würde auch ihr Schicksal sein.

Sie fragte sich, wie es so weit hatte kommen können. Schon während ihrer Flucht aus Britannien hatte sie des Öfteren an ihrer Berufung zur Schildmaid gezweifelt, nachdem sie ihren Feinden gegenüber Gefühle wie Mitleid und Erbarmen gezeigt hatte. Sie hatte sich Mühe gegeben, den anderen Kriegern gegenüber diese Schwächen zu verbergen. Zum Teil war ihr das auch gelungen. Sie hatte es verstanden, den Schein zu wahren, den sie als Schildmaid in zahllosen Kämpfen mit den Angelsachsen um sich herum errichtet hatte.

Dann hatte sie Roland kennengelernt und war in Liebe zu ihm entbrannt. Sie hatte die Liebe – die Liebe zwischen Mann und Frau – erfahren, und aus der kriegerischen Schildmaid war in den Armen Rolands eine Frau geworden, die sich hingab, die Schwäche zeigte, sich fallen ließ und erwartete, aufgefangen zu werden.

Aber dann hatte sie den eigenen Vater skrupellos ermordet – ohne Mitgefühl und Erbarmen. Das Gift hatte sie ständig in einer kleinen Dose aus einem Bärenknochen bei sich getragen. Eine alte Kräuterhexe hatte es ihr gegeben, als sie sich entschloss, nach Britannien zu segeln und als Schildmaid gegen die Angelsachsen zu kämpfen. ›Ehe du den Christen in die Hände fällst und sie dich vierteilen oder ans Kreuz schlagen, nimm es. Es schenkt dir einen schnellen, schmerzlosen Tod, und die Walküren werden es als heldenhaft anerkennen, wenn du den Mut aufbringst, den Tod durch eigene Hand dem Sterben durch christliche Henkershände vorzuziehen.‹

Irgendwann schlief sie trotz ihrer Selbstzweifel und Schuldgefühle ein. Aber es waren schlimme Träume, die sie heimsuchten. Unruhig warf sie sich von einer Seite auf die andere. Wenn sie erwachte und feststellte, dass es nur ein Traum gewesen war, der sie gequält hatte, verspürte sie jedes Mal grenzenlose Erleichterung. Aber dann schlief sie wieder ein, und alles ging von vorn los. Die Bilder erschreckten und quälten sie und ließen sie im Traum schreien, sodass sie wegen ihres eigenen Geschreis wieder hochschreckte …

Es war eine schreckliche Nacht, und als am Morgen die Wachen die Schläfer weckten, fühlte sich Frida wie gerädert.

Schon wenig später zogen sie weiter. Im Osten kündete ein gelber Streifen über dem Horizont den Tagesanbruch an. Die Sterne verblassten, die Dunkelheit lichtete sich, und aus dem diesigen Grau des Morgendunstes schälte sich die kleine Stadt.

Die Normannen zogen ihre Äxte aus den Gürteln und verfielen in den Laufschritt. Ihr Ziel war die Brücke über den Fluss, der Blexen vom Festland trennte. Sie war aus Holz und die einzige Möglichkeit, in den Ort zu gelangen.

Sie waren keine dreißig Klafter mehr von der Brücke entfernt, als sich aus den Büschen, die das Ufer säumten, schemenhafte Gestalten lösten. Ein Horn erschallte, und die durchdringenden Töne wurden weit ins Land getragen.

Aus den Schatten zwischen den Häusern der Stadt lösten sich ebenfalls Gestalten.

»Das sind Soldaten!«, brüllte Halldor. »Zurück, Krieger! Es sind dreimal so viele wie wir. Flieht!«

Sie warfen sich herum und hetzten den Weg, den sie gekommen waren, zurück. Doch da erklang trommelnder Hufschlag. Er wehte über eine Bodenwelle heran, die weiter westlich das Blickfeld begrenzte und auf deren Kamm und Flanken dichtes Strauchwerk und Bäume wuchsen.

Und dann sprengten wohl an die fünfzig Berittene über den Kamm der Erhebung und jagten von der Seite auf die normannische Kriegerrotte zu. Ihr Ziel war es, den Barbaren den Weg nach Süden, von wo sie gekommen waren, abzuschneiden. Und es gelang ihnen.

Der Reiterpulk zog sich auseinander, bildete eine Kette und näherte sich im ersten diffusen Licht des Tages von Süden den Normannen, die begriffen, dass sie gegen dieses Bollwerk aus Pferden und Bewaffneten nichts ausrichten konnten. Sie hielten an, Panik griff um sich, während von Norden her die Bewaffneten nachrückten, die vor und in Blexen gelauert hatten.

»Ruhe!«, brüllte Frida. »Bewahrt die Ruhe!«

Die Krieger drängten sich zusammen und versuchten, die Nerven zu bewahren. Die Situation mutete zwar aussichtslos an, aber solange ein Funke Leben in ihnen war, würden sie nicht aufgeben, sondern kämpfen.

»Wir wurden erwartet!«, stieß Halldor atemlos hervor. »Gerulf hat uns getäuscht und belogen. Er hat die Fährte Richtung Bremun gelegt, damit wir uns in Sicherheit wiegen. Tatsächlich ist er umgekehrt und nach Blexen geflohen. Und hier befinden sich entgegen seiner Aussage Truppen fränkischer Soldaten. Sie sind es, die er alarmiert hat und mit denen wir es jetzt zu tun haben.«

Die Strafe der Götter!, durchfuhr es Frida. Hätte ich bloß auf Halldor gehört. Nun saßen sie in der Falle.

Doch es war zu spät, sich mit Vorwürfen zu quälen. Sie zwang sich zu Ruhe und Besonnenheit. Kampf war schließlich ihr Leben ...

Sie hörte das Stampfen und Prusten der Pferde, die die Franken auf sie zutrieben, und sie hörte das Trampeln der Schritte jener Soldaten, die von Blexen her anrückten. Sie dachte an Halldors Vergleich mit den Mühlsteinen. Sie waren schneller zwischen sie geraten, als sie es für möglich gehalten hätte.

Frida riss den Arm mit der Axt in die Höhe und brüllte: »Kämpft, Normannen! Wenn es sein muss, sterben wir!« Der Arm fiel nach unten, der Kopf der Axt krachte gegen den Schild, der einmal einem fränkischen Soldaten gehört hatte. »Odin ist mit uns! Odin! Odin! Odin!«

Sie schrie den Namen ihres obersten Gottes, den sie ihrer Meinung nach verraten hatte, der nun erzürnt reagierte und mit ihm die ganze Götterwelt.

»Odin! Odin! Odin ...!«, stimmten die Krieger in ihre Rufe ein und stellten sich so, dass die eine Hälfte von ihnen Front gegen die Soldaten einnahm, die von der Stadt her anrückten, die andere gegen die Reiterei.

Sie waren bereit, zu kämpfen und zu sterben.

Die Gegner rückten von zwei Seiten auf sie zu. Plötzlich war ein vielfaches Klacken zu hören, ein Schwirren und Pfeifen lag in der Luft, wurde lauter, und im nächsten Moment brachen einige der Krieger zusammen.

Aber es waren keine Pfeile, die sie niedergestreckt hatten, sondern die Bolzen von Armbrüsten. Jene Soldaten, die von der Stadt her anrückten, hatten sie abgeschossen. Stöhnen wurde laut, der eine oder andere Schmerzensschrei erklang, Röcheln ...

»Schildwall!«, brüllte Frida, und die Krieger rissen

die Schilde mit dem Wappen des Bischofs von Bremun in die Höhe, um gewissermaßen ein Dach über sich zu errichten. Aber der Schildwall wies bereits Lücken auf. Und so fegte die zweite Salve der heranrückenden Gegner wieder eine Handvoll der normannischen Krieger von den Beinen. Tot und sterbend lagen sie am Boden.

Frida erkannte die Ausweglosigkeit ihrer aller Lage und brüllte: »Rette sich, wer kann!«

In der Gruppe entstand Bewegung.

»Nach Westen!«, brüllte Halldor mit überschnappender Stimme, und im nächsten Moment riss der Pulk der Nordmänner auseinander. Viele warfen die schweren Schilde, die sie behinderten und die ein schnelles Laufen unmöglich machten, einfach fort.

Eine dritte Salve von Bolzen zischte heran, der eine oder andere wurde noch gefällt, aber diejenigen, die noch zu laufen in der Lage waren, hetzten davon.

Neben Frida war plötzlich Halldor. Er packte sie am Arm und riss sie mit sich fort …

Sechzehntes Kapitel

Hinter ihnen erklang wüstes Geschrei; es waren die Todesschreie normannischer Krieger und das triumphierende Gebrüll der fränkischen Soldaten, die sie verfolgten und brutal niedermachten. In das Geschrei mischte sich das Dröhnen von Hufschlag, das Wiehern von Pferden und das Klirren der Schwerter und Äxte.

Das Hufgetrappel hinter Frida und Halldor schwoll unheilvoll an, war gleich darauf unmittelbar hinter ihnen, und Halldor wirbelte herum. Er hatte Frida losgelassen, sah vor sich ein Pferd und warf sich instinktiv zur Seite. Der Stoß mit der Lanze, der seine Brust durchbohren sollte, verfehlte ihn. Aber das Pferd rammte ihn, und der Krieger flog, wie von einem Katapult geschleudert, durch die Luft, überschlug sich und prallte auf den Boden. Um ihn herum wurde es schwarz, sein Denken riss.

Frida, die sich ebenfalls herumgeworfen hatte, wurde von dem zweiten Pferd über den Haufen geritten, kam unter die Hufe, riss den Schild hoch und schützte sich damit. Ein Tritt gegen die linke Schulter ließ sie gequält aufschreien, dann aber war das Pferd über sie hinweg, und der Reiter zerrte an den Zügeln. Das Tier stieg auf die Hinterhand und wieherte hell.

Derjenige, dessen Tier Halldor gerammt hatte, hatte seinen Vierbeiner schon gedreht und kam mit stoßbereiter Lanze zurück. Überlebenswille und Selbsterhaltungstrieb rissen Frida hoch. Ihre Hand umklammerte nach wie vor den Stiel der Axt, den Schild hatte sie verloren. Sie sah den Lanzenreiter auf sich zudonnern, wartete kaltblütig ab, bis die Spitze der Waffe nur noch eine Elle von ihrer Brust entfernt war, dann pendelte ihr Oberkörper zur Seite, und der Lanzenstoß ging ins Leere. Das Pferd stob an ihr vorbei, und als der Reiter mit ihr auf einer Höhe war, schlug ihn Frida mit einem wild geführten Hieb aus dem Sattel.

Rücklings krachte er auf den Boden, die Lanze fiel ihm aus der Hand, und ehe er sich von seiner Benommenheit erholen konnte, zerschmetterte ihm Frida das Gesicht. Als er zurückfiel, verlor er auch den eisernen Helm mit dem Wangenschutz.

Wie im Rausch hackte Frida noch einmal auf ihn ein und spaltete ihm den Schädel, doch der Soldat war längst tot.

Der andere Reiter trieb vor Wut brüllend sein Pferd auf die Schildmaid zu und schleuderte die Lanze, die Frida aber verfehlte, weil sie behände zur Seite glitt. Der Reiter zog sein Schwert.

Frida rannte dem Pferd entgegen, sprang im letzten Moment zur Seite und drosch dem Tier die Axt in die Brust. Der Reiter schlug mit dem Schwert zu. Die Schildmaid duckte sich und spürte den Luftzug der Klinge in den Haaren. Da brach das Pferd auch schon vorn ein, rutschte ein Stück auf den abgeknickten Vorderbeinen über den Boden und kippte schließlich mit kläglichem Wiehern zur Seite.

Der Reiter stürzte, rollte zweimal herum und kam hoch. Einen Moment schien er orientierungslos, denn sein flackernder Blick suchte Frida in der falschen

Richtung. Geduckt drehte er sich auf der Stelle und sah die Normannin plötzlich unmittelbar vor sich.

Ein erschreckter Laut entrang sich ihm, er wollte den Arm mit dem Schwert hochreißen, doch da rammte ihm Frida schon den Kopf der Axt in den Leib, und er krümmte den Oberkörper nach vorn. Ein zweiter Schlag durchtrennte sein Genick, und er fiel leblos auf das Gesicht.

Frida schaute in die Richtung, aus der sie gekommen waren. Fußsoldaten und Reiter kamen im Laufschritt beziehungsweise galoppierten auf sie zu. Sie riss den Kopf herum und schaute über die Schulter. Es waren allenfalls noch fünf ihrer Krieger, die auf der Flucht waren. Alle anderen waren tot oder so schwer verwundet, sodass sie nicht mehr in der Lage waren, sich zu erheben.

Ihr Blick streifte den wie leblos daliegenden Halldor.

»Odin!«, keuchte sie. »Nun liegt es an dir, ob ich lebe oder heute noch an deiner Tafel in Walhall sitze.«

Sie sah ein, dass ihr eine Flucht nicht mehr möglich war, und ging, die Axt in der rechten Faust, den Franken entgegen.

Die Reiter zügelten ihre Pferde, die Fußsoldaten verfielen in normalen Schritt, und alle starrten verblüfft auf die junge Frau, die sie voller Kampfbereitschaft zu erwarten schien.

Aber sie hatten ihre Order. Und als sie sich Frida bis auf zehn Schritte genähert hatten, hielt die Mitte des Pulks an, während die Flügel einen Kreis um sie herum bildeten, der sie einschloss und aus dem es kein Entrinnen gab.

Vier Reiter trieben ihre Pferde auf sie zu, die Spitzen ihrer Lanzen berührten ihre Brust und ihren Rücken, und als Frida in die Augen der beiden Soldaten vor sich schaute, las sie darin den unumstößlichen Entschluss, ihr bei der geringsten falschen Bewegung die Lanzenspitzen in den Leib zu rammen.

Langsam drehte sie sich um, und die beiden anderen Reiter, denen sie vorher den Rücken zugewandt hatte, fixierten sie mit dem gleichen entschlossenen Ausdruck.

Dem eisigen Wind ihrer Gedanken ausgesetzt, sah sie im Geiste ein zerbrochenes Schwert und dreizehn Raben, und sie war endgültig davon überzeugt, dass es das Zeichen der Götter gewesen war, mit dem sie ihr, der Unwürdigen, die sich einem Christen hingegeben, die gelogen und falsche Beschuldigungen ausgesprochen und sogar den eigenen Vater skrupellos vergiftet hatte, Unheil und Verderben prophezeit hatten.

Odin und die Asen hatten sich von ihr abgewandt.

Ihr Schicksal war besiegelt.

Hoffnungslosigkeit hielt Einzug in ihr Herz, Enttäuschung und Resignation beherrschten ihr Bewusstsein. Ihre Hand öffnete sich, und die Axt fiel auf den Boden. Plötzlich erschien ihr alles gleichgültig, und sie war bereit, ihr Schicksal zu tragen. Die Ruhe, die plötzlich in ihr war, kam ihr selbst unheimlich vor.

Die vier Lanzenreiter drängten ihre Pferde zurück, ein Befehl erschallte, einige Krieger rannten heran, rissen Frida zu Boden und fesselten sie. Dann stellten sie die Normannin wieder auf die Beine, und ein Mann trat vor sie hin, dessen Anblick ihr einen dumpfen Laut entlockte.

Es war Gerulf, der fränkische Soldat, den sie für Roland gehalten hatte. Er lachte ihr höhnisch ins Gesicht und stieß hervor: »Erinnerst du dich an meine beiden

Kameraden, die du deinem heidnischen Gott geopfert hast, Barbarin? Ihr Tod war gnädig gegen das, was du erleiden wirst.«

Ein Berittener rief: »Seht nach, ob noch welche von den Heiden am Leben sind. Wenn ja, macht kurzen Prozess. Die Normannin aber bringt nach Blexen und werft sie in den Kerker.«

Frida wurde weggeschleppt …

Es war inzwischen hell, über dem Fluss aber schwebten noch weiße Nebelbänke. Die Soldaten zerrten und bugsierten Frida über die Brücke, und sie musste so manchen derben Stoß und Schlag hinnehmen.

Man brachte sie in ein zweistöckiges Gebäude, dessen oberer Rand mit wehrhaften Zinnen gekrönt und das aus soliden Quadern errichtet worden war. Im Keller dieses Baus befanden sich einige Verliese. In eines davon warfen die Soldaten Frida.

Die Tür aus massiven Holzbohlen mit schweren Eisenbeschlägen fiel krachend zu, Riegel knirschten und schepperten, und totale Finsternis hüllte Frida ein.

Sie kroch auf allen vieren bis zur Wand, setzte sich und lehnte sich mit dem Rücken dagegen.

Das Gefühl der Einsamkeit, das sie befiel, war erdrückend. Zur Einsamkeit gesellte sich Verlorenheit. Halldor und die meisten der Männer, die ihr die Treue geschworen hatten, waren tot. Die Handvoll Krieger, die entkommen konnten, würden früher oder später den Franken in die Hände fallen und ebenfalls getötet werden.

Frida begriff, dass sie von außen keine Hilfe erwarten konnte.

Sie war den Franken auf Gedeih und Verderb ausgeliefert.

Noch mehr aber setzte es ihr zu, dass sie die Schuld daran trug, dass ihre Männer gefallen waren. Sie hatte den Zorn der Götter herausgefordert, und als Halldor sie gewarnt hatte, hatte sie dies ignoriert.

Hatten die Götter vielleicht sogar versucht, sie durch Halldor auf einen anderen Weg zu bringen? Je länger sie darüber nachdachte, desto mehr kam sie zu der Überzeugung, dass dem so war. Sie war mit Blindheit geschlagen gewesen. Zur Strafe für all ihren Frevel hatten ihr die Götter schließlich Gerulf geschickt, und er war sowohl ihr als auch ihren Kriegern zum Schicksal geworden.

Die Zeit schien in dem Verlies stillzustehen. Es gab in diesem finsteren Loch weder Tag noch Nacht. Frida ging jegliches Zeitgefühl verloren. Von draußen drangen keine Geräusche in ihr Gefängnis. An den muffigen Geruch, der herrschte, gewöhnte sie sich schließlich.

Manchmal war ein Schaben zu vernehmen, einmal streifte sogar etwas Weiches ihre Hand, und als sie danach schlug, erklang Quieken. Frida begriff, dass sie doch nicht ganz so einsam war. Ratten leisteten ihr Gesellschaft.

Stille! Erdrückende Stille, die an den Nerven zu zehren begann und sie zermürbte. Es war derart finster in dem Loch, dass sie die Hand nicht vor den Augen erkennen konnte. Die Kälte spürte sie nicht. Irgendwann begann sie sich zu fragen, ob sie vielleicht gar nicht mehr lebte und dies die absolute Stille des Todes war.

Sie erinnerte sich. Roland hatte ihr von seinem Gott erzählt und auch die ewige Verdammnis nicht unerwähnt gelassen. Waren damit diese Stille, diese Finsternis und dieses zeitlose Dahindämmern gemeint?

Frida erschauerte.

Bilder entstanden und zogen an ihrem inneren Auge vorbei. Darunter waren auch Gesichter, die aus einem nebligen Nichts kamen und sich ihr näherten, böse Fratzen, höhnisches Grinsen um die verzerrten Münder, Gesichter, die sie kannte und die sie erschreckten. Das Gesicht von Alfarin, das von Roland, das ihres Vaters, das von Ivarr, Gunnar und – das Gesicht Dagruns, ihrer Zwillingsschwester.

Greifbar nahe waren sie, um sich im nächsten Moment wieder zurückzuziehen und in den Nebeln im Hintergrund zu verschwinden. Zum Schrecken gesellte sich die Angst …

»Du auch, Dagrun«, entrang es sich ihr. »Verschwinde!«, keuchte sie. »Lass mich in Ruhe! Wenn du tot bist, dann hast du in meiner Welt nichts zu suchen!«

Plötzlich sickerten Geräusche durch die Tür. Etwas knirschte, die Tür knarrte, vages Licht huschte in ihr Verlies, und sie konnte den Boden aus groben Granitplatten erkennen. Das Licht fiel auf sie, und sie schloss geblendet die Augen.

Als Frida sie wieder öffnete, sah sie vier Gestalten, die in die Zelle getreten waren und von denen eine die Fackel hielt. In deren flackendem Schein konnte sie die Gesichter erkennen, doch sie glaubte, von ihren Augen genarrt zu werden.

Denn begleitet von zwei fränkischen Soldaten, von denen einer die Fackel in der Hand hielt, standen da Godefried Haraldsson und Bertil Gudbrandsson, der Seher!

Frida schloss die Augen und öffnete sie wieder. Das Bild blieb. Es war kein Spuk.

Es war eine Situation, wie Frida sie schon einmal erlebt hatte. Und einen Moment lang fragte sie sich, ob sie sich nach wie vor im Kerker in der Burg von Dorstad befand und sie alles, was sich seither ereignet hatte, nur geträumt hatte; die Flucht mit Roland, seine Ermordung, den Tod ihres Vaters, den Kampf mit Dagrun, die Rache an Ivarr …

»Bist du überrascht, Frida Fridleivsdóttir?« Die Worte tropften wie flüssiges Blei von Godefrieds dünnen Lippen. Frida entgingen nicht der Triumph in seinen Augen und der brutale Zug, der sich um seinen Mund festgesetzt hatte.

Es war kein Traum, es war bittere Realität, und es war nicht das Verlies auf Dorstad, in dem sie sich befand. Nur ihre Situation war die gleiche. Sie war nicht die Gefangene der Franken, sondern die von Godefried Haraldsson. Die Franken hatten sie lediglich für ihn gefangen und eingesperrt.

Frida zwang sich, den Gegebenheiten ins Auge zu blicken, und bemühte sich, ihrer Stimme Festigkeit zu verleihen, als sie erwiderte: »Mich überrascht nur, dass dich Thor nicht längst mit *Mjölnir** erschlagen hat!«

Sie erntete dafür einen derben Tritt des Jarls, der sie stöhnen ließ.

»Du schreist schon, wenn ich dich nur trete!«, knirschte Godefried gehässig. »Wie wirst du erst schreien und brüllen, wenn ich dir mit dem Beil die Rippen vom Rückgrat hacke?«

»Das wolltest du schon einmal – und es ist dir nicht gelungen.«

»Dieses Mal entkommst du mir nicht mehr.«

---

* Thors magischer Hammer

»In dem Moment, in dem ich nach Walhall gehe, hast du mich nicht mehr in deiner Gewalt.«

»Walhall!« Godefried lachte fast amüsiert auf. »Denkst du wirklich, dir steht eines der Tore offen, durch die man nach Walhall gelangt? Heimdall wird dich an der Regenbogenbrücke zurückjagen und Hel dich mit ihrem Pferd Helhesten nach Niflheim bringen, wo der Verräter Fridleiv Ragnarsson schon auf dich wartet.«

Er wusste also, dass Fridas Vater nicht mehr am Leben war. Aus wessen Mund er es erfahren hatte, interessierte Frida nicht. Hätte er es nicht gewusst, hätte sie es ihm gesagt.

»Denk nur nicht, dass du durch meinen Tod etwas gewinnen könntest«, stieß Frida hervor. »Ein Bote, der Dänemark sicherlich schon erreicht hat, ist zu König Göttrik unterwegs, um ihn über deine Umsturzpläne in Kenntnis zu setzen. Du wirst mit deiner Handvoll Männer der Armee des Königs gegenüberstehen, sobald du die Grenze überschreitest. Und dann wird man *dir* die Rippen von der Wirbelsäule trennen und sie nach außen klappen. Du wirst heulen und klagen, und wenn du stirbst, steht Hel mit Helhesten bereit, um dich in ihr Reich zu verschleppen.«

»König Göttrik wird vergeblich auf mich warten, Maid«, erklärte Godefried. »Ich habe nämlich mit Karl, dem König des Ostfrankenreichs, einen Pakt geschlossen, der mich zum Herrscher über die friesischen Lande macht, wenn ich bereit bin, den christlichen Glauben anzunehmen, mich taufen zu lassen und das Frankenreich gegen die Einfälle barbarischer Truppen aus dem Norden zu verteidigen. Er will mir sogar Gisla, die Tochter des verstorbenen König Lothars, zur Gemahlin geben. Karl befindet sich zurzeit mit seinem Hofstaat in Givers*, und er hat mir durch einen Boten bestellen lassen, dass unter den von ihm geforderten Voraussetzungen ein Friede zwischen ihm und mir möglich sei. Ich ziehe dieses Angebot der Ungewissheit vor, die mich in Dänemark erwartet.«

»Natürlich!«, brach es über Fridas trockene Lippen. »Die Feigheit lässt dich immer den Weg des geringsten Widerstands gehen. Weiß der König der Franken, was er sich für eine Laus in den Pelz setzt? Wohl nicht, denn wüsste er es, würde er dich von seinen Henkersknechten vierteilen lassen, dir aber niemals den Frieden anbieten.«

Godefried quittierte Fridas respektlose Antwort erneut mit einem brutalen Tritt. »Meine Antwort ist bereits zu ihm unterwegs, Maid. Ich habe den König ersucht, mir die Gnade zu gewähren, vom Bischof, der in Bremun residiert, persönlich getauft zu werden. Mit ihm bin ich bereits ein Bündnis eingegangen. Daher weiß ich auch, dass ihr die Soldaten, die er euch hinterhergeschickt hat, niedergemetzelt habt.«

»Indem du dich taufen lässt, begehst du erneuten Verrat. Verrat am Volk der Dänen und Verrat an den Göttern. Aber auf einen Verrat mehr oder weniger kommt es bei dir nicht an, Godefried Haraldsson. Im Grunde deines Herzens warst du schon immer ein Verräter, und du wirst Zeit deines Lebens ein Verräter bleiben.«

»Sobald der König mir sein Einverständnis mitteilen lässt, werde ich Rimbert, den Erzbischof des Bistums Bremun, davon in Kenntnis setzen, und er wird mit seinem Hofstaat nach Blexen kommen, um mich im Fluss

* im 9. Jh. der Name von Jever

Heete zu taufen. Der Tag, an dem ich mich zum Christentum bekenne und den Namen Gottfried annehme, wird dein Todestag sein. Du wirst auf den Schwingen des Blutadlers nach Helheim reisen, wo dich Hel mit ihrem grauen Pferd in Empfang nehmen und über die Totenbrücke *Gjallarbrú* bringen wird, damit du für alle Zeiten in Niflheim verschwindest.«

Frida spuckte Godefried vor die Füße. »Der Blutadler, den du für mich vorgesehen hast, kann mich nicht schrecken. Und nicht Hel wird mich an der Pforte zum Totenreich erwarten, sondern es sind die Walküren, die bereitstehen werden, um mich in dem Moment, in dem sich mein Geist von meinem Körper löst, nach Walhall zu geleiten. Denn mein Tod wird ein heldenhafter sein. Du aber wirst, wenn deine letzte Stunde gekommen ist, weinen und darum betteln, verschont zu werden, denn Feiglinge fürchten den Tod, wissen sie doch, dass ihnen Walhall verschlossen bleibt.«

»Du willst mich herausfordern, Maid!«, blaffte Godefried. »Du möchtest erreichen, dass ich dir im Zorn den Schädel einschlage und dir so die Gnade eines schnellen Todes gewähre!«

»Auf jedwede Gnade oder Gunst deinerseits verzichte ich«, schnappte Frida.

»Gunst kannst du nicht erwarten, um Gnade wirst du noch winseln«, versicherte Godefried. »Wir gehen jetzt. Wenn wir uns das nächste Mal sehen, wird es an dem Tag sein, an dem ich Christ werde und du hingerichtet wirst. Bis dahin soll dich die Angst vor dem Blutadler zerfressen.«

»Werde Christ und lande eines Tages in der Hölle, in der du brennen, heulen und mit den Zähnen knirschen wirst.«

Roland hatte ihr an einem der Abende ihrer kurzen gemeinsamen Zeit nicht nur von der Heiligen Dreifaltigkeit erzählt, sondern auch von der Hölle, wo seinem Glauben gemäß die Sünder landeten, um dort bis in alle Ewigkeit gequält und gefoltert zu werden. Frida hatte es im Gedächtnis behalten.

»Ich sehe einen Adler, dessen Gefieder rot vom Blut ist, über deinem Haupt kreisen, Frida Fridleivsdóttir«, sagte Bertil Gudbrandsson höhnisch. »Er wird …«

»Du wirst den Verräter in die Hölle der Christen begleiten, Seher!«, schnitt ihm Frida das Wort ab. »Deine ganzen Voraussagen waren nichts als Lügen. Dir werden sämtliche Tore verschlossen bleiben, sowohl die in den Himmel der Christen als auch das Tor nach Walhall.«

Die Späher von Godefried Haraldsson hatten ihn und seine Krieger sowie eine Einheit Soldaten, die ihm der Erzbischof von Bremun zur Verfügung gestellt hatte, auf die Spur von Frida und ihrer kleinen Schar gebracht. Als die Gruppe der zum Jarl gewordenen Schildmaid in Blexen ankam, war sie von den in der dortigen Garnison stationierten und durch Gerulf alarmierten fränkischen Truppen in Empfang genommen worden. Bis auf wenige Männer, die hatten entkommen können, waren all jene, die mit Frida gezogen waren, getötet worden. Frida Fridleivsdóttir selbst hatten die Soldaten gefangen genommen; so war es in den Botschaften angeordnet worden, die man schon vor längerer Zeit per Reiter und Brieftauben bis hinauf in die friesischen Lande und an die dänische Grenze gesandt hatte.

Seit seinem Waffenstillstand mit Hauptmann Klothar, dem Vertreter des Edlen von Ermentiers, waren

Godefried Haraldsson auf seinem gesamten Weg von Seiten der Franken keine nennenswerten Schwierigkeiten entgegengebracht worden. So war er ungeschoren nach Bremun gelangt. Dort hatte sich selbst Erzbischof Rimbert einem Pakt mit dem Normannenführer nicht abgeneigt gezeigt, musste er ihn dann zum einen nicht mehr fürchten und konnte ihn zum anderen vor seinen Karren spannen.

Schon längst war König Karl bezüglich der Anwesenheit Haraldssons in seinem Reich informiert. Die Kunde von der Niederlage Guthrums, des Königs des Danelags, war natürlich auch ins Frankenreich gelangt, und nicht nur bei den Westfranken fürchtete man Einfälle normannischer Truppen, die aus Britannien geflohen waren, sondern auch im Ostfrankenreich. Die Frankenführer waren zudem darüber besorgt, dass sich diese versprengten Gruppen der großen heidnischen Armee zusammenschließen könnten und dann schreckliche Verwüstungen in den beiden Frankenreichen anrichteten.

Also hatte der König dem Jarl das Bündnis angetragen, und Haraldsson hatte grundsätzlich zugestimmt.

Nun lagerte seine Kriegerrotte vor Blexen, und nur der Fluss Heete trennte die Ansiedlung, die um das Kloster herum entstanden war, von den Barbaren. So richtig trauten ihnen der Abt des Klosters und der Hauptmann der Garnison nicht, darum hatte man die Soldaten in den Ort zurückgezogen und sie in Bereitschaft versetzt. Zu viel schon hatte man von der Hinterlist und Wortbrüchigkeit der Nordmänner gehört; ihre Habgier überwog oft alle Schwüre der Treue und Verbundenheit.

Godefried Haraldsson wartete auf König Karls Antwort. Seine usurpatorischen Pläne hatte er aufgegeben, weil es durch Frida Fridleivsdóttir und den von ihr entsandten Boten durchaus möglich war, wenn nicht gar wahrscheinlich, dass König Göttrik von eben diesen Plänen erfahren hatte und Godefried mit einem Heer schon an der Grenze in Empfang nehmen würde, um ihn zu vernichten. So vermessen, König Karl zu bitten, ihm ein Heer zur Verfügung zu stellen, mit dem er Dänemark sozusagen erobern hätte können, war er nicht. Seinetwegen würde der ostfränkische König keinen Krieg riskieren, der vielleicht nicht nur Dänemark gegen ihn aufgebracht hätte, sondern auch Norwegen und Schweden, jene Völker also, die als Seefahrernationen seit Jahren auszogen, um im Baltikum, in Britannien und auch im Frankenland zu plündern, Land zu erobern und teils sogar dort ansässig zu werden. Sie hatten Gunnbjørnland* und Garðarsholmur** entdeckt beziehungsweise besiedelt, und Norweger und Schweden hatten im großen heidnischen Heer unter einem dänischen König gekämpft. Nein, ein solches Risiko würden weder der ostfränkische noch der westfränkische König eingehen, und darum zeigte sich Haraldsson bescheiden, indem er sich mit den friesischen Landen, die ihm angeboten worden waren, zufriedengab.

Aber in Godefried Haraldssons Mannschaft wuchs die Unzufriedenheit. Die normannischen Krieger wollten ihren Göttern nicht abschwören, sich nicht taufen lassen und auch nicht in Friesland Ackerbau und Viehzucht betreiben. In Dänemark lebten ihre Familien, und zu denen wollten sie zurück. Sie hatten dort bereits

---

* Grönland, entdeckt um 875

** Island, ab 870 von den Wikingern in Anspruch genommen

Land, das kultiviert war, Häuser und Vieh. Eine Ansiedlung im Frankenreich hätte bedeutet, wieder von vorn anfangen zu müssen.

Nur jene, die in Dänemark schon nichts besessen hatten, die Knechte und Söhne, die in der Erbfolge an zweiter, dritter oder vierter Stelle standen, die also auch zu Hause gezwungen gewesen wären, sich selbst eine Existenz aufzubauen, waren damit einverstanden, zusammen mit Godefried in den friesischen Landen zu bleiben.

So hatte Godefrieds Plan einen Keil zwischen die Krieger, die ihm bisher die Treue gehalten hatten, getrieben. Aber diejenigen, die sich nicht damit abfinden wollten, in Friesland als Christen zu leben und gegen Männer ihres eigenen Volkes ins Feld zu ziehen, falls sich diese über die Grenze ins Frankenland wagten, bildeten die Mehrheit.

Seit Godefrieds Ankunft in Blexen waren zwei Tage vergangen, als sich von Westen her eine kleine Gruppe abgerissener, mitgenommener Männer dem Lager der Normannen näherte. Es waren acht an der Zahl, sie trugen derbe Kleidung, ihre Haare waren lang und strähnig, die Bärte verfilzt und verkrustet. Bewaffnet waren sie mit Äxten, die sie allerdings in den Gürteln stecken gelassen hatten, um ihre angeblich friedliche Absicht zu bekunden.

Man hatte sie von Weitem kommen sehen, und die Krieger Godefrieds erwarteten sie am Rand ihres Lagers. Sie hatten die acht als Männer ihres Volkes erkannt, verhielten sich aber abwartend und zeigten sich argwöhnisch. Ihre Hände umschlossen die Stiele der Äxte, und sie vermittelten den Eindruck, auf jedwede feindselige Handlung ansatzlos zu reagieren.

Godefried, der Gast der Abtei Blexen war, befand sich in der Ansiedlung jenseits der Brücke. Also erkundigte sich einer seiner Unterführer bei der kleinen Gruppe, woher sie kämen und was ihr Ziel sei.

Einer der erschöpften Krieger, ein großer, breitschultriger Mann mit langem dunklem Haar und einer rot leuchtenden Narbe auf der Stirn, antwortete: »Wir sind mit einem Boot aus Wessex geflohen. An der Küste gerieten wir allerdings zwischen einige fränkische Schiffe, die dort eine Blockade gegen Westen errichtet hatten. Sie griffen uns an und versenkten unser Boot. Nur die, die du hier siehst, konnten sich retten. Wir wollen uns nun auf dem Landweg zur dänischen Grenze durchschlagen. Der Zufall hat uns hierhergeführt, und es war wohl der Wille der Götter, dass wir hier auf Landsleute gestoßen sind.«

Der Unterführer Godefrieds drehte sich zu den Kriegern um, die sich hinter ihm zusammengerottet haben, und rief: »Kennt jemand von euch diese Männer? Kann es sein, dass es Leute von Frida Fridleivsdóttir sind, die den Schwertern der Franken entkommen konnten?«

Allgemeines Kopfschütteln war die Antwort. Verschiedene Stimmen erklangen, die die Frage verneinten.

»Wer war in Britannien euer Jarl?«, fragte der Unterführer.

»Sigurdsson.«

»Von dem habe ich gehört. Ist er noch in Britannien?«

»Er ging mit dem Boot unter. Er ist ertrunken und gehört nun der Meeresgöttin Rán.«

»Sag mir deinen Namen.«

»Knut. Ich war Steuermann auf Sigurdssons Boot.«

Einer der Krieger hinter dem Unterführer rief: »Wenn ihr Christen werden und in den friesischen

Landen Äcker und Felder bebauen wollt, dann schließt euch uns an. Wenn ihr aber vorhabt, in die Heimat zurückzukehren, dann rate ich euch, schnell weiterzuziehen.«

»Ich verstehe nicht«, murmelte Knut.

»Ihr werdet es verstehen, wenn ihr bleibt«, sagte der Unterführer. »Wenn ihr das vorhabt, lasse ich Jarl Haraldsson verständigen. Er muss schließlich zustimmen.«

»Wir sind erschöpft, unsere Füße brennen, und wir sind hungrig«, erklärte Knut. »Wenn wir wenigstens eine Weile bleiben könnten …«

»Ihr seid welche von uns, darum soll es mir recht sein. Wir geben euch zu essen, und ihr könnt euch ausruhen. Es wird allerdings von der Entscheidung des Jarls abhängen, ob ihr bleiben könnt.«

»Hab Dank, Bruder. Sagst du mir auch deinen Namen?«

»Sven.«

Eine knappe Stunde später erschien Godefried Haraldsson persönlich, um die acht Neuankömmlinge in Augenschein zu nehmen. Er taxierte sie lange und eingehend, aber kein einziges der Gesichter kam ihm bekannt vor. Schließlich ergriff er das Wort, indem er sagte: »Euer Jarl war also Sigurdsson. Warum seid ihr aus Britannien geflüchtet?«

»Wir wollten nach Hause. Nachdem Guthrum Christ geworden ist, kamen britannische Missionare in das Danelag, um uns ebenfalls zu bekehren. Aber hätten wir unseren Göttern abgeschworen, wäre uns die Rückkehr nach Dänemark für alle Zeiten verwehrt gewesen. Man stellte uns vor die Wahl, Christentum oder Knechtschaft. Wir haben uns entschieden zu fliehen.«

Das Misstrauen in Haraldsson war nach dieser Erklärung nicht erloschen. »Sagt euch der Name Ragnarsson etwas?«

»Ragnarsson – ja. Von welchem sprichst du, Jarl? Von Halfdan Ragnarsson, von Ivar Ragnarsson, dem Knochenlosen, oder von Ubba Ragnarsson?«

»Die Rede ist von Fridleiv Ragnarsson, dem Jarl von Sjöland.«

Knut, der wieder der Wortführer der kleinen, versprengten Gruppe war, nickte: »Von dem habe ich gehört. Ist er nicht mit dir aus dem Feldlager geflohen, als wir von der Armee König Alfreds eingeschlossen waren und über den Frieden verhandelt wurde?«

»Das ist richtig.« Godefried kniff die Augen leicht zusammen, sein Blick wurde stechend, nahezu bohrend. »Persönlich habt ihr ihn oder eine seiner Töchter nicht kennengelernt?«

»Nein.«

»Habt ihr euch entschieden?«, fragte der Jarl. »Wollt ihr euch mir anschließen, oder seid ihr zu dem Schluss gelangt, dass ihr weiterziehen wollt?«

»Wir haben noch keinen Entschluss gefasst, Herr. Wenn du uns die Gunst erweist, uns nicht wegzuschicken, bis wir uns von dem strapaziösen Marsch erholt haben, sind wir dir dankbar. In der Zeit können wir darüber nachdenken, ob wir bei euch in Friesland bleiben wollen oder nicht.«

»Man hat euch also schon gesagt, dass ich künftig in den friesischen Landen herrschen werde«, sagte Godefried. »Dann wisst ihr sicher auch, dass ich mich zum christlichen Glauben bekehre und nach meiner Taufe

Frida Fridleivsdóttir hinrichten werde. Sie ist eine der Töchter Ragnarssons und die Mörderin meines Sohnes Alfarin.«

»Sie hat sicher den Tod verdient, Herr!«, stieß Knut hervor.

»Es gibt noch eine Tochter von Ragnarsson – Dagrun! Sie ist auf der Flucht. Insgeheim aber hoffe ich, dass die Franken sie längst erschlagen haben.« Haraldsson zuckte mit den Schultern. »Sie ist eine Ausgestoßene, hat keine Heimat mehr, und nur eine Handvoll Krieger ist mit ihr gegangen. Sie bereitet mir keine Sorgen.«

»Auch wir sind nur eine Handvoll Männer, Herr«, gab Knut zu verstehen, »und weil es gefährlich ist, mit einer derart kleinen Gruppe durchs Frankenreich zu ziehen, gebe ich der Maid keine großen Aussichten, längere Zeit am Leben zu bleiben.«

Godefried wandte sich daraufhin an seine Krieger. »Gebt ihnen zu essen und zu trinken. Und ermuntert sie, bei mir zu bleiben. Jeder Däne, der mir gegenüber den Treueid ablegt, ist willkommen. Jeder, der sich mir anschließt, wird reichlich Land erhalten.«

Es dauerte fast zwei Wochen, bis die Antwort des Königs eintraf. Er war damit einverstanden, dass der Erzbischof von Bremun die Taufe durchführte, und sicherte mit seinem Schreiben Haraldsson noch einmal die friesischen Lande als Lehen zu, außerdem die Vermählung mit Gisla, der Königstochter.

Sofort lud Godefried den Bischof nach Blexen ein, und fünf Tage später erschien der hohe Kirchenmann mit seinem Gefolge. Glücklich war er nicht über den Grund seiner Reise, denn er war überzeugt davon, dass das Heidentum tief in Godefried verwurzelt und seine

Bekehrung zum christlichen Glauben nur ein Lippenbekenntnis war.

Aber die Weigerung, Godefried zu taufen, hätte womöglich den König verärgert, und das lag dem Bischof fern. Also hatte er sich auf den Weg nach Norden gemacht.

Während all der Zeit vegetierte Frida in dem Verlies dahin. Sie bekam nur unzureichend zu essen, schlechtes Wasser, und nach ihrer Gefangennahme vor fast drei Wochen war sie nur noch ein Schatten ihrer selbst. Ihre Wangen waren eingefallen, die Augen lagen in tiefen, dunklen Höhlen, und das blonde Haar war stumpf und strähnig. Die junge Normannin fühlte sich elend und kam mehr und mehr zu dem Schluss, dass der Tod für sie nur eine Erlösung sein konnte.

An diesem Tag eröffnete ihr Godefried, der wieder in Begleitung des Sehers erschienen war, dass der Erzbischof eingetroffen sei und in zwei Tagen seine, Godefrieds, Taufe stattfinden würde. »Und anschließend«, rief er triumphierend, »werde ich dich hinrichten. Man hat mir freie Hand gelassen, und so werde ich den Blutadler an dir vollziehen!«

Frida fixierte ihn wortlos, legte aber alle Verachtung in ihren Blick, deren sie fähig war.

»Anschließend werfen wir deinen Kadaver den Hunden vor!«, schnarrte Godefried gehässig.

Frida schwieg weiterhin. Selbst im Tod sollte sie Schande und Schmach erfahren. Sie glaube, Halldors Worte hören zu können: »... das zerbrochene Schwert und die dreizehn Raben haben sicher eine Bedeutung ... Vielleicht ist es auf den Steinen aufgrund göttlichen Willens zerbrochen. Ein zerbrochenes Schwert kann vielerlei Bedeutung haben. Es kann Verzweiflung, Unglück und Not verheißen. Es kann bedeuten, dass sich ein Freund zum Feind wandelte, und es kann Schande über dich bringen …«

Genau diese Worte hatte Halldor gesprochen. War es ihm möglich gewesen, einen Blick in die Zukunft zu werfen?

Alles, was er angedeutet hatte, war eingetreten. Unglück, Not und Schande …

»Zwei Tage noch, Maid«, stieß Godefried hervor. »Und dann ist es aus mit dir.«

Danach war Frida wieder allein, und die Finsternis, die sie umgab, verstärkte das Gefühl von Einsamkeit und Verlorenheit …

Das Warten auf den Tod ging weiter, doch die Unsicherheit war gebannt. Bisher hatte sie jeden Augenblick damit rechnen müssen, dass man sie holte und Godefried Haraldsson ihr mit der Axt die Rippen vom Rückgrat schlagen würde, um dann ihren zertrümmerten Leib aufzuklappen, sodass er aussah wie ein blutiger Adler.

Nun aber wusste sie, dass ihr noch zwei Tage blieben, und sie konnte sich auf den Tod vorbereiten. Und nichts eignete sich dafür besser als ein Zwiegespräch mit Odin.

Frida begann leise zu ihm zu sprechen …

Die Zeit verrann unerbittlich.

Als man ihr das Essen brachte, fragte Frida: »Wie lange noch?«

Die Wachen verstanden sie nicht. Einer sagte etwas, der andere lachte. Dann gingen sie wieder, und Frida ertastete den Napf mit dem geschmacklosen Brei. Sie wollte ihn nicht mehr essen und warf das tönerne Geschirr gegen die Wand, an der es zerschellte. Die Scherben regneten auf den Boden. Sie hörte es, konnte es aber nicht sehen. Sie hatte die Tafel für die Ratten in ihrem Verlies gedeckt …

Das Warten begann sie zu zermürben. War es zunächst die Unsicherheit gewesen, die ihr zugesetzt hatte, so war es nun die Ungeduld, mit der sie der Stunde ihrer Hinrichtung regelrecht entgegenfieberte, um es endlich hinter sich zu haben. Sie fürchtete den Tod nicht. Zu oft hatte sie ihm ins Auge geblickt. Ihre Sorge bestand darin, dass sie die Schmerzen nicht ertragen und gequält aufstöhnen, vielleicht sogar schreien würde. Dann wäre ihr Sterben nicht heldenhaft, und die Walküren würden ohne sie nach Gladsheim zurückkehren.

Immer wieder wollte diese Angst sie ergreifen und erwürgen, und jedes Mal bat sie Odin, ihr Stärke zu verleihen.

Und dann war es so weit. Zwei Wachleute holten Frida aus ihrer Zelle, zerrten sie die Treppe hinauf und hinaus ins Freie …

Geblendet schloss Frida die Augen. Und als sie sie wieder öffnete, schaute sie nach dem Stand der Sonne. Sie würde in spätestens einer halben Stunde hinter dem Horizont verschwunden sein.

Vier Normannen nahmen sie von den fränkischen Soldaten in Empfang und schritten mit ihr zur Brücke, die sich über das Flüsschen Heete spannte. Die Blicke der Wachposten, die zu beiden Seiten der Brücke standen, zeigten keine Gemütsregung und waren starr geradeaus gerichtet.

Ihre Schritte erzeugten auf den Bohlen dumpfe Echos. Auf der anderen Seite warteten Haraldsson und dessen Krieger auf sie.

Die Leichen der Krieger, die an diesem Ort, vor der Ansiedlung, zusammen mit Frida in die Falle der Franken gegangen waren, hatte man längst weggeschafft.

Haraldsson trug nur ein knöchellanges weißes Hemd. Beim Fluss, am flachen Ufer, standen ein Mann, der ebenso gekleidet war wie Godefried Haraldsson, sowie zwei weitere Männer, die ebenfalls lange weiße Leinenkittel am Leib hatten. Einer von ihnen hielt ein Kruzifix auf einem mannshohen Stiel, der andere einen dampfenden Kessel, der an dünnen Ketten hing. Weihrauch quoll daraus hervor.

Ein Dutzend Soldaten mit Spießen und mit Schwertern am Gürtel standen in Reih und Glied nahe bei ihnen, wohl um sie zu bewachen.

Frida hatte keine Ahnung, dass es sich bei den drei Männern am Ufer um den Erzbischof persönlich sowie zwei Priester handelte, die das christliche Sakrament der Taufe an Godefried vollziehen sollten. Die einfache Kleidung hatten sie angezogen, weil sie mit dem Täufling bis zum Bauch im Fluss stehen würden, wenn der Bischof ihn im Namen der Heiligen Dreifaltigkeit zum Christen machen würde.

Während Frida zwischen den normannischen Kriegern über die Brücke schritt, versammelten sich hinter ihnen Soldaten, Mönche und die Bewohner von Blexen am Stadtrand, die das Zeremoniell der Taufe und später dann die Hinrichtung beobachten wollten.

Sie führten Frida zu einem etwa zwei Ellen hohen Holzblock, vor den sie sich knien musste und an den man ihre Hände festband. Odin, gibt mir Stärke!, flehte sie und sah die reglosen Gesichter der Krieger, mit denen sie aus Britannien geflohen war und die Zeugen ihres grässlichen Todes werden sollten. Irgendwie aber fehlte ihrem Blick die Klarheit. Eines der Gesichter sah aus wie das andere. Nicht einmal Haraldssons Gesicht unterschied sich mehr von den anderen. War ihr *Hugr* schon in einer anderen Welt, sah sie diese Welt schon mit den Augen ihres geistigen Ichs?

Sie schloss die Augen, öffnete sie wieder, aber die Nebel ließen sich nicht vertreiben. Ihr Kinn sank auf die Brust. »Wenn es dein Wille ist, Odin …«, murmelte sie tonlos, kaum hörbar und kaum die Lippen bewegend.

»Godefried Haraldsson!«, erklang eine Stimme. »Begib dich her zu mir an den Fluss und nimm durch mich das Sakrament der heiligen Taufe entgegen, auf dass der Herr dich segne und behüte.«

Gemessenen Schrittes setzte sich Godefried in Bewegung. Der Bischof und die beiden Priester nahmen ihn in Empfang, geleiteten ihn bis dicht an das Ufer, dann wandte sich ihm der Bischof zu und rief: »Jesus sprach: Mir ist gegeben alle Macht im Himmel und auf Erden. Darum gehet hin und machet zu Jüngern alle Völker: Taufet sie auf den Namen des Vaters und des Sohnes und des Heiligen Geistes und lehret sie halten alles, was ich euch befohlen habe. Und siehe, ich bin bei euch alle Tage bis an der Welt Ende.«

Der Bischof wartete einige Augenblicke, dann ergriff er erneut das Wort und rief: »Wir haben uns heute im Namen der Heiligen Dreifaltigkeit an diesem Ort versammelt, um diesen Mann, Godefried Haraldsson, dem christlichen Glauben zuzuführen und ihn durch die Taufe von der Erbsünde zu befreien. Sein Leben kommt – wie jedes Leben auf Erden – von Gott. Die Tür zu Gott steht jedem offen, und jeder, der Christ sein will, schreitet durch diese Tür. Die Taufe ist der Eingang in ein Leben mit Gott und ein Leben für Gott.«

Ringsum herrschte Schweigen.

»Folge mir in den Fluss, Godefried Haraldsson, auf dass ich deine Christwerdung vollziehe.«

Sie beide und die zwei Priester wateten in das Wasser, und als es ihnen bis zu den Bäuchen reichte, bedeutete der Bischof dem Normannen, so weit einzutauchen, dass nur noch sein Kopf herausschaute. Der Geistliche schlug vor Godefrieds Gesicht das Kreuzzeichen, dann rief er: »Ich taufe dich im Namen des Vaters und des Sohnes und des Heiligen Geistes auf den Namen Gottfried.«

Er hatte, während er sprach, seine Hand auf den Kopf des Jarls gelegt, und nun tauchte er seinen Kopf dreimal unter Wasser.

Godefried prustete und japste, seine Haare klebten am Kopf, Wasser rann über sein Gesicht. Er wischte sich die Augen aus.

»Der Herr lasse sein Angesicht leuchten über dir und sei dir gnädig«, sagte der Bischof. »Der Herr hebe sein Angesicht über dich und gebe dir Frieden. Er segne dich und beschütze dich auf all deinen Wegen.«

Nach diesen Worten betete er das Glaubensbekenntnis und ließ es Godefried Satz für Satz nachsprechen.

Es war offensichtlich. Der Bischof wollte das Zeremoniell so schnell wie möglich hinter sich bringen. Er war umgeben von lauter Heiden, und der heiligen Handlung, die er soeben an Godefried vollzogen hatte, sollte ein absolut heidnischer Akt folgen, mit dem eine junge Frau auf barbarische Art und Weise vom Leben zum Tod befördert wurde. Im Grund seines Herzens würde Godefried immer ein Heide, ein Barbar sein. Er, der Bischof, hatte seiner Pflicht Genüge getan und wollte so schnell wie möglich zurück in die Abtei, um nicht Zeuge des schrecklichen Schauspiels zu werden, wenn der neue Christ Gottfried an der jungen Frau den Blutadler vollzog.

Der Bischof watete, gefolgt von den Priestern, aus dem Wasser, gab den Soldaten einen Wink, und gleich darauf eilten alle über die Brücke in die Ansiedlung und verschwanden aus dem Blickfeld der Zurückgebliebenen.

Auch Godefried stieg aus dem Fluss. Das Hemd klebte nass an seinen Beinen. Er schaute an sich hinunter, dann schweifte sein Blick in die Runde, und er rief: »Es hat nicht wehgetan, auch das Wasser war nicht allzu kalt. Ihr könnt euch ohne Weiteres taufen lassen, Krieger! Wie ihr seht, hat Odin nicht wütend reagiert. Denn würde er es als Frevel empfinden, hätte er Thor befohlen, mich mit Blitz und Donner zu töten.«

Ein Krieger rief: »Odin! Odin! Odin!«

Ein zweiter, ein dritter und ein vierter stimmten ein, und plötzlich erhob sich ein dumpfer Choral, der nur aus dem einen Wort bestand, das sich rhythmisch wiederholte, dem Namen ihres obersten Gottes: Odin!

Plötzlich erklang Hufschlag, wehte über eine Anhöhe weiter südlich heran, und Sekunden später rissen auf dem Rücken der Anhöhe zwei Reiter ihre Pferde in den Stand.

Der eine wirkte auf dem Pferd geradezu klein und zart.

Es war Dagrun, die den Arm mit der Axt in die Höhe riss!

Unten trat Stille ein.

Dagruns helle Stimme erklang: »Odin!« Und das Wort war kaum über ihre Lippen, als sie dem Pferd die Fersen in die Seiten hämmerte.

Das Tier streckte sich und verfiel nach drei Sprüngen in stiebenden Galopp. Der andere Reiter sprengte hinterher.

Und nun rissen unten die Krieger die Äxte aus den Gürteln.

Godefried Haraldsson beobachtete alles vollkommen irritiert. Er begriff gar nichts, er konnte sich aus dem, was sich plötzlich zutrug, keinen Reim machen. Seine Männer gingen nämlich mit den Äxten aufeinander los und begannen, sich gegenseitig abzuschlachten.

Dagrun aber stob heran, sprang im vollen Lauf bei ihrer Schwester aus dem Sattel, überschlug sich einmal, kam behände auf die Beine, war mit zwei Schritten bei Frida und zertrennte mit der Axt die Stricke, mit denen ihre Hände an den Richtblock gefesselt waren.

Ein Mann kam angerannt, das Beil schwingend, und brüllte irgendwelche Worte. Dagrun wandte sich ihm zu, erkannte den Seher und schleuderte ihre Axt.

Sie wirbelte auf ihn zu, die Schneide drang mit einem dumpfen Schlag tief in seinen Brustkorb, und er stoppte, als wäre er gegen ein unsichtbares Hindernis gelaufen. Sein Mund klaffte auf, aber der Schrei erstickte im Ansatz. Die Axt entfiel seiner Hand, und Gudbrandsson brach zusammen.

Mit drei Schritten war Dagrun bei ihm, griff nach dem Stiel ihrer Axt, stemmte ihr linkes Bein gegen den leblosen Körper und zog mit einem Ruck die Axt aus seiner Brust. Dann bückte sie sich nach der Axt des Sehers. »Frida, fang!«

Sie warf die Waffe, und ihre Schwester, die noch ein wenig perplex neben dem Richtblock gestanden hatte, fing sie geschickt auf, denn im selben Moment gelang es ihr, die Erstarrung abzuschütteln.

Sie wandte sich Godefried zu, der keine zehn Schritte von ihr entfernt wie angewurzelt auf dem Fleck stand und alles mit völliger Verständnislosigkeit verfolgte.

Frida setzte sich langsam in Bewegung. Sie hatte nur Augen für ihren Todfeind. Wie hineingeschmiedet lag die Axt in ihrer Hand.

Endlich schien Godefried zu begreifen, dass er in tödlicher Gefahr schwebte. Er schaute nach links, nach rechts. Rastlosigkeit prägte jeden Zug in seinem Gesicht, und schließlich zog Frida wieder seinen Blick auf sich.

Und er las in ihren Augen den unabänderlichen Entschluss, ihn zu töten.

Dagrun kam langsam hinter Frida her.

»Gib ihm deine Axt, Schwester!«, forderte Frida.

Dagrun warf sie Godefried vor die Füße.

»Wehr dich, Verräter!«, knirschte Frida.

Godefried zögerte einen Moment, plötzlich aber bückte er sich, seine Rechte packte die Axt, und noch im Aufrichten stieß er sich brüllend ab. Er flog regelrecht auf Frida zu, die Axt zum Schlag erhoben, das Gesicht verzerrt, Hass und die Gier zum Töten in den Augen.

Frida glitt mit der Geschmeidigkeit einer Katze zur Seite, und der Schlag verfehlte sie.

Indem er die Axt wieder hochriss, versuchte Godefried, die verhasste Gegnerin doch noch zu erwischen, doch Frida stolperte zurück. Sie spürte, wie schwach sie war nach fast drei Wochen im Kerker, in denen sie sich kaum hatte bewegen können und nur unzureichend Nahrung erhalten hatte. Godefried schlug erneut nach ihr, und sie fing den Hieb mit ihrer Axt ab, doch dabei gaben die Beine unter ihr nach, und sie ging auf die Knie.

Wieder riss Godefried die Waffe hoch, wollte Frida damit den Schädel spalten. Doch Wut und Enttäuschung gaben der Schildmaid noch einmal Kraft, und noch ehe Godefrieds Axt auf sie niedersauen konnte, schlug sie ihm die ihre in die Seite.

Dem Hieb fehlte die Wucht, doch da Godefried kein Kettenhemd trug, durchschnitt das Axtblatt Stoff, Haut und Fleisch und schabte schmerzhaft über eine Rippe.

Mit einem Aufkeuchen wich Godefried zurück, und Frida stemmte sich empor und schlug auf ihn ein.

Er fing ihre Schläge mit seiner Axt ab, und jeder ihrer Hiebe nahm Frida einen Teil ihrer neu entflammten Kraft, machte sie schwach und lahm.

Und dann bekam sie die Axt nicht mehr schnell genug hoch.

Godefried registrierte es und ging nun seinerseits wieder zum Angriff über. Sein machtvoller, von oben geführter Schlag hätte die Schildmaid regelrecht zerteilt, wäre sie nicht zur Seite gewichen.

Die Wucht seines Hiebes ließ ihn an der Feindin vorbeistolpern, und Frida zog ihm ihr Axtblatt durch die rechte Kniekehle, wo sie Muskeln und Sehnen durchschnitt.

Der Jarl schrie schmerzerfüllt auf, wollte sich herumwerfen, doch das gelang ihm mit dem auf einmal lahmen Bein nicht rechtzeitig, und da durchtrennte ihm schon Fridas Axt die Wirbelsäule.

Godefried machte das Kreuz hohl, bäumte sich auf, ein Gurgeln entrang sich ihm, er drehte sich halb um die eigene Achse, und die letzte Wahrnehmung in seinem Leben war das maskenhaft starre Gesicht Fridas, die ihm das Axtblatt mit solcher Wucht in den Schädel trieb, dass der Kopf fast gespalten wurde.

Den Aufprall am Boden spürte er schon nicht mehr.

Bei den Kriegern war der Kampf zu Ende. Die Übermacht derer, die mit Godefrieds Entscheidung, in Friesland zu bleiben und Christ zu werden, nicht einverstanden gewesen waren, näherte sich in einem dichten Haufen. Unter ihnen waren die acht Krieger, die vor einiger Zeit mit Hakon zu Fridleiv Ragnarsson gestoßen waren und mit Dagrun in die Verbannung gegangen waren, weil sie keiner Herrin dienen wollten, die die Gemahlin Ivarr Otterbjörks hatte werden wollen, der ihren Freund und Gefährten Hakon aus niederen Beweggründen ermordet hatte.

Dagrun hatte sie in Godefrieds Mannschaft eingeschleust, und sie hatten es verstanden, die Unzufriedenheit derer, die nicht in Friesland bleiben wollten, so weit zu steigern, dass sie sich im richtigen Moment gegen Godefried Haraldsson erhoben hatten.

»Odin! Odin! Odin!«

Der dumpfe Chor aus rauen Kehlen trieb über den Fluss und ließ die Menschen auf der anderen Seite vor Angst und Grauen zittern. Schnell zogen sie sich in die Stadt und ihre Behausungen zurück. Soldaten rannten zur Brücke, um sie zu sichern, über die Brücke jedoch wagte sich keiner von ihnen.

Es wurden auch keine Pfeile oder Armbrustbolzen abgeschossen. Vielleicht wollte man keinen Angriff der Normanen provozieren. Auch wusste man nicht, worum es zwischen den Barbaren, die man doch für Verbündete hielt, überhaupt zum Kampf gekommen war. Obwohl Godefried vorhin getauft worden war, hielt man es doch für eine Angelegenheit, die die Heiden unter sich ausmachen sollten.

»Verschwinden wir!«, rief Dagrun ihrer Schwester zu. »Unsere Mutter wartet darauf, dass wir heimkehren!«

Der Reiter, der mit Dagrun gekommen war, stellte Frida das Pferd zur Verfügung. An der Spitze der Schar, die nun auf ihren Befehl hörten, ritten die beiden Schwestern in nördliche Richtung davon.

Die fränkischen Soldaten versuchten nicht, sie aufzuhalten.

Dagrun erzählte Frida, dass sie mit ihren Gefährten immer in ihrer Nähe gewesen sei, da sie zunächst auf Rache gesonnen hatte. Sie sei durch ihre Leute, die ihre, Fridas, Gruppe von früh bis spät beobachtet hatten, über jeden Schritt, den diese machte, informiert gewesen.

Irgendwann aber sei bei ihr die Einsicht gekommen, dass sich nicht Frida nach dem Tod des Jarls anmaßend und egoistisch benommen hatte, sondern sie selbst. Und sie war zu der Überzeugung gelangt, dass sie von Gunnar Eriksson entsprechend manipuliert worden war. Sie war sich mittlerweile auch sicher, dass Gunnars ganzes Trachten nur darauf ausgerichtet gewesen war, irgendwann das Amt des Jarls zu bekleiden.

»Er hat wohl tatsächlich Vater das Gift ins Bier geschüttet«, sagte sie. »Und darum hatte er auch den Tod verdient.«

Frida ließ sie in dem Glauben. »Und deine Erkenntnis hat dich veranlasst, mich vor dem Blutadler durch Godefrieds Hand zu bewahren«, stellte sie fest.

»Ich dachte immer öfter an unsere Mutter«, erklärte Dagrun. »In unseren Adern fließt dasselbe Blut. Wir haben um das Amt des Jarls gekämpft, und du hast gesiegt. Aber dieser Kampf wäre gar nicht notwendig gewesen, denn du hattest als die Ältere von uns beiden an erster Stelle das Recht, Vater zu beerben.«

»Du erkennst mich also an als deinen Jarl?«

»Ja.«

»Wie ist es dir gelungen, den Großteil der Mannschaft Godefrieds gegen ihn aufzuwiegeln?«

Dagrun erzählte es ihrer Schwester.

»Meine Anerkennung«, sagte Frida ergriffen, als Dagrun geendet hatte. »Ich stehe tief in deiner Schuld.« Dann fügte sie hinzu: »Du wirst es nicht glauben, Dagrun, aber auch ich habe etwas begriffen.«

Fragend sah Dagrun sie von der Seite her an.

»Es ist so«, murmelte Frida. »Ich habe begriffen, dass ich alleine zu schwach bin, Sjöland zur Zufriedenheit aller zu regieren. Darum will ich mir das Amt des Jarls mit dir teilen. Was meinst du? Bist du bereit, mit mir gemeinsam das Amt des Jarls von Sjöland auszuüben?«

»Gemeinsam sind wir stark, Schwester«, sagte Dagrun mit fester Stimme. »Und gemeinsam werden wir es auch schaffen.«

»Dann lass uns nicht mehr unnötig anhalten, bis wir in Dänemark sind, Dagrun. Ich kann es kaum erwarten, Mutter und unsere kleinen Brüder in die Arme zu schließen.«

Voller Zuversicht zogen sie nach Norden, unbeirrbar und unerschütterlich in ihrem Entschluss.

Und Odin hielt seine schützende Hand über sie. Ungeschoren kamen sie sechs Tage später bei der Grenze an, ebenso unangefochten überschritten sie diese, und dann gab es nichts mehr, was sich ihnen auf ihrer Reise nach Sjöland in den Weg stellen konnte.

Aus Freunden wurden Feinde – doch gemeinsam forderten sie Vergeltung!

448 Seiten. ISBN 978-3-7341-0428-2

Äußerst unzufrieden mit seinem Herrn, dem Jarl Eliwagar, beschließt der Wikingerkrieger Asbjorn, sich mit seinem Langboot dessen Rivalen Grimmson anzuschließen. Eliwagar ist nicht bereit, diesen Affront hinzunehmen. Er zwingt Asbjorns besten Freund, den Abtrünnigen zu jagen. Doch dann begeht Eliwagar einen folgenschweren Fehler, und die beiden Freunde besinnen sich darauf, dass ihr wahrer Feind der gleiche ist. Gemeinsam beschreiten sie den Pfad der Rache – und setzen Skandinavien in Flammen!

Lesen Sie mehr unter: **www.blanvalet.de**